国学
修身课

诗经直解

下

颂

（明）

张居正

- 编著 -

龙建春

- 校注 -

人民东方出版传媒
People's Oriental Publishing & Media
东方出版社
The Oriental Press

目 录

周颂·清庙之什

清庙

一章，章八句。

周文王鼎

清廟

於穆清庙，肃雍显相。
wū mù qīng miào　sù yōng xiǎn xiàng

济济多士，秉文之德。
jǐ jǐ duō shì　bǐng wén zhī dé

对越在天，骏奔走在庙。
duì yuè zài tiān　jùn bēn zǒu zài miào

不显不承，无射于人斯。
pī xiǎn pī zhēng　wú yì yú rén sī

【注】於，叹美之词。穆，美好。清庙，清明之德者之庙，指文王庙。

肃雍，庄重雍容的样子。显，高贵显赫。相，助祭者，指助祭的公卿诸侯。

济济，众多的样子；一说整齐有序的样子。多士，指参与祭祀的官员。

秉，秉承。文之德，文王的德行。

对，顺承或报答。越，发扬。在天，文王在天之灵。

骏，敏捷、迅速。

不，同"丕"，大。显，昭显、显耀。承，同"烝"，美，好；一说继承，遵奉。

射，同"斁"，厌倦。斯，语气词。

此周公既成洛邑而朝诸侯，因率之以祀文王之乐歌，言自古有德之主，孰不足以感人哉！至于既没之后，而人心少有厌射焉，亦其德之未至也。予观今日之庙祭，而知文德不以久而湮矣。

※ 於穆清庙，肃雍显相。

解 彼于穆此清静之庙，所以安文王之神而妥文王之王也。但见祀礼一行，万邦毕集，有助祭之公卿诸侯也，皆敬且和，而俨然文德之范。

※ 济济多士，秉文之德。

解 有执事济济之多士也，皆秉文德而宛然肃雍之模。

※ 对越在天，骏奔走在庙。

解 文王之神在天，则对越其在天之神，恍乎若或见之，一和敬之所昭格也。文王之主在庙，则骏奔走其在庙之主，趋事匪懈，一和敬之所形见也。

※ 不显不承，无射于人斯。

解 大以在庙之人，皆体文王之德以奉祭如此，则是文王之德显于前者，不晦于后，岂不显乎？趋于昔者不替于今，岂不承乎？信乎其盛德至善，克当人心而无有厌于人矣。使其不显不承，而一有射于人焉，则肃雍秉德者何以若是，其众对越骏奔者何以若使其诚耶？文王之德之盛于兹见矣。谓庙祭可以观德，岂虚也哉？

维天之命

一章，章八句。

周文王鼎

维天之命
wéi tiān zhī mìng　　wū mù bù yǐ
维天之命，於穆不已。

wū hū pī xiǎn　　wén wáng zhī dé zhī chún
於乎不显，文王之德之纯。

xià yǐ yì wǒ　　wǒ qí shōu zhī
假以溢我，我其收之。

jùn huì wǒ wén wáng　　zēng sūn dǔ zhī
骏惠我文王，曾孙笃之。

【注】维，同"惟"，思考。天之命，天之道。

於，叹词。已，穷尽。

於乎，同"呜呼"。不显，即"丕显"。

纯，精粹不杂。

假，嘉，美。溢，器满，引申为戒慎。

收，接受。

骏，大。惠，顺从。

曾孙，孙子以下都可叫曾孙。笃，笃守，永保。

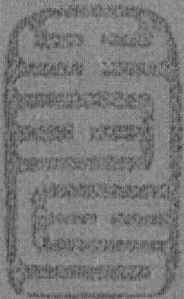

南宋·马和之《诗经·周颂·维天之命》图

此亦祭文王之诗，言我今日赖圣祖之德以修祀矣，然不观诸天无以悉至德之蕴，不述诸后，无以慰启佑之心也，何言之。

❋ 维天之命，於穆不已。

🉑 自其德原于天，谓之命。於乎深远哉，此唯天之命也，一通一复，互为其根，何不已乎！而於穆者即不已之藏其朕也，此天之所以为天也。

❋ 於乎不显，文王之德之纯。

🉑 自其命付于人谓之德，於乎不显哉，此文王之德也，一动一静，私欲不杂，何其纯乎？而不显者即纯德之流其光也，此文王之所以为文也。天之不已维其纯也，文王之纯则亦不已矣，宁不与天而无间哉。

❋ 假以溢我，我其收之。骏惠我文王，曾孙笃之。

🉑 夫文王与天同德如此，则为后人所当法矣。然所赖者文王之恤我也，不知文王在天之神果何以恤我，而大其启佑之泽乎。有则我当受之，以大顺文王之道而修己治人，一遵其纯德而不悖也。然不特我当顺之，凡继我而为曾孙者，又当笃厚之而修己治人，故守其纯德而不忘也，盖文王之纯德，在一世则为一世之法，在万世则为万世之法，而骏惠笃厚之责实在我后人也，诚能法之，则文王与天为一，我与文王为一，不足以慰在天之灵也哉。

维清

一章，章五句。

周文王鼎

維清

wéi qīng jī xī wén wáng zhī diǎn
维清缉熙，文王之典。

zhào yīn qì yòng yǒu chéng wéi zhōu zhī zhēn
肇禋，迄用有成，维周之祯。

【注】维，同"惟"，想。清，清明。缉，连续。熙，光明。

典，法则；一说与"德"同。

肇，开始。禋，禋祀，升烟以祭天，即焚柴生烟，加牲体及玉帛

于其上，烟气上达于天以致精诚。

迄，至今。用，乃。成，成功。

维，是。祯，祥瑞。

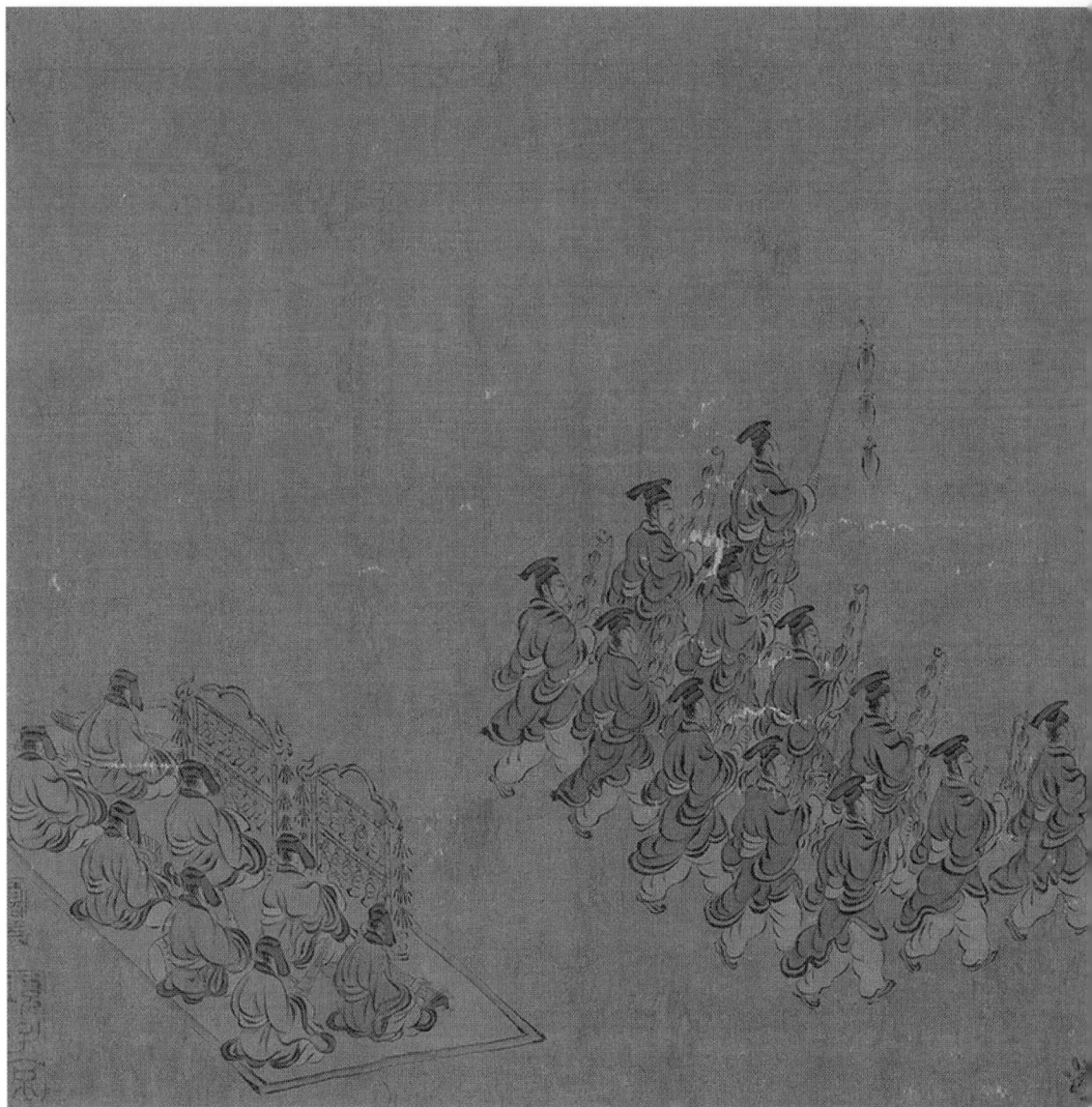

● 南宋·马和之《诗经·周颂·维清》图

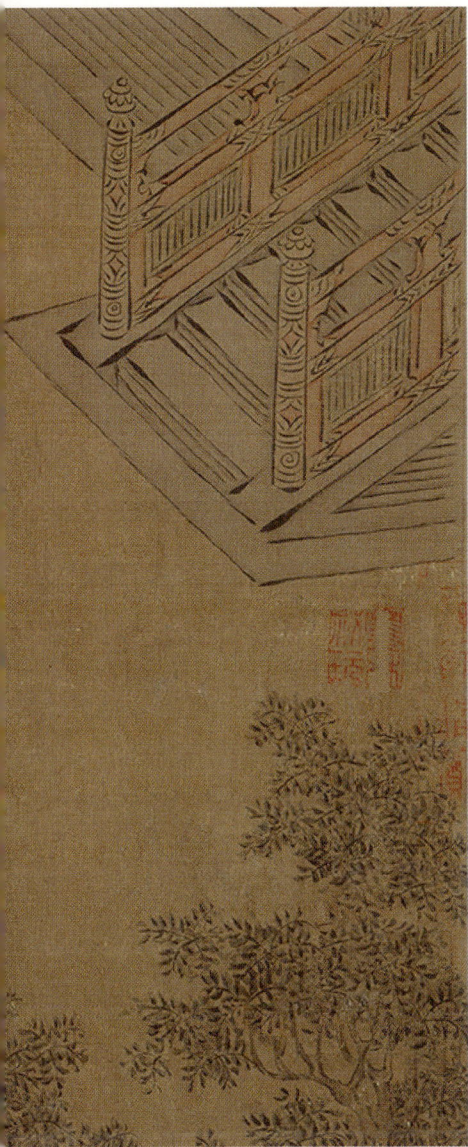

此亦祭文王之诗，且圣君有良法以贻子孙，而恒病于世守之难者，谓可用于古之天下，而不可用于今之天下也，吾今观于文兴而知后世之当法矣。

✳ 维清缉熙，文王之典。

🔴解 彼我所当清而明之，使之不紊，辑而熙之而使之不坠者，其维文王之典乎。

✳ 肇禋，迄用有成，维周之祯。

🔴解 夫文王之典，所以当清明缉熙者何也？盖以文王本敬止之德，运而为丕显之谟，其典尽善尽美，故自始祀文王以至今日，其用是典者非一人也。然创业者用之而成四海永清之烈，守成者用之而成四方日靖之功，皆能有成如此。则是典也，用之一世而一世治，是为一世之祯也。用之万世而万世治，是为万世之祯也。所以兆灵长之运基，悠久之隆者在是矣，不为我周之祯祥乎？夫以文典为周之祯，则后人乌可不清明而缉熙之哉。

烈文

一章，章十三句。

<ruby>烈<rt>liè</rt></ruby> <ruby>文<rt>wén</rt></ruby> <ruby>辟<rt>bì</rt></ruby> <ruby>公<rt>gōng</rt></ruby>，<ruby>锡<rt>cì</rt></ruby> <ruby>兹<rt>zī</rt></ruby> <ruby>祉<rt>zhǐ</rt></ruby> <ruby>福<rt>fú</rt></ruby>。
烈文辟公，锡兹祉福。

<ruby>惠<rt>huì</rt></ruby> <ruby>我<rt>wǒ</rt></ruby> <ruby>无<rt>wú</rt></ruby> <ruby>疆<rt>jiāng</rt></ruby>，<ruby>子<rt>zǐ</rt></ruby> <ruby>孙<rt>sūn</rt></ruby> <ruby>保<rt>bǎo</rt></ruby> <ruby>之<rt>zhī</rt></ruby>。
惠我无疆，子孙保之。

无封靡于尔邦，维王其崇之。

念兹戎功，继序其皇之。

无竞维人，四方其训之。

不显维德，百辟其刑之。

於乎前王不忘！

南宋·马和之《诗经·周颂·烈文》图

烈，光荣的。 文，有文德的。 辟公，助祭的诸侯。 锡，同"赐"。 兹，此。

惠，惠爱。 保之，保有先王的功业。

无，毋。 封，大。 靡，罪过；一说为奢侈。 维，语助词。 王，先王。 其，语助词。 崇，尊尚。

戎，大。 序，绪。 继序，继先人之绪。 皇，光大。

无竞，不争强。 训，顺。

不显，即"丕显"。 百辟，百官诸侯。 刑，同"型"，效法。

於乎，同"呜呼"。

此祭于宗庙而献诸侯助祭之乐，言人君之福，非助祭谁与锡之，人臣之福，非道德谁以承之？故图报之道与自修之职，吾君臣宜交相勉焉，试言之。

✳ 烈文辟公，锡兹祉福。

我向者之祭，辟公竭和敬以相祀，于是神明感通，多福降焉，则兹祉福也，虽神锡之，实我烈文辟公锡之也。

✳ 惠我无疆，子孙保之。

解 但见惠我以无疆之休，使我子孙世世保之而长守其富也，长守其贵也，盖历万世而不改矣。

✳ 无封靡于尔邦，维王其崇之。

解 夫辟公锡福之功如此，我岂可不思所以报之哉？我念尔之在国也，赋有常法，不专利以自封，恪守吾周家九赋之规，费有常经，不侈汰以自靡，克遵吾周家九式之法则，王当遵崇女矣。

✳ 念兹戎功，继序其皇之。

解 况今在庙有此锡福之大功，而保我之子孙，则当使尔之子孙继序而益大之，山河带砺之盟不改，与我子孙而相为无疆矣。

✳ 无竞维人，四方其训之。

解 然有功固我所当报，而道德亦女所

当修。今世之人，固有以威力为强矣，然此未足以言强也，语莫强者其维人之道乎。女诚能尽道焉，吾见道为天下之共由，四方不以之为训哉。

✳ 不显维德，百辟其刑之。於乎前王不忘！

解 亦有以爵位为显矣，然此大足以言显也，语莫显者其维人之德乎。女诚能修德焉，吾见德为人心之同得，百辟不以之为刑哉。吾尝征之前王矣，於乎，前王所以能使人既没世而思念之不忘者，正以其能尽人之道，修君之德故耳，女辟公可不知所勉哉？盖道德者所以居功也，使于道德有不修则恃功而骄者，乃所以丧其功，王朝报功之典岂能保其常乎，凡我辟公尚其懋哉！

天作

一章，章七句。

周象鼎

天作高山，大王荒之。
tiān zuò gāo shān　　tài wáng huāng zhī

彼作矣，文王康之。
bǐ zuò yǐ　　wén wáng kāng zhī

彼徂矣岐，有夷之行。子孙保之。
bǐ cú yǐ qí　　yǒu yí zhī háng　　zǐ sūn bǎo zhī

【注】作，生。高山，指岐山。

大王，太王，即文王祖父古公亶父，武王时追封为

太王。

荒，垦治，开辟；一说扩大。

彼，指太王。作，开垦。

康，安定；一说同"庚"，赓续，继续。

徂，迁往。岐，岐山。

夷，平坦。行，道路。

南宋·马和之《诗经·周颂·天作》图

此祭太王之诗，言一代之王业必有所创而开其基于前，而后有所藉而成其业于后，为子孙者诚不可忘其所自矣，吾今知太王之功矣。

✳ **天作高山，大王荒之。**

🅗 高哉，此岐山也，实上天作之，以待明德之君者也。我太王也，以明德而承与宅之命，遂从而荒之作屏，修乎以辟其土地，左右疆理，以辑其人民。

✳ **彼作矣，文王康之。**

🅗 而作之于前者，既有以垂后世之统矣。于是文王从而康之，惠鲜怀保于以益固岐州之业焉。

✳ **彼徂矣岐，有夷之行。**

🅗 夫祖开于前，孙承于后，由是人归者众，而此险阻之岐山，遂有平易之道路，而允为天下之一都会也。

✳ **子孙保之。**

🅗 太王创业垂统之功如此，亦云艰矣。凡我子孙抚此岐山，则当念创者之艰而保守之不失可也。盖岐周为我周肇基之所，正根本之地，失此岐山是失根本之地矣，岂所以慰太王始谋之心哉？

吁，周人奉太王之祭而欲守太王之业，可谓得事神之本矣。

昊天有成命

一章，章六句。

周史頌鼎

昊天有成命

hào tiān yǒu chéngmìng　　èr hòu shòu zhī
昊天有成命，二后受之。

chéngwáng bù gǎn kāng　　sù yè jī mìng yòu mì
成王不敢康，夙夜基命宥密。

wū jī xī　　dān jué xīn　　sì qí jìng zhī
於缉熙，单厥心，肆其靖之。

【注】成命，定命，明命。

后，君王。二后，指文王和武王。

成王，姬姓，名诵，西周王朝第二任君主，武
王姬发之子，母为邑姜。康，安乐。

基，开始；一说奠定、谋划；一说奉持。命，
上天给予的王业。宥，宽宏，宽仁；一说深
广。密，安谧；一说同"勉"，勤勉。

单，厚。单厥心，其心仁厚之意。

肆，发语词。靖，安定。

此祀成王之诗，言帝王之命，帝王之德为之也，非唯创业者藉之以闻，其统而守成者亦藉之以永其休者也，人知成王之能永命矣，而亦知其存心乎？

※ 昊天有成命，二后受之。

解 昊天有一定之命，文王、武王既以敬止敬胜之德，受于前矣。

※ 成王不敢康，夙夜基命宥密。

解 使继之者非人，能保其不失乎？惟成王也维无盈成之运，此心常凛凛然虑成命之不易保，而不敢康宁。夙夜之间，其积德以承藉天命者，但见德之所成统万理于不遗，而时出之有本，何宏深耶！湛一理于凝寂，而识欲之不染，何静密耶。

※ 於缉熙，单厥心，肆其靖之。

解 於乎，成王能积德以基命如此，是真能继续光明文武之业，有以尽继述之心而无愧，向之不敢康者，于是乎什矣。古今能安靖天下，而四方之攸同如故也，四海之永清犹旧也，不有以保其所受之命耶？

吁，此成王之德于是为盛也，今日抚有成业者，诚当知所自矣。

我将

一章，章十句。

wǒ jiāng wǒ xiǎng　wéi yáng wéi niú　wéi tiān qí yòu zhī
我将我享，维羊维牛，维天其右之。

yí shì xíng wén wáng zhī diǎn　rì jìng sì fāng
仪式刑文王之典，日靖四方。

yī gǔ wén wáng　jì yòu xiǎng zhī
伊嘏文王，既右飨之。

wǒ qí sù yè　wèi tiān zhī wēi　yú shí bǎo zhī
我其夙夜，畏天之威，于时保之。

【注】将，进奉。享，祭献。

右，同"佑"，助也；下文同。

仪，善；一说"法"也。式，法。刑，同"型"，

效法。典，法则。

靖，平定。

伊，发语词。嘏，伟大。

飨，享用。

时，是。

此宗祀文王于明堂，以配上帝之乐歌也。若曰：天与亲一道，事天与事亲一心，故所以祀之者与所以未其享者，皆有本焉，吾今日之尊文以配天也，将何以尽祭之义乎？

———————————

❋ 我将我享，维羊维牛，维天其右之。

解 彼明堂之祭，所以祀上帝而报成物之功者也，是故我之所奉而献者，实惟少牢之羊太牢之牛也，而视圜丘之理为有加矣。惟此上帝庶其鉴一念将享之微，沉降而在此羊牛之右，以享我祭者乎。

❋ 仪式刑文王之典，日靖四方。

解 然明堂以祀上帝，而文王所以配之也，文王岂无以享我哉？盖文王以安民为心而创是典，固望后人法之以安民也，我也仪式刑文王之典，以日靖四方之民焉，而感孚之诚为有素矣。

❋ 伊嘏文王，既右飨之。

解 则此能赐福之文王，岂不既降而在此牛羊之右，以享我祭乎？

❋ 我其夙夜，畏天之威，于时保之。

解 夫天与文王既皆右享矣，使或恃而弗敬，安能保其常享者哉？彼福善祸淫而昭然不爽者，天之威也，文王之德固与天为一者也我具，夙焉畏天之威，不敢有怠朝也，夜焉畏天之威，不敢有怠夕也。使有以孚天之心，而存文王之神，于以保天与文王所以降监之意可矣。不然明堂之祭，徒为弥文，天与文王孚我于今者，安知不弃我于后哉？夫周人之享帝享亲，其始也竭诚以来降鉴之休，其终也畏威以保降鉴之意，仁孝之至于此可见矣。

南宋·马和之《诗经·周颂·我将》图

时迈

一章，章十五句。

shí mài qí bāng　　hào tiān qí zǐ zhī　　shí yòu xù yǒu zhōu

时迈其邦，昊天其子之，实右序有周。

bó yán zhèn zhī　　mò bù zhèn dié

薄言震之，莫不震迭。

huái róu bǎi shén　　jí hé qiáo yuè　　yǔn wáng wéi hòu

怀柔百神，及河乔岳。允王维后。

míng zhāo yǒu zhōu　　shì xù zài wèi

明昭有周，式序在位。

zài jí gān gē　　zài gāo gōng shǐ

载戢干戈，载櫜弓矢。

wǒ qiú yì dé　　sì yú shí xià　　yǔn wáng bǎo zhī

我求懿德，肆于时夏。允王保之。

【注】时，按时。迈，巡行。子之，视之如子。右，同"佑"。序，帮助。有周，周王朝。

薄言，语首助词。震，震慑。震迭，震，惊动；迭，畏惧。

怀柔，安抚。河，黄河。乔岳，高山。

允，确实。后，君。

式，发语词。序，安排有序。在位，指诸侯与百官。

戢，聚、收藏。櫜，弓囊，此处作动词，盛弓矢于囊。

肆，布陈、施行。时，此。夏，中国。

此巡狩而朝会祭告之乐歌也，若曰：锡天子之位者惟天，而保天子之位者惟君，故验之于行事则可以知天意矣，慎之于政教则可以疑天命矣，试言之。

❋ 时迈其邦，昊天其子之，

解 彼爱革商政之始，正人心望治之初也，故我也以时巡狩诸侯之国，所以朝会者在此行，所以祭告者在此行也，是虽帝王之旧规，实我周之新命矣。不知昊天于冥冥之中，其子我为天下神人之主矣乎？我盖不敢以自必也。

❋ 实右序有周。薄言震之，莫不震迭。

解 然天之子我虽不可必，而示之行事则可征者。天实尊我周于臣民之上，序我周于夏商之后矣。是以朝会一行，班玉辑瑞，修礼如器，薄示震叠之威于诸侯，而诸侯莫不震惧而畏威之不遑矣。

❋ 怀柔百神，及河乔岳。

解 祭告一行神之涣者，怀以来之，萃者柔以安之，而百神皆怀柔，以至河之深广，岳之崇高，亦莫不敢格焉。

❋ 允王维后。

解 夫人君受命于天而为神人之主者也，一朝会而诸侯畏之，一祭告而百神享之，则昊天子我之意可卜矣，岂不信乎周王之为天下君哉？

❋ 明昭有周，式序在位。

解 夫天既子我而为之君，则岂可不知所以保之哉？盖明昭乎我周也，既除乎溅浊之乱而成清明之治矣，故庆赏黜陟，天之所以命德而讨罪也，则以此而式序在位之诸侯，而赏罚功罪各得其宜而不紊矣。

❋ 载戢干戈，载櫜弓矢。我求懿德，肆于时夏。

解 干戈弓矢，向之所以奉天而伐暴也，则于此戢而櫜之，而求其懿美之德，布之于时夏之中焉。

❋ 允王保之。

解 夫天作君师，付之以政教之柄者也。今政行有以尽作君之责，教行有以尽作师之道，则昊天子我之命益固矣，岂不信乎周王之能保天命哉！

吁，武王一时巡，不敢必天之子，既验之又欲有以保之，可谓知畏天矣。

南宋·马和之《诗经·周颂·时迈》图

执竞

一章，章十三句。

執競
周亞尊

zhí jìng wǔ wáng wú jìng wéi liè pī xiǎn chéng kāng shàng dì shì huáng
执竞武王，无竞维烈。不显成康，上帝是皇。

zì bǐ chéng kāng yǎn yǒu sì fāng jīn jīn qí míng
自彼成康，奄有四方，斤斤其明。

zhōng gǔ huáng huáng qìng guǎn qiāng qiāng jiàng fú ráng ráng
钟鼓喤喤，磬筦将将，降福穰穰。

jiàng fú jiǎn jiǎn wēi yí fàn fàn
降福简简，威仪反反。

jì zuì jì bǎo fú lù lái fǎn
既醉既饱，福禄来反。

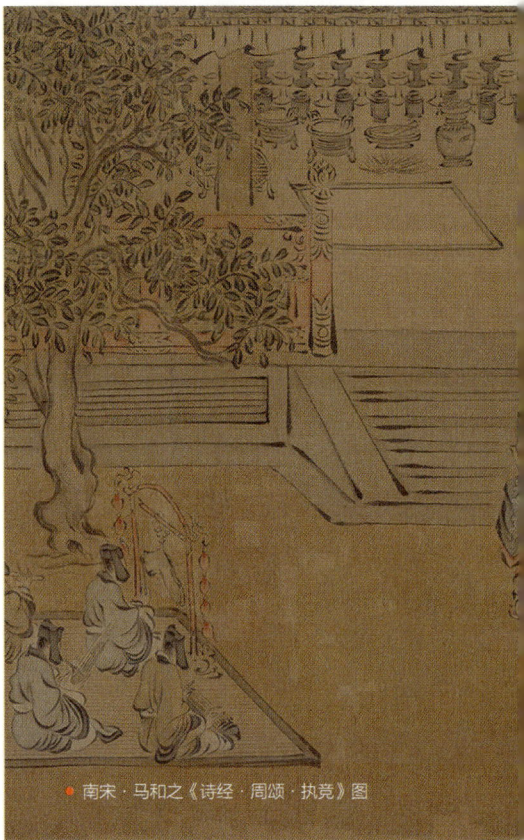

● 南宋·马和之《诗经·周颂·执竞》图

此祭武王、成王、康王之诗，若曰：先王之立德立功，后人之所藉为休者也。子孙之奉祭举祀，先王之所感而格者也。吾今赖三王之泽以奉三王之祭其功德，岂无可言者乎？

***

✳ 执竞武王，无竞维烈。

解 以武王言之，但见持敬胜义之德，自强而不息，其心纯矣。心之纯者功必集也，是以定一统之业而受一定之命，功烈盖莫得而竞之矣，功何隆耶？

✳ 不显成康，上帝是皇。

解 以成康言之，但见懋宥密对扬之学，光明而不昧其德显矣。德之显者，天必眷也，是以承无竞之烈而保佑序之眷，亦为上帝之所君，德何盛耶？

✳ 自彼成康，奄有四方，斤斤其明。

解 然其德之不显，何如哉？盖自彼成康继体而君天下，固奄有四方之广矣。而其文明之德，亦合四方以光被之无地而不察也。不亦斤斤其明亦乎，诚哉，其德之显矣。

✳ 钟鼓喤喤，磬筦将将，降福穰穰。

解 夫以三后功德之盛如此，我后人之奉祭何如？彼感通神明莫善于乐，以乐言之。钟以宣之，鼓以动之，喤喤然其声之和也。磬以收之，管以会之，将将然其声之集也。由是声音所感，三后之来格，降福穰穰然其多，无竞是皇之休，皆有以昭受之而无意遗矣。

✳ 降福简简，威仪反反。

解 昭格神明，莫大于礼，以礼言之。夫降福既穰穰而多，则必简简而大矣。然不敢恃此而自怠也，但见受福之后，威仪益愈谨重，始固如是其敬也，终亦如是其敬也。

✳ 既醉既饱，福禄来反。

解 由是诚敬所孚，而皇尸醉饱之余，神赐之厘，福禄之来反复而不厌，无竞是皇之休，盖有以袛承之而无穷矣。夫三后既以垂功德于后，又以畀福禄于祭，则我子孙之赖于三后弘矣。登歌之顷，乌容已于揄扬哉。

思文

一章，章八句。

思文后稷，克配彼天。
sī wén hòu jì   kè pèi bǐ tiān

立我烝民，莫匪尔极。
lì wǒ zhēng mín   mò fěi ěr jí

贻我来牟，帝命率育。
yí wǒ lái móu   dì mìngshuài yù

无此疆尔界，陈常于时夏。
wú cǐ jiāng ěr jiè   chéncháng yú shí xià

【注】思，发语词。 文，文德。 后稷，名弃，尧舜时候的稷官，为周之始祖。

立，安定；一说同"粒"，养育，有粮食吃。 烝民，众民。

匪，非。 极，至也。

来牟，指麦，来为小麦，牟为大麦。

率，遍。 育，养。

无此疆尔界，不分疆界和地域。

陈，施行。 常，常道。 时，此。 夏，中国。

● 南宋·马和之《诗经·周颂·思文》图

此尊稷配天之诗，若曰：民之所仰者天也，天之所爱者民也，而体天心以立民心者则圣人也，人知今日之尊稷配天矣，抑知其德之盛者乎？

※ 思文后稷，克配彼天。

解 彼巍巍乎惟天为大，未易配也，惟我后稷，经纶参赞而尽有相之道，其文德之著，足以克配彼天而无间焉。

※ 立我烝民，莫匪尔极。

解 何以见之？盖洪荒之世，黎民阻饥久矣，后稷教民稼穑，使我烝民皆得以粒食者，皆其德之至极而不可复加者也。

※ 贻我来牟，帝命率育。

解 且其贻我民以来牟之种，乃上帝以此遍养下民，稷则承天之命以致之民，是其下民立命乃其上承天心也。

※ 无此疆尔界，陈常于时夏。

解 但见民生即遂，民性可复，是以无此疆彼界之殊，皆得以陈其君臣父子之常道于中国矣，使非后稷之粒民，则救死不瞻，奚暇治礼义哉？

夫后稷尽养道之功，而因开教道之始如此，则是天之生民所不能养者，稷代为之养，所不能教者，稷代为之教矣，其德如是，岂不可以配乎天哉？南郊之配，舍稷其谁？

周颂·臣工之什

臣工

一章，章十五句。

周铸锺

臣工

jiē jiē chén gōng　jìng ěr zài gōng　wáng lài ěr chéng　lái zī lái rú

嗟嗟臣工，敬尔在公。王釐尔成，来咨来茹。

jiē jiē bǎo jiè　wéi mù zhī chūn　yì yòu hé qiú　rú hé xīn yú

嗟嗟保介，维莫之春。亦又何求？如何新畬？

wū huáng lái móu　jiāng shòu jué míng　míng zhāo shàng dì　qì yòng kāng nián

於皇来牟，将受厥明。明昭上帝，迄用康年。

mìng wǒ zhòng rén　zhì nǎi qián bó　yǎn guān zhì yì

命我众人，庤乃钱镈，奄观铚艾。

【注】嗟嗟，叹词，重言以加重语气。臣工，群臣百官。敬，敬慎。公，
公家。

釐，同"赉"，赏赐。成，成就。茹，商量。

保介，保护田界之人，即田畯；一说农官的副职。莫，同"暮"。莫之
春，即暮春，夏历三月，麦将成熟之时。

又，有。新畬，耕种二年的田曰新，耕种三年的田曰畬。

於，叹词。皇，美盛。来牟，麦子，来为小麦，牟为大麦。厥，其，
指将熟之麦。明，收成，元刘瑾《诗传通释》："古以年丰谷熟为成。"

迄，至。用，以。康年，丰年。

庤，储备。钱，铁锹类掘土的古代农具。镈，古代锄地除草的农具。

奄观，尽观。铚，农具名，镰刀。艾，同"刈"，收割作物。

此戒农官之诗，若曰：我周以农事开国，则当以农事为重。

✳ **嗟嗟臣工，敬尔在公。**

解 嗟嗟臣工，凡农官也，凡农官之副也，尔职之勤怠，生民之休戚系焉者也，是必敬尔在公之职，而恪共匪懈可也。

✳ **王釐尔成，来咨来茹。**

解 然敬职莫先于守法，王始置农官而赐之成法，颁在天朝，固昭然可为尽职之准者也。尔必来咨之以致其审，来茹之以究其详，庶几成法可守而尔公可敬矣。

✳ **嗟嗟保介，维莫之春，亦又何求？**

解 然其所为成法者，不过秉天时以尽人事而已。嗟嗟保介，职副农官者也，于今维莫之春，此正东作之时也，尔今亦何所求哉？

✳ **如何新畬？**

解 其所求者不过新畬之当治耳，今新畬之治已何如哉？毋谓天时尚缓而可以舒徐为之也。

✳ **於皇来牟，将受厥明。明昭上帝，迄用康年。**

解 盖於皇来牟，今已将熟，而可受上帝之明赐矣，过此以往，而此明昭之上帝，又将赐我新畬以丰年也。

✳ **命我众人，庤乃钱镈，奄观铚艾。**

解 尔诚秉此莫春之时，即命众人具此钱镈以治其新畬，则奄忽之间，又见铚艾之在目矣。所谓康年之赐，诚可指日而待也。以东作未几而西成继至，则天时之相催亦甚速矣，人事其可以或缓耶？

嗟，尔保介王之成法如此，可不咨而茹之以敬，其在公之职乎？

噫嘻

一章，章八句。

周特鐘

噫嘻

yī xī chéngwáng   jì zhāo gé ěr
噫嘻成王，既昭假尔。

shuài shí nóng fū   bō jué bǎi gǔ
率时农夫，播厥百谷。

jùn fā ěr sī   zhōng sān shí lǐ
骏发尔私，终三十里。

yì fú ěr gēng   shí qiān wéi ǒu
亦服尔耕，十千维耦。

【注】噫嘻，赞叹声；一说向神祈祷声。成王，周成王。昭假，即昭
格，指神昭然降临。尔，语尾助词，犹"矣"。

时，这些。

骏，迅疾。发，发土，即耕田。私，私田。终，尽。三十里，
据《周礼》，方圆三十二里半为一农业行政区域，可容万夫耕
种，由一农官掌管。

服，配合。耦，两人共耕。十千，一万人。

此连上篇，亦戒农官之诗，若曰：服田力穑，在乎农夫，而劝课督责，在乎农官。

⊛ 噫嘻成王，既昭假尔。

🔴解 嗟，我成王，始置农官之日，已著之成法。盖已昭然以示尔之臣工矣。

⊛ 率时农夫，播厥百谷。

🔴解 凡尔乡遂之官，司稼之属，是皆以农为职者也，尚其观明法则，思职之当尽，是必率时农夫以播厥百谷，使无后时可矣。

⊛ 骏发尔私，终三十里。

🔴解 然使耕者之力有不齐，百谷何自而播乎？盖一成之地三十里尔，必使之大发其私田，尽三十里而止，无一地而不耕也。

⊛ 亦服尔耕，十千维耦。

🔴解 一川之众十千人，尔必使之皆服其耕事，万人为耦而并耕，无一人而不力也，则人无遗力，斯地无遗利，而百谷于是可播矣。凡尔农官尚念成王之明法，昭垂以各钦厥职哉。

振鹭

一章，章八句。

周锡贝鼎

振鹭

zhèn lù yú fēi　　yú bǐ xī yōng
振鹭于飞，于彼西雍。

wǒ kè lì zhǐ　　yì yǒu sī róng
我客戾止，亦有斯容。

zài bǐ wú è　　zài cǐ wú yì
在彼无恶，在此无斁。

shù jǐ sù yè　　yǐ yǒngzhōng yù
庶几夙夜，以永终誉。

【注】振，鸟群飞的样子。鹭，水鸟名，即白鹭。雍，水泽；一说为
辟雍。

客，指殷、商二王之后裔，夏之后为杞，殷之后为宋，周王以
客待之，而不是当作臣子看待。戾，到。止，语助词。斯容，
此容，指白鹭高洁的仪容。

在彼，指客在其封国。无恶，无人怨恨。无斁，不厌倦。

庶几，差不多。夙夜，早起晚睡，指勤于政事。永终，长久。
誉，安乐。

此二王之后来助祭之诗，若曰：容之在人也，难敬而易肆，誉之在人也，难得而易失，此均不足称也。今我周肇祀而先代之来助祭也，其容与誉深有足嘉者矣。

✳ 振鹭于飞，于彼西雍。

解 振振然群鹭之飞也，则爰止西雍之水焉，其清标之资，盖有极其洁白之至矣。

✳ 我客戾止，亦有斯容。

解 我客之来助祭而至周庙之庭也，则以洁白之心著于容貌之间，进退升降无不中礼，其修整之至，亦有如鹭之洁白矣，容何异美耶？

✳ 在彼无恶，在此无斁。

解 然不特容之美已也。且其在彼国也，善政善教，有以宜大夫士庶之心，则皆爰之而不忍忘，而无有恶之者矣。其在此国也，令仪令色，有以孚天子公卿之心，则皆敬之而不忍斁，而无有厌之者矣。

✳ 庶几夙夜，以永终誉。

解 夫人心所在声名所起也，人心无间，爰敬大同，岂不庶几自夙而夜，循环不穷，永终此誉者乎，誉何其隆耶？

夫容者德之符，其容盛者其德充，名者实之宏，其名大者其实宏，而人之贤可想矣。周人既拟其容之盛，又幸其誉之久，则于二代之后所以爰之也，不亦至乎。

丰年

一章，章十三句。

周编钟

fēng nián duō shǔ duō tú
丰年多黍多稌。

yì yǒu gāo lǐn   wàn yì jí zǐ
亦有高廪，万亿及秭。

wéi jiǔ wéi lǐ   zhēng bì zǔ bǐ   yǐ qià bǎi lǐ   jiàng fú kǒng jiē
为酒为醴，烝畀祖妣，以洽百礼，降福孔皆。

【注】稌，稻子。

高廪，高大的粮仓。

亿，周代以十万为亿。 秭，十亿为秭。

醴，甜酒。

烝，进献。 畀，给予。 祖妣，先祖先妣，指男女祖先。

洽，配合。 百礼，各种祭祀礼仪。

孔，很，非常。 皆，普遍。

此秋冬报赛田事之乐歌。盖祀田祖先农方社之属也。若曰：国家有丰年而后朝廷无旷典，然要其所以致此者，则神贶之功不可诬也，吾今日之所赖于神者何如？

✳ 丰年多黍多稌。

🈷 彼当丰年之际，雨旸有时若之休，固宜高燥而寒者黍也，我黍则既多矣，而凡性之类夫黍者可知矣，下湿而暑者稌也，我稌则既多矣。而凡性之类，夫稌者可知矣。

✳ 亦有高廪，万亿及秭。

🈷 及其收而藏之高廪之中也，以为万而止也，则人累万以至夫亿焉，以为亿而止也，则又累亿以至夫秭焉。

✳ 为酒为醴，烝畀祖妣，以洽百礼，降福孔皆。

🈷 其收成之富如此，则其制用岂有一之不周乎？但见以为之酒，则三酒之既备矣，以为之醴，则五醴之既洁矣。由是而进畀祖妣焉，享祀妥侑而祀事为之孔明也。由是而备百礼焉，燕宾养老而仪文为之周洽焉。夫以丰年之制用如此，乃田祖先农方社之神阴佑我民，而锡之丰年之庆。祖妣之烝神烝之也，百礼之洽神洽之也，其降福不甚遍乎，神之有功于农如此，报赛之典容以不举哉。

有瞽

一章，章十三句。

yǒu gǔ yǒu gǔ　　zài zhōu zhī tíng
有瞽有瞽，在周之庭。

shè yè shè jù　　chóng yá shù yǔ
设业设虡，崇牙树羽。

yìng tián xuán gǔ　　táo qìng zhù yǔ
应田县鼓，鼗磬柷圉。

jì bèi nǎi zòu　　xiāo guǎn bèi jǔ
既备乃奏，箫管备举。

huánghuáng jué shēng　　sù yōng hé míng　　xiān zǔ shì tīng
喤 喤 厥声，肃雍和鸣，先祖是听。

wǒ kè lì zhǐ　　yǒng guān jué chéng
我客戾止，永观厥成。

【注】 有，语助词。瞽，盲人，周代常以盲人担任乐官，此处之瞽即指乐官。庭，指庙庭。

设，置。业，钟磬架横木上的大板。

虡，悬挂钟、磬等乐器的木架。崇牙，乐器架上挂钟、磬等的木齿。

树羽，装饰着羽毛。

应，小鼓。田，大鼓。县，同"悬"。

鼗，一种有柄可摇的小鼓。

磬，石制的敲击乐器。

柷，一种木制的打击乐器，形如方桶，中有椎柄，连底捅之，令左右击。

圉，又作"敔"，形状似虎，背上有二十七锯齿，以木尽击其齿，用为止乐。

备，前一"备"为齐备，后一"备"为都。

永，长。厥，其，指大合乐。成，乐终。

此始作乐而合乎祖之诗也。言我周当治定功成之后，为崇德尚功之乐，而奏之于祖也，所以告成也。

✳ 有瞽有瞽，在周之庭。

㊐ 是故有瞽有瞽，司乐之官也，则在周庭之上，奏象成之乐，以合格乎祖考之神矣。

✳ 设业设虡，崇牙树羽。

㊐ 以所作之乐言之。设业于栒上，设虡于栒端，悬钟磬者有具也。尽崇牙于栒业，树采羽以为仪式，业与虡皆有文也。

✳ 应田县鼓，鼗磬柷圉。

㊐ 小鼓之应大鼓之田，而皆悬之业虡之上，则夏商之制变矣。柄摇有鼗，垂击有磬，而并列起乐止乐之柷圉，则始终之节具矣。

✳ 既备乃奏，箫管备举。

㊐ 凡既备矣，于是三瞽之官从而奏之矣。然不惟有鼗磬也，而又有编小竹管之箫亦备举焉，不惟有柷圉也，而又有并两而吹之管亦备举焉。乐之陈也，极器饰之备，乐之奏也，合小大之全矣。

✳ 喤喤厥声，肃雍和鸣，先祖是听。

㊐ 夫乐既备，奏而其声之和何如哉？但见其声也，八风从律而不奸，五音成文而不乱，盖喤喤乎其和矣。然使一于肃而无雍以济之，则伤于拘迫非和也，今则皦如之中有纯如者存，肃而未尝不雍也。使一于雍而无肃以济之，则失于溺乱非和也。今则纯如之中有皦如者存，雍而未尝不肃也，其喤喤之和鸣，有如此者矣。是以先祖之神徂落虽云久也，然此和声所感，皆听之于冥冥之中而无有怨恫者矣。

✳ 我客戾止，永观厥成。

㊐ 我客之心兴衰虽在念也，然此和声所融皆永观其成，而无有厌怠者矣，其乐之感乎神人有如此，诚有极情文之备，而为一代尽美之乐矣乎。

潜

一章，章六句。

yǐ yú qī jǔ　shēn yǒu duō yú
猗与漆沮，潜有多鱼。

yǒu zhān yǒu wěi　tiáo cháng yǎn lǐ
有鳣有鲔，鲦鲿鰋鲤。

yǐ xiǎng yǐ sì　yǐ gài jǐng fú
以享以祀，以介景福。

【注】猗与，赞美之词。漆、沮，二水名。

潜，同"罧（shēn）"，堆积柴在水中供鱼栖止，以便捕捉；一说水深之处。

鳣，大鲤鱼，或鳇鱼。鲔，鲟鱼。

鲦，一种银白色、背有硬鳍的鱼，又叫白鲦、白丝。鲿，黄颊鱼，尾微黄。鰋，鲇鱼，无鳞，也叫鲶鱼。

享，祭献。介，同"匄（gài）"，祈求。景，大。

此季冬荐鱼，季春荐鲔于寝庙之乐歌，若曰：君子之
致孝，非必品物之备也，即有一物之荐，亦足以告虔
而通神明之感者也，自今言之。

❋ 猗与漆沮，潜有多鱼。

解 猗与漆沮之水，蕃育鱼鲔之所也。其积柴所养之鱼，盖至多矣。

❋ 有鳣有鲔，鲦鲿鰋鲤。

解 但见鳣鲔有焉，鲦鲿鰋鲤有焉。

❋ 以享以祀，以介景福。

解 是固四时之物，可以顺孝子之心也，于是以之享焉，以之祀焉。
一念荐物之敬，有以孚祖考之心，而感通之余，遂介以景福矣，
岂但祭祀之间能获福哉？

雍

一章，章十六句。

yǒu lái yōng yōng　　zhì zhǐ sù sù　　xiāng wéi bì gōng　　tiān zǐ mù mù
有来雍雍，至止肃肃。相维辟公，天子穆穆。

wū jiàn guǎng mǔ　　xiāng yú sì sì　　xià zāi huáng kǎo　　suí yú xiào zǐ
於荐广牡，相予肆祀。假哉皇考，绥予孝子。

xuān zhé wéi rén　　wén wǔ wéi hòu　　yàn jí huáng tiān　　kè chāng jué hòu
宣哲维人，文武维后。燕及皇天，克昌厥后。

suí wǒ méi shòu　　jiè yǐ fán zhǐ　　jì yòu liè kǎo　　yì yòu wén mǔ
绥我眉寿，介以繁祉。既右烈考，亦右文母。

【注】有来，指前来助祭之诸侯。雍雍，和谐貌。至，至于宗庙。止，语助词。肃肃，严肃恭敬貌。

相，助，指助祭的人。维，语词。辟公，指诸侯。穆穆，容止端正肃穆的样子。

於，叹词。荐，进献。广，大。牡，指公牛等雄牲。相，助。予，周天子自称。肆，陈列。

假，美。皇，美好、伟大。皇考，对已故父祖的敬称。绥，安抚。

宣，明。哲，智。人，臣子。维，为。后，君主。

燕，安，指国治民安。克，能。昌，兴盛。厥后，其后，指后代子孙。

眉寿，长寿。介，助。繁祉，多福。

右，同"侑"，劝酒、劝食；一说即"佑"，指受到保佑。烈，功业，光明。考，先父。文母，有文德之母，指文王妻太姒。

此武王祭文王之诗，若曰：人君之假庙也，固当合天下之孝以为孝，然要非后人之能致也，实惟先德之是赖焉，我今日之祀先王也，何如哉？

* 有来雍雍，至止肃肃。

解 彼当四海混一之初，而为肇祀文王之举，庙貌始开，万国毕集，但见辟公之来自侯国也，雍雍而和，无勉强之意，其至止周庭也，肃肃而敬无怠慢之心。

* 相维辟公，天子穆穆。

解 而所以助我之祭祀者，实维此辟公矣。如是天子夫何为哉？惟见其湛思疑虑，以交神明，非不雍雍而和也，而不可以和，名非不肃然敬也，而不可以敬象，但著其穆穆深远之容而已，是其合天下之和敬，而为一人之和敬，何其内之尽志耶？

* 於荐广牡，相予肆祀。假哉皇考，绥予孝子。

解 然不特内尽志也，但见此和敬之诸侯，各以其物来祭，于是於荐广牲以助我之祭祀，是其合天下之享献，而为一人之享献，何其外之尽物耶。以此而享皇考，孝子之心固望其来享也。假哉皇考，尚其鉴而享之，以安我孝子之心，而得以慰其如见之怀可也。

* 宣哲维人，文武维后。

解 然我之得人以奉祭，孰非文德之所贻哉？盖人之灵万物者，惟此宣哲也，皇考则宣无不通，哲无不知，而人道尽矣。君之称全德者惟此文武也，皇考则文足以经邦，武足以戡乱，而君德备矣。

✳ 燕及皇天，克昌厥后。

解 夫惟宣哲则聪明所在，于人民之欲恶无不知，而民以宣哲安矣。惟文武则德威所及，于民之利善无不济，而民以文武安矣，如是则有以慰求莫之心，不有以燕及皇天乎。是以敷锡之休，不惟尊荣其身，享有寿考已也，且以克昌其后嗣焉，而贻之以久大之庆也。

✳ 绥我眉寿，介以繁祉。

解 昌后之实何如？彼人莫难于有寿也，今则绥我以眉寿而历年有永，受命既长，其宛然周王寿考之遗乎？人莫难于福也，今则介我以繁祉，贵为天子，富有四海，其恍然聿怀多福之遗乎？

✳ 既右烈考，亦右文母。

解 夫有眉寿则不患无可为之时矣，有繁祉则不患无能为之分矣。是以我得和敬之诸侯，以荐广牡。既右烈考以天子之礼，而天下以父道尊之也，亦右父母以后妃之礼，而天下以母道尊之也。使非皇考盛德之泽有以昌我后人，则今日之祭果何自而举哉？信乎，皇考之德不可忘也。

载见

一章，章十四句。

载见辟王，曰求厥章。
<small>zài jiàn bì wáng　yuē qiú jué zhāng</small>

龙旂阳阳，和铃央央。
<small>lóng qí yáng yáng　hé líng yāng yāng</small>

鞗革有鸧，休有烈光。
<small>tiáo gé yǒu qiāng　xiū yǒu liè guāng</small>

率见昭考，以孝以享，以介眉寿。
<small>shuài jiàn zhāo kǎo　yǐ xiào yǐ xiǎng　yǐ gài méi shòu</small>

永言保之，思皇多祜。
<small>yǒng yán bǎo zhī　sī huáng duō hù</small>

烈文辟公，绥以多福，俾缉熙于纯嘏。
<small>liè wén bì gōng　suí yǐ duō fú　bǐ jī xī yú chún gǔ</small>

【注】载，始。辟王，君王，指周成王。曰，发语词。厥，其。章，典章法度。

龙旂，绘交龙之旗。阳阳，文彩鲜明的样子。和，挂在车轼上的铃。铃，挂在旗上的
铃。央央，铃声。

鞗，"鉴"之假借，铜制的马勒（即辔头、嘴套）的装饰。革，"勒"的省借，即马勒、
辔头，以皮为之。有鸧，即鸧鸧，铜饰美盛貌；一说铜饰锵然作声。休，美。有，同
"又"。烈光，光彩。

昭考，皇考，此处指周武王。孝、享，皆献祭之意。介，同"匄"，求。

永，长久。言，语助词。思，语词。皇，大、美。祜，福。

烈，功业。文，文德。辟公，助祭的诸侯。绥，安。缉熙，光明，显耀。纯嘏，大福。

此诸侯助祭于武王庙之诗，若曰：孝子之奉祭也，能竭万国之欢心者，斯能敛万国之多福，若我今日之祭，其所赖于辟公，岂其微哉？

✳ 载见辟王，曰求厥章。

🔴 是故我举昭考之祭，而诸侯修助祭之礼，然助祭必先入朝，而入朝所以禀王法也，于是载见辟王，曰求厥章，盖将奉一人之礼乐政刑，退而典国人共遵之也。

✳ 龙旂阳阳，和铃央央。

🔴 而其入朝之样何如哉？但见车上之建有交龙之旗，其色则阳阳而鲜明也。 轼前之和，旗上之铃，其声则央央而和也。

✳ 鞗革有鸧，休有烈光。

🔴 马辔之鞗，辔首之革，其声则有鸧而和也。 侯度修而等威以辨，仪卫盛而又悉以彰，王国若因之以生色矣，不亦休有烈光矣乎？

✳ 率见昭考，以孝以享。

🔴 夫诸侯既来朝而禀法矣。 于是率之以见我昭考之庙，所以修祀事也。 斯时也精诚萃于万国，而合天下之孝以致其孝，物品备于四方，而合天下之享以成其享，所以致昭考之来格者，成有在于斯矣。

✳ 以介眉寿，永言保之，思皇多祜。

🔴 是以神降而锡以福，介我以秀眉之寿，使我永言保此思皇之多祜，长守其富，长守其贵也，盖不特今日而已矣。

✳ 烈文辟公，绥以多福，俾缉熙于纯嘏。

🔴 夫有寿以保多祜，此正所谓多福而天下之纯嘏也，然岂我之所能致哉？盖我烈文辟公竭其孝享之诚，致夫神锡之休绥以多，使我缉而熙之，有寿以保多祜，而纯嘏之至于此也，此皆辟公之功，敢忘所自哉。

有客

一章，章十二句。

周輔耳豆

yǒu kè yǒu kè　　yì bái qí mǎ
有客有客，亦白其马。

yǒu qī yǒu jū　　diāo zhuó qí lǚ
有萋有且，敦琢其旅。

yǒu kè sù sù　　yǒu kè xìn xìn
有客宿宿，有客信信。

yán shòu zhī zhí　　yǐ zhí qí mǎ
言授之絷，以絷其马。

bó yán zhuī zhī　　zuǒ yòu suí zhī
薄言追之，左右绥之。

jì yǒu yín wēi　　jiàng fú kǒng yí
既有淫威，降福孔夷。

【注】 客，指宋国微子启，周灭商后，封微子于宋，以祀其先王，微子来朝祖庙，周以客礼待
之，故称。

亦，语助词。白，殷人尚白，故微子来朝骑白马。

有萋有且，即"萋萋且且"，形容随从众多的样子。敦，同"雕"，敦琢即雕琢，此处为
精选之意。旅，随从之众臣。

宿宿，住一夜谓之"宿"，宿而又宿，则是两夜。信，住两夜；信信，连住四夜。

言，语助词。絷，前一"絷"为绳索；后一"絷"作动词，系绊的意思，表示留住客人。

追，饯行，追送。左右，指天子之左右群臣。绥之，安抚客人。

淫，大。威，德。淫威，大德，含厚待之义。夷，大。

此微子来见祖庙之诗。

❋ 有客有客，亦白其马。

解 我微子本先代之后，我周盖尝待以不臣之礼矣，今为朝庙之行，至止周庭之上，不为我周之客乎？有客有客，其所乘者亦白其马，盖修先代之礼物而不之变也。

❋ 有萋有且，敦琢其旅。

解 自其仪之在一身而言，则有萋有且，而极其敬慎之至，是一身之敬而莫非一心之敬也。自其仪之在从行而言，则左右便便而若出于敦琢之余，是从行之敬莫非有客之敬也，不有适我之愿耶？

❋ 有客宿宿，有客信信。

解 奈何朝庙既毕，遂欲舍我而去矣。是故近而计之，我客不过于此一宿又一宿而已。远而计之，我客不过于此再宿又再宿而已，信信宿宿之外，将不为我久留也。

❋ 言授之絷，以絷其马。

解 然我不欲客之逊去也，于是以彼之所乘有马而言，受之絷，以絷其马焉，庶马以絷故而不得行，人亦以马故而不得去矣。

❋ 薄言追之，左右绥之。

解 夫以絷其马，我之计则然也，孰知我客之决于去而不可留，我将何以为情哉？于是薄言追之，欲以挽

其既去之辙，凡所以安而留之者，无不用其至矣。

❋ 既有淫威，降福孔夷。

解 且尔特不念我周之恩，犹有可留之道乎。盖我周使尔统承先王，得用天子礼乐，而制特异于群工，亦既大有等威矣。然则我周之降福于尔，名分不拘，恩泽无涯，不既易而且大乎？尔诚念及于此，亦可为我而少留也，何为而怨于我哉？

吁，周人于微子之朝庙既喜且至，复悲其去而留之切如此，可谓亲爱之无已矣。后世有天下者，反忌人之子孙至于殄灭无遗，亦独何哉？

武

一章，章七句。

於皇武王，无竞维烈。

wū huáng wǔ wáng　　wú jìng wéi liè

允文文王，克开厥后。

yǔn wén wén wáng　　kè kāi jué hòu

嗣武受之，胜殷遏刘，耆定尔功。

sì wǔ shòu zhī　　shèng yīn è liú　　zhǐ dìng ěr gōng

【注】於，叹美词。皇，美好、伟大。

无竞，无与伦比。烈，功业。

允，信然。文，文德。

克，能。厥，其，指周文王。

嗣武，嗣子武王。受之，承受其基业。

刘，杀，杀戮。耆，达到。尔，指周武王。

此周公颂武王之功，为大武之乐。 若曰：圣人非以杀伐为威，而以止杀为武，能止杀则可以定王业，而即所以扩先绪也，今我武王之武何如哉？

⊛ 於皇武王，无竞维烈。

🅗 於皇哉，此武王也。 创新造之王业，济四海于永清，其功烈之盛，可以光前裕后，天下莫得而竞之矣。

⊛ 允文文王，克开厥后。

🅗 何以言之？ 盖信有文德之文王，修和有夏，辑和有宁，邦家大统，几于垂成，固有以克开后人之绪矣。

⊛ 嗣武受之，胜殷遏刘，耆定尔功。

🅗 然殷虚未除，文德犹未洽于天下，使继之者非人，则先绪亦坠也，惟我武王嗣而受之，因其缔造之勋，而为吊伐之举，胜殷以止其杀，而救民水火之中。 是以天下由此大定，而成其无竞之功也。用是观之，可见非武王之武，无以成文王之文，而胜功遏刘之功未建，亦无以集克开厥后之业，此其武功所以为大，而周公象之以作乐而告成功，宜哉。

周颂·闵予小子之什

闵予小子

一章，章十一句。

周追教

mǐn yú xiǎo zǐ　　zāo jiā bù zào　　qióngqióng zài jiù
闵予小子，遭家不造，嬛嬛在疚。

wū hū huáng kǎo　　yǒng shì kè xiào
於乎皇考，永世克孝。

niàn zī huáng zǔ　　zhì jiàng tíng zhǐ
念兹皇祖，陟降庭止。

wéi yú xiǎo zǐ　　sù yè jìng zhǐ
维予小子，夙夜敬止。

wū hū huángwáng　　jì xù sī bù wàng
於乎皇王，继序思不忘。

【注】闵，同"悯"，可怜。予小子，成王自称。造，善。不造，指遭周武王之丧。
嬛嬛，同"茕茕"，孤独无依的样子。疚，病。
於乎，同"呜呼"。永世，终身。
皇祖，指文王。陟降，有往来之意。止，语词。
皇王，伟大的先王，兼指文王、武王。序，同"绪"，事业。思，语词。

成王免丧始朝于先王之庙而作此诗也。若曰：服新命者当知持危之戒，守盈成者，宜切继先之思。

✱ 闵予小子，遭家不造，嬛嬛在疚。

解 闵予小子，今日之继体守成，以天命则未固也，以人心则未孚也，盖遭家不造矣。况我皇考见皆茕茕然在此疚病之中，今虽免丧朝庙之日，念之有难为情矣。

✱ 於乎皇考，永世克孝。

解 夫以其眇躬而当不造之家，复失皇考之祐，我将何以为继序之图哉？亦惟法皇考之孝耳。於乎皇考也，事亲以孝，善继善述，善终其身而不忘者。

✱ 念兹皇祖，陟降庭止。

解 所谓永世克孝何如？观其于皇祖，既没之后，常切思念之心，善继其志，恍然若典之契也。善述其事，恍然若典之接也，有如皇祖之陟降于庭焉，其克孝于此可征矣。

✱ 维予小子，夙夜敬止。

解 今我小子之视皇考也，敢不夙夜之间敬以自持，兢兢然不忘皇考之恩乎。

✱ 於乎皇王，继序思不忘。

解 所以然者，盖於乎我皇祖之业，皇考继之，皇考之业，小子继之，是

其先后相传之序不可自我而坠也，故我之所以夙夜敬止者，正欲崇大化之本以就皇王之业，思继此序于不忘耳。不然先王之所望于小子者，其谓我何哉？

吁，成王于朝庙之初即思以守文武之业，此所以为有周之令主欤。

• 南宋·马和之《诗经·周颂·闵予小子》图

访落

一章，章十二句。

fǎng yú luò zhǐ shuài shí zhāo kǎo
访予落止，率时昭考。

wū hū yōu zāi zhèn wèi yǒu ài
於乎悠哉，朕未有艾。

jiāng yú jiù zhī jì yóu pàn huàn
将予就之，继犹判涣。

wéi yú xiǎo zǐ wèi kān jiā duō nàn
维予小子，未堪家多难。

shào tíng shàng xià zhì jiàng jué jiā
绍庭上下，陟降厥家。

xiū yǐ huáng kǎo yǐ bǎo míng qí shēn
休矣皇考，以保明其身。

【注】访，商量、谋议。落，开始，指开始执政的一些事情。率，遵循。时，此。

昭，古代的宗法制度中，在宗庙排列祖先次序，以始祖居中，二世、四世、六世，位于始祖之左，称为昭；三世、五世、七世，位于始祖的右边，称为穆。昭考，指武王。

於乎，同"呜呼"。悠，远。朕，我，成王自称。艾，阅历；一说与"乂"同，治才之意。

将，扶助。 就，因袭。 犹，同"猷"，图谋，计划。 判涣，分散；一说大也。

未堪家多难，不堪遭受国家多灾多难。

绍，继，指武王继承文王。 庭，公正。 上下，升降官吏。 陟降，任免臣下。

休，美。 皇考，指已故的武王。 保，保佑。 明，勉励。

南宋·马和之《诗经·周颂·访落》图

成王既朝于庙，因作此诗以道延访群臣之意，言我出谅阴以听治，正继体守成之初也，不慎厥始，难图厥终。

✳ 访予落止，率时昭考。

解 咨尔群臣，我将谋之于始，以循我昭考之道。

✳ 於乎悠哉，朕未有艾。

解 然於乎我昭考也，其道乃圣人之道，极于深远，朕未之能及也。

✳ 将予就之，继犹判涣。

解 将使予勉强以就之，则强探力索者多扞格而不胜，犹恐道自道而我自我，判涣而不相合也。

✳ 维予小子，未堪家多难。

解 夫以昭考之道，既远而难继，况予小子，渺躬凉德，又未能堪国家多难也。

✳ 绍庭上下，陟降厥家。

解 是何以为继述之图哉？亦曰以道求道则远而难及，以事求道则近而可循，外而在庭，昭考之所上下于是者皆道之所著也，我则绍其上下于庭者而上下之，内而在家，昭考之所陟降于是者皆道之形也，我则绍其陟降于家者而陟降之，凡刑寡妻至兄弟，一遵其成宪也。

✳ 休矣皇考，以保明其身。

解 如此则事之所在莫非道之所在，道之所在莫非休之所在也。庶几哉，可以赖皇考之休，有以保吾身焉，而不陷于纵欲之危，明吾身焉而不迷于昏昧之途，则昭考之道于是可继，而家国之难于是可堪矣。我今之所谋始者，尔群臣以为何如耶？

周虎鼎

敬之

敬之

一章，章十二句。

jìng zhī jìng zhī　　tiān wéi xiǎn sī　　mìng bù yì zāi
敬之敬之，天维显思，命不易哉！

wú yuē gāo gāo zài shàng　　zhì jiàng jué shì　　rì jiān zài zī
无曰高高在上，陟降厥士，日监在兹。

wéi yú xiǎo zǐ　　bù cōng jìng zhǐ
维予小子，不聪敬止。

rì jiù yuè jiāng　　xué yǒu jī xī yú guāngmíng
日就月将，学有缉熙于光明。

bì shí zī jiān　　shì wǒ xiǎn dé xíng
佛时仔肩，示我显德行。

【注】敬，警戒、戒慎。显，明察。思，语词。命，天命，
指国运。易，变更。

士，事；一说群臣。日，日日。监，视。兹，此。

不，语词。聪，听从。止，语词。

就，成就。将，行进。缉熙，继续不绝。

佛，大，重大。仔肩，责任。示，指示。

此成王受群臣之戒，而述其告己之言及己答之之意。曰：天之所命者惟君，君之保命者惟敬，而所以能纯其敬者，惟在于无间之功而辅翼之助也。向也小子以道延访群臣，而群臣以道而告小子。

✳ 敬之敬之，天维显思，命不易哉！

🔴 我王当嗣服之初，正天命去留之会也，尚当体敬止之心法，守敬胜之家传，有严有翼，其敬之哉，敬之哉。然所以当敬者何也？盖使大道有不显而明命之易保，犹可以不敬也。自今言之，天道甚显，凡人一念之敬肆，莫不在于洞烛之中，命遂因之，予夺有不可执之以为常矣，命何不易保哉？

✳ 无日高高在上，陟降厥士，日监在兹。

🔴 王毋曰：天之高高在上而不吾察也。当知其聪明明畏，常若陟降于吾之所为，盖有无日而不临鉴在兹者，无一事之或遗，亦无意一时之或间矣。天道之显如此，则其命亦因之矣，如之何其易保耶？王诚不可以不敬也。

✳ 维予小子，不聪敬止。

🔴 夫群臣固以敬而戒我矣，顾予小子，天质不聪，尚昧主敬之方而未能敬焉。

✳ 日就月将，学有缉熙于光明。

🔴 然未能者其质也，愿学者其心也，是必体验于幽独之中，扩之于行事之际，日有就焉，日求一日之功，月有将焉，月求一月之功。不但已也，又必其日就月将者，缉而续之，熙而明之，无一息之间，以造于一疵不存，万理明尽之后而复其光明之本体，斯已矣。如是则私欲不杂，此心惺惺，庶几为纯敬道哉？

✳ 佛时仔肩，示我显德行。

🔴 凡尔群臣当念我所负荷之任，天命于我乎？疑人心于我乎？固而非敬无以胜之，盖甚重也，是必辅助我所负荷之任，而凡为显明之德行者，一以示我，使我得以于此加日就月将之功，因缉而熙之，庶几光明之地可几而敬可能矣。不然而徒泛泛示之曰敬之哉，我将何以循哉？

吁，成王既受戒而又欲交修于人己，此所以能基命宥密而为守成之令主欤。

小毖

一章，章八句。

yú qí chéng ér bì hòu huàn
予其惩，而毖后患。

mò yú pēng fēng zì qiú xīn shè
莫予荓蜂，自求辛螫。

zhào yǔn bǐ táo chóng fān fēi wéi niǎo
肇允彼桃虫，拚飞维鸟。

wèi kān jiā duō nàn yú yòu jí yú liǎo
未堪家多难，予又集于蓼。

【注】予，成王自称。其，语助词。惩，警戒。毖，
谨慎。

荓蜂，牵引，扶助。螫，"赦"的假借字；辛
螫，勤劳。

允，信。桃虫，即鹪鹩，一种极小的鸟，传说
此鸟最终将变为大鹏。拚，同"翻"，上下飞
翔。拚飞，鸟飞动貌。鸟，大鸟。

蓼，草本植物，其味苦辣，比喻陷入困境。

● 南宋·马和之《诗经·周颂·小毖》图

此亦访落之意。

⊛ 予其惩，而毖后患。

解 人情有所惩于前，斯有所毖于后，我今何所惩而毖后患乎？

⊛ 莫予荓蜂，自求辛螫。肇允彼桃虫，拚飞维鸟。

解 夫蜂之为物，虽小而有毒，本不可使也。桃虫之小而能为大鸟，本不可信也。今予之当惩者，莫予荓蜂而自求辛螫之变，信桃虫而不知拚飞为大鸟焉，此其所以当惩者乎？

⊛ 未堪家多难，予又集于蓼。

解 顾予年幼冲，未堪国家之多难，而又集于辛苦之地，有此辛螫拚飞之祸焉，使今不惩昔日之变，则恐复酿他日之患矣。凡尔群臣，诚当思以匡我之不及，而使我知所谨可也，岂可舍我而弗助哉？

载芟

一章，章三十一句。

zài shān zài zuò　　qí gēng shì shì
载芟载柞，其耕泽泽。

qiān ǒu qí yún　　cú xí cú zhěn
千耦其耘，徂隰徂畛。

hóu zhǔ hóu bó　　hóu yà hóu lǚ　　hóu qiáng hóu yǐ
侯主侯伯，侯亚侯旅，侯强侯以。

yǒu tǎn qí yè　　sī mèi qí fù　　yǒu yī qí shì
有喷其馌，思媚其妇，有依其士。

yǒu lüè qí sì　　chù zài nán mǔ　　bō jué bǎi gǔ　　shí hán sī huó
有略其耜，俶载南亩，播厥百谷，实函斯活。

【注】芟，除草。柞，砍树。泽泽，同"释"，土质松软的样子。

耘，除田间杂草。隰，低湿地。畛，高坡田。

主，家长，古代一国或一家之长均称主。伯，长子。亚，仲、叔诸子。
旅，幼小子弟辈。强，指身体强壮，有余力来助耕的人。以，雇工、
佣工。

喷，众人饮食声。有喷，喷喷。馌，家人送给田间耕作者的饮食，此处
为动词。思，语助词。媚，美好。依，爱；一说同"殷"，壮盛的样
子。士，丈夫。

有略，略略，锋利的样子。耜，用于耕作翻土的农具，是后世犁铧的前
身。俶载，从事于。南亩，向阳的田地。实，种子。函，含，指种子播
下之后孕育发芽。活，生，指种子的生气。

<ruby>驿驿<rt>yì yì</rt></ruby> <ruby>其<rt>qí</rt></ruby> <ruby>达<rt>dá</rt></ruby>，<ruby>有<rt>yǒu</rt></ruby> <ruby>厌<rt>yàn</rt></ruby> <ruby>其<rt>qí</rt></ruby> <ruby>杰<rt>jié</rt></ruby>，<ruby>厌厌<rt>yàn yàn</rt></ruby> <ruby>其<rt>qí</rt></ruby> <ruby>苗<rt>miáo</rt></ruby>，<ruby>绵绵<rt>mián mián</rt></ruby> <ruby>其<rt>qí</rt></ruby> <ruby>麃<rt>biāo</rt></ruby>。

<ruby>载<rt>zài</rt></ruby> <ruby>获<rt>huò</rt></ruby> <ruby>济济<rt>jǐ jǐ</rt></ruby>，<ruby>有<rt>yǒu</rt></ruby> <ruby>实<rt>shí</rt></ruby> <ruby>其<rt>qí</rt></ruby> <ruby>积<rt>jī</rt></ruby>，<ruby>万<rt>wàn</rt></ruby> <ruby>亿<rt>yì</rt></ruby> <ruby>及<rt>jí</rt></ruby> <ruby>秭<rt>zǐ</rt></ruby>。

<ruby>为<rt>wéi</rt></ruby> <ruby>酒<rt>jiǔ</rt></ruby> <ruby>为<rt>wéi</rt></ruby> <ruby>醴<rt>lǐ</rt></ruby>，<ruby>烝<rt>zhēng</rt></ruby> <ruby>畀<rt>bì</rt></ruby> <ruby>祖<rt>zǔ</rt></ruby> <ruby>妣<rt>bǐ</rt></ruby>，<ruby>以<rt>yǐ</rt></ruby> <ruby>洽<rt>qià</rt></ruby> <ruby>百<rt>bǎi</rt></ruby> <ruby>礼<rt>lǐ</rt></ruby>。

<ruby>有<rt>yǒu</rt></ruby> <ruby>飶<rt>bì</rt></ruby> <ruby>其<rt>qí</rt></ruby> <ruby>香<rt>xiāng</rt></ruby>，<ruby>邦<rt>bāng</rt></ruby> <ruby>家<rt>jiā</rt></ruby> <ruby>之<rt>zhī</rt></ruby> <ruby>光<rt>guāng</rt></ruby>。

<ruby>有<rt>yǒu</rt></ruby> <ruby>椒<rt>jiāo</rt></ruby> <ruby>其<rt>qí</rt></ruby> <ruby>馨<rt>xīn</rt></ruby>，<ruby>胡<rt>hú</rt></ruby> <ruby>考<rt>kǎo</rt></ruby> <ruby>之<rt>zhī</rt></ruby> <ruby>宁<rt>níng</rt></ruby>。

<ruby>匪<rt>fěi</rt></ruby> <ruby>且<rt>qiě</rt></ruby> <ruby>有<rt>yǒu</rt></ruby> <ruby>且<rt>jū</rt></ruby>，<ruby>匪<rt>fěi</rt></ruby> <ruby>今<rt>jīn</rt></ruby> <ruby>斯<rt>sī</rt></ruby> <ruby>今<rt>jīn</rt></ruby>，<ruby>振<rt>zhèn</rt></ruby> <ruby>古<rt>gǔ</rt></ruby> <ruby>如<rt>rú</rt></ruby> <ruby>兹<rt>zī</rt></ruby>。

驿驿，同"绎绎"，苗连续长出的样子。达，出土。

厌，同"黡"，美好。杰，先长出的苗。

厌厌，禾苗整齐茂盛的样子。绵绵，茂密的样子。

麃，同"穮"，除草。

实，大。积，指堆积之穗。有飶，即飶飶，芳香。

有椒，香气浓厚的样子。

馨，香气。胡考，寿考，指老人。

匪且有且，前"且"意为此处，后"且"意为丰收。匪今斯今，非独此时始有今日这样的丰收。振古，自古。

南宋·马和之《诗经·周颂·载芟》图

此诗疑亦秋冬报赛田事之乐歌，言农事以稼穑为先，稼穑以丰年为庆。

※ 载芟载柞，其耕泽泽。

解 彼三农之事，莫先于耕也。然草木不除，则有妨五谷，故芟焉除

草，柞焉除木，而其耕也泽泽然土膏之解散也。

※ 千耦其耘，徂隰徂畛。

解 三农之事，亦莫重于耘也。然人力不协，则地有遗利，于是合千
为耦同出而耘，而其耘也，自为田之处以至田畔之处，而皆遍矣。

※ 侯主侯伯，侯亚侯旅，侯强侯以。

解 然耕与耘之事何如？以其耕之勤言之，内则主伯亚旅之咸在，外

则侯强侯以之咸力。

※ 有喷其馌，思媚其妇，有依其士。

解 斯时也，妇子来馌而众食之，喷然其有声矣。且为夫者则以耕吾事也，而悯其妇来馌之劳，无不媚妇之夫也。为妇者则以来馌吾事也，而悯其夫力耕之劳，无不依士之妇也。

※ 有略其耜，俶载南亩。

解 合内外长幼以并出，各以有略之耜始事于南亩之中焉，所谓芟作而耕者，何勤耶？

※ 播厥百谷，实函斯活。

解 以其耘之勤言之。但见既耕之后，而百谷可播矣，则播厥百谷，其实含气而生焉。

※ 驿驿其达，有厌其杰。

解 由是驿驿其达，苗生之出土也。有厌其杰，受气之足而先长也。

※ 厌厌其苗，绵绵其麃。

解 厌厌其苗，受气之齐而均长也。斯时也，力耘非其日乎，则绵绵其麃而耘之，极其详密，既不失之卤莽也，亦不失之裂灭也。所谓千耦齐耘者，抑何勤耶？

※ 载获济济，有实其积，万亿及秭。

解 夫耕耘之务既勤矣，及夫西成届期，百谷咸登获之于野，而有济济人力之众。实之于积而有万亿及秭之多，收入之富如此。

※ 为酒为醴，烝畀祖妣，以洽百礼。

解 则以之制用焉，有一事不周乎，但见以之为酒而三酒备矣，以之为醴而五醴具矣。由是进之祖妣之前，以洽百礼之备，凡夫妥侑以致孝，献醑以致敬，无不有资矣，其祭祀之需焉有不足耶？

※ 有飶其香，邦家之光。

解 不特此也。但见酒醴也，飶然其香，以之燕享宾客，则会明良聚道德，而邦家由之以光矣。

※ 有椒其馨，胡考之宁。

解 椒然其馨，以之供养耆老，则养天和安气体，而胡考由之以宁矣，其燕享之具又焉有不周耶。

※ 匪且有且，匪今斯今，振古如兹。

解 夫耕耘收获，稼穑之事也。祭祀燕享，丰年之庆也。然非特此处有此稼穑之事也，今时有此丰年之庆也。盖自极古以来，即有此稼穑之事，而不独一处为然矣。有此稼穑即有此丰年之庆，而不独一时为然矣。夫以稼穑，斯年之兆，于古如此，则神之有功其来久矣，报赛之典，其容以不举乎。

良耜

一章，章二十三句。

周夔纹壶

良耜

cè cè liáng sì　　chù zài nán mǔ　　bō jué bǎi gǔ　　shí hán sī huó
畟畟良耜，俶载南亩。播厥百谷，实函斯活。

huò lái zhān rǔ　　zài kuāng jí jǔ　　qí xiǎng yī shǔ
或来瞻女，载筐及筥，其饟伊黍。

qí lì yī jiū　　qí bó sī zhào　　yǐ hāo tú liǎo
其笠伊纠，其镈斯赵，以薅荼蓼。

tú liǎo xiǔ zhǐ　　shǔ jì mào zhǐ　　huò zhī zhì zhì　　jī zhī lì lì
荼蓼朽止，黍稷茂止。获之挃挃，积之栗栗。

【注】畟畟，形容耒耜深耕入土的样子。

或，有人。瞻，看。女，汝。筐，方筐。筥，圆筐。

饟，指所送的饭食。伊，是。黍，小米，指用小米煮成的饭。

纠，编织。赵，锋利好使。薅，去掉田中杂草。

荼蓼，两种野草名，泛指田地之草与水边之草。

朽，腐烂。止，语助词。

挃挃，收割庄稼的声音。栗栗，庄稼堆积众多的样子。

南宋·马和之《诗经·周颂·良耜》图

其崇如墉，其比如栉，以开百室。

百室盈止，妇子宁止。杀时犉牡，有捄其角。

以似以续，续古之人。

崇，高。比，密集排列。栉，梳子。百室，指众多的粮仓。

妇子，妇女、孩子。

犉，黄毛黑唇的牛。捄，弯曲。

似，同"嗣"，继续。古之人，祖先。

此诗疑亦秋冬报赛田事之乐歌，言稼穑之事虽由人力，丰年之庆实由于神功，我周人不敢忘所自矣。

———————————

✳ 畟畟良耜，俶载南亩。

解 彼方其耕也，以此严利之耜，而始事于南亩之间，其耕之也勤矣。

✳ 播厥百谷，实函斯活。

解 迨其耕也，播此百谷之种，其实皆含气而生，其播之也时矣。

✳ 或来瞻女，载筐及筥，其饟伊黍。

解 由是农夫在田，妇子馌焉，则持筐筥之器，盛伊黍之饷，而饔飧之有备也。

✳ 其笠伊纠，其镈斯赵，以薅荼蓼。

解 妇子来馌，农夫耘焉，则戴轻纠之笠，持斯赵之镈，而荼蓼之是薅也。

✳ 荼蓼朽止，黍稷茂止。

解 荼蓼既去，则草朽土熟而黍稷日见其茂盛矣。

✳ 获之挃挃，积之栗栗。

解 由是西成届期，于焉而可获也，则获之于野，挃挃然其有声，积之于场，栗栗然其甚密。

✳ 其崇如墉，其比如栉，以开百室。

解 语其所积之崇则如墉也，语其所积之密则如栉也。而向之合百室以共作者，今则开此百室而同时以入

谷矣。

✳ 百室盈止，妇子宁止。

解 由是百室盈止，而比闾族党皆有积仓之富，妇子宁止而俯仰有资，皆蒙乐利之休，其丰年之庆为何如哉？

✳ 杀时犉牡，有捄其角。

解 夫农夫获丰年之庆，要之皆田祖先农方社之功也，报赛之礼其容可缓乎？故杀此犉牡之牲，有捄其角之曲于以行报赛之礼焉。

✳ 以似以续，续古之人。

解 举是礼也，而岂徒哉？盖我先祖于农事有成之日，故常行报赛之礼，我今日之举，正欲以似续古之人之典于不替耳。不然行于昔而废于今，将何以报神功之远哉？

丝衣

一章，章九句。

丝衣其紑，载弁俅俅。

自堂徂基，自羊徂牛。

鼐鼎及鼒，兕觥其觩，旨酒思柔。

不吴不敖，胡考之休。

【注】 丝衣，祭服。紑，洁白鲜明的样子。载，戴。弁，礼帽。

俅俅，冠饰美丽的样子；一说恭顺貌。

堂，庙堂；一说明堂。基，门限，门槛。鼐，大鼎。鼒，小鼎。

兕，犀牛角做的盛酒器。觥，用兽角做的酒器。觩，觥弯曲的样子。

旨酒，美酒。思，语助词。柔，酒味柔和。

吴，喧哗。敖，同"傲"，傲慢。

胡考，寿考。休，美誉；一说福禄。

• 南宋·马和之《诗经·周颂·丝衣》图

此祭而饮酒之诗也，意曰：王者有事
于庙，而多士与焉，非徒以备官也，
盖将萃臣工之敬焉耳。

❋ 丝衣其纾，载弁俅俅。

🔴解 今观我周士之助祭也，丝衣之服于身者，纾
然其鲜洁，爵弁之戴于首者，俅然其恭顺，
盖以士者之服而助王者之祭矣。

❋ 自堂徂基，自羊徂牛，鼐鼎及鼒，

🔴解 但见方其未祭也，有行礼之序焉，则始而省
器也，升自门堂，视壶濯笾豆之属，降往于
基，往告于主人曰：器皆已濯具矣。次而省
牲也，出自门外，从羊至牛而视之，反于基，
告于主人曰：牲皆已充矣。又次而省鬴也，
出自门外，举夫大鼎之鼐及小鼎之鼒，反于
基，告主人曰：鼎皆已洁矣，是未祭而谨礼
之序如此。

❋ 兕觥其觩，旨酒思柔，不吴不敖，胡考之休。

🔴解 迨其既祭，有献酬之礼焉，则称彼觩然而曲
之兕觥，酌彼柔然而和之旨酒，笑语举获，
无有于喧哗也，礼仪卒度，无有于怠傲也，
是饮酒而谨礼之仪如此。由是敬至而神以孚，
神孚而福以降，岂不永锡难老而有胡考之休
乎？则所以相一人之祀事者，盖未有既矣，
岂直今日之祭饮而已哉？

周蟠螭盉

酌

酌

一章，章九句。

wū shuò wáng shī　　zūn yǎng shí huì
於铄王师，遵养时晦。

shí chún xī yǐ　　shì yòng dà jiè
时纯熙矣，是用大介。

wǒ chǒng shòu zhī　　qiāo qiāo wáng zhī zào
我龙受之，蹻蹻王之造。

zài yòng yǒu sì　　shí wéi ěr gōng
载用有嗣，实维尔公。

yǔn shī
允师。

【注】於，叹词。铄，同"烁"，辉煌，美盛。遵，率，指率兵。养，取。时，这。
晦，糊涂。

纯，大。熙，光明。是用，因此。介，善。

我，主祭者自称，即成王。龙，古"宠"字。受，承受。蹻蹻，勇武的样子。

王，指武王。造，作为，缔造，此作名词，指武王缔造的军队。

载，乃。有嗣，继承先人之业。尔，指武王。公，功。

允师，诚然可以师法。

南宋·马和之《诗经·周颂·酌》图

此颂武王之诗，言天下有不可违之时，而圣人自有顺时之道，欲行事者当知所法也。

（＊）於铄王师，遵养时晦。

（解）追我武王也，向有铄盛之王师，非不可伐纣而成功。然天命犹在商而周时未，至时尚晦矣。武王则坚事商之小心而退自循养，与时俱侮焉。若幸国之寡而轻易其君，岂仁人之所屑者哉？

（＊）时纯熙矣，是用大介。

（解）及天命既绝商，而周道已光时纯熙矣，武王则著戎衣以伐纣，而天下大定，与时俱显焉。若纵独夫之暴以虐其民，岂仁人之所忍哉！是其始之循养也，非有心于忘天下也，终之大介也，非有心于利天下也，惟其时而已。

（＊）我龙受之，蹻蹻王之造。

（解）夫酌时之下，大功以建，是以尺地莫非其有，一民莫非其臣，诚矫然为王者之造也，惟我后人无事经营之劳，安然受此矫矫然王者之功，而垂裕也亦弘矣。

（＊）载用有嗣，实维尔公。允师。

（解）我今所以嗣其功者，岂可以他求哉？亦惟武王酌时之事是师耳。盖虽不尽袭牧野之迹，然时未可为则，法养晦之遗规，不敢先时而失之纷更也，时所可为则，法大介之遗意，不敢后时而失之废弛也，使不师其道而欲嗣其功，不亦难哉？

桓

桓

一章，章九句。

suí wàn bāng　　　lǚ fēng nián　　　tiān mìng féi xiè
绥万邦，娄丰年，天命匪解。

huán huán wǔ wáng　　　bǎo yǒu jué shì
桓桓武王，保有厥士，

yú yǐ sì fāng　　　kè dìng jué jiā
于以四方，克定厥家。

wū zhāo yú tiān　　　huáng yǐ jiàn zhī
於昭于天，皇以间之。

【注】娄，同"屡"。

匪，同"非"。解，同"懈"。

桓桓，威武的样子。士，疑为"土"之误。

于以四方，于是而拥有四方。家，国家。

於，叹词。昭于天，光明显耀于上天。

皇，君王。间，代替。之，指商。

南宋·马和之《诗经·周颂·桓》图

此亦颂武王之诗，若曰：帝王之具天命之也，故世乱而伐暴安民，世平而用贤保治，莫非所以承天命也，我观武王得是道矣。

❋ 绥万邦，娄丰年，天命匪解。

🔴解 当商罪贯盈之时，万邦之失其所安久矣，惟我武王伐纣，救民于水火之中，而措万邦于久安之域，是以民心悦而天意得，阴阳顺轨，风雨时若而屡获丰年之祥焉。盖虽大军之后，必有凶年，而非所论于武王顺天应人之师者矣。若此者固天之眷周，然天命之于周久而不厌，不徒有屡丰之祥而已也。

❋ 桓桓武王，保有厥士，于以四方，克定厥家。

🔴解 盖此桓桓武王，知天以安民为心也，于是凡此敦商之旅，皆列爵分土，保而用之于四方，以克定厥家，使夫见休之众，愈获安宁之庆焉。

❋ 於昭于天，皇以间之。

🔴解 是以安民之德，上通于天，而天命之君天下以代商也，而一代之命于此永承于无疆矣，命之匪解何如哉？夫伐商屡获丰年之庆用矣，而膺匪解之命，武王之功所以为大也。宜周人颂而归功也欤。

赉

一章，章六句。

wén wáng jì qín zhǐ　　wǒ yīng shòu zhī　　fū shí yì sī
文王既勤止，我应受之，敷时绎思。

wǒ cú wéi qiú dìng　　shí zhōu zhī mìng
我徂维求定，时周之命。

wū yì sī
於绎思。

【注】止，语词。

我，武王自称。

敷，铺、布。 时，此，指文王的勤劳。 绎，永续。

思，语词。

定，共定天下。

时，与"承"通。 时周之命，即承周之命也。

於，叹词。

● 南宋·马和之《诗经·周颂·赉》图

此颂文武之功，而言其大封功臣之意也。若曰：帝王
享有天下而必与功臣共者，非徒示宠荣也，一以广先
王之德泽，一以保万世之太平。盖大公大虑存焉者也，
尔诸臣亦知此意乎？

※ 文王既勤止，我应受之，敷时绎思。

解 彼我文王，日昃不遑，以肇造华夏，其勤劳天下至矣，我也受而
有之，因成一统之业。则此土地人民之所在，莫非文王之功德而
可绎思者也，我岂敢私之为己有哉？

※ 我徂维求定，时周之命。

解 布此文王功德之在人而可绎思者，以赉有功之臣，使其大小相制，
轻重相维，于以夹辅王室而往求天下之安定焉。然此分封之典，
乃我周一代之新命，所以酬功报德而非复商之滥及恶德矣。

※ 於绎思。

解 於乎有文王之功德，斯有今日之封爵，凡尔群臣之受封赏者，尚
其绎思文王之功德于不忘焉，则所以计安天下者不容已矣。然其
何以慰勤劳之意而钦我周之新命也哉？此可见不有文王之勤劳，
则无以得天下而启分封之典，不有武王之分封，则无以安天下而
保勤劳之业，此文武之功所以均为可颂也。

般

一章，章七句。

周事尊

般

wū huáng shí zhōu　　zhì qí gāo shān
於皇时周，陟其高山。

duò shān qiáo yuè　　yǔn yóu xī hé
隓山乔岳，允犹翕河。

fū tiān zhī xià　　póu shí zhī duì　　shí zhōu zhī mìng
敷天之下，裒时之对，时周之命。

【注】於，叹词。皇，美、大。时，此。

隓，狭长的。乔岳，高大的山。

允，语词。犹，同"猷"，顺，顺当。翕，合流。

河，黄河。

敷，遍布。

裒，聚集。时，此。对，配合。

时周之命，"时"为承受之意。

此武王巡守而朝会祭告之乐歌，若曰：自商政不纲，巡守之废也久矣，甚非所以柔百神而肃人心者也。

※ 於皇时周，陟其高山。隋山乔岳，允犹翕河。

解 美哉！我周当受命之始，为巡守之行，于是陟其高山，以柴望夫狭而长之隋山也，高而大之岳山也，而一方之祭告无不遍，则一方之朝会无不举矣。然天下非一山，四方非一岳，于是又道翕顺之河，以周四方之岳，而四方之祭告无不遍，则四方之朝会无不举矣。

※ 敷天之下，裒时之对，时周之命。

解 所以然者何哉？盖以敷天之下，皆仰一王之新政而有望于我，是以我也聚而朝之方岳之下，正朔与之一，律度与之同，五礼与之修，五瑞与之辑，以答其仰望之心耳，夫岂无事而悠游哉？若此者，虽遵先王之旧规，然实我周之新政，以与天下相更始者也，尔群臣知新命之不可玩，则当知遵守而不可忽已。

鲁乃成王封周公长子伯禽也，姬姓侯爵，其诗皆臣子颂其君之词，与商周之诗子孙颂其先德者异矣。然其即奏皆依颂成声，故得列之商周而无嫌。诗凡四篇。

鲁颂·駉之什

周鲁鼎

駉

駉

四章，章八句。

jiōng jiōng mǔ mǎ zài jiōng zhī yě bó yán jiōng zhě yǒu yù yǒu huáng yǒu lí yǒu huáng
駉駉牡马，在坰之野。薄言駉者，有骄有皇，有骊有黄，

yǐ chē bāng bāng sī wú jiāng sī mǎ sī zāng
以车彭彭。思无疆，思马斯臧。（一章）

jiōng jiōng mǔ mǎ zài jiōng zhī yě bó yán jiōng zhě yǒu zhuī yǒu pī yǒu xīng yǒu qí
駉駉牡马，在坰之野。薄言駉者，有骓有駓，有骍有骐，

yǐ chē pī pī sī wú qī sī mǎ sī cái
以车伾伾。思无期，思马斯才。（二章）

【注】駉駉，良马高大肥壮的样子。坰，远野也；邑外曰郊，郊外曰野，野外曰林，林外曰坰。薄言，发语词。骄，黑身白腿的马。皇，毛色黄白相杂的马。骊，纯黑色的马。黄，黄赤色的马。

彭彭，强壮有力的样子。

思，语词。无疆，无穷尽。臧，善。

骓，苍白杂毛之马。駓，黄白杂毛之马。骍，赤黄色之马。骐，青黑色花纹相间的马。

伾伾，有力的样子。

无期，无穷尽、无尽期。才，同"材"，成材。

jiōng jiōng mǔ mǎ　　zài jiōng zhī yě　　bó yán jiōng zhě　　yǒu tuó yǒu luò　　yǒu liú yǒu luò

驹驹牡马，在坰之野。薄言驹者，有骓有骆，有骝有雒，

yǐ chē yì yì　　sī wú yì　　sī mǎ sī zuò

以车绎绎。思无斁，思马斯作。（三章）

jiōng jiōng mǔ mǎ　　zài jiōng zhī yě　　bó yán jiōng zhě　　yǒu yīn yǒu xiá　　yǒu tán yǒu yú

驹驹牡马，在坰之野。薄言驹者，有骃有騢，有驔有鱼，

yǐ chē qū qū　　sī wú xié　　sī mǎ sī cú

以车祛祛。思无邪，思马斯徂。（四章）

骓，青黑色而有白鳞花纹的马。 骆，白身黑鬣的马。 骝，赤身黑鬣的马。 雒，黑身白鬣的马。

绎绎，善走的样子。

斁，厌倦。 作，奋起。

骃，浅黑色和白色相杂的马。 騢，赤白杂毛的马。 驔，黑色黄脊的马或足胫有白色长毛的马。

鱼，两眼眶有白圈的马。 祛祛，强健的样子。

邪，不端正。 徂，善走；一说同"且"，多的意思。

南宋·马和之《诗经·鲁颂·》图

此诗言僖公牧马之盛，由其立心之远也。若曰：大哉心乎，始于仁民，终于及物，故立心之善否，而万化之兴颓系焉。我于我侯牧马之盛而有以独观其深矣。

※ 駉駉牡马，在坰之野。

解 彼駉駉然腹干肥张之牡马，在于坰之野，所以避民居良田也。

※ 薄言駉者，有骄有皇，有骊有黄，以车彭彭。

解 以是马之骊者而言，有骊马，白跨之骄也。而又有黄白之皇、有纯黑之骊也。而又有黄骍之黄，色虽不同而骊则一，以之驾车见其彭彭而充盛矣。

＊ 思无疆，思马斯臧。

解 然岂无自而然哉？盖由我公之治国也有悠久之计，无浅近之规，而思之无疆也。是以一思及于马，自然蓄养有道，而马有如是彭彭之善矣。

* 駉駉牡马，在坰之野。

解 駉駉然腹干肥张之牡马，牧之坰之野，避民居与良田也。

* 薄言駉者，有驈有騜，有骊有骐，以车伾伾。

解 自其马之驈者而言，有苍白杂毛之騜也，而又有黄白杂毛之驈、有赤黄之骊也。而又有青黑之骐，色虽有异而驈则同，以之驾车，吾见其伾伾而有力矣。

* 思无期，思马斯才。

解 然岂无自而然哉？盖由我公之治国也有万世之虑，无一时之谋而思之无期也，是以一思及于马，自然蕃育有方，而马有如是伾伾之才矣。

* 駉駉牡马，在坰之野。

解 駉駉牡马，在于坰之野，牧之有其地矣。

* 薄言駉者，有骓有骆，有骝有雒，以车绎绎。

解 薄言駉者，有青骊鳞之骓与夫白马黑鬣之骆，有赤身黑鬣之骝与夫黑身白鬣之雒，以是马而驾夫车，绎绎然不绝可谓盛矣。

* 思无斁，思马斯作。

解 然非无自也，盖由我公心思彻乎终始，而无一念之厌致，是以思及于马之大繁息，而绎绎之奋起耳。

* 駉駉牡马，在坰之野。

解 駉駉牡马，在于坰之野而牧之有其地矣。

* 薄言駉者，有骃有騢，有驔有鱼，以车祛祛。

解 薄言駉者，有阴白杂毛之骃者，与夫彤白杂毛之騢，有豪骭之驔与夫二目白之鱼。以是马而驾夫车，祛祛然强健也，可谓盛矣。

* 思无邪，思马斯徂。

解 然非无自也，盖由我公心思极其正大而无一念之邪僻，是以思及于马，马大繁息而祛祛以徂行耳。盖国家之盛衰，征之畜产，畜产之盛衰本之君心，僖公立心之远，则其牧马之盛，岂偶然哉？吾以是知君心之关于万化大矣，不特一牧马然也。

有駜

三章，章九句。

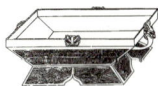
周齍蚊置

yǒu bì yǒu bì　　bì bǐ shènghuáng　　sù yè zài gōng　　zài gōng miǎn miǎn
有駜有駜，駜彼乘黄。夙夜在公，在公明明。

zhèn zhèn lù　　lù yú xià　　gǔ yān yān　　zuì yán wǔ　　yú xū lè xī
振振鹭，鹭于下。鼓咽咽，醉言舞。于胥乐兮！（一章）

yǒu bì yǒu bì　　bì bǐ shèng mǔ　　sù yè zài gōng　　zài gōng yǐn jiǔ
有駜有駜，駜彼乘牡。夙夜在公，在公饮酒。

zhèn zhèn lù　　lù yú fēi　　gǔ yān yān　　zuì yán guī　　yú xū lè xī
振振鹭，鹭于飞。鼓咽咽，醉言归。于胥乐兮！（二章）

yǒu bì yǒu bì　　bì bǐ shèng xuān　　sù yè zài gōng　　zài gōng zài yàn
有駜有駜，駜彼乘骃。夙夜在公，在公载燕。

zì jīn yǐ shǐ　　suì qí yǒu　　jūn zǐ yǒu gǔ　　yí sūn zǐ　　yú xū lè xī
自今以始，岁其有。君子有毂，诒孙子。于胥乐兮！（三章）

【注】駜，马肥壮的样子。乘黄，四匹黄马。

　　明明，"勉勉"的假借，勤勉的样子。

　　振振，鸟群飞的样子。鹭，指鹭羽，做舞具用。下，落下、飞下。

　　咽咽，鼓声。于，发声词。胥，都。

　　乘牡，四匹公马。

　　骃，青黑色的马，又名铁骢。

　　燕，通"宴"。

　　以，而。有，有年，即丰年。

　　毂，福禄；一说"善"。诒，遗留，留给。孙子，子孙。

此燕饮而颂祷之词，若曰：君臣相庆，熙朝之盛事，吾今抑何幸而躬逢其盛耶？

※ 有駜有駜，駜彼乘黄。

解 彼有駜然肥强之马，则四马皆黄矣。

※ 夙夜在公，在公明明。

解 我侯君臣夙夜在公举燕饮之礼，则君有君之仪，臣有臣之仪，皆明明而辨治矣。

※ 振振鹭，鹭于下。

解 燕必有舞也，持此鹭羽或坐或伏，振振然如鹭之下。

※ 鼓咽咽，醉言舞，于胥乐兮！

解 燕必有鼓也，击此革鼓不疾不徐，咽咽然其声之长。斯时也献酬屡更，君臣皆醉，复命工而起舞焉。夫以上下交泰，名分无拘，其相乐焉何如哉？

※ 有駜有駜，駜彼乘牡，夙夜在公，在公饮酒。

解 有駜然肥强之马，则四马皆牡矣，我侯君臣夙夜在公而举燕饮之礼，以洽明良之情，则在公饮酒矣。

※ 振振鹭，鹭于飞。鼓咽咽，醉言归，于胥乐兮！

解 燕必有舞也，持此鹭羽或举或扬，振振然如鹭之飞。燕必有鼓也，

击此革鼓不疾不徐，咽咽然其声之长。斯时也，献酬屡更，君臣皆醉，然后相与言归焉。夫君臣同乐，其迹无累，其乐为何如哉。

※ 有駜有駜，駜彼乘骃。夙夜在公，在公载燕。

解 有駜然肥强之马，则四马皆骃矣。我侯君臣夙夜在公，则在公载燕矣。

※ 自今以始，岁其有。君子有谷，诒孙子。于胥乐兮！

解 斯时也，凡我群臣沐君之恩深矣，将何以为愿哉？殆必自今以始，阴阳顺轨，风雨时若，岁岁其有焉。我侯永享乐利之休矣。君子有谷，礼教是重，信义是崇，以贻孙子于无疆焉，我鲁永享亲贤之化矣。夫然则君享其臣，臣蒙其休而燕饮以乐太平者，亦自今以始，盖未艾也，其乐为何如哉？

周言父教

泮水

八章，章八句。

sī lè pàn shuǐ　　bó cǎi qí qín　　lǔ hóu lì zhǐ　　yán guān qí qí
思乐泮水，薄采其芹。鲁侯戾止，言观其旂。

qí qí pèi pèi　　luán shēng huì huì　　wú xiǎo wú dà　　cóng gōng yú mài
其旂茷茷，鸾声哕哕。无小无大，从公于迈。　（一章）

sī lè pàn shuǐ　　bó cǎi qí zǎo　　lǔ hóu lì zhǐ　　qí mǎ qiāo qiāo
思乐泮水，薄采其藻。鲁侯戾止，其马蹻蹻。

qí mǎ qiāo qiāo　　qí yīn zhāo zhāo　　zài sè zài xiào　　fēi nù yī jiào
其马蹻蹻，其音昭昭。载色载笑，匪怒伊教。　（二章）

sī lè pàn shuǐ　　bó cǎi qí mǎo　　lǔ hóu lì zhǐ　　zài pàn yǐn jiǔ
思乐泮水，薄采其茆。鲁侯戾止，在泮饮酒。

jì yǐn zhǐ jiǔ　　yǒng cì nán lǎo　　shùn bǐ cháng dào　　qū cǐ qún chǒu
既饮旨酒，永锡难老。顺彼长道，屈此群丑。　（三章）

【注】思，发语词。 泮水，泮宫之水（泮宫，古时诸侯举行飨射的学宫，西南为水，东北为墙）。戾，临。 止，语助词。 言，语助词。
旂，一种旗子，上画交龙图形，旗杆顶有铃。
茷茷，旗帜飞扬的样子。 鸾，同“銮”，车铃。 哕哕，铃和鸣声。
无小无大，随从官员职位不分大小尊卑。 公，鲁僖公。 迈，行走。
蹻蹻，马强壮貌。 昭昭，声音洪亮。 色，和颜悦色。 教，教导。
茆，莼菜。
锡，同“赐”。
长道，大道。 屈，屈服。 群丑，指淮夷。

穆穆鲁侯，敬明其德。敬慎威仪，维民之则。
（mù mù lǔ hóu，jìng míng qí dé。jìng shèn wēi yí，wéi mín zhī zé。）

允文允武，昭假烈祖。靡有不孝，自求伊祜。（四章）
（yǔn wén yǔn wǔ，zhāo gé liè zǔ。mǐ yǒu bù xiào，zì qiú yī hù。）

明明鲁侯，克明其德。既作泮宫，淮夷攸服。
（miǎn miǎn lǔ hóu，kè míng qí dé。jì zuò pàn gōng，huái yí yōu fú。）

矫矫虎臣，在泮献馘。淑问如皋陶，在泮献囚。（五章）
（jiǎo jiǎo hǔ chén，zài pàn xiàn guó。shū wèn rú gāo táo，zài pàn xiàn qiú。）

济济多士，克广德心。桓桓于征，狄彼东南。
（jǐ jǐ duō shì，kè guǎng dé xīn。huán huán yú zhēng，dí bǐ dōng nán。）

烝烝皇皇，不吴不扬。不告于讻，在泮献功。（六章）
（zhēng zhēng huáng huáng，bù wú bù yáng，bù gào yú xiōng，zài pàn xiàn gōng。）

烈，同"列"。烈祖，指周公旦、鲁公伯禽等先祖。

伊，其。

明明，"勉勉"的假借。

淮夷，淮河流域不受周王室控制的民族。攸，乃。

矫矫，勇武的样子。馘，所割取的敌人之左耳，用以计数，论功行赏。

淑问，善于审问。皋陶，舜时代善于听讼的狱官。桓桓，威武的样子。狄，治理。

烝烝皇皇，形容声势盛大。吴，喧哗。扬，高声。

讻，讼，指因争功而产生的互诉。

jiǎo gōng qí qiú　　shù shǐ qí sōu　　róng chē kǒng bó　　tú yù wú yì

角弓其觩，束矢其搜。戎车孔博，徒御无斁。

jì kè huái yí　　kǒng shū bù nì　　shì gù ěr yóu　　huái yí zú huò

既克淮夷，孔淑不逆。式固尔犹，淮夷卒获。（七章）

piān bǐ fēi xiāo　　jí yú pàn lín　　shí wǒ sāng shèn　　huái wǒ hǎo yīn

翩彼飞鸮，集于泮林。食我桑黮，怀我好音。

jǐng bǐ huái yí　　lái xiàn qí chēn　　yuán guī xiàng chǐ　　dà lù nán jīn

憬彼淮夷，来献其琛。元龟象齿，大赂南金。（八章）

觩，弯曲的样子。束矢，一捆箭，五十、一百、十二不等。搜，聚集。其搜，即
"搜然"。

孔博，很多。斁，厌倦。淑，顺。

式，语词。固，坚定。犹，同"猷"，谋。

卒获，终于被获，即平定之意。

翩，鸟飞翔的样子。

黮，同"葚"，桑果。怀，归，此处为回答之意。好音，善意。憬，觉悟。琛，珍
宝。元龟，大龟。赂，献纳。南金，荆、扬等南方出产的黄金。

此饮于泮宫而颂祷之词，若曰：学校者礼义之所养，讲学者人主之盛，即兹何幸于我侯见之。

※ 思乐泮水，薄采其芹。鲁侯戻止，言观其旂。

解 彼思乐泮水，有芹生焉，则薄采其芹矣。我侯之至止于泮也，有旂建焉则言观其旂矣。

※ 其旂茷茷，鸾声哕哕。

解 但见其旂茷茷而飞扬，目遇之成色也，鸾声哕哕而和鸣，耳遇之成声也。

※ 无小无大，从公于迈。

解 斯时也，我侯举旷世之盛典，而人心之欢乐，无小无大，从公于迈，环桥以观听者济如矣，是其莅泮得人，有如此者。

※ 思乐泮水，薄采其藻。鲁侯戻止，其马蹻蹻。

解 思乐泮水，有藻生焉，则薄采其藻矣。我侯之至止于泮也，有驾马焉，则蹻蹻其盛矣。

※ 其马蹻蹻，其音昭昭。

解 夫其马蹻蹻，仪卫隆矣，是行也，为崇儒来也，为重道来也，其聿骏之音不复昭昭而著乎。

※ 载色载笑，匪怒伊教。

解 斯时也，我侯妙作人之术，而敷教之在宽，色笑可亲，暴怒不形，所以教人者尽其道矣，其莅泮善教有如此者。

※ 思乐泮水，薄采其茆。鲁侯戻止，在泮饮酒。

解 思乐泮水，则薄采其茆矣。我侯之至止，于是也当讲学行礼之余，则在泮饮酒矣。

※ 既饮旨酒，永锡难老。顺彼长道，屈此群丑。

解 吾人将何以为愿哉？彼寿者福之先也，安得我侯饮此旨酒，顺天和安气休而永锡难老之庆者乎。民者邦之本也，安得我侯顺此大道，重礼教崇信义，而屈服鲁国之众者乎。

※ 穆穆鲁侯，敬明其德。敬慎威仪，维民之则。

解 然吾人之愿与我侯者，不止此已也。吾见穆穆鲁侯也，敬以明其德，而本体之不昧，敬以慎威仪，而尔止不愆。则表里尽善，民极以建矣，由是下民皆思明德谨仪，不于我而取法矣乎。

※ 允文允武，昭假烈祖。

解 允文焉德之所施者博，允武焉威之所制者广，而质诸烈祖之以文武开国承家者，允无愧焉。

※ 靡有不孝，自求伊祜。

解 则继述尽善而靡有不孝矣，由是烈祖锡之以福，不自求伊祜矣乎？

※ 明明鲁侯，克明其德。既作泮宫，淮夷攸服。

解 然吾人之愿于我侯者，又不止此也。吾愿明明鲁侯也，克明其德，而虚灵之本体不亏，则服远之道预矣。乃今既作泮宫，固将以为讲学行礼之区，亦所以为受成释奠之所也，当是之时，适淮夷之攸服焉。

※ 矫矫虎臣，在泮献馘。淑问如皋陶，在泮献囚。

解 所服之淮夷，有格其左耳者，则有矫矫武勇之虎臣，而在泮献馘也。有囚获而归者，则淑问如皋陶之智臣而在泮献囚也，我侯修德服远之功，如此不亦深可愿乎。

※ 济济多士，克广德心。

解 然不特修德以服远也，又愿其得人以成功焉。彼济济之多士也，皆克广其德，心有忠君爱国之诚，无自私自利之意焉。

※ 桓桓于征，狄彼东南，烝烝皇皇，不吴不扬。

解 夫德心一广，则何功不立？固当淮

夷之未克也，则奋桓桓于征之勇，以狄彼东南之夷兵，进而合有烝烝皇皇之盛也，师出以律，有不吴不扬之肃也。

※ 不告于讻，在泮献功。

解 德心一广，则何功可争？故及夫淮夷之既克也，则士让于将，将让于君，不以争功之事而告于狱官也，惟以所成之功而献于泮宫也。凡若此者，皆德心之广为之矣，宁非吾人所愿于侯之多士乎？

※ 角弓其觩，束矢其搜。

解 然不特得人以服远已也，又愿其善兵威兵谋以成功焉。以言角弓觩然其体之健，以言束矢搜然其矢之疾。

※ 戎车孔博，徒御无斁。

解 以戎车则孔博而攻坚之有具，以徒御则无斁而敌忾之有人。

※ 既克淮夷，孔淑不逆。

解 以此武备之休饬，固足克淮夷，使之效顺而不逆矣。

※ 式固尔犹，淮夷卒获。

解 然有威而无谋，犹恐不能以万全取胜也，又必式固尔犹，有周详之虑，而无苟且之谋，则致人而不致于人，淮夷岂有不终服焉？

※ 翩彼飞鸮，集于泮林。食我桑葚，

怀我好音。

解 夫淮夷既服，纳贡行焉。彼翩然之飞鸮，本为恶声之鸟也，今集我泮林，食我桑葚，而怀我以好音之美矣。

※ 憬彼淮夷，来献其琛。

解 况此蠢然之淮夷，本为难化之人也，今则悟已往之非，而来行其献琛之礼焉。

※ 元龟象齿，大赂南金。

解 所献之琛维何？元龟也，象齿也，南金也，皆从而大赂之，虽非其土所有，莫不来献以将其诚矣。淮夷之服如此，不有以遂吾人之愿乎。

閟宫

八章，一四章十七句，二章十二句，三章三十八句，五六章八句，七八章十句。

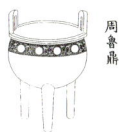
周象鼎

bì gōng yǒu xù　shí shí méi méi　hè hè jiāng yuán　qí dé bù huí
閟宫有侐，实实枚枚。赫赫姜嫄，其德不回。

shàng dì shì yī　wú zāi wú hài　mí yuè bù chí　shì shēng hòu jì
上帝是依，无灾无害。弥月不迟，是生后稷。

jiàng zhī bǎi fú　shǔ jì zhòng lù　zhí zhì shū mài
降之百福，黍稷重穋，稙稚菽麦。

yǎn yǒu xià guó　bǐ mín jià sè　yǒu jì yǒu shǔ　yǒu dào yǒu jù
奄有下国，俾民稼穑。有稷有黍，有稻有秬。

yǎn yǒu xià tǔ　zuǎn yǔ zhī xù
奄有下土，缵禹之绪。（一章）

hòu jì zhī sūn　shí wéi tài wáng　jū qí zhī yáng　shí shǐ jiǎn shāng
后稷之孙，实维大王。居岐之阳，实始翦商。

【注】閟，神。閟宫，神宫。侐，清静的样子。实实，广大貌。枚枚，细密貌。

赫赫，显耀的样子。姜嫄，周始祖后稷之母。回，邪。

依，凭依。弥月，满月，指怀胎十月。后稷，周之始祖，名弃；后，帝；稷，农官之
名；弃曾为尧农官，故曰后稷。

重穋，后熟的谷类叫重，先熟的叫穋。

稙，早种的植物。稚，晚种的植物。

奄有，拥有。缵，继。绪，业绩。

大王，即"太王"，周之远祖古公亶父。

翦，灭。

zhì yú wén wǔ　　zuǎn tài wáng zhī xù　　zhì tiān zhī jí　　yú mù zhī yě
至于文武，缵大王之绪。致天之届，于牧之野。

wú èr wú yú　　shàng dì lín rǔ　　duī shāng zhī lǚ　　kè xián jué gōng
无贰无虞，上帝临女。敦商之旅，克咸厥功。 （二章）

wáng yuē　　shū fù　　jiàn ěr yuán zǐ　　bǐ hóu yú lǔ　　dà qǐ ěr yǔ　　wèi zhōu shì fǔ
王曰："叔父！建尔元子，俾侯于鲁；大启尔宇，为周室辅。"

nǎi mìng lǔ gōng　　bǐ hóu yú dōng　　cì zhī shān chuān　　tǔ tián fù yōng
乃命鲁公，俾侯于东；锡之山川，土田附庸。

zhōu gōng zhī sūn　　zhuāng gōng zhī zǐ　　lóng qí chéng sì　　liù pèi ěr ěr
周公之孙，庄公之子，龙旂承祀，六辔耳耳。

chūn qiū fěi xiè　　xiǎng sì bù tè　　huáng huáng hòu dì　　huáng zǔ hòu jì　　xiǎng yǐ xīng xī
春秋匪解，享祀不忒；皇皇后帝，皇祖后稷，享以骍牺。

届，同"殛"，诛伐、诛杀。 牧之野，即"牧野"，地名，殷都之郊。

贰，有二心。 虞，顾虑。

敦，治服。 咸，完成。

王，指成王，武王之子。 叔父，指周公旦，为武王弟，成王叔父。 元子，长子伯禽。 侯，封侯。 启，开拓。 宇，居，引申为疆域、领土。

鲁公，伯禽。 附庸，附属于诸侯国的小国。

周公之孙、庄公之子，均指鲁僖公。 承祀，主持祭祀。 耳耳，华美的样子。

解，同"懈"。 忒，差错。 皇皇，光明。 后帝，指上帝。 骍，赤色。 牺，纯色之牲。

shì xiǎng shì yí　jiàng fú jì duō　zhōu gōng huáng zǔ　yì qí fú rǔ

是飨是宜，降福既多。周公皇祖，亦其福女。

qiū ér zài cháng　xià ér bì héng　bái mǔ xīng gāng　xī zūn qiāng qiāng

秋而载尝，夏而楅衡。白牡骍刚，牺尊将将。

máo páo zì gēng　biān dòu dà fáng　wàn wǔ yáng yáng　xiào sūn yǒu qìng

毛炰胾羹，笾豆大房。万舞洋洋，孝孙有庆。

bǐ ěr chì ér chāng　bǐ ěr shòu ér zāng　bǎo bǐ dōng fāng　lǔ bāng shì cháng

俾尔炽而昌，俾尔寿而臧。保彼东方，鲁邦是常。

bù kuī bù bēng　bú zhèn bù téng　sān shòu zuò péng　rú gāng rú líng

不亏不崩，不震不腾。三寿作朋，如冈如陵。（三章）

宜，以肉献神也引申为宜。 女，汝，指僖公。

尝，秋祭名。楅（又读 fú）衡，控制牛的用具，即以横木架在牛角上，防其触人。

刚，同"犅"，公牛。 白牡，白色公牛，祭祀周公用牲。 骍刚，赤色公牛，祭祀鲁公用牲。 牺尊，酒樽的一种，牛形，凿背以容酒。 将将，同"锵锵"，器物相碰的声音。

毛炰，不去毛而涂泥加以烘烤的意思。 胾羹，肉片汤。 大房，盛半体牲之俎，亦名夏屋。

万舞，周代一种大型舞蹈，详见《邶风•简兮》。 洋洋，场面盛大貌。

常，常守、永守。 三寿，上寿（一百二十岁）、中寿（一百岁）、下寿（八十岁）。

朋，辈。

公车千乘 zhū yīng lù téng，二矛重弓 èr máo zhòng gōng。

公车千乘，朱英绿縢，二矛重弓。

公徒三万 gōng tú sān wàn，贝胄朱绶 bèi zhòu zhū qīn，烝徒增增 zhēng tú zēng zēng。

公徒三万，贝胄朱绶，烝徒增增。

戎狄是膺 róng dí shì yīng，荆舒是惩 jīng shū shì chéng，则莫我敢承 zé mò wǒ gǎn chéng。

戎狄是膺，荆舒是惩，则莫我敢承。

俾尔昌而炽 bǐ ěr chāng ér chì，俾尔寿而富 bǐ ěr shòu ér fù。黄发台背 huáng fā tái bèi，寿胥与试 shòu xū yǔ shì。

俾尔昌而炽，俾尔寿而富。黄发台背，寿胥与试。

俾尔昌而大 bǐ ěr chāng ér dà，俾尔耆而艾 bǐ ěr qí ér ài。万有千岁 wàn yòu qiān suì，眉寿无有害 méi shòu wú yǒu hài。（四章）

朱英，矛头上红色羽毛的缨饰。绿縢，用以缠弓的绿绳。二矛，古代兵车上有两支矛，一长一短，用于不同距离的交锋。重弓，两张弓，一张常用，一张备用。

贝胄，以贝饰胄。朱绶，缀贝之红线。

膺，击。承，抵抗。

黄发台背，皆高寿的象征。

耆、艾，皆指长寿。万有千岁，一万一千岁；有，同"又"。

tài shān yán yán　　　lǔ bāng suǒ zhān　　　yǎn yǒu guī méng　　　suì huāng dà dōng

泰山岩岩，鲁邦所詹。奄有龟蒙，遂荒大东。

zhì yú hǎi bāng　　　huái yí lái tóng　　　mò bù shuàicóng　　　lǔ hóu zhī gōng

至于海邦，淮夷来同。莫不率从，鲁侯之功。（五章）

bǎo yǒu fú yì　　　suì huāng xú zhái　　　zhì yú hǎi bāng　　　huái yí mán mò

保有凫绎，遂荒徐宅。至于海邦，淮夷蛮貊。

jí bǐ nán yí　　　mò bù shuàicóng　　　mò gǎn bù nuò　　　lǔ hóu shì ruò

及彼南夷，莫不率从。莫敢不诺，鲁侯是若。（六章）

tiān cì gōngchún gǔ　　　méi shòu bǎo lǔ　　　jū cháng yǔ xǔ　　　fù zhōugōng zhī yǔ

天锡公纯嘏，眉寿保鲁。居常与许，复周公之宇。

岩岩，山高貌。 詹，同"瞻"，仰望。

龟、蒙，二山名。 荒，拥有。 大东，指鲁国最东的边境。

同，会盟。

凫、绎，山名，两山相连，在今山东邹城市东南。 徐，国名。 宅，居处。

蛮貊，王室控制外的北方部族。 南夷，王室控制外的南方部族。

诺，服从听话。 若，顺从。

常、许，鲁国二地名，前者与齐国交界，后者与郑国交界。

南宋·马和之《诗经·鲁颂·閟宫》图

鲁侯燕喜，令妻寿母。宜大夫庶士，邦国是有。

既多受祉，黄发儿齿。（七章）

徂来之松，新甫之柏，是断是度，是寻是尺。

松桷有舄，路寝孔硕。新庙奕奕，奚斯所作。

孔曼且硕，万民是若。（八章）

令妻，贤妻。

宜，善待。 儿齿，儿童之齿，言其整固，此处指老人齿落，又生细者为儿齿，亦老寿之征。

徂来，也作徂徕，山名，在今山东泰安东南。 新甫，山名，在今山东新泰西北。 断，裁断。

度，"剫"之省借，劈成两半。 寻、尺，度量单位，八尺为寻，皆作动词用。

桷，方形屋椽。 舄，大。 路寝，正寝、正室。 新庙，指閟宫。

奕奕，高大美盛的样子。 奚斯，鲁人，公子鱼之字。

作，监修。 曼，长。

此僖公修庙，诗人歌咏其事，以为颂祷之词，意谓庙立于先王而修之在后人，此非徒侈伟观也，所以上妥先灵而下顺民心者也。今我公以孝敬之心为修庙之举，其事不有可言者乎？

❋ 閟宫有侐，实实枚枚。

🅑 但见深閟之宫，有侐然清静，以下之盘基则实实而巩固也，以上之结构则枚枚而砻密也，所以祀周公皇祖而报功德于无疆者，在是矣。

❋ 赫赫姜嫄，其德不回。上帝是依，无灾无害。

🅑 然修庙之事，虽由于我公，而有鲁之庙实始于后稷，而后稷之生夫岂偶然哉？盖赫赫姜嫄，其德无有回邪，而为上帝之所眷念，是以无灾无害。

❋ 弥月不迟，是生后稷。降之百福，黍稷重穋，稙稚菽麦。

🅑 终十月之期而不迟，是生后稷焉。夫天眷后稷之生，将使之教民稼穑而终率育之命者也，于是降之百福，凡夫黍稷重穋、稙稚菽麦而无不备焉。

❋ 奄有下国，俾民稼穑。有稷有黍，有稻有秬。奄有下土，缵禹之绪。

🅑 所以膺有邰之封，而奄有下国者，基于此矣。由是后稷教民稼穑，所以诞降嘉种者，稷黍有之，稻秬有之，有以遍及下土之远焉。夫向也，禹平水土，使民得以安居，今也稷教民稼穑，使民得以粒食，禹之功稷有以继之矣。夫稷生有所自出，有所为如此，此固我周有天下之始，而亦我鲁有国之自也。

✳ 后稷之孙，实维大王。居岐之阳，实始翦商。

解 逮夫后稷之孙，实维太王徙居岐阳之后，人心曰归，土地日广，而王迹以肇，实始有翦商之势。

✳ 至于文武，缵大王之绪，致天之届，于牧之野。

解 至于文武，缵太王之绪，适际天命归绝商之届，于是武王奉天命以伐商于彼牧野之间。

✳ "无贰无虞，上帝临女。"

解 而当时人心尤恐武王有不决也，而赞之曰：女无以臣伐君非常之事而疑惑于心也，盖尔之德有以克乎天心，上帝实临女矣。

✳ 敦商之旅，克咸厥功。

解 斯时也，凶残既取，乱略以遏，治商之众，咸有其功，而周公尤在元勋之列焉。

✳ 王曰："叔父！建尔元子，俾侯于鲁；大启尔宇，为周室辅。"

解 故成王嗣统，呼周公而告之曰：叔父，我欲封尔一身，则王朝辅相不可以无人，兹惟建尔元子，俾侯于鲁，而列爵之崇也，大启尔宇而分土之广也，于以藩屏一方为周室之辅焉。

✳ 乃命鲁公，俾侯于东；锡之山川，土田附庸。

解 夫分封之意，王既示之公矣，遂降之以分封之典焉。乃命鲁公，俾侯于东而爵诸侯之尊矣，锡之山川土田附庸，而分土百里之广矣。

✳ 周公之孙，庄公之子，龙旂承祀，六辔耳耳。春秋匪解，享祀不忒。

解 我鲁之国既于此乎？封而郊庙或祭亦于此乎？锡是以我公为周公之孙，庄公之子，乃上承郊庙之祀，旂建于车，则交龙之旂也，辔以御马，则六辔耳耳也。其致敬于出则祭祀以时，春秋匪懈焉，仪物有等，享祀不忒焉。

✳ 皇皇后帝，皇祖后稷，享以骍牺。

解 其致敬于郊，则主以皇皇上帝，而以皇祖后稷配焉，享以骍色之牺，而将享以致虔焉。

✳ 是飨是宜，降福既多，周公皇祖，亦其福女。

解 由是郊则天神格，而是享是宜，降福之孔多矣。庙则人鬼享，而周公皇祖亦其福汝矣。

✳ 秋而载尝，夏而楅衡。

解 然致敬于庙，而获福果何如哉？

但见秋行尝祭，夏而楅衡其牛，礼
何预也。

※ 白牡骍刚，牺尊将将。毛炰胾羹，
笾豆大房。

解 周公祀以白牡，鲁公祀以骍刚，礼
何别也？祭必有器，牺尊将将而严
正，祭必有品，毛炰胾羹之并陈，
有笾豆以盛菹醢也，有大房以载牲
体也，而礼于是乎咸备矣。

※ 万舞洋洋，孝孙有庆。俾尔炽而
昌，俾尔寿而臧。

解 以乐言之，文用羽籥，武用干戚，
万舞何洋洋其盛也！礼乐明备，烈
祖来格，孝孙不有庆乎？俾尔以
福，既炽然而盛，且纯嘏有常而昌
焉，俾尔以寿，既历年之多，且寿
考维祺而臧焉。

※ 保彼东方，鲁邦是常，不亏不崩，
不震不腾。

解 有此福寿，有以保彼东方鲁邦常为
我公之有，而无亏崩震腾之患矣。

※ 三寿作朋，如冈如陵。

解 夫国有长君，社稷之福，然使无老
臣以辅之，则独任虽以成理也，又
必有三寿之乡而为公之朋辅，则国
之元气培而神气振，有以保国如冈
陵之固焉，凡若此者何莫非孝孙之
庆乎？

※ 公车千乘，朱英绿縢，二矛重弓。

解 不特此也。有田则有车也，我公提
封万井，则出车千乘矣，在车之右
而持矛者，则有朱英以为之饰，在
车之左持弓者，则有绿縢以为之约，
矛必以二，备击刺也，弓必以重，
备折坏也，而车之卫无不备矣。

※ 公徒三万，贝胄朱綅，烝徒增增。

解 有车则有徒，我公车既千乘，则
徒必三万矣。胄戴于首，以文贝
为之饰，贝饰于胄，有朱綅以为之
缀，我师我旅增增然而极其众矣。

※ 戎狄是膺，荆舒是惩，则莫我
敢承。

解 以此车徒，膺彼戎狄，惩彼荆舒
也，吾知有不战，战必胜矣，孰敢
有当吾之锋哉！

※ 俾尔昌而炽，俾尔寿而富。黄发
台背，寿胥与试。

解 夫以我公允武之功，有以昭格烈祖
如此，则感孚之有其道矣。是以今
日致祭于庙而神锡之以福也，俾尔
昌而炽矣，俾尔寿而富矣，黄发台
背而寿为有征矣。且有老寿之臣相
与为公用焉，其得人之庆何如耶？

※ 俾尔昌而大，俾尔耆而艾。万有
千岁，眉寿无有害。

解 俾尔昌而大矣，俾尔耆而艾矣，万
有千岁而寿为有永矣，且保艾尔后
而眉寿无有害焉，其享得之吉为何
如耶？

如此。

✳ 泰山岩岩，鲁邦所詹。奄有龟蒙，遂荒大东，至于海邦，淮夷来同。莫不率从，鲁侯之功。

解 又不特此也。泰山岩岩，常为鲁邦之所詹，龟蒙二山，永为鲁邦之奄有，此其视诸剖符锡壤之初，犹如故矣。然大东海邦，我鲁以东之国，淮夷我鲁以南之国，又势相联属，可以服从者也，其必绥之以文德，震之以武威，遂荒大东至于海邦、淮夷也莫不来同而称臣焉，莫不率从而效顺焉。保所已有，服所未有，鲁侯之功，不其伟哉！

✳ 保有凫绎，遂荒徐宅。至于海邦，淮夷蛮貊。及彼南夷，莫不率从。莫敢不诺，鲁侯是若。

解 又不特此也。凫之为山，屹乎兖之东南，绎之为山，镇乎邹之南境，今皆保而有之，此其视诸山河带砺之初，犹不改矣。然徐宅海邦，我鲁以东之国，淮夷蛮貊，我鲁以南之国，又势相联属可以服从也，其必绥之以文德，震之以武威，遂荒徐宅，至于海邦，淮夷蛮貊及彼南夷也，莫敢不率从而效顺焉，莫敢不唯诺而听命焉。保所已有而服所未服，鲁侯之心不是若哉，所谓周公皇祖亦其福女者

✳ 天锡公纯嘏，眉寿保鲁。居常与许，复周公之宇。

解 然其致敬于郊，而获福果何如哉？但见天于我公感其承祀之敬，而有纯嘏之锡。以寿为诸福之先，所以保是福者也，于是使我侯有享天寿之格而有秀眉之征。故鲁邦周公之所造也，则以是保鲁而守周公之旧，常许诸侯之所侵也，则居常与许而复周公之宇。

✳ 鲁侯燕喜，令妻寿母。

解 由身以及家，则鲁侯燕喜而有优游无事之休也。令妻寿母，而有家庭天性之乐也。

✳ 宜大夫庶士，邦国是有。

解 以家而及朝廷，则宜于大夫，而大夫莫敢矫其非也，宜于庶士，而庶士莫敢矫其非也。由朝廷以及国，则邦国之山川土田是有也，邦国之附庸是有也。

✳ 既多受祉，黄发儿齿。

解 夫以眉寿抚先世所遗之业，享燕喜母妻之乐，坐收朝廷邦国之治，则其受祉亦既多矣。然有寿以保福，岂特有秀眉之征已乎？又且发白复黄，齿落生细，凡所以享有寿之征者，无所不备，而保其受祉之多，将见悠悠也。其未有艾也，

纯嘏之锡为何如哉？所谓皇皇后帝，而降福既多者，信乎无一之不备矣。

※ 徂来之松，新甫之柏，是断是度，是寻是尺。

解 然其致敬于郊庙，既有以获福矣，而其修庙之事则何如哉？彼为巨室，必求大木也，于是取松于徂徕，取柏于新甫，断之以成质也，度之以授材也，或寻以度其长也，尺以度其短也。

※ 松桷有舄，路寝孔硕。新庙奕奕，奚斯所作。

解 但见松桷则有舄，路寝则孔硕，而新庙之成奕奕乎其甚大矣。然是新庙也主之者，我公而作之者谁乎？教护属工课其章程之事，皆董于奚斯，乃奚斯之所作也。

※ 孔曼且硕，万民是若。

解 是以奕奕新庙形制之深长也，规模之宏伟也，而孔曼且硕，所谓闷宫有侐，实实枚枚者，信不偶矣，所以祀周公皇祖者，信有地矣。夫周公有开国之功，皇祖有承家之德，皆万民所思而欲祀者也，今以孔曼且硕之庙而祀之，则有以报功报德于不尽矣，万民不是若乎。夫僖公之修庙，惟其有以若万民，此国人所以饮咏其事，而颂祷之也与。

契为舜司徒，而封于商，传至十四世而汤有天下，诗凡五篇。

商颂

那

商父丁鼎

那

一章，章十二句。

ē　yú　nuó　yú　　　zhì　wǒ　táo　gǔ　　　zòu　gǔ　jiǎn　jiǎn　　kàn　wǒ　liè　zǔ　　tāng　sūn　zòu　gé

猗与那与，　置我鼗鼓。　奏鼓简简，　衎我烈祖。　汤孙奏假，

suí　wǒ　sī　chéng　　táo　gǔ　yuān　yuān　huì　huì　guǎn shēng　　jì　hé　qiě　píng　　yī　wǒ　qìng shēng

绥我思成。　鼗鼓渊渊，　嘒嘒管声。　既和且平，　依我磬声。

wū　hè　tāng　sūn　　mù　mù　jué　shēng　yōng　gǔ　yǒu　yì　　wàn　wǔ　yǒu　yì　　wǒ　yǒu　jiā　kè

於赫汤孙，　穆穆厥声。　庸鼓有斁，　万舞有奕。　我有嘉客，

yì　bù　yí　yì　　zì　gǔ　zài　xī　　xiān　mín　yǒu　zuò　wēn　gōng　zhāo　xī　zhí　shì　yǒu　kè

亦不夷怿。　自古在昔，　先民有作。　温恭朝夕，　执事有恪。

gù　yú　zhēng cháng　tāng　sūn　zhī　jiāng

顾予烝尝，　汤孙之将。

【注】猗、那，即阿傩，美盛的样子。 与，同"欤"，叹词。 置，竖立。 鼗鼓，鞉鼓，摇鼓。

简简，鼓声。 衎，乐。 烈祖，功业伟大的先祖，指成汤。

汤孙，汤的后代子孙，即主祭者，宋国的某位国君。 奏，进。 假，同"格"，至，降临。

奏假，祈祷先祖之神灵降临。 绥，赠予，赐予。 思，语助词。 成，太平。

渊渊，鼓声。 嘒嘒，吹管的乐声。 管，一种竹制吹奏乐器。

於，叹词。 赫，显赫。 穆穆，和美庄肃。 庸，同"镛"，大钟。 斁、奕，都是盛大的

意思。

夷怿，怡悦。

有作，有所作为，指立有定规。

执事，行事。 有恪，即"恪恪"，敬慎恭谨的样子。

顾，光顾。 烝，冬祭。 尝，秋祭。 将，佑助。

此祀成汤之诗，言理函之道，莫尚于祭，而要所以感通其间者，声以动之也，敬以本之也，而尤一气以奉之也，我商人之祀先，备是道矣。

✳ 猗与那与，置我鞉鼓。

🅷 猗与我商之乐其多矣乎！乐之小者有鞉也，置我鞉焉，而凡类夫鞉之小者无不备矣，乐之大者有鼓也，置我鼓焉，而凡类夫鼓之大者，无不备矣。

✳ 奏鼓简简，衎我烈祖。

🅷 于是以其所置之鞉鼓从而奏之，其声简简然而和大焉，盖虽牲牢之未迎，臭味之未成，而其和声所感，已足以乐烈祖之心矣，是其乐音之盛，于未祭如此。

✳ 汤孙奏假，绥我思成。

🅷 迨夫方祭之时，汤孙奏乐以格烈祖，但见格之来，格有以安哉？我所思而成其人矣，何也？盖子孙之所欲格者祖考，祖考未格则其思未慰，而其人未成也。

✳ 鞉鼓渊渊，嘒嘒管声。

🅷 然其所奏之乐何如，而烈祖有思成之绥哉？以言乎鞉鼓，则其声渊渊而深远也，以言乎竹管，则其声嘒嘒而清亮也。

✳ 既和且平，依我磬声。

🅷 既和焉而彼此之相济，且平焉而高下之适均。故虽以堂上之玉磬，其声最为和平，而虽依也，今皆有以依之，而堂下之音盖与堂上之音相协矣。

※ 於赫汤孙，穆穆厥声。

解 於赫汤孙，声乐如此岂不穆穆其甚美乎！则其致思成之绥有由矣，此其音乐之盛于方祭者如此。

※ 庸鼓有斁，万舞有奕。

解 迨夫既祭也，九献之后钟鼓交作，斁然而甚盛，万舞并陈，奕然而有序。

※ 我有嘉客，亦不夷怿？

解 斯时也，虞夏之后来助祭，而为我商之佳客者，虽不能无盛衰之感也，然乐声甚和而听之者，皆尽神乐容，其善而观之者皆忘倦，岂有不夷怿乎？佳客如此，则烈祖可知矣。

※ 自古在昔，先民有作。

解 然祭固以乐为尚，尤以敬为本。是敬也岂我所自行哉？盖自古在昔，有开物成务之先民者，以为非祭无以洽函明之交，而非敬无以为奉祭之本，于是制为礼以教人，而恭敬之相传。

※ 温恭朝夕，执事有恪。

解 故我也，踵而行之，温恭自持于朝夕之间，而执事有恪，凡夫迎牲以至送尸也，初献以至九献也，莫不尽其敬而无一时或解矣，其奉祭之敬，又如此者。乐与敬而俱至，固幸其有思成之绥矣，然此惟将之以其类而为一气之相通者，方敢必之也。

※ 顾予烝尝，汤孙之将。

解 今汤尚其顾予之烝尝哉，盖此烝尝之将非他人也，乃汤孙之所将也，以汤之孙奉汤之祭，则一气感通，固宜其我顾矣。不然乐特具音，礼特具文耳，乌敢必其顾哉？

烈祖

一章，章二十二句。

jiē jiē liè zǔ　　yǒu zhì sī hù　　shēn cì wú jiāng　　jí ěr sī suǒ

嗟嗟烈祖，有秩斯祜。申锡无疆，及尔斯所。

jì zài qīng gū　　lài wǒ sī chéng　　yì yǒu hé gēng　　jì jiè jì píng

既载清酤，赉我思成。亦有和羹，既戒既平。

zōng gé wú yán　　shí mǐ yǒu zhēng　　suí wǒ méi shòu　　huáng gǒu wú jiāng

鬷假无言，时靡有争。绥我眉寿，黄耇无疆。

yuē qí cuò héng　　bā luán qiāngqiāng　　yǐ gé yǐ xiǎng　　wǒ shòu mìng pǔ jiāng

约轵错衡，八鸾鸧鸧。以假以享，我受命溥将。

zì tiān jiàng kāng　　fēng nián ráng ráng　　lái gé lái xiǎng　　jiàng fú wú jiāng

自天降康，丰年穰穰。来假来飨，降福无疆。

gù yǔ zhēngcháng　　tāng sūn zhī jiāng

顾予烝尝，汤孙之将。

【注】嗟嗟，赞美声。烈祖，指中宗太戊，或指成汤。秩，大。斯，其。

申，一再、重复。锡，赐福。无疆，无穷尽。尔，主祭之君。斯所，此处。

载，设。酤，酒。成，太平；一说福禄。和羹，调好的汤。戒，完备，指和羹必备五

味。和，和平。

鬷假，即"奏假"，奏祭者致神之谓。时，是。靡，无。

黄，老人的黄发；耇，老人脸上的灰瘢；黄耇，长寿之意。

约，缠束。轵，车毂。错，文彩。衡，车辕前端的横木。鸧鸧，铃声。

假，神至，此谓迎神之来。享，献上祭品。溥将，广大。

康，安康、安乐。穰穰，收获众多的样子。

此祀成汤之乐，言先王以垂后为仁，而后嗣以奉先为孝，吾今赖烈祖以修祀典也，而敢忘所自哉！

✻ 嗟嗟烈祖，有秩斯祜。申锡无疆，及尔斯所。

解 嗟嗟烈祖，应天顺人，爰革夏正，于是贵为天子，富有四海，有秩秩常久之福，可以申锡于无疆。是以至于尔今王之所，犹得承烈祖之祜而奉烈祖之祭也。

✻ 既载清酤，赉我思成。

解 然承先祜而奉祭，其事如何哉？彼祭必有酤也，则既载之在尊，以行其灌献之礼。但见物备而诚乎，诚乎而神格，于是临之在上，质之在旁，有以赉我所思而成之人也。

✻ 亦有和羹，既戒既平。鬷假无言，时靡有争。

解 祭亦必有和羹也，则既戒而备之预，既平而味之调，以是和羹进而格之祖考，但见无有言说，无有论扰，而极其肃之至者焉。

✻ 绥我眉寿，黄耇无疆。

解 是以神监其敬，而绥我眉寿黄耇之寿，征而历万年于无疆矣，若此者何莫而非先祜之所及乎？

✻ 约軝错衡，八鸾鸧鸧。以假以享，我受命溥将。自天降康，丰年穰穰。

解 不特此也。今日之人心，犹烈祖联属之人心也，是以庙祭一行，群后毕集，乘约軝错衡之车，驾八鸾鸧鸧之马，以助我之祭祀，其得人之庆大矣。今日之天命，犹烈祖所昭格之天命也，是以诸侯来助祭而受命，即广大矣，又自天降康，使之丰年穰穰之相继，其得天之休大矣。

✻ 来假来飨，降福无疆。

解 协天人之休以奉祭，是以格之，而祖考来格享之，而祖考来享，而降福极于无疆矣，若此者何莫而非先祜之所及乎。

✻ 顾予烝尝，汤孙之将。

解 夫载清酤和羹，既有思成之赉，眉寿黄耇之绥，萃人心得天命，又有格享之乎，降福无疆之极，然此惟祭之以其类，而一气相通者，乃敢必之也。今汤尚其顾予之烝尝哉，盖此烝尝非他人，乃汤孙之所将也，以汤之孙奉汤之祭，则一气之感也，固宜我顾矣，不然即清酤和羹，特备物耳，乌敢必其顾哉？

商夒鼎

玄鳥

玄鸟

一章，章二十二句。

tiān mìng xuán niǎo　　jiàng ér shēng shāng　　zhái yīn tǔ mángmáng
天命玄鸟，降而生商，宅殷土芒芒。

gǔ dì mìng wǔ tāng　　zhèng yù bǐ sì fāng　　fāng mìng jué hòu　　yǎn yǒu jiǔ yù
古帝命武汤，正域彼四方。方命厥后，奄有九有。

shāng zhī xiān hòu　　shòu mìng bù dài　　zài wǔ dīng sūn zi
商之先后，受命不殆，在武丁孙子。

wǔ dīng sūn zi　　wǔ wáng mǐ bù shèng　　lóng qí shí shèng　　dà chì shì chéng
武丁孙子，武王靡不胜。龙旂十乘，大糦是承。

【注】玄鸟，黑色燕子，传说有娀氏之女简狄吞燕卵而怀孕生契，契建商。

商，指商的始祖契。宅，居住。芒芒，同"茫茫"，广大的样子。

古，从前。帝，天帝，上帝。武汤，即成汤，汤号曰武。

正，治理，征服；一说修正疆域。

方，普遍。后，君主，此指诸侯。奄，拥有。

有，"域"之借字，疆域。九有，九州。

先后，指先君、先王。命，天命。殆，同"怠"，懈怠。

武丁，即殷高宗，汤的后代。武王，即武汤，成汤。

龙旗，旗上绘交龙者，为诸侯所建。糦，同"馕"，酒食。

大，指祭祀所用的酒食丰盛。承，进奉。

bāng jī qiān lǐ　　wéi mín suǒ zhǐ　　zhào yù bǐ sì hǎi

邦畿千里，维民所止，肇域彼四海。

sì hǎi lái gé　　lái gé qí qí

四海来假，来假祁祁。

jǐng yuán wéi hé　　yīn shòumìng xián yí　　bǎi lù shì hè

景员维河，殷受命咸宜，百禄是何。

邦畿，封畿，疆界。 止，停留，居住。 四海，《尔雅》
以"九夷、八狄、七戎、六蛮"为"四海"。 肇域四海，
始拥有四海之疆域。

来假，来朝。 祁祁，纷杂众多之貌。

景，广大。 员，幅员。 河，黄河。 百禄，多福。

何，同"荷"，承受，负荷。

此祭祀宗庙之乐，言一代之业，岂偶然哉？必有不世出之君创之前，又必有不世出之君承之后，而要之皆天命也。

⊛ 天命玄鸟，降而生商，宅殷土芒芒。

⊛ 是故我商之生，今固衍其盛矣，而生商之始，谁则开之哉？乃天命玄鸟，降于郊媒之前，因而生商焉。由是当夫唐虞之时，为司徒以敷五教，膺有国之封，而宅殷土之芒芒也，我商之生其始矣。

⊛ 古帝命武汤，正域彼四方。

⊛ 我商之业，今固享其成矣，而创业之绪，谁则造之？盖维昔上帝以汤有武勇之德，所以式于九围，于是乃命之爰革夏正而正域四方之广也，我商之业其成于此矣。

⊛ 方命厥后，奄有九有。

⊛ 夫上帝既命汤以正域四方矣。是以天命所在，人不能违，而四方无不受命之诸侯，而政教号令一禀王法也。人心既归，土宇自属，而九有无不为其所奄有，而绥甸要荒皆入其版图也。

⊛ 商之先后，受命不殆，在武丁孙子。

⊛ 夫人心土宇，皆天所以命有德也，今无不方命奄有之，则商之先后其受命亦孔固而不殆乎。惟其受命不殆，是以遗泽之远，至于武丁孙子，犹得以赖其福也。

⊛ 武丁孙子，武王靡不胜。

⊛ 夫先后之命固在武丁孙子，而武丁之中兴何如哉？彼智勇锡而圣武昭，汤尝以武王作号矣，今武丁孙子亦袭武王之号，但见其武勇之德，足以拨乱反正而无所不胜，固视之汤而有光矣。

✳ 龙旂十乘，大糦是承。

🔴解 夫德既有光于前，而业亦不替于后，以是德而联属乎人心，则庙祭一行群后毕集，皆建交龙之旂，驾十乘之车，皆奉大糦以为王祭之供矣，其人心如是，视之方命厥后之日，不犹旧乎？

✳ 邦畿千里，维民所止，肇域彼四海。四海来假，来假祁祁。

🔴解 以是德而维持乎土宇，则邦畿千里，惟民所止，固适遵先王之制而不敢过，而其封域所及，则极乎四海之广而无外矣，其土宇如此，视之奄有九有之日，不如故乎？夫人心不改，而四海极来格之多。

✳ 景员维河，殷受命咸宜，百禄是何。

🔴解 土宇如故，而景山皆大河之绕。则此人心土宇之命，汤以武德受于前，固无不宜矣。今武丁亦以武德而抚有人心之众，土宇之广，则其受命不咸宜乎。夫天命所在，即百禄所在也，天命攸归，而百禄咸属其负荷，殆与汤之百禄是道者相匹休矣。

武丁中兴之功如此，而与契之生商汤之造商者不其克配矣乎？圣祖神孙后先相继，盛德大业启佑无疆，登歌之颂，乌敢忘所自哉？

长发

七章，一章八句、二三四五章七句、六章九句、七章六句。

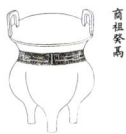

ruì zhé wéi shāng　 cháng fā qí xiáng　 hóng shuǐ mángmáng　 yǔ fū xià tǔ fāng

浚哲维商，长发其祥。洪水芒芒，禹敷下土方。

wài dà guó shì jiāng　 fú yǔn jì cháng　 yǒu sōng fāng jiāng　 dì lì zǐ shēngshāng

外大国是疆，幅陨既长，有娀方将，帝立子生商。（一章）

xuán wáng huán bō　 shòu xiǎo guó shì dá　 shòu dà guó shì dá

玄王桓拨，受小国是达，受大国是达。

shuài lǚ bù yuè　 suì shì jì fā　 xiàng tǔ liè liè　 hǎi wài yǒu jié

率履不越，遂视既发。相土烈烈，海外有截。（二章）

【注】浚，同"睿"，睿智、智慧。哲，明智。商，指商的始祖。

长，久。发，兴发。

芒芒，即"茫茫"，水盛貌。敷，治。下土方，"下土四方"的省文。

外大国，邦畿之外的远方诸侯国。疆，疆土，指远方的方国都归入疆土。幅陨，即幅员，疆域、国土。

有娀，古国名，此指契母有娀氏之女简狄。将，壮，大。

帝立子生商，帝命使简狄吞燕卵而生下商的始祖契。

玄王，商契。桓拨，勇武英明的样子。受，接受。达，通、顺利。

率，遵循。履，礼。越，逾越、越轨。视，巡视。发，施行。

相土，人名，契的孙子，契生昭明，昭明生相土，是商的先王先公之一。烈烈，威武貌。

海外，四海之外，泛言边远之地。有截，即截截，整齐划一的样子。

dì mìng bù wéi　　zhì yú tāng qí　　　tāng jiàng bù chí　　shèng jìng rì jī
帝命不违，至于汤齐。汤降不迟，圣敬日跻。

zhāo gé chí chí　　shàng dì shì zhī　　　dì mìng shì yú jiǔ wéi
昭假迟迟，上帝是祗，帝命式于九围。（三章）

shòu xiǎo qiú dà qiú　　wèi xià guó zhuì liú　　hè tiān zhī xiū
受小球大球，为下国缀旒，何天之休。

bù jìng bù qiú　　bù gāng bù róu　　fū zhèng yōu yōu　　bǎi lù shì qiú
不竞不绑，不刚不柔，敷政优优，百禄是遒。（四章）

shòu xiǎo gòng dà gòng　　wèi xià guó xún méng　　hè tiān zhī chǒng
受小共大共，为下国骏厖，何天之龙。

汤，成汤，帝号天乙，商王朝的建立者，以武力推翻夏桀的统治，建立商王朝。齐，一致。

降，降生。不迟，适当其时。圣，圣明，明智。敬，敬谨。日跻，与日俱进。

迟迟，持久不懈怠。祗，敬。命，命令，指命令商汤。

式，法式、模范。九围，同《玄鸟》篇"九有"，九州也。

受，授。球，玉，小者尺二寸，大者三尺。下国，诸侯国。

旒，章程，法则。何，同"荷"，蒙受。

休，美；一说同"庥"，庇荫。

绑，急。敷政，施政。优优，温和宽厚的样子。遒，聚。

共，解释不一，一说通"珙"，璧；一说法也。骏厖，"恂蒙"之假借，庇覆，庇护。龙，同"宠"，恩宠。

敷奏其勇，不震不动，不戁不竦，百禄是总。（五章）

武王载斾，有虔秉钺，如火烈烈，则莫我敢曷。

苞有三蘖，莫遂莫达。九有有截，韦顾既伐，昆吾夏桀。（六章）

昔在中叶，有震且业。允也天子，降予卿士。

实维阿衡，实左右商王。（七章）

敷奏，施展。

戁、竦，皆为恐惧之意。总，聚。

武王，成汤之号。载，设。斾，旌旗。有虔，威武貌。

秉钺，执持长柄大斧。曷，同"遏"，阻挡。

苞，根本，用以喻夏朝。蘖，树木斩伐后复生之芽。

三蘖，指夏的三个与国——韦、顾、昆吾。遂，草木生长之称；达，苗生出土之称；皆草木顺利生长之意。

截，整齐。韦、顾、昆吾，皆国名，夏的与国，为夏王朝东部屏障。

中叶，中世，商朝立国从契始，到十世成汤建立王朝，正值中世。震，威力。业，强大。

阿衡，官名，指伊尹，辅佐成汤征服天下建立商王朝的大臣。左右，在王左右辅佐。

此亦祭宗庙之诗，言我商今日抚有天下，其受命固本于汤，然非自汤始也，其所由来者渐矣。

⊛ 濬哲维商，长发其祥。

㉆ 盖惟深足以潜天下之机，惟明足以见天下之绩，此濬哲之德也。君之所以格天，而天之所以眷君者，皆在于是焉。今自我商言之，世世有濬哲之君，而其受命之祥，发见已久，非一朝一夕之故者矣。

⊛ 洪水芒芒，禹敷下土方。外大国是疆，幅陨既长。

㉆ 何以见之？尧时洪水芒芒，禹遍治下土之水，尽其疏凿之功，以外大国为中国之境，兼尽疆理之务，而宇内之幅陨由之以广大。

⊛ 有娀方将，帝立子生商。

㉆ 斯时也，有娀氏之国势方大，帝于是立有娀之女，其子曰契者，于以造商室焉。

⊛ 玄王桓拨，受小国是达，受大国是达。

㉆ 夫天既命契而造商室而为司徒，事何如哉？但见我玄王也，具武勇之资，足以胜治民之任，其受小国则教化达焉，而小国以宜也，其受大国则教化达焉，而大国以宜也。

⊛ 率履不越，遂视既发。

㉆ 若此者而岂徒哉？盖玄王以身率由于典礼之中，而不过越。举凡所谓亲义序别，信者无非其所身有者也，而所以为民之式者，已无不备矣。是以遂示其民，民皆发之应之，五品逊而百姓亲，小国大国之无不达，不以此乎！是契有濬哲之德，而一代受命之祥，已基于此矣。

⊛ 相土烈烈，海外有截。

㉆ 延至相土，载嗣侯服，有烈烈显盛之德，继契而为司徒，教化之行海外，咸归于皇极之中，于是人心截然而整齐矣。是相土有濬哲之德，而一代受命之祥，已延于此矣。

⊛ 帝命不违，至于汤齐。汤降不迟，圣敬日跻。昭假迟迟，上帝是祗。

㉆ 夫商之先祖，既有明德，是以天命未尝去之，以至于汤，正值天命去夏归商之会，而汤之生也应期而降，适当其时而不迟焉。夫既得圣人之时矣，然岂徒恃其天而人之不继哉？但见其以礼制心，以义制事，圣敬日益跻升，以至昭格于天，犹迟迟不息，而惟上帝之是敬焉，则又纯圣人之敬矣。

⊛ 帝命式于九围。

㉆ 夫生得其时，则天命已有所属，敬

极其至，则格天又有其本，于是上天畀之以君师之任，使代夏而有天下，以为法于九围之中，则濬哲之德，其传自玄王相土者，至此而益光，而受命之祥，其始自玄王相土者，至此而有成矣。

✳ 受小球大球，为下国缀旒，何天之休。

🈂 然以敬德受命之实，果何如哉？彼九围之国，必有所执之玉也，汤则受小国大国所赞之玉而为人心所系属，不为下国之缀旒乎？夫人心所属即天命所及，是以有荷天之休矣。

✳ 不竞不絿，不刚不柔，敷政优优，百禄是遒。

🈂 然此非天有私于汤也，盖汤本其圣敬之跻以敷布其政也，不偏于竞也，不偏于絿，不偏于刚，不偏于柔，而适得其中正之则，盖优优然而宽裕矣。是以人心所属，天休荷而百禄是遒也，岂徒然哉？

✳ 受小共大共，为下国骏厖，何天之龙。

🈂 九围之国，必有所共之贡也，汤则受小国大国所供之贡，而为人心所负戴，不为小国之骏厖乎？夫人心所戴，即天宠所及，是以有荷天之宠矣！

✳ 敷奏其勇，不震不动，不戁不竦，百禄是总。

🈂 此亦非天有私于汤也，盖汤本其圣敬之跻，以敷奏其勇也，不失之震，不失之动，不失之戁，不失之竦，而莫非仁义之师，盖外不扰民，内不怯已矣。夫是以人心戴天宠荷，而百禄之是总也，岂徒然哉？

✳ 武王载旆，有虔秉钺，如火烈烈，则莫我敢曷。

🈂 吾以当时奏勇之事言之。武王肃将天威载白旆，秉黄钺以征不义，但见无敌之威，如火之烈烈，孰敢有当其锋而遏之者哉！

✳ 苞有三蘖，莫遂莫达。九有有截，韦顾既伐，昆吾夏桀。

🈂 是故当时有一本之苞，典夫旁生之三蘖者，若夏桀之肆于上，韦、顾、昆吾之党于下，皆莫得以遂其恶，而九有之大，皆截然归商矣。然汤之伐桀，岂其得已哉？吾观其行师之序，则初伐韦，次伐顾，次伐昆吾，盖先灭其党，欲桀之惧祸而自改，汤得以终守为臣之节也。夫何夏之稔恶如故，于是具鸣条之师以伐夏桀焉，初岂有心于利天下而遽以伐之哉？盖上帝眷其敬德之纯，而命之以式九围，汤亦不得而辞之矣。我商受命而有天下，肇于契，衍于相土，而后成于成汤，信乎其祥之长发也。

※ 昔在中叶，有震且业。允也天子，降予卿士。实维阿衡，实左右商王。

解 夫汤之受命，虽本于德，然所以辅之者，岂无其人乎？昔在中叶，有振且业之时，汤也道足以济天下之溺，勇足以除天下之暴，允矣天下之大君也。然天以不生圣臣以辅之，王业无自而成也。于是降之以卿士，实维阿衡之伊尹也，是伊尹也实推其天，民先觅之德以左右商王焉，凡其政之敷也，勇之奏也，莫非赞襄之力矣，是一代王业之成，夫岂偶然哉？夫契有濬哲之德而天命以基，相土有濬哲之德而天命以大，汤有濬哲之德而天命以受，祖宗功德之不可忘如此，吾人于登歌之顷，乌容已于揄扬哉！

殷武

六章，一四五章六句，二六章七句，三章五句。

商祖辛盉

挞彼殷武，奋伐荆楚。采入其阻，裒荆之旅。

有截其所，汤孙之绪。　（一章）

维女荆楚，居国南乡。

昔有成汤，自彼氐羌，莫敢不来享，莫敢不来王，

曰商是常。　（二章）

【注】挞，勇武的样子。 殷武，殷高宗武丁，殷朝中兴之主，用贤人傅说（yuè）为

相，在位五十九年。 奋伐，奋力讨伐。 荆，楚国的旧称。

采，古同"深"。 阻，险阻之地。 裒，同"捊"，取；一说同"俘"，俘获。

截，整齐、一致服从。 有截，截然。 其所，其所伐之处。 汤孙，指商汤的后代

武丁。 绪，功业。

女，汝。 乡，地方。 南乡，南方。

自，虽。 氐、羌，西方的夷狄之国。 享，进贡。 王，朝谒天子。 曰，发语词。

常，尊尚。

天命多辟，设都于禹之绩。岁事来辟，勿予祸适，

稼穑匪解。（三章）

天命降监，下民有严。不僭不滥，不敢怠遑。

命于下国，封建厥福。（四章）

辟，诸侯。设都，建设都城。绩，同"迹"；禹之绩，禹所治之地。

岁事，即诸侯每年朝见之事。来辟，来朝。祸，"过"之假借。适，同

"谪"；祸适，责过、谴责。解，同"懈"。

降监，下察人民。严，同"俨"，敬谨。有严，即俨然，守法谨严的样子。

僭，超过本分。滥，浮滥、超过。怠遑，懈怠偷懒。

封，大。

shāng yì yì yì　　sì fāng zhī jí　　hè hè jué shēng　zhuó zhuó jué líng

商邑翼翼，四方之极。赫赫厥声，濯濯厥灵。

shòu kǎo qiě níng　　yǐ bǎo wǒ hòu sheng

寿考且宁，以保我后生。（五章）

zhì　bǐ　jǐng shān　　sōng bǎi wán wán　　shì duàn shì qiān　　fāng zhuó shì qián

陟彼景山，松柏丸丸。是断是迁，方斫是虔。

sōng jué yǒu chān　　lǚ　yíng yǒu xián　　qīn chéng kǒng　ān

松桷有梴，旅楹有闲，寝成孔安。（六章）

商邑，商都西亳，在今河南偃师。翼翼，整饬的样子；一说盛大的样子。极，中。
厥，其，指高宗或泛指商之先祖。濯濯，光明的样子。灵，神灵。后生，后代子孙。
景山，山名，商所都也，在今河南偃师南。丸丸，松柏条直挺拔的样子。方，是。
斫，砍。虔，削伐。

方，是，乃。斫，砍。虔，马瑞辰《毛诗传笺通释》以为"削"，此指用刀削木。

梴，木长貌。旅，陈列。楹，堂前的柱子。闲，粗大。寝，寝庙，指高宗武丁庙。

此祀高宗之乐，言王者振积衰之运，岂偶然哉？有明作之大功者，斯可称中兴之令主而享无穷之祀也，若我汤孙可语是矣。

❋ 挞彼殷武，奋伐荆楚。

🔴 荆楚乘商道之寝衰，而为悖逆之举，故汤孙挞然用武以奋伐荆楚。

❋ 冞入其阻，裒荆之旅。

🔴 夫荆楚之所以敢于叛者，徒恃其地之险阻故也，于是冒入其险阻之地，以致其众而聚之，所以使之穷迫无所逃遁也。

❋ 有截其所，汤孙之绪。

🔴 夫人心既聚，而无所逃遁，则此荆楚之地无有既涣，遂为截然整齐之所矣。若此者果谁之绪哉？实惟汤孙也。为汤之后思欲复汤之业，故能平荆楚之乱，以振王纲于既坠，合人心于既涣也，非汤孙之绪何哉！

❋ 维女荆楚，居国南乡。

🔴 夫荆楚既伐，于是申大义以责之。维女荆楚乃敢为乱者，岂以其地之远哉，特居吾国之南乡耳。

❋ 昔有成汤，自彼氐羌，莫敢不来享，莫敢不来王，曰商是常。

🔴 独不观氐羌之事成汤乎？昔有成汤之世，自彼氐羌之远，亦以普天下

皆王土，莫敢不来享而致方物之献也。以率土之滨皆王臣，莫敢不来王而守世见之礼也。且曰来享来王，兹固商之常礼而我不敢以不遵也。夫远如氐羌且然，况女荆楚曷取不至哉？此吾今日所以观兵而来也。

❋ 天命多辟，设都于禹之绩。岁事来辟，勿予祸适，稼穑匪解。

🔴 荆楚既平，诸侯自服。但见侯王君公皆天下之所命者也，九州五服皆禹之所治者也，自今视之，天命之多辟，其设都禹之绩者，各修其岁事来述职于商，以祈王之不谴焉，盖惟惧祸谪之及，何有干赏之意？且曰国家之大事在稼穑，我今土地辟，田野治，而稼穑之匪懈，王之罪谪庶乎其可免矣，其诸侯畏服有如此者。

❋ 天命降监，下民有严。

🔴 夫以华夷率服，则中兴矣，然所以致之者岂无□□哉？诚以天之降监不在乎他，而在乎民，民之所归者，天必从而予之，民之所去者，天必从而夺之。是下民虽至微，而实操乎予夺大君之权，不亦甚可畏矣乎？

❋ 不僭不滥，不敢怠遑。

🔴 惟我汤孙，以民心即天意，而畏民即所以畏天也，于是有赏也，与众

共之，而不失之僭，有罚也与众共之，而不失之滥，且此心之兢兢于中，不敢有一息之怠遑，惟恐其或失之僭滥也，如是则赏罚协民之心，而民心悦矣。

✳ 命于下国，封建厥福。

🔴 民心悦即天意得，故天命之于下国，使为华夷之主，外焉荆楚服而大建其福于外也，内焉诸侯服而大建其福于内也，其成中兴之功，夫岂偶然哉？

✳ 商邑翼翼，四方之极。

🔴 夫汤孙既能中兴以成天下之功矣，则其业之盛而泽之远何如哉？盖自盘庚既没之后，威灵不振，商邑之颓久矣，四方之不取正久矣，今也汤孙一奋，体统正而朝廷尊，礼乐刑政莫不修明，商邑盖翌翌然其整齐矣，是以四方之人，莫不守其礼乐，遵其刑政而来极于商邑也。

✳ 赫赫厥声，濯濯厥灵。

🔴 由是发之为声也，施中国而及蛮貊，赫然其显盛也，著之为灵也，诸侯威而四夷服，濯濯其光明也。

✳ 寿考且宁，以保我后生。

🔴 然岂特一时之盛哉？且获寿考之祥，遂安宁之庆，则所以嘉靖殷邦而固中兴之业者，无不至矣。故我后生犹得抚翌翌之商邑，藉赫濯

之声灵，而中外畏服如故也，不有以保我之后生乎？夫高宗中兴，其业之盛，遗泽之远如此，此诚百世不磨之功也。

✳ 陟彼景山，松柏丸丸。是断是迁，方斫是虔。

🔴 夫我高宗之功如此，则吾人所以报之者岂其微哉？于是陟彼景山，而取松柏之丸丸，既断之于山林之中矣，而遂迁之于造作之所，厥材其孔良也，既王之以绳墨之法矣，而遂断之以适其大小之用，截之以协其长短之宜人，去其曲尽也。

✳ 松桷有梴，旅楹有闲，寝成孔安。

🔴 是以庙制皆极其美，以言乎松桷则有梴然而长也，言乎旅楹则有闲然而大也，寝庙于是乎成矣，所以祔神主藏衣冠者有地矣。以此寝庙奉我高宗为百世不迁之祀，与烈祖成汤相为无穷，而不在三昭三穆之数，不有以安我高宗之神乎？高宗之神安而后吾人报功之心亦因以安矣。夫高宗有不世之功，而商人有不世之报，故祔庙而歌之，其善于美盛德而告成功也欤？要之高宗由有傅说之辅，得闻圣人之学，始终一敬，故能嘉靖殷邦，享国长久，然则不迁之庙，尤不可无傅说之配享。

国学
修身课

诗经直解

中

雅

（明）

张居正

-编著-

龙建春

-校注-

人民东方出版传媒
People's Oriental Publishing & Media
东方出版社
The Oriental Press

目 录

小雅

大雅

荡之什

小雅

《小雅》原收诗七十四篇，另有《南陔》《白华》《华黍》《由庚》《崇丘》《由仪》等六篇有篇题而无辞。这些诗，古人以十篇为一组，叫作"什"。以每十篇中的第一篇为什的名称，例如第一篇为《鹿鸣》，从此连续十篇，总名为《鹿鸣之什》；第十一篇为《南有嘉鱼》，由此连续十篇，总名为《南有嘉鱼之什》，依此类推，《小雅》七十四篇，分隶于七个"什"。分别是《鹿鸣之什》《南有嘉鱼之什》《鸿雁之什》《节南山之什》《谷风之什》《甫田之什》与《鱼藻之什》，其中《鱼藻之什》共收了十四篇诗，四篇诗不足成为"什"，故放进《鱼藻之什》中。

鹿鸣之什

鹿鸣

二章,章四句。

芩　蒿　苹　鹿鸣

yōu yōu lù míng　shí yě zhī píng　wǒ yǒu jiā bīn　gǔ sè chuī shēng　chuī shēng gǔ huáng
呦呦鹿鸣,食野之苹。我有嘉宾,鼓瑟吹笙。吹笙鼓簧,

chéng kuāng shì jiāng　rén zhī hǎo wǒ　shì wǒ zhōu háng
承筐是将。人之好我,示我周行。（一章）

yōu yōu lù míng　shí yě zhī hāo　wǒ yǒu jiā bīn　dé yīn kǒng zhāo　shì mín bù tiāo
呦呦鹿鸣,食野之蒿。我有嘉宾,德音孔昭。视民不恌,

jūn zǐ shì zé shì xiào　wǒ yǒu zhǐ jiǔ　jiā bīn shì yàn yǐ áo
君子是则是效。我有旨酒,嘉宾式燕以敖。（二章）

yōu yōu lù míng　shí yě zhī qín　wǒ yǒu jiā bīn　gǔ sè gǔ qín　gǔ sè gǔ qín
呦呦鹿鸣,食野之芩。我有嘉宾,鼓瑟鼓琴。鼓瑟鼓琴,

hé lè qiě dān　wǒ yǒu zhǐ jiǔ　yǐ yàn lè jiā bīn zhī xīn
和乐且湛。我有旨酒,以燕乐嘉宾之心。（三章）

【注】呦呦,鹿的叫声。苹,草名,即藾蒿。

鼓,动词,弹的意思。笙,乐器名,由簧片、笙管、斗子三部分组成。

簧,乐器里用金属或其他材料制成的发声薄片,这里指乐器。承,捧着。筐,盛币帛的

竹器。将,献上。

人,指客人。好,关爱。示,指示。周行,大道,引申为大道理。

德音,美誉。孔,很,十分。昭,鲜明。

视,同"示",昭示于人之意。恌,轻佻、轻浮。则、效,皆模仿、效法之意。

旨酒,美酒。式,语气助词,无实义。燕,同"宴"。敖,同"遨",游玩、游乐。

芩,蒿类植物;一说水芹。湛,同"媅",乐之久,有尽情欢乐之意。

此燕享宾客之诗也。言君臣之间，莫贵于相孚，而莫病于相暌。盖情以分而暌，则言以拘而不尽，虽欲闻乎大道，终无由也，我于嘉宾何如？

❉ 呦呦鹿鸣，食野之苹。

解 彼呦呦鹿鸣，食野之苹，其情适则其声和矣。

❉ 我有嘉宾，鼓瑟吹笙。吹笙鼓簧，承筐是将。

解 况我有嘉宾，大道素备于身，足以龙光乎国家，而可无宴以通其情，而使之尽言乎，是故其燕之也。鼓瑟于堂上，而工歌之盈耳，吹笙于堂下，而鼓簧以出声乐之，以乐无不备矣。奉筐而行币帛，饮则以酬宾，送酒食则以侑宾劝饱，隆之以礼，无不备矣。

❉ 人之好我，示我周行。

解 其礼意之厚如此者，善以嘉宾素怀忠君爱国之心，其好我有日矣。但君臣之分至严，朝廷之礼主敬，使不有以通之，则言不敢尽，故今日之燕礼，备乐和旷，然相期于形骸之外庶乎。人之好我者，分无所拘，而言语得尽。凡帝王修己治人之方，莫不敷陈无隐，而示我以周行也，岂特为是弥文哉？

❉ 呦呦鹿鸣，食野之蒿。

解 呦呦鹿鸣，食野之蒿，其情适则其声和矣。

❉ 我有嘉宾，德音孔昭。

解 况我嘉宾，实德之隆，发之而为声，闻之美，其焕然甚明者。

❉ 视民不恌，君子是则是效。

解 诚足以感化斯民，而使之不偷薄矣。凡我君子，皆有化民之责者，则亦所当则效，而若嘉宾之德音，足以示民可也。

❉ 我有旨酒，嘉宾式燕以敖。

解 夫佳宾之德如此，则所以示我者有本，殆非空言之教矣。故我有旨酒，与嘉宾以式燕，而尽其遨游之欢，庶几忘分之余，而周行之示，自不容隐矣。

● 南宋·马和之《小雅·鹿鸣》图

※ 呦呦鹿鸣，食野之苹。

解 呦呦鹿鸣，食野之苹，其情适则
其声和矣。

※ 我有嘉宾，鼓瑟鼓琴。

解 况我有嘉宾，其燕之也。鼓我瑟
焉，鼓我琴焉，声音动荡，以尽
和乐之情。

※ 鼓瑟鼓琴，和乐且湛。

解 殷勤无已，又极和乐之久。

㊟ 我有旨酒，以燕乐嘉宾之心。

㊐ 若此者，岂徒养其体娱其外已哉？盖我有旨酒，以燕宾而和乐，且湛者正欲势两忘，形迹无拘，以安乐嘉宾之心耳。心因燕而什则

言，因心而宣，而其周行之示，自将无已矣。吁，周王歌是诗以燕宾，可谓尽乞言之道矣，尚何人臣之不乐于效忠哉？

四牡

五章，章五句。

sì mǔ fēi fēi zhōu dào wēi yí qǐ bù huái guī wáng shì mǐ gǔ wǒ xīn shāng bēi
四牡骓骓，周道倭迟。岂不怀归？王事靡盬，我心伤悲！（一章）

sì mǔ fēi fēi tān tān luò mǎ qǐ bù huái guī wáng shì mǐ gù bù huáng qǐ chù
四牡骓骓，啴啴骆马。岂不怀归？王事靡盬，不遑启处！（二章）

piān piān zhě zhuī zài fēi zài xià jí yú bāo xǔ wáng shì mǐ gù bù huáng jiāng fù
翩翩者雅，载飞载下，集于苞栩。王事靡盬，不遑将父！（三章）

piān piān zhě zhuī zài fēi zài zhǐ jí yú bāo qǐ wáng shì mǐ gù bù huáng jiāng mǔ
翩翩者雅，载飞载止，集于苞杞。王事靡盬，不遑将母！（四章）

jià bǐ sì luò zài zhòu qīn qīn qǐ bù huái guī shì yòng zuò gē jiāng mǔ lái shěn
驾彼四骆，载骤骎骎。岂不怀归？是用作歌，将母来谂。（五章）

【注】四牡，驾车的四匹公马。骓骓，行走不止貌。周道，大道。倭迟，同"逶迤"，顺着迂回遥远曲
折的道路行进。

王事，征役之事。靡，无。盬，停息。

啴啴，喘息貌。骆，白色黑鬣尾的马。

不遑，没有闲暇。启，小跪。处，安居在家。

雅，指鹁鸪，天将雨或刚晴时常在树上咕咕叫。苞，草木茂盛。栩，栎树。

将，养。

骤，疾驰、奔跑。骎骎，马疾驰貌。

来，语助词。谂，念也，思念。

此劳使臣之诗，而王者代之。 言曰：人臣一出而奉使也，业已任国事之忧，则不得计及身家。 盖义重情轻，而情为义夺也。

⁂ 四牡骓骓，周道逶迟。

解 我今奉命出使也，驾彼四牡骓骓而不止。 行彼周道，倭迟而回怀。

⁂ 岂不怀归？

解 斯时也，违亲一方，岂无思归之心乎？

⁂ 王事靡盬，我心伤悲。

解 特以今日之事，王事也。 上德当宣下情当达，而不可以不坚固。 是以私为公夺，此心特内顾而伤悲耳，安得以遂吾之思而旋归哉？

⁂ 四牡骓骓，啴啴骆马。

解 我之奉命出使也，驾四牡骓骓而不止。 四牡皆骆，啴啴而众盛。

⁂ 岂不怀归？

解 斯时也，去亲万里，岂无思归之心乎？

• 南宋·马和之《诗经·小雅·四牡》图

㊗ 王事靡盬，不遑启处。

㊟ 特以今日之事，王事也，上德当宣下情当达，而不可以不坚固。是以服劳尽瘁，此身虽启处而不遑耳，安得以遂吾之情而言归哉？

㊗ 翩翩者鵻，载飞载下，集于苞栩。

㊟ 夫我之所以怀归者，亦以父母之缺养为可念耳。今夫翩翩者鵻，犹载飞载下，而集于苞栩之上，盖亦得安所矣。

※ 王事靡盬，不遑将父。

解 我也以王事不可以不坚固劳苦于外，虽有父，不得以遑将焉，朝夕之奉缺，曾雏之不如矣，乌能不动吾之怀乎？

※ 翩翩者雏，载飞载止，集于苞杞。

解 翩翩者雏，犹载飞载止，而集于苞杞之上，盖亦得所安矣。

※ 王事靡盬，不遑将母。

解 我也以王事不可以不坚固劳苦于外，虽有母，不得以遑将焉。其旨之仪废，曾雏之不如矣，乌能不系吾之怀哉？

※ 驾彼四骆，载骤骎骎。

解 夫既不得以养父母，得不陈情以告君乎？驾彼四牡，载骤骎骎，所以奔走王事也。

※ 岂不怀归？

解 斯时也，念及父母之不遑将，岂无怀归之情乎？

※ 是用作歌，将母来谂。

解 是情也，固吾君之所深恤者也，但君门远于万里，而未必知之耳。是以我也作此四牡之歌，以不获养父母之情，来告于君，庶几吾君闻言之下，而知夫缺养之情，使我早毕事以旋归，而父母之得以遑将矣。不然，既不得致养于亲，又不以直告于君，其如此情何哉？要之非使人作是歌也，乃周王设言其情而劳之耳。臣劳于事而不自言，君探其情而代之言，若使臣者固可谓忠，若周王者亦真能通人之志者矣，上下之道，各尽其道，有如是哉？

皇皇者华

五章，章四句。

皇皇者华
（右上角书法）

huánghuáng zhě huá　　yú bǐ yuán xí　　shēn shēn zhēng fū　　měi huái mǐ jí
皇皇者华，于彼原隰。駪駪征夫，每怀靡及。（一章）

wǒ mǎ wéi jū　　liù pèi rú rú　　zài chí zài qū　　zhōu yuán zī zōu
我马维驹，六辔如濡。载驰载驱，周爰咨诹。（二章）

wǒ mǎ wéi qí　　liù pèi rú sī　　zài chí zài qū　　zhōu yuán zī móu
我马维骐，六辔如丝。载驰载驱，周爰咨谋。（三章）

wǒ mǎ wéi luò　　liù pèi wò ruò　　zài chí zài qū　　zhōu yuán zī dù
我马维骆，六辔沃若。载驰载驱，周爰咨度。（四章）

wǒ mǎ wéi yīn　　liù pèi jì jūn　　zài chí zài qū　　zhōu yuán zī xún
我马维骃，六辔既均。载驰载驱，周爰咨询。（五章）

【注】皇皇，犹"煌煌"，灿烂、鲜明的样子。华，即"花"。原隰，高平之处为原，
低湿之处为隰。

駪駪，众多的样子。征夫，指使臣及其属从。靡及，无暇顾及。

驹，本作"骄"，马高六尺曰骄。如濡，湿润而有光泽貌。

周，普遍。爰，于。咨诹，访求、征询意见，下文"咨谋""咨度""咨询"
义同。

骐，青黑色花纹相间的马。如丝，指马缰如丝一般在驭者手中抖动。

沃若，有光泽的样子。骃，杂色的马。均，调和。

● 南宋·马和之《诗经·小雅·皇皇者华》图

此遣使臣之诗，而讽之以义，曰：使职亦难尽哉。顾有歉于心者，即所以无歉于职也。求善于人者，即所以求尽于心也，何则？

㊗ 皇皇者华，于彼原隰。

㊣ 彼皇皇草木之华，其生也，于彼高原，于彼下隰，盖无地而不有矣。

㊗ 駪駪征夫，每怀靡及。

㊣ 况我駪駪然众多疾行之征夫也，以为是行也，上德赖我以宣，下情赖我以达，仰思付托之甚重，而恒惧才力之弗堪，其每怀靡及也，盖无时而不然矣。
夫我既怀靡及之心矣，则将何以补其不及而副其心哉？

✳ 我马维驹，六辔如濡。

㊙ 是故驾车之马，则维驹矣。御马之六辔，则如濡矣。

✳ 载驰载驱，周爰咨诹。

㊙ 以是而载驰载驱于天下，岂漫游哉？盖一人之闻见有限，必萃众人之闻见而后广也。用是周于咨诹，而凡民风利病，吏治之得失，罔不于人乎，是究焉，此今驰驱意矣。

✳ 我马维骐，六辔如丝。

㊙ 驾车之四马，则维骐矣。御马之六辔，则如丝矣。

✳ 载驰载驱，周爰咨谋。

㊙ 以是而载驰载驱于四方，岂徒行哉？盖一人之智虑难周，必合众人之智虑而后裕也。用是周于咨谋，而凡闾里之休戚，政事之因革，罔不于人乎是稽焉，此今日驰驱意矣。

✳ 我马维骆，六辔沃若。

㊙ 我马在御，则维骆矣。六辔在手，则沃若矣。

✳ 载驰载驱，周爰咨度。

㊙ 其驰驱之不息者，盖将咨度之，必周而集众思以广忠益者，无不用也。固不敢以咨诹为己足矣。

✳ 我马维骃，六辔既均。

㊙ 我马在驾，则维骃矣。六辔之御马，则既均矣。

✳ 载驰载驱，周爰咨询。

㊙ 其驰驱之不已者，盖将咨询之必周而广，采择以助聪明者无不用也，固不敢以一咨谋为己尽矣。凡我征夫，果能若斯，则上德庶乎可宣，下情庶乎可达，而有以尽其职矣。不然，靡及之心，将何以自副哉？

吁，周王歌此于临遣之时，可谓讽之以义矣。

常棣

八章，章四句。

cháng dì zhī huā　　è bù wěi wěi　　fán jīn zhī rén　　mò rú xiōng dì
常　棣之华，鄂不韡韡。凡今之人，莫如兄弟。（一章）

sǐ sàng zhī wēi　　xiōng dì kǒng huái　　yuán xí póu yǐ　　xiōng dì qiú yǐ
死丧之威，兄弟孔怀。原隰裒矣，兄弟求矣。（二章）

jǐ líng zài yuán　　xiōng dì jí nán　　měi yǒu liáng péng　　kuàng yě yǒng tàn
脊令在原，兄弟急难。每有良朋，况也永叹。（三章）

xiōng dì xì yú qiáng　　wài yù qí wù　　měi yǒu liáng péng　　zhēng yě wú róng
兄弟阋于墙，外御其务。每有良朋，烝也无戎。（四章）

【注】常棣，又名棠棣、唐棣，即郁李，其花蕾如桃红色宝石，花朵繁密如云。华，
即"花"。鄂，同"萼"，花萼。不，同"跗"，花下萼；一说为"丕"之借字，
大也。韡韡，光明的样子，形容花色鲜明之状。

威，畏。孔，甚，非常。怀，关切。

裒，聚集、堆积，此处指聚土为坟。求，兄弟相求。

脊令，即"鹡鸰"，一种嘴细，尾、翅都很长的小鸟，只要一只离群，其余的就
都鸣叫起来，寻找同类；此处喻兄弟有急难，必能互相救助。

每，虽。况，发语词。永，长。

阋，互相争斗。务，同"侮"。

烝，发语词。戎，帮助。

^{sāng luàn jì píng　　jì ān qiě níng　　suī yǒu xiōng di　　bù rú yǒu shēng}
丧乱既平，既安且宁。虽有兄弟，不如友生。（五章）

^{bīn ěr biān dòu　　yǐn jiǔ zhī yù　　xiōng di jì jù　　hé lè qiě rú}
傧尔笾豆，饮酒之饫。兄弟既具，和乐且孺。（六章）

^{qī zi hǎo hé　　rú gǔ sè qín　　xiōng di jì xī　　hé lè qiě zhàn}
妻子好合，如鼓瑟琴。兄弟既翕，和乐且湛。（七章）

^{yí ěr jiā shì　　lè ěr qī nú　　shì jiū shì tú　　dǎn qí rán hū}
宜尔家室，乐尔妻帑。是究是图，亶其然乎！（八章）

友生，友人。

傧，陈列。笾，竹制食器，用以盛干肉、果实。豆，木制或陶制、铜制器皿，用以盛
肉酱。饫，饱足；一说宴饮同姓的私宴。

具，同"俱"，都在。孺，相亲。

翕，合，聚。

帑，同"孥"，儿女。

究，深思。图，考虑。亶，诚然，信然。

● 南宋·马和之《诗经·小雅·常棣》图

此燕兄弟之乐歌也。若曰：兄弟之亲，一体而分者也。故无论常变殊遭，而情终不能离也。

※ 常棣之华，鄂不韡韡。

解 常棣之华，内向而下垂者，未必能韡韡也，彼鄂然而外见者，岂不韡韡而光明乎？

※ 凡今之人，莫如兄弟。

解 况当今之人，分疏而情薄者，未必能相亲也。求其至亲相须，岂有如我之兄弟者乎？

✳ 死丧之威，兄弟孔怀。

🟠 然所谓莫如兄弟者，果何以见之哉？彼死丧之祸，他人所畏恶也，而唯兄弟为相恤耳。

✳ 原隰裒矣，兄弟求矣。

🟠 义不幸至于积尸裒其原野之间，他人或不恤也，亦唯兄弟为相求耳。兄弟之亲，见于意外之变者，有如此夫。然死丧相收，犹曰变之大耳。兄弟之亲，岂必待此而后见哉？

✳ 脊令在原，兄弟急难。

🟠 彼脊令在原，飞鸣而行，摇夫固不得以自适矣。况我兄弟在急难之中，相厮而相救，亦有不容以自安矣。

✳ 每有良朋，况也永叹。

🟠 当此之时，虽有同心共济之良朋，亦不过为之长叹息而已，力岂能以相及哉？兄弟之亲，见于急难之时，有如此夫。然相救相助，犹曰情之厚耳。兄弟之亲，岂必情厚而后见哉？

✳ 兄弟阋于墙，外御其侮。

🟠 彼兄弟设有不幸，而斗狠于内，此其情义亦乖矣。然或有外侮之来，则必共心御之，须忘其前日之忿，

而不觉其真情之如初焉。

✳ 每有良朋，烝也无戎。

🟠 当此之时，虽有同道相益之，良朋其交孚，非不有素也，然岂能有所助哉？夫患难之时，兄弟相救，固非良友之可比矣。

✳ 丧乱既平，既安且宁。

🟠 然当夫无死丧裒野之事，是丧之既平，而且安宁矣。无急难外侮之事，是乱之即平，而且安宁矣。

✳ 虽有兄弟，不如友生。

🟠 斯时也，乃有视兄弟之亲，反不如友生者之重焉。天理每形于患难，而人欲易弱于宴安，常情往往如此，亦独何哉？夫人于安宁之后，乃视兄弟不如友生者，意以安宁无须于兄弟也，岂如兄弟之亲，无适而不相须者乎？吾试以室家之燕言之。

✳ 傧尔笾豆，饮酒之饫。

🟠 今夫傧尔笾豆，而饮酒之饫，若可乐矣。

✳ 兄弟既具，和乐且孺。

🟠 然使兄弟有不具焉，则无与共享其乐，虽乐不甚笃也。必也兄弟既具，而与夫燕饮之欢，则和乐且孺，樽俎之间，其喜洋洋，有如小儿之慕父母，而不能自己矣。

✳ 妻子好合，如鼓瑟琴。

解 又以妻孥之乐言之。今夫妻子相和，有如琴瑟之和，若可乐矣。

✳ 兄弟既翕，和乐且湛。

解 然使兄弟有不和焉，则无以久其乐，虽乐亦易间也。必也兄弟既翕，而无有暌离之意，则和乐且湛，闺门之内，其乐泄泄，有不觉其愈久而愈至者矣。

✳ 宜尔室家，乐尔妻孥。

解 夫兄弟具而和乐且孺，是兄弟有以宜尔之室家矣。兄弟翕而和乐且湛，是兄弟有以乐尔之妻孥矣。安宁之后，亦必须于兄弟如此。

✳ 是究是图，亶其然乎！

解 然是理也，苟非究图之，亦未必信其然也，是必究之于良心真切之地矣，之于家庭日用之间。体验既真，实理自见，则室家之宜，诚必由于兄弟之具矣。妻孥之乐，诚必由于兄弟之翕矣，岂不信其然乎！

夫以兄弟之亲，死生苦乐，无适而不相须如此。所谓凡今之人，莫如兄弟者，不可见哉。然则今日之燕，以笃亲亲之恩者，诚不容已矣。

伐木

三章，章十二句。

伐木

fá mù zhēngzhēng　niǎo míng yīng yīng　chū zì yōu gǔ　qiān yú qiáo mù
伐木丁丁，鸟鸣嘤嘤。出自幽谷，迁于乔木。

yīng qí míng yǐ　qiú qí yǒu shēng　xiàng bǐ niǎo yǐ　yóu qiú yǒu shēng
嘤其鸣矣，求其友声。相彼鸟矣，犹求友声；

shěn yī rén yǐ　bù qiú yǒu shēng　shén zhī tīng zhī　zhōng hé qiě píng
矧伊人矣，不求友生？神之听之，终和且平。　（一章）

fá mù hǔ hǔ　shī jiǔ yǒu xù　jì yǒu féi zhù　yǐ sù zhū fù
伐木许许，酾酒有藇。既有肥羜，以速诸父。

níng shì bù lái　wēi wǒ fú gù　wū càn sǎ sǎo　chén kuì bā guǐ
宁适不来，微我弗顾。於粲洒埽，陈馈八簋。

【注】丁丁，伐木声。嘤嘤，鸟鸣声。

嘤其，即嘤然、嘤嘤。

相，审视，端详。矧，何况、况且。

听之，听到此事。终……且……，既……又……。

许许，伐木声。酾，用筐或草过滤酒。有藇，即藇藇、藇然，酒甘美的样子。

羜，羔羊。速，邀请。诸父，朋友之同姓而尊者。

宁，宁可。适，恰巧。

微，非。弗顾，不顾念。

於，叹词。粲，鲜明的样子。埽，同"扫"。

陈，陈列。馈，食物。簋，古时盛食物的青铜制或陶制圆形器皿。

既有肥牡，以速诸舅。宁适不来，微我有咎。（二章）

伐木于阪，酾酒有衍。笾豆有践，兄弟无远。

民之失德，干糇以愆。有酒湑我，无酒酤我。

坎坎鼓我，蹲蹲舞我。迨我暇矣，饮此湑矣。（三章）

牡，公羊。诸舅，朋友之异姓而尊者。

有衍，即衍衍，酒水满溢的样子。

践，陈列。无远，无论多远，一说不要疏远。

干糇，干粮。

湑，滤酒。酤，买酒。湑我、酤我，即"我湑""我酤"之倒装。

坎坎，击鼓声。蹲蹲，舞姿。

南宋·马和之《诗经·小雅·伐木》图

此燕朋友故旧之乐歌。若曰：朋友之伦，自古重之，岂其惜小礼，废大义，而使和平之福不见于天下哉？必不然矣。

※ 伐木丁丁，鸟鸣嘤嘤。

解 彼伐木则丁丁，而声之相应矣。鸟鸣则嘤嘤，而声之和矣。

※ 出自幽谷，迁于乔木。嘤其鸣矣，求其友声。

解 是鸟也，出自幽谷之中，迁于乔木之上，所以嘤然其鸣者非他，有所求也，亦聿其求友之声耳。

※ 相彼鸟矣，犹求友声。

解 相彼鸟矣，乃一物之微也，犹有求友之声。

※ 矧伊人矣，不求友生？

解 矧伊人矣，为万物之灵，乃不求友生，而鸟之不如乎？

※ 神之听之，终和且平。

解 知人之不可无友，则知友之不可以不笃矣，人诚能笃朋友之好焉。吾知天道人伦，同条共贯，无愧于友者，则亦无愧于神，由是神听之于漠漠之中，而锡之以终和且平之福矣。盖万国时雍，今固无不和矣，而神笃其庆，必使和者终和焉，四方宁谧，今固无不平矣，而神延其休，必使平者终平焉，岂特

一时已哉？夫以笃友之有，其应如此，则信乎友之当笃矣。

※ 伐木许许，酾酒有藇。既有肥羜，以速诸父。宁适不来，微我弗顾。

解 然则我之于友，当何如哉？彼人之伐木也，许许然同声以相应也。而我之于友，可不同气以相求乎，燕必酒也，而酾酒之有藇，燕必有肴也，而肥羜之既有。以是而速我之诸父，固欲其来矣。然事出于人不可必，诸父之中，岂无有故而不得来者乎？而我之礼则不可不尽也。故不得已，宁使彼有故而不得来，不可此酒忘设，使我有不顾之愆也。

※ 於粲洒埽，陈馈八簋。既有肥牡，以速诸舅。宁适不来，微我有咎。

解 然不特诸父在所当燕也，于粲洒扫而堂宇之鲜明，陈馈八簋，而肥牡之既有。以是而速我之诸舅，固欲其来矣。然事出于人不可知，诸舅之中，岂无有故而不得来者乎？而我之礼则不可不尽也。故不得已，宁使彼有故而不得来，不可此酒忘设，使我有失礼之咎也。

※ 伐木于阪，酾酒有衍。笾豆有践，兄弟无远。

解 然不许特尊者在所当燕也。彼伐

木于陂，则有其地矣。我于兄弟，岂无以尽其情乎？燕资于酒，酾酒则有衍其多者矣。燕资于肴，笾豆则有践而列矣。以是而速我同侪之兄弟，则欲其亲者、疏者皆在，而无远焉，此吾今日设宴意也。

✳ 民之失德，干糇以愆。

㊐ 然是宴之设夫岂徒哉？正以朋友之义甚重，不可吝微物而失大义也。彼凡民所以失朋友之义者，非必有大故也，特以干糇之薄不以分人，而至于有愆耳。

✳ 有酒湑我，无酒酤我。

㊐ 故我之于朋友，不敢不用情也。有酒也而我湑之，无酒也而我酤之，有与无之不计焉。

✳ 坎坎鼓我，蹲蹲舞我。

㊐ 有鼓也，我坎坎鼓之，有舞也，我蹲蹲舞之，声与容之咸备焉。

✳ 迨我暇矣，饮此湑矣。

㊐ 然是燕也，岂限于定时哉？惟怡我万几之暇，则与我朋友饮此湑焉，以协笑语之欢，而不至于凡民之失德，斯可矣。我能笃友如是，庶乎无愧于乌，而或者鬼神之我听乎。

吁，迨暇无不举之燕，设燕无不尽之情，若周王者，真可谓能笃友之矣，宜太和在成周宇宙间也。

天保

六章，章六句。

tiān bǎo dìng ěr yì kǒng zhī gù bǐ ěr dān hòu hé fú bù chú

天保定尔，亦孔之固。俾尔单厚，何福不除？

bǐ ěr duō yì yǐ mò bù shù

俾尔多益，以莫不庶。 （一章）

tiān bǎo dìng ěr bǐ ěr jiǎn gǔ qìng wú bù yí shòu tiān bǎi lù

天保定尔，俾尔戬穀。罄无不宜，受天百禄。

jiàng ěr xiá fú wéi rì bù zú

降尔遐福，维日不足。 （二章）

tiān bǎo dìng ěr yǐ mò bù xīng rú shān rú fù rú gāng rú líng

天保定尔，以莫不兴。如山如阜，如冈如陵，

rú chuān zhī fāng zhì yǐ mò bù zēng

如川之方至，以莫不增。 （三章）

【注】保定，安定、保佑。尔，你，指君王。亦，语词。孔，非常。固，
坚固。

俾，使。单、厚，皆为大之意。除，赐予，一说完备。

戬，福。穀，禄。

阜，土山。山、阜、冈、陵，形容物产的丰盛。

吉蠲为饎，是用孝享。禴祠烝尝，于公先王。

君曰：卜尔万寿无疆。（四章）

神之吊矣，诒尔多福。民之质矣，日用饮食。

群黎百姓，遍为尔德。（五章）

如月之恒，如日之升。如南山之寿，不骞不崩。

如松柏之茂，无不尔或承。（六章）

吉，善，指选择吉日。蠲，洁。饎，酒食。是用，"用是"之倒文；是，此，指备妥的酒食。孝，祭祀。享，献。

禴祠烝尝，四时祭祀宗庙的名称，夏曰禴，春曰祠，冬曰烝，秋曰尝。公，先公。

君，指代表先公先王的神灵。卜，赐予。

吊，至也。诒，赠送。

质，安定；一说朴实。

群黎，众民。百姓，百官。为，感化。

恒，月上弦之貌。骞，亏损。崩，崩坏。

或，语词，无义。承，继承。

● 南宋·马和之《诗经·小雅·天保》图

此人臣答君而歌此诗。曰：我臣子受君之赐厚矣，而将何以为报哉？彼君为天之子，吾愿天之福君何如也。

※ 天保定尔，亦孔之固。

解 是必天之于君也，扶持之极其至，抚绥之极其笃，所以保定尔者，亦孔之固乎。

※ 俾尔单厚，何福不除。

解 彼福莫难于日新也，则俾尔以单厚之福，往者过矣，来者续之，盖相禅而不穷也，何福之不除旧而生新乎？

※ 俾尔多益，以莫不庶。

解 福莫难于富有也，则俾尔以多益之，福其来如几，其多如式，盖繁祉之骈臻也，何福之莫不庶乎？天之保定吾君如是诚哉，其为孔固矣。

✳ **天保定尔，俾尔戬穀。罄无不宜，受天百禄。**

🔴 犹未也。天之保定我君也，俾尔以尽善之理，使其见之经纶化裁者，皆协于尔极之中，而无事之不得其宜焉。如是则戬穀罄宜之百禄，君既受之于天矣。

✳ **降尔遐福，维日不足。**

🔴 然天之于君，不但已也，又必可大之庆，延之为可久之休，降尔以遐福，使其戬穀罄宜者，日以继日，盖有无日上足者矣，是天又有以申命乎？君也其保定诚无已矣。

✳ **天保定尔，以莫不兴。**

🔴 夫天之保定吾君也，单厚多益之，咸福百禄，遐福之毕集，夫固以莫不兴矣。

✳ **如山如阜，如冈如陵。**

🔴 自其高大者言之，则峻极莫御，犹山阜冈陵而巍乎，其不可逾也。

✳ **如川之方至，以莫不增。**

🔴 自其盛长者言之，则瑞庆大来，犹之川之方至而浩乎，以莫不增也。夫以吾君之福，其莫不兴之象，有如此者，则天之福君，尚有一之不

至哉。天之福君如是矣，然君为神之主，吾愿神之福君何如也？

✳ **吉蠲为饎，是用孝享。禴祠烝尝，于公先王。**

🔴 彼吾君承宗庙之祭也，诹曰择士，以致其慎焉，斋戒涤濯，以致其洁焉，为之酒食，以备其物焉。由是举孝享之典，以行四时之祭，于彼先公先王，而所以格神者，为有道矣。

✳ **君曰：卜尔万寿无疆。**

🔴 但见先君居歆申锡，以福尸为之，传其意以嘏之，曰尔之祭祀，既诚敬矣。今君卜尔以万寿无疆之福，必使尔常为宗庙鬼神之主也。

✳ **神之吊矣，诒尔多福。**

🔴 犹未也。祖考之来格也，诒尔以多福之全，则不惟及于一身，而又及于天下焉。

✳ **民之质矣，日用饮食。**

🔴 盖民俗不淳，治道之累，非福也。神必使尔之民，皆革薄泛忠，质实无伪于日用之间，惟知饥食渴饮而已，而饮食之外，无余巧也。

✳ **群黎百姓，遍为尔德。**

🔴 民行不兴，君德之玷，非福也。

神必使尔之群黎百姓，皆则君之德，而象其休，使一人之德，日光昭于天下，而若为之多助也。民俗淳而民行兴，多福之贻，孰加焉？

✳ 如月之恒，如日之升。

🔴 夫神之锡君也，万寿之福在一身，而治道之福在天下，夫固无不备矣，又将何以拟之哉？自其进盛言之，但见多福之善方享，而水又有如月之上弦，骎骎乎就盈，有如月之始出，骎骎乎就明，其进盛不可御矣。若夫既望之月则易亏，既中之日则易昃，其何以象君福之进盛耶！

✳ 如南山之寿，不骞不崩。如松柏之茂，无不尔或承。

🔴 自其悠久言之，但见多福之萃，长远而不息，有如南山之寿，而无骞崩之虞，有如松柏之茂，而有相继之机，其悠久不可量矣。若非南山之寿则易倾，非松柏之茂则易衰，其何以象君福之悠久耶！夫以吾君之福，其进盛悠久之象如此，则伸之福君，又何有一之不至哉！

采薇

六章，章八句。

cǎi wēi cǎi wēi　　wēi yì zuò zhǐ　　yuē guī yuē guī　　suì yì mò zhǐ
采薇采薇，薇亦作止。曰归曰归，岁亦莫止。

mǐ shì mǐ jiā　　xiǎn yǔn zhī gù　　bù huáng qǐ jū　　xiǎn yǔn zhī gù
靡室靡家，狎狁之故。不遑启居，狎狁之故。　（一章）

cǎi wēi cǎi wēi　　wēi yì róu zhǐ　　yuē guī yuē guī　　xīn yì yōu zhǐ
采薇采薇，薇亦柔止。曰归曰归，心亦忧止。

yōu xīn liè liè　　zài jī zài kě　　wǒ shù wèi dìng　　mǐ shǐ guī pìn
忧心烈烈，载饥载渴。我戍未定，靡使归聘。　（二章）

cǎi wēi cǎi wēi　　wēi yì gāng zhǐ　　yuē guī yuē guī　　suì yì yáng zhǐ
采薇采薇，薇亦刚止。曰归曰归，岁亦阳止。

wáng shì mǐ gǔ　　bù huáng qǐ chù　　yōu xīn kǒng jiù　　wǒ xíng bù lái
王事靡盬，不遑启处。忧心孔疚，我行不来。　（三章）

【注】薇，野菜名，即野生的豌豆苗，种子、茎、叶均可食用；《史记·伯夷列传》中有伯夷、叔齐"义不食周粟，隐于首阳山，采薇而食之"的记载。作，生，指薇菜冒出地面。止，语尾助词，无实义。曰，句首、句中助词，无实义。莫，同"暮"。

靡室靡家，没有正常的家庭生活。狎狁，北方的外族，商代称为荤粥（xūnyù），商周之间称为鬼方，西周中叶以后才称为狎狁，秦汉时叫作匈奴，隋唐时则叫突厥。

遑，闲暇。启，跪坐，腰部伸直，臀部与足离开。居，安坐，臀部贴在足跟上。启居，安居，下文"启处"义同。

柔，始生，指刚长出来的薇菜茎柔嫩的样子。

烈烈，形容忧心如焚。载饥载渴，又饥又渴。

彼尔维何？维常之华。彼路斯何？君子之车。

戎车既驾，四牡业业。岂敢定居？一月三捷。（四章）

驾彼四牡，四牡骙骙。君子所依，小人所腓。

四牡翼翼，象弭鱼服。岂不日戒，狁孔棘。（五章）

昔我往矣，杨柳依依。今我来思，雨雪霏霏。

行道迟迟，载渴载饥。我心伤悲，莫知我哀。（六章）

尔，"薾"的假借字，花盛的样子。 维何，是什么。 路，大也，车高大的样子。 斯何，同"维何"。
斯，语气助词，无实义。

定居，安居不动。 三，虚数，指多次。 捷，胜利；一说改道行军。

骙骙，马强壮的样子。 小人，指士兵。 腓，庇护，掩护。

翼翼，整齐的样子。

象弭，两端用象骨装饰的弓。 鱼，长得像猪的一种海兽。 服，"箙"之省借，装箭的袋子；以"鱼"皮
所制成的箭囊叫鱼服。

依依，茂盛的样子，形容细密的柳丝轻柔、随风摇曳。 思，语尾词，无实义。

雨雪，下雪。 霏霏，雪花纷落的样子。 迟迟，迟缓的样子。

南宋·马和之《诗经·小雅·采薇》图

此遣戍役之诗，王者代为之。言曰：吾人有不容己之私情，天下有不容外之公义，义为重，则情为轻矣。

✳ 采薇采薇，薇亦作止。

解 我之出戍也，采薇以食，则薇生而出地，今岁之暮春也。

✳ 曰归曰归，岁亦莫止。

解 念我归期，则岁亦莫止，而为来岁之仲冬矣。

✳ 靡室靡家，猃狁之故。不遑启居，猃狁之故。

解 若是，则我当舍其室家，而不遑启居矣。然所以使我靡室廉家者，岂上之人故为，是以若我哉？盖以猃狁内侵之故，君之忧亦我之忧也，则虽舍其室家，义固不容辞矣。所以，使我不遑启居者，亦岂上之人故为是若我哉？盖以猃狁入寇之，故君之忾，亦我之忾也，则虽启君不遑，义固不容己矣。

❋ 采薇采薇，薇亦柔止。

㊣ 夫我之出戍，既由于义，则岂可以顾其家乎？彼采薇采薇，则薇始生而柔矣。

❋ 曰归曰归，心亦忧止。

㊣ 念我归期，载离寒暑，则心亦忧止矣。

❋ 忧心烈烈，载饥载渴。

㊣ 忧心烈烈，忧之甚也。载饥载渴，劳之甚也。

❋ 我戍未定，靡使归聘。

㊣ 是行也，宁无问及室家之情乎？但疆圉之务方殷，而我戍未定，将何人可使归，以问我室家之安否乎，何也？国为重，则家为轻，自不得不为国而忘其家矣。

❋ 采薇采薇，薇亦刚止。

㊣ 夫我之出戍，既由于义，则岂可以自爱其身乎？彼采薇采薇，则薇亦既成而刚止矣。

❋ 曰归曰归，岁亦阳止。

㊣ 念我归期，载越寒暑，则在来岁之阳矣。

❋ 王事靡盬，不遑启处。

㊣ 若此者，以王事不可以不坚固，故虽启处有所不遑，而如是其久耳。

❋ 忧心孔疚，我行不来。

㊣ 是行也，可无来归之愿哉，但我愤

国耻之未雪，而忧心之孔疚，盖必灭此丑虏，以归报吾君而后已焉。不然，我行其不来乎，何也？盖君为重，身为轻，自不得不为君而忘其身也。

❋ 彼尔维何？维常之华。

㊣ 夫我既有忘其身家之心矣，然不勇于立功，则将何以副其心乎？彼尔然而盛者，乃棠棣之华也。

❋ 彼路斯何？君子之车。

㊣ 彼戎路之车者，非君子之车乎？

❋ 戎车既驾，四牡业业。

㊣ 由是以戎车，则既驾以四牡，则盛壮而所以制敌者，有其具矣。

❋ 岂敢定居，一月三捷。

㊣ 然岂敢恃此而遂怠惰以定居乎？是必励死绥焉，倡勇取焉，庶乎一月之间，三战三捷，而有以收常胜之功矣。不然，我之忘其身家，为何而顾定居，以隳厥功哉！

❋ 彼驾四牡，四牡骙骙。

㊣ 夫我固当奋勇以立功矣，然使无敬戒之心，宁保其无虞乎！是故以戎车而驾四牡，四牡骙骙而强壮。

❋ 君子所依，小人所腓。

㊣ 君子依之，以运筹决策者，恒于斯也。小人随之，以动静进退者，恒于斯也。车子为用何大□□。

✳ 四牡翼翼，象弭鱼服。

解 且四牡翼翼，而行列之整治，象弭与鱼服，□□□□精好，则所
以备敌者，为甚预矣。

✳ 岂不日戒，猃狁孔棘。

解 然岂敢恃此而遂轻忽，而不戒哉？是必谨烽燧焉，严斥候焉。盖
以猃狁之难甚亟，一不戒，则恐其恃吾之虚，诚不可以忘备矣。
不然，我之忘其身家，又谓何而顾不戒，以启疠蚧哉！

✳ 昔我往矣，杨柳依依。今我来思，雨雪霏霏。

解 夫战必胜，守必固，则吾事已毕，而旋归有日矣，自其归时之事
言之。昔我之承命以往也，适杨柳依依，去岁之暮春也。今我毕
戍而来也，乃雨雪之霏霏，今岁之仲冬也。往来殊遭，诚有令人
感者。

✳ 行道迟迟，载渴载饥。

解 且当此雨雪之候，行道迟迟，而跋涉之难，尽载饥载渴，而饮食
之不充。

✳ 我心伤悲，莫知我哀。

解 其勤劳之甚，实非人所能堪也，我心不伤悲乎。然是伤悲也，不
过我自知之，亦我同行知之耳。君门远于万里，恐未必知也，孰
有能知我之哀乎？

吁，周王遣戍，其往也讽之以义，其来也体之以情，义则足以使
人效忠，情则足以使人忘劳，此其所以能成天下之务也欤。

出车

六章，章八句。

出車

wǒ chū wǒ chē　　yú bǐ mù yǐ　　zì tiān zǐ suǒ　　wèi wǒ lái yǐ
我出我车，于彼牧矣。自天子所，谓我来矣。

zhào bǐ pú fū　　wèi zhī zài yǐ　　wáng shì duō nàn　　wéi qí jí yǐ
召彼仆夫，谓之载矣。王事多难，维其棘矣。（一章）

wǒ chū wǒ chē　　yú bǐ jiāo yǐ　　shè cǐ zhào yǐ　　jiàn bǐ máo yǐ
我出我车，于彼郊矣。设此旐矣，建彼旄矣。

bǐ yǔ zhào sī　　hú bù pèi pèi　　yōu xīn qiāo qiāo　　pú fū kuàng cuì
彼旟旐斯，胡不旆旆？忧心悄悄，仆夫况瘁。（二章）

wáng mìng nán zhòng　　wǎng chéng yú fāng　　chū chē bāng bāng　　qí zhào yāng yāng
王命南仲，往城于方。出车彭彭，旂旐央央。

tiān zǐ mìng wǒ　　chéng bǐ shuò fāng　　hè hè nán zhòng　　xiǎn yǔn yú xiāng
天子命我，城彼朔方。赫赫南仲，狎狁于襄。（三章）

【注】牧，城郊以外的地方。

棘，紧急。

旐，画有龟蛇图案的旗子。建，竖立。旄，旗杆顶端装饰牦牛尾的旌旗。

旟，画有鹰隼图案的旗帜。旆旆，旗帜飞扬的样子。

悄悄，忧心的样子。况瘁，辛苦憔悴。

南仲，周宣王时的一位大将。城，动词，筑城。方，地名。

彭彭，众多。旂，绘有交龙图案的旗子。央央，鲜明的样子。

朔方，北方。

赫赫，威名显赫的样子。襄，除去。

xī wǒ wǎng yǐ　shǔ jì fāng huā　jīn wǒ lái sī　yǔ xuě zài tú
昔我往矣，黍稷方华；今我来思，雨雪载涂。

wáng shì duō nàn　bù huáng qǐ jū　qǐ bù huái guī　wèi cǐ jiǎn shū
王事多难，不遑启居。岂不怀归？畏此简书。（四章）

yāo yāo cǎo chóng　tì tì fù zhōng　wèi jiàn jūn zǐ　yōu xīn chōngchōng
喓喓草虫，趯趯阜螽。未见君子，忧心忡忡。

jì jiàn jūn zǐ　wǒ xīn zé jiàng　hè hè nán zhòng　bó fá xī róng
既见君子，我心则降。赫赫南仲，薄伐西戎。（五章）

chūn rì chí chí　huì mù qī qī　cāng gēng jiē jiē　cǎi fán qí qí
春日迟迟，卉木萋萋。仓庚喈喈，采蘩祁祁。

zhí xùn huò chǒu　bó yán xuán guī　hè hè nán zhòng　xiǎn yǔn yú yí
执讯获丑，薄言还归。赫赫南仲，猃狁于夷。（六章）

方华，正值开花，指黍稷抽穗。 载涂，满途。

简书，周王写在简策上传令出征的文书。

喓喓，虫鸣声。 草虫，蝗属，俗名蝈蝈儿，又说是纺织娘。 趯趯，跳跃的样子。

阜螽，即蚱蜢。"喓喓草虫……我心则降"，又见《国风·召南·草虫》。

薄，语词，无实义。 西戎，古代北方少数民族。

迟迟，舒缓的样子。 卉，草。 萋萋，茂盛的样子。

蘩，白蒿。 祁祁，众多的样子。

执讯，捉住审讯。 获丑，俘虏。

薄言，用于动词前，无实义。 还，同"旋"，凯旋。 夷，平定。

南宋·马和之《诗经·小雅·出车》图

此劳还率之诗。

✳ 我出我车，于彼牧矣。

🔴 我也任分阃之寄，而为朔方之行，尝我出我车，于彼郊外之牧矣。

✳ 自天子所，谓我来矣。

🔴 然我之出，岂无自哉？盖自天子之所，谓我以来，其付托何其重也。

✳ 召彼仆夫，谓之载矣。

🔴 如是，则其趋事诚不可不敏矣。于是，召彼仆夫，使之载其车以行。

✳ 王事多难，维其棘矣。

🔴 而谓之曰猃狁陆梁王事，盖多难矣，是行也，正宜急以靖其难者，岂可以或缓哉？是其始出，而承命以饬乎下如此。

✳ 我出我车，于彼郊矣。

🔴 夫前军固至牧，而后军犹在郊也。是故我出我车，于彼牧内之郊矣。

✳ 设此旐矣，建彼旄矣。

🔴 前军之在牧者，既有旐以统之，而后军不可无统也，则设彼旐矣，以为进退之司。而旐不可以无饰也，则建彼旄矣，以为表章之文。

✳ 彼旐旄斯，胡不旆旆？

🔴 但见其旐旄也，前后掩映，披拂于郊牧之间，胡不旆旆而飞扬乎？

✳ 忧心悄悄，仆夫况瘁。

🔴 以此师律之有犯，非不足以致胜

也，然将帅方以任大责重，惧其不堪，而怀悄悄之忧。彼仆夫者，亦有所感而为之憔悴焉。盖将帅以天子之忧为忧，而仆夫则以将帅之忧为忧矣。是其在道而戒惧，以感乎下如此。

✳ 王命南仲，往城于方。

🔴 夫行师，固以戒惧为本，而尤以奋扬为先也。王命南仲，往城于方，所以峻夷夏之防，而明荒服之制者，一以委之矣。

✳ 出车彭彭，旂旐央央。

🔴 南仲承命而往也，出车彭彭而众盛，旂旐央央而鲜明，车马旌旐之间，有以壮三军之精神矣。

✳ 天子命我，城彼朔方。

🔴 且传命以令军众，曰：天子命我，城彼朔方，凡尔有众，所当掠力以固守者也。发号施令之下，有以鼓三军之锐气矣，其奋扬之威又如此者。

✳ 赫赫南仲，猃狁于襄。

🔴 此赫赫之南仲也，以戒惧之念，发之为奋扬之威。但见昼郊比固，封守屹乎为一方之重镇，由是威灵气焰先声夺人，猃狁皆知中国之不可犯矣，不于是而于襄乎！

✳ 昔我往矣，黍稷方华。今我来思，

雨雪载途。

解 夫猃狁既平，班师而归，南仲在途有感而言。昔我往矣，黍稷方华，非往岁之季夏乎。今我来思，雨雪载途，非今岁之孟春乎。往来殊遭，所行亦云久矣。

王事多难，不遑启居。

解 所以然者，盖以猃狁内侵，而王事之多难，故载离寒暑之久，虽启处有所不遑也。

岂不怀归？畏此简书。

解 当此之时，岂无怀归之心乎？但以临遣之时，常承简书之重，一或不副如此王命，何乌何以言归哉？

喓喓草虫，趯趯阜螽。

解 将帅之归，未至室家，感时物之变而思之。向也，草虫未闻其有声也，今草虫则喓喓其鸣耳，得之而成声矣。向也阜螽，未见其成形也，今也阜螽则趯趯其跃目，得之而成色矣。

未见君子，忧心忡忡。

解 仲春届期，时物皆变，正君子至家之日也，而今犹未得以见之，忧心盖忡忡矣。

既见君子，我心则降。

解 是必既见君子，而后忡忡之心始降耳。

赫赫南仲，薄伐西戎。

解 然我赫赫南仲，今之未归，果何在乎？意者猃狁既平，方还师以薄伐西戎，故未得归也。不然两期之制，固有定期，何为不归哉？

春日迟迟，卉木萋萋。

解 然室家固于此时而兴思，而将帅亦于此时而奏凯。但见仰而观之，春日则迟迟而暄妍矣。俯而察之，卉木萋萋而茂盛矣。

仓庚喈喈，采蘩祁祁。

解 耳之所闻，仓庚喈喈而和鸣矣。目之所接，采蘩则祁祁而众多矣。

执讯获丑，薄言还归。

解 当此之时，执讯获丑而薄言旋归焉。以大功之成，适际太和之景，其可乐为何如哉？

赫赫南仲，猃狁于夷。

解 然是功也，伊谁之功乎？盖赫赫南仲，朔方之城守有道，故严猃狁奏于夷之绩耳，使非南仲，何以成是功，而春日亦何见其可乐战？

夫详叙其出师之事而归其功，复叙其凯还之乐而庆其功，周王之劳，还率以之，可谓得功臣之道矣。

杕杜

四章，章七句。

yǒu dì zhī dù　　yǒu huǎn qí shí　　wáng shì mǐ gǔ　　jì sì wǒ rì

有杕之杜，有睆其实。王事靡盬，继嗣我日。

rì yuè yáng zhǐ　　nǚ xīn shāng zhǐ　　zhēng fū huáng zhǐ

日月阳止，女心伤止，征夫遑止。（一章）

yǒu dì zhī dù　　qí yè qī qī　　wáng shì mǐ gǔ　　wǒ xīn shāng bēi

有杕之杜，其叶萋萋。王事靡盬，我心伤悲。

huì mù qī zhǐ　　nǚ xīn bēi zhǐ　　zhēng fū guī zhǐ

卉木萋止，女心悲止，征夫归止。（二章）

【注】杕，树木孤独特立。有杕，犹杕然或杕杕。杜，木名，甘棠，又名
棠梨。

睆，果实丰硕。有睆，即睆然。

嗣，继续。

阳，十月。止，语气词，下同。遑，闲暇。

陟彼北山，言采其杞。王事靡盬，忧我父母。

檀车幝幝，四牡痯痯，征夫不远。（三章）

匪载匪来，忧心孔疚。期逝不至，而多为恤。

卜筮偕止，会言近止，征夫迩止。（四章）

檀车，檀木质地坚硬，古人以檀木做车轮，故车辆皆可称檀车，此处指征夫所乘之车。

幝幝，车破旧的样子。痯痯，疲病的样子。

匪，同"非"。载，装。疚，病，苦恼。

期，服役的期限。多，最。恤，忧愁。

卜，用甲骨测吉凶。筮，用蓍草占吉凶。偕，指卜筮俱用。止，语尾助词。会，合。

南宋·马和之《诗经·小雅·杕杜》图

此劳还役之诗，以追述其未还之时，室家感于时物之变而思之。

❋ 有杕之杜，有睆其实。

解 特生之杜，有睆其实，则时物已变，而为秋冬之交矣。

❋ 王事靡盬，继嗣我日。

解 我征夫以王事不可以不坚固，乃以日继日而无休息之期，何哉？

❋ 日月阳止，女心伤止，征夫遑止。

解 夫杕杜睆实，正日月阳止之候，而毕戍之期也。 今犹不归，故我女心伤止，而曰：征夫亦可以暇矣，曷为而不归哉？

然十月不归，犹其为毕戍时也，自今言之。

❋ 有杕之杜，其叶萋萋。

解 有杕之杜，其叶萋萋，则时物已变，而为春将暮之时矣。

❋ 王事靡盬，我心伤悲。

解 我征夫以王事不可以不坚固而未得归，我心其主以无伤悲哉。

❋ 卉木萋止，女心悲止，征夫归止！

解 夫卉木萋止，正仲春之侯，而至家之期也。 今犹不至，故我女心悲止，而曰：征夫亦可以归矣，曷为而不至哉？

然卉木萋止，犹曰至家之时，而未过期也，自今言之。

❋ 陟彼北山，言采其杞。

解 陟彼北山，以望其君子之归，则杞生可食，而言采其杞矣。 是春已暮，而期已过矣。

❋ 王事靡盬，忧我父母。

解 君子以王事靡盬，犹不得归焉，则不惟动吾室家之念，而且以贻我父母之忧也。

❋ 檀车幝幝，四牡痯痯，征夫不远！

解 然征夫今虽未归，而以物理度之，其归有可必谅者，吾想檀车之坚者已幝幝而敝矣，四牡之壮者已痯痯而罢矣。 是前番之戍事已

毕，而所以慎守强圉者，在后番之人，则征夫之归，可指日而待
也，夫岂远哉？

夫我以物理度之，固知征夫之不远矣，然此心犹不敢自信也。

(✻) 匪载匪来，忧心孔疚。

(解) 念我征夫当至家之期不装载而来归，固已使我忧心孔疚矣。

(✻) 期逝不至，而多为恤。

(解) 况当采杞之时，归期已过，而犹不至，则使我多为忧恤，宜何如
哉？盖有感念亦切，而不能为心之甚矣。

(✻) 卜筮偕止，会言近止，征夫迩止！

(解) 夫因车马而度征夫之不远，特在我之见则然耳。然人见不如神见
之为真，于是且卜且筮，相袭俱作，惟欲前知其事，而不厌其为
烦也。但见卜之与筮，合言于繇而皆曰：近止筮龟，无异辞矣。
吾知神不我欺，非若我亿度之未审，则征夫其亦迩而将至矣，岂
不可即此而见之哉？

夫期而不至，则忧疑而不决，则卜室家之情大抵然也。而王者体
悉至此，真去以己之心，度人之心矣，民亦安得不忘其劳，以忠
于上哉。

鲨

鰋

鲤

鲂

鱧

鱼丽

魚麗

六章，一二三章四句，四五六章二句。

鱼丽于罶，鲿鲨。君子有酒，旨且多。（一章）
yú lì yú liǔ　chángshā　jūn zǐ yǒu jiǔ　zhǐ qiě duō

鱼丽于罶，鲂鱧。君子有酒，多且旨。（二章）
yú lì yú liǔ　fáng lǐ　jūn zǐ yǒu jiǔ　duō qiě zhǐ

鱼丽于罶，鰋鲤。君子有酒，旨且有。（三章）
yú lì yú liǔ　yǎn lǐ　jūn zǐ yǒu jiǔ　zhǐ qiě yǒu

物其多矣，维其嘉矣。（四章）
wù qí duō yǐ　wéi qí jiā yǐ

物其旨矣，维其偕矣。（五章）
wù qí zhǐ yǐ　wéi qí xié yǐ

物其有矣，维其时矣。（六章）
wù qí yǒu yǐ　wéi qí shí yǐ

【注】丽，通"罹"，遭遇，落入；一说状鱼的跳动。 罶，捕鱼的竹篓子，置
　　于鱼梁上，鱼能入而不能出。

　　鲿，形状似黄鱼。 鲨，体型长而小，常张口吹沙，所以又名吹沙。

　　君子，指宴客之主人。 旨，味美。

　　鲂，形似鳊鱼，银灰色。 鱧，乌鱼。

　　鰋，体滑无鳞，今名鲶鱼。

　　有，犹多也。

　　物，指宴席上所陈列的各种食物。 嘉，善，美好。

　　偕，齐备。 时，应时、时鲜。

✳ 鱼丽于罶，鲿鲨。

🔴解 此燕享通用之乐歌也。罶以取鱼，而丽其中者，既有鲿矣，又有鲨焉。

✳ 君子有酒，多且旨。

🔴解 况君子之有酒以燕宾也，其所荐之羞，品物芳洁而极一时之盛，其旨而且多也乎。

✳ 鱼丽于罶，鲂鳢。

🔴解 罶以取鱼，而丽其中者，既有鲂矣，又有鳢焉。

✳ 君子有酒，多且旨。

🔴解 况君子之有酒以燕宾也，其所荐之羞，品物并陈，而极一时之选，其多而且旨也乎。

✳ 鱼丽于罶，鰋鲤。

🔴解 罶以取鱼，而丽其中者，既有鰋矣，又有鲤焉。

✳ 君子有酒，旨且有。

🔴解 况君子之有酒以燕宾也，其所荐之羞，品物珍奇，而兼乎天下之味，其旨而且有也乎。

✳ 物其多矣，维其嘉矣。

🔴解 若是，则今日之燕，不其曲全哉。彼物之多者，恒患其不嘉，多而不嘉，何取于多也？今君子所荐之物，惟其旨且多也，则不徒侈蓄

衍，而又有以昭其异焉，其多而能嘉矣。

✳ 物其旨矣，维其偕矣。

🔴解 物之旨者，恒患其不偕旨，而不偕何取于旨也？今君子所荐之物，惟其旨且多也，则非徒示间有，而又有以昭其备焉，其旨而能偕矣。

✳ 物其有矣，维其时矣。

🔴解 物之有者恒患其不时有，而不时何取于有也？今君子所荐之物，惟其旨且有也，则非徒昭其侈，而又莫非新美之味焉，其有而能时矣。

君子之燕，其曲全有如是哉？主人优宾之意，可谓至矣。宜工歌之，以鸣其盛欤。

南有嘉鱼之什

南有嘉鱼

四章，章四句。

嘉鱼

南有
嘉鱼

nán yǒu jiā yú　　zhēng rán zhào zhào　　jūn zǐ yǒu jiǔ　　jiā bīn shì yàn yǐ lè
南有嘉鱼，烝然罩罩。君子有酒，嘉宾式燕以乐。（一章）

nán yǒu jiā yú　　zhēng rán shàn shàn　　jūn zǐ yǒu jiǔ　　jiā bīn shì yàn yǐ kàn
南有嘉鱼，烝然汕汕。君子有酒，嘉宾式燕以衎。（二章）

nán yǒu jiū mù　　gān hù léi zhī　　jūn zǐ yǒu jiǔ　　jiā bīn shì yàn suí zhī
南有樛木，甘瓠累之。君子有酒，嘉宾式燕绥之。（三章）

piān piān zhě zhuī　　zhēng rán lái sī　　jūn zǐ yǒu jiǔ　　jiā bīn shì yàn yòu sī
翩翩者雏，烝然来思。君子有酒，嘉宾式燕又思。（四章）

【注】南，南方，指南方长江、汉水一带的大川。 嘉鱼，美鱼。 烝然，众多的样子。

罩罩，群鱼游水的样子。

式，语助词。 燕，同"宴"。 以，同"而"。

汕，《说文解字》："鱼游水皃。"汕汕，群鱼游水的样子。

衎，快乐。

樛，树木向下弯曲。 甘瓠，甜葫芦。 累，缠绕。

绥，安。

翩翩，鸟飞轻疾的样子。 雏，指鹁鸪，一种天将雨或刚晴时常在树上咕咕叫的鸟。 思，

句尾助词，下同。

又，同"侑"，指劝酒。

南宋·马和之《诗经·小雅·南有嘉鱼》图

此燕享通用之乐也。

❋ 南有嘉鱼，烝然罩罩。

解 江汉之间有嘉鱼焉，则必烝然罩罩，以取之矣。

❋ 君子有酒，嘉宾式燕以乐。

解 况君子之有酒也，则必与嘉宾共之，而式燕以乐，忘形迹之拘，于以协一时笑语之情矣。

❋ 南有嘉鱼，烝然汕汕。

解 江汉之间嘉鱼生焉，则必烝然汕汕，以取之矣。

❋ 君子有酒，嘉宾式燕以衎。

解 况君子之有酒也，则必与嘉宾共之，而式燕以衎，脱势分之拘，于以尽一时欢爱之情者矣。

❋ 南有樛木，甘瓠累之。

解 南山有下垂之木，则其瓠得以累之，而固结之不可解矣。

❋ 君子有酒，嘉宾式燕绥之。

解 况君子有酒，则与嘉宾以式燕也，情通于分之外，心孚于意之适，嘉宾之心，殆与君子相孚，契而无或间矣，与甘瓠之累樛木何异哉？

❋ 翩翩者雏，烝然来思。

解 翩翩者雏，则烝然来思矣。

❋ 君子有酒，嘉宾式燕又思。

解 况君子有酒，则与嘉宾以式燕也，殷勤之意无已，献酬之礼屡更，盖有既燕而又燕矣，岂以一燕而遂足哉？

南山有台

五章，章六句。

nán shān yǒu tái běi shān yǒu lái lè zhǐ jūn zǐ bāng jiā zhī jī
南山有台，北山有莱。乐只君子，邦家之基。

lè zhǐ jūn zǐ wàn shòu wú qī
乐只君子，万寿无期。（一章）

nán shān yǒu sāng běi shān yǒu yáng lè zhǐ jūn zǐ bāng jiā zhī guāng
南山有桑，北山有杨。乐只君子，邦家之光。

lè zhǐ jūn zǐ wàn shòu wú jiāng
乐只君子，万寿无疆。（二章）

nán shān yǒu qǐ běi shān yǒu lǐ lè zhǐ jūn zǐ mín zhī fù mǔ
南山有杞，北山有李。乐只君子，民之父母。

lè zhǐ jūn zǐ dé yīn bù yǐ
乐只君子，德音不已。（三章）

【注】台，草名，即莎草，可制蓑衣和斗笠。

　　莱，草名，也叫藜、胭脂菜、灰天苋，其嫩叶可食。

　　只，语助词。君子，宾客，此指贤者。基，根本。

　　光，光荣。

南山有栲，北山有杻。乐只君子，遐不眉寿？

乐只君子，德音是茂。（四章）

南山有枸，北山有楰。乐只君子，遐不黄耇？

乐只君子，保艾尔后。（五章）

栲，树名，即山樗。杻，树名，又名檍。

遐，何，怎么。眉寿，长寿，高寿。

茂，盛也。

枸，树名，即枳枸，树高大似白杨，亦名木蜜。 楰，树名，即鼠梓，树叶木理如楸，亦名苦楸。

黄，黄发，老人头发先白后黄。 耇，老人脸上的灰瘢。 黄耇，比喻长寿的意思。

保，保护。 艾，养。 尔，你。 后，指子孙后代。

● 南宋·马和之《诗经·小雅·南山有台》图

此亦燕享通用之乐也。

⊛ 南山有台，北山有莱。

解 南山有台，北山有莱，是南山之生物，台与莱之无不有矣。

⊛ 乐只君子，邦家之基。

解 况此乐只君子，但见内外恃以无恐，宗庙赖以久安，而为邦家之
　　基矣，德何盛耶！

⊛ 乐只君子，万寿无期。

解 乐只君子，殆必永难老之，锡获胡考之休，而万寿之无期矣。寿
　　何永耶！君子一身德与寿，岂有一之不备乎？

※ 南山有桑，北山有杨。

解 南山有桑，北山有杨，是南山之生物，桑与杨之无下有矣。

※ 乐只君子，邦家之光。

解 况此乐只君子，但见在朝则黼黻皇猷，在国则辉煌治道，而为邦家之光矣，德何盛耶！

※ 乐只君子，万寿无疆。

解 乐只君子，殆必为难老之锡，获胡考之体，而万寿之无疆矣。寿何永耶！君子一身德与寿，岂有一之不备乎？

※ 南山有杞，北山有李。

解 南山则有杞矣，北山则有李矣。

※ 乐只君子，民之父母。

解 况此乐只之君子也，好恶同于斯民，而民皆有瞻而有依矣，不为民之父母乎。

※ 乐只君子，德音不已。

解 乐只君子也，令闻垂于有永，而无一时之或间矣。德音其不已乎，有令德而有令闻，何幸我邦家而获睹此君子也哉！

※ 南山有栲，北山有杻。

解 南山则有栲矣，北山则有杻矣。

※ 乐只君子，遐不眉寿。

解 况此乐只之君子也，遐不天锡，以

寿祥征于眉，而享年之未艾乎。

※ 乐此君子，德音是茂。

解 乐只之君子也，殆必声名洋溢及于天外，而德音之是茂乎，有盛德而又有遐寿，何幸我邦家而获睹此君子之哉！

※ 南山有枸，北山有楰。

解 南山则有枸矣，北山则有楰矣。

※ 乐只君子，遐不黄耇？

解 况此乐只之君子也，遐不发白复黄，面东孚垢，寿考之征，以身享之者乎？

※ 乐只君子，保艾尔后。

解 乐只之君子也，殆必气日固，元神日滋，保艾之休终身而不替者乎，有其寿矣，而又寿而康宁焉，我邦家何幸而得此元老之君子乎！

夫德之与齿，天下之达尊也，诗人于君子羡其德而祝其寿，其尊宾不亦至哉！

蓼萧

四章，章六句。

lù bǐ xiāo sī   líng lù xǔ xī   jì jiàn jūn zǐ   wǒ xīn xiè xī

蓼彼萧斯，零露湑兮。既见君子，我心写兮。

yàn xiào yǔ xī   shì yǐ yǒu yù chǔ xī

燕笑语兮，是以有誉处兮。（一章）

lù bǐ xiāo sī   líng lù ráng ráng   jì jiàn jūn zǐ   wèi páng wèi guāng

蓼彼萧斯，零露瀼瀼。既见君子，为龙为光。

qí dé bù shuǎng   shòu kǎo bù wàng

其德不爽，寿考不忘。（二章）

【注】蓼，长而大的样子。萧，一种有香气的蒿类植物。斯，语词。零，滴
落。湑，露珠晶莹清亮貌。

写，舒畅，欢悦。

燕，同"宴"，宴饮。誉，通"豫"，欢乐。处，安乐。

瀼瀼，露多的样子。

龙，古"宠"字。光，光荣。

爽，差错。考，老。忘，"亡"之假借，"不忘"犹"不已"。

蓼彼萧斯，零露泥泥。既见君子，孔燕岂弟。

宜兄宜弟，令德寿岂。（三章）

蓼彼萧斯，零露浓浓。既见君子，鞗革忡忡。

和鸾雍雍，万福攸同。（四章）

泥泥，露濡貌，露水很重。

孔，非常。燕，同"宴"，安，安详，安定。岂弟，即"恺悌"，和乐平易，下同。

宜兄宜弟，形容关系和睦，犹如兄弟。令德，美德。岂，快乐。

浓浓，露盛多貌。

鞗，"銮"之假借，铜制的马勒（即辔头、嘴套）的装饰。革，"勒"的省借，即马勒、辔头，以皮为之。忡忡，下垂的样子。

和鸾，"鸾"为"銮"的假借，"和"与"銮"均为铜铃，系在轼上的叫"和"，系在衡上的叫"銮"，皆诸侯车马之饰也。雍雍，形容铜铃声的和谐。

攸，所。同，会合。

• 南宋·马和之《诗经·小雅·蓼萧》图

此天子燕诸侯，曰：诸侯有时观之礼，所以尽臣职也。天子有燕享之恩，所以隆眷宠也，要其眷注深，而天休锡者，尤在列辟道德之隆也，吾今于来朝君子有感矣。

(❋) 蓼彼萧斯，零露湑兮。

(解) 萧之生也，蓼然而长大，有以为受露之地，则露之零于其上者，湑然矣。

(❋) 既见君子，我心写兮。

(解) 况我君子，各处藩封，愿见而不可得，于心不无留恨也。今也来朝而得以既见之，则夙昔之愿于是而慰我心，不输写而无留恨乎。

(❋) 燕笑语兮，是以有誉处兮。

(解) 夫惟我心之写，则乐且有仪，是以燕礼攸行，而笑语以合，一堂之上，再见喜起之风矣。夫君臣相得，自古以为难得，君者则其名必著。君臣之好，每患不终得，得君者，则其位必固，岂不有誉处也哉！

(❋) 蓼彼萧斯，零露瀼瀼。

(解) 蓼然长大之萧也，则露之零于其上者，瀼瀼而蕃矣。

(❋) 既见君子，为龙为光。

🔴 况我既见君子，则其道德之隆能为龙也，而王国为之增重能为光也，而王国为之增显。

🟠 其德不爽，寿考不忘。

🔴 且此龙光之德，终犹夫始，而不见其或爽焉。夫惟德动天德，有常者寿，亦有常，岂不永锡难老，而寿考不忘者乎？使其德有或爽，何以有是不忘之寿哉？

🟠 蓼彼萧斯，零露泥泥。

🔴 蓼然长大之萧也，则露之零于其上也，泥泥而濡矣。

🟠 既见君子，孔燕岂弟。

🔴 况我既见君子，厚为燕饮，以彰一时之喜，而晋接之余，吾见其人之，岂而乐也，弟而易也。

🟠 宜兄宜弟，令德寿岂。

🔴 有此岂弟之德，则必上有以宜兄，下有以宜弟，而无相尤之隙矣。君子之令德如此，夫惟天眷德，德之善者，寿亦至善，遐美优游岂不寿？而且乐者乎使其德有不令，何以有是，岂乐之寿哉！

🟠 蓼彼萧斯，零露浓浓。

🔴 蓼然萧之长大也，则露之零于其上也，浓浓而厚矣。

🟠 既见君子，鞗革冲冲。和鸾雍雍，万福攸同。

🔴 况我君子来朝，而我得以见之，而其舆卫之闲何如哉？但见御马之辔，匕首之革冲冲而下垂，在轼之和，在镳之鸾，雍雍而和鸣，修此以入觐，而侯度谨矣。夫侯度既谨，则获福有机，由是沐九重之眷，而福禄申之矣，岂不为万福之所聚哉！

吁，周王之燕诸侯，而其恩意之厚，劝诫之至如此，所以示以慈惠者深矣，其怀诸侯，诚有道哉！

桐

湛露

湛露

四章，章四句。

zhàn zhàn lù sī   fěi yáng bù xī   yān yān yè yǐn   bù zuì wú guī
湛湛露斯，匪阳不晞。厌厌夜饮，不醉无归。（一章）

zhàn zhàn lù sī   zài bǐ fēng cǎo   yān yān yè yǐn   zài zōng zài kǎo
湛湛露斯，在彼丰草。厌厌夜饮，在宗载考。（二章）

zhàn zhàn lù sī   zài bǐ qǐ jí   xiǎn yǔn jūn zǐ   mò bù lìng dé
湛湛露斯，在彼杞棘。显允君子，莫不令德。（三章）

qí tóng qí yǐ   qí shí lí lí   kǎi tì jūn zǐ   mò bù lìng yí
其桐其椅，其实离离。岂弟君子，莫不令仪。（四章）

【注】湛湛，露水盛多的样子。匪，非。晞，干。

厌厌，安乐和悦的样子。

宗，宗庙。载，再。考，击也，击钟也。

显，光明。允，诚信。

桐，油桐树。椅，一种落叶乔木，即山桐子木。

离离，果实多而下垂貌，犹"累累"。

令仪，美好的容止、威仪。

● 南宋·马和之《诗经·小雅·湛露》图

此亦天子燕诸侯之诗，言堂陛之分虽严，而燕饮之际，其通不可不通也。吾今日之燕，君子当如何？

✳ 湛湛露斯，匪阳不晞。

㊙ 露之零也，湛湛其盛，则必待阳而后晞，苟匪阳则不晞矣。

✳ 厌厌夜饮，不醉无归。

㊙ 况我厌厌之夜饮也，历时之久，安于势分之两忘，欢洽之深，充然情意之各足，是必既醉而后归，苟不醉，则无归焉。凡我君子要当乐酒，今夕以罄，吾笃厚之心可也。

✳ 湛湛露斯，在彼丰草。

🔴 露之零也，湛湛其盛，果何在耶？则在彼丰草矣。

✳ 厌厌夜饮，在宗载考。

🔴 况我厌厌夜饮也，朝廷之上，或拘于分之严，君臣之间，或至于情之隔，非所以成燕矣，则必在彼宗室，而成此夜饮之礼焉。庶我今日之燕，情意交孚，而不阻于势分之疏已也。

夫我之设燕，固欲以尽其情矣，而诸臣之与燕，亦岂无以善其礼哉？

✳ 湛湛露斯，在彼杞棘。

🔴 彼湛湛露斯，在彼杞棘，固无一物之不被矣。

✳ 显允君子，莫不令德。

🔴 况此光明信实之君子，厌厌夜饮，其饮非不多也，然敬谨自持，而心志不乱，何有一人之不令德哉？

✳ 其桐其椅，其实离离。

🔴 其桐其椅，其实离离，固无一物之不实矣。

✳ 岂弟君子，莫不令仪。

🔴 况此和乐平易之君子，厌厌夜饮，其饮非不多也，然温恭自持，而容止不愆，何有一人之不令仪乎哉？吁，君燕其臣，而臣善其燕，此可以见明良交孚之盛矣。

彤弓

三章，章六句。

tóng gōng chāo xī　　shòu yán cáng zhī　　wǒ yǒu jiā bīn　　zhōng xīn kuàng zhī
彤弓弨兮，受言藏之。我有嘉宾，中心贶之。

zhōng gǔ jì shè　　yī zhāo xiǎng zhī
钟 鼓 既 设，一朝飨之。　（一章）

tóng gōng chāo xī　　shòu yán zài zhī　　wǒ yǒu jiā bīn　　zhōng xīn xǐ zhī
彤弓弨兮，受言载之。我有嘉宾，中心喜之。

zhōng gǔ jì shè　　yī zhāo yòu zhī
钟 鼓 既 设，一朝右之。　（二章）

tóng gōng chāo xī　　shòu yán gāo zhī　　wǒ yǒu jiā bīn　　zhōng xīn hào zhī
彤弓弨兮，受言櫜之。我有嘉宾，中心好之。

zhōng gǔ jì shè　　yī zhāo chóu zhī
钟 鼓 既 设，一朝酬之。　（三章）

【注】彤弓，红色之弓，天子用来赏赐有功之诸侯。 弨，弓弦松弛貌（根据规
矩，天子赐弓给功臣，不张弓弦）。言，语词，而。

贶，赏赐；一说善、嘉美。

飨，大饮宾曰飨。

载，带回去收藏。

右，通"侑"，劝酒。

櫜，装弓箭等物之囊，这里指装于囊中。

酬，互相敬酒；为古代饮酒之礼，主人献宾，宾酢主人，主人又饮而酌
宾，谓之酬。

南宋·马和之《诗经·小雅·彤弓》图

此天子燕诸侯，而锡以弓矢之乐歌也。言赏有功者，国家之大典也。虽忠臣不藉，是后劝而在人君，则不可不自尽其报功之道也，今我于嘉宾何如？

⊛ 彤弓弨兮，受言藏之。

解 朱色之弓弛而不张，弓人献之，我受而藏之，其慎重不敢轻与人，所以待有功也。

⊛ 我有嘉宾，中心贶之。

解 今我有嘉宾，敌王所忾，其功大矣。弓之藏，正以待斯人耳。故我也中心实欲贶之以是弓焉，殆非出于利诱，势迫之私矣。

✱ 钟鼓既设，一朝飨之。

解 然非燕无以成礼，非乐无以成燕。由是钟鼓既设，于以达乎。欢爱之情，一朝享之，于以行吾报功之礼而向也，所藏之重弓，即于是锡（cì）之矣，宁复有迟留顾惜之意乎。

✱ 彤弓弨兮，受言载之。

解 彤弓弨兮，受言载之，使其体之常正焉，将以待有功之人也。

✱ 我有嘉宾，中心喜之。

解 今我有嘉宾，其功当报也，故我也中心则喜，而欲锡之以是弓焉。

✱ 钟鼓既设，一朝右之。

解 由是钟鼓既设，一朝右之，举崇劝之典以宾，尊之而不敢慢，而其弓之赐也，岂后时也哉？

✱ 彤弓弨兮，受言櫜之。

解 彤弓弨兮，受言櫜之，使其色之常新焉，将以待有功之人也。

✱ 我有嘉宾，中心好之。

解 今我有嘉宾，其功当报也。故我也，心中好之，而欲畀之以是弓焉。

✱ 钟鼓既设，一朝酬之。

解 由是钟鼓既设，一朝酬之，致亲厚之意，以崇劝之而不敢忘，而其弓之畀也，亦岂后时也哉？

夫周王重报功之器，则人得之必以为难尽，报功之道，则人得之必以为惠。吁，此所以鼓舞人臣，而益奋于立功也欤。

莪

菁菁者莪

四章，章四句。

jīng jīng zhě é　　zài bǐ zhōng ē　　jì jiàn jūn zǐ　　lè qiě yǒu yí
菁菁者莪，在彼中阿。既见君子，乐且有仪。（一章）

jīng jīng zhě é　　zài bǐ zhōng zhǐ　　jì jiàn jūn zǐ　　wǒ xīn zé xǐ
菁菁者莪，在彼中沚。既见君子，我心则喜。（二章）

jīng jīng zhě é　　zài bǐ zhōng líng　　jì jiàn jūn zǐ　　cì wǒ bǎi péng
菁菁者莪，在彼中陵。既见君子，锡我百朋。（三章）

fàn fàn yáng zhōu　　zài chén zài fú　　jì jiàn jūn zǐ　　wǒ xīn zé xiū
泛泛杨舟，载沉载浮。既见君子，我心则休。（四章）

【注】菁菁，茂盛的样子。 莪，莪蒿，又名萝蒿，一种可吃的野草。 阿，大的丘陵或
土山。 中阿，"阿中"也。

仪，仪容，气度；一说为法式，榜样。

沚，水中小洲。

锡，同"赐"。 朋，上古以贝壳为货币，古者以贝为货币，五贝为一串，两串为
一朋。

泛泛，漂浮不定的样子。 杨舟，杨木做的小船。 载，或，又。

休，喜悦。

● 南宋·马和之《诗经·小雅·菁菁者莪》图

此燕饮宾客之诗。 若曰：国家之所以倚赖者，惟贤才，
则吾心之所愿见者，亦惟贤才，今我于君子可知。

　　菁菁者莪，在彼中阿。

解　菁菁者莪，则在彼中阿矣。

　　既见君子，乐且有仪。

解　况此君子，而我得以既见之，则以其德之写我心也，而有悦乐之
　　念，以其情之无由适也，而有多仪之享，不乐且有仪乎，是我今
　　日之喜，固如此矣。
　　然是喜也，非出于矫也。

　　菁菁者莪，在彼中沚。

解 菁菁者莪，则在彼中沚矣。

⁂ 既见君子，我心则喜。

解 况我既见君子，慕其嘉乐之德，其喜也该根于中心之诚矣，夫岂笑貌也哉？

⁂ 菁菁者莪，在彼中陵。

解 然是喜也，不可以轻拟也。菁菁者莪，则在彼中陵矣。

⁂ 既见君子，锡我百朋。

解 况我既见君子，慕其金玉之德，其喜之至也。盖有如百朋之锡矣，夫岂寻常乎哉？

⁂ 泛泛杨舟，载沉载浮。

解 若此者，惟其昔有硕见之思，而今幸得以自慰焉耳。彼泛泛杨舟，载沉载浮，而未有所定也。然则我也向未见君子，而往来于怀其不定也，不犹之杨舟耶。

⁂ 既见君子，我心则休。

解 夫我之未见而思如此，今也幸既见止，则夙昔之怀慰，此心休休而安定矣，则其喜之若是也，固其宜哉。然则今日之燕，固以志喜也，而不容以燕设矣。

六月

六章，章八句。

liù yuè xī xī　　róng chē jì chì　　sì mǔ kuí kuí　　zài shì cháng fú
六月栖栖，戎车既饬。四牡骙骙，载是常服。

xiǎn yǔn kǒng chì　　wǒ shì yòng jí　　wáng yú chū zhēng　　yǐ kuāng wáng guó
狎狁孔炽，我是用急。王于出征，以匡王国。（一章）

bǐ wù sì lí　　xián zhī wéi zé　　wéi cǐ liù yuè　　jì chéng wǒ fú
比物四骊，闲之维则。维此六月，既成我服。

wǒ fú jì chéng　　yú sān shí lǐ　　wáng yú chū zhēng　　yǐ zuǒ tiān zǐ
我服既成，于三十里。王于出征，以佐天子。（二章）

sì mǔ xiū guǎng　　qí dà yǒu yóng　　bó fá xiǎn yǔn　　yǐ zòu fū gōng
四牡修广，其大有颙。薄伐狎狁，以奏肤公。

yǒu yán yǒu yì　　gòng wǔ zhī fú　　gòng wǔ zhī fú　　yǐ dìng wáng guó
有严有翼，共武之服。共武之服，以定王国。（三章）

【注】栖栖，匆忙的样子；一说惶惶不安的样子。饬，整顿。载，用车装载。常服，军服，一
说指着戎服之士兵而言。

炽，势盛。是用，是以，因此。王，宣王。于，语助词，有"正在"的意思。匡，
扶助。

比，相同、相等。物，体力、力量。骊，黑色的马。则，法则。

服，戎服，军衣。于，往。三十里，古代军行三十里为一舍。

修，长。广，大。有颙，即颙然，大的样子。奏，成。肤，大。公，功。

严，威严。翼，敬也。有严有翼，即俨然翼然，威严谨慎之意。共，通"恭"，恭谨地
对待。武，打仗。服，事。

xiǎn yǔn fěi rú　　zhěng jū jiāo huò　　qīn gǎo jí fāng　　zhì yú jīng yáng

狁狁匪茹，整居焦获。侵镐及方，至于泾阳。

zhī wén niǎo zhāng　　bái pèi yāng yāng　　yuán róng shí shèng　　yǐ xiān qǐ háng

织文鸟章，白旆央央。元戎十乘，以先启行。（四章）

róng chē jì ān　　rú zhì rú xuān　　sì mǔ jì jí　　jì jí qiě xián

戎车既安，如轾如轩。四牡既佶，既佶且闲。

bó fá xiǎn yǔn　　zhì yú tài yuán　　wén wǔ jí fǔ　　wàn bāng wèi xiàn

薄伐狁狁，至于大原。文武吉甫，万邦为宪。（五章）

jí fǔ yàn xǐ　　jì duō shòu zhǐ　　lái guī zì hào　　wǒ xíng yǒng jiǔ

吉甫燕喜，既多受祉。来归自镐，我行永久。

yǐn yù zhū yǒu　　páo biē kuài lǐ　　hóu shuí zài yǐ　　zhāng zhòng xiào yǒu

饮御诸友，炰鳖脍鲤。侯谁在矣？张仲孝友。（六章）

匪，同"非"。茹，柔弱。整，整饬军队。居，居住。焦获，地名，在今陕西泾阳北。镐、方，皆北方地名。泾阳，泾水的北边。

织，同"帜"。文、章都是花纹、文彩的意思。织文鸟章，以鸟隼之文彩作为士卒战服的徽帜。元戎，大的战车。

如轾如轩，轾是车后低倾的部分，轩是车前高耸的部分，形容车身前俯后仰的状态。佶，整齐。闲，驯服的样子。

大原，地名，在今甘肃平凉镇原至宁夏固原一带。文武，允文允武。吉甫，讨伐狁狁有功的卿士尹吉甫。宪，法则、榜样。

御，进献。炰，蒸煮。脍鲤，切成细条的鲤鱼。侯，语助词。张仲，周宣王卿士。

诗美吉甫北伐而成功，言征伐之命，虽自天子出之，而安攘之勋，则自人臣建之，我吉甫奉命以北伐何如？

❋ 六月栖栖，戎车既饬。

解 冬夏不兴师，司马之法也。今乃当此六月之中，仓促兴师，师出非时，人心盖栖栖而不安矣。彼车以攻取，而戎车之既饬。

❋ 四牡骙骙，载是常服。

解 马以驾车，而四牡之骙骙。凡所谓常弁常衣素裳，白写之戎服，莫不载之以行焉。

❋ 狁孔炽，我是用急。

解 夫今日之兴师，所以若是其急者何哉？盖以狁内侵，其难孔炽，夷夏之防，以素荒服之制不明，则王国不正甚矣，所以御之者，诚不容不急也。

❋ 王于出征，以匡王国。

解 故不得已王命吉甫于此时而出征，于以攘夷安夏，而匡王国焉耳，夫岂得已而不已战？

❋ 比物四骊，闲之维则。

解 是行也以武事尚强，物马而颁之，所以齐力也。但见四马皆骊，而其色又齐，马何有余耶？以马贵服习，从而闲之，所以验驯也。但

见驰驱之下，皆中法则，教何有素耶？

❋ 维此六月，既成我服。

解 于是，当此六月之中，既成我戎事之服，应变之速也。

❋ 我服既成，于三十里。

解 我服既成，即日引道，不疾不徐，尽三十里而止焉。从事之亩，而亦不失其常度也。此其车马之具，行师之法，无不兼得矣。

❋ 王于出征，以佐天子。

解 然所以有今日之师者，何哉？盖以狁内侵，天子所忾也。故不得已，王命吉甫出征，以敌王之忾，而佐天子焉耳，夫岂得已而不已哉？

❋ 四牡修广，其大如颙。

解 然行师固以车马为善，而尤以严敬为本，自今言之。四牡修焉，而长广焉，而大足以任驰驱之劳，而中国之长计得矣。

❋ 薄伐狁，以奏肤公。

解 以之薄伐狁，吾知狁之马弗能当也，岂不足以奏肤功乎？

❋ 有严有翼，共武之服。

解 然使严敬之不足，亦未敢决肤功之必奏也。吉甫则号令严肃，有严以共，武事敬戒，不忘有翼，以共武事。

✳ 共武之服，以定王国。

解 吾知严则士皆用命，翌则内谋必臧，而猃狁无所投其间矣，则所以底定王国而奏肤功也，不益可必哉！

✳ 猃狁匪茹，整居焦获，侵镐及方，至于泾阳。

解 夫车马严敬之，兼得既足以胜敌矣，于是遂至猃狁所侵之地，而声罪以致讨焉。夫中国居内，以制夷狄，夷狄居外，以奉中国，此常分也。今猃狁不自度量，整集其众，盘据于焦获之区，侵镐及方，以于泾阳之地，深入为寇如此，夫固不容以不讨也。

✳ 织文鸟章，白旆央央。

解 于是旌旗以统众也，则旗帜有文，而书鸟隼之章，继旐有旆，而著鲜明之色，其正正之旗，有如此者。

✳ 元戎十乘，以先启行。

解 迨夫选锋以锐进也，则驾元戎十乘，以备夫前驱之用，以大众而启行，以鼓乎三军之勇，其堂堂之阵，有如此者，以此而计，猃狁深入之罪，则直而壮，律而臧，有不战战必胜矣。元戎既发，大众斯行。

✳ 戎车既安，如轻如轩。

解 但见继元戎者有戎车也，以戎车则既安焉。故从后视之如轻覆而前也，从前视之如轩却而后也，车何善乎？

✳ 四牡既佶，既佶且闲。

解 以四牡则既佶，骙骙然其壮健也，以既佶而且闲于法则，而皆中也，马何良乎？

✳ 薄伐猃狁，至于大原。

解 以是车马非不足以歼猃狁，而尽灭之也。我吉甫则以太原以内，帝王之所自立也，不驱出之，则其威玩太原以外，猃狁之所自居也，穷而治之，则其仁伤非，所以尊中国而抚四夷也。故于猃狁示薄伐之威，惟至于太原之地而止焉。盖焦获无盘据之众，泾阳无侵扰之虞，斯亦已矣。至此则王国以匡，而天子可佐，吉甫之亦成矣。

✳ 文武吉甫，万邦为宪。

解 然其成功夫，岂无本哉？但见吉甫于附众也，则抚绥有恩而长文焉，于威敌也，则制胜有道而长武焉。长文长武，此天公之所由成，而万邦有不以之为宪乎！盖万邦诸侯，莫不有众之当附，则必法吉甫之文矣，莫不有敌之当威，则必法吉甫之武矣。岂徒足以匡王国而佐天子哉？若吉甫者，可谓有长之将矣。

✳ 吉甫燕喜，既多受祉。

🔶 迨夫班师而归，遂举燕饮之礼，但见分阃之寄，无负上为天子庆，底定下为人心庆，靡争此心，固油然而喜矣。然王国定，则天下之福皆其福。四方平，则天下之福皆其福，其受祉不既多乎。

✳ 来归自镐，我行永久。

🔶 然所以举是燕者，何哉？盖吉甫以六月出师至镐，今来归自镐，其行已永久，而朋友之情疏矣。

✳ 饮御诸友，炰鳖脍鲤。

🔶 于是进酒以饮诸友，而炰鳖脍鲤之咸备，所以敦其好也。

✳ 侯谁在矣？张仲孝友。

🔶 而当时之与是燕者，果谁在乎？则有孝友之张仲在焉。以文武之人主是燕，以孝友之人与是燕，人文攸萃，宾主皆贤，不有以彰一时之雅乎。

吁，宣王外有吉甫之将，内有张仲之相，和调则致中兴之盛宜矣。

采芑

四章，章十二句。

bó yán cǎi qǐ　　yú bǐ xīn tián　　yú cǐ zī mǔ　　fāng shū lì zhǐ
薄言采芑，于彼新田，于此菑亩。方叔莅止，

qí chē sān qiān　　shī gān zhī shì　　fāng shū shuài zhǐ　　chéng qí sì qí
其车三千，师干之试。方叔率止，乘其四骐，

sì qí yì yì　　lù chē yǒu shì　　diàn fú yú fú　　gōu yīng tiáo gé
四骐翼翼。路车有奭，簟茀鱼服，钩膺鞗革。（一章）

bó yán cǎi qǐ　　yú bǐ xīn tián　　yú cǐ zhōngxiāng　　fāng shū lì zhǐ
薄言采芑，于彼新田，于此中乡。方叔莅止，

qí chē sān qiān　　qí zhào yāng yāng　　fāng shū shuài zhǐ　　yuē qí cuò héng
其车三千，旂旐央央。方叔率止，约轵错衡，

bā luán qiāngqiāng　　fú qí mìng fú　　zhū fú sī huáng　　yǒu cāng cōng héng
八鸾玱玱。服其命服，朱芾斯皇，有玱葱珩。（二章）

【注】芑，一种野菜。新田，新垦二岁之田。菑亩，新垦一岁之田。

方叔，周宣王时代出征荆蛮的主帅。莅，临。止，语尾助词。干，盾。试，演习。

路车，古代诸侯所坐的车。奭，赤色。有奭，即奭然。簟茀，竹制的车帘。鱼服，用
鱼皮做的箭袋。

钩，青铜所做的钩子。膺，马胸前的皮带。

约，缠束。轵，车毂。错，文彩。衡，车辕前端的横木。鸾，车铃，一马两鸾，四马
记有八鸾。玱玱，象声词，铃声。

服，穿起。命服，礼服。朱芾，红色的皮制蔽膝。皇，犹"煌"，鲜明的样子。有玱，
即"玱玱"，佩玉撞击声。葱，绿色。珩，形似磬而小的玉。

鴥彼飞隼，其飞戾天，亦集爰止。方叔莅止，
其车三千，师干之试。方叔率止，钲人伐鼓，
陈师鞠旅。显允方叔，伐鼓渊渊，振旅阗阗。（三章）

蠢尔蛮荆，大邦为雠。方叔元老，克壮其犹。
方叔率止，执讯获丑。戎车啴啴，啴啴焞焞，
如霆如雷。显允方叔，征伐猃狁，蛮荆来威。（四章）

鴥，疾飞。隼，一种猛禽。戾，至。亦，语词。集，鸟落于树上。爰，而、于。止，休息。
钲人，掌管击铙钹的官员。钲人伐鼓，为"钲人击钲，鼓人伐鼓"之省略语。陈，陈列。鞠，
训告。

显，光明。允，诚信。渊渊，象声词，击鼓声。振旅，整顿队伍。阗阗，击鼓声。

蛮荆，对南方楚人的蔑称。大邦，大国，指周王朝。

元老，大老、长老，指年长功高的老臣。克，能够。壮，大。犹，同"猷"，谋略。

啴啴，兵车行进之声。焞焞，众多的样子。

来，语助词。威，威服。

此诗美方叔南征也。 言行师之道，非义无以植有名之纪，非律无以昭有制之兵。我方叔承命而伐蛮荆，固为义矣，而师之有律何如？

（※）薄言采芑，于彼新田，于此菑亩。

（解）吾人之南征也，采芑以食，则于彼新田，于此菑亩矣。

（※）方叔莅止，其车三千，师干之试。

（解）我方叔承天子之命，莅南征之师，其载行之车，则有三千之众矣。扞御之众，则有练习之能矣。

（※）方叔率止，乘其四骐，四骐翼翼。

（解）由是方叔率之以行也，但见乘其四骐翼翼，而顺序行列，则整治也。

（※）路车有奭，簟茀鱼服，钩膺鞗革。

（解）驾其路车，奭然而有赤戎车，则既好也。 然车不惟有奭也，竹簟以为车之蔽，鱼皮以为矢之服，车之卫何有不备也？马不徒翼翼也，马颔有钩，而膺有樊缨之饰，御马有鞗，而鞗有下垂之革，马之饰，何有不具也？南征之师，如此军容，何其盛哉！

（※）薄言采芑，于彼新田，于此中乡。

（解）不特此也。 吾人之南征也，采芑以食，则于者新田矣，于此中乡矣。

（※）方叔莅止，其车三千，旂旐央央。

（解）我方叔承天子之命，莅百征之师，其载行之车，则有三千之众矣，而其统众之旗旐，则央央而鲜明矣。

（※）方叔率止，约軧错衡，八鸾玱玱。

（解）由是方叔率之以行也，其所乘之车，则皮以束其毂，错以文其衡，既固而且文矣，其所服之马，则四马八鸾，玱玱而有声矣。

（※）服其命服，朱芾斯皇，有玱葱珩。

（解）其所服之命服，则有黄朱之芾，而皇然其鲜明，有葱珩之佩，玱然其有声，盖其应变从容，故服其命服之盛，如此望之者，莫不动色矣，军容何其盛哉！

（※）鴥彼飞隼，其飞戾天，亦集爰止。

（解）然不特军容之盛也。 今夫鴥彼飞隼，其飞戾天，势何扬也！然亦有时集而止者矣。

（※）方叔莅止，其车三千，师干之试。

（解）我方叔莅南征之师也，其车三千，师干之试，势何盛也！

（※）方叔率止，钲人伐鼓，陈师鞠旅。

（解）然岂进退之无节乎？方叔率是车以行也，以为临敌而战，莫先进退，苟不严其纪，临敌鲜有不乱者。故有钲人以伐钲，鼓人以伐鼓，使示之进退而知止者，司之钲人也，使示之进退，而知行者，司之鼓人也。陈其师而告之，陈其旅而告之，使闻钲声，而进退知所指也，使闻鼓声，而进退知所行也。未战而严之，以进退之节如此。

✳ *显允方叔，伐鼓渊渊，振旅阗阗。*

🔴 及夫方战之时，何如哉？但见显允方叔其进战也，则伐鼓渊渊然，平和而不暴怒，使众闻鼓声而知进者，无躁动也，而不得钲声，则弗止矣。其罢战也，则振旅亦阗阗，然不暴怒，使众闻鼓声而知退者，无争先也，而不得钲声，则弗止矣。进退之节严之，未战而又严之，于方战如此，师律何其严哉？

✳ *蠢尔蛮荆，大邦为仇。*

🔴 夫军容之盛，而师律之严，方叔可谓得行师之道矣。然其成功，则以威望之隆也。蠢尔蛮荆，一小丑耳，而敢与大邦为仇者！

✳ *方叔元老，克壮其犹。*

🔴 意以方叔既老，中国无人也。不知方叔齿高百辟，虽称元老，然运决策，动出万全其谋，犹盖甚壮也。

✳ *方叔率止，执讯获丑。*

🔴 况今日以分阃之命，而率南征之师，其徒御无致，而执讯获丑之有人。

✳ *戎车啴啴，啴啴焞焞，如霆如雷。*

🔴 戎车孔转，而啴啴焞焞之众盛。是以威灵赫耀，有如雷霆之奋，而其威不可犯矣。

✳ *显允方叔，征伐猃狁，蛮荆来威。*

🔴 然方叔之成功，岂专恃此哉？盖显允方叔，常忝北伐之任，而征伐猃狁，咸有太原之功。是以功在朝廷，名驰四海，蛮荆闻之，莫不曰：斯人也，乃猃狁不能屈其谋者也，我之谋何如猃狁也？亦猃狁不能挫其威者也，我之威何如猃狁也？乌敢与之抗哉！于是，皆来畏服，固不待战而自平矣。

夫方叔南征，以军容则既盛矣，以师律则既严矣，而其成功则由于声望之隆焉，其可谓中兴良将矣。宣王能任之，此所以能复文武之业也欤。

车攻

八章，章四句。

wǒ chē jì gōng　wǒ mǎ jì tóng　sì mǔ páng páng　jià yán cú dōng
我车既攻，我马既同。四牡庞庞，驾言徂东。（一章）

tián chē jì hǎo　sì mǔ kǒng fù　dōng yǒu fǔ cǎo　jià yán xíng shòu
田车既好，四牡孔阜。东有甫草，驾言行狩。（二章）

zhī zǐ yú miáo　xuǎn tú xiāo xiāo　jiàn zhào shè máo　bó shòu yú áo
之子于苗，选徒嚣嚣。建旐设旄，搏兽于敖。（三章）

jià bǐ sì mǔ　sì mǔ yì yì　chì fú jīn xì　huì tóng yǒu yì
驾彼四牡，四牡奕奕。赤芾金舄，会同有绎。（四章）

【注】攻，坚固。 同，齐同，指步调整齐一致。 庞庞，高大雄壮貌。 言，助词。
徂，往。

田车，田猎所乘的车。 阜，高大肥壮。 甫草，大草地。 狩，原指冬猎，此指
田猎。

之子，指周宣王。 于，往。 苗，原指夏猎，此指田猎。 选徒，挑选随猎的士
卒。 嚣嚣，声音嘈杂的样子。 搏兽，打野兽。 敖，地名，在今河南荥阳东北。
奕奕，高大美盛貌。 金舄，以铜为饰的底部特别厚重的鞋子。 会同，诸侯朝见
天子。 有绎，井然有序貌。

jué shí jì cì　　gōng shǐ jì tiáo　　shè fū jì tóng　　zhù wǒ jǔ zì

决拾既佽，弓矢既调。射夫既同，助我举柴。（五章）

sì huáng jì jià　　liǎng cān bù yī　　bù shī qí chí　　shě shǐ rú pò

四黄既驾，两骖不猗。不失其驰，舍矢如破。（六章）

xiāo xiāo mǎ míng　　yōu yōu pèi jīng　　tú yù bù jīng　　dà páo bù yíng

萧萧马鸣，悠悠旆旌。徒御不惊，大庖不盈。（七章）

zhī zǐ yú zhēng　　yǒu wén wú shēng　　yǔn yǐ jūn zǐ　　zhǎn yě dà chéng

之子于征，有闻无声。允矣君子，展也大成。（八章）

决，同"抉"，用象牙和兽骨制成的扳指，射箭拉弦所用。拾，皮制护袖，射箭时用以护臂。佽，便利。射夫，指前来的诸侯。同，会合。柴，同"胔"，指猎杀的禽兽。

黄，黄马。两骖，驾车四马里的外面两匹。猗，偏斜不正。驰，驾车的规则、法度。舍矢，放箭。如，而。破，射中。

萧萧，马鸣声。悠悠，旌旗长而飘扬的样子。徒，步卒。御，车夫。惊，惊动；一说作"警"。大庖，周宣王的厨房。

征，狩猎归来。有，助词。闻无声，闻师之行而不闻其声，言军容整肃。

允，诚然，确实。君子，指周宣王。展，确实。大成，成大功。

此美宣王中兴复古之诗。言
吾王慨周室之中衰，而乘舆
不至东都久矣，今欲为东
都之行，而车马其可以不
饰乎？

❋ 我车既攻，我马既同。

🅰 彼有田则有车，向焉田赋废坏，无
攻车矣。今也与人献计我车，则
既攻而坚焉。有车则有马，向焉
马政不修，无同马矣。今也国人
供职，我马则既同而齐足焉。

❋ 四牡庞庞，驾言徂东。

🅰 以是车而驾是马，四牡皆庞庞而充
实。若此者将何所往乎？盖东都
为天下之中，而先王行礼之处也。
驾此车马将往东都，以久旷之典，
而复先王之旧而已矣，夫岂为徒行
也哉？

❋ 田车既好，四牡孔阜。

🅰 然天子之往东都，必有事于田猎，
而车马其可以不备乎？是故以简其
车，田车则既好矣。以择其马四
牡，则孔阜矣。

❋ 东有甫草，驾言行狩。

🅰 以车马之盛，而往东都也，将何为
乎？盖东都有甫草之地，乃天子田
猎之所也，驾此车马，将以行狩于
斯，而复大蒐之旷典也，夫岂为无

事也哉！

❋ 之子于苗，选徒嚣嚣。

🅰 夫天子之备车马，既将往东都而行
狩矣。追至东都，则何如哉？但
见之子为于苗之举以徒，所以从禽
也，于焉选徒嚣嚣而声之众盛，且
车徒不诪，而惟选者有声，则车徒
之众，而又未尝不静治矣。

❋ 建旐设旄，搏兽于敖。

🅰 以旐所以统众也，于焉建车蛇之
旐，为后车之耳目，设旗杆之旄，
以为旐上之表章，则车徒之众，而
未尝失之涣矣。若此者，盖以敖
山之下，平旷可以屯兵，紧秽可以
设伏，将于此而搏兽焉，而复夫田
猎之旷典也。

❋ 驾彼四牡，四牡奕奕。

🅰 天子既至，诸侯毕朝。但见驾彼
四牡，四牡奕奕然，连络布散于东
都矣。

❋ 赤芾金舄，会同有绎。

🅰 由是而入觐也，服彼赤芾与夫金
舄，皆遵周官之仪，以行会同之
礼，而朝阶之间，绎绎然陈烈之联
属，盖无一人之不至矣，一会同之
间，其人心之齐何如哉？

❋ 决拾既佽，弓矢既调。

解 会同既毕，田猎斯举。但见决拾者，射之具也，决著于手，拾著于臂，曾似欣而整齐矣。弓矢者射之器也，弓之强弱，矢之轻重，皆相得而均调矣。

※ 射夫既同，助我举柴。

解 斯时也，会同之射夫，莫不同心协力，助天子以举其所获之禽兽焉，一田猎之间，其人心之齐，又何如哉？

※ 四黄既驾，两骖不猗。

解 夫既田猎矣，而其射御之善，又何如哉？田猎之马，惟取齐足也。今四马皆黄，而其色又齐，可以见马之有余矣。四马之中，惟骖难御也。今两骖不猗，而适由轨道可以见教之有素矣。

※ 不失其驰，舍矢如破。

解 斯时也，御者不失其驱驰之法，过君表也，逐禽左也，未尝诡遇以徇乎，射御何善耶。射者舍矢，有如破之能中乎？微也。制乎大也，不待御者诡遇，而后获射者何善耶，一田猎，而射与御者皆善如此者。

※ 萧萧马鸣，悠悠旆旌。

解 迨夫田猎既毕，而其终事颁禽，果何如哉？但见马无事于驰我，其鸣也萧萧焉耳矣。旌无事于指麾，

其扬也悠悠焉耳矣。

※ 徒御不惊，大庖不盈。

解 斯时也，号令严肃，不以田事告终而或驰，徒御静治无有诈谨，殆无异于选徒器器之时矣，终事何其严耶。颁赐有法，不以田禽之获而自私，君庖所充，惟取下杀之下，其余悉以散诸习射者取之，而大庖不盈矣。颁禽何其均耶，一田猎而惠与威之并行，有如此者。

※ 之子于征，有闻无声。

解 吾又即其始终之事言之，不可以见其德业之美乎。之子于征，而田猎也始焉。闻师之行，惟选徒器器而已，器器之外，不闻有声也。终焉闻师之行，惟马鸣萧萧而已。萧萧之外，不闻有声也，其始终严肃如此。

※ 允矣君子，展也大成。

解 吾即是而观王之德，真有纯亦不已，而无一毫怠荒之累，不允矣其君子乎？盖虽吾王之德，不尽于田猎，此亦可以信其为日新之德矣。吾即是而观王之业，真有纪纲毕张，而无一事废弛之弊。不诚哉其大成乎？盖虽吾王之业，不尽于田猎，此亦可以信其富有之业矣。吁，宣王有如是之德业，则其复文武、成康之盛，而致中兴之美宜矣哉。

吉日

四章，章六句。

吉日维戊，既伯既祷。田车既好，四牡孔阜。

升彼大阜，从其群丑。（一章）

吉日庚午，既差我马。兽之所同，麀鹿麌麌。

漆沮之从，天子之所。（二章）

【注】吉日，古以天干奇数（甲、丙、戊、庚、壬）之日为刚日，偶数（乙、
丁、己、辛、癸）为柔日，古礼谓"外事以刚日"，田猎为外事，戊为
刚日，可以作为吉日，下文"庚午"同。

伯，古代祭名，祭祀马祖。马祖，保护马的神，受历代帝王和百姓共同
祭拜。《周礼·夏官·司马》载，"春祭马祖，执驹；夏祭先牧，颁马，
攻特；秋祭马社，臧仆；冬祭马步，献马，讲驭夫。"

从，追逐。群丑，众多的禽兽。

差，挑选，选择。

同，聚。麀，雌鹿。麌麌，群聚貌。

漆、沮，均为水名，在今陕西境内。

瞻彼中原，其祁孔有。儦儦俟俟，或群或友。

zhān bǐ zhōngyuán　　qí qí kǒng yǒu　　biāo biāo sì sì　　huò qún huò yǒu

悉率左右，以燕天子。（三章）

xī shuài zuǒ yòu　　yǐ yàn tiān zǐ

既张我弓，既挟我矢。发彼小豝，殪此大兕。

jì zhāng wǒ gōng　　jì xié wǒ shǐ　　fā bǐ xiǎo bā　　yì cǐ dà sì

以御宾客，且以酌醴。（四章）

yǐ yù bīn kè　　qiě yǐ zhuó lǐ

中原，即原中，原野之中。其祁，即祁然，大的样子。孔有，极多。

儦儦，疾走貌。俟俟，缓缓行走貌。群、友，兽三曰群，二曰友；"或群或
友"即三三两两在一块。

悉，尽、完全。率，驱逐。燕，乐。

发，射。小豝，小野母猪。殪，射死。兕，野牛。

御，进献。醴，甜酒。

此亦美宣王之诗。言会同田猎，既举旷典于东都，而大蒐示礼，复缵武事于西镐。

＊ 吉日维戊，既伯既祷。

解 以田猎将用马力也，而马祖则主是马也。于是，择戊辰之吉日，祭马祖而祷之，以祈车马之善也。

＊ 田车既好，四牡孔阜。

解 但见既祭之后，以田车则既好而坚，以四牡则孔阜而健矣。

＊ 升彼大阜，从其群丑。

解 车马若是信，可以升大阜之险，而从禽兽之多矣，是未猎而预期其如此。

＊ 吉日庚午，既差我马。

解 然猎地不可以不择也。于是越三日，而为庚午之吉，遂择其马而乘之。

＊ 兽之所同，麀鹿麌麌。

解 以视彼兽之所聚，麀鹿最多之处而从之。

＊ 漆沮之从，天子之所。

解 惟此漆、沮之旁为盛，宜为天子田猎之所也。凡所以奉宗庙宾客而充君之庖者，无不取足于斯也。

＊ 瞻彼中原，其祁孔有。

解 猎地既降，而田猎遂举矣。瞻彼漆沮之中，原其祁而甚大，视彼所聚之禽兽，孔有而众多。

＊ 儦儦俟俟，或群或友。

解 但见趋而儦儦，行而俟俟者，有之或三而群，或二而友者，有之于此，可以见王化行，而品物蕃，亦异于昔日之凋耗矣。

＊ 悉率左右，以燕天子。

解 斯时也，下之人岂不乐于趋事哉？于是从王之人，莫不悉率左右，同心协力，以为于狩之举，而乐天子之心焉，不假命令，而自无一人不竭媚兹之。诚矣，下之忠于上如此。

＊ 既张我弓，既挟我矢。

解 田猎既举，则必有所获矣。彼猎必资于弓，我弓则既张矣。弓必资于矢也，我矢则既挟矣。

＊ 发彼小豝，殪此大兕。

解 发彼小豝，巧足以中微也。殪此大兕，力足以制大也，此可以见军容盛而技艺精，异于昔日之废弛矣。

＊ 以御宾客，且以酌醴。

解 斯时也，上之人岂徒私其有于己哉？于是，即其所获之禽，以为菹实，进之宾客，而相与酌醴焉。盖以示慈惠，而彰乎一时明良之会矣，王之惠乎下如此。夫一田猎之间，而综理之周，上下之情如此，此宣王之所以能复古，而成中兴之盛欤。

鸿雁之什

鸿雁

三章，章六句。

hóng yàn yú fēi sù sù qí yǔ zhī zǐ yú zhēng qú láo yú yě
鸿雁于飞，肃肃其羽。之子于征，劬劳于野。

yuán jí jīn rén āi cǐ guān guǎ
爰及矜人，哀此鳏寡。（一章）

hóng yàn yú fēi jí yú zhōng zé zhī zǐ yú yuán bǎi dǔ jiē zuò
鸿雁于飞，集于中泽。之子于垣，百堵皆作。

suī zé qú láo qí jiū ān zhái
虽则劬劳，其究安宅。（二章）

hóng yàn yú fēi āi míng áo áo wéi cǐ zhé rén wèi wǒ qú láo
鸿雁于飞，哀鸣嗷嗷。维此哲人，谓我劬劳。

wéi bǐ yú rén wèi wǒ xuān jiāo
维彼愚人，谓我宣骄。（三章）

【注】鸿雁，水鸟名，大者曰鸿，小者曰雁。于，语助词。 肃肃，鸟飞时扇翅之声。

之子，那人，指服劳役的人。征，远行。 劬劳，劳苦，劳累。

爰，发语词。 矜人，穷苦的人。鳏，男子老而无妻者。 寡，女子老而无夫者。

中泽，泽中。

于，为，做。垣，墙。堵，墙长、高各一丈曰堵。 作，筑起。

究，终究。宅，安居。

嗷嗷，哀鸣声。

哲人，智者。

宣骄，示人以骄慢不恭。

流民被宣王安集之惠而作也。言今幸值中兴之盛，而获安集之庆矣，忆昔流离之苦，今不犹有可言者乎？

㊗ 鸿雁于飞，肃肃其羽。

解 彼鸿雁于飞，则肃肃其羽，而未得所上矣。

㊗ 之子于征，劬劳于野。

解 况此之子不幸，而遇王室之中衰也，则流离以于征，而劬劳于野，未有所定矣。

㊗ 爰及矜人，哀此鳏寡。

解 然使有室家以共患难，犹可以自慰也，夫何此劬劳者，又皆可哀怜之鳏寡，而为无告之人焉。斯时也，吾意其载胥及溺矣，安望其有今日之乐哉！

㊗ 鸿雁于飞，集于中泽。

解 夫我昔日流离如此，而今还定之居，则何如哉。彼鸿雁于飞，集于中泽，得其所止矣。

㊗ 之子于垣，百堵皆作。

解 况此之子，幸遇王室之中兴也，则相率以于垣，百堵皆作，而乐室以居矣。

㊗ 虽则劬劳，其究安宅。

解 夫今日筑室，虽不免于劬劳也，然一劳以永逸，而其终获安定之休，实可深幸。斯时也，固可以室家胥庆矣，宁复有昔日之苦哉。

㊗ 鸿雁于飞，哀鸣嗷嗷。

解 夫我既因乐而思苦，则此鸿雁之歌，岂可以不作哉？彼鸿雁于飞，感肃肃之劳，而哀鸣于翔集之际，其声嗷嗷焉，不容自己矣。然则我幸有今日之乐，而思昔日之劳，而作乐以寄其感慨之情，不犹是乎。

南宋·马和之《诗经·小雅·鸿雁》图

✳ 维此哲人，谓我劬劳。

解 若然，则是歌之作，乃出于劬劳而非以宣骄也。但人心不同，智愚相远，维彼哲人，能体民情之休戚，则谓我此歌之作，乃乐不忘忧，感昔日劬劳而然也。

✳ 维彼愚人，谓我宣骄。

解 维彼愚人，则谓我此歌之作，乃闲暇而宣骄焉。是我休戚之情，固无望于愚人之我体矣，犹何幸有此哲人之见谅哉？夫宣王能还定劳，来安集流民如此，而流民喜之，且以哲人诵之，则其庆幸之意何如耶。吁，吾以足知困苦之民，易为仁也。

庭燎

三章，章五句。

夜如何其？夜未央！庭燎之光，君子至止，鸾声将将。（一章）

夜如何其？夜未艾！庭燎晣晣，君子至止，鸾声哕哕。（二章）

夜如何其？夜乡晨！庭燎有辉，君子至止，言观其旂。（三章）

【注】其，语词。 央，尽。

庭燎，大烛，指宫廷中照明的火炬。 君子，上朝的诸侯等大臣。 止，语词，无义。 将
将，鸾铃声。

艾，尽。

晣晣，明亮的样子。 哕哕，鸾铃声。

乡，同"向"。 乡晨，近晨。

有辉，光亮的样子。 言，乃。 旂，画有两龙蟠结的图案、竿顶有铃的旗，为诸侯仪仗。

● 南南宋·马和之《诗经·小雅·庭燎》图

❋ **夜如何其？夜未央！**

解 王将起视朝，不安于寝，而问夜之早晚。曰：人君之勤怠，政事
之张弛系之，则视朝诚不可不早矣，今夜何如哉？夜果未央矣乎？

❋ **庭燎之光，君子至止，鸾声将将。**

解 吾意庭燎之设，以待君子之朝者，已粲然其有光矣。君子感此时
而至止者，八鸾之声已将将然可远闻矣。以此度之，殆非未央时
也，而可以安寝哉？

✳ *夜如何其？夜未艾！*

解 然恐晚之心，愈惕也。既而再问，曰：今夜何如哉？夜果未艾矣乎？

✳ *庭燎晰晰，君子至止，鸾声哕哕。*

解 吾意庭燎之设，以待君子之朝者，已粲然其有光矣。君子感此时而至止者，八鸾之声已哕哕然，徐行而有节矣。以此度之，殆非未艾时也，而可以安寝哉？

✳ *夜如何其？夜乡晨！*

解 然恐晚之心愈甚也。既再三问，曰：今夜何如哉？夜其向晨矣乎？

✳ *庭燎有辉，君子至止，言观其旂。*

解 吾知庭燎之光而晰者，今则烟光相杂而有辉矣。君子之至止者，不特鸾声之可闻也，今则辨色而言，观其旂矣，五等各以其物，盖有杂然而不紊也。于此向晨之时，而犹不兴，吾恐会且归矣，其何以答群臣之望哉？

夫王者，忧勤之心常存于中，而恐晚之意屡形于言。如此，则其致中兴之盛宜矣。说者以为宣王感姜后脱簪之谏，而有是诗理，或然与吾，于是知后妃之助良不偶也。

沔水

三章，一二章八句，三章六句。

miǎn bǐ liú shuǐ　　cháo zōng yú hǎi　　yù bǐ fēi sǔn　　zài fēi zài zhǐ
沔彼流水，朝宗于海。鴥彼飞隼，载飞载止。

jiē wǒ xiōng dì　　bāng rén zhū yǒu　　mò kěn niàn luàn　　shuí wú fù mǔ
嗟我兄弟，邦人诸友，莫肯念乱，谁无父母？　（一章）

miǎn bǐ liú shuǐ　　qí liú shāng shāng　　yù bǐ fēi sǔn　　zài fēi zài yáng
沔彼流水，其流汤汤。鴥彼飞隼，载飞载扬。

niàn bǐ bù jì　　zài qǐ zài xíng　　xīn zhī yōu yǐ　　bù kě mǐ wàng
念彼不迹，载起载行，心之忧矣，不可弭忘。　（二章）

yù bǐ fēi sǔn　　shuài bǐ zhōng líng　　mín zhī é yán　　níng mò zhī chéng
鴥彼飞隼，率彼中陵。民之讹言，宁莫之惩。

wǒ yǒu jǐng yǐ　　chán yán qí xīng
我友敬矣，谗言其兴。　（三章）

【注】沔，水流满的样子。朝宗，诸侯春天朝见天子曰朝，夏天朝见天子曰宗，此处比喻百川归海。

念，"尼"之假借，止也；一说为惦念、顾念。

迹，循道而行。

率，循，沿着。中陵，陵中，山陵之中。

讹言，谣言，不实之言。宁，难道。莫，没有人。之惩，即"惩之"，制止它。

敬，同"警"，警惕，警戒。兴，起。

此忧乱之诗，言君子不幸而遭乱，不可有玩愒之心也。盖玩愒而不知忧乱，从自及也，忧乱而不知所止，徒忧无益也，何则？

✳ 沔彼流水，朝宗于海。鴥彼飞隼，载飞载止。

🔴 沔彼流水，犹朝宗于海矣。鴥彼飞隼，且犹载飞而载止矣，物各有所止如此。

✳ 嗟我兄弟，邦人诸友，莫肯念乱，谁无父母。

🔴 可以人而无所念乎？嗟我兄弟、邦人、诸友，乃莫肯念乱，而思以止之者。谁独无父母乎？乱则忧或及之，纵不为一身计，亦当为父母计也，是岂可以不念哉？

✳ 沔彼流水，其流汤汤。鴥彼飞隼，载飞载扬。

🔴 夫以乱之当念如此，而我之念乱乌容已哉。沔彼流水，则其流汤汤矣。鴥彼飞隼，则载飞而载扬矣。

✳ 念彼不迹，载起载行。

🔴 况我念彼不循道理之事，乖谬错乱，惧其忧及父母也。至于不遑宁处，而载起载行。

✳ 心之忧矣，不可弭忘。

🔴 此心之忧，盖有不能弭忘者矣。

✳ 鴥彼飞隼，率彼中陵。民之讹言，宁莫之惩。

🔴 夫人固当有忧乱之心，尤贵有止乱之道。然乱起于讹言也，讹言不止，乱何由而止乎？今夫鴥彼飞隼，犹循于中陵矣。而民之讹言，变乱是非，今日之乱实始于此矣，乃无有惩止之者，亦独何哉？

✳ 我友敬矣，谗言其兴。

🔴 然止谗之道，无他术，惟在于一敬，而谗言之兴，无亦因人之不敬而乘其隙也。我友是必敬以自持，使反身无缺。则彼虽巧于为谗，亦乌能毁无疵之行，谗言何自而兴乎？谗言不兴，则乱不作，而可以无贻父母之忧矣。凡我诸友果能此焉，庶几哉其能念乱乎？

鹤鸣

二章,章九句。

枸　穀　鹤　鹤鸣

hè míng yú jiǔ gāo　shēng wén yú yě　yú qián zài yuān　huò zài yú zhǔ　lè bǐ zhī
鹤鸣于九皋,声闻于野。鱼潜在渊,或在于渚。乐彼之

yuán　yuán yǒu shù tán　qí xià wéi tuò　tā shān zhī shí　kě yǐ wéi cuò
园,爰有树檀,其下维萚。它山之石,可以为错。　(一章)

hè míng yú jiǔ gāo　shēng wén yú tiān　yú zài yú zhǔ　huò qián zài yuān　lè bǐ zhī
鹤鸣于九皋,声闻于天。鱼在于渚,或潜在渊。乐彼之

yuán　yuán yǒu shù tán　qí xià wéi gǔ　tā shān zhī shí　kě yǐ gōng yù
园,爰有树檀,其下维穀。它山之石,可以攻玉。　(二章)

【注】鹤,喻隐居的贤者。 九,虚数,比喻深远的意思。 皋,沼泽。 九皋,曲折的沼泽淤地。
渚,水中小洲。
爰,语气词。 树檀,"檀树"之倒文,其木材贵重,可做车轮、车辐。 萚,一种枣树,
木硬,落叶晚。
它山之石,喻别国在野的贤人。 错,错石也,可以磨制玉器的石头,为"厝"之假借字。
穀,树名,一名楮树,树皮可做造纸原料。
攻,琢磨,雕琢。

此臣子纳诲之诗。 言以物视物，则物为陈迹，以道观物，则物为箴规，吾以物理言之，而王试绎之可乎。

✳ 鹤鸣于九皋，声闻于野。

解 今夫鹤鸣于九皋之中，至深远也，而其声则闻于野矣。 声伏于幽潜，其机之不可掩如此乎。

✳ 鱼潜于渊，或在于渚。

解 鱼潜于深水之中，若可执也，而有时或在于诸，妙两在于不拘，其性之无一定如是乎。

✳ 乐彼之园，爰有树檀，其下维萚。

解 园有树檀，洵可乐矣。 而其下维萚，则亦无全美也。 爰檀而忘其萚，可乎？

✳ 他山之石，可以为错。

解 他山之石，虽可恶矣，而可以为错，则亦无全恶也。 恶石而忘其错，可乎？

✳ 鹤鸣于九皋，声闻于天。

解 然鹤鸣于九皋，不惟声闻于野也，而上闻于天矣，则信乎？ 幽潜无可掩之机也。

✳ 鱼在于渚，或潜在渊。

解 与水相忘，不惟鱼在于渚也，而或潜于渊矣，则信乎？ 游永无一定之拘也。

✳ 乐彼之园，爰有树檀，其下维榖。

解 乐彼之园，爰有树檀，而其下有维榖之杂，则信乎？ 人之于檀，不可遍有所爱矣。

✳ 他山之石，可以攻玉。

解 他山之石，而亦有攻玉之用，则信乎？ 人之于石，不可遍有所恶矣。 王也玩一物，能知有一物之理，则庶乎善观物矣，又能以观物之知，观身心性情之理，则庶乎善触类矣。 此今日微臣纳诲意也，王其鉴于言意之外哉？

盖诗人之意，以王知鹤鸣之旨，则知诚之不可掩，而诚身之功不可无也。 知鱼潜之旨，则知理之无定在，而明善之功不可无也，知树檀之旨，则知爱当知其恶，而亲爱之不可僻矣。 知山石之旨，则知憎当知其善，而贱恶之不可僻矣。 人君能得是说，而推之天下之理，其庶几乎。

祈父

三章，章四句。

qí fù　　yú wáng zhī zhǎo yá　　hú zhuǎn yú yú xù　　mǐ suǒ zhǐ jū
祈父！予王之爪牙。胡转予于恤？靡所止居。（一章）

qí fù　　yú wáng zhī zhǎo shì　　hú zhuǎn yú yú xù　　mǐ suǒ dǐ zhǐ
祈父！予王之爪士。胡转予于恤？靡所厎止。（二章）

qí fù　　dǎn bù cōng　　hú zhuǎn yú yú xù　　yǒu mǔ zhī shī yōng
祈父！亶不聪。胡转予于恤？有母之尸饔。（三章）

【注】祈父，官名，即司马，掌管保卫边境事务的军队。爪牙，比喻武臣、卫士；下文"爪士"义同。

胡，为什么。转，调动。恤，忧愁，指令我担忧之处。厎，停止。

亶，确实。不聪，不闻，即不闻士卒疾苦或不闻己之呼声。

尸，陈设；一说主持；一说失去。饔，熟食。有母之尸饔，是说自己从军，只能是母为父陈馈饮食之具，自伤不得供养也。

军士怨于久役，故呼祈父而告之。

✳ 祈父！

解 祈父，汝掌封圻之甲兵者也，以掌兵为职者，则必以恤兵为心。

✳ 予王之爪牙。

解 今予乃王之爪牙，其蕃卫王室，而止居于辇毂之下，固其职也。

✳ 胡转予于恤，靡所止居？

解 尔胡乃转我于忧恤之地，使我久役于外，无所止居乎。

✳ 祈父！

解 祈父，汝掌封圻之甲兵者也，以掌兵为职者，则必以恤兵为心。

✳ 予王之爪士。

解 今予乃王之爪士，其蕃卫王室，而底止于邦圻之内，固其分也。

✳ 胡转予于恤，靡所底止？

解 尔胡乃转我于忧恤之地，使我久役于外，无所底止乎。

✳ 祈父！亶不聪。

解 然岂特役我之非其职哉？祈父尔诚不聪矣。

✳ 胡转予于恤，有母之尸饔。

解 胡乃转我于忧恤之地，不得服劳以养其母，使吾母反主饔飧之事乎？役王之爪牙，已非吾人之所职，而况乎役及于人之孤子，真有令人不堪者矣。尔祈父之不聪，固如此哉。夫使军士久役，乃王者之不能体悉，非祈父之所得自专也。诗人惟致怨于祈父，而不敢斥王者，盖亦忠厚之至也。然人君使人至此，其视先王悦以使民，民忘其劳者，相去何如耶？

白驹

四章，章六句。

白
駒

jiǎo jiǎo bái jū　　shí wǒ chǎng miáo　　zhí zhī wéi zhī　　　yǐ yǒng jīn zhāo
皎皎白驹，食我场苗；絷之维之，以永今朝。

suǒ wèi yī rén　　　yú yān xiāo yáo
所谓伊人，于焉逍遥。（一章）

jiǎo jiǎo bái jū　　shí wǒ chǎng huò　　zhí zhī wéi zhī　　　yǐ yǒng jīn xī
皎皎白驹，食我场藿；絷之维之，以永今夕。

suǒ wèi yī rén　　　yú yān jiā kè
所谓伊人，于焉嘉客。（二章）

【注】皎皎，洁白的样子。 场苗，菜园的豆苗。 絷，用绳绊住。 维，用绳拴
住。 永，终，尽。

伊人，指乘白驹而来的客人或贤人。 于焉，在这里。

藿，豆苗。

嘉客，快乐地做客。

皎皎白驹，贲然来思。尔公尔侯，逸豫无期。

慎尔优游，勉尔遁思。（三章）

皎皎白驹，在彼空谷。生刍一束，其人如玉。

毋金玉尔音，而有遐心。（四章）

贲，同"奔"；贲然，快跑的样子。思，语词。

尔，你。公、侯，为公为侯。逸豫，自在、安乐。

慎，慎重；一说顺；一说诚然。优游，出游。勉，同"免"。遁，离去。

空谷，深谷。

生刍，青草。其人如玉，其人美好如玉。

遐心，疏远之心。

● 南宋·马和之《诗经·小雅·白驹》图

为此诗者，以贤者之去不可留也。言贤者国之桢也，故其来也，乃吾之所喜，其去也，实吾之所忧。吾今伊人行矣，将何以为情哉？

❋ 皎皎白驹，食我场苗。絷之维之，以永今朝。

解 彼皎皎白驹，贤者之所乘也。今其将去矣，斯时安得食我场苗，我也絷而维之，以永今朝。

❋ 所谓伊人，于焉逍遥？

解 则所谓伊人者，亦将以拘之，故而不得去，而逍遥于今朝矣。一朝之逍遥，固不足以慰吾无已之怀，然不忧愈于遽去乎。

❋ 皎皎白驹，食我场藿。絷之维之，以永今夕。

解 皎皎白驹，贤者之所乘也。今其将去矣，斯时安得食我场藿，我也縶而維之，以永今夕。

✳ 所谓伊人，于焉嘉客。

解 则所谓伊人者，亦将以拘之故，而不得行，而嘉客于今夕矣。 夫一夕之嘉客，固不足以慰我无穷之意，然不犹愈于遽去乎。

✳ 皎皎白驹，贲然来思。

解 虽然贤者之决于去，不过欲优游自适而已。 若此乘皎皎白驹者，易其丘园之志，以为邦家之光，而贲然肯来。

✳ 尔公尔侯，逸豫无期。

解 则我所以待尔者，当何如哉？大则以尔为公，小则以尔为侯。 夙昔怀抱，悉显于大行之日，而逸乐不无期乎。

✳ 慎尔优游，勉尔遁思。

解 夫以行道之乐如此，尔乃欲遂优游之乐，而决于去也。 殆亦未之思耳，幸勿过于优游，毋决于遁思，而终不我顾焉，斯非我之所望于尔哉。

✳ 皎皎白驹，在彼空谷。 生刍一束，其人如玉。

解 夫我留之虽切，孰知其必去而不可留乎。 但见乘皎皎白驹，入彼空谷之中，而自束生刍以秣之，则苗藿不能维，公侯不能挽矣。 然想其人之德，精纯粹美，有如玉焉，诚有系吾之思者。

✳ 毋金玉尔音，而有遐心。

解 今已邈乎，其不可观矣，使声音常以相闻，而无远我之心，亦我之愿也。 尔今以往，有谋有猷，悉以入告，慎无贵重尔之声音，而有远我之心亦可矣。

盖声音常相闻，则心犹不忘于我，使声音杳不相闻，则弃我甚矣。 如玉之德，既不得亲，而金玉之音，又重自珍秘，其如我之情何哉？夫挽留之切，莫遂于愿去之时，而冀望之情，尤殷于已去之后，诗人之留贤亦可谓诚矣，而贤者卒不为之留焉，岂故别有见与？

黄鸟

三章,章六句。

huáng niǎo huáng niǎo　　wú jí yú gǔ　　wú zhuó wǒ sù　　cǐ bāng zhī rén　　bù wǒ kěn gǔ
黄 鸟 黄 鸟,无 集 于 榖,无 啄 我 粟。此 邦 之 人,不 我 肯 榖。

yán xuán yán guī　　fù wǒ bāng zú
言 旋 言 归,复 我 邦 族。 (一章)

huáng niǎo huáng niǎo　　wú jí yú sāng　　wú zhuó wǒ liáng　　cǐ bāng zhī rén　　bù kě yǔ míng
黄 鸟 黄 鸟,无 集 于 桑,无 啄 我 粱。此 邦 之 人,不 可 与 明。

yán xuán yán guī　　fù wǒ zhū xiōng
言 旋 言 归,复 我 诸 兄。 (二章)

huáng niǎo huáng niǎo　　wú jí yú xǔ　　wú zhuó wǒ shǔ　　cǐ bāng zhī rén　　bù kě yǔ chǔ
黄 鸟 黄 鸟,无 集 于 栩,无 啄 我 黍。此 邦 之 人,不 可 与 处。

yán xuán yán guī　　fù wǒ zhū fù
言 旋 言 归,复 我 诸 父。 (三章)

【注】黄鸟,黄雀。榖,楮树。粟,小米。

　　　榖,养育;一说善也。

　　　言,语助词,无实义。旋,归。复,返回。邦族,邦国家族。

　　　明,"盟"之假借字,信也。

　　　诸兄,故乡诸位同辈。

　　　诸父,故乡族中叔伯总称。

南宋·马和之《诗经·小雅·黄鸟》图

民适异国，不得其所，故作此诗。其意盖欲避国而戒故乡之人，无居己之处，而食己之食也。于是托为呼黄鸟而告之。

(✳) 黄鸟黄鸟，无集于榖，无啄我粟。

(解) 黄鸟黄鸟，榖者吾之故处，粟者吾之故物，尔无集于榖，无啄我粟也。

(✳) 此邦之人，不我肯榖。

(解) 夫我之所以至此邦者，意其能以善道相与，而此邦之为可居耳。今此邦之人，无赒恤保爱之意，不以善道相与。

(✳) 言旋言归，复我邦族。

(解) 则我岂久于是哉？盖将言旋言归，而复我邦族矣。

(✳) 黄鸟黄鸟，无集于桑，无啄我粱。

(解) 黄鸟黄鸟，尔无集于桑，无啄我粱也。

✳ 此邦之人，不可与明。

㊐ 夫我所以至此邦者，意其明足以相照也。今此邦之人，视我之缓急休戚若罔闻知，而不可与明矣。

✳ 言旋言归，复我诸兄。

㊐ 以不可与明之人，而犹恋恋不去，何为乎哉？将言旋言归，而复我诸兄矣。

✳ 黄鸟黄鸟，无集于栩，无啄我黍。

㊐ 黄鸟黄鸟，尔无集于栩，无啄我黍也。

✳ 此邦之人，不可与处。

㊐ 夫我之所以至此邦者，意其情足以相处也。今此邦之人，视人之困穷拂攀不以相恤，而不可与处矣。

✳ 言旋言归，复我诸父。

㊐ 以不可以与处之地，而犹依依不去，何为乎哉？我将言旋言归，而复我诸父矣。夫我既欲归如此，尔黄鸟若居吾之故处，食吾之故物，吾将何所恃哉？

吁，使民流离失所，而又欲归其故乡焉，亦异于还定安集之时矣。

我行其野

四章，章六句。

wǒ xíng qí yě　　bì fèi qí chū　　hūn yīn zhī gù　　yán jiù ěr jū
我行其野，蔽芾其樗。昏姻之故，言就尔居。

ěr bù wǒ chù　　fù wǒ bāng jiā
尔不我畜，复我邦家。　（一章）

wǒ xíng qí yě　　yán cǎi qí zhú　　hūn yīn zhī gù　　yán jiù ěr sù
我行其野，言采其蓫。昏姻之故，言就尔宿。

ěr bù wǒ xù　　yán guī sī fù
尔不我畜，言归思复。　（二章）

wǒ xíng qí yě　　yán cǎi qí fú　　bù sī jiù yīn　　qiú ěr xīn tè
我行其野，言采其葍。不思旧姻，求尔新特。

chéng bù yǐ fù　　yì zhī yǐ yì
成 不以富，亦祇以异。　（三章）

【注】蔽芾，树木高大茂密的样子。 樗，臭椿，为恶木，象征遇恶人。

言，发语词。 就尔居，到你家同居，下文"就尔宿"同。

畜，养、爱。

蓫，羊蹄菜，茎红，根似萝卜，可食，但味道不好。

言、思，皆助词。 归、复，皆指回家。

葍，野生蔓草，又名面根藤儿，地下茎可食，有甜味；一说茎有恶臭的
植物，恶菜也。 姻，《说文解字》："婿家也。" 特，配偶。

成，"诚"之假借，诚然。 不以富，不是因为嫌贫爱富。 祇，另本作
"衹"，仅、只。 异，新异，即喜新厌旧之意。

● 南宋·马和之《诗经·小雅·我行其野》图

民适其国，依其婚姻而不见收恤，故作此诗。言夫人
不幸而处困，介其侧者犹无不哀其穷而收之，况情属
亲戚者乎，吾今无望于婚姻矣。

⊛ 我行其野，蔽芾其樗。

解 我之行于野中也，依彼蔽芾之樗，以为荫庇之资，此其穷亦甚矣。

⊛ 婚姻之故，言就尔居。

解 我于斯时，以为休戚不相关者难以恃赖，于是思婚姻之故，言就
尔居。

⊛ 尔不我畜，复我邦家。

解 固望其我畜，可暂安于兹土矣。今尔曾不我畜，则将复我之邦家
矣，岂可复以亲故望之哉？

✳ 我行其野，言采其蓫。

🔴解 我之行于野中也，求彼恶菜之蓫，以为饮食之需，此其困亦极矣。

✳ 婚姻之故，言就尔宿。

🔴解 我于斯时，以为情义不相维者，不是依倚，于是思婚姻之故，言就尔宿。

✳ 尔不我畜，言归斯复。

🔴解 意固望其我畜，而可以暂安于此邦矣。今尔曾不我畜，则将言归斯复矣，岂可复以亲故怀之哉？

✳ 我行其野，言采其葍。

🔴解 我之行于野中也，言采其葍以为食，不得已亦可见矣。

✳ 不思旧姻，求尔新特。

🔴解 而尔不思旧姻，频忘昔日之好。惟求尔新匹，遂笃今日之亲。

✳ 成不以富，亦祇以异。

🔴解 若此者，尔诚不以彼之富，而厌我之贫，然亦只以彼之新，而异于我之故耳。盖趋富而厌贫，乃人情之薄尔，固有所不为，但厌常而喜新，亦人情之恒，而尔容或有不先矣。然则我今日之就尔居宿，而尔不我畜者，宁非此之故哉？人情改易，不足恃赖，亦良可慨矣夫。

斯干

四章，章六句。

zhì zhì sī jiàn yōu yōu nán shān rú zhú bāo yǐ rú sōng mào yǐ
秩秩斯干，幽幽南山；如竹苞矣，如松茂矣。

xiōng jí dì yǐ shì xiāng hǎo yǐ wú xiāng yóu yǐ
兄及弟矣，式相好矣，无相犹矣。（一章）

sì xù bǐ zǔ zhù shì bǎi dǔ xī nán qí hù yuán jū yuán chǔ yuán xiào yuán yǔ
似续妣祖，筑室百堵，西南其户。爰居爰处，爰笑爰语。（二章）

yuē zhī gé gé zhuó zhī tuó tuó fēng yǔ yōu chú niǎo shǔ yōu qù jūn zǐ yōu yù
约之阁阁，椓之橐橐。风雨攸除，鸟鼠攸去，君子攸芋。（三章）

rú qǐ sī yì rú shǐ sī jí rú niǎo sī gé rú huī sī fēi jūn zǐ yōu jī
如跂斯翼，如矢斯棘，如鸟斯革，如翚斯飞，君子攸跻。（四章）

zhí zhí qí tíng yǒu jué qí yíng kuài kuài qí zhèng huì huì qí míng jūn zǐ yōu níng
殖殖其庭，有觉其楹。哙哙其正，哕哕其冥，君子攸宁。（五章）

【注】秩秩，水清澈的样子。干，同"涧"，山间流水。幽幽，深远。南山，终南山。苞，丛生稠密
状。犹，借为"猷"，谋也；一说欺诈；一说与"尤"通，怨怒之意。

似，通"嗣"，继也。续，承接。西南其户，朝西或朝南开有门户。

约，捆扎。之，指代筑墙板。阁阁，象声词，捆束筑板的声音。椓，捣筑土墙或用杵敲打地基。
橐橐，打击或夯土之声。芋，大也；一说为宇，居也。

跂，举踵而立。翼，端正严肃的样子。棘，棱角，形容笔直方正。革，翅也。翚，雉。"如鸟斯
革，如翚斯飞"，形容宫室的厦、檐、屋顶装饰，有如飞鸟展翅。殖殖，平正的样子。有觉，即
觉觉，高大而直的样子。楹，门前二柱。

哙哙，明亮宽敞的样子。正，白昼。哕哕，即昧昧，深暗的样子。冥，黑夜。宁，安息。

蛇　　　　虺　　　　莞

xià guān shàng diàn　　nǎi ān sī qǐn　　nǎi qǐn nǎi xīng　　nǎi zhàn wǒ mèng

下莞上簟，乃安斯寝。乃寝乃兴，乃占我梦。

jí mèng wéi hé　　wéi xióng wéi pí　　wéi huī wéi shé

吉梦维何？维熊维罴，维虺维蛇。（六章）

tài ren zhàn zhī　　wéi xióng wéi pí　　nán zǐ zhī xiáng　　wéi huī wéi shé　　nǚ zǐ zhī xiáng

大人占之，维熊维罴，男子之祥；维虺维蛇，女子之祥。（七章）

nǎi shēng nán zǐ　　zài qǐn zhī chuáng　　zài yī zhī cháng　　zài nòng zhī zhāng

乃生男子，载寝之床，载衣之裳，载弄之璋。

qí qì huáng huáng　　zhū fú sī huáng　　shì jiā jūn wáng

其泣喤喤，朱芾斯皇，室家君王。（八章）

nǎi shēng nǚ zǐ　　zài qǐn zhī dì　　zài yì zhī tì　　zài nòng zhī wǎ

乃生女子，载寝之地，载衣之裼，载弄之瓦。

wú fēi wú yí　　wéi jiǔ shí shì yì　　wú fù mǔ yí lí

无非无仪，唯酒食是议，无父母诒罹。（九章）

莞，蒲草，指蒲席。簟，竹、苇之席。罴，兽名，似熊而高大。虺，一种毒蛇。

大人，《周礼》有太卜之官，掌占卜之事。祥，吉祥的先兆。弄，玩。璋，古代诸侯朝聘、祭祀用的玉器。弄璋，象征养成王侯的品德。

喤喤，婴儿洪亮的哭声。芾，同"韨"，蔽膝，天子纯朱，诸侯黄朱。皇，即煌煌，光亮的样子。

寝之地，让她睡在地上。裼，包裹婴儿的小被。瓦，陶制的用来卷线的纺锤。弄瓦，象征女子长大后勤于纺织之事。

非，违逆。仪，专断；一说同"俄"，邪僻。议，讲求。诒，给予。罹，忧愁。

此筑室既成，而燕饮以落之，诗人歌颂祷之辞。曰：吾王继先筑室，而举落成之燕矣。然是宫室之美，与夫居室之庆，何如哉？

✳ 秩秩斯干，幽幽南山。

解 吾以是室之形势言之，但见斯干绕其侧，秩秩然其有常，南山崝其前，幽幽然其镇重，形势何其美耶！

✳ 如竹苞矣，如松茂矣。

解 以是室之制度言之，但见下焉。盘基巩固，而如竹之苞上焉。结构牢密，而如松之茂，制度又何其美耶！

✳ 兄及弟矣，式相好矣，无相犹矣。

解 然使居室者，有不和焉，则亦非吉祥善事矣。吾愿兄及弟矣，笃相好之情，而无相犹之隙，则此室之山水若增而胜，而竹苞松茂，永为不拔之基矣，不将益见其美也哉。

解 然吾王之筑室，岂侈土木以为壮丽之观哉！

✳ 似续妣祖，筑室百堵，西南其户。

解 盖我宫室，创自妣祖，以贻后人。兹经中衰，而圮坏甚矣，是以吾王似续妣祖，而继其业。筑室百堵，以新其旧。在东者则西其户

也，在北者则南其户也，而筑室之务举矣。

✳ 爰居爰处，爰笑爰语。

解 是以其用，无有不周，于是居焉以建外王之业，于是处焉以顾内圣之躬，于是笑焉，以协明良之交，于是语焉以集众思之益，而是室乌有不备哉！

✳ 约之阁阁，椓之橐橐。

解 吾以筑室言之。但见东版以筑，阁阁然上下之相承。投土以筑，橐橐然杵声之相应。

✳ 风雨攸除，鸟鼠攸去，君子攸芋。

解 上下四旁极其牢密，于是天不能为之灾，以风雨则攸除，物不能为之害，以鸟鼠则攸去矣。而君子之居于是也，万邦起具瞻之，思四海属范围之内，不亦尊而且大乎。

✳ 如跂斯翼，如矢斯棘，如鸟斯革，如翚斯飞，君子攸跻。

解 吾又以其堂之美言之。但见大势严正，有如人之竦立，而其恭翼翼也。其廉隅整饬，有如矢之急而直也。其栋宇峻起，有如鸟之警而革也。其檐何华采，而轩翔有如翚之飞，而矫其翼也。其堂之美如此，不为君子攸跻之所乎。凡其施政教、颁礼乐，以纲纪四方

者，而是堂皆得以议之矣。

✳ **殖殖其庭，有觉其楹。**

🔴 吾又以其室之美言之。但见宫寝之庭，殖殖而平正矣。宫寝之柱，有觉而直大矣。

✳ **哙哙其正，哕哕其冥，君子攸宁。**

🔴 宫室有向明之处，则哙哙其光明矣。室有奥窔之间，则哕哕其深广矣。其室之美如此，不为君子攸宁之所乎。凡其即劳逸固元神，以保养圣躬者，而是室皆有以贻之矣。

✳ **下莞上簟，乃安斯寝。**

🔴 夫以吾王宫室之美，既有以光姚祖之业矣，而其居室之庆，岂特兄弟之和已哉！但见万机之暇，而为宴息之休，下莞上簟，乃安斯寝，而梦兆之异，已感于斯矣。

✳ **乃寝乃兴，乃占我梦。**

🔴 于是乃寝乃兴，而占其梦焉。

✳ **吉梦维何？维熊维罴，维虺维蛇。**

🔴 而所占之吉梦，则维熊、维罴、维虺、维蛇也。夫此四物者，皆吾王心思之所不及，而今形之梦焉。此必有关国家运祚之重者，而岂徒为寻常矣乎！

✳ **大人占之，维熊维罴，男子之祥。**

🔴 于是召彼大人以占之焉。其占以为熊罴，阳物也，男子阳质也，今梦及熊罴也，吾知阳感则阳，应其诸乾道成男，而为男子之祥乎。

✳ **维虺维蛇，女子之祥。**

🔴 虺蛇阴物也，女子阴质也，今梦及虺蛇，吾知阴感则阴，应其诸坤道成女，而为女子之祥乎，是梦殆非偶然之故矣。

✳ **乃生男子，载寝之床，载衣之裳，载弄之璋。**

🔴 夫熊罴之梦既占，其为男子之祥矣，于是乃生男子。然是男子之生而岂徒哉？载寝之床，以示尊荣之礼。载衣之裳，以昭服饰之盛。载弄之璋，以象德器之美。

✳ **其泣喤喤，朱芾斯皇，室家君王。**

🔴 且其气质不凡，而其泣喤喤，诚哉，为帝王之休矣。故此男子，有生而为支庶者，则服黄朱之芾，皇然其鲜明，乃以一国为室家，而为之君矣。有生而为本宗者，则服纯朱之芾，皇然其鲜明，乃以天下为室家，而为之王矣。以男子则宜君宜王，如此可愿之庆，孰大于是哉！

※ 乃生女子，载寝之地，载衣之裼，载弄之瓦。

解 夫虺蛇之梦既占，其为女子之祥矣，于是乃生女子焉。然是女子之生，亦岂徒哉？载寝之地，以示卑顺之义。载衣之裼，即其所用之常。载弄之瓦，习其纺织之事。

※ 无非无仪，唯酒食是议，无父母诒罹。

解 有非，非妇人也。则不出傲言，不由邪行，而无非焉。有善，亦非妇人也，则家不干蛊，国不与政，而无仪焉。惟幂酒浆精五饭，而酒食之是议，以无诒父母之忧焉，斯可矣。以女子则柔顺后贞如此，可愿之庆，孰大于是乎！

夫是宫室之成也，上有以敦兄弟之雅，下有以开男女之祥，人情之所愿，莫过于此者。诗人歌于落成之际，真可谓善颂祷矣。

• 日本·细井徇《诗经名物图解·熊图》

无羊

四章，章八句。

無羊

shuí wèi ěr wú yáng　　sān bǎi wéi qún　　shuí wèi ěr wú niú　　jiǔ shí qí chún
谁谓尔无羊？三百维群。谁谓尔无牛？九十其犉。

ěr yáng lái sī　　qí jiǎo jí jí　　ěr niú lái sī　　qí ěr shī shī
尔羊来思，其角濈濈。尔牛来思，其耳湿湿。 （一章）

huò jiàng yú ē　　huò yǐn yú chí　　huò qǐn huò é　　ěr mù lái sī
或降于阿，或饮于池，或寝或讹。尔牧来思，

hè suō hé lì　　huò fù qí hóu　　sān shí wéi wù　　ěr shēng zé jù
何蓑何笠，或负其糇。三十维物，尔牲则具。 （二章）

【注】三百，与下文"九十"均为虚指，形容牛羊众多。 维，同"为"。

犉（又读 rún），黑嘴的黄牛；一说七尺的大牛。

思，语助词。 濈濈，羊角聚集的样子。

湿湿，牛反刍时两耳摇动的样子。

阿，丘陵。 讹，动也。

牧，牧人。 何，同"荷"，披戴。

三十，泛指多数。 维，助词。 物，牛羊的毛色。 牲，古代供祭祀或宴享用的牲
畜，用牲的毛色，随祭祀种类而不同。 具，备。

ěr mù lái sī　　yǐ xīn yǐ zhēng　　yǐ cí yǐ xióng　　ěr yáng lái sī

尔牧来思，以薪以蒸，以雌以雄。尔羊来思，

jīn jīn jīng jīng　　bù qiān bù bēng　　huī zhī yǐ gōng　　bì lái jì shēng

矜矜兢兢，不骞不崩。麾之以肱，毕来既升。（三章）

mù rén nǎi mèng　　zhòng wéi yú yǐ　　zhào wéi yú yǐ　　dà rén zhān zhī

牧人乃梦，众维鱼矣，旐维旟矣。大人占之，

zhòng wéi yú yǐ　　shí wéi fēng nián　　zhào wéi yú yǐ　　shì jiā zhēn zhēn

众维鱼矣，实维丰年；旐维旟矣，室家溱溱。（四章）

以，采取。薪，粗柴。蒸，细柴。雌雄，皆指猎取飞禽。

矜矜，小心翼翼的样子。兢兢，谨慎，害怕失群。骞，走失。崩，溃散。

麾，挥。肱，手臂。毕、既，皆为"全、尽"之意。升，指进入牛羊圈。

众维、旐维，即维众、维旐。鱼、旐、旟都是牧人所常见之物。众，众多；一说通
"鱂"，即鱻，蝗虫，古以蝗虫丰年化为鱼，歉年则为蝗。旐，画有龟蛇的旗，人口少
的郊县所建。旟，画有鹰隼的旗，人口众多的州所建。

大人，太卜之类官。占，占梦，解说梦之吉凶。溱溱，同"蓁蓁"，众盛貌。

● 南宋·马和之《诗经·小雅·无羊》图

此诗为牧事有成，故歌之。曰：畜产之多寡，关国家之盛衰，自今观之，我周之盛，盖于牧事有征矣。

⊛ 谁谓尔无羊，三百维群。

㉂ 彼向当中衰凋耗之余，尝患其无羊矣。今也，谁谓尔无羊乎？但见三百为群，而其群不可数也，羊何盛也！

⊛ 谁谓尔无牛，九十其犉。

㉂ 亦尝患其无牛矣，今也谁谓尔无牛乎？但见九十皆犉，而其非犉，则尚多矣，牛何盛也！

⊛ 尔羊来思，其角濈濈。

㉂ 且尔羊之来也，聚而息，其角濈濈然而和顺焉。即此聚而和顺也，而羊之盛，益可见矣。

⊛ 尔牛来思，其耳湿湿。

㉂ 尔牛之来也，呞而动，其耳湿湿然而润泽焉，即此安而润泽也，而牛之盛，益可见矣。

✳ 或降于阿，或饮于池，或寝或讹。

解 然不特此也。彼食息动静，物性之常也。今以言乎牛羊，则或降于阿者有之，或饮于池者有之，或寝而息者有之，或讹而动者有之，是牛羊之无惊畏又如此。

✳ 尔牧来思，何蓑何笠，或负其糇。

解 然岂无自而然哉？盖由牧人能顺其性故耳。但见尔牧之来思也，何蓑何笠，以为暑雨之备，或负其餱，以为饮食之资，是以能顺乎物性，而无所惊畏如是也。

✳ 三十维物，尔牲则具。

解 夫惟性无不顺，故其生无不蕃，齐其色而别之，三十维物，而色无不备矣。或有事而用之，尔牲则具而用，无不周矣。使非人顺物性，而牛羊何以若是其盛哉！

✳ 尔牧来思，以薪以蒸，以雌以雄。

解 夫牛羊既盛，则牧人不亦因之以自适乎。但见牧人之来也，以薪以蒸，而预燎爨之用也，以雌以雄，而为饮食之供也，盖无事乎求牧与刍，故以其余力，而从事于樵猎之所矣。

✳ 尔羊来思，矜矜兢兢，不骞不崩。

解 而尔羊之来也，则矜矜兢兢，有坚强之美焉。且不骞不崩，无耗败之虞焉。

✳ 麾之以肱，毕来既升。

解 然不特生之蕃息如是也，抑且驯扰从人，不假箠楚，但麾之以肱，使来则毕来，使升则既升矣。苟非物顺人意，而牧人乌有余力以及他事哉。

✳ 牧人乃梦，众维鱼矣，旐维旟矣。

解 夫以牧事有成如此，则国家富广之征，不可卜乎。彼牧人当无事安息之时，而有梦兆之感。其始之形于梦者众也，既而非众，而实维鱼矣。始之著于梦者，旐也，既而非旐也，而实维旟矣。夫司牛羊者，不梦牛羊，而梦夫众，固已异矣，而况众而为鱼乎？荷蓑笠者，不梦蓑笠，而梦夫旐，固已异矣，而况旐而为旟乎？此其梦诚非人情之可测者。

（✳）**大人占之：众维鱼矣，实维丰年。**

（解）于是牧人献之，大人占之，以为人不如鱼之多，众维鱼乃以少致多之象也，其必自今以始，而旸时若百谷咸登，而丰年穰穰矣乎。

（✳）**旐维旟矣，室家溱溱。**

（解）旐所统，不如旟所统之众，梦旐维方与，乃以寡变众之象也。其必自今以始，离者以合，涣者以萃，而室家溱溱矣乎。

夫年丰则国用足，民富则国本固，而于牧人一梦兆纪之，则是梦也，实有关于国家之大数，而岂徒哉！

节南山之什

节南山

十章，前六章章八句，后四章章四句。

jié bǐ nán shān　　wéi shí yán yán　　hè hè shī yǐn　　mín jù ěr zhān
节彼南山，维石岩岩。赫赫师尹，民具尔瞻。

yōu xīn rú tán　　bù gǎn xì tán　　guó jì zú zhǎn　　hé yòng bù jiān
忧心如惔，不敢戏谈。国既卒斩，何用不监！　（一章）

jié bǐ nán shān　　yǒu shí qí ē　　hè hè shī yǐn　　bù píng wèi hé
节彼南山，有实其猗。赫赫师尹，不平谓何！

tiān fāng jiàn cuó　　sāng luàn hóng duō　　mín yán wú jiā　　cǎn mò chéng jiē
天方荐瘥，丧乱弘多。民言无嘉，憯莫惩嗟。　（二章）

yǐn shì tài shī　　wéi zhōu zhī dǐ　　bǐng guó zhī jūn　　sì fāng shì wéi
尹氏大师，维周之氐。秉国之均，四方是维；

tiān zǐ shì pí　　bǐ mín bù mí　　bù diào hào tiān　　bù yí kòng wǒ shī
天子是毗，俾民不迷。不吊昊天，不宜空我师。　（三章）

【注】节，山势高峻的样子。岩岩，山石堆积的样子。赫赫，权势显赫的样子。师
尹，姓尹的太师，太师是周代三公之一。具，同"俱"。尔瞻，唯你是瞻之意。
惔，火烧。国，国祚、国运。卒，尽。斩，断。何用，为何。监，监察。
实，广大。有实，即实然。猗，同"阿"，大的丘陵。谓何，奈何。荐，重
复，屡次。瘥，降下灾祸或疾病。弘，大。憯，乃、还。嗟，伤叹，或作语
助词。
氐，同"柢"，根本。秉，执掌。均，同"钧"，制陶器用的轮转，比喻国家大
权。四方，全国。维，维系。毗，辅佐。不吊，不善、幸。昊天，上天。空，
穷困。师，众民。

弗躬弗亲，庶民弗信。弗问弗仕，勿罔君子。

式夷式已，无小人殆。琐琐姻亚，则无膴仕。（四章）

昊天不佣，降此鞠讻。昊天不惠，降此大戾。

君子如届，俾民心阕；君子如夷，恶怒是违。（五章）

不吊昊天，乱靡有定。式月斯生，俾民不宁。

忧心如酲，谁秉国成？不自为政，卒劳百姓。（六章）

弗躬弗亲，指周王不亲自执政。信，信赖。问，问政。仕，任命官职。罔，欺骗。式，语助词。夷，消除。已，制止。无，勿。琐琐，渺小、卑微的样子，形容浅薄、鄙陋。姻亚，亲家为姻，两婿相谓曰亚，即连襟，此泛指姻亲、裙带关系，实指尹氏。膴，厚。膴仕，指高官厚禄。

佣，均，公平；一说为庸，常也；一说为善。鞠，穷极。讻，同"凶"，灾祸。惠，爱，疼惜。戾，乖戾之事。届，中正，均一；一说至、到。阕，平息，指民之乱心平息。夷，指心气平和、没有怨气。违，去除，消失。

定，止。月，每月，月月；一说同"刖"，摧折。生，发生；一说生灵。酲，酒醉如病的感觉。秉国成，执国政使之太平。卒，最终。

jià bǐ sì mǔ　　sì mǔ xiàng lǐng　　wǒ zhān sì fāng　　cù cù mǐ suǒ chěng

驾彼四牡，四牡项领。我瞻四方，蹙蹙靡所骋。（七章）

fāng mào ěr è　　xiàng ěr máo yǐ　　jì yí jì yì　　rú xiāng chóu yǐ

方茂尔恶，相尔矛矣。既夷既怿，如相酬矣。（八章）

hào tiān bù píng　　wǒ wáng bù níng　　bù chéng qí xīn　　fù yuàn qí zhèng

昊天不平，我王不宁。不惩其心，覆怨其正。（九章）

jiā fù zuò sòng　　yǐ jiū wáng xiōng　　shì é ěr xīn　　yǐ xù wàn bāng

家父作诵，以究王讻。式讹尔心，以畜万邦。（十章）

项领，形容马肥壮。

蹙蹙，局促不展的样子。

相尔矛，看你的矛，意为想动武杀人。

怿，和悦。酬，饮酒时宾主之互相敬酒、劝酒。

覆，反而。正，谏其为正之人。

家父，人名，周之大夫，本诗作者。诵，诗。究，追究。王讻，指王朝祸乱根源。

讹，同"吪"，改变。尔，指周王。畜，安抚。

● 南宋·马和之《诗经·小雅·节南山》图

此家父刺王用尹氏作也。言天下治乱，系君相一心，君纯心以任相，相纯心以辅治，则天下蒙其福矣，何今之不然耶！

✽ 节彼南山，维石岩岩。

解 节彼南山，维石岩岩之可仰矣。

✽ 赫赫师尹，民具尔瞻。

解 况赫赫师尹，世族尊官，天下所系以休戚者，岂不为民之具瞻乎！

✽ 忧心如惔，不敢戏谈。

解 夫为民之瞻，则必慰氏之望也。今乃所为不善，使民忧心之甚，而如火之燔灼，又畏暴虐之畏，不敢戏谈，是负斯民具瞻之心矣。

※ 国既卒斩，何用不监。

解 夫国以民为本也，民心既离，则国亦既终绝矣，亦何用而不察哉！

※ 节彼南山，有实其猗。

解 然尹氏所为之不善者，以其存心之不平也。节彼南山，草木之实，皆猗而长，山之生物无不平矣。

※ 赫赫师尹，不平谓何？

解 况赫赫师尹，顾乃不平，其心谓之何哉？

※ 天方荐瘥，丧乱弘多。民言无嘉，惨莫惩嗟。

解 夫为政者不平其心，则天下之荣辱劳逸有大相绝矣。是以天怒于上，重之以病，而丧乱之弘多，民亦怨于下，谤诟并兴，而出言之无嘉。为尹氏首宜速改面可也，愿乃以天变不足畏，人言不足恤，曾不惩创其失，咨嗟自治而求，以自改其不平焉，其如天人何哉！

※ 尹氏大师，维周之氏。

解 夫尹氏固不平，其心如此，然岂知其责之所在，而不可不平者乎！彼尹氏以世臣而官太师，王朝恃之以安危，实维周之根本也。

※ 秉国之钧，四方是维。

解 身操国家之柄，而政事皆其调剂，非秉国之钧乎。任大责重如此，

固宜举行善政，于以维持乎四方。

※ 天子是毗，俾民不迷。

解 替襄治道，于以毗辅乎天子。使民心有所攸系，归往而不至于迷乱，乃其职也。

※ 不吊昊天，不宜空我师。

解 今乃不平其心，无致君泽民之术，既不悯恤于昊天。则宜早自引退，以谢天谴可也。岂可久居其位，使天降祸乱，而我众并及困穷乎？

※ 弗躬弗亲，庶民弗信。

解 然尹氏之不平其心者，何哉？彼王委政于尹氏，固以天下治乱责宰相，使政本有所归也。尹氏乃复委政于姻娅之小人，而弗躬弗亲。则群小用事，政以弗臧，吾见无以服民之心，而庶民已弗信矣。

※ 弗问弗仕，勿罔君子。

解 且理必问而后明，事必更而后熟，使此姻娅尝问而尝事，犹之可也，今所委用者，皆未尝学问更事之人焉。以此人而事君，是欺其君也。夫大臣以人事君，当广求贤以充之，岂可以未尝问未尝事者欺其君哉？

※ 式夷式已，无小人殆。

解 故尔当平其心，视所任之人，有不当者贬而已之下，以服斯民之心，

上以尽事君之义，尔无以小人之故，而至于危殆其国也。

❋ 琐琐姻亚，则无膴仕。

解 举凡所为琐琐姻亚者，则无厚而仕之，庶乎小人其屏迹矣，不然几何，而不至于殆哉。
夫尹氏惟不平其心，而委政于小人，如此是故。

❋ 昊天不佣，降此鞠讻。

解 昊天以至公为心，本无不均也。今反其常，而降此穷极之乱。

❋ 昊天不惠，降此大戾。

解 昊天以仁爱为德，本无不惠也，今反其常，而降此乖戾之变。

❋ 君子如届，俾民心阕。

解 若此者，惟尹氏之不平致之也，则今所以靖之者，岂有他哉！彼弗躬弗亲，民心已叛乱矣，君子诚能无所苟，而用其至于政事，必躬必亲而不委之于小人焉，则民皆悦，其上有善政而乱心息矣。

❋ 君子如夷，恶怒是违。

解 姻娅膴仕，民心已恶怒矣。君子诚能平其心而无所偏于小人，不以膴仕，而式已之焉，则民皆喜，其任政得人而恶怒远矣。夫民心悦，则天意可得，尚何鞠凶大戾之不回哉，惜乎尹氏之不能也已。

❋ 不吊昊天，乱靡有定。式月斯生，俾民不宁。

解 夫尹氏既不能自反，以靖天变如此。是以不见悯恤于昊天。其乱未有所止，而祸患与岁月增长，俾民不得以安宁焉。

❋ 忧心如酲，谁秉国成？

解 故君子重有所感，忧心如酲。而曰乱不虚生，则必有所召，今谁秉国成者？

❋ 不自为政，卒劳百姓。

解 乃不自为政，而以付之姻娅之小人，致上天悔祸无期，卒使民受其劳弊，以至此耶。

❋ 驾彼四牡，四牡项领。

解 夫当世之乱如此，君子宁无去乱之心乎？是故驾彼四牡，四牡项领可以骋矣。

❋ 我瞻四方，蹙蹙靡所骋。

解 然观今日之域中，无一而非昏乱之处，虽欲致身以避其祸，固蹙蹙然无可往之所也，亦将何所骋哉！

❋ 方茂尔恶，相尔矛矣。

解 然君子所以无可往之所者，以小人性无常故也。盖小人方盛，其恶以相加也，则不胜忿怒，视其矛戟如欲战斗。

※ 既夷既怿，如相酬矣。

解 及既夷平悦怿，则相与欢然，如宾主相酬酢，恬不以为怪焉。夫喜怒之不可期，如此人固难于趋避矣，君子将何所适而可哉！

※ 昊天不平，我王不宁。

解 然小人之习乱如此者，盖由尹氏之不平，而委用小人之故耳。然尹氏之不平，天实使之也，昊天其不平乎？则祸乱之生，不独俾民不宁，我王亦不得优游无事而载宁矣。

※ 不惩其心，覆怨其正。

解 夫王委政尹氏，固以治安之庆责之也，而至使王不得宁焉。是宜自惩，以受尽言可也，顾乃曾不惩创其心，而更怨人之正己者，饰非忘谏，则其恶当何时已哉！

※ 家父作诵，以究王讻。

解 然致乱虽尹氏，而用尹氏，则王心之蔽也。但今尹氏之威方厉，孰敢正言之者，惟我家父，周之世臣，与国同休戚者，义固不可以或默矣，故作此南山之讼，以穷究王政昏乱之所由来，惟王心之不平，而私一尹氏故也。

※ 式讹尔心，以畜万邦。

解 王尚听吾之言，改心易虑，以考慎其相，使宰相得人，众正在位。则丰政日加于下，而百姓无卒劳之弊，庶可以畜养万邦矣乎！若然，则民怨何不可止，天变何不可回哉！

吁，家父自以其身，当尹氏之忿怒，指斥其非，以感悟王心，真可谓忠臣矣。惜乎，时王之不悟也。

正月

十章，前八章章八句，后五章章六句。

zhēng yuè fán shuāng　　wǒ xīn yōu shāng　　mín zhī é yán　　yì kǒng zhī jiāng

正月繁霜，我心忧伤。民之讹言，亦孔之将。

niàn wǒ dú xī　　yōu xīn jīng jīng　　āi wǒ xiǎo xin　　shǔ yōu yǐ yǎng

念我独兮，忧心京京。哀我小心，瘅忧以痒。　（一章）

fù mǔ shēng wǒ　　hú bǐ wǒ yù　　bù zì wǒ xiān　　bù zì wǒ hòu

父母生我，胡俾我瘉？不自我先，不自我后。

hǎo yán zì kǒu　　yǒu yán zì kǒu　　yōu xīn yù yù　　shì yǐ yǒu wǔ

好言自口，莠言自口。忧心愈愈，是以有侮。　（二章）

yōu xīn qióngqióng　　niàn wǒ wú lù　　mín zhī wú gū　　bìng qí chén pú

忧心茕茕，念我无禄。民之无辜，并其臣仆。

āi wǒ rén sī　　yú hé cóng lù　　zhān wū yuán zhǐ　　yú shuí zhī wū

哀我人斯，于何从禄？瞻乌爰止，于谁之屋？　（三章）

【注】正月，指夏历四月，四月为乾，故称为"正阳之月"。繁霜，多霜，四月多霜是
气候反常现象，古人认为此乃天变示警之意。

讹言，谣言。将，盛、大。

京京，忧愁的样子。瘅，忧。痒，病。

瘉，病痛，指灾祸、患难。

莠言，坏话。

愈愈，病痛的样子。

茕茕，忧郁不快的样子。无禄，不幸。臣仆，罪人。

从禄，获得福禄。止，栖止。

zhān bǐ zhōng lín　　hóu xīn hóu zhēng　　mín jīn fāng dài　　shì tiān mèngmèng

瞻彼中林，侯薪侯蒸。民今方殆，视天梦梦。

jì kè yǒu dìng　　mǐ rén fú shèng　　yǒu huángshàng dì　　yī shuí yún zēng

既克有定，靡人弗胜。有皇上帝，伊谁云憎？ （四章）

wèi shān hé bēi　　wéi gāng wéi líng　　mín zhī é yán　　nìng mò zhī chéng

谓山盖卑，为冈为陵。民之讹言，宁莫之惩。

zhào bǐ gù lǎo　　xùn zhī zhān mèng　　jù yuē yú shèng　　shuí zhī wū zhī cí xióng

召彼故老，讯之占梦。具曰予圣，谁知乌之雌雄？ （五章）

wèi tiān hé gāo　　bù gǎn bù jú　　wèi dì hé hòu　　bù gǎn bù jǐ

谓天盖高，不敢不局。谓地盖厚，不敢不蹐。

wéi háo sī yán　　yǒu lún yǒu jǐ　　āi jīn zhī rén　　hú wéi huī yì

维号斯言，有伦有脊。哀今之人，胡为虺蜴？ （六章）

侯，语助词。

方殆，正当危险之际。 梦梦，昏暗不明。

克，能够。 定，止乱。

有皇，伟大。 伊、云，皆语词。

盖，同"盍"，何也，下文同。

宁，竟然。 故老，元老旧臣。 具，俱。

局，曲身。 厚，大。 蹐，小步走路。

伦、脊，皆为道理之意。

蜴，蜥蜴；虺蜴之性，见人则走，喻人之惊恐。

瞻彼阪田，有菀其特。天之扤我，如不我克。

彼求我则，如不我得。执我仇仇，亦不我力。（七章）

心之忧矣，如或结之。今兹之正，胡然厉矣？

燎之方扬，宁或灭之？赫赫宗周，褒姒灭之。（八章）

终其永怀，又窘阴雨。其车既载，乃弃尔辅。

载输尔载，将伯助予！（九章）

阪田，山坡上的贫瘠田地。 有菀，茂盛的样子。 特，独特。

扤，摇动，摧折。 则，语尾词。

执，执持。 仇仇，"扐扐"之假借，迟缓之意。 力，重用。

结，郁结。 正，政治。 厉，暴虐。

燎，放火焚烧野地的草木。 扬，旺，盛。 宁，难道。 或，有人。

宗周，指西周都城镐京，王都为各诸侯国所宗，故称之。 褒姒，周幽王的宠妃；褒，
国名；姒，姓。 灭，古同"灭"。

终，既。 怀，忧伤。 辅，车两侧的挡板。 载输尔载，前"载"字，则也；后"载"
字指所载之物；输，掉落。 将，请。 伯，敬辞，等于今天所说的大哥。

wú qì ěr fǔ　　yún yú ěr fú　　lǚ gù ěr pú　　bù shū ěr zài

无弃尔辅，员于尔辐。屡顾尔仆，不输尔载。

zhōng yú jué xiǎn　　céng shì bù yì

终逾绝险，曾是不意？（十章）

yú zài yú zhǎo　　yì fěi kè lè　　qián suī fú yǐ　　yì kǒng zhī zhāo

鱼在于沼，亦匪克乐。潜虽伏矣，亦孔之炤。

yōu xīn cǎn cǎn　　niàn guó zhī wéi nüè

忧心惨惨，念国之为虐。（十一章）

员，大，加粗。屡，经常。顾，照顾。辐，车厢后面钩住车
轴的木条，形似伏兔。

炤，明显。惨惨，忧愁的样子。

彼有旨酒，又有嘉殽。洽比其邻，昏姻孔云。

念我独兮，忧心殷殷。（十二章）

佌佌彼有屋，蔌蔌方有穀。民今之无禄，天夭是椓。

哿矣富人，哀此茕独！（十三章）

比，亲近、亲密。 昏姻，亲戚。 云，周旋，一说多的意思。 殷殷，痛心的样子。

佌佌，小人猥琐的样子。 蔌蔌，小人鄙陋的样子。

天夭，天灾；一作"夭夭"，指少壮之人。 椓，害，打击。 哿，欢乐。

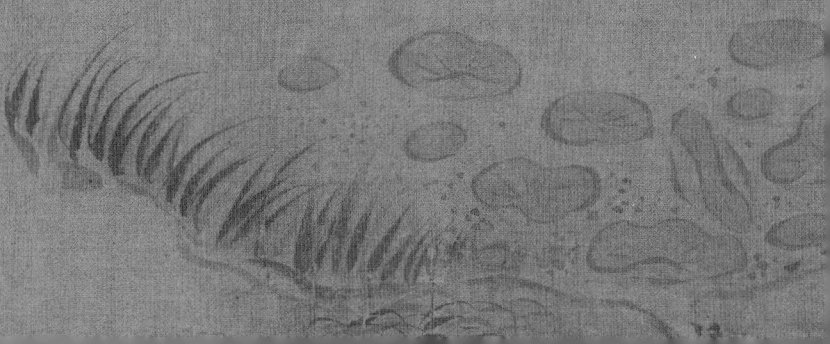

南宋·马和之《诗经·小雅·正月》图

此大夫所作，言天下之致乱者，莫甚于讹言，而可以遏乱者，莫过于贤臣。倘人君不用贤臣，而听讹言，则天变作，而下蒙其祸矣。吾于今之时事，大有慨焉。

⊛ 正月繁霜，我心忧伤。

解 繁霜乃肃杀之气也，今乃正月而繁霜，则霜降失节，天道变于上，既使我心忧伤矣。

⊛ 民之讹言，亦孔之将。

解 苟人事善于下，天变犹可弥也，今造为伪言，以惑群听者，又方甚大，是人道又变于下矣。

⊛ 念我独兮，忧心京京。

解 但众人不以为忧，而我虑讹言之召乱，独京京然大以为忧。

⊛ 哀我小心，癙忧以痒。

解 哀哉，我之小心也。其忧之深，盖至于病矣，岂徒天变之足忧哉！

⊛ 父母生我，胡俾我瘉？

解 夫癙忧以痒，则我之见病甚矣。父母生我，胡俾我以瘉乎？

⊛ 不自我先，不自我后。

解 使乱自我先，则不及见，乱自我后，则不及闻。今乃不先不后，适于其时，则病将何时已哉！

⊛ 好言自口，莠言自口。

解 夫人之言，必本于心，惟此讹言之人，虚伪反复，其好言也出自口焉，其莠言也亦出自口焉。初不根于此心，是非变易，此其言诚足以惑群听而孔将也。

⊛ 忧心愈愈，是以有侮。

解 是以我也忧之益甚，痛此祸乱之所由始，而不容自己者。彼讹言之人，方且躁怒，而反见侵侮焉，亦独何哉！

⊛ 忧心茕茕，念我无禄。

解 夫讹言繁兴，则国将亡矣。故我忧心茕茕，念我不幸而遭国之将亡。

⊛ 民之无辜，并其臣仆。

解 与此无罪之人，将俱被囚虏，而亲为臣仆矣。

⊛ 哀我人斯，于何从禄。

解 夫忠臣不事二君，在我固知，所以自处。惟哀我人斯不知将复从何人而受禄。

⊛ 瞻乌爰止，于谁之屋？

解 如瞻乌之飞，不知其将止于谁之屋也，我之忧奚容已哉！

⊛ 瞻彼中林，侯薪侯蒸。

解 夫讹言之人，召乱得志，无辜之人，并为臣仆，则善恶不明甚矣，民将何所控告哉！瞻彼中林，大者为薪，小者为蒸，分明可见矣。

✳ 民今方殆，视天梦梦。

🔴 民今方危殆，疾痛号诉于天，固望其福善，祸不善者，而视天反梦梦然，不亦中林之不如哉。

✳ 既克有定，靡人弗胜。

🔴 然此特其未定之天耳，迨夫气数自衰而复盛，自否而复大，天之既克有定也。则善者必降之祥，不善者必受其祸，恶者必降之灾，不恶反蒙其福，未有不为天所胜矣。

✳ 有皇上帝，伊谁云憎？

🔴 然有皇上帝，其祸恶者岂所憎而祸之乎？福善祸淫，亦必然之理也，今不知何时能使民得以有瘳哉！

✳ 谓山盖卑，为冈为陵。

🔴 夫天无意于分别善恶矣，而讹言之止，吾犹不能无望于人也。

✳ 民之讹言，宁莫之惩。

🔴 当今讹言之人，尝谓山盖卑矣，而其实则冈陵之崇焉。民之讹言，虚诞不实，大率盖如此矣。此诚召乱之阶也，而王乃安然，莫之惩止，何哉？

✳ 召彼故老，讯之占梦。

🔴 然使在下有辨讹之人，彼犹不敢以肆其恶也。故我以故老练于臧否，以占梦明于吉凶者也。于是召彼故老讯之，占梦盖欲其辨讹言之是

非耳。

✳ 具曰予圣，谁知乌之雌雄。

🔴 而故老也占梦也，具曰予虽圣人也，亦孰能知乌之雌雄哉？是讹言之是非在下，又诿之而不敢辨矣。上无止讹之君，下无辨讹之臣，则讹言之兴何时而已耶！

✳ 谓天盖高，不敢不局。

🔴 夫讹言无征，则祸乱宁有极乎！今天盖高矣，而我亦不敢不屈身以求容。

✳ 谓地盖厚，不敢不蹐。

🔴 地盖厚矣，而我亦不敢不累足以求载。

✳ 维号斯言，有伦有脊。

🔴 夫我之号呼为此言者，非诞妄不经也。盖以讹言惑听，祸起不测，而置身之无所，则其不敢不局蹐者，其言诚有伦理而可考矣。

✳ 哀今之人，胡为虺蜴。

🔴 夫使人惧祸至于如此，则今之四毒甚矣。哀今之人，胡为虺蜴以害人，而至于此极乎。

✳ 瞻彼阪田，有菀其特。

🔴 然我之遭乱无所容，何莫而非出于天哉！瞻彼崎岖绕峣峓之田，宜若无所容矣，而其中犹有菀然特生之苗，而有所容焉。

✳ 天之扤我，如不我克。

解 今上天广大，遍覆于人，何所不容顾，乃投我于艰难之中而龃龉，顿挫之如恐其不我克，何哉？此其不能有容视之阪田不如矣。

✳ 彼求我则，如不我得。执我仇仇，亦不我力。

解 天之扤我何如，彼王始而求我，以为法则也，惟恐其不我得矣，及其既得之，则又动相制御，縶束之使不能有所为，求其一言一行之我用，亦不可得也，求之甚艰，而弃之甚易，其无常如此，非天之扤我而何哉！

—————

✳ 心之忧矣，如或结之。

解 夫讹言固致乱，而要其致祸之由，岂无人哉！我也心之忧矣，有如物之固结，而不可解者。

✳ 今兹之正，胡然厉矣？

解 岂独为吾身忧哉？以今兹国政之暴恶也。

✳ 燎之方扬，宁或灭之？

解 夫国政之暴恶，虽曰讹言之人为之，而其听讹言，则王心之惑耳。今夫燎之方盛之时，宁或有扑而灭之者乎。

✳ 赫赫宗周，褒姒灭之。

解 而此赫赫宗周，其威灵气焰犹然盛矣，而惟褒姒足以灭之焉。盖褒

姒淫妒谗谄，而王惑之，则聪明日蔽，正邪不分，故讹言乘其惑而恣其乱，则其灭宗周也必矣。乱之所由，岂独讹言能为力哉！

—————

✳ 终其永怀，又窘阴雨。

解 夫王惑于女色，而因以蔽于讹言，使其国之将亡如此。为今之计，其惟一意求贤以自助乎，请借车而喻之。彼驾车以行，险而不知止，君子永思其终，知其必窘于阴雨之患，而车之泥泞败陷，不能免也。

✳ 其车既载，乃弃尔辅。

解 斯时也，宜无弃尔辅，庶几载之不输也。何其及车既载，乃弃尔辅焉，是失其持危之具，而速其倾覆之道矣。

✳ 载输尔载，将伯助予。

解 及其既输尔载之时，而后号伯以助予，岂能及哉？

—————

✳ 无弃尔辅，员于尔辐。

解 夫求助于已危，既无及矣，则求助于未危，而危不可免乎。诚能无弃尔辅以益辐。

✳ 屡顾尔仆，不输尔载。终逾绝险，曾是不意。

解 而又屡顾尔仆以将车。吾知先事而防，可以无患，则不隳尔所载，而终逾绝险之地。若初不以为意

矣，岂有颠覆之患哉！然则贤臣
乃王之辅也，乃王之仆也，今王于
国家危乱将至，而弃贤臣，及其既
危，然后求贤以自助，而计将无及
也。孰若求贤于未危，而乱终不
作之为愈乎。盖辅治有人，则国
家之治安，永保患难之衅隙自消，
王而通于车仆之当，亟于求贤矣。

※ 鱼在于沼，亦匪克乐。

解 夫用贤固可以已乱，今王不能然
也，则祸乱之及其可逃乎。今夫
鱼相忘于江海者也，而在于沼，则
其生已蹙，亦匪克乐矣。

※ 潜虽伏矣，亦孔之炤。

解 故其潜虽深，而亦炤然而易见，固
难逃于网罟之患矣。然则君子生
在乱世，虽深自韬晦，亦难免于
患，何以异是哉！

※ 忧心惨惨，念国之为虐。

解 故我忧心惨惨，念国之为虐，而虑
其祸患之不免矣。

※ 彼有旨酒，又有嘉肴。洽比其邻，
婚姻孔云。

解 然我固深以为忧矣，若夫小人，则
不知其可忧也。彼有旨酒，又有
嘉肴，以洽比其邻里，怡怿其婚
姻，优游自适，无异平时，诚所谓
安危利灾，而乐其亡者也。

※ 念我独兮，忧心殷殷。

解 唯我独念乱亡之祸，近在旦夕，忧
心殷殷，而至于疾痛焉。以为当
此之时，尚虑其家之不保，而何及
于邻里之洽，尚惧其身之不保，而
何及于婚姻之怡哉！

※ 佌佌彼有屋，蔌蔌方有谷。

解 然乱亡之时，岂特病及君子，而天
下俱受其病矣。彼佌佌然之小人，
不宜有屋也，今皆有屋席尊大之势
矣。彼蔌蔌之小人，不宜有谷也，
今皆有谷，藉富厚之资矣。

※ 民今之无禄，天天是椓。

解 民今遭乱，而若是其不幸者，是乃
天祸椓丧之耳。

※ 哿矣富人，哀此惸独。

解 夫天祸椓丧，则贫富均弊，然就而
较之，富者优于财而裕于力，犹或
可胜。至于惸独，则财尽不能胜
其求，力罢不能胜其役，终于无以
自存矣，不尤可哀之甚哉。

吁，若大夫者，其忧时感事之言，
可谓切矣，而幽王不能用此，周辙
所以东也欤！

十月之交

八章，章八句。

十月之交

shí yuè zhī jiāo　shuò yuè xīn mǎo　rì yòu shí zhī　yì kǒng zhī chǒu　bǐ yuè ér wēi　cǐ rì
十月之交，朔月辛卯。日有食之，亦孔之丑。彼月而微，此日

ér wēi　jīn cǐ xià mín　yì kǒng zhī āi
而微。今此下民，亦孔之哀！ （一章）

rì yuè gào xiōng　bù yòng qí háng　sì guó wú zhèng　bù yòng qí liáng　bǐ yuè ér sì　zé wéi
日月告凶，不用其行。四国无政，不用其良。彼月而食，则维

qí cháng　cǐ rì ér sì　yú hé bù zāng
其常。此日而食，于何不臧！ （二章）

yè yè zhèn diàn　bù níng bù lìng　bǎi chuān fèi téng　shān zhǒng cù beng　gāo àn wéi gǔ　shēn
烨烨震电，不宁不令。百川沸腾，山冢崒崩。高岸为谷，深

gǔ wéi líng　āi jīn zhī rén　hú cǎn mò chéng
谷为陵。哀今之人，胡憯莫惩！ （三章）

【注】十月，周朝的十月，即夏历八月。交，日月交会。朔月，即月朔。

有，同"又"。丑，恶，不详，指古人认为日食为不祥之兆。

微，昏暗不明。

告凶，显示凶象，指日食、月食。用，由。行，常规，正轨。

四国，泛指天下。无政，无善政。良，贤良的官员。

常，平常，指古人以为月食较平常。

烨烨，电光闪闪的样子。震，雷声。令，善。

山冢，山顶。崒，急。

huáng fù qīng shì　　pó wéi sī tú　　jiā bó wéi zǎi　　zhòng yǔn shàn fū　　zōu zi nèi shǐ　　guì wéi

皇父卿士，番维司徒。家伯维宰，仲允膳夫。聚子内史，蹶维

qù mǎ　　jǔ wéi shī shì　　yàn qī shān fāng chǔ

趣马。楀维师氏，艳妻煽方处。（四章）

yì cǐ huáng fù　　qǐ yuē bù shí　　hú wèi wǒ zuò　　bù jí wǒ móu　　chè wǒ qiáng wū　　tián zú

抑此皇父，岂曰不时？胡为我作，不即我谋？彻我墙屋，田卒

wū lái　　yuē yú bù qiāng　　lǐ zé rán yǐ

污莱。曰予不戕，礼则然矣。（五章）

huáng fù kǒngshèng　　zuò dū yú xiàng　　zé sān yǒu shì　　dǎn hóu duō cáng　　bù yìn yí yī lǎo　　bǐ

皇父孔圣，作都于向。择三有事，亶侯多藏。不慭遗一老，俾

shǒu wǒ wáng　　zé yǒu chē mǎ　　yǐ jū cú xiàng

守我王。择有车马，以居徂向。（六章）

皇父，人名。卿士，六卿之长，总管政事。番，姓氏。司徒，掌管土地图册、人口数量的官员。家伯，人名，周幽王的宠臣。宰，掌管国家典籍的官员。仲允，人名，周幽王的佞臣。膳夫，掌管天子饮食的官员。聚子，聚是姓，子为尊称。内史，掌司法、人事的官员。蹶，姓氏；一说人名，即蹶父。趣马，管理天子马匹的官员。楀，姓氏。师氏，主管监察朝廷得失的官员；一说主管教导国王和贵族子弟的官员。艳妻，指褒姒。煽，得势，炙手可热。方处，并处。

抑，同"噫"，叹词。作，役使。谋，商量。彻，同"撤"，拆毁。卒，尽、全部。污，积水。莱，荒芜，生出杂草。戕，残害。

孔圣，非常圣明，反讽之语。都，指皇父封地的都邑。向，地名，在今河南省。

三有事，诸侯三卿。亶，诚然。侯，维、是。多藏，富有，钱财多。

慭，肯。老，老臣。居，为语词，无义。

黾勉从事，不敢告劳。无罪无辜，谗口嚣嚣。下民之孽，匪降自天。噂沓背憎，职竞由人。（七章）

悠悠我里，亦孔之痗。四方有羡，我独居忧。民莫不逸，我独不敢休。天命不彻，我不敢效，我友自逸。（八章）

黾勉，努力。嚣嚣，毁谤、谗言众多的样子。

孽，灾难。噂，聚集交谈。沓，议论纷纷。背，背后。职，主要。竞，竞争。

悠悠，深长的样子。里，同"悝（lī）"，忧病。痗，病痛。

羡，盈余、多余；一说欣喜。居，语词。不彻，不按轨道，即失常。

彻，道也。我友，指同在官位者。自逸，贪图享乐。

● 南宋·马和之《诗经·小雅·十月之交》图

此亦是忧乱之诗。

❀ 十月之交，朔月辛卯。

🟠 十月日月交会之际，其朔之日，则辛卯焉。夫辛为阴金，而卯为阴水也，当此纯阴之月，而值群阴之辰，则阴之盛可知矣。

❀ 日有食之，亦孔之丑。

🟠 于此之时，日有食之，是阳衰不足胜阴，阴胜反以亢阳，不亦可丑之甚哉！

❀ 彼月而微，此日而微。

🟠 夫月为阴精，彼月而微，乃阴为阳所胜，固其宜也。至于日为阳精，所以制阴，本不宜亏也，而今亦亏焉，则是天变之大而乱亡兆矣。

今此下民，亦孔之哀。

今此下民，固将受其口者，不亦可哀之甚乎。

日月告凶，不用其行。

然日食之变，岂无自而致哉！诚以日月之食，皆有常度，使月常避日，则有当食而不食者矣。今日月告凶，而有相食之变，乃月不避日失其道也。

四国无政，不用其良。

所以然者，良以四国无善政，而又不用贤人故也。

彼月而食，则维其常。

如此，则日月之食，为儹忒之应，皆非常矣。然就而较之，彼月而食，乃阴亢阳而不胜，犹可言也，则维其常矣。

此日而食，于何不臧？

此日而食，则阴胜阳，而掩之不可言也，果何如其不臧耶！

烨烨震电，不宁不令。

然不但有日食之变已也。当此十月，乃阳伏之候，不宜有雷电也。乃今烨烨然震雷而电，违时失序，盖有震惊下土而不宁矣，衍戾流行而不令矣，是天道变于上也。

百川沸腾，山冢崒崩。高岸为谷，深谷为陵。

且百川沸腾，而失其润下之性，山冢崒崩而易其良止之常，高岸崩陷而为谷矣，深谷填塞而为陵矣，是地道又变于下也。

哀今之人，胡憯莫惩。

灾异叠见，乃天心仁爱人君，而欲其修省也。哀今之人，胡乃以天变不足畏，曾不恐惧修省，而莫之惩乎。

皇父卿士，番维司徒。

夫日食之变，固以行政用人之不善，而所以行政用人不善而致日食、山崩、水溢之变者，则有故也。彼兼总六官者，卿士之职也，而皇父实为之。司徒掌邦教，以训兆民也，而番实为之。

家伯维宰，仲允膳夫。

冢宰掌邦治，以均四海也，而家伯实为之。掌王之饮食膳羞者，膳夫也，而仲允实为之。

棸子内史，蹶维趣马。

掌王之废置入法者，内史也，而以付之棸子。趣马掌王之马政，而维蹶氏则任之焉。

楀维师氏，艳妻煽方处。

师氏掌司朝之得失，而维楀氏则任之焉。群邪缔结，布在左右，小人之党盛矣。以至后妃正位乎内，深宫警戒恒赖之，宜求淑女，以为之配也。今则美艳之妻，其宠方盛，方居其所，而未之变迁焉，嬖妾之权盛矣。夫有小人用事于外，又有嬖妾蛊惑居心于内，此用人行政之所以不善，而灾异之所以繁兴也与。

✳ 抑此皇父，岂曰不时。

㊐ 然小人用事，而皇父实为之魁也，吾以皇父之恶言之。彼兴作必以其时，抑此皇父受畿内之封，其作不目，以为不时。

✳ 胡为我作，不即我谋。

㊐ 迁徙贵谋于众也，皇父欲动，我以徙乃不即我谋。

✳ 彻我墙屋，田卒汙莱。

㊐ 而徙彻我之墙屋，使我田不获治，卑者污，而高者莱。

✳ 曰予不戕，礼则然矣。

㊐ 夫墙屋彻则无所安息，田屋莱则不得衣食，如是则其戕我甚矣。而犹曰：非我戕女，乃女下供上役之礼，当然耳。夫下供上役，固礼之当然，然岂有欲作大事，动大众，而不通众志者哉！其不仁于下，有如此者。

✳ 皇父孔圣，作都于向。择三有事，亶侯多藏。

㊐ 然不特不仁于下也，抑且不忠于上焉。彼人惟不自圣，则必求贤以自助，而择人以事君也。今皇父乃自以为圣人矣，而以他人莫己若矣。故其作都于向也，其择三卿，惟取多藏之富人焉。

✳ 不憗遗一老，俾守我王。

㊐ 又不强留一老成之臣以卫天子。

✳ 择有车马，以居徂向。

㊐ 惟择有车马者，则悉与之徂向焉。自便身图，使人主孤立于朝，其不忠于上，而但知贪利以自私，又如此者。

✳ 黾勉从事，不敢告劳。

㊐ 然皇父虽虐，而吾职则当尽也。故虽作向而具非时之役，我必黾勉以从事，而不敢以告劳焉。

✳ 无罪无辜，谗口嚣嚣。

㊐ 宜可以免咎也，抑且无罪无辜，而遭谗口之嚣嚣，餙成其罪，而祸有所不免矣。

✳ 下民之孽，匪降自天。

㊐ 然则下民之孽，岂真自天降哉？

✳ 噂沓背憎，职竞由人。

㊐ 盖噂噂沓沓，而多言以相悦，退有后言，而背则相憎。专力为此，以交构乱，伐者皆由谗口之人耳，乌可归咎于天耶！

✳ 悠悠我里，亦孔之痗。

🔴 夫乱之不能避者时也，而我之所当安者命也。当此之时，小人构乱天下，均受其病矣。然我心悠悠，独忧我里之甚病焉。

✳ 四方有羡，我独居忧。民莫不逸，我独不敢休。

🔴 盖我居皇父之邑，而犹为切近之灾。故四方虽困于财也，然犹得以居室耕田，而有余财矣。我则墙屋以彻，田皆污莱，而独居忧焉。百姓虽疲于力也，然犹得闲有休息，而有闲暇之力矣。我则黾勉从事，不敢于告劳，而独不敢休焉，我里之甚，病为何如耶！

✳ 天命不彻，我不敢效，我友自逸。

🔴 然要之人有余而我独居忧，人皆逸而我独劳者，是皆莫之为而为，莫之致而至，乃天命之不均也。我亦安之于命而已矣，岂敢效我友之自逸哉！

雨无正

七章，一二章十句，三四章八句，五六七章六句。

雨無正

hào hào hào tiān　　bù jùn qí dé　　jiàng sàng jī jǐn　　zhǎn fá sì guó
浩浩昊天，不骏其德。降丧饥馑，斩伐四国。

mín tiān jí wēi　　fú lù fú tú　　shě bǐ yǒu zuì　　jì fú qí gū
旻天疾威，弗虑弗图。舍彼有罪，既伏其辜。

ruò cǐ wú zuì　　lún xū yǐ pū
若此无罪，沦胥以铺。（一章）

zhōu zōng jì miè　　mǐ suǒ zhǐ lì　　zhèng dà fū lí jū　　mò zhī wǒ yì
周宗既灭，靡所止戾。正大夫离居，莫知我勚。

sān shì dà fū　　mò kěn sù yè　　bāng jūn zhū hóu　　mò kěn zhāo xī
三事大夫，莫肯夙夜。邦君诸侯，莫肯朝夕。

shù yuē shì zāng　　fù chū wéi è
庶曰式臧，覆出为恶。（二章）

【注】浩浩，广大的样子。骏，长，美。斩伐，残害。

疾威，暴虐。舍，除去；一说放弃，舍弃。既，尽。伏，隐藏。
辜，罪。

沦胥，沉没、陷入。铺，同"痡"，病苦。

周宗，周之宗族。止，立足。戾，安定。正大夫，六卿百官之长。离
居，擅离职守。勚，劳苦。三事，指天子的三公，即太师、太傅、
太保。

夙夜，指早晚朝见天子，下文"朝夕"同。庶，庶几。曰，语助词。
式，语词。覆，反而。

^{rú hé hào tiān} ^{bì yán bù xìn} ^{rú bǐ xíng mài} ^{zé mǐ suǒ zhēn}
如何昊天？辟言不信。如彼行迈，则靡所臻。

^{fán bǎi jūn zǐ} ^{gè jìng ěr shēn} ^{hú bù xiāng wèi} ^{bù wèi yú tiān}
凡百君子，各敬尔身。胡不相畏，不畏于天？（三章）

^{róng chéng bù tuì} ^{jī chéng bù suì} ^{céng wǒ xiè yù} ^{cǎn cǎn rì cuì}
戎成不退，饥成不遂。曾我暬御，惨惨日瘁。

^{fán bǎi jūn zǐ} ^{mò kěn yòng xùn} ^{tīng yán zé dá} ^{zèn yán zé tuì}
凡百君子，莫肯用讯。听言则答，谮言则退。（四章）

^{āi zāi bù néng yán} ^{fěi shé shì chū} ^{wéi gōng shì cuì}
哀哉不能言，匪舌是出，维躬是瘁。

^{gě yǐ néng yán} ^{qiǎo yán rú liú} ^{bǐ gōng chǔ xiū}
哿矣能言，巧言如流，俾躬处休。（五章）

辟，法度。行迈，行路。敬，敬慎。

戎，战祸。遂，安抚，安定；一说消失。曾，只有。暬御，近侍之臣。瘁，疲病。

听言，顺耳之言。答，进用，即报以爵禄。谮言，建言。退，斥退。

哿，幸运。能言，能说会道之人。处休，处于美好的境地。

维曰于仕，孔棘且殆。云不可使，得罪于天子；
亦云可使，怨及朋友。（六章）

谓尔迁于王都，曰予未有室家。鼠思泣血，无言不疾。

昔尔出居，谁从作尔室？（七章）

于仕，去做官。 棘，艰难。

尔，三事大夫等人。 鼠，同"癙"，忧伤。 泣血，哭出血来。 疾，同"嫉"。

作，营造。

饥馑之事告王，而使之去恶迁善，何哉？

※ 听言则答，谮言则退。

解 虽王有问，而欲听其言，则亦随问以答之而已，不敢以尽言也。一有谮言及已，则皆退而离告，莫肯夙夜朝夕于王矣。夫王虽不善也，而君臣之义，岂可以若是恝乎？

※ 哀哉不能言，匪舌是出，维躬是瘁。

解 夫尔群臣之离散而去，吾推其意，不过以忠言之不售于时，而其道之难容于世耳。当此之时，言之忠者，皆之所谓不能言者也，哀哉不能言，非但出诸其口也，言出伐随，适以瘁其躬而已。

※ 哿矣能言，巧言如流，俾躬处休。

解 佞人之言，当世之所谓能言者也，哿矣言巧好，其言如水之流，而无所凝滞，则谀佞易合，而俾其身处于安乐之地矣。忠言贾伐，佞言获宠如此，则凡有忠言，而不能为佞言者，皆思所以自远矣。尔今之离散而去也，非以言之难哉。

※ 维曰于仕，孔棘且殆。

解 然不惟言之难也，而仕亦难。今之人皆曰往仕矣，而不知仕之急而且危也。

※ 云不可使，得罪于天子。

※ 何也？当此之时，直道者王之所谓不可使者也，云不可使，则直道见忤，谴责必加，而得罪于天子矣。

※ 亦云可使，怨及朋友。

解 枉道者，王之所谓可使者也，亦云可使，则枉道徇人，公论不容，而见怨于朋友矣。从道则违时，徇时则背道，如此，则凡有直道而不能为枉道者，皆思所以远避矣，尔之离散而去也，又非以仕之难哉。

※ 谓尔迁于王都，曰予未有室家。

解 然言与仕之难，而吾亦知之矣，而君臣之义，终不可以此而遂忘也。故我不忍王之无臣，而我之无徒也，告尔以复还于王都，欲以夙夜朝夕于王焉。而尔乃托词以拒我，曰我王都之未有室家也。

※ 鼠思泣血，无言不疾。

解 其辞之之切，至于鼠思泣血，无有言而不疾痛者。

※ 昔尔出居，谁从作尔室？

解 然尔之辞我，谓之惧祸则可，谓之无家则非矣。何也？向尔自王都而出居于外，在外之室，谁从为尔作之乎？盖尔有心于去则去，时之室尔自作之也。今特患尔无还都之心耳，苟有还都之心，则还时之室，尔亦自作之可也，而今以无家辞我，岂其情哉？

小旻

六章，一二三章八句，四五六章七句。

mín tiān jí wēi　fū yú xià tǔ　móu yóu huí yù　hé rì sī jǔ　móu zāng bù cóng　bù zāng

旻天疾威，敷于下土。谋犹回遹，何日斯沮？谋臧不从，不臧

fù yòng　wǒ shì móu yóu　yì kǒng zhī qióng

覆用。我视谋犹，亦孔之邛。（一章）

xì xì zǐ zǐ　yì kǒng zhī āi　móu zhī qí zāng　zé jù shì wéi　móu zhī bù zāng　zé jù

潝潝訿訿，亦孔之哀。谋之其臧，则具是违；谋之不臧，则具

shì yī　wǒ shì móu yóu　yī yú hú zhǐ

是依。我视谋犹，伊于胡底？（二章）

wǒ guī jì yàn　bù wǒ gào yóu　móu fū kǒng duō　shì yòng bù jí　fā yán yíng tíng　shuí gǎn

我龟既厌，不我告犹。谋夫孔多，是用不集。发言盈庭，谁敢

zhí qí jiù　rú fěi xíng mài móu　shì yòng bù dé yú dào

执其咎？如匪行迈谋，是用不得于道。（三章）

【注】旻天，秋天，此指上天。敷，布也。下土，人间。

犹，同"猷"。回，邪。遹，僻。斯，乃，才。沮，停止。

邛，毛病、错误。

潝潝，互相附和吹捧。訿訿，互相诋毁。

具，同"俱"。

底，到达。伊于胡底，会到达什么样的地步。

龟，龟卜。厌，厌烦。是用，因此。集，成就。

执，背负。

哀哉为犹，匪先民是程，匪大犹是经；维迩言是听，维迩言是争。如彼筑室于道谋，是用不溃于成。（四章）

国虽靡止，或圣或否。民虽靡膴，或哲或谋，或肃或艾。如彼泉流，无沦胥以败。（五章）

匪，彼。行迈谋，和路人去商议。道，正确。

匪，非。先民，古人。程，效法。大犹，大道。经，循。维，同"唯"。迩言，浅见。听，听信。争，争取。

于道谋，向路人请教。溃，同"遂"，顺利。

靡止，不大；一说不安定、无法度。

靡膴，不富足。哲，聪明。谋，善于谋划。肃，敬肃庄重。艾，同"乂"，善于治理。

无，勿。沦胥，沉没。败，败亡。

不敢暴虎，不敢冯河。人知其一，莫知其他。战战兢兢，如临

深渊，如履薄冰。 （六章）

暴虎，空手打虎。 冯河，徒步渡河。

其他，指更危险的事情。

战战，恐惧的样子。 兢兢，谨慎的样子。

● 南宋·马和之《诗经·小雅·小旻》图

大夫以王惑于邪谋，不能断以从善攻，作此诗。

(*) 旻天疾威，敷于下土。谋犹回遹，何日斯沮？

(解) 天地者，吾人父母大君，父母宗子，君之所为，天宜有以相之也。今此昊天绝悯下之仁，肆暴虐之威，以布于下土，而乃使王之谋，犹邪辟无日而止乎。

(*) 谋臧不从，不臧覆用。

(解) 谋之邪辟何如？盖人于谋猷，从其善而舍其不善，则谋猷皆正矣。今王于人谋之善者则不从，而于人谋之不善者反用之。舍其善而用其不善，谋猷如之，何其不邪辟耶！

(*) 我视谋猷，亦孔之邛。

(解) 夫谋猷既邪，则国是不定，其究必至于纪纲日紊，而乱大不免矣。故我视谋猷为之深忧，而甚病也。

⊛ 潝潝訿訿，亦孔之哀。

解 夫王之惑于邪谋也，岂以小人有可从之谋哉！不知此小人也，徇私而灭公，外亲而内忌，其有所喜也，则潝潝然雷同以相和，其有所怒也，则訿訿然谤讪以相诋，同而不和如此。夫当其同也，则相比以为奸，及其不和也，又相激以为乱。必有以贻国家之伐者，吾为国家虑，亦甚可哀矣。如此之人，何望其有善谋之可从哉！

⊛ 谋之其臧，则具是违。

解 夫何王于谋之善者，则违之而不从。

⊛ 谋之不臧，则具是依。

解 于谋之不善者，则依之而不拂。

⊛ 我视谋犹，伊于胡底？

解 其昏惑溃乱如此，故我视谋犹亦何能有所定乎？

⊛ 我龟既厌，不我告犹。

解 夫谋之无定如此，安望其谋之善成乎？今夫卜筮，所以决吉凶也，而再三之渎，则龟厌之，而不告以所图之吉凶。

⊛ 谋夫孔多，是用不集。

解 亦犹谋夫，所以讯是非也，然谋夫众，则是非相夺，莫适所从，而谋终亦不成矣。

⊛ 发言盈庭，谁敢执其咎。

解 何也？盖谋贵众，而断之贵专。今王无专断之明，使人发言盈庭，各是其是，无有任其成败之责，而决其是非之归者，是以其相夺靡定，而谋终于不成也。

⊛ 如匪行迈谋，是用不得于道。

解 譬如不行不迈，而坐谋所适，谋之虽审，而亦何得于道路哉？

⊛ 哀哉为犹，匪先民是程，匪大犹是经。

解 然谋之所以不成者，岂徒以其无断而已哉？大凡人之谋犹，当鉴于成宪而本之，以当然之道，则邪正有所决而谋之，所以能成也。哀哉，令之为猷也，自是己见，不以先民为程。自徇私意，不以大道为经。

⊛ 维迩言是听，维迩言是争。

解 而维于浅末之言是听而是争焉，以是相转而不决，将何以成其谋乎？

⊛ 如彼筑室于道谋，是用不溃于成。

解 如将筑室，而与行道之人谋，则人人得为异端，其能有成也哉？

⊛ 国虽靡止，或圣或否。

解 夫王惑于邪谋，不能从善如此，则善者其能以自存乎？今夫发言盈庭，国论虽不定也，然亦有思之德睿，而作圣者焉，亦有未至圣而否者焉。

（＊）民虽靡月无，或哲或谋，或肃或艾。

（解）饥馑离散，人民虽不多也，然有视之德明而作哲者焉，听之德聪而作谋者焉，亦有貌之德恭而作肃焉，亦有言之德从而作艾者焉，其犹人可用之善人如此。

（＊）如彼泉流，无沦胥以败。

（解）今王乃弃之而不用，则虽有善者，不能以自存，将如泉流之不返，而沦溃以至于败者矣，亦独何哉？

（＊）不敢暴虎，不敢冯河。人知其一，莫知其他。

（解）夫王不用善，则丧亡之祸必矣，吾能以无忧哉？今夫虎之不可徒搏，河之不可徒涉者，以其祸之近而易见也，此一事也，人皆知之矣。至于他如丧国亡家之祸，隐于谋猷邪辟之中而无形者则不知以为忧也。盖众人之见，狃于日前，而不能及远大，率若此而已矣。

（＊）战战兢兢，如临深渊，如履薄冰。

（解）我惧伐乱之将及，是以战战而恐，兢上而戒。有如临深渊之恐堕。如履薄冰之恐陷，盖迹虽未形，几则已见，安得而不恐惧哉！

小宛

六章，章六句。

蜾蠃　螟蛉　桑扈

小宛

wǎn bǐ míng jiū　　hàn fēi lì tiān　　wǒ xīn yōu shāng　　niàn xī xiān rén
宛彼鸣鸠，翰飞戾天。我心忧伤，念昔先人。

míng fā bù mèi　　yǒu huái èr rén
明发不寐，有怀二人。　（一章）

rén zhī qí shèng　　yǐn jiǔ wēn kè　　bǐ hūn bù zhī　　yī zuì rì fù
人之齐圣，饮酒温克。彼昏不知，壹醉日富。

gè jìng ěr yí　　tiān mìng bù yòu
各敬尔仪，天命不又。　（二章）

zhōng yuán yǒu shū　　shù mín cǎi zhī　　míng líng yǒu zǐ　　guǒ luǒ fù zhī
中原有菽，庶民采之。螟蛉有子，蜾蠃负之。

jiào huì ěr zǐ　　shì gǔ sì zhī
教诲尔子，式穀似之。　（三章）

【注】宛，小的样子。　翰飞，振翅高飞。　戾，至。

明发，天亮。　有，同"又"。二人，指父母。

齐圣，聪明睿智。　温克，能够保持温和的仪态。

昏，昏聩，愚昧。　不知，无知。壹醉，专务于酗饮。　富，盛。

敬，敬慎。仪，威仪。　又，同"佑"。

中原，即原中，田野之中。　菽，大豆。

螟蛉，螟蛾的幼虫。　蜾蠃，一种寄生土蜂，常捕捉螟蛉存放在窝里，产
卵在其体内，卵孵化后就拿螟蛉当食物。古人误认为其不产子，喂养螟
蛉为子，因此用"螟蛉"比喻义子。　穀，善。

题彼脊令，载飞载鸣。我日斯迈，而月斯征。

夙兴夜寐，无忝尔所生。（四章）

交交桑扈，率场啄粟。哀我填寡，宜岸宜狱。

握粟出卜，自何能穀？（五章）

温温恭人，如集于木。惴惴小心，如临于谷。

战战兢兢，如履薄冰。（六章）

题，同"睇"，视。脊令，即鹡鸰。

迈、征，皆远行之意。

忝，辱没。所生，指父母。

交交，鸟鸣声，一说往来翻飞的样子。桑扈，鸟名，似鸽而小。场，谷场。

填，同"瘨"，病，苦。寡，贫。宜，且。岸，地方上的牢狱。狱，朝廷的
监狱。

温温，和柔的样子。恭人，恭谨的人。

惴惴，恐惧的样子。

此大夫遭时之乱，而兄弟相戒以免祸。曰：降乱者天也，而免乱者人也。我兄弟生今之世，可无保身之道乎。

❋ 宛彼鸣鸠，翰飞戾天。

🅗 彼宛彼鸣鸠之小鸟，犹翰飞以至于天矣。

❋ 我心忧伤，念昔先人。

🅗 况我兄弟遭危乱之时，此心忧伤，宁不念昔之先人哉！

❋ 明发不寐，有怀二人。

🅗 是以当明发不寐之时，而深有怀于父母焉。盖惟恐乱则辱及其亲，诚有不容以不念者矣。
夫既念及父母，则所以修身免祸，以无贻父母之辱者，岂可缓哉！

❋ 人之齐圣，饮酒温克。

🅗 诚以貌之德，恭思之德，睿而为齐，圣之人者。其特身无所不用其敬，饮酒虽醉，犹温恭自持以胜，而不至于丧仪而败德焉。

❋ 彼昏不知，壹醉日富。

🅗 彼昏而不知者，则壹于醉而日甚矣。

❋ 各敬尔仪，天命不又。

🅗 智愚之际，法戒攸寓，我兄弟尚当以齐圣为法，以彼昏为戒，各敬威仪，凡一动一静，无所不至，而于

饮酒之间，尤加之之意焉，可也。所以然者，何也？盖今天命已去，将不复来，此正国家危乱之时也，使一有不敬，何以修身而免祸乎？然不特我兄弟当谨仪以修身也，亦当教其子以修身也。

❋ 中原有菽，庶民采之。

🅗 彼中原有菽，则庶民皆得以采之，而适于用矣。

❋ 螟蛉有子，蜾蠃负之。

🅗 螟蛉有子，则蜾蠃得以负之，而化为己子矣，在物尚有然者。

❋ 教诲尔子，式穀似之。

🅗 况父之于子，可不教之以善道，而用似者乎？盖天下无不可行道之人，而亦无不可变化之子，是必教诲尔子，使之共由于大道之公，而成其克肖之美，用善而似之可矣。不然，身虽为善，而置其子之不善，使其陷于祸焉，亦岂所以善其后哉？

❋ 题彼脊令，载飞载鸣。

🅗 然是谨仪，尤不可不及时而勉力也。题彼脊令，犹载飞载鸣，而不得以休息矣。

❋ 我日斯迈，而月斯征。

🅗 况我之谨仪教子也，既日有所迈矣，而尔之谨仪教子也，亦必月有

● 南宋·马和之《诗经·小雅·小宛》图

所焉，要当各务努力，不可暇逸去伐，恐不及相救恤也。

※ 夙兴夜寐，毋忝尔所生。

解 故日有一日之夙夜，月有一月之夙夜也，是必夙焉而兴，夜焉而
寐，不替其迈往之功。使善其身，因以善其子，庶几祸患可免，
以无忝尔所生之父母也。不然有怀二人之谓何而竟玩偈取祸，以
贻其辱哉！

夫我兄弟，欲求无忝于父母固矣，然当此之时，犹未敢必其能，
无忝典否也。

解 刑罚不中，难于趋避，是岂可不求所以自善之道哉？于是握持其粟，出而卜之，曰谨仪教子，我固以此为自善之道矣。但刑罚过情，恐非此二者可即免也。不知自此之外，复有何道，可以自善于以免祸，而无贻父母之辱也，神其为我告乎。

夫我惧祸之不免，而至于握粟出卜者，岂为私忧过计哉！

※ 温温恭人，如集于木。

解 正以当此危乱之时，如温温恭人，自善之道，已尽宜若，可以免祸矣。然犹怀恐堕之心，有如集于木者焉。

※ 惴惴小心，如临于谷。

解 又如惴惴小心自善之道已尽，宜若可以免祸矣。然犹怀恐陨之心，有如临于谷者焉。

※ 战战兢兢，如履薄冰。

解 今我兄弟，其去恭人，小心远矣，得不战战兢兢、如履薄冰之恐陷哉。不然自治既得，而祸患难免，欲其无辱父母得乎？

吁，小宛兄弟，可谓得处乱世之道，而善于保身以事亲哉！

※ 交交桑扈，率场啄粟。

解 彼夫桑扈，本不食粟也，交交桑扈，则率场啄粟矣。

※ 哀我填寡，宜岸宜狱。

解 填寡本不宜岸狱也，今哀我填寡，则宜岸宜狱矣。

※ 填寡本不宜岸狱也，今哀我填寡，

小弁

八章，章八句。

鸒斯

小弁

pán bǐ yù sī　　guī fēi shí shí　　mín mò bù gǔ　　wǒ dú yú lí
弁彼鸒斯，归飞提提。民莫不穀，我独于罹。

hé gū yú tiān　　wǒ zuì yī hé　　xīn zhī yōu yǐ　　yún rú zhī hé
何辜于天，我罪伊何？心之忧矣，云如之何？（一章）

dí dí zhōu dào　　jū wèi mào cǎo　　wǒ xīn yōu shāng　　nì yān rú dǎo
踧踧周道，鞫为茂草。我心忧伤，惄焉如捣。

jiǎ mèi yǒng tàn　　wéi yōu yòng lǎo　　xīn zhī yōu yǐ　　chèn rú jí shǒu
假寐永叹，维忧用老。心之忧矣，疢如疾首。（二章）

wéi sāng yǔ zǐ　　bì gōng jìng zhǐ　　mǐ zhān fěi fù　　mǐ yī fěi mǔ
维桑与梓，必恭敬止。靡瞻匪父，靡依匪母。

bù zhǔ yú máo　　bù lí yú lǐ　　tiān zhī shēng wǒ　　wǒ chén ān zài
不属于毛？不离于里？天之生我，我辰安在？（三章）

【注】弁，鸟飞时翅膀鼓动的样子；一说同"昪"，快乐的样子。鸒，鸟名，形似乌鸦，小而腹下白，不反哺，又名雅乌。斯，语气词。提提，群飞的样了。穀，善。罹，忧愁。辜，罪。伊，是。

踧踧，平坦的样子。周道，大道。鞫，充满，盈满。惄，忧虑。假寐，不脱衣帽而卧。永叹，长叹。疢，病。疾首，头痛。

桑梓，古代桑、梓多植于住宅附近，后为故里代称；一说桑叶可以养生（育蚕），梓木可以送死（为棺），此桑梓必恭之义也。恭敬，在貌为恭，在心为敬。止，语气词。瞻，敬仰。依，依恋。

属，连属。毛，毛发。罹，附着。里，腠理、肌肉。辰，时运。

wǎn bǐ liǔ sī　　míng tiáo huì huì　　yǒu cuǐ zhě yuān　　huán wěi pì pì

菀彼柳斯，鸣蜩嘒嘒。有潼者渊，萑苇淠淠。

pì bǐ zhōu liú　　bù zhī suǒ jiè　　xīn zhī yōu yǐ　　bù huáng jiǎ mèi

譬彼舟流，不知所届。心之忧矣，不遑假寐。 （四章）

lù sī zhī bēn　　wéi zú qí qí　　zhì zhī zhāo gòu　　shàng qiú qí cí

鹿斯之奔，维足伎伎。雉之朝雊，尚求其雌。

pì bǐ huài mù　　jí yòng wú zhī　　xīn zhī yōu yǐ　　níng mò zhī zhī

譬彼坏木，疾用无枝。心之忧矣，宁莫之知。 （五章）

xiāng bǐ tóu tù　　shàng huò xiān zhī　　háng yǒu sǐ rén　　shàng huò jìn zhī

相彼投兔，尚或先之。行有死人，尚或墐之。

jūn zǐ bǐng xīn　　wéi qí rěn zhī　　xīn zhī yōu yǐ　　tì jì yǔn zhī

君子秉心，维其忍之。心之忧矣，涕既陨之。 （六章）

嘒嘒，蝉鸣的声音。

有潼，水深的样子。 渊，深水潭。 萑苇，芦苇。 淠淠，茂盛的样子。

不遑，无暇。

伎伎，从容舒展的样子。

雊，雉鸣声。

坏木，病树。 疾用无枝，因病而无枝。

宁，竟然。

相，看。 投兔，入网的兔子。 先，放走。

行，路。 墐，掩埋。 君子，指父母。 秉心，用心。 忍，残忍。

jūn zǐ xìn chán　　rú huò chóu zhī　　jūn zǐ bù huì　　bù shū jiū zhī

君子信谗，如或酬之。君子不惠，不舒究之。

fá mù jǐ yǐ　　xī xīn tuō yǐ　　shě bǐ yǒu zuì　　yú zhī tuó yǐ

伐木掎矣，析薪杕矣。舍彼有罪，予之佗矣。（七章）

mò gāo fěi shān　　mò jùn fěi quán　　jūn zǐ wú yì yóu yán　　ěr zhǔ yú yuán

莫高匪山，莫浚匪泉。君子无易由言，耳属于垣。

wú shì wǒ liáng　　wú fā wǒ gǒu　　wǒ gōng bù yuè　　huáng xù wǒ hòu

无逝我梁，无发我笱。我躬不阅，遑恤我后。（八章）

酬，饮酒之礼，宾主互相敬酒，且必须接受。

惠，爱。舒，缓。究，察。

掎，牵引，伐木要用绳子牵引着，慢慢放倒。析薪，劈柴。杕，劈柴时，顺着木之纹理下手。

佗，背负。

浚，深。无易由言，勿轻易出言。属，连接。耳属于垣，指耳贴着墙偷听。

逝，借为"折"，拆毁。

"无逝我梁"四句，参见《邶风·谷风》注。

此宜曰被废，而作此诗。曰：人伦之大变，莫甚于父子之相弃，顾其所以致此者，则秉心之残忍也。残邪之蔽明也，言语之轻泄也，今予不幸而遭此变矣。

* 弁彼鸒斯，归飞提提。

解 弁彼鸒斯，犹归飞提提而安闲矣，物固得以自适者。

* 民莫不穀，我独于罹。

解 况今之民，皆得父子相亲，而莫不善也。我独父子相弃，而不免于忧，不亦鸒斯之不如耶！

* 何辜于天？我罪伊何？

解 然亲之不我爱，未必皆亲之过，而或者子有以致之也，於乎天乎，我其何辜，而果何罪以致之乎？

* 心之忧矣，云如之何？

解 负罪引慝，而不知其由，则此心之忧，亦安之而已矣，其将如之何哉？

---

* 踧踧周道，鞫为茂草。

解 彼踧踧平易之道路，失于践履，则将鞫为茂草矣。

* 我心忧伤，惄焉如捣。

解 况我心以被弃之，故悬于忧伤，则惄焉如捣不宁。

* 假寐永叹，维忧用老。

解 故精神瞆眊，至于假寐之中不忘叹息。忧之之深，未老而用老。

* 心之忧矣，疢如疾首。

解 心之忧矣，疢如疾首，忧之之甚，真有所不堪也。我何不幸，以至此哉！

---

* 维桑与梓，必恭敬止。

解 今夫维桑与梓，父母所植，以遗子孙，犹且必加恭敬矣。

* 靡瞻匪父，靡依匪母。

解 况父焉至尊，人所瞻也，何瞻而匪父乎？母焉至亲之人所依也，何依而匪母乎？

※ 不属于毛，不离于里。

解 子莫不瞻依父母，宜乎父母无不爱其子矣。今我不见爱于父母，岂我不本父母之余气，而不属于毛乎，不出父母之腹，抱而不离于里乎？

※ 天之生我，我辰安在？

解 我实属毛而离里矣，而犹若此者，必我之生时不善也。天之生我，我辰其安在哉？何其不祥至是耶？

――――――――――

※ 菀彼柳斯，鸣蜩嘒嘒。

解 菀然而盛之柳，则鸣蜩嘒嘒于其上矣。是蜩之鸣也，柳之菀容之也。

※ 有漼者渊，萑苇淠淠。

解 有漼然而深之渊，则萑苇淠淠于其中矣。是苇之众也，渊之深容之也，物其有所容如此。

※ 譬彼舟流，不知所届。

解 今我何乃不容于亲，而独见弃逐，辟如舟之流于水中，而不知其何所至乎。

※ 心之忧矣，不惶假寐。

解 是以忧之之深，昔犹假寐，而今有所不假矣。

――――――――――

※ 鹿斯之奔，维足伎伎。

解 鹿之奔宜疾也，今其足伎伎留其群矣。

※ 雉之朝雊，尚求其雌。

解 雉之雊于朝也，亦尚求其雌，而不忘其匹矣，物尚有所顾如此。

※ 譬彼坏木，疾用无枝。

解 今我何乃不顾于亲，而独见弃逐，辟如伤病之木，憔悴而无枝乎。

※ 心之忧矣，宁莫之知。

解 是以我自伤之心自忧之，而人莫之知也。

――――――――――

※ 相彼投兔，尚或先之。

解 相彼被逐而投人之兔，尚或有哀其穷，而先脱之者。

※ 行有死人，尚或墐之。

解 行有死人，尚或有哀其暴露而埋藏之者，是皆有不忍之心，故虽物之与人犹用情如此。

※ 君子秉心，维其忍之。

解 况父子之至爱其亲，投兔何如也？视路人何如也？今君子乃信谗弃逐其子，使我如舟流也，如坏木也，曾视投兔死人之真不如矣，其秉心不亦忍乎。

※ 心之忧矣，涕既陨之。

解 是以我也伤父子之道废，痛骨肉之恩薄，不觉心忧而涕陨也。

――――――――――

※ 君子信谗，如或酬之。

解 夫人惟有所不忍也，则于子必加惠爱之心，而于谗间之言，必徐察之也。今君子信谗言，无不行如受酬爵，得即行之。

❋ **君子不惠，不舒究之。**

🔴解 曾不以加惠爱于子，而于谗人之言，初不舒缓，而究察之，则谗人之情得矣，而我岂至于被弄乎！

❋ **伐木掎矣，析薪扡矣。**

🔴解 再观之物矣，今夫伐木者，尚以物而掎其巅，析薪者尚随其条理，皆不妄挫析之也。

❋ **舍彼有罪，予之佗矣。**

🔴解 今王何乃舍彼有罪之谗人，而加我以非其罪，曾伐木析薪之不如矣。夫父子之间至亲也，顾乃轻信谗言，遄逐无罪之子，其秉心诚忍矣哉！

夫我之被弃，其伐固起于谗言，然要亦王言语不慎启之也。

――――――

❋ **莫高匪山，莫浚匪泉。**

🔴解 今夫莫高匪山也，尚或有徙其巅矣。莫浚匪泉也，尚或有入其底矣。

❋ **君子无易由言，耳属于垣。**

🔴解 今宫阃之内，非山之高也，非泉之深也，君子于此，不可轻易其心，而以意向之所迁移者，而轻泄于言语之间也。一易其言，恐耳属于岂之外者，有所观望，而左右之人，由是誉其所欲立，毁其所欲

废，而乱本成矣。然则我今日之见逐，岂非王不慎言语，以为之阶乎！

❋ **无逝我梁，无发我笱。**

🔴解 然我虽也逐，犹不能遽忘情也。故梁我之所以通鱼也，尔无逝我之梁焉，笱我之所以取鱼也，尔无发我之笱焉。然则彼僭人者，慎无居我之宫，而行我之事乎！

❋ **我躬不阅，遑恤我后。**

🔴解 虽然游梁发笱，去后事也。今我身且不见容，而舟流有靡届之忧，坏木有无枝之苦，何假恤我已去之后哉？其逝其发，我固无如之何矣。

噫！太子国之二也，无故轻废之，而使国家随之以亡，此天下之大变也。小弁之诗，盖恶伤父之志，其言之悲伤，惨怛而不免于怨，固其宜哉。

巧言

六章，章八句。

悠悠昊天，曰父母且。无罪无辜，乱如此帆。

昊天已威，予慎无罪；昊天大帆，予慎无辜。（一章）

乱之初生，僭始既涵；乱之又生，君子信谗。

君子如怒，乱庶遄沮；君子如祉，乱庶遄已。（二章）

君子屡盟，乱是用长；君子信盗，乱是用暴。

盗言孔甘，乱是用餤。匪其止共，维王之邛。（三章）

【注】且，语尾词。帆，大。

慎，确实。大，同"太"。

僭，谮之假借，谗言的意思。涵，容纳。君子，周王。

怒，怒责谗人。庶，几乎。遄，速。沮，止。

盗，盗贼，借指谗人。暴，猛烈。

孔甘，很好听。餤，进食，引申为加剧。

匪，彼，指小人。止，同"职"，职守；一说容止；一说足、过分。

共，同"恭"，忠于。邛，病。

奕奕寝庙，君子作之。秩秩大猷，圣人莫之。

他人有心，予忖度之。跃跃毚兔，遇犬获之。（四章）

荏染柔木，君子树之。往来行言，心焉数之。

蛇蛇硕言，出自口矣。巧言如簧，颜之厚矣。（五章）

彼何人斯，居河之麋。无拳无勇，职为乱阶。

既微且尰，尔勇伊何？为犹将多，尔居徒几何？（六章）

奕奕，高大貌。 寝庙，《礼记·月令》郑注"凡庙，前曰庙，后曰寝"，庙是接神之
处，其处尊，故在前；寝，衣冠所藏之处，对庙而卑，故在后。 秩秩，明智的样子。
猷，计谋。 莫，"谟"的假借字，谋也。他人有心，谗人有心破坏。 忖度，揣度。 跃
跃，与"趯趯"同，跳跃的样子。 毚兔，狡兔。

荏染，柔弱貌。 行言，流言，谣言。 数，辨别。 蛇蛇，"訑訑"之假借；訑，欺骗。
硕言，大言。 巧言如簧，花言巧语如吹奏笙簧那般动听。 颜之厚，脸皮厚。

麋，"湄"之假借，水边。 拳，力，勇力。 职，主要。 乱阶，祸乱之阶。

微，"癓"之假借，小腿生疮。 尰，脚肿。 犹，同"猷"，指诡计。 居，语助词。
徒，党徒。

南宋·马和之《诗经·小雅·巧言》图

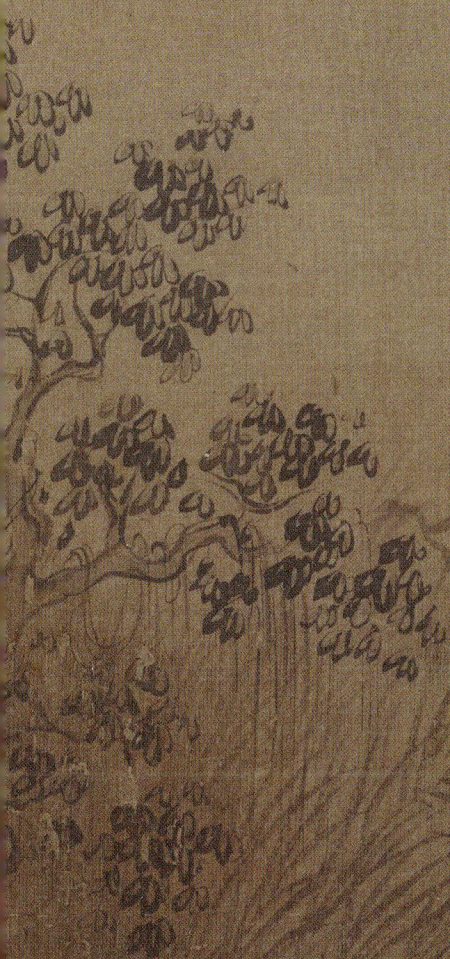

大夫伤于谗，无所控告，而诉之于天，曰：世祸不自生，往往起于馋之交构，而谗言不自至，往往起于辨察之不也，今予何不幸而遭乱乎？

※ 悠悠昊天，曰父母且。

解 凡人之生，皆本于天，故此悠悠之昊天，宁非人之父母乎？

※ 无罪无辜，乱如此㡀。

解 夫为人之父母，则无罪者宜有以保佑之也，胡为使我之无罪无辜，遭乱如此其大乎！

※ 昊天已威，予慎无罪。

解 夫乱之㡀也，是昊天之威已甚矣，然我反而审诸己，则无罪也。

※ 昊天泰㡀，予慎无辜。

解 乱之㡀也，昊天之威甚大矣。然我反而审诸己则无辜也，我无自致之罪，而泰㡀之威所不免，天之父母，斯民谓何而使之至此哉！
然乱起于谗人，而谗言致乱，则王有以信之耳。

※ 乱之初生，僭始既涵。

解 盖乱之所以初生者，由谗人以不信之言始入，固将以尝王之意向何如也，而王乃亟容不察其真伪，则谗人之心无所忌矣。

※ 乱之又生，君子信谗。

解 故乱之又生者，则以谗言复进，王遂信其谗言而用之耳。夫始以狐疑未谗邪之口，继以轻信，遂罔极之奸，此乱之所以成也。

※ 君子如怒，乱庶遄沮。

解 使君子见谗人之言，若怒而责之，则谗言不敢肆乱，不庶几遄沮乎！

※ 君子如祉，乱庶遄已。

解 见贤者之言，若喜而纳之，则忠言日闻于上，乱不庶几遄已乎。今王顾乃涵容不断，谗信不分，是以谗者益胜，而君子益病也，乱之生也，尚又何怪哉！

※ 君子屡盟，乱是用长。

解 夫君子如祉，则乱庶几遄已矣。今王不能用贤已乱，至于屡盟以相要，则疑二之心，无以固贤者之志，而君子道消矣，乱不是用长乎。

※ 君子信盗，乱是用暴。

解 君子如怒，则乱庶几遄沮矣，今王不能去谗，但亟容不断，信盗以为虐，而小人道长矣，乱不是用暴乎？

※ 盗言孔甘，乱是用餤。

解 且谗言之美，如食之甘，使人嗜之而不厌焉，则以可谗之言，投轻信之心，而乱本成矣，乱不是用进乎？

✳ 匪其止共，维王之邛。

解 夫谗言足以致乱，则此谗人者，实不能共其职事，惟以为王之病而已。盖忠言逆耳而利于行，今惟其言之甘而悦焉，则其国殆矣，非王之病而何哉？

夫王之信谗，以致乱也。岂以谗人之心，未易知哉！

✳ 奕奕寝庙，君子作之。

解 彼奕奕之寝庙，神之所栖也，而惟仁孝之君子为能作之，以崇爱敬矣。

✳ 秩秩大猷，圣人莫之。

解 秩秩之大猷，人之大伦也，而惟修道之圣人为能莫之，以垂世教矣。

✳ 他人有心，予忖度之。

解 况此他人有心，其藏奸虽深也，然惟我为能忖度，而肺肝之如见矣。

✳ 跃跃毚兔，遇犬获之。

解 且彼毚兔其跃跃而跳疾也，自以为物不得而制矣。不知一遇田犬则获之，而何能自脱乎！然则谗人之奸，而莫逃吾之鉴，何以异于是哉！

然非惟谗人之心不难知，而谗人之言，亦不难辨也。

✳ 荏染柔木，君子树之。

✳ 彼荏染之柔木，可备器用者也，则惟君子为能树之矣。

✳ 往来行言，心焉数之。

解 此往来之行言，似是而非者也，则惟吾心能辨之矣。

✳ 蛇蛇硕言，出自口矣。

解 是故安舒顺理之硕言，可以为程，可以为经，其出诸口宜也。

✳ 巧言如簧，颜之厚矣。

解 若乃巧言如簧，变态百出，所以蛊惑人心者至矣，则岂可以出诸口哉！言之徒可羞愧而已。而彼为是言者，反不知耻，不亦颜之厚乎？夫彼方以如簧之言为得计，而我识其颜厚之足鄙，则深察谗言，又何难辨之有哉！

✳ 彼何人斯，居河之麋。

解 然非惟谗言不难辨，而谗人亦未难除也。彼何人斯，其姓名吾不得而知之也。观其所处，则居河之地，而为水草之麋矣。

✳ 无拳无勇，职为乱阶。

解 斯人也，其致乱若是者，岂其有拳勇而然哉？自今言之，实无拳无勇，足以为乱，惟以谗口交斗，专为乱之阶梯耳。

✳ 既微且尰，尔勇伊何？

解 何也？彼既有微尰之疾，平日已不能屈伸，则亦何能勇哉？

※ 为犹将多，尔居徒几何？

解 夫既无勇，足以为乱，而其为谗谋，又如此其大且多者，意必有
居徒以为之助矣。然究尔之居徒，具同恶相济者，亦几何人哉？
夫其勇不足恃，而其徒又不多，则谗人岂难余哉？必谗人之言，
不难知，不难辨，又不难除，如此，而顾使之构乱至此，岂非王
之不语耶！吁，此大夫之所以伤于谗，而莫之往告也与。

何人斯

八章，章六句。

蜮

何
人
斯

bǐ hé rén sī　qí xīn kǒng jiān　hú shì wǒ liáng　bù rù wǒ mén
彼何人斯？其心孔艰。胡逝我梁，不入我门。

yī shuí yún cóng　shuí bào zhī yún
伊谁云从？谁暴之云。 （一章）

èr rén cóng xíng　shuí wéi cǐ huò　hú shì wǒ liáng　bù rù yàn wǒ
二人从行，谁为此祸？胡逝我梁，不入唁我。

shǐ zhě bù rú jīn　yún bù wǒ kě
始者不如今，云不我可。 （二章）

bǐ hé rén sī　hú shì wǒ chén　wǒ wén qí shēng　bù jiàn qí shēn
彼何人斯？胡逝我陈。我闻其声，不见其身。

bù kuì yú rén　bù wèi yú tiān
不愧于人，不畏于天？ （三章）

【注】艰，险也，指用心险恶难测。

逝，往。梁，鱼梁，拦鱼的水坝。

伊，发语词。云，是。从，跟随。暴，人名。之，此。云，语尾词。

二人，主人公与"彼"人。

唁，慰问。

云，发语词。不我可，不以我为是，或我不可用。

陈，堂前至大门口的路。

彼何人斯？其为飘风。胡不自北？胡不自南？

胡逝我梁？祇搅我心。（四章）

尔之安行，亦不遑舍。尔之亟行，遑脂尔车。

壹者之来，云何其盱！（五章）

尔还而入，我心易也。还而不入，否难知也。

壹者之来，俾我祇也。（六章）

飘风，暴风。

祇，适、恰好。搅，搅乱。

安行，缓行、慢走。舍，停下来休息。

亟，急。脂，油，作动词用，以油脂涂车。

壹者，一次。盱，忧，病苦；一说张目而望也。

还，旋也，回程。入，入我家。易，喜悦。

否，不；一说为"丕"，太、甚。

祇，安也。

bó shì chuī xūn　zhòng shì chuī chí　　jí ěr rú guàn　liàng bù wǒ zhī

伯氏吹埙，仲氏吹篪。及尔如贯，谅不我知。

chū cǐ sān wù　　yǐ zǔ ěr sī

出此三物，以诅尔斯。（七章）

wéi guǐ wéi yù　　zé bù kě dé　　yǒu miǎn miàn mù　　shì rén wǎng jí

为鬼为蜮，则不可得。有腼面目，视人罔极。

zuò cǐ hǎo gē　　yǐ jí fǎn cè

作此好歌，以极反侧。（八章）

伯氏，兄。埙，古陶制吹奏乐器，卵形中空，有吹孔。仲氏，弟。篪，古竹制乐器，如笛，有八孔。

如贯，如物之串连在一块。谅，诚。知，交好、相契。

三物，鸡、狗、猪。诅，诅咒，指祈求鬼神降宰羊于敌对的人；一说盟诅，即订盟时，杀牲歃血，向神明发誓，若有违背，神明将降祸于人。

蜮，古代传说中的一种水中动物，能含沙射影，使人得病，故又名射影。

有腼，惭愧的样子。视，示。罔极，没有准则，不良。

好歌，交好的歌。极，纠正。反侧，反复，指反复之人。

● 南宋·马和之《诗经·小雅·何人斯》图

暴公为卿士而谮苏公，苏公作此诗以绝之。托为指其从行者而言，曰：君子置身天地，内必存公平之心，外必昭正直之行，若中怀倾险，而使人莫测其踪迹，则非所以待同寅之义也，吾今有感于斯人者矣。

⊛ 彼何人斯？其心孔艰。

㊙ 彼何人斯？其姓名吾不得而知也。其立心则甚险，而肆其倾人之计矣。

⊛ 胡逝我梁，不入我门？

㊙ 使其不逝我梁，无望其入我门也，今胡为逝我之梁，而不入我之门乎？

⊛ 伊谁云从？维暴之云。

㊙ 夫逝梁而不入门，则其人谅必有故，但我未知其为何人耳？既而

问其云从，则惟从暴公之云也。以从暴公而不入我门，则我今日被僭之祸，不能无所疑矣。

⊛ 二人从行，谁为此祸？

㊐ 故此暴公也，暴公之徒也，二人相从而行，不知谁谮已而祸之乎？

⊛ 胡逝我梁，不入唁我？

㊐ 夫既使我失位矣，苟入而唁我，犹不失故人恋恋之意，而我亦不深伤其薄也，今胡乃逝我之梁而不入而唁我乎？

⊛ 始者不如今，云不我可。

㊐ 原子之意，不过以我为不可与耳，然岂其始则然哉？尔始者与我亲厚之时，固尝以我为可，不如今日之云，不我可也，可于昔而不可于今，何为其然耶？意者谁为之祸，有难于入言者乎？

⊛ 彼何人斯？胡逝我陈？

㊐ 彼何人斯？何为逝我之陈乎，则视适梁又近矣。

⊛ 我闻其声，不见其身。

㊐ 顾乃不入唁我，使我徒闻其声，而不见其身踪迹，何诡秘耶！

⊛ 不愧于人，不畏于天？

㊐ 夫尔之踪迹诡秘，固以人为可欺，而不愧于人矣。然人可欺，而天不可欺，尔虽不愧于人，独不思天

之监下，有赫无隐弗彰，而不畏于天乎，奈何其谮我也？

夫人而不畏天，则何事不可为，我亦奚乐有斯人哉！

⊛ 彼何人斯？其为飘风。

㊐ 彼何人斯，其往来之疾若飘风然。

⊛ 胡不自北？胡不自南？

㊐ 使其自北向南，则与我不相值，心无所触，犹可忘情于斯人也，今胡不自北，胡不自南。

⊛ 胡逝我梁，祇搅我心。

㊐ 而又胡逝我之梁，使我闻声之下，反惑于不见之故，而感念之间，深伤乎情义之薄，抵以搅乱我之心而已矣，然则何有于尔之适梁为耶？

夫尔之逝我梁，而不入见我，则必有故矣，而岂其亟行则然哉！

⊛ 尔之安行，亦不遑舍。

㊐ 盖尔之于平时安行，犹不遑息。

⊛ 尔之亟行，遑脂尔车。

㊐ 况今亟行，则何暇脂其车乎？今脂其车则亟也。

⊛ 壹者之来，云何其盱？

㊐ 何不一来见我，如何使我望尔之切乎？

⊛ 尔还而入，我心易也。

解 然尔之往也，既不入我门矣，倘还而入，则我心犹庶乎其悦也。

✳ 还而不入，否难知也。

解 还而不入，则尔之心，我不可得而知也。

✳ 壹者之来，俾我祇也。

解 何不还而一来见，使我望尔之心，由之以安乎？一往一返，竟不得尔之一见，得非我今日之谮，自而为之，而有难于见乎？

然尔之所以谮我者，与女无相知之素哉？

✳ 伯氏吹埙，仲氏吹篪。

解 不知我与尔同为王朝之官，则有兄弟之义焉。但见心相亲爱，而声相应和，亦犹伯氏吹埙以唱之，而仲氏吹篪以和之矣。

✳ 及尔如贯，谅不我知。

解 夫义为兄弟，情若埙篪，则在我与尔势相联属，有如物之在贯也，岂诚不我知而谮我哉？

✳ 出此三物，以诅尔斯。

解 若曰诚不我知，则当出此三物，以诅之可也，则其相知之素，盖有不可得而掩首矣。

夫以相知之人，而为相谮之行，则尔之反侧甚矣，我之作歌岂容已乎！

✳ 为鬼为蜮，则不可得。

解 彼天下之至，不可测者，莫鬼蜮若也，使尔为鬼为蜮，则不可得而测矣。

✳ 有靦面目，视人罔极。

解 今尔乃人也，靦然有面目，与人相视，无穷极之时，岂其情终不可得而测哉？

✳ 作此好歌，以极反侧。

解 是以我也作此好歌，叙其平日之情，与夫今日之谮，以究极尔反侧之心焉。使尔能悔悟前非，而回其心之孔艰，更以善意从我，则是歌之作为不徒矣。

吁，苏公与暴公，既作诗以绝之，又有不终绝之意焉，可谓厚以处己，而恕以待人者矣。

巷伯

豸 貝

卷伯

七章，一二三四章四句，五章五句，六章八句，七章六句。

qī xī fěi xī　chéng shì bèi jǐn　bǐ zèn rén zhě　yì yǐ tài shèn
萋兮斐兮，成是贝锦。彼谮人者，亦已大甚。（一章）

chǐ xī chǐ xī　chéng shì nán jī　bǐ zèn rén zhě　shuí shì yǔ móu
哆兮侈兮，成是南箕。彼谮人者，谁适与谋？（二章）

jī jī piān piān　móu yù zèn rén　shèn ěr yán yě　wèi ěr bù xìn
缉缉翩翩，谋欲谮人。慎尔言也，谓尔不信。（三章）

jié jié fán fán　móu yù zèn yán　qǐ bù ěr shòu　jì qí rǔ qiān
捷捷幡幡，谋欲谮言。岂不尔受，既其女迁。（四章）

jiāo rén hǎo hǎo　láo rén cǎo cǎo　cāng tiān cāng tiān　shì bǐ jiāo rén　jīn cǐ láo rén
骄人好好，劳人草草。苍天苍天！视彼骄人，矜此劳人！（五章）

【注】巷伯，宫中侍御宦官之长。

萋、斐，文彩美丽的样子。贝锦，织有贝纹图案的锦缎。

大，同"太"。

哆，张口。侈，大。南箕，南方的箕星，如簸箕状，底小口大。

适，专主。

缉缉，附耳私语状。翩翩，"谝谝"之假借，好巧言，不实在。

尔，指谗人。信，信实。

捷捷，口齿伶俐的样子。幡幡，反复进言状。

受，听信谗言。女，同"汝"。迁，去也。

骄人，指进谗者。好好，喜悦、快乐。劳人，指被谗者。草草，忧愁、劳心。

矜，怜悯。

^{bǐ zèn rén zhě} ^{shuí shì yǔ móu} ^{qǔ bǐ zèn rén} ^{tóu bì chái hǔ}
彼谮人者，谁适与谋？取彼谮人，投畀豺虎；

^{chái hǔ bù shí} ^{tóu bì yǒu běi} ^{yǒu běi bù shòu} ^{tóu bì yǒu hào}
豺虎不食，投畀有北；有北不受，投畀有昊。（六章）

^{yáng yuán zhī dào} ^{yī yú mǔ qiū} ^{sì rén mèng zǐ} ^{zuò wéi cǐ shī}
杨园之道，猗于亩丘。寺人孟子，作为此诗。

^{fán bǎi jūn zǐ} ^{jìng ér tīng zhī}
凡百君子，敬而听之。（七章）

畀，给。有，无义。

有北，北方苦寒之地。

有昊，昊天。

杨园，王都之侧的园名，可能是寺人孟子之居处。猗，倚也，靠近。亩丘，丘名。

寺人，阉人，宦官。孟子，寺人之名。

凡百，一切，所有的。

敬，儆也，使人警醒，不犯过错。

南宋 · 马和之《诗经 · 小雅 · 巷伯》图

时有遭谗，而被宫刑为巷伯者作此诗。曰：天下之可畏者，莫甚于谗谄之口，倘君子而不知，以敬自防，则未有不受其祸者也，若我今日可鉴矣。

㊟ 萋兮斐兮，成是贝锦。

解 彼萋斐之小者也，贝锦则文之大矣。今也因萋斐之形而文致之，以成贝锦之美，然则谗人因人之小过，而饰成大罪，不犹是乎。

㊟ 彼谮人者，亦已太甚。

解 夫人之小过，本不足深责，而至饰成大罪以重其祸焉。彼谮人者，懻忮深中其所为，不亦已甚也耶！

㊟ 哆兮侈兮，成是南箕。

解 不特此也。彼哆侈张之，征者也南箕，则张之大矣。今也因哆侈之形，而虚张以成南箕之势。
然则谮人因人之疑，似而构实成
罪，不犹是乎。

※ 彼谮人者，谁适与谋。

解 夫人之疑似其过，犹未甚明，而乃
构成实罪，此其谋诡矣。彼谮人
者，果谁适与谋，而何其谋之人诡
阆耶。

※ 缉缉翩翩，谋欲谮人。

解 虽然尔岂可徒谮人而不知畏哉？今
尔之口舌，则缉缉不厌其渎。尔
之往来，则翩翩而不病其烦。其
处心积虑，惟谋欲谮人耳。

※ 慎尔言也，谓尔不信。

解 自今言之，言听计从，固自以为得
意矣，然亦当慎尔言也。苟不慎
尔言，而缉缉翩翩者如此。吾恐
听者，有时而悟，且将以尔之言，
虚伪反复而为不信矣，欲求如今之
信，从何可得哉！

※ 捷捷幡幡，谋欲谮言。

解 然不特不信已也。今尔之口舌，
则捷捷而儇利。尔之言语，则幡
幡而反复。其处心积虑，惟谋欲
为谮人之言耳。

※ 岂不尔受，既其女迁。

解 今王好谮，则固将受汝矣。然好
谮不已，则告密之门一启，而文致

之词日兴，王将以人之谮尔而罪
尔，遇谮之祸亦且迁而及汝矣，岂
特我有遭谮之祸哉！
夫以谮人之恶如此，而我之受病甚
矣，今将何所诉乎？

※ 骄人好好，劳人草草。

解 彼谮人者骄人也，骄人谮行得意何
好好也。彼谮人者劳人也，劳人
遇谮而失度，何草草也！

※ 苍天苍天，视彼骄人，矜此劳人。

解 天骄劳殊状，忧乐异情如此，今固
无望于人之能察于斯矣。苍天苍
天，夫固临下有赫者也，尚其视此
骄人之得意，而有以抑遏阻止之，
毋使为善类之害矣乎。其矜此劳
人之失度，而有以扶持全安之，毋
令为小人之虐矣乎，此固吾之所望
于天者，如此也已。
然我之望于天者，不特有以视之而
已，尚当有以制其罪矣。

※ 彼谮人者，谁适与谋？

解 彼谮人者，不知谁适与谋，其为谋
之诡秘，至于如此也。

※ 取彼谮人，投畀豺虎；豺虎不
食，投畀有北；有北不受，投畀
有昊！

解 夫以为谋之秘，岂可使之久存于
世，而肆毒以害人哉！是故豺虎以

杀为性也，吾取彼谮人，以投畀豺虎，豺虎亦恶之而不食矣。有北所以处罪人也，吾取彼谮人投畀有北，有北亦恶而不受矣。然则我将如之何哉？彼昊天至大，其神灵莫测者也。吾惟投之有昊，使制其罪，加之以速死之刑，庶善类得以保全，而人心于是乎用慰矣。

夫以谗人之可恶如此，其祸将有不可胜言者，岂特及于我已哉？吾知其渐必及于贵矣。

⊛ 杨园之道，猗于亩丘。

解 今夫杨园地之下者也，亩丘地之高者也。然陟亩丘者，必自杨园始，是杨园之道，尚有益于亩丘矣。

⊛ 寺人孟子，作为此诗。

解 夫物且然，况于人乎，盖谮始于微者，而其渐将及于大臣，势有所必至也。故我寺人孟子，作为此诗，伤萋斐之交构，慨劳人之无辜，固为贱者之言矣。

⊛ 凡百君子，敬而听之！

解 然凡百君子，亦必敬而听之，预有以防其渐，而伐庶乎可免矣。贱者之言，岂无补于君子乎？不然今之巷伯，诚有令人伤者，可不戒哉！

谷风之什

谷风

三章，章六句。

习习谷风，维风及雨。将恐将惧，维予与女；
xí xí gǔ fēng　　wéi fēng jí yǔ　　jiāng kǒng jiāng jù　　wéi yǔ yǔ rǔ

将安将乐，女转弃予。（一章）
jiāng ān jiāng lè　　rǔ zhuǎn qì yú

习习谷风，维风及颓。将恐将惧，置予于怀；
xí xí gǔ fēng　　wéi fēng jí tuí　　jiāng kǒng jiāng jù　　zhì yǔ yú huái

将安将乐，弃予如遗。（二章）
jiāng ān jiāng lè　　qì yú rú yí

习习谷风，维山崔嵬。无草不死，无木不萎。
xí xí gǔ fēng　　wéi shān cuī wéi　　wú cǎo bù sǐ　　wú mù bù wěi

忘我大德，思我小怨。（三章）
wàng wǒ dà dé　　sī wǒ xiǎo yuàn

【注】习习，和舒貌。 谷风，东风，生长之风；一说暴风；一说山谷吹来的

风。 维，句首语气词。

将，又、且。 与，赞同，指相亲爱。 女，汝。

颓，暴风。

遗，遗忘。

崔嵬，山高峻的样子。

德，恩惠。 小怨，小毛病。

此朋友相怨之诗。

※ 习习谷风，维风及雨。

解 习习和调之东风，风和而雨降，则维风及雨而相持之不舍矣。

※ 将恐将惧，维予与女。

解 况女当将恐惧之时，他人不能相及也，维予与汝，而同心以共济矣。

※ 将安将乐，女转弃予。

解 夫患难相救，汝宜德我以终身也，奈何将安将乐，汝转弃予而不复动念，何哉？

※ 习习谷风，维风及颓。

解 言习习和调之东风，有风斯有颓，则维风及颓，而焚轮之无间矣。

※ 将恐将惧，置予于怀。

解 况女当将恐将惧之时，他人不肯相亲也，则维置予于怀，而惟恐有一时之或离矣。

※ 将安将乐，弃予如遗。

解 夫患难相恤，固宜德我以没世也，奈何将安将乐，弃予如遗，而不复存省，何哉？
夫亲我于患难，而弃我于安乐，是忘我大德，而思我小怨矣。然为友者，岂能无怨而处友者，岂宜念怨哉？

※ 习习谷风，维山崔嵬。

※ 今夫习习和调之东风，长养万物者也，彼披拂于崔嵬之山，则风之所被者广，宜无物之不遂其生矣。

※ 无草不死，无木不萎。

解 然其中无不死之草，无不萎之木，是风亦有遗恩也。然则朋友有大德之恩，而不能无小怨之失，不犹是乎。

※ 忘我大德，思我小怨。

解 所贵乎朋友者，在于大德思之，而小怨忘之可也。今女乃忘我患难相救之大德，而思我一时之小怨，乃于安乐而弃予焉，岂朋友之道者哉？

吁，为朋友者宜试思之，而顾可处以其薄也耶！

蓼莪

六章，一二五六章四句，三四章八句。

蔚

蓼蓼者莪，匪莪伊蒿。哀哀父母，生我劬劳。（一章）

蓼蓼者莪，匪莪伊蔚。哀哀父母，生我劳瘁。（二章）

瓶之罄矣，维罍之耻。鲜民之生，不如死之久矣！

无父何怙？无母何恃？出则衔恤，入则靡至。（三章）

【注】 蓼蓼，长大的样子。 莪，莪蒿，抱根丛生，也叫萝蒿、抱娘蒿、茵陈，嫩叶可
食。 匪，非。 伊，维、是。 蒿，莪长大为蒿。

蔚，一种粗大的蒿，又名牡蒿。

瓶，汲水器具。 罍，盛水器具。

鲜，指寡、孤。 鲜民，寡民、孤子。

怙，依靠。 衔恤，含忧。

入则靡至，进了家又好像没到家一般。

fù xī shēng wǒ　　mǔ xī jū wǒ　　fǔ wǒ xù wǒ　　zhǎng wǒ yù wǒ

父兮生我，母兮鞠我。拊我畜我，长我育我。

gù wǒ fù wǒ　　chū rù fù wǒ　　yù bào zhī dé　　hào tiān wǎng jí

顾我复我，出入腹我。欲报之德，昊天罔极！（四章）

nán shān liè liè　　piāo fēng bō bō　　mín mò bù gǔ　　wǒ dú hè hài

南山烈烈，飘风发发。民莫不穀，我独何害？（五章）

nán shān lù lù　　piāo fēng fú fú　　mín mò bù gǔ　　wǒ dú bù zú

南山律律，飘风弗弗。民莫不穀，我独不卒。（六章）

鞠，养育。

拊，同"抚"。畜，同"慉"，喜爱。

顾，顾念，照顾。复，返回，一说"覆"之假借，庇护。腹，抱在怀中。

烈烈，高大而难以攀登的样子，下文"律律"同。飘风，暴风。发发，迅疾的样子，
下文"弗弗"同。

穀，善，指幸福。何，同"荷"，背负，承受。我独何害，只有我独独受此寒苦之
害，不能供养父母以报养育之恩。

卒，终。不卒，指不得养老送终。

孝子不得终养作也。若曰：为人子者，幸而其亲常在，则承欢左右，以终其余天，而相忘乎不报之恩者，此生人之大乐也。我今不可得矣，其如此情何哉？

※ 蓼蓼者莪，匪莪伊蒿。

解 彼蓼蓼长大之莪，昔固谓之莪矣，而今非莪也，特蒿之贱草而已，岂人望于莪之初心哉。然则父母生我，以为美材，可赖以终其身也，而今乃不得其养以死，是亦蒿焉而已，父母望我之初心，岂愿至此耶？

※ 哀哀父母，生我劬劳。

解 哀哀父母，生我何劬劳也，而不得一养之报，曷胜其终天之恨也乎！

※ 蓼蓼者莪，匪莪伊蔚。哀哀父母，生我劳瘁。

解 讲同上。

※ 瓶之罄矣，维罍之耻。

解 今夫瓶之与罍，本相资为用者也。固瓶之罄矣，而取用之不继，实维罍之耻，而储蓄之不充也。然则父母与子，相依为命，而父母之不得其所，岂非子之责哉？

※ 鲜民之生，不如死之久矣。

解 夫以为子而负父母失养之罪，则何以自立于天地之间？所以穷独之民，生不如死，古以为叹，其来久矣。

※ 无父何怙？无母何恃？

解 何也？盖无父则无所怙，无母则无所恃。

※ 出则衔恤，入则靡至。

解 是以出则中心衔恤，徒抱无己之忧，入则怅怅失望，为无所归之人也，其生若此，岂如死之以安哉？

※ 父兮生我，母兮鞠我。

解 我以父母之劬劳，劳瘁者言之。彼受气于父，父则生我矣。成形于母，母则鞠我矣。

※ 抚我畜我，长我育我。

解 抚我而抚摩之，以安其身躯也。畜我而衣食之，以恤其饥寒也。长我而维持调护之，以冀其长大也。育之而亟养熏陶之，以望其成德也。

※ 顾我复我，出入腹我。

解 亲行而我不随，则常内而顾我。我行而亲，而亲不惧，则常进而复我。其出入之间，又常腹我而不忍舍。

※ 欲报之德，昊天罔极。

解 父母之恩如此，为人子者，欲报之以德，则其恩之大，有如天之罔极，不知何以为报也。藉使我得以尽其终养之孝，犹虑其报之难，况今终养之不能焉，其于罔极，乌能报其万一也哉！

🏵 南山烈烈，飘风发发。

🔴 彼南山烈烈而高大，则飘风发发而急病矣。

🏵 民莫不穀，我独何害？

🔴 方今之民，皆有父母，天性之乐而得以伸，其终养之志，固莫不穀也。而我亦民也，何独遭此不终养之害哉？在人何幸，而我何不幸至此也！

🏵 南山律律，飘风弗弗。

🔴 彼南山律律而高大，则飘风弗弗而急疾矣。

🏵 民莫不穀，我独不卒。

🔴 方今之民，皆有父母天亲之庆，而得以致其终养之诚，固莫不穀也。而我亦民也，何独不得以终养其父母哉？在人何顺，而我何不顺若是也！吁，以不获终养之情，而屡致忧伤之意，若蓼莪诗人，真可谓孝子矣。

大东

七章，章八句。

有饛簋飧， 有捄棘匕。 周道如砥， 其直如矢。
yǒu méng guǐ sūn yǒu qiú jí bǐ zhōu dào rú dǐ qí zhí rú shǐ

君子所履， 小人所视。 睠言顾之， 潸焉出涕。 (一章)
jūn zǐ suǒ lǚ xiǎo rén suǒ shì juàn yán gù zhī shān yān chū tì

小东大东， 杼柚其空。 纠纠葛屦， 可以履霜。
xiǎo dōng dà dōng zhù zhóu qí kōng jiū jiū gě jù kě yǐ lǚ shuāng

佻佻公子， 行彼周行。 既往既来， 使我心疚。 (二章)
tiāo tiāo gōng zǐ xíng bǐ zhōu háng jì wǎng jì lái shǐ wǒ xīn jiù

有洌氿泉， 无浸获薪。 契契寤叹， 哀我惮人。
yǒu liè guǐ quán wú jìn huò xīn qì qì wù tàn āi wǒ dàn rén

【注】饛，盈满貌。 飧，熟食。 捄，曲而长的样子。 棘匕，酸枣木做的勺子，即可取
饭或肉、羹的匙。 周道，官道大路。 砥，磨刀石，形容道路平坦。 君子，贵
族。 履，行走。 小人，百姓。 睠，回头看。 言，语词。 顾，看。 潸焉，流泪
的样子。

小东大东，指东方各诸侯国，较远的称大东，较近的称小东。 杼，织布机中用
来持理纬线的梭子。 柚，用以卷经线的轴。 纠纠，缠结的样子。 葛屦，用麻、
葛编成的鞋子。 佻佻，独自走来走去的样子。 周行，大道。 心疚，忧心。

有洌，即冽然，寒凉的样子。 氿泉，旁侧流出的泉水。 获薪，砍下的木柴。

契契，忧苦的样子。 寤，语词。 惮，劳苦。

xīn shì huò xīn　shàng kě zài yě　　āi wǒ dàn rén　　yì kě xī yě
薪是获薪，尚可载也。哀我惮人，亦可息也。（三章）

dōng rén zhī zǐ　zhí láo bù lái　xī rén zhī zǐ　càn càn yī fu
东人之子，职劳不来；西人之子，粲粲衣服；

zhōu rén zhī zǐ　xióng pí shì qiú　sī rén zhī zǐ　bǎi liáo shì shì
舟人之子，熊罴是裘；私人之子，百僚是试。（四章）

huò yǐ qí jiǔ　bù yǐ qí jiāng　xuàn xuàn pèi suì　bù yǐ qí cháng
或以其酒，不以其浆；鞙鞙佩璲，不以其长。

wéi tiān yǒu hàn　jiàn yì yǒu guāng　qǐ bǐ zhī nǚ　zhōng rì qī xiāng
维天有汉，监亦有光。跂彼织女，终日七襄。（五章）

薪，动词，劈柴。是，此。

职，职责。劳，辛劳。来，慰劳。西人，西周京师之人。粲粲，华丽貌。舟，同
"周"。舟人，周人，指西周贵族；一说操舟之人，即商贾。私人，家臣。百僚，百
官，指各种职位。试，任用。

鞙鞙，佩玉的样子。璲，瑞玉。

汉，银河。监，照。

跂，踮起脚跟来看。织女，星宿名颗。襄，移动，七襄，织女星一天移动位置七次。

suī zé qī xiāng　　bù chéng bào zhāng　　huàn bǐ qiān niú　　bù yǐ fú xiāng
虽则七襄，不成报章。睆彼牵牛，不以服箱。

dōng yǒu qǐ míng　　xī yǒu cháng gēng　　yǒu jiù tiān bì　　zài shī zhī háng
东有启明，西有长庚。有捄天毕，载施之行。（六章）

wéi nán yǒu jī　　bù kě yǐ bǒ yáng　　wéi běi yǒu dǒu　　bù kě yǐ yì jiǔ jiāng
维南有箕，不可以簸扬。维北有斗，不可以挹酒浆。

wéi nán yǒu jī　　zài xī qí shé　　wéi běi yǒu dǒu　　xī bǐng zhī jiē
维南有箕，载翕其舌。维北有斗，西柄之揭。（七章）

报，往来，指织布时梭子牵动纬线一往一来。 章，布帛上的纹路。

睆，星光明亮的样子。 牵牛，牵牛星。 服，驾。 箱，车厢，指代车子。

启明、长庚，一星二名，即金星，早晨位置在东方曰启明，晚上位置在西方曰长庚。

天毕，毕星，排列形状像畋猎用的长柄毕网，故有此一名称。 施，放置。 行，行列。

箕，箕宿，共四颗，形如簸箕。 簸扬，扬谷去其糠粃。

斗，斗宿，共六颗，又称南斗，因箕星之北有南斗星，故说"维北有斗"。 挹，舀取。

翕，收缩，作啮咬之状。 舌，箕星有四，两为踵，两为舌。

揭，高举。 西柄之揭，斗柄向西扬起。

序以为东国困于役而伤于财，谭大夫作此以告病，曰：盛世之民其情乐，哀世之民其情哀，此非民心殊也，所遭之世变也。予今不幸而遇斯世，盖不能以无言矣。

❋ 有饛簋飧，有捄棘匕。

解 彼有饛簋飧，则有捄然之棘匕，以升之矣。

❋ 周道如砥，其直如矢。

解 况此适周之道，其平如砥而不险，则其直如矢而不偏矣。

❋ 君子所履，小人所视。

解 夫此一周道也，在昔盛时君子履之，以朝周而入觐，禀法者由之也。小人视之以归周，而孔迩攸同者由之也。当时非无力役之征，而实未尝困于役矣，非无赋税之供，而实未尝伤于财矣。

❋ 睠言顾之，潸焉出涕。

解 今也睠言顾之，不见周官之威仪，惟见东方之转轮，追古而伤今，不觉感极而悲，至于潸然而出涕焉。

❋ 小东大东，杼柚其空。

解 以东方之困而言之。彼国于东方者，大小非一国也，而殚于财力者，亦无国不然也。故其供于赋也，则杼柚其空，而无复经纬之存矣。

❋ 纠纠葛屦，可以履霜。

解 纠纠葛屦，而可为履霜之用矣。

❋ 佻佻公子，行彼周行。

解 自其供于役也，则佻佻公子而奔走于道路之间。

❋ 既往既来，使我心疚。

解 仆仆往来，而不胜其烦劳之苦矣。财日就竭而敛不休，力日就疲而役不息，东国之困极矣，是以使我忧心之深，而至于甚疚焉。

❋ 有洌氿泉，无浸获薪。

解 夫东国之困如此，为人上者，亦宜少加恤也。彼薪已获矣，而复渍之则腐，故有冽之氿泉，尚其无浸获薪焉。

✳ 契契寤叹，哀我惮人。

㊐ 民已劳矣，而复事之则病，故契契寤叹，实念我惮人之可哀焉。

✳ 薪是获薪，尚可载也。

㊐ 夫薪是获薪，既不可复渍，则尚其载之，而置之高亢之地，可也。

✳ 哀我惮人，亦可息也？

㊐ 哀我惮人，既不可复事，则尚其息之，而措之小康之域可也。今乃征役不息，赋税不休，则我东人之困，当何时而廖乎？

———

✳ 东人之子，职劳不来。

㊐ 夫我东人之困如是矣，试观于西人岂其然哉？但见东人之子困于役，而伤于财，惟专主劳苦之事，而不见慰抚焉。

✳ 西人之子，粲粲衣服。

㊐ 西人之子，则裕于力，而优于财，俱享有衣服之奉，而粲粲其鲜盛矣。

✳ 舟人之子，熊罴是裘。

㊐ 以至西人有舟人也，舟人之子，则熊罴是裘，而服用之华侈，其视葛屦履霜者，殆不同矣。

✳ 私人之子，百僚是试。

㊐ 西人有私人也，私人之子，则百僚是试而致身之通显，其视行彼周道者，殆不同矣，赋役不均，而群小之得志，有如是夫。

———

✳ 或以其酒，不以其浆。

㊐ 夫西人既得志之如是，则视我东人不益轻也。但见正赋之供，有粟米也。今则粟米之不继，而且馈之以酒矣，乃西人视之，曾不以为浆。

✳ 鞙鞙佩璲，不以其长。

㊐ 正赋之供有布缕也，今则布缕之不继，而且馈之以鞙鞙之佩璲矣。乃西人视之，曾不以为长，是在东人，则出之甚艰，而在西人，则视之甚贱，岂复有顾惜于东人之意也乎？

✳ 维天有汉，监亦有光。

㊐ 如是，则我东人之困，固无望于人之恤矣，而宁无望于天之助乎？故维天有汉，尚其随下照之光，而有以监我也乎。

✳ 跂彼织女，终日七襄。

㊐ 跂彼织女，尚有日更七次而成文章，以报我也乎，庶乎我之不见恤于人，犹幸得以见助于天矣。

———

✳ 虽则七襄，不成报章。

㊐ 夫我之求助于天，固如此矣，抑孰知天亦不吾助也乎。彼跂然织女，虽以织名也，而日更七次，

亦不成报我之章，而给其杼轴之困。

✳ 睆彼牵牛，不以服箱。

🅟 睆彼牵牛，虽以牛名也，然亦有其名，不可以服我之箱，而代其转输之劳。

✳ 东有启明，西有长庚。有捄天毕，载施之行。

🅟 以至东有启明，西有长庚，不能助日为昼，以资我之营作。天毕之星，捄然而曲，而不能掩捕禽兽，以充吾之饮食，但皆施之行列，而可观已矣，岂真有所助哉？

✳ 维南有箕，不可以簸扬。

🅟 不特此也。维南有箕，然徒有箕之形而已，不可以簸扬糠秕也。

✳ 维北有斗，不可以挹酒浆。

🅟 维北有斗，然徒有斗之形而已，不可以挹酒浆也，我东人之望助于天，何切也，而竟无以副其望乎。

✳ 维南有箕，载翕其舌。

🅟 然天不惟无助于我已也，维南有箕，载翕其舌，反若有所吞噬于我矣。

✳ 维北有斗，西柄之揭。

🅟 维北有斗，西揭其柄，反若有所挹取于东矣。是天非徒无若我何，又且助西人而见困也。我之所望于天，岂意其至此哉？

吁，君不能恤人，而使人望乎天，人不敢怨乎君，而使人咎乎天，则当时东国之困极矣，谭大夫作此以告病，岂得已也乎？

四月

八章，章四句。

 梗  鵻 四月

<pre>
sì yuè wéi xià   liù yuè cú shǔ   xiān zǔ fěi rén   hú nìng rěn yú
</pre>
四月维夏，六月徂暑。先祖匪人，胡宁忍予？（一章）

<pre>
qiū rì qī qī   bǎi huì jù féi   luàn lí mò yǐ   yuán qí shì guī
</pre>
秋日凄凄，百卉具腓。乱离瘼矣，爰其适归？（二章）

<pre>
dōng rì liè liè   piāo fēng bō bō   mín mò bù gǔ   wǒ dú hè hài
</pre>
冬日烈烈，飘风发发。民莫不穀，我独何害？（三章）

<pre>
shān yǒu jiā huì   hóu lì hóu méi   fèi wéi cán zéi   mò zhī qí yóu
</pre>
山有嘉卉，侯栗侯梅。废为残贼，莫知其尤。（四章）

【注】徂，开始。 匪人，不是他人。

胡宁，为什么。 忍予，忍心让我受苦。

凄凄，寒凉的样子。 卉，百草。 腓，枯萎、凋落的意思。

瘼，病痛。 爰其适归，何处可往归。

烈烈，即"冽冽"，天气寒冷的样子。

侯，维、是。

废，变。 残贼，残害。 尤，罪过。

xiàng bǐ quán shuǐ　　zài qīng zài zhuó　　wǒ rì gòu huò　　hé yún néng gǔ
相彼泉水，载清载浊。我日构祸，曷云能穀？（五章）

tāo tāo jiāng hàn　　nán guó zhī jì　　jìn cuì yǐ shì　　nìng mò wǒ yǒu
滔滔江汉，南国之纪。尽瘁以仕，宁莫我有。（六章）

fěi tuán fěi yuān　　hàn fēi lì tiān　　fěi shàn fěi wěi　　qián táo yú yuān
匪鹑匪鸢，翰飞戾天。匪鳣匪鲔，潜逃于渊。（七章）

shān yǒu jué wēi　　xí yǒu qǐ tí　　jūn zǐ zuò gē　　wéi yǐ gào āi
山有蕨薇，隰有杞桋。君子作歌，维以告哀。（八章）

相，看。

构，遘之假借，遭遇。

江汉，长江、汉水。南国，指南方各河流。纪，纲纪，总领。

尽瘁，尽我之力以至于病。仕，任职。宁，乃。有，同"友"，友爱，相亲。

鹑，同"鵰"，大雕。鸢，老鹰。

桋，木名，即赤楝。

维，是。以，用。告哀，诉说哀苦。

此遭乱而自伤也。若曰：夫人际平康之时者，多有可乐，而遇哀乱之世者，恒见可忧，今予何所遭之不幸也。

✳ **四月维夏，六月徂暑。**

解 彼时当四月，而纯阳用事，则维夏矣。至于六月而阳极阴生，则暑往矣。

✳ **先祖匪人，胡宁忍予？**

解 况我先祖，固吾身之所自出，宜有以庇我也。今独非人乎，何不爱其子孙，而忍使我遭此祸乎？

✳ **秋日凄凄，百卉具腓。**

解 不但夏之暑也，由夏而秋，秋日则凄凄然，而凉风之至矣。百卉则俱腓然，而凋零之尽矣。

✳ **乱离瘼矣，爰其适归？**

解 况此之时，乱离之变，民受其病。固有欲去无所者，奚其适归哉？

✳ **冬日烈烈，飘风发发。**

解 不但秋之病也，由是而冬，冬日则烈烈然而凛烈之气也。飘风则发发然，而急疾之声矣。

✳ **民莫不穀，我独何害？**

解 况此之时，祸乱之来，民虽受病，然犹得以少安，而莫不穀。我何独为遭此祸乱也哉？

✳ **山有嘉卉，侯栗侯梅。**

解 夫祸乱日进如此，要必有以致之者。今夫山有嘉卉，则维栗与梅分明可见矣。

✳ **废为残贼，莫知其尤。**

解 况此在位者，皆变为残贼，而致祸乱之日进，果谁之过哉？我固不得而知之矣，然岂无任其咎者乎？

✳ **相彼泉水，载清载浊。**

解 夫祸乱既无时或息，则我乌能以自安也。今夫相彼泉水，犹有时而清，有时而浊，因未尝一于独也。

✳ **今日构祸，曷云能穀？**

解 况我乃日日遭祸，无一时之或息，则曷云而能善乎，曾泉水之不如矣。

然我之遭乱如此，使其事君有不忠，犹可诿也。

✳ **滔滔江汉，南国之纪。**

解 今夫滔滔江汉，犹为南国之纪，而经带包络之矣，是水乃物也，且有以纪乎国。

✳ **尽瘁以仕，宁莫我有。**

解 而况于王乎，今我鞠躬尽瘁，以事一人。王宜有以恤我也，而王何为其不我有哉？曾江汉之不如哉？

❋ 匪鹑匪鸢，翰飞戾天。

解 夫我之遭乱如此，岂无思避之心哉？顾惟鹑鸢，则能翰飞戾天矣。我非鹑也，非鸢也，其能以翰飞戾天乎？

❋ 匪鳣匪鲔，潜逃于渊。

解 惟鳣鲔则能潜逃于渊矣，我非鳣也，非鲔也，其能以潜逃于渊乎？夫既不能高飞，深藏祸乱之及我，且奈之何哉？则亦安之而已矣。

❋ 山有蕨薇，隰有杞桋。

解 若然，则诚可哀矣，而作歌以陈吾哀者，又奚容已哉？彼山有蕨薇矣，隰则有杞桋矣。

❋ 君子作歌，维以告哀。

解 况我君子之作歌，则维以告哀而已。盖悲哀之情，摰于中者，不能自禁，故托之歌，以鸣其哀，若告哀之外，而敢有他及哉？

北山

六章，一二三章六句，四五六章四句。

zhì bǐ běi shān　yán cǎi qí qǐ　xié xié shì zi　zhāo xī cóng shì
陟彼北山，言采其杞。偕偕士子，朝夕从事。

wáng shì mǐ gù　yōu wǒ fù mǔ
王事靡盬，忧我父母。（一章）

pǔ tiān zhī xià　mò fēi wáng tǔ　shuài tǔ zhī bīn　mò fēi wáng chén
溥天之下，莫非王土；率土之滨，莫非王臣。

dà fū bù jūn　wǒ cóng shì dú xián
大夫不均，我从事独贤。（二章）

sì mǔ bāng bāng　wáng shì bēng bēng　jiā wǒ wèi lǎo　xiǎn wǒ fāng jiāng
四牡彭彭，王事傍傍。嘉我未老，鲜我方将。

lǚ lì fāng gāng　jīng yíng sì fāng
旅力方刚，经营四方。（三章）

【注】偕偕，强壮的样子。士子，作者自称。

溥，同“普”。率，沿着。滨，涯、水边。

均，公平。贤，多。

彭彭，奔走不息的样子。傍傍，紧急或繁忙的样子。

嘉，夸。鲜，称赞。将，壮。

旅，同“膂”。旅力，筋骨体力。

或燕燕居息，或尽瘁事国；或息偃在床，
或不已于行。（四章）

或不知叫号，或惨惨劬劳，或栖迟偃仰，
或王事鞅掌。（五章）

或湛乐饮酒，或惨惨畏咎，或出入风议，
或靡事不为。（六章）

燕燕，安息的样子。偃，仰卧。不已，不止、不停。行，路。
不知，不闻。惨惨，凄苦的样子。栖迟，游逛休息。偃仰，俯仰，
指安居。鞅掌，繁多。
湛乐，过度享乐。风，放。风议，放言高论。

此大夫行役而作。 若曰： 人臣以身事君，则当竭力奉公，顾所以使人感激，而忘其劳者，则以朝廷有公道存焉，何今日之异是乎？

✳ 陟彼北山，言采其杞。

㊣ 彼今日之陟彼北山，而言采其杞以食者。

✳ 偕偕士子，朝夕从事。

㊣ 乃强壮之士子，而朝夕奔走，以从王之事者也。

✳ 王事靡盬，忧我父母。

㊣ 所以然者，盖以王事不可以不坚固，故朝夕不暇如是耳。 夫忠于事君者，必不得孝于事亲，是以馈养废而饔飧缺，不有以贻父母之忧乎。

夫我之贻忧父母也，固以王事之故矣。 然彼命我者，岂尽出于公哉？

✳ 溥天之下，莫非王土。

㊣ 彼普天之下皆一统之山河也，宁有尺地而非王土者乎？

✳ 率土之滨，莫非王臣。

㊣ 率土之滨，皆一王之臣妾也，宁有一民而非王臣乎？

✳ 大夫不均，我从事独贤。

㊣ 夫既同居王土而为王臣，则宜均服王事也。 何大夫不均，使我朝夕

从事，其独贤如此也耶！

✳ 四牡彭彭，王事傍傍。

㊣ 然我之所以独贤者，何也？ 我也驾彼四牡，彭彭然而不息。 服此王事，傍傍然而不已，是其独贤，亦云甚矣。

✳ 嘉我未老，鲜我方将。

㊣ 而大夫之任我，岂无故哉？ 盖以土虽广，臣虽众，未必其人皆可用也，独嘉我之年则未老，鲜我之年则方壮。

✳ 膂力方刚，经营四方。

㊣ 其膂力则方刚之势，可以经营四方之事也，则其彭彭傍傍，而若是独贤也，其以此也欤。

✳ 或燕燕居息，或尽瘁事国，或息偃在床，或不已于行。

㊣ 夫我之独贤，固不敢自爱其身矣，而其不均若足，则安能已于言哉？ 彼人情莫不好逸而恶劳，今也或燕燕居息，何有于国事之及。 或尽瘁事国，欲求一时之安息，其可得耶。 或息偃在床，何有于行役之烦。 或不已于行，欲求一时之在床，其可得耶。

✳ 或不知叫号，或惨惨劬劳，或栖迟偃仰，或王事鞅掌。

解 或不知叫号，而人声之不闻，何其安逸之至。而惨惨劬劳者，奔走从事，其能如彼之安逸也。或栖迟偃仰，而起居之尽适，何其家食之安。而王事鞅掌者，即仪容不暇修，其能如彼之栖迟耶。

※ 或湛乐饮酒，或惨惨畏咎，或出入风议，或靡事不为。

解 或耽乐饮酒，而几席有笑语之欢。而惨惨畏咎者，惟恐王命不副而罪罟，或加其视彼饮酒者，情何相悬耶。或出入风议，而亲信有纵容之休。而靡事不为者，惟见众贤攸萃，而朝夕之不暇，其视彼讽议者，事何相远耶。夫同一王臣，而劳逸殊状，大夫之不均如此，则我之不得以养其父母，正坐此故也，焉能使人无不平之叹也哉！

无将大车

三章，章四句。

大無
車將

wú jiāng dà chē　　zhǐ zì chén xī　　wú sī bǎi yōu　　zhǐ zì qí xī
无将大车，祇自尘兮。无思百忧，祇自疧兮。（一章）

wú jiāng dà chē　　wéi chén míng míng　　wú sī bǎi yōu　　bù chū yú jiǒng
无将大车，维尘冥冥。无思百忧，不出于颎。（二章）

wú jiāng dà chē　　wéi chén yōng xī　　wú sī bǎi yōu　　zhǐ zì chóng xī
无将大车，维尘雍兮。无思百忧，祇自重兮。（三章）

【注】将，用手扶持前进。 大车，以牛载重之车。 祇，只是。 尘，尘土扑身。

疧，病痛的意思。

冥冥，昏暗的样子。

出；消除。 颎，同"耿"，忧愁；一说光明。

雍，同"壅"，遮蔽的意思。

重，拖累。

此亦行役劳苦作也。 意曰：人情当劳苦之际，不能释然而无思，顾情有难以自伸，则多思不如无思之为愈也。

✳ 无将大车，祇自尘兮。

解 彼平地任载者，是之谓大车也。 人其无将大车乎，将大车而力不能进，祇为尘所污而已，大车其可将耶？

✳ 无思百忧，祇自疧兮。

解 况我行役也，进有王事期程之虑，退有家事多端之虞，是之谓百忧也，我其无思百忧乎？思百忧而忧，不能却将不胜此心之劳瘁，祇以自病而已，百思其可思耶？

✳ 无将大车，维尘冥冥。

解 无将百车将大车，则维尘冥冥而昏晦矣。

✳ 无思百忧，不出于颎。

解 无思百忧，思百忧则其忧愈多，吾见日在忧心耿耿之中，而不能出者矣。

✳ 无将大车，维尘雍兮。

解 无将大车，将大车则维尘壅壅而蒙蔽矣。

✳ 无思百忧，祇自重兮。

解 无思百忧，思百忧则为忧所窘，而不得以少适，祇以自累而已矣。夫以忧思之故而作之诗，又至于不敢忧而欲其无思焉，则其忧必有不可言者矣。 吁，此可以观哀世矣。

小明

五章，一二三章十二句，四五章六句。

míngmíngshàng tiān　　zhào lín xià tǔ　　wǒ zhēng cú xī　　zhì yú qiú yě

明明上天，照临下土。我征徂西，至于艽野。

èr yuè chū jí　　zài lí hán shǔ　　xīn zhī yōu yǐ　　qí dú dà kǔ

二月初吉，载离寒暑。心之忧矣，其毒大苦。

niàn bǐ gòng rén　　tì líng rú yǔ　　qǐ bù huái guī　　wèi cǐ zuì gǔ

念彼共人，涕零如雨。岂不怀归？畏此罪罟。（一章）

xī wǒ wǎng yǐ　　rì yuè fāng chú　　hé yún qí huán　　suì yù yún mò

昔我往矣，日月方除。曷云其还？岁聿云莫。

niàn wǒ dú xī　　wǒ shì kǒng shù　　xīn zhī yōu yǐ　　dàn wǒ bù xiá

念我独兮，我事孔庶。心之忧矣，惮我不暇。

niàn bǐ gòng rén　　juàn juàn huái gù　　qǐ bù huái guī　　wèi cǐ qiǎn nù

念彼共人，睠睠怀顾。岂不怀归？畏此谴怒。（二章）

【注】明明，明智，明察。 艽野，远荒之地。

初吉，农历每月初一至初七、初八，王国维《观堂集林·生霸死霸考》："古者盖分一月之日为四分：一曰初吉，谓自一日至七八日也；二曰既生霸，谓自八九日以降至十四五日也；三曰既望，谓自十五六日以后至二十二三日也；四曰既死霸，谓自二十三四日以后至于晦也。"离，同"罹"，遭受。 寒暑，指一年。

毒，心中之苦如毒药一样。 大，同太。

共，同"恭"，下文同。共人，温恭之人。罪罟，法网。

往，出发。方除，刚过年。聿、云，皆语词。莫，同"暮"，年终。

孔庶，很多。 惮，劳苦。睠睠，即"眷眷"，恋慕。

昔我往矣，日月方奥。曷云其还？政事愈蹙。

岁聿云莫，采萧获菽。心之忧矣，自诒伊戚。

念彼共人，兴言出宿。岂不怀归？畏此反覆。（三章）

嗟尔君子，无恒安处。靖共尔位，正直是与。

神之听之，式榖以女。（四章）

奥，"燠"之假借，温暖。诒，留给。兴，起。

出宿，出而宿于外。反覆，反复无常。

靖，敬慎。位，职位。与，帮助；一说交往。

神，神明；一说谨慎。式，语词。榖，善，指好处。以，与。女，汝。

嗟尔君子，无恒安息。靖共尔位，好是正直。

神之听之，介尔景福。（五章）

安息，同"安处"。

好，喜好。

介，同"匄"，赐予，施予；一说助也。 景，大。

大夫久役而不得归，故呼天而诉之。曰：人臣固有往役之义，而至于困于役焉，将有不胜其自悼者。

明明上天，照临下土。

彼明明上天，照临下土久矣，固宜有以察人之隐，恤人之忧也。

我征徂西，至于艽野。二月初吉，载离寒暑。

奈何使我西征，至于艽野之地。二月初吉，载离寒暑之久，而犹未得归乎。

心之忧矣，其毒大苦。

是以我也忧心之甚，有如药毒之大苦也。

念彼共人，涕零如雨。

夫我既出之久，则僚友之情疏矣。故我念彼共人，感旧兴嗟，而不觉涕零之如雨焉。

岂不怀归？畏此罪罟。

若然，则我岂无怀归之心也哉？但以王事未毕，而遽言归，或有罪罟之加，故畏之而不敢耳。怀哉怀哉，虽有涕零之伤，其如共人何？

昔我往矣，日月方除。

昔我往矣，日月方除，正二月初吉之候也。

曷云其还，岁聿云莫。

今不知何时可还，而岁忽已暮矣，而犹不得少暇焉。

念我独兮，我事孔庶。

若此者岂无故乎？盖念我一身之独，而当事之甚众。

心之忧矣，惮我不暇。

是以心之忧矣，勤劳而不暇也。

念彼共人，眷眷怀顾。

斯时也，适动共人之念，至于眷眷怀顾，而不能以或忘焉。

岂不怀归？畏此谴怒。

是岂无怀归之心哉？但以王事不副有谴怒之责，故畏之而不敢言归耳，则此眷眷之怀，其将何以自慰也耶？

✳ 昔我往矣，日月方奥。

🔶 昔我往矣，日月方奥，正二月方吉之时也。

✳ 曷云其还，政事愈蹙。岁聿云莫，采萧获菽。

🔶 今不知何时可还，则以政事愈急之故。至于岁暮，采萧获菽之时，而犹不得以归焉。

✳ 心之忧矣，自诒伊戚。

🔶 若此者将谁咎乎？盖不能见机远去，是以我心之忧，要惟自诒之焉耳矣。

✳ 念彼共人，兴言出宿。

🔶 斯时也，适动共人之念，至于不能安寝，而兴言出宿焉。

✳ 岂不怀归？畏此反覆。

🔶 是岂无怀归之心哉？但以王事未共，有反复之祸，畏之而不敢归耳。出宿之怀，其将何以自宽耶？夫远行念友，在我固为难已之情，而居官服劳在女，亦有当尽之义。

✳ 嗟尔君子，无恒安处。

🔶 嗟尔君子，今日之安处，其视我之勤劳固不同矣，然尔无以安寝为常，要当有劳时也。

✳ 靖共尔位，正直是与。

🔶 是必靖共尔位，而自尽其当为之分。又正直是与，而愈广其忠益之助。

✳ 神之听之，式穀以女。

🔶 夫能勤职亲贤如此，则无愧于伦理者，亦无愧于鬼神矣。吾知神必听之于幽冥之中，而以穀禄与女，富贵于是长守矣，岂特今日之安处而已哉？

✳ 嗟尔君子，无恒安息。

🔶 嗟尔君子，今日之安息，其视我之劳瘁固有间矣。然尔无以安息为常，要当有劳时也。

✳ 靖共尔位，好是正直。

🔶 是必靖共尔位，而自尽其当为之责。又好是正直，而愈弘其协恭之美。

✳ 神之听之，介尔景福。

🔶 夫能勤职亲贤如此，则无愧于人道者，亦无愧于神理矣。吾知神必听之于冲漠之表，而以景福介尔，禄位于是永保矣，岂特今日之安息而已哉？

鼓钟

四章，章五句。

鼓鐘

gǔ zhōngqiāngqiāng　huái shuǐ shāngshāng　yōu xīn qiě shāng　shū rén jūn zǐ　huái yǔn bù wàng
鼓钟将将，淮水汤汤，忧心且伤。淑人君子，怀允不忘。（一章）

gǔ zhōng jiē jiē　huái shuǐ jiē jiē　yōu xīn qiě bēi　shū rén jūn zǐ　qí dé bù huí
鼓钟喈喈，淮水湝湝，忧心且悲。淑人君子，其德不回。（二章）

gǔ zhōng fá gāo　huái yǒu sān zhōu　yōu xīn qiě chōu　shū rén jūn zǐ　qí dé bù yóu
鼓钟伐鼛，淮有三洲，忧心且妯。淑人君子，其德不犹。（三章）

gǔ zhōng qīn qīn　gǔ sè gǔ qín　shēng qìng tóng yīn　yǐ yǎ yǐ nán　yǐ yuè bù jiàn
鼓钟钦钦，鼓瑟鼓琴，笙磬同音。以雅以南，以籥不僭。（四章）

【注】鼓，敲击。将将，同"锵锵"，象声词。怀，思念。

允，诚然，确实。

喈喈，象声词，形容钟声和谐。湝湝，水流貌。

回，邪。

伐，敲击。鼛，一种大鼓。洲，水中可居之地。妯，郁闷，悲伤；一说动也。

犹，已；一说假借为"訧"，缺点、毛病。

钦钦，象声词，犹"将将"。磬，古乐器名，用玉或美石制成，有孔穿绳索悬于架上，敲击发声。

以，为，作，指演奏。雅，原为乐器名，状如漆筒，两头蒙以羊皮。引申为乐调名，指天子之乐或周王畿之乐调，即正乐。南，原为乐器名，形似钟，引申为乐调名或说指南方江汉地区的乐调。籥，乐器名，似排箫。僭，逾越本分，此处指乱也。

此幽王为流连之乐，时人忧之，而作此。

❋ 鼓钟将将，淮水汤汤，忧心且伤。

解 吾王鼓钟以为乐，其声将将于淮上，但见淮水之流而汤汤矣。寓斯地也，而畅斯音也，其自为乐得矣，如天下何？是以我也闻音之下，慨荒淫之无度，而忧心且伤焉。

❋ 淑人君子，怀允不忘。

解 因仰追昔之淑人君子也，常切忧勤之戒，不事声音之乐，诚有令人慕者，怀思之情，信有不能忘者矣。

❋ 鼓钟喈喈，淮水湝湝，忧心且悲。

解 吾王鼓钟以为乐，其声喈喈于淮上，但见淮水之流而湝湝矣。寓斯地也而作斯乐也，其自为乐得矣，如生民何？是以我也闻音之余，慨为乐之无节，而忧心且悲焉。

❋ 淑人君子，其德不回。

解 因仰追昔之淑人君子也，常守嗜音之徽，而绝邪僻之娱，其德无有回耶者矣！

❋ 鼓钟伐鼛，淮有三洲，忧心且妯。

解 王鼓钟伐鼛于淮上也，始见水之汤汤矣，继见水之喈喈矣，今则水落洲见，而见淮之有三洲焉，此其为

时已久，何其流连忘返若是耶！是以我也日闻钟鼓之音，弥切伤悲之感，而忧心且妯之不宁者焉。

❋ 淑人君子，其德不犹。

解 因仰追昔之淑人君子也，于乐辟雍，非不有作乐之事，然亦先忧后乐，乐而有节也，岂若今王之荒乱至此哉？

❋ 鼓钟钦钦，鼓瑟鼓琴，笙磬同音。

解 若然，则我之所忧者，正以王之不德耳，非以乐之不古也，若以乐论之。但见鼓钟于淮上者，固钦钦而有声矣。以至琴瑟，堂上之乐也，笙磬，堂下之乐也，若难于其克谐矣，今则琴瑟与笙磬而上下之同音，何如其克谐哉！

❋ 以雅以南，以籥不僭。

解 雅、南，乐之章也，籥、舞，乐之容也，似难乎其有序矣。今则雅、南与籥、舞而从律之不奸，何有于僭乱哉？是则其乐则古也，而其德独不若昔之淑人君子，此吾之所以忧伤悲动，而于古人之允怀，有不能忘欤。

楚茨

六章，章十二句。

chǔ chǔ zhě cí　　yán chōu qí jí　　zì xī hé wéi　　wǒ yì shǔ jì
楚楚者茨，言抽其棘。自昔何为？我蓺黍稷。

wǒ shǔ yǔ yǔ　　wǒ jì yì yì　　wǒ cāng jì yíng　　wǒ yǔ wéi yì
我黍与与，我稷翼翼。我仓既盈，我庾维亿。

yǐ wéi jiǔ shí　　yǐ xiǎng yǐ sì　　yǐ tuǒ yǐ yòu　　yǐ jiè jǐng fú
以为酒食，以享以祀。以妥以侑，以介景福。（一章）

jǐ jǐ qiāngqiāng　　jié ěr niú yáng　　yǐ wǎngzhēngcháng　　huò bāo huò pēng
济济跄跄，絜尔牛羊，以往烝尝。或剥或亨，

huò sì huò jiāng　　zhù jì yú běng　　sì shì kǒngmíng　　xiān zǔ shì huáng
或肆或将。祝祭于祊，祀事孔明，先祖是皇，

shén bǎo shì xiǎng　　xiào sūn yǒu qìng　　bào yǐ jiè fú　　wàn shòu wú jiāng
神保是飨。孝孙有庆，报以介福，万寿无疆。（二章）

【注】楚楚，繁密丛生貌。茨，蒺藜。抽，除去。棘，刺。蓺，种植。与与、翼翼，皆茂盛
的样子。

庾，圆形露天粮囤，以草席制成。亿，形容多，犹"盈"。享，祭献。妥，安坐，指请
尸安坐在神位上。侑，劝，指劝进酒食。介，"匄"也，求取。

济济跄跄，严肃恭敬貌；一说"济济"为众多貌，"跄跄"为走路有节奏貌。

絜，同"洁"，洗净。烝，冬祭名。尝，秋祭名。亨，同"烹"。肆，陈列。将，进奉。
祝，太祝，司仪，掌管祭礼的官员。祊，宗庙门内设祭坛之处。明，仪式完备。皇，
往，归往。神保，神灵，指祖考。飨，享受祭祀。

孝孙，主祭之人。庆，福。介，大。

执爨踖踖，为俎孔硕，或燔或炙。君妇莫莫，

为豆孔庶，为宾为客。献酬交错，礼仪卒度，

笑语卒获。神保是格，报以介福，万寿攸酢。 （三章）

我孔熯矣，式礼莫愆。工祝致告，徂赉孝孙。

苾芬孝祀，神嗜饮食，卜尔百福，如几如式，

既齐既稷，既匡既敕。永锡尔极，时万时亿。 （四章）

爨，灶；执爨谓任烹调之事。踖踖，恭谨敏捷的样子。俎，祭祀时盛牲肉的铜制礼器。燔，
烧肉。炙，烤肉。

君妇，主妇，此指天子、诸侯之妻。莫莫，恭谨的样子。豆，食器，形状为高脚盘。

献，主人劝宾客饮酒。酬，宾客向主人回敬。卒度，尽合法度。获，合宜。格，降临。攸，
乃。酢，报。

熯，恭敬。工祝，祝官，主持祭祀司仪的人。致告，代神致词，以告祭者。赉，赐予。

苾、芬，香。孝祀，享祀。卜，给予。赐予。如，合。几，时期。式，法也。齐，同
"斋"，庄敬。稷，疾，敏捷。匡，正。敕，同"饬"，整齐。

锡，同"赐"。极，善。时，是；一说或。

lǐ yí jì bèi　　zhōng gǔ jì jiè　　xiào sūn cú wèi　　gōng zhù zhì gào

礼仪既备，钟鼓既戒。孝孙徂位，工祝致告。

shén jù zuì zhǐ　　huáng shī zài qǐ　　gǔ zhōng sòng shī　　shén bǎo yù guī

神具醉止，皇尸载起。鼓钟送尸，神保聿归。

zhū zǎi jūn fù　　fèi chè bù chí　　zhū fù xiōng dì　　bèi yán yàn sī

诸宰君妇，废彻不迟。诸父兄弟，备言燕私。（五章）

yuè jù rù zòu　　yǐ suí hòu lù　　ěr yáo jì jiāng　　mò yuàn jù qìng

乐具入奏，以绥后禄。尔肴既将，莫怨具庆。

jì zuì jì bǎo　　xiǎo dà qǐ shǒu　　shén shì yǐn shí　　shǐ jūn shòu kǎo

既醉既饱，小大稽首。神嗜饮食，使君寿考。

kǒng huì kǒng shí　　wéi qí jìn zhī　　zǐ zǐ sūn sūn　　wù tì yǐn zhī

孔惠孔时，维其尽之。子子孙孙，勿替引之。（六章）

戒，备；一说告也。徂位，指孝孙回到原位。具，同"俱"。止，语词。皇。大，赞美之词。尸，代表神祇受祭的人。聿，语词。

宰，官名，指冢宰，膳夫为其属官。彻，同"撤"。废彻，将席上的祭品撤走。诸父，泛称同姓长辈。兄弟，泛称同姓同辈。备，尽，完全。言，语助词。燕私，家族私宴。

具，俱。入奏，进入后殿演奏。绥，安享。后禄，祭后的口福。将，美。

小大，尊卑长幼。稽首，跪拜礼，双膝跪下，叩头至地。

惠，顺利。时，善，好。维，同"唯"，只有。其，指主人。尽之，尽其礼仪，指主人完全遵守祭祀礼节。

替，废止。引，长。引之，长行此祭祀礼节。

此美公卿力田奉祭作也。 若曰：秩天下之报者存乎祭，而修天下之祭者存乎农。 我公卿之力农奉祭何如哉？

⊛ 楚楚者茨，言抽其棘。 自昔何为？我蓺黍稷。

㊣ 彼楚楚蒺藜之地，皆皆荆棘之区者也。 昔人有抽除其棘，而加垦辟之功者，果何所为哉？盖将我蓺黍稷之地也。

⊛ 我黍与与，我稷翼翼。

㊣ 是以我也乘此原隰之畇畇，而言蓺之黍，则我黍与与矣。 言蓺之稷，则我稷翼翼矣。

⊛ 我仓既盈，我庾维亿。

㊣ 由是收成之富，储之以仓，则我仓既盈矣。 积之以庾，则我庾维亿矣，而所以为奉祭之礼者，不既有贤哉。

⊛ 以为酒食，以享以祀。

㊣ 但见以之为酒，而三醉之既备也，以为之食，而粢盛之既洁也。 于是以行享祀于祖考焉。

⊛ 以妥以侑，以介景福。

㊣ 而享祀莫先于迎尸也，则以是酒妥尸，而安之坐也，以是食侑尸，而劝之实也，所以格神获福者有本矣。 故神明感通之下，凡为公卿莫大之福者，于是乎锡使之，受

禄于天，宜稼于田也，不有以介景福乎！

⊛ 济济跄跄，絜尔牛羊，以往烝尝。 或剥或亨，或肆或将。

㊣ 不特此也，礼有始于迎牲求神者。 我公卿王之于上，其容仪则济济而齐一，跄跄而趋翼。 其迎牲也，则洁尔牛羊，以行烝尝之祭，而剥烹肆将，以尽孝享之诚，而迎之牲之事，无一不尽矣。

⊛ 祝祭于祊，祀事孔明。

㊣ 其求神也，则不徒灌鬯以求诸阴，复使祝博求于庙门之内，不徒炳萧以求诸阳，复使祝博求于待宾客之处，而求神之事，无一不周矣。 夫主以济仓之容，而迎牲求神之咸举，则祀事不孔明哉！

⊛ 先祖是皇。 神保是飨，孝孙有庆。

㊣ 由是一敬所通，先祖严君临之，象神保享奠飨之礼，而莫大之庆，皆于孝孙乎锡焉。

⊛ 报以介福，万寿无疆！

㊣ 其庆果何如乎？但见报尔以介福，使之万寿无疆，而所以受禄于天，宜稼于田者，悠悠乎其未有艾矣。

⊛ 执爨踖踖，为俎孔硕。 或燔或炙，君妇莫莫。

㊣ 不特此也，礼有所谓初献、亚献、

三献之事者，而执事之人，何有一人之不敬乎？但见贱而执爨者，其心蹭蹭而敬也。 为俎以载牲躯，而牲躯之孔硕，肝肉以备从献，而燔炙之必谨，何者非蹭蹭所形乎？尊而为君妇者，其心莫莫然，清静而敬至也。

（＊）为豆孔庶，为宾为客，献酬交错。

（解）为豆以盛内羞，而内羞之甚，具为豆以盛，庶羞而然，羞之甚多，何者，非莫莫所形乎。 疏而为宾客者，当三献既毕之后，而主人与之行献酬交错之礼。

（＊）礼仪卒度，笑语卒获。

（解）以礼仪则卒度，无有于傲慢也。以笑语则卒获，无有于讙哗也。夫人虽有亲疏贵贱之不同，然何者不异人而合敬也乎？

（＊）神保是格，报以介福，万寿攸酢！

（解）是以一敬所孚，神保是格。 而报之以介福者，惟其万寿之是报焉耳，而所以受禄于天，宜稼于田者，悠悠乎其未有穷矣。

（＊）我孔熯矣，式礼莫愆。

（解）夫自迎尸以至三献之终，则礼行既久，筋力竭矣，若易至于失礼也，然犹终无间于其始，而式礼之莫愆若然，则凡所为饮食之荐，非虚文矣，礼容之庄，非勉强矣。

（＊）工祝致告，徂赉孝孙。

（解）斯时也，神歆其诚，工祝则传神意以致告，而往赉于孝孙。

（＊）苾芬孝祀，神嗜饮食。卜尔百福，如几如式。

（解）尔之孝祀，于饮食则苾苾芬芬，无不芬洁之物也。 故神之嗜之，卜尔以百福之备，使其来如几与心之所欲悉相符也。 其多如式与法纪之森密，悉相似也，而饮食之报，其福如是矣。

（＊）既齐既稷，既匡既敕。

（解）尔之奉祭于礼容，则齐稷匡敕，无不庄敬之仪也。

（＊）永锡尔极，时万时亿。

（解）故神之鉴之，永锡以众善之极，使其事有万也，而万事皆协于极之中，事有亿也，而亿事皆会于极之内，而礼容之报，其福如是矣。夫随事而报之，以其类，则所谓惟贤者之祭，为能受福者非耶。

（＊）礼仪既备，钟鼓既戒。

（解）及其祭毕之时，何如乎？但见礼仪则既备，而无不行之礼矣。 钟鼓则既戒，而无不奏之乐矣。

（＊）孝孙徂位，工祝致告。

（解）由是孝孙无事，往之阼阶下西向之位。 而工祝致尸意，以告曰：尔之利养，于是乎毕矣。

※ 神具醉止，皇尸载起。鼓钟送尸，
神保聿归。

解 夫神以尸为依，尸以神为节者也。
工祝致告成矣，但见神具醉止，皇
尸于是而载起，鼓钟送尸神保，于
是而聿归矣。

※ 诸宰君妇，废彻不迟。

解 神归之后，馔在所必彻也，则诸宰
君妇废彻笾豆，要皆敏疾以从事，
而不失之迟焉。

※ 诸父兄弟，备言燕私。

解 废彻之后，燕在所必举也，则宾客
归之，以俎诸父兄弟留之与燕，以
尽私恩，而笃其亲亲之情焉，既敬
其所尊，而又爱其所亲，若公卿
者，可谓仁孝之至者矣。

※ 乐具入奏，以绥后禄。

解 然燕私获福何如哉？公卿当奉神之
时，乐固奏于庙矣。今焉于寝而
燕私，祭时之乐，则皆入奏于寝，
以乐吾诸父兄弟之心焉。但见人
心欢洽之下，皆愿致福于其君，我
公卿又有以受后禄而绥之也。

※ 尔殽既将，莫怨具庆。既醉既饱，
小大稽首。

解 后禄何如？吾有见于与燕之庆词
矣。盖尔肴既将所以燕之也，而
与燕之人，莫有怨者，皆尽醉饱之
欢，于是小大稽首而言。

※ 神嗜饮食，使君寿考。

解 向者之祭神，既嗜君之饮食，而
使君寿考矣。

※ 孔惠孔时，维其尽之。

解 然君子之祭不止于饮食，而君之
福不止于寿考也。吾观尔之祭也，
礼仪品物皆协于典，则何其顺
耶？禴祀烝尝，各举之以时，何
甚时耶！而祭祀之礼，诚无有不
尽矣。

※ 子子孙孙，勿替引之！

解 然岂特自吾行之已哉？但见一人
之祀典，既秩万世之法守，遂定
继君，而子子而又子，继而孙孙
而又孙皆不替，此惠时之典而日
引长之，有此国家之抚，则有此
宗庙之祭也，宁非吾人之愿乎！
夫观与燕者之庆词，则宗祧世享
血食，此诚人君莫大之福也。后
禄之绥，孰有过于此哉！

吁，楚茨公卿事神，获福之节如
此。盖惟其致力于民者，尽故其
致力于神者详也，也非德盛政修，
何以能此哉？

信南山

六章，章六句。

shēn bǐ nán shān　　wéi yǔ diàn zhī　　yún yún yuán xí　　zēng sūn tián zhī
信彼南山，维禹甸之。畇畇原隰，曾孙田之。

wǒ jiāng wǒ　lǐ　　nán dōng qí mǔ
我疆我理，南东其亩。（一章）

shàng tiān tóng yún　　yù xuě fēn fēn　　yì zhī yǐ mài mù　　jì yōu jì wò
上天同云，雨雪雰雰。益之以霢霂，既优既渥，

jì zhān jì zú　　shēng wǒ bǎi gǔ
既沾既足，生我百谷。（二章）

jiāng yì　yì　yì　　shǔ jì yù yù　　zēng sūn zhī sè　　yǐ wéi jiǔ shí
疆埸翼翼，黍稷彧彧。曾孙之穑，以为酒食。

bì　wǒ shī bīn　　shòu kǎo wàn nián
畀我尸宾，寿考万年。（三章）

【注】信，同"伸"，延伸。禹，大禹。甸，治理。
畇畇，土地平展整齐貌。曾孙，主祭者对祖神的自称。田，垦治。
疆，划定大的田界。理，细分地亩。南东，用作动词，指将田陇开辟
成南北向或东西向。
上天，《尔雅·释天》："冬曰上天。"同云，布满阴云。雨雪，下雪。
雰雰，纷纷。霢霂，小雨。优，充足。渥，润泽。
埸，田界。翼翼，整齐貌。彧彧，同"郁郁"，茂盛的样子。
畀，给予。

zhōng tián yǒu lú　　jiāng yì yǒu guā　　shì bāo shì zǔ　　xiàn zhī huáng zǔ

中田有庐，疆埸有瓜。是剥是菹，献之皇祖。

zēng sūn shòu kǎo　　shòu tiān zhī hù

曾孙寿考，受天之祜。（四章）

jì yǐ qīng jiǔ　　cóng yǐ xīng mǔ　　xiǎng yú zǔ kǎo　　zhí qí luán dāo

祭以清酒，从以骍牡，享于祖考。执其鸾刀，

yǐ qǐ qí máo　　qǔ qí xuè liáo

以启其毛，取其血膋。（五章）

shì zhēng shì xiǎng　　bié bié fēn fēn　　sì shì kǒng míng　　xiān zǔ shì huáng

是烝是享，苾苾芬芬，祀事孔明。先祖是皇，

bào yǐ jiè fú　　wàn shòu wú jiāng

报以介福，万寿无疆。（六章）

庐，草庐；一说"芦"之假借，即萝卜。

菹，腌制。皇祖，先祖之美称。

祜，福。

骍牡，赤色的公牛。

鸾刀，带铃的刀。启，分开。膋，脂膏，此指牛油。

此亦美力田奉祭作也。

✳ 信彼南山，维禹甸之。

解 黍稷之生，本于地利，而地利则辟于古也。信彼南山，维禹治水，敷甸治之功。

✳ 畇畇原隰，曾孙田之。

解 故其高原下隰，有垦辟之势，我曾孙因得而田之也。

✳ 我疆我理，南东其亩。

解 于是为之，画其大界，一里为井也，十里为通也，百里为成也，而外有以极其规模之大矣。为之别其条理，一夫有遂也，十夫有沟也，百夫有涂也，而内有以尽其节目之详矣。然治田以水泉灌溉之利为先，而地势水势不可不顺也。是故地势每下于东南，而水势趋之也。如地势东下，而水必趋于东矣，则横其沟于东，纵其遂于西，使水自西而东入于沟，而为之南其亩以捍之焉，度水不得溢而南矣。如地势南下，而水必趋于南矣，则横其沟于南，纵其遂于北，使水自北而南入于沟，而为之东其亩以捍之焉，庶水不得溢而东矣。由是而涝也，则决田之水以入遂，决遂之水以入沟，而涝有所泄矣。由是而旱也，则引沟之水以入遂，引遂之水以入田，而旱有所备矣，其疆理之详为何如耶？

✳ 上天同云，雨雪雱雱。

解 黍稷之生，本于天泽，而天泽则贵于盛也。彼冬欲雪，而雪欲盛也。今则上天同云，而雨雪雱雱，雪何盛耶！

✳ 益之以霢霂，既优既渥，既霑既足，生我百谷。

解 春欲雨，而雨欲徐也，今则益之以霢霂之小雨，而不失之暴雨，又何徐耶！夫冬有积雪，而春有小雨，则天时与地利相资，吾见其既优而不骤矣，抑且厚渍而既渥焉。吾见其既霑而润泽矣，抑且既足而充满焉。其地利之饶洽，如是不有以生我之百谷也乎？

✳ 疆场翼翼，黍稷彧彧。

解 夫惟秉禹甸而尽疆理之功矣，是以疆场之间，翼翼而整饬也。惟承天泽，而致饶洽之休矣。是以黍稷之生，或或然而茂盛也。

✱ 曾孙之穑，以为酒食。

解 若此者惟我曾孙，因地之利，顺天之时，于以薙此黍稷，非曾孙之穑，而谁穑哉？于是因收入之富，而备为酒食之需。

✱ 畀我尸宾，寿考万年。

解 祭必有象神之尸，则以此而畀我之尸，而妥侑以致孝也。亦必有助祭之宾，则以此而畀我之宾，而献酬以致敬也。由是先祖居歆，而报以介福，使我曾孙寿考，获万年之永，而为宗庙鬼神之立者，宁一日已乎？

✱ 中田有庐，疆场有瓜。

解 不特此也。彼中田有庐所，以便农事者也。于疆场种瓜，所以尽天地利也。

✱ 是剥是菹，献之皇祖。

解 瓜既熟矣，则剥削淹渍以为菹，献之皇祖，以告处贵四时之异物，而顺孝子之诚心者在是矣。

✱ 曾孙寿考，受天之祜。

解 是以皇祖来格，使我曾孙寿考，于以受天之祜，而应夫爵禄富贵之休者，宁有可量也耶！

✱ 祭以清酒，从以骍牡，享于祖考。

解 不特此也。祭必始于求神也，则以郁鬯之酒灌地，而求神于阴也。祭次于迎牲也，则以骍色之牡，而享于祖考之前也。

✱ 执其鸾刀，以启其毛，取其血膋。

解 迎牲而杀，不敢以委之于人，亲执鸾刀，而示其必躬之敬。牲非纯色，不敢以祭，则启其毛，以告纯也。牲非特杀，不敢以祭，则取其血，以告杀也。神无不之难，必其定在，则取其血膋，将合黍稷而燔之，以求神于阳也，其求神迎牲，又何其周耶！

✳ 是烝是享，苾苾芬芬。

㊍ 由是公卿以其奉祭之物，进于宗庙之中，献于祖考之前。但见饮食芳洁，苾苾芬芬之旁达也。

✳ 祀事孔明，先祖是皇。

㊍ 是一祀事之间，物无不具，礼无不周，何其孔明也哉？由是先祖监其诚意，而俨君临于上。

✳ 报以介福，万寿无疆。

㊍ 报曾孙以介福，使之万寿无疆，所以抚南山之土田，承天泽之厚利，而修宗庙之祀典者，岂特今日为然哉？要之福不自致，致以祭典之修也。祭不徒举，举以农事之力也，然则有国家者，乌可不重民事哉？

甫田

四章，章十句。

^{zhuō bǐ pǔ tián} ^{suì qǔ shí qiān} ^{wǒ qǔ qí chén} ^{sì wǒ nóng rén}
倬彼甫田，岁取十千。我取其陈，食我农人，

^{zì gǔ yǒu nián} ^{jīn shì nán mǔ} ^{huò yún huò zǐ} ^{shǔ jì nǐ nǐ}
自古有年。今适南亩，或耘或耔，黍稷薿薿。

^{yōu jiè yōu zhǐ} ^{zhēng wǒ máo shì}
攸介攸止，烝我髦士。（一章）

^{yǐ wǒ zī míng} ^{yǔ wǒ xī yáng} ^{yǐ shè yǐ fāng} ^{wǒ tián jì zāng}
以我齐明，与我牺羊，以社以方。我田既臧，

^{nóng fū zhī qìng} ^{qín sè jī gǔ} ^{yǐ yà tián zǔ} ^{yǐ qí gān yǔ}
农夫之庆。琴瑟击鼓，以御田祖，以祈甘雨，

^{yǐ jiè wǒ jì shǔ} ^{yǐ gǔ wǒ shì nǚ}
以介我稷黍，以穀我士女。（二章）

【注】倬，广大的样子。 甫田，大田。

陈，陈粮。 食，拿东西给人吃。

有年，丰收年。

耘，锄草。 耔，培土以养根。 薿薿，茂盛的样子。

攸，乃，就。 介、止，皆为休息之意。 烝，引进。 髦士，杰出人士。

齐明，即粢盛，祭器中所盛的谷物。 牺，祭祀用的纯色牲口。 以，用

作。 社，祭土地神。 方，祭四方神。

臧，丰收。 御，同"迓"，迎接。 田祖，农神。 介，同"匄"，求也。

穀，养。 士女，男女。

zēng sūn lái zhǐ　　yǐ qí fù zǐ　　yè bǐ nán mǔ　　tián jùn zhì xǐ

曾孙来止，以其妇子，馌彼南亩，田畯至喜。

rǎng qí zuǒ yòu　　cháng qí zhǐ fǒu　　hé yì cháng mǔ　　zhōng shàn qiě yǒu

攘其左右，尝其旨否。禾易长亩，终善且有。

zēng sūn bù nù　　nóng fū kè mǐn

曾孙不怒，农夫克敏。（三章）

zēng sūn zhī jià　　rú cí rú liáng　　zēng sūn zhī yǔ　　rú chí rú jīng

曾孙之稼，如茨如梁；曾孙之庾，如坻如京。

nǎi qiú qiān sī cāng　　nǎi qiú wàn sī xiāng　　shǔ jì dào liáng　　nóng fū zhī qìng

乃求千斯仓，乃求万斯箱。黍稷稻粱，农夫之庆。

bào yǐ jiè fú　　wàn shòu wú jiāng

报以介福，万寿无疆。（四章）

曾孙，主祭者，指周成王。 止，语助词。 馌，送饭。 田畯，农官。

攘，取食。 旨，美味。

易，治理。 长亩，整个田亩。 有，丰足。

克，能。 敏，勤快。

茨，形容圆形之谷堆。 梁，形容长方形之谷堆。 庾，露天的粮仓。 坻，水中高地。

京，高丘。

箱，车厢。

介福，大福。

此述公卿力农，以奉方社田祖之祭意，曰：农事之勤在人力，而丰登之庆由神功，吾观今日丰年之获，而知其有所自矣。

⊛ 倬彼甫田，岁取十千。

㊐ 我公卿有田一成，田何大也！中外公私，制何详也！顾征无饮无艺，则民困矣，于是取岁万亩之入，以为禄食之供，其取之不有制乎？

⊛ 我取其陈，食我农人，自古有年。

㊐ 补助不行，则民病矣，于是取其所积之陈，以为农人之食，其散之不甚厚乎？ 夫取之甚薄而散之，顾其厚者，果何自而能然哉？盖以自古以来，有此甫田，则有此丰年，是以陈陈相因，而兴废有资耳。

⊛ 今适南亩，或耘或耔，黍稷薿薿。

㊐ 夫既自古有年矣，今适南亩以省耘，固将以验人力之勤惰，而黍稷之盛与否也。 但见农人皆勤劳以从事，或耘以去草也，或耔以拥本也，而黍稷之生，皆薿薿而茂盛焉，则将复有年矣。

⊛ 攸介攸止，烝我髦士。

㊐ 于是即其所大所止之处，进我髦士而劳之，使知南亩之勤劳，皆上人所悯恤，而告语一人，所以遍示乎众人也。

⊛ 以我齐明，与我牺羊，以社以方。

㊐ 夫我公卿力农，而丰年之屡获如此，是皆田祖方社之功也，而公卿之奉祭何如哉？但见秋而报也，必有礼以备物也，则以我明洁之粢盛，与我纯色之牺羊。 以社焉而报其生物之功，以方焉而报其成物之功。

⊛ 我田既臧，农夫之庆。

㊐ 且曰：我田之所以臧者，皆方社之神，监农夫之勤劳，而锡以屡丰之庆，我因利赖之耳。 岂曰我一人之力也？是其报也，为吾民而报者也。

⊛ 琴瑟击鼓，以御田祖，以祈甘雨。以介我稷黍，以穀我士女。

㊐ 春而祈也，必有乐以导和也，则奏彼丝属之琴瑟，击夫革属之土鼓，以迓夫田祖之神焉。 盖士女以黍稷而谷，黍稷以甘雨而介也。 吾祈田祖之神，默运其化工，使甘雨以时而降，于以大我之黍稷，而养我之士女耳。 岂曰为一己之利也？是其祈也，为吾民而祈者也。

⊛ 曾孙来止，以其妇子，馌彼南亩。

㊐ 夫我公卿之为民祈报如此，又以力农之事而详言之。 但见其省耘也，曾孙之来，适见农夫之妇子来馌耘

者，曾孙与之偕至于彼南亩焉。

※ 田畯至喜，攘其左右，尝其旨否。

解 是其人力之齐，既有以致田畯之喜矣。我曾孙也，又念农夫之体，我不可不知，于是攘其左右之馈，而尝其味之旨否焉，君民之间，宛然如家人之相亲也。

※ 禾易长亩，终善且有。

解 夫曾孙之来，本将以观其禾之何如者，而卜其终之善有今也。黍稷蘸蘸，而禾之易治，竟亩如一，则其终之，实款实栗，而皆善也，既庶既繁，而且有也，可于今日卜之矣。

※ 曾孙不怒，农夫克敏。

解 是以曾孙协其有年之望，欣欣然而不怒。彼农夫者亦因其曾孙不怒，益以克敏于事，盖虽未烝髦士而劳之，而所以或耘或耔者，无一人之感怠矣，曾孙之亲民感下有如此者。

※ 曾孙之稼，如茨如梁。

解 迨夫收成也，而其善有之，庆何如哉？曾孙之稼，其未获而在野也，则如茨如梁，密比而穹隆也。

※ 曾孙之庾，如坻如京。

解 曾孙之庾，其露积而在庾也，则如坻如京，崇高而盛大也。

※ 乃求千斯仓，乃求万斯箱。

解 求仓以处之，乃求千斯仓。求箱以载之，乃求万斯箱，即其收入之富如此，则所谓终善且有者，于是可征，而自古有年者，于今方可继矣。

※ 黍稷稻粱，农夫之庆。

解 若此者是皆我曾孙省方之勤祈，报之周有以致之也。而且不自有其庆，而曰凡此黍稷稻粱，而所在盈溢者，皆我农夫之勤劳，上通于神贶，故田祖方社因以丰年锡之，是我今日之庆，皆我农夫之庆也。

※ 报以介福，万寿无疆。

解 是必神于其冥之中，报以介福，使之万寿无疆，于以常享有年之祥，我亦因之而永赖其庆也。曾孙于农事之成，又必欲归报于下如此。夫惟致力于民者，尽而获丰年之庆，则致力于神者，详而极礼乐之备，此田祖方社之祭所由举也，非公卿之德盛政修，果何以得此哉？

大田

四章，一二章八句，三四章九句。

dà tián duō jià　　jì zhòng jì jiè　　jì bèi nǎi shì　　yǐ wǒ tán sì　　chù zài nán mǔ
大田多稼，既种既戒，既备乃事。以我覃耜，俶载南亩，

bō jué bǎi gǔ　　jì tíng qiě shuò　　zēng sūn shì ruò
播厥百穀。既庭且硕，曾孙是若。（一章）

jì fāng jì zào　　jì jiān jì hǎo　　bù láng bù yǒu　　qù qí míng tè　　jí qí máo zéi
既方既皁，既坚既好，不稂不莠。去其螟螣，及其蟊贼，

wú hài wǒ tián zhì　　tián zǔ yǒu shén　　bǐng bì yán huǒ
无害我田稚。田祖有神，秉畀炎火。（二章）

【注】大田，面积广阔的农田。 种，选种。 戒，备，指准备农具而言。 乃事，这些事。

覃，"剡"的假借，锋利。 俶载，开始工作。 厥，其。

庭，同"挺"，挺拔。 若，顺心。

方，谷壳刚生出来还未合。 皁，谷壳已合而尚未结实。 既坚既好，指谷粒坚实、饱满。

稂，穗粒空瘪的禾。 莠，杂草。

螟，虫名，专吃苗心。 螣，虫名，专吃苗叶。 蟊，虫名，专吃禾根。 贼，虫名，专吃禾节。 稚，嫩禾、幼苗。

秉，执持。 炎火，大火。

yǒu yǎn qī qī　　xīng yǔ qí qí　　yù wǒ gōng tián　　suì jí wǒ sī　　bǐ yǒu bù huò zhì

有渰萋萋，兴雨祁祁；雨我公田，遂及我私。彼有不获稚，

cǐ yǒu bù liǎn jì　　bǐ yǒu yí bǐng　　cǐ yǒu zhì suì　　yī guǎ fu zhī lì

此有不敛穧；彼有遗秉，此有滞穗，伊寡妇之利。（三章）

zēng sūn lái zhǐ　　yǐ qí fù zǐ　　yè bǐ nán mǔ　　tián jùn zhì xǐ　　lái fāng yīn sì

曾孙来止，以其妇子，馌彼南亩，田畯至喜。来方禋祀，

yǐ qí xīng hēi　　yǔ qí shǔ jì　　yǐ xiǎng yǐ sì　　yǐ gài jǐng fú

以其骍黑，与其黍稷。以享以祀，以介景福。（四章）

有渰，即"渰渰"，云兴貌。萋萋，云行貌。祁祁，盛多的样子。公田，公家的田。私，
私田。

敛，收藏。穧，已收割的禾。秉，捆扎成束的禾把。伊，是。

方，祭四方之神。禋祀，用火烧柱，使烟气上冲于天的一种祭祀。

此农夫颂美其上，以答前篇之意也。若曰：君以民为本，民以君为心，我农夫被曾孙之德深矣，安敢忘所自哉？

※ 大田多稼，既种既戒，既备乃事。

解 我曾孙有田一成，田则大也，种而为稼，稼则多也。夫稼多则为种亦多，故于今岁之冬，具来岁之种，盖凡百谷之异，冈不择矣。田大则为事亦大，故于今岁之冬，戒来岁之事，盖凡筤耜之器，冈不饬矣。凡既备矣，然后而事之。

※ 以我覃耜，俶载南亩，播厥百谷。

解 于是以其所戒之覃耜，而始事于南亩之中，其耕之何甚勤也？以其所择之百谷，而播之于南亩之中，其播之何甚时也。

※ 既庭且硕，曾孙是若。

解 人力既尽，而地利遂兴，但见百谷之生，既庭然而直，且硕然而大。盖虽未及于有秋，可以卜其终之善，有我曾孙，所以谷士女充国用者，皆将有赖矣，不有以顺其心之所欲乎。

※ 既方既皁，既坚既好，不稂不莠。

解 夫庭硕之苗，固有以顺曾孙之心矣，然不自庭硕而已也。但见日至之时，有孚甲始生，而成房者，则既方矣。又有孚甲既合而成实者，则既皁矣。由是成实，日益完固，而既坚也。由是形味颓然充美，而既好也。以至童粱之苗，似苗之莠，无不悉去，苗而秀，秀而实，竟亩如一，其生可谓盛矣。

※ 去其螟螣，及其蟊贼，无害我田稚。

解 使四虫之害不去，何以遂其盛乎？是必去其食心之螟，食叶之螣，及其食根之蟊，食节之贼。然后可以无害我田中之幼禾，而今日方卓坚好之苗，固其所自盛也已。

※ 田祖有神，秉畀炎火。

解 然此岂我农夫之力所能及哉？惟赖田祖，有神素监，曾孙爱民之德，为我持此四虫，而付之炎火之中，不得以肆其害耳。是苗害之除，固赖神之庇也，而亦君之德有以感乎神者也。

※ 有渰萋萋，兴雨祁祁。

解 夫苗害除矣，使云雨之降不时，亦何以遂其盛哉？然云雨之降自天，非我农夫所可必也，惟顾天监曾孙爱民之德。而云之渰也，萋萋其盛乎！雨之兴也，祁祁其徐乎！

※ 雨我公田，遂及我私。

解 公田，十千之禄所自出也，其先雨之，既溥乎优渥之泽。私田，士

女之谷所由资也，徙而遂及之，亦蒙乎沾足之休。盖吾君爱民之心，甚于爱己，故天眷君之德，因以眷迁一氏，而今日方皁坚好之苗，固其所自盛也。

※ 彼有不获稚，此有不敛穧。

解 是以及其收成之际，彼有不及获之稚禾。此有不及敛之穧束。

※ 彼有遗秉，此有滞穗，伊寡妇之利。

解 彼有遗弃的禾把，此有滞漏之禾穗，使寡妇之无产可恃者，亦得取之，以给朝夕之养也。夫以收成，富而利及寡妇，固天之泽也，而亦吾君之德，有以感乎天者也。若然，则我农夫之利，赖于曾孙者岂莫征哉？

※ 曾孙来止，以其妇子。馌彼南亩，田畯至喜。

解 夫农夫之利，赖于曾孙，岂无回报之心乎？然而力不能报，亦惟有赖于方社之神耳。故曾孙之省敛也，农夫相戒而言曰：曾孙来矣。载获之事固农夫所当效力，而馈饷之责又在我妇子也。于是曾孙与妇子之来，馌者偕至于南亩焉。是其人力之齐者，有以惬君之愿，田畯之劝农者，亦至而喜之也。

※ 来方禋祀，以其骍黑，与其黍稷。

解 然而曾孙之来，非徒以省敛为也，

盖将举禋礼之典，以报四方之神。由是以其骍黑，而牺牲之必成也。与其黍稷，而粢盛之必洁也。

※ 以享以祀，以介景福。

解 于以享祀四方之神，而报其成物之功焉。若此者，曾孙似续古人，固无心缴福于神者也，然一诚所通，而神之格也，不有以介景福乎？而受禄于天，宜稼于田者，自以身而应其眷矣。此固感通必然之理也，宁非吾人之所深顾于曾孙乎？

吁，上之人以我田既臧，为农夫之庆，而欲报之以介福，农夫以雨我公田，遂及我私，而欲其享祀，以介景福，上下之情，相□□□□之如此，然要非公卿之盛德，其孰能有此！

瞻波洛矣

三章，章六句。

瞻彼洛矣
洛矣

zhān bǐ luò yǐ　　wéi shuǐ yāng yāng　　jūn zǐ zhì zhǐ　　fú lù rú cí
瞻彼洛矣，维水泱泱。君子至止，福禄如茨。

mèi gé yǒu shì　　yǐ zuò liù shī
韎韐有奭，以作六师。（一章）

zhān bǐ luò yǐ　　wéi shuǐ yāng yāng　　jūn zǐ zhì zhǐ　　bǐ běng yǒu bì
瞻彼洛矣，维水泱泱。君子至止，鞸琫有珌。

jūn zǐ wàn nián　　bǎo qí jiā shì
君子万年，保其家室。（二章）

zhān bǐ luò yǐ　　wéi shuǐ yāng yāng　　jūn zǐ zhì zhǐ　　fú lù jì tóng
瞻彼洛矣，维水泱泱。君子至止，福禄既同。

jūn zǐ wàn nián　　bǎo qí jiā bāng
君子万年，保其家邦。（三章）

【注】洛，经洛阳而流入黄河的洛水。 泱泱，水势盛大的样子。

君子，指周王。 止，语助词。 茨，屋盖。 如茨，形容其多。

韎，茅蒐草，即茜草所染色的革制品。 韐，蔽膝。 韎韐，为兵事之服。

奭，赤色貌。 有奭，形容韎韐之色鲜红。 作，兴也。 六师，六军，古
时天子六师，每师二千五百人。

鞸，刀鞘，又名刀室。 琫，刀鞘口周围的玉饰。 有珌，即珌珌，玉饰
花纹美丽貌。

既，完全。 同，汇聚。

天子会东都以讲武事，而诸侯美之，曰：惟天下有道之君，能谨无虞之戒，故时虽全盛，而不忘武备焉。非过虑也，持盈保泰之上策，固如是也，我周王有以识此矣。

(*) 瞻彼洛矣，维水泱泱。

(解) 瞻彼洛矣，维水泱泱而深广，盖处天下之中，而万国之所宗也。

(*) 君子至止，福禄如茨。

(解) 我君子会诸侯以讲武，而至止洛水之上也，乘舆甫临，冠裳毕集，而人心之不改，即单厚之尔俾也，福禄之积，不如茨乎。

(*) 韎韐有奭，以作六师。

(解) 于是释其衮冕之华，而服彼韎色，有赤之韐，于以严纪律，新号令，而振作六师之气，使久安之人心，因之而益奋也已。

(*) 瞻彼洛矣，维水泱泱。

(解) 夫惟会朝以讲武也，而久安长治之策，不有赖于是者哉？瞻彼洛水，泱泱其深广，所以起万国之朝宗也。

(*) 君子至止，鞸琫有珌。

(解) 我君子至止以讲武也，则佩乎容刀之鞸，而饰以琫珌之文矣。

(*) 君子万年，保其家室。

(解) 夫君子以四海为家室者也，今也安不忘危，则有以消危于未形，而安可久矣，宁不于万斯年，而保其家室于不堕乎。

(*) 瞻彼洛矣，维水泱泱。

(解) 瞻彼洛水，泱泱其深广，所以示万方之拱极也。

(*) 君子至止，福禄既同。

(解) 我君子至止以讲武也，则萃乎群后之心，而为福禄之攸同矣。

(*) 君子万年，保其家邦。

(解) 夫君子以四海为家邦者也，今也治不忘乱，则有以弭乱于不作而治，可久矣。宁不于万斯年，而保其家邦于无虞乎。吁，当极盛之时，而预为保泰之虑，周王可谓善于持盈矣，诗人美之宜哉。

裳裳者华

四章，章六句。

裳裳
者華

cháng cháng zhě huā　　qí yè xǔ xī　　wǒ gòu zhī zǐ　　wǒ xīn xiè xī

裳 裳 者华，其叶湑兮。我觏之子，我心写兮。

wǒ xīn xiè xī　　shì yǐ yǒu yù chǔ xī

我心写兮，是以有誉处兮。 （一章）

cháng cháng zhě huā　　yún qí huáng yǐ　　wǒ gòu zhī zǐ　　wéi qí yǒu zhāng yǐ

裳 裳 者华，芸其黄矣。我觏之子，维其有章矣。

wéi qí yǒu zhāng yǐ　　shì yǐ yǒu qìng yǐ

维其有章矣，是以有庆矣。 （二章）

【注】裳裳，同"堂堂"，鲜明美盛的样子。 华，花。 湑，茂盛的样子。 之子，指某
位官员或诸侯。 写，舒畅、欢乐。 誉，同"豫"，乐的意思。 誉处，安乐。
芸，纷纭。 黄，黄色的花。 章，法则，指周旋中礼。 庆，福。 沃若，有光泽
的样子。

裳 裳 者华，或 黄 或 白。我 觏 之 子，乘 其 四 骆。

乘 其 四 骆，六 辔 沃 若。（三章）

左 之 左 之，君 子 宜 之。右 之 右 之，君 子 有 之。

维 其 有 之，是 以 似 之。（四章）

左、右，通"佐、佑"，辅助的意思。君子，指天子。宜，安。

有，亲；一说取用。

似，同"嗣"，续也。

此天子美诸侯，以答瞻彼洛矣也，若曰：臣之福，惟
君锡之，而君之锡，惟臣致之。今观之子来朝，而深
有足嘉矣。

❋ 裳裳者华，其叶湑兮。

🈂 彼裳裳者华，则其叶湑然茂盛而可喜矣。

❋ 我觏之子，我心写兮。

🈂 况我君子不有以动我心之喜乎，盖我君子，吾之所顾见而不可得，
此心常以为恨者也。今也至止洛水之上，而我得以既觏之，则顾
见之怀，以慰此心硕写，而悦乐之矣。

❋ 我心写兮，是以有誉处兮。

🈂 夫惟其心之写，则得君深矣。由是声闻日以隆，禄位日以固，不
其有誉处者乎。
夫我于君子之见而此心之写，何哉？盖以君子之可美者，有以悦
我心耳。

❋ 裳裳者华，芸其黄矣。

🈂 裳裳者华，芸然而黄者，若是其有文矣。

❋ 我觏之子，维其有章矣。

🈂 况于君子，而无文章之可以获福乎？但见我觏之子，和顺积中，
英华发外，交畅于四肢，发挥于事业，而若是其有文章矣。

❋ 维其有章矣，是以有庆矣。

🈂 夫文德之光，所以为致福之本也，维其有章矣，则岂不有福庆乎？
而凡夫可致之祥，无不于之子，而申锡之矣，是我心之写也，乃写
以君子之文章也已。

❋ 裳裳者华，或黄或白。

🈂 不特此也。裳裳者华，或黄或白，无一之不盛矣。

❋ 我觏之子，乘其四骆。乘其四骆，六辔沃若。

🈂 况于君子，而无威仪之盛之可观乎，但见我觏之子，马以驾车，

则乘其四骆，而骖服之齐色，辔以御马也，则六辔在手，而沃若之和柔，乘是车马以来会，夫固恪守周官之威仪矣。是我心之写也，乃写以君子之威仪也已。

※ **左之左之，君子宜之。**

解 又不特此已也。彼人之应世酬物，固有宜于此，而不宜于彼者，惟我君子，以左之则左无不宜，而经权常变，泛应之曲当矣，然左不得而限之也。

※ **右之右之，君子有之。**

解 亦有有于此，而不有于彼者，惟我君子以右之则右，无不有，而经伟文武，资深之不穷矣，然右亦不得而拘之也。

※ **维其有之，是以似之。**

解 若此者，岂袭取于外所可能哉？盖君子也，才极天下之全，而德极天下之备，左宜右有之理，已有之于中矣。是以形之于外，悉露其在中之藏，而左之宜者，与其中之宜者，悉相似也。右之有者，与其中之有者，适相似也。使中无涵养之素，则未有不因事而龃龉者，何以左宜右有若是哉？则夫文章之庆，乃此才德之发，其祥而威仪之盛，亦此才德之庆其度耳，是我心之写也，写以君子之才德也。

桑扈

四章，章四句。

桑
扈

jiāo jiāo sāng hù　　yǒu yīng qí yǔ　　jūn zǐ lè xū　　shòu tiān zhī hù

交交桑扈，有莺其羽。君子乐胥，受天之祜。（一章）

jiāo jiāo sāng hù　　yǒu yīng qí lǐng　　jūn zǐ lè xū　　wàn bāng zhī píng

交交桑扈，有莺其领。君子乐胥，万邦之屏。（二章）

zhī píng zhī hàn　　bǎi bì wèi xiàn　　bù jí bù nuó　　shòu fú bù nuó

之屏之翰，百辟为宪。不戢不难，受福不那。（三章）

sì gōng qí qiú　　zhǐ jiǔ sī róu　　bǐ jiāo fěi áo　　wàn fú lái qiú

兕觥其觩，旨酒思柔。彼交匪敖，万福来求。（四章）

【注】交交，小小的样子。有莺，鸟羽有纹彩。

胥，语气词。

领，颈。

屏，屏障。翰，"幹"的假借，筑墙时支撑两侧的木柱。

辟，国君。宪，法度。

不，同"丕"，大；一说为语词。戢，通"辑"，和睦、和气。难，借为"傩"，
恭敬有礼。那，多。

兕觥，用犀牛角制成的酒杯。觩，犄角弯曲的样子。思，语助词。柔，
善，好。

彼，借为"匪"，非。交，轻侮。敖，傲慢。求，同"逑"，聚。

此天子燕诸侯作也。 若曰：臣子之福泽，何常惟视其和顺与谦恭，以为之聚耳。 今观来朝君子，而知其获福不偶矣。

* 交交桑扈，有莺其羽。

解 彼交交桑扈，飞而往来，则其羽莺然有文章矣。

* 君子乐胥，受天之祜。

解 况君子和顺，焕英华之美，其德何可乐也。 则惟德动天，惟天眷德，而繁祉为之并臻矣，岂不受天之祜乎？

* 交交桑扈，有莺其领。

解 交交桑扈，飞而往来，则其领莺然有文章矣。

* 君子乐胥，万邦之屏。

解 况君子易简备天下之善，其德何可乐也。 则德之所施者，博威之所制者广，而中外恃之以为安矣，不为万邦之屏乎。

* 之屏之翰，百辟为宪。

解 不特此也。 尔之在国也，悍外而卫内，既为之屏矣。 居中而为干，又为之翰焉，则表仪所建有，以为百辟之宪，若是而其功大矣。

* 不戢不难，受福不那。

* 功大者易以骄也，尔且守之以谦，岂不戢乎？ 收敛而不失之肆也，岂不难乎？ 戒慎而不失之忽也。 吾知天道所益者谦，而盛大之福，莫不毕集于其躬，则其受福，岂不那然而多也乎？

* 兕觥其觩，旨酒思柔。

解 又不特此已也。 尔之在燕也，兕觥以酌酒，觩然其曲矣，旨酒以成燕，思柔而和顺焉。 君臣上下相与，敦明良之交若是，而其情以洽矣。

* 彼交匪敖，万福来求。

解 情洽者易以肆也，尔且居之以敬，交际之间，见其温恭以自持也，而不见其傲慢以自怠也。 吾知天道所亲者敬，虽无事于求福，而盛大之祉，莫不于是而自至，则万福不来求乎。

吁，天子燕诸侯，而以是美之，其颂祷之者至矣。 然必有是德，而后有是福，则颂祷之中，默寓乎劝勉之意，此周之御臣下所以为有道也。

鸳鸯

四章，章四句。

yuān yāng yú fēi　bì zhī luó zhī　jūn zǐ wàn nián　fú lù yí zhī
鸳鸯于飞，毕之罗之。君子万年，福禄宜之。（一章）

yuān yāng zài liáng　jí qí zuǒ yì　jūn zǐ wàn nián　yí qí xiá fú
鸳鸯在梁，戢其左翼。君子万年，宜其遐福。（二章）

shèng mǎ zài jiù　cuò zhī mò zhī　jūn zǐ wàn nián　fú lù ài zhī
乘马在厩，摧之秣之。君子万年，福禄艾之。（三章）

shèng mǎ zài jiù　mò zhī cuò zhī　jūn zǐ wàn nián　fú lù suí zhī
乘马在厩，秣之摧之。君子万年，福禄绥之。（四章）

【注】鸳鸯，鸭科水鸟名，古人以此鸟雌雄双居，永不分离。

毕，有长柄的捕鸟小网。 罗，张在地上无柄的捕鸟大网。

宜，享。

戢，收。

遐，长远。

乘，四匹马拉的车子；"乘马"引申为拉车的马。

摧，同"莝"，铡草喂马。 秣，用粮食喂马。

艾，养；一说辅助。

此诸侯答桑扈也。若曰：福非难，福而长享为难。况身为天子，福其所自有者，而非延之永久，何以开万世之洪休乎？吾今承君恩之渥，而知所以为愿矣。

✳ 鸳鸯于飞，毕之罗之。

🔴 彼鸳鸯于飞，则毕罗以取之矣。

✳ 君子万年，福禄宜之。

🔴 况我君子，上为天心所眷顾，下为人心所系属。今日之福禄固宜矣，其必厚之，以万年之寿，而以顾圣躬福禄之宜，于九重者未可量也。以昌盛治福禄之宜，于四海者未有期也，岂不万年而为福禄之所宜乎？

✳ 鸳鸯在梁，戢其左翼。

🔴 鸳鸯在梁，则戢其左翼，以相依者矣。

✳ 君子万年，宜其遐福。

🔴 况我君子，深仁恒当乎民心，令德永膺乎帝眷。今日之遐福固宜矣，其必延之以万年之寿，而宜此遐福于一身，纯嘏之缉续者，又绵以远也。宜此遐福于天下，皇图之永固者，又恒以久也，岂不万年而有以宜其遐福者乎？

✳ 乘马在厩，摧之秣之。

🔴 乘马在厩，则摧之秣之而养之者，尽其才矣。

✳ 君子万年，福禄艾之。

🔴 况我君子，将有此万年之寿也，则万邦玉食永为一人之供，四海方物，永为一人之奉。今日之养之者，盖将与之以终身矣，不万年而福禄艾之乎。

✳ 乘马在厩，秣之摧之。

🔴 乘马在厩，则秣之摧之而抚之者，尽其道矣。

✳ 君子万年，福禄绥之。

🔴 况我君子，将有以万年之寿也，则泮涣尔游者，永保于无虞，优游尔休者，永垂为久安，今日之绥之者，盖将延之无穷矣，不万年而福禄绥之乎。

吁，以忠爱己之心，而为颂祷无己之词，若周之臣子，可谓爱君之至者矣。

蔦

頍弁

頍弁

三章，章十二句。

yǒu kuǐ zhě biàn　shí wéi yī hé　ěr jiǔ jì zhǐ　ěr xiáo jì jiā
有頍者弁，实维伊何？尔酒既旨，尔殽既嘉。

qǐ yī yì rén　xiōng dì fěi tā　niǎo yǔ nǚ luó　yì yú sōng bǎi
岂伊异人，兄弟匪他。茑与女萝，施于松柏。

wèi jiàn jūn zǐ　yōu xīn yì yì　jì jiàn jūn zǐ　shù jǐ yuè yì
未见君子，忧心弈弈；既见君子，庶几说怿。　（一章）

yǒu kuǐ zhě biàn　shí wéi hé jī　ěr jiǔ jì zhǐ　ěr xiáo jì shí
有頍者弁，实维何期？尔酒既旨，尔殽既时。

qǐ yī yì rén　xiōng di jù lái　niǎo yǔ nǚ luó　yì yú sōng shàng
岂伊异人，兄弟具来。茑与女萝，施于松上。

wèi jiàn jūn zǐ　yōu xīn bǐng bǐng　jì jiàn jūn zǐ　shù jǐ yǒu zāng
未见君子，忧心怲怲；既见君子，庶几有臧。　（二章）

【注】有頍，有棱角貌。弁，皮帽。

实维伊何，实，是；维，为；伊，语词；句谓戴皮弁是为何故。

异人，外人。匪他，不是外人。

茑、女萝，皆蔓生植物。

施，攀延、依附。

弈弈，心神不安貌。说，同"悦"。

期，语词。时，善也，物得其时则善。

怲怲，极为忧愁的样子。

yǒu kuǐ zhě biàn　shí wéi zài shǒu　ěr jiǔ jì zhǐ　ěr xiáo jì fù
有颎者弁，实维在首。尔酒既旨，尔殽既阜。

qǐ yī yì rén　xiōng di shēng jiù　rú bǐ yù xuě　xiān jí wéi xiàn
岂伊异人，兄弟甥舅。如彼雨雪，先集维霰。

sǐ sàng wú rì　wú jǐ xiāng jiàn　lè jiǔ jīn xī　jūn zǐ wéi yàn
死丧无日，无几相见。乐酒今夕，君子维宴。（三章）

阜，多，指酒肴丰盛。

集，落下。 霰，未成雪花的雪珠。

无日，无多日。

无几，无多次。

宴，宴飨；一说安乐。

此燕兄弟亲戚之诗，言不可解者，亲亲之情不可废者，亲亲之燕，吾尝究图于离合之间，感慨于死生之际，而知斯燕之设，不容已者矣。

✳ 有頍者弁，实维伊何？

解 彼弁所以壮首也，今日之兴燕者，皆頍然戴弁，而左右之孔偕矣。然是有頍者弁，果伊何乎？

✳ 尔酒既旨，尔肴既嘉。岂伊异人，兄弟匪他。

解 况尔酒既旨，尔肴既佳，所以为燕也，则岂异伊人乎？乃兄弟而非他也。

✳ 茑与女萝，施于松柏。

解 然兄弟相亲之意，岂他人所可同哉？诚以茑与女萝，施于松柏，其依附之势，固结而不可解矣。然则我兄弟相须之殷，不亦犹是耶。

✳ 未见君子，忧心奕奕。

解 夫兄弟之情，其切如此，是以未见君子之时，切睽远之感，忧心奕奕然，而无所薄矣。

✳ 既见君子，庶几说怿。

解 今也，既见君子得以叙天伦之乐，则我心之奕奕者，庶几其悦怿焉。盖天亲不可以人为，故聚散之际，而忧喜随之矣，今日之燕，其容以不设也哉。

✳ 有頍者弁，实维何期？尔酒既旨，尔肴既时。
岂伊异人？兄弟具来。茑与女萝，施于松上。
未见君子，忧心��。既见君子，庶几有臧。

解 讲同上。

✳ 有頍者弁，实维在首。

解 今日之在燕者，皆頍然戴弁而在首矣。然是有頍者弁，实维在首者，果何人乎？

✳ 尔酒既旨，尔肴既阜。岂伊异人？兄弟甥舅。

解 况尔酒既旨，尔肴既阜，所以为燕也，则岂伊异人乎？乃兄弟甥舅也。

✳ 如彼雨雪，先集维霰。

解 夫人情每患于会少，为乐恒要于及时，是故雪将雨也，而霰先集，是霰集乃至雪之兆也。亦犹人将死也，而老先至，是老至非将死之征者乎。

✳ 死丧无日，无几相见。

解 然则兄弟也，甥舅也，皆老之将至，而死丧之日近，相见之时少矣。

✳ 乐酒今夕，君子维宴。

解 凡我君子，尚其念后会之难期，乐

酒今夕，以尽燕乐之欢，可也。
不然，雪集于霰之后，虽欲为乐，
其可得哉？夫既叙情之不容已，又
示其乐之不可后，古人之亲亲，其
殷勤笃厚之意，有如是夫。

车辖

五章，章六句。

車
輦

jiān guān chē zhī xiá xī　　　sī luán jì nǚ shì xī　　　fěi jī fěi kě　　dé yīn lái kuò
间关车之辖兮，思娈季女逝兮。匪饥匪渴，德音来括。

suī wú hǎo yǒu　　　shì yàn qiě xī
虽无好友，式燕且喜。　（一章）

yī bǐ píng lín　　　yǒu jí wéi jiāo　　　chén bǐ shuò nǚ　　　lìng dé lái jiào
依彼平林，有集维鷮。辰彼硕女，令德来教。

shì yàn qiě yù　　　hào ěr wú yì
式燕且誉，好尔无射。　（二章）

suī wú zhǐ jiǔ　　　shì yǐn shù jī　　　suī wú jiā xiáo　　　shì shí shù jī
虽无旨酒，式饮庶几；虽无嘉殽，式食庶几；

suī wú dé yǔ rǔ　　　shì gē qiě wǔ
虽无德与女，式歌且舞。　（三章）

【注】间关，辗转；一说车轮转动时车辖发出的声音。辖，车轴头的铁键。娈，美丽。

季女，少女。逝，往，指前往成亲。

饥、渴，《诗经》多以饥渴隐喻男女性事。括，犹"佸"，会合。

式，发语词。燕，同"宴"，宴饮。

依，茂盛。鷮，长尾野鸡。

辰，时也（时、善、美）。令德，美德。

誉，同"豫"，安乐。射，同"斁"，厌恶。

庶几，一些。与，相与、相配。女，汝，指季女。

zhì bǐ gāo gǎng   xī qí zuò xīn   xī qí zuò xīn   qí yè xǔ xī

陟彼高冈，析其柞薪；析其柞薪，其叶湑兮。

xiān wǒ gòu ěr   wǒ xīn xiè xī

鲜我觏尔，我心写兮。 （四章）

gāo shān yǎng zhǐ   jǐng háng xíng zhǐ   sì mǔ fēi fēi   liù pèi rú qín

高山仰止，景行行止。四牡骓骓，六辔如琴。

gòu ěr xīn hūn   yǐ wèi wǒ xīn

觏尔新昏，以慰我心。 （五章）

日本·细井徇《诗经名物图解·鷮图》

析，砍伐。柞，树名，栎树。湑，茂盛。

鲜，善，好。写，舒畅，欢快。

仰，仰望。止，之。景行，大道，与"高山"对文。行止，行之。

骓骓，马行不止貌。六辔如琴，六根缰绳如琴弦般的整齐协调。

新昏，新婚。

此燕乐其新昏作也。若曰：人之所贵于婚姻，岂徒色是尚哉？亦惟其德之足以资内助耳。是故未见而忧，既见而乐，皆是物也，若我于季女有然矣。

❋ 间关车之辖兮，思娈季女逝兮。

🔴解 我间关然设此车辖者，果何为哉？盖思彼娈然之季女，以为内治之助，欲乘此车往而迎之也。

❋ 匪饥匪渴，德音来括。

🔴解 斯时也，匪饥也，匪渴也，但望其德音之括，而心有如饥渴耳。

❋ 虽无好友，式燕且喜。

🔴解 夫未见而思之切，今既见则何如哉？彼人得好友，可以为辅仁之助，固当燕饮而喜乐也。今虽无好友，然得贤内助，其益盖无异于好友者，亦当式燕且喜，以尽其相乐之情也。

❋ 依彼平林，有集维鷮。

🔴解 然燕乐之情，不但已也。依彼茂密之平林，则有维鷮以集之者矣。

❋ 辰彼硕女，令德来教。

🔴解 维彼硕女，而即归妹之时也，则以令德来配己而教诲之矣。盖秉柔顺之德，足以赞乾道之成，而启予之益，诚有莫大也。

❋ 式燕且誉，好尔无射。

🔴解 夫惟有令德之教，是以我也乐有美配，举燕饮之礼，致相乐之情，而一时悦慕之深，宁有厌斁之意乎？

❋ 虽无旨酒，式饮庶几。

🔴解 夫在我固乐乎，尔尔其可不相乐乎？彼心相得者，略其物之轻，思有余者，忘其德之薄。故有旨酒，燕之乐也。今我虽无旨酒，以为燕乐，亦忘其不旨之故，而庶几其式饮焉。

❋ 虽无嘉肴，式食庶几。

🔴解 亦有佳肴燕之乐也，今我虽无佳肴以为燕乐，亦忘其不佳之故，而庶几其式食焉。

❋ 虽无德与女，式歌且舞。

🔴解 以德配德，燕之乐也。今我虽无德以与女，尔亦忘其不德之故，而庶几其式歌且舞焉。盖惟知其情意之当敦，而物之厚薄，人之贤否，皆以情而相忘可矣。

❋ 陟彼高冈，析其柞薪。析其柞薪，其叶湑兮。

🔴解 夫既相乐如此，则此心复何恨乎？是故陟彼高冈，析其柞薪，则其叶湑然而茂盛者矣。

❋ 鲜我觏尔，我心写兮。

🔴解 况此季女，德不恒有，世所鲜之

人，而我得以既觏之，而饮食歌舞，以相乐焉，则我心输写而无留恨矣，岂复有饥渴之滞于怀耶？

✳ 高山仰止，景行行止。

🔶 今夫高山，势之崇者，则可以仰止矣。景行，道之大者，则可以行止矣。

✳ 四牡骓骓，六辔如琴。

🔶 况我之于季女，其往迎也，驾车有马，则骓骓然，则驯习御马，有辔则如琴然其和调。

✳ 觏尔新昏，以慰我心。

🔶 则可以迎彼季女，而既觏之，聆德音之括，获教诲之益，而以慰我之心矣，是则始之求也，求以德也，终之乐也，乐以德。若诗人者，可谓得情性之正者欤。

日本·细井徇《诗经名物图解·柞木图》

青蝇

三章，章四句。

青蝇

yíng yíng qīng yíng　　zhǐ yú fán　　kǎi tì jūn zǐ　　wú xìn chán yán

营营青蝇，止于樊。岂弟君子，无信谗言。（一章）

yíng yíng qīng yíng　　zhǐ yú jí　　chán rén wǎng jí　　jiāo luàn sì guó

营营青蝇，止于棘。谗人罔极，交乱四国。（二章）

yíng yíng qīng yíng　　zhǐ yú zhēn　　chán rén wǎng jí　　gòu wǒ èr rén

营营青蝇，止于榛。谗人罔极，构我二人。（三章）

【注】营营，象声词，拟苍蝇往来飞声。青蝇，苍蝇，比喻说谗言者。樊，篱笆。

岂弟，同"恺悌"。君子，指周王。

罔极，无良。交，都。乱，搅乱、破坏。

构，播弄、陷害，指离间。

诗人以王好听谗言，故作此。

(*) 营营青蝇，止于樊。

(解) 彼营营青蝇，则止于樊，其飞声往来，有以乱人听矣。然则谗人之言，其反复惑人，不亦犹是耶。

(*) 岂弟君子，无信谗言。

(解) 岂弟君子，一闻谗言敬而远之可也，严而绝之可也，徐察而审听之亦可也，慎无遽信谗言乎。

(*) 营营青蝇，止于棘。

(解) 营营青蝇，则止于棘矣。

(*) 谗人罔极，交乱四国。

(解) 惟此谗人，肆其罔极之奸，则有以变乱是非，饰成无罪之人，而被之以莫大之祸矣，不有以交乱四国乎。夫以谗人罔极，而四国为之交乱，是固甚可畏也，又安可以焉信哉？

(*) 营营青蝇，止于榛。谗人罔极，构我二人。

(解) 讲同上。

宾之初筵

五章，章十四句。

宾之初筵，左右秩秩。笾豆有楚，殽核维旅。
酒既和旨，饮酒孔偕。钟鼓既设，举酬逸逸。
大侯既抗，弓矢斯张。射夫既同，献尔发功。
发彼有的，以祈尔爵。 （一章）

簫舞笙鼓，乐既和奏。烝衎烈祖，以洽百礼。
百礼既至，有壬有林。锡尔纯嘏，子孙其湛。
其湛曰乐，各奏尔能。宾载手仇，室人入又。

【注】有楚，即"楚楚"，陈列之貌。 殽核，殽为豆中所装的食品，核为笾中所装的食品。 旅，陈放。 和旨，醇和甜美。 逸逸，同"绎绎"，连续不断。

大侯，射箭用的大靶子，用虎、熊、豹三种皮制成。 抗，高挂。 发功，发箭射击的功夫。 烝，发语词。 衎，乐。 洽，配合。

有壬，即"壬壬"，礼大之貌。 有林，即"林林"，礼多之貌。

纯嘏，大福。 湛，和乐。 奏，进献。 手，择。 仇，同"勼（jū）"，挹取。 室人，主人。 入又，又入，加入而又射箭以伴来宾。

zhuó bǐ kāng jué　　yǐ zòu ěr shí
酌彼康爵，以奏尔时。（二章）

bīn zhī chū yán　　wēn wēn qí gōng　　qí wèi zuì zhǐ　　wēi yí fǎn fǎn
宾之初筵，温温其恭。其未醉止，威仪反反；

yuē jì zuì zhǐ　　wēi yí fán fán　　shě qí zuò qiān　　lǚ wǔ qiān qiān
曰既醉止，威仪幡幡。舍其坐迁，屡舞僊僊。

qí wèi zuì zhǐ　　wēi yí yì yì　　yuē jì zuì zhǐ　　wēi yí bì bì
其未醉止，威仪抑抑；曰既醉止，威仪怭怭。

shì yuē jì zuì　　bù zhī qí zhì
是曰既醉，不知其秩。（三章）

bīn jì zuì zhǐ　　zài háo zài náo　　luàn wǒ biān dòu　　lǚ wǔ qī qī
宾既醉止，载号载呶。乱我笾豆，屡舞僛僛。

shì yuē jì zuì　　bù zhī qí yóu　　cè biàn zhī é　　lǚ wǔ suō suō
是曰既醉，不知其邮；侧弁之俄，屡舞傞傞。

康爵，大酒杯。 时，射中的宾客。

威仪，仪态举止。 反反，庄重谨慎的样子。 曰，语助词。 幡幡，轻浮无威仪之貌。

坐，同"座"，座位。 僊僊，同"跹跹"，舞步轻盈的样子。 抑抑，慎密的样子。 怭
怭，轻慢不恭敬。 秩，规矩。

号，大声乱叫。 呶，喧哗不止。 僛僛，身体倾倒不正之貌。 邮，同"尤"，过失。
侧弁，帽子倾倒歪斜。 俄，倾倒的样子。 傞傞，醉舞不止的样子。

jì zuì ér chū　　　bìng shòu qí fú　　　zuì ér bù chū　　　shì wèi fá dé

既醉而出，并受其福；醉而不出，是谓伐德。

yǐn jiǔ kǒng jiā　　　wéi qí lìng yí

饮酒孔嘉，维其令仪。 （四章）

fán cǐ yǐn jiǔ　　　huò zuì huò fǒu　　　jì lì zhī jiān　　　huò zuǒ zhī shǐ

凡此饮酒，或醉或否。既立之监，或佐之史。

bǐ zuì bù zāng　　　bù zuì fǎn chǐ　　　shì wù cóng wèi　　　wú bǐ tài dài

彼醉不臧，不醉反耻。式勿从谓，无俾大怠。

fěi yán wù yán　　　fěi yóu wù yǔ　　　yóu zuì zhī yán　　　bǐ chū tóng gǔ

匪言勿言，匪由勿语。由醉之言，俾出童羖。

sān jué bù shí　　　shěn gǎn duō yòu

三爵不识，矧敢多又？ （五章）

伐德，败德。

令仪，美好的仪容举止。

监，酒监，宴会上监督礼仪的官。 史，酒史，记录饮酒时言行的官员；燕饮之礼必
式，发语词。

从，从而、跟着。 谓，劝，指劝酒。 大怠，太轻慢失礼。

匪言，不该说的话。 匪由，不合规矩的话。

童，秃，指无角。 羖，公羊。

三爵，三杯，《礼记·玉藻》："君子之饮酒也，受一爵而色洒如也，二爵而言言斯，
礼已三爵而油油，以退。"不识，不知。 矧，何况。 又，"侑"之假借，劝酒。

此武公饮酒悔过而作也。若曰：人之饮酒，恒慎始而忽终，欲慎其仪者，可不图厥终乎，以因射而饮言之。

(✱) 宾之初筵，左右秩秩。

(解) 宾初即筵之时，左列于左，右列于右，而秩秩然有序矣。

(✱) 笾豆有楚，殽核维旅。

(解) 燕必有殽核也，则笾豆在列，而殽核之错陈矣。

(✱) 酒既和旨，饮酒孔偕。

(解) 燕必有酒也，则酒以成礼，而和旨之调美矣。斯时也，饮酒之人皆肃敬齐一，何孔偕乎来射而饮如此！

(✱) 钟鼓既设，举酬逸逸。

(解) 迨夫将射也，钟鼓之宿悬于上者，则迁乐于堂下，以避射位焉。酬爵之奠于席前者，则举之以行旅酬之礼，而逸逸往来之有序焉。

(✱) 大侯既抗，弓矢斯张。

(解) 先是大侯中掩束也，今则命司马张侯，遂系左下之纲。而弓矢之在椟者，亦张而待射，而有引满之势者焉。

(✱) 射夫既同，献尔发功。

(解) 三耦众耦之射夫，于是而既同。皆揖让而升，以献夫发矢之功。

(✱) 发彼有的，以祈尔爵。

(解) 斯时也，孰不欲以求胜乎，然惟各心兢，云我将以是发彼有的，以祈尔饮，丰上之觯焉。消有争之形于不露，存必胜之心于忘言，是其争也。君子矣一射饮之间，其始终有仪如此，尚何过举之有哉？

(✱) 籥舞笙鼓，乐既和奏。烝衎烈祖，以洽百礼。百礼既至，有壬有林。

(解) 以因祭而饮者言之。祭必有乐也，则籥舞以动其容，笙鼓以动其声。乐既于是而和奏，五色成文而不乱也，八风从律而不奸也，则所以乐烈祖之心者在是矣，乐何如其美也耶？祭必有礼也，则以乐之和合于百礼之备，而百礼于是而既至。但见外极规模，壬然而大也，内尽节目，林然而盛也，礼何如其善耶？

(✱) 锡尔纯嘏，子孙其湛。其湛曰乐，各奏尔能。

(解) 礼乐明备，先祖是皇，而锡尔以纯全之福焉。斯时也，亲而同姓，有子有孙焉，湛然而乐，无有勉强之意。各酌献尸，尸酢卒爵，以奏其将事之能焉，是饮所当饮也，岂崇饮乎？

(✱) 宾载手仇，室人入又。

(解) 疏而异姓有宾客焉，有室人焉，宾则以手挹酒，室人为之复酌，而加爵焉。

※ 酌彼康爵，以奏尔时。

解 莫不酌彼康爵，尸饮乎三，宾饮乎
一，于以行乎时祭之礼焉，是饮所
当饮也，岂湎饮乎，祭饮之间，其
始终有序如此，尚何过举之有哉？

※ 宾之初筵，温温其恭。

解 夫射祭之饮，其善如此。奈何人
之凡饮酒者，常始乎治，而卒乎
乱也。宾之初即筵也，温温其恭，
无不以敬慎自持矣。

※ 其未醉止，威仪反反。

解 方其未醉也，动必顾礼，而威仪
反反。

※ 曰既醉止，威仪幡幡。舍其坐迁，
屡舞仙仙。

解 曰既醉止，则举动轻率，而流于幡
幡之归，舍其坐迁，而肆其仙仙之
舞，则向之反反者安在耶？

※ 曰既醉止，则举动轻率，而流于幡
幡之归，舍其坐迁，而肆其仙仙之
舞，则向之反反者安在耶？

解 方其未醉也，动皆慎密，而威仪
抑抑。

※ 曰既醉止，威仪怭怭。

解 曰既醉止，则言失其正，一皆媒慢
之动，则向之抑抑者何在耶？

※ 是曰既醉，不知其秩。

解 所以然者，是由既醉之后，而昏

然不知其常礼，顾幡幡怭怭之若
是耳。

※ 宾既醉止，载号载呶。

解 不但是也。宾既醉止，则载号载
呶，而言语肆矣。

※ 乱我笾豆，屡舞僛僛。

解 乱我笾豆，屡舞僛僛，而容止
乱矣。

※ 是曰既醉，不知其邮。

解 所以然者，是曰既醉之后，而懵然
不知其过，故号呶僛僛之若是耳。

※ 侧弁之俄，屡舞傞傞。

解 且弁之戴于首者，俄然而倾侧，舞
之见于容者，傞傞而不已，醉者之
状如此，可谓无所不至矣。

※ 既醉而出，并受其福。

解 夫饮酒不能以无醉，若既醉而出，
则宾者温恭之美主彰，是燕之善，
岂不并受其福乎？

※ 醉而不出，是谓伐德。

解 醉而不出，而至于荒乱之甚如此，
是自害其温恭之德也。

※ 饮酒孔嘉，维其令仪。

解 且饮酒之所以甚美者，以其有令仪
耳。今既若此，则岂复有仪哉？

※ 凡此饮酒，或醉或否。

解 夫饮酒丧仪如此，而不深以为戒
乎？故凡此饮酒之人，或有醉者，

或有不醉者。

✳ 既立之监，或佐之史。

㊙ 我既立之监，以纠其失，或佐之史，以书其过，庶几饮酒者，顾监史有所畏，而知以自守也。

✳ 彼醉不臧，不醉反耻。

㊙ 奈何醉者所为不善，而不自知，虽有监史，无所用其防也，使不醉者，反为之羞耻焉。

✳ 式勿从谓，无俾太怠。

㊙ 然醉者既如此，安得从而告之，使勿至于太怠者乎。

✳ 匪言勿言，匪由勿语。

㊙ 使有言也，必谋诸心，而非所当言者勿言。使有语也，必谋诸心，而非所当言者勿语。

✳ 由醉之言，俾出童羖。

㊙ 苟由醉而妄言，我将罚尔，使出无角之羖羊矣。知童羖为难得之物，尔安得而不恐哉？是不醉者，固欲谓之如此，而奈醉者之不可谓何。

✳ 三爵不识，矧敢多又。

㊙ 夫人能饮，多而有所识，犹之可也。今汝饮至三爵，已不识矣，矧敢又多饮乎？饮酒者，诚当知所以自省，毋为监史所不能防，毋为不醉者所不能谓可矣。

吁，武公饮酒，悔过如此，真可谓能自克以礼也。

鱼藻之什

鱼藻

三章，章四句。

魚藻

yú zài zài zǎo　　yǒu fén qí shǒu　　wáng zài zài hào　　kǎi lè yǐn jiǔ
鱼在在藻，有颁其首。王在在镐，岂乐饮酒。 （一章）

yú zài zài zǎo　　yǒu shēn qí wěi　　wáng zài zài hào　　yǐn jiǔ lè kǎi
鱼在在藻，有莘其尾。王在在镐，饮酒乐岂。 （二章）

yú zài zài zǎo　　yī yú qí pú　　wáng zài zài hào　　yǒu nuó qí jū
鱼在在藻，依于其蒲。王在在镐，有那其居。 （三章）

【注】颁，大头貌；一说众貌。

王，周王。 镐，西周的京都，故址在今陕西省西安市西。 岂，同"恺"，和乐。

莘，长貌。

那，安闲。 居，指宫廷。

天子燕诸侯，而诸侯美之。曰：人君以一身贻天下之安者，则当以一身享天下之乐。今观吾王，诚有享至治之休矣。

✳ 鱼在在藻，有颁其首。

解 彼鱼何在乎？在乎藻也，则游泳自适，而有颁其首矣。

✳ 王在在镐，岂乐饮酒。

解 王何在乎？在乎镐也。则君臣同乐，燕礼以举，而岂乐饮酒矣。乐饮之外，岂复有余事哉？

✳ 鱼在在藻，有莘其尾。

解 鱼何在乎？在乎藻也，则游泳自适，而有莘其尾矣。

✳ 王在在镐，饮酒乐岂。

解 王何在乎？在乎镐也，则明良胥庆，燕饮礼攸行，而饮酒乐岂矣。乐饮之外，岂复有余事哉？

✳ 鱼在在藻，依于其蒲。

解 鱼在在藻，依于其蒲，则有以得所处之安者矣。

✳ 王在在镐，有那其居。

解 况王在于镐，据天下之上游而居重之势得，但见太平有象，至治无虞，岂不有那其居乎？要之诸侯美天子，惟以乐饮安居为言，而不及保治之事，何哉？

盖后天下之乐而乐者，必先天下之忧而忧，乃能致之，则其进规之意，固在言外矣。

采菽

五章,章八句。

采菽采菽,筐之筥之。君子来朝,何锡予之?

cǎi shū cǎi shū　　kuāng zhī jǔ zhī　　jūn zǐ lái cháo　　hé cì yǔ zhī

虽无予之,路车乘马。又何予之,玄衮及黼。(一章)

suī wú yǔ zhī　　lù chē shèng mǎ　　yòu hé yǔ zhī　　xuán gǔn jí fǔ

觱沸槛泉,言采其芹。君子来朝,言观其旂。

bì fèi làn quán　　yán cǎi qí qín　　jūn zǐ lái cháo　　yán guān qí qí

其旂淠淠,鸾声嘒嘒。载骖载驷,君子所届。(二章)

qí qí pèi pèi　　luán shēng huì huì　　zài cān zài sì　　jūn zǐ suǒ jiè

赤芾在股,邪幅在下。彼交匪纾,天子所予。

chì fú zài gǔ　　xié fú zài xià　　fěi jiāo fěi shū　　tiān zǐ suǒ yǔ

乐只君子,天子命之。乐只君子,福禄申之。(三章)

lè zhǐ jūn zǐ　　tiān zǐ mìng zhī　　lè zhǐ jūn zǐ　　fú lù shēn zhī

【注】君子,指来朝的诸侯。锡予,赐予。

衮,绣有卷龙之裳。黼,黑白相间之文彩,绣于裳上。

觱,沸,泉水涌出貌。槛,借为"滥",泛滥,涌出。槛,同"滥";槛泉,由下往上涌出之泉。言,语首助词。

淠淠,飘动貌。嘒嘒,车铃声。

股,大腿。邪幅,用布条自足至膝斜缠小腿,即今裹腿、绑腿。

彼,同"匪",非。交,骄傲。纾,怠慢。

只,语气词。

命之,策命,古代天子赏赐诸侯等,先写于简册,再由史官宣读。

维柞之枝，其叶蓬蓬。乐只君子，殿天子之邦。

乐只君子，万福攸同。平平左右，亦是率从。（四章）

泛泛杨舟，绋缅维之。乐只君子，天子葵之。

乐只君子，福禄脟之。优哉游哉，亦是戾矣。（五章）

申，重复，一再。

维，语首助词。蓬蓬，茂盛貌。

殿，镇抚。同，聚。

平平，辩治，干练，办事有才干；一说闲雅之貌；一说聪明有智慧。左右，指诸侯左右的辅臣。率从，相从而至。

泛泛，漂流貌。绋缅，绋是麻制的系舟之绳，缅是竹制的大绳。维，系。

葵，"揆"之假借，揆度，估量。脟，厚，指厚赐。

戾，善也；一说止也。

此天子答鱼藻也。若曰：人臣来朝，以明敬也，君人赐予，以示恩也。然要之上交之道，尤在于诸侯之能敬也。吾今愧予之凉惠，而深有嘉于君子之能敬也。

�` 采菽采菽，筐之筥之。

解 彼采菽采菽，则必筐筥以盛之，而曲尽其处物之宜矣。

�` 君子来朝，何锡予之？

解 况我君子来朝，则将何以锡予之乎？

�` 虽无予之，路车乘马。

解 今虽无以予之而已，有路车乘马之锡矣。异姓同姓，各随其分焉。大邦小邦，各有其等焉。

�` 又何予之？玄衮及黼。

解 又何以予之而已，有玄衮及黼之赐矣。九章七章以分而别焉，五章三章以等而异焉。以车服之常典，示锡予之徽恩，我今日所以侍诸侯如此。
夫诸侯来朝，我固有以锡予之矣。然君子来朝之敬，则何如而我锡之耶？

�` 觱沸槛泉，言采其芹。

解 彼觱沸槛泉有芹生也，则言采其芹矣。

�` 君子来朝，言观其旂。

解 况君子来朝，有旂建也，则言观其旂矣。

�` 其旂淠淠，鸾声嘒嘒。

解 但见其旂淠淠而动，目遇之成色也。鸾声嘒嘒而鸣耳，得之成声也。

�` 载骖载驷，君子所届。

解 马以驾车，而载骖载驷，四马之俱良也。夫旂鸾骖驷，皆君子之队卫也。今也见其旂，闻其鸾声，而又见其马，则知君子之至于是矣，其谨侯度，以入朝如此。

�` 赤芾在股，邪幅在下。

解 迨其入觐也，以赤芾则在股，以邪幅则在下，而入朝之威仪肃矣。

�` 彼交匪纾，天子所予。

解 由是服之，以见天子，而交际之间，恭敬斋漱，不敢以舒缓焉，其所以敬君者何如也？天子嘉其能敬，路车乘马，于是乎锡之也，玄衮及黼，于是乎颁之也，不为天子之所予乎。

�` 乐只君子，天子命之。

解 夫锡予所在，即宠命之所在也，我君子以匪纾之心，溢而为温文之度，何可乐也，岂不天子命之乎？

�` 乐只君子，福禄申之。

解 宠命所在，即福禄之所在也，我君

子以匪纾之心，溢而为温文之度，何可乐也，岂不福禄申之乎？

夫君子以匪纾之敬，而为福禄之申，则其获福也，理之宜然也，而非倖也。

（✳）维柞之枝，其叶蓬蓬。

（解）彼维柞之枝，则宜其叶蓬蓬然而盛矣。

（✳）乐只君子，殿天子之邦。乐只君子，万福攸同。

（解）况乐只君子，而惟敬之匪纾也，则宜其膺侯爵，以殿天子之邦，而为万福之所聚矣。

（✳）平平左右，亦是率从。

（解）然岂特君子之能敬己哉？但见其从行之左右，威仪亦皆辨而不昧，治而不乱，平平然若出于雕琢之余，而相与以率从焉，是左右之敬也，亦君子之所敬也，何莫而不见其为君子获福之宜然者哉！

不惟是也，其获福也，理之必然也，而非偶也。

（✳）泛泛杨舟，绋缅维之。

（解）彼泛泛杨舟，则必以绋而缅维之矣。

（✳）乐只君子，天子葵之。乐只君子，福禄膍之。

（解）况乐只君子，而维敬天下之匪纾

也，则必受知于天子，深信不疑，而为福禄之所必膍矣。

（✳）优哉游哉，亦是戾矣。

（解）然岂特入觐之能敬己哉？且其来朝之心，莫非出于忠爱之诚，而优游以至此，殆无一毫勉强之意矣。是来朝之敬，一入觐之敬也，何莫而不见，其为君子获福之必然哉？

夫觐君尽其敬，是臣事君以忠也，而非欲征福于君也。锡臣隆其恩，是君侍臣之礼也，而非欲沾惠于臣也，上下之间，各尽其道，此所以能相与以有成欤。

角弓

四章，章八句。

猱

xīng xīng jiǎo gōng　　piān qí fǎn yǐ　　xiōng dì hūn yīn　　wú xū yuǎn yǐ
骍骍角弓，翩其反矣。兄弟昏姻，无胥远矣。

ěr zhī yuǎn yǐ　　mín xū rán yǐ　　ěr zhī jiào yǐ　　mín xū xiào yǐ
尔之远矣，民胥然矣。尔之教矣，民胥效矣。（一章）

cǐ lìng xiōng dì　　chuò chuò yǒu yù　　bù lìng xiōng dì　　jiāo xiāng wèi yù
此令兄弟，绰绰有裕。不令兄弟，交相为瘉。

mín zhī wú liáng　　xiāng yuàn yī fāng　　shòu jué bù ràng　　zhì yú jǐ sī wáng
民之无良，相怨一方。受爵不让，至于己斯亡。（二章）

【注】骍骍，调和的样子。 角弓，以兽角镶嵌装饰的弓。 翩，同"偏"，弓向反面弯
曲的样子。

昏姻，泛指同姓与异姓之亲戚。 胥，相。 远，疏远。

胥，皆，都。

令，善。 绰绰，宽裕的样子。 裕，饶足。

瘉，病，指诉病、怨恨。

一方，对方。

爵，官位。 亡，同"忘"。

lǎo mǎ fǎn wèi jū　　bù gù qí hòu　　rú shí yí yù　　rú zhuó kǒng qǔ

老马反为驹，不顾其后。如食宜饇，如酌孔取。

wú jiào náo shēng mù　　rú tú tú fù　　jūn zǐ yǒu huī yóu　　xiǎo rén yǔ shǔ

毋教猱升木，如涂涂附。君子有徽猷，小人与属。 （三章）

yǔ xuě biāo biāo　　jiàn xiàn yuē xiāo　　mò kěn xià yí　　shì jū lǚ jiāo

雨雪瀌瀌，见晛曰消。莫肯下遗，式居娄骄。

yǔ xuě fú fú　　jiàn xiàn yuē liú　　rú mán rú máo　　wǒ shì yòng yōu

雨雪浮浮，见晛曰流。如蛮如髦，我是用忧。 （四章）

驹，马二岁曰驹。宜，同“且”。

饇，饱。孔取，多拿。

猱，猿猴一类的动物，长臂，善爬树。涂涂，前指泥土，后指涂抹。附，粘着。

徽，美。猷，道、法则。与，从。属，连属、依附。

瀌瀌，盛多貌，下文“浮浮”同。晛，日气。曰，语词。

遗，同“随”。下遗，谦下随人。式，发语词。居，语词；一说同“倨”，傲慢。娄，古
“屡”字，屡次。

流，与“消”同义，消散。

蛮、髦，蛮，南蛮也，南方的部族；髦，夷髦也，古代西南的部族；皆是对少数民族的蔑称，
比喻不知礼义之人。是用，因此。

此刺王不亲九族之诗。 若曰：亲亲之谊，有国者不可不笃。 盖以亲不敦睦，则民与仁君多薄德，则俗益偷，而化导之机，自上握之也。 今王何不知此也耶？

㊟ 骍骍角弓，翩其反矣。

㊐ 彼骍骍和调之角弓，张之则内向而来，一或弛之，则翩然外反而去矣。

㊟ 兄弟婚姻，无胥远矣。

㊐ 况此兄弟婚姻，岂可以相远哉？ 盖兄弟婚姻之情，结之以恩则相亲，或远之，则亦离叛而去矣，其远近亲疏之意，果何异于此弓耶？

㊟ 尔之远矣，民胥然矣。

㊐ 夫兄弟婚姻，既不可以胥远矣，则为人上者可不慎所感之哉？ 吾知上者，下之倡也。 尔若于兄弟无相亲之意，而有相远之心，则民皆将以兄弟之果可以相远也，而孰有不以为然耶？

㊟ 尔之教矣，民胥效矣。

㊐ 尔若不以敦睦为教，而惟以胥远为教，则民皆将如尔之远其兄弟也，而孰有不以为效耶？上以是倡，则下以是应，非机之必然哉。

㊟ 此令兄弟，绰绰有裕。

㊐ 夫尔以胥远为教，民遂然而效之，则寡恩之兄弟，岂不由此而相谗也哉？吾知此善兄弟情本厚也，故虽王化不善，而彼之所以相亲相爱者如故也，岂不绰绰然其厚之有余哉？

㊟ 不令兄弟，交相为瘉。

㊐ 若不善之兄弟，情本薄也，又见王之胥远，则遂谗怨日起，而交相为病矣。

㊟ 民之无良，相怨一方。

㊐ 夫兄弟而交相为病，则亦无良甚矣。 然要其所以相怨者，不过各据其一方之见，不能要观于物我之间也。 若能以责人之心责己，爱己之心爱人，则彼己之间，交见而无蔽，何有相怨哉？

㊟ 受爵不让，至于已斯亡。

㊐ 然彼之相怨，以取人爵位也。 意以为爵位可长有也，殊不知得之以逊让者，则爵位可保。 今乃相谗相怨，以取爵位，而不知逊让之道，吾知以交构而得者，亦以交构而失之，终亦必亡而已矣，岂能长久也哉？

㊟ 老马反为驹，不顾其后。

㊐ 夫此不令兄弟，而受爵不让者，要亦不量力，不知止之故也。 今夫老马备矣，反自以为驹，不顾其后之不胜任焉。 然则谗害人以取爵

位者，而不知其不胜任也，亦若是矣，而何其不量力之甚也耶！

⊛ 如食宜饇，如酌孔取。

解 又如食之已多而宜饱矣，而反不以为饱。如酌之所取亦已甚矣，而反不以为甚。人之贪嗜饮食而不知节，诚可恶矣。然则彼谗人之取爵位，而贪黩攘取之不已也，亦若是矣，何其不知止之甚也耶！

⊛ 毋教猱升木，如涂涂附。

解 若此者，皆由王不善道导之，而效于王之胥远故也。今夫猱本善升木，不待教而后能，涂本易附着，而不可复以涂附也。人尚其毋教猱升木乎，一教之而放纵，无所不至矣。人无如泥涂之上，加以泥涂附之乎，一附之愈相著，而不可解矣。彼小人之性，骨肉之恩本薄，而王又好谗佞以来之，则其相谗相怨，以取爵位，而佻薄之若是也，又何怪其然矣！

⊛ 君子有徽猷，小人与属。

解 兹欲返薄归厚，则莫若以善道倡之乎。君子诚能于兄弟婚姻也，禄位与共，好恶与同，而有敦睦之善道焉。则上笃于亲，下兴与于仁，小人之性虽薄也，而秉彝之心未尝无，亦将反为善以附之，不至于如此之薄矣。夫反薄归厚之化，惟于上倡之如此，王何为独好谗佞，

以成佻薄之风也哉？

⊛ 雨雪瀌瀌，见晛曰消。

解 夫王固不可好谗，以成小人之薄矣，然谗言亦岂难止哉？今夫雨雪瀌瀌，雪何盛也，然一见日气，则消而散矣，然则谗言遇明者当自止，不犹是乎？

⊛ 莫肯下遗，式居娄骄。

解 谗既易止，则远之，以抑其骄可也。今王甘信之，不肯贬下而遗弃之，则小人益以无忌，不益以长骄慢之习矣乎。

⊛ 雨雪浮浮，见晛曰流。

解 雨雪浮浮，雪何盛也，然一见日气，则流而去矣，然则谗言遇明者当自止，不犹是耶？

⊛ 如蛮如髦，我是用忧。

解 谗既易止，则远之，以善其俗可也。今王乃听信谗言，使之相谗相怨，而绝无逊让之风，则中国信义相先之教，澌然尽矣，不如蛮如髦乎。夫以中国而同于夷狄，人道之大变，而乱亡之阶也。我安得不深用以为忧哉？吁，其《角弓》之诗，所由作也。

菀柳

三章，章六句。

菀柳

yǒu yù zhě liǔ　　bù shàng xī yān　　shàng dì shèn dǎo　　wú zì nì yān
有菀者柳，不尚息焉？上帝甚蹈，无自昵焉。

bǐ yú jìng zhī　　hòu yú jí yān
俾予靖之，后予极焉。（一章）

yǒu yù zhě liǔ　　　bù shàng qì yān　　shàng dì shèn dǎo　　wú zì zhài yān
有菀者柳，不尚愒焉？上帝甚蹈，无自瘵焉。

bǐ yú jìng zhī　　hòu yú mài yān
俾予靖之，后予迈焉。（二章）

yǒu niǎo gāo fēi　　yì fù yú tiān　　bǐ rén zhī xīn　　yú hé qí zhēn
有鸟高飞，亦傅于天。彼人之心，于何其臻？

hé yú jìng zhī　　jū yǐ xiōng jīn
曷予靖之，居以凶矜？（三章）

【注】有菀，即菀然，茂盛的样子。尚，庶几。上帝，指周王。蹈，变动，
变化无常。昵，亲近。靖，治里。极，同"殛"，放逐。
愒，休息。瘵，病。迈，放逐。
傅，至。彼人，周王。曷，为什么。居，处于。矜，危险。

王者暴虐，诸侯不朝而作此。曰：臣子事君犹事天，然曷敢废朝觐之礼哉？顾其所以不朝者，亦有其故矣。

✳ 有菀者柳，不尚息焉？

🔴解 彼有菀然茂盛之柳，其萌可以休也，行道之人，岂不庶几欲就而止息之乎？然则王有富贵之泽，可以相厚也，人孰不欲朝事之乎？

✳ 上帝甚蹈，无自昵焉。

🔴解 但以王者威神之甚，而喜怒有不可期，使人畏之，而不敢近焉耳，此诸侯所以皆不朝也。

✳ 俾予靖之，后予极焉。

🔴解 使我独朝而事之以靖王室，而欲以其力为天子使也，欲以其财为天子用也。吾知后必将极其所欲以求于我。吾恐力疲不胜其所役，财尽不胜其所求，将何以继之哉？是以，吾宁不朝耳。

✳ 有菀者柳，不尚愒焉？

🔴解 有菀然茂盛之柳，其萌可以庇也，行道之人，岂不庶几欲就而愒息之乎？然则王有爵禄之恩，可以相庇也，人孰不欲朝事之乎？

✳ 上帝甚蹈，无自瘵焉。

🔴解 但以王者威神之甚，而喜怒有不可测，使人近之，而适以自病焉耳，此诸侯所以皆不朝也。

✳ 俾予靖之，后予迈焉。

🔴解 使我独朝而事之，以靖王室焉。后必过其分以求于我，吾将何以应之哉？是以予宁不朝焉耳。

✳ 有鸟高飞，亦傅于天。

🔴解 今夫鸟之高飞，则傅于天矣，是物且有所至矣。

✳ 彼人之心，于何其臻？

🔴解 彼人之心，贪纵无极，求责无已，不知其果何所极乎？

✳ 曷予靖之？居以凶矜？

🔴解 如此，则岂予能靖之哉？苟不量其己之财力，无以塞王心，无已之欲而欲靖之焉，则将有不可测之辱，亦徒自取凶祸而可怜耳。然则予今日之不朝，夫岂其得已哉？

吁，诸侯之不朝，虽出于不得已之故，然因王之暴虐而遂不朝，其于君臣之义，亦忝矣。吾于《菀柳》之诗，而深叹其周室之不复振也已。

都人士

五章，章六句。

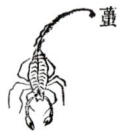
蜇

bǐ dū rén shì　　hú qiú huánghuáng　　qí róng bù gǎi　　chū yán yǒu zhāng
彼都人士，狐裘黄黄。其容不改，出言有章。

háng guī yú zhōu　　wàn mín suǒ wàng
行归于周，万民所望。（一章）

bǐ dū rén shì　　tái lì zǐ cuō　　bǐ jūn zǐ nǚ　　chóu zhí rú fà
彼都人士，台笠缁撮。彼君子女，绸直如发。

wǒ bù jiàn xī　　wǒ xīn bù yuè
我不见兮，我心不说。（二章）

bǐ dū rén shì　　chōng ěr xiù shí　　bǐ jūn zǐ nǚ　　wèi zhī yǐn jí
彼都人士，充耳琇实。彼君子女，谓之尹吉。

wǒ bù jiàn xī　　wǒ xīn yù jié
我不见兮，我心苑结。（三章）

【注】都人士，京都人士。黄黄，犹"煌煌"，明亮的样子；一说形容狐裘之毛色。

容，仪容风度。章，文采。

周，指镐京。

台，莎草。缁，黑色的布。缁撮，黑布制成的束发小帽。

绸，同"稠"，稠密。如，其。

说，同"悦"。

充耳，即瑱，用以塞耳之玉饰。琇，美石。实，美好，坚实，言琇之晶莹可爱。

尹吉，"吉"读为姞，尹氏、姞氏。

苑，同"郁"。

bǐ dū rén shì　　chuí dài ér liè　　bǐ jūn zǐ nǚ　　quán fà rú chài

彼都人士，垂带而厉。彼君子女，卷发如虿。

wǒ bù jiàn xī　　yán cóng zhī mài

我不见兮，言从之迈。（四章）

fěi yī chuí zhī　　dài zé yǒu yú　　fěi yī quán zhī　　fà zé yǒu yú

匪伊垂之，带则有余。匪伊卷之，发则有旟。

wǒ bù jiàn xī　　yún hé xū yǐ

我不见兮，云何盱矣。（五章）

垂带，下垂的冠带。而，如也。厉，同"裂"，即系腰的丝带垂下来。

卷发，蜷曲的头发。虿，蝎类的一种，长尾曰虿，短尾曰蝎。此处形容向上卷翘的发式。

言，发语词。

有旟，扬起的样子。

盱，"吁"之假借，忧伤。

乱离之后，人不复见昔日都邑之盛，人物仪容之美，而作此诗。曰：人物之盛衰，国家隆替之所系也，吾尝感慨于今，而追思古之盛际矣。

✳ 彼都人士，狐裘黄黄。

解 昔日王人之威灵尚振，而都邑之大观犹存，故其人士服之于身者，则狐裘黄黄，而文之以君子之服矣。

✳ 其容不改，出言有章。

解 著之为德容也，则有常不改，而文之以君子之容矣。发之为言也，则成章可观，而文以君子之词矣。

✳ 行归于周，万民所望。

解 以斯人而行归于周，则当此乱离之后，而复睹昔日之人物，岂不动人之观瞻，而为万民之望者乎？奈何今不复见矣，我将何如其为情也耶？

✳ 彼都人士，台笠缁撮。

解 彼都邑之人士也，台笠缁撮，而动容之必臧。

✳ 彼君子女，绸直如发。

解 彼都贵家之女也，绸直如发，而首饰之自美。

✳ 我不见兮，我心不说。

解 然此乃昔时之人物也，我今不可得而见之，则将无以副我之思，我心其不悦者矣。

✳ 彼都人士，充耳琇实。

解 彼都邑之人士也，充耳琇实，而仪容之消整。

✳ 彼君子女，谓之尹吉。

解 彼都人贵家之女也，谓之尹吉，而礼度之素闲。

✳ 我不见兮，我心苑结。

解 然此乃昔时之人物也，我今不可得而见之，则无以悉我之忍，我心之忧，苑结而不能伸者矣。

✳ 彼都人士，垂带而厉。

解 彼都邑之人士也，带著于身，则厉然而下垂。

✳ 彼君子女，卷发如虿。

解 彼都人贵家之女也，发敛于首，则如虿而上卷。

✳ 我不见兮，言从之迈。

解 然此乃昔时之人物也，我今不可得而见矣。苟得见之，则我愿从之迈，庶几以写我心之忧乎。

✳ 匪伊垂之，带则有余。

解 然士之带也，非故垂之也，带则有余自如，是其下垂矣。

✳ 匪伊卷之，发则有旟。

解 女之发也，非故卷之也，发则有旟，自如是其卷曲矣。

✳ 我不见兮，云何盱矣。

解 然此乃昔时之人物也，我今不可得而见之，使我当如何，而望之切哉。夫屡即盛时之事，而深致不见之思，若诗人者其感慨深矣。

采绿

采绿

四章，章四句。

采綠

zhōng cháo cǎi lù　　bù yíng yī jū　　yú fā qū jú　　bó yán guī mù
终 朝 采 绿 ，不 盈 一 匊 。予 发 曲 局 ，薄 言 归 沐 。（一章）

zhōng cháo cǎi lán　　bù yíng yī chān　　wǔ rì wèi qī　　liù rì bù zhān
终 朝 采 蓝 ，不 盈 一 襜 。五 日 为 期 ，六 日 不 詹 。（二章）

zhī zǐ yú shòu　　yán chàng qí gōng　　zhī zǐ yú diào　　yán lún zhī shéng
之 子 于 狩 ，言 韔 其 弓 。之 子 于 钓 ，言 纶 之 绳 。（三章）

qí diào wéi hé　　wéi fáng jí xù　　wéi fáng jí xù　　bó yán guān zhě
其 钓 维 何 ？维 鲂 及 鱮 。维 鲂 及 鱮 ，薄 言 观 者 。（四章）

【注】终朝，整个早上。 绿，与"菉"通，一种草本植物，又叫王刍，汁可以染黄。

匊，同"掬"，两手合捧。

曲局，弯曲，指头发卷曲蓬乱。 薄言，语助词。 归沐，回家洗头发。

蓝，草名，此指蓼蓝，可做染青蓝色的染料。 襜，衣前襟，俗称围裙，田间采集时可用以兜物。

五日、六日，均非确指。 期，约定的时间。 詹，至。

韔，弓袋，作动词用，装入弓袋。

纶，钓丝，作动词，整理钓绳。

维何，是什么。 鲂，鳊鱼。 鱮，鲢鱼。

观，众多。

妇人思其君子而作，言人情居而相离则思，期而不至则忧，我今于君子何如哉？

✳ 终朝采绿，不盈一匊。

㊣ 彼绿易采也，一匊易盈也，今我也终朝采绿，而不盈一匊者，盖情动有所制，故心不专于所事也。

✳ 予发曲局，薄言归沐。

㊣ 诚以思我君子之归期将迩，而予发之曲局，非所以待君子也。故舍之而薄言归沐，以俟其君子之还也，一匊之不盈，何暇计哉？

✳ 终朝采蓝，不盈一襜。

㊣ 彼蓝易采也，一襜易盈也。今我也终朝采蓝，而不盈一襜者，盖情动有所思，故心不专于所事也。

✳ 五日为期，六日不詹。

㊣ 诚以念我君子之往也，以五日为期，而今已六日则过矣，而犹不得以见之，则所以系吾之思者，盖甚切矣，虽一襜之不盈，奚暇顾哉？

✳ 之子于狩，言韔其弓。

㊣ 夫我今日于君子之未归，而思之切如此，使及今日而遽归焉，吾得何如以为情耶？苟君子之归，而欲往狩也，我愿为之韔其弓焉。韔

弓虽非妇人事也，然因韔弓而得以亲君子，则亦为之而不辞矣。

✳ 之子于钓，言纶之绳。

㊣ 君子之归而欲往钓也，我愿为之纶其绳焉。纶绳虽非妇人事也，然因纶绳而得以亲君子，则亦为之而不恤矣。

✳ 其钓维何？维鲂及鱮。

㊣ 夫钓必有所获也，其鱼钓维何，则维鲂与鱮矣。

✳ 维鲂及鱮，薄言观者。

㊣ 我于鲂鱮，则薄言往观之焉，是非重一鲂鱮也，因观鲂鱮，而得以亲君子，是固我之所以欲无往，而亦与之俱耳。我之所拟于今日者如此，不知君子何时可还而得以遂此情耶。夫情切于未归之时，而异伸于既归之后，若妇人者可谓贞静专一之至者矣。

黍苗

五章，章四句。

péngpéng shǔ miáo　　　yīn yǔ gāo zhī　　　yōu yōu nán xíng　　　shào bó láo zhī

芃芃黍苗，阴雨膏之。悠悠南行，召伯劳之。　（一章）

wǒ rèn wǒ niǎn　　　wǒ chē wǒ niú　　　wǒ xíng jì jí　　　hé yún guī zāi

我任我辇，我车我牛。我行既集，盖云归哉。　（二章）

wǒ tú wǒ yù　　　wǒ shī wǒ lǚ　　　wǒ xíng jì jí　　　hé yún guī chǔ

我徒我御，我师我旅。我行既集，盖云归处。　（三章）

sù sù xiè gōng　　　shào bó yíng zhī　　　liè liè zhēng shī　　　shào bó chéng zhī

肃肃谢功，召伯营之。烈烈征师，召伯成之。　（四章）

yuán xí jì píng　　　quán liú jì qīng　　　shào bó yǒu chéng　　　wáng xīn zé níng

原隰既平，泉流既清。召伯有成，王心则宁。　（五章）

【注】芃芃，草木繁盛的样子。膏，润泽。

悠悠，道路遥远的样子。召伯，召穆公虎。劳，慰劳。

任，背负。辇，拉车。车，驾车。牛，驱牛。

集，完成。盖，同"盍"，何不。云，语助词。

徒，徒步。御，驾车。师、旅，五百人为旅，五旅为师。

肃肃，严正的样子。谢，邑名，申伯所封之国。功，工程。烈烈，威武的样子。征，远行。师，众也。成，组成。

有成，事功有成。

宣王封申伯于谢，命召穆公往营城邑，故将徒行南行而行者，作此诗。

✳ 芃芃黍苗，阴雨膏之。

解 芃芃黍苗，则惟阴而能膏之，而有以遂其盛矣。

✳ 悠悠南行，召伯劳之。

解 况此悠悠南行以营谢者，履周道之透迟，而有跋涉之劳苦，则惟召伯有以体其情而节其力，为能劳之者矣，宁不励吾趋事之心，而激吾忘劳之念哉。

✳ 我任我辇，我车我牛。

解 以我南行之事言之。盖我之南行也，有任以负物，有辇载物，有车以任重，有牛以驾车，各司其事，莫非为营谢而行也。

✳ 我行既集，盖云归哉！

解 是行也，必同心共济，使营谢之功既成，而后可以言归耳，不然方虑无以副召伯之命也，而敢为归计哉！

✳ 我徒我御，我师我旅。

解 我之南行也，有步行之徒，有乘车之御，有二千五百人之师，有五百人之旅，各率其职，莫非为营谢行也。

✳ 我行既集，盖云归处！

解 是行也，必协力共赞，使营谢之功即集，而后可以归处耳。不然，方惧有负于召伯之劳也，奚敢为归处计哉？

✳ 肃肃谢功，召伯营之。

解 夫我之南行，固必成功而后归，然其功之成，岂吾人所能与哉？今此谢功，城郭寝庙之就绪，肃肃然其严正矣。而孰其营之也，惟召伯经营，区处之有方，教护劝课之有道，为能有营之耳。

✳ 烈烈征师，召伯成之。

解 维此征夫，就道趋事之奋发，烈烈然其威武矣，而孰能成之也？惟召伯节其劳而悯其瘁，作其勤而扼其怠，为能有以成之耳，他人岂得而与之哉？

✳ 原隰既平，泉流既清。

解 不特此也。疆其土田，而高下之得宜，原隰则既平矣。治其沟洫，而泉水之皆通，泉流则清矣。

✳ 召伯有成，王心则宁。

解 召伯营谢之功，有成如此，则有以遂王朝分封之意，而副天子待舅之情，王心不载宁乎？夫营谢一行，上有以忠其君，下有以仁其徒，若召伯可谓善于其职矣。

隰桑

四章，章四句。

隰
桑

xí sāng yǒu ē　　qí yè yǒu nuó　　jì jiàn jūn zǐ　　qí lè rú hé
隰桑有阿，其叶有难。既见君子，其乐如何？ （一章）

xí sāng yǒu ē　　qí yè yǒu wò　　jì jiàn jūn zǐ　　yún hé bù lè
隰桑有阿，其叶有沃。既见君子，云何不乐？ （二章）

xí sāng yǒu ē　　qí yè yǒu yōu　　jì jiàn jūn zǐ　　dé yīn kǒng jiāo
隰桑有阿，其叶有幽。既见君子，德音孔胶。 （三章）

xīn hū ài yǐ　　xiá bù wèi yǐ　　zhōng xīn cáng zhī　　hé rì wàng zhī
心乎爱矣，遐不谓矣？中心藏之，何日忘之。 （四章）

【注】阿，同"婀"，美丽。难，同"傩"，茂盛。君子，指所爱者。

沃，柔美。

幽，茂盛；一说青黑色。德音，美好的言辞。胶，坚固；一说盛；一说缜密。

遐，何。谓，告诉。

此喜见君子之诗。若曰：国家之所共理者惟贤才，则其所愿见者亦惟贤才，我今于君子之见也，而当无所以系其心哉。

※ 隰桑有阿，其叶有难。

解 彼隰桑有阿然而羡，则其叶有傩然而盛矣。

※ 既见君子，其乐如何！

解 况此君子，我之所愿见者也，而今得以既见之，则夙昔之愿以慰，其乐当如何哉！盖一念欢欣之意，殆有不能以形容者矣。

※ 隰桑有阿，其叶有沃。

解 隰桑有阿然而美，则其叶有沃然而光泽矣。

※ 既见君子，云何不乐！

解 况此君子，我之所欲见者也，而今得以既见之，则夙昔之怀以遂，则云何不乐哉！盖一念悦怿之心，殆有不容以或遏者矣。

※ 隰桑有阿，其叶有幽。

解 隰桑有阿，则其叶幽然而黑矣。

※ 既见君子，德音孔胶。

解 况我既见君子，则好贤之誉以彰，德音不孔固乎。夫君子一见，而我之德音以固，宁非我之所深幸耶。

※ 心乎爱矣，遐不谓矣？

解 夫见君子，而德音为之孔胶，则我平日之所以爱君子者，皆出于心中之诚，而非声音笑貌之伪矣。今日既得以见之，何不遂以告之，而达吾之情乎？

※ 中心藏之，何日忘之？

解 然爱之发于言者，言尽而爱亦尽，爱之根于心者，心存而爱亦存，故我但中心藏之，而不以腾于口说，则此爱与此心，相为终始矣，果何日而能忘之乎？此我今日所以不谓之之意也欤。要之，惟求之也专，故喜之也至，惟爱之也笃，故藏之也久，若隰桑者，谓好贤之至矣。

白华

八章，章四句。

bái huā jiān xī　　bái máo shù xī　　zhī zǐ zhī yuǎn　　bǐ wǒ dú xī
白华菅兮，白茅束兮。之子之远，俾我独兮。 （一章）

yīng yīng bái yún　　lù bǐ jiān máo　　tiān bù jiān nán　　zhī zǐ bù yóu
英英白云，露彼菅茅。天步艰难，之子不犹。 （二章）

biāo chí běi liú　　jìn bǐ dào tián　　xiào gē shāng huái　　niàn bǐ shuò rén
滮池北流，浸彼稻田。啸歌伤怀，念彼硕人。 （三章）

qiáo bǐ sāng xīn　　áng hōng yú chén　　wéi bǐ shuò rén　　shí láo wǒ xīn
樵彼桑薪，卬烘于煁。维彼硕人，实劳我心。 （四章）

【注】白华，野菅也，茅的一种，也叫巴茅、八月芒，久渍可以为菅，做绳索，编筐织
　　席。菅，作动词用，沤、浸渍。
　　之远，往远方。
　　英英，同"泱泱"，云白的样子。露，滋润。
　　天步，时运，命运。不犹，待我不好。
　　滮池，池名。
　　硕人，指远出的男子。
　　樵，砍伐。卬，我；一说仰也，举的意思。煁，可移动的炉灶。劳，忧。

鼓钟于宫，声闻于外。念子懆懆，视我迈迈。（五章）

有鹙在梁，有鹤在林。维彼硕人，实劳我心。（六章）

鸳鸯在梁，戢其左翼。之子无良，二三其德。（七章）

有扁斯石，履之卑兮。之子之远，俾我疧兮。（八章）

懆懆，忧愁不安的样子。 迈迈，不悦的样子。

鹙，水鸟名，状如鹤而大，好吃蛇。

二三其德，三心二意。

扁，薄。

疧，病痛。

此幽王宠褒姒而黜申后，故申后作此。曰：不可解者，夫妇之伦，不可易者，嫡妾之分。今王何悖伦而乱分也乎？

※ 白华菅兮，白茅束兮。

解 今夫白华为菅，则以白茅为束矣，二物至微，犹比相须为用也，然则夫妇至亲，其相依之势，不亦犹是哉。

※ 之子之远，俾我独兮！

解 何之子也，乃远弃我，使我独立无亲，曾菅茅之不如矣。

※ 英英白云，露彼菅茅。

解 英英白云，水上轻清之气也，散而下被，则露彼菅茅矣。是云之泽物，无微不被也，然则夫之亲妇，当无时不然不犹是乎。

※ 天步艰难，之子不犹。

解 夫我之独也，固其时运艰难则然，然之子何不思虑图谋，而遽弃我乎？则不如白云之露菅茅矣。

※ 滮池北流，浸彼稻田。

解 池之水也，滮然北流，则有以浸彼稻田矣，是水小犹能浸灌也，然则王之尊大，其宠泽不当通乎。

※ 啸歌伤怀，念彼硕人。

解 何王反不能通其宠泽，而使我之不免于独，是以愤懑不胜，不得以舒其气，忧心不已，悲伤日切于怀，而念彼硕人于不忘焉。

※ 樵彼桑薪，卬烘于煁。

解 彼桑薪宜以烹饪也，今樵彼桑薪，不以为烹饪之用，而特烘之于无釜之灶矣。然则嫡后之尊，不蒙尊宠，而反见卑贱，不亦犹是乎？

※ 维彼硕人，实劳我心。

解 维彼硕人，其所为如此，是以我也伤尊卑之失序，而此心为之忧劳焉。

※ 鼓钟于宫，声闻于外。

解 鼓钟于宫，则声闻于外矣。此有所感，彼有所动也，然则积诚于己而可以动人，不犹是乎？

※ 念子懆懆，视我迈迈。

解 今我念子至于懆懆而忧，其用心不可谓不诚矣，而子反视我迈迈，略不加之意也，宁不深叹息哉！

※ 有鹙在梁，有鹤在林。

解 鹙之与鹤皆以鱼为食者也，今有鹙在梁而鹙则饱矣，有鹤在林而鹤则饥矣，养鹙而弃鹤，人之用爱何其悖也！然则王于嬖妾而亲之，于嫡后而远之，其何异于养鹙而弃鹤乎？

(✳) 维彼硕人，实劳我心。

(解) 维彼硕人，其所为如是，是以使我念贵贱之易位，而此心为之忧劳焉。

(✳) 鸳鸯在梁，戢其左翼。

(解) 鸳鸯在梁，则戢其左翼以相依，夫固不失其配偶之常也，然则夫妇相亲，亦宜其有常匹者，不亦犹是乎？

(✳) 之子无良，二三其德。

(解) 今之子所为不善，乃眷我于始，弃我于终，而二三其德之无常焉，曾鸳鸯之不如矣。

(✳) 有扁斯石，履之卑兮。

(解) 有扁斯石，其势本卑也，则履之者亦卑矣，然则嬖妾之贱，则宠之者亦贱，不犹是乎？

(✳) 之子之远，俾我疧兮。

(解) 何之子也，乃远弃我，而嬖妾之是亲，是以使我忧其失身于卑贱，而念之以至于病焉。

夫申后被黜而作诗，以叙其怨言，有序而不乱，怨有则而不流，申后亦贤矣哉。

绵蛮

三章，章八句。

綿蠻黄鸟，止于丘阿。道之云远，我劳如何。
mián mán huáng niǎo　zhǐ yú qiū ē　dào zhī yún yuǎn　wǒ láo rú hé

饮之食之，教之诲之。命彼后车，谓之载之。（一章）
yǐn zhī sì zhī　jiào zhī huì zhī　mìng bǐ hòu chē　wèi zhī zài zhī

綿蠻黄鸟，止于丘隅。岂敢惮行，畏不能趋。
mián mán huáng niǎo　zhǐ yú qiū yú　qǐ gǎn dàn xíng　wèi bù néng qū

饮之食之，教之诲之。命彼后车，谓之载之。（二章）
yǐn zhī sì zhī　jiào zhī huì zhī　mìng bǐ hòu chē　wèi zhī zài zhī

綿蠻黄鸟，止于丘侧。岂敢惮行，畏不能极。
mián mán huáng niǎo　zhǐ yú qiū cè　qǐ gǎn dàn xíng　wèi bù néng jí

饮之食之，教之诲之。命彼后车，谓之载之。（三章）
yǐn zhī sì zhī　jiào zhī huì zhī　mìng bǐ hòu chē　wèi zhī zài zhī

【注】蛮，娇小的样子。

丘阿，山丘弯曲之处。

食，喂养。谓，使。

惮，害怕。趋，疾行。

极，至，到达目的地。

此微贱劳苦，而思有所托者，为鸟言以自比。

✳ 绵蛮黄鸟，止于丘阿。

解 彼绵蛮黄鸟，止于丘阿，而不能前。

✳ 道之云远，我劳如何？

解 是非不欲前也，盖道之云远，而我之劳甚矣，故不得已，而为立阿之止也。然则我微贱者之劳苦，而不能以自振，不亦犹是乎？

✳ 饮之食之，教之诲之。

解 斯时也，谁能饮之食之，而顾我饥渴之苦。教之诲之，而示我去就之途。

✳ 命彼后车，谓之载之。

解 命彼后车以载之，而加我委任之诚者乎，不然，我之微贱劳苦，终无以自振矣。

✳ 绵蛮黄鸟，止于丘隅。岂敢惮行？畏不能趋。

解 绵蛮黄鸟，止于丘隅，而不能趋矣。岂敢以行为行为惮也哉？盖劳之甚，而畏不能趋也，然则我微贱者之劳苦，而不能以自振，不犹是乎。

✳ 饮之食之，教之诲之。命彼后车，谓之载之。

解 如前讲。

✳ 绵蛮黄鸟，止于丘侧。岂敢惮行，畏不能极。饮之食之，教之诲之。命彼后车，谓之载之。

解 如前讲。

瓠叶

四章，章四句。

fán fán hù yè　　cǎi zhī pēng zhī　　jūn zǐ yǒu jiǔ　　zhuó yán cháng zhī
幡幡瓠叶，采之亨之。君子有酒，酌言尝之。　（一章）

yǒu tù sī shǒu　　páo zhī fán zhī　　jūn zǐ yǒu jiǔ　　zhuó yán xiàn zhī
有兔斯首，炮之燔之。君子有酒，酌言献之。　（二章）

yǒu tù sī shǒu　　fán zhī zhì zhī　　jūn zǐ yǒu jiǔ　　zhuó yán zuò zhī
有兔斯首，燔之炙之。君子有酒，酌言酢之。　（三章）

yǒu tù sī shǒu　　fán zhī páo zhī　　jūn zǐ yǒu jiǔ　　zhuó yán chóu zhī
有兔斯首，燔之炮之。君子有酒，酌言酬之。　（四章）

【注】幡幡，反复翻动的样子。 亨，同"烹"。

斯，白也；一说语助词。 炮，带毛的肉涂泥加以烘烤。 燔，直接用火烧。

献，饮酒之礼，主人先酌酒敬宾曰献。

酢，宾饮主人所献之酒，再酌以敬主人。

酬，主人复酌自饮，然后再酌以饮宴。

此燕饮之诗。若曰：燕以仁实，惟其诚之，足以相孚而已。若必拘乎礼仪之备，则将因其不可继之物，而废不可已之燕矣，今我君子之宴宾何如哉？

✳ 幡幡瓠叶，采之亨之。

解 彼幡幡瓠叶，采而烹之，以为菹物，何薄也？

✳ 君子有酒，酌言尝之。

解 嫌其薄而不进，则于情为疏也。故君子有酒，亦必以是瓠叶与我佳宾，酌而尝之，惟知燕之当举，而不计瓠叶之为薄者矣。

✳ 有兔斯首，炮之燔之。

解 有兔斯首，炮之燔之，物至薄也。

✳ 君子有酒，酌言献之。

解 君子有酒，亦必以是酌言献之，而宾主之交欢，以敦一时之情焉，盖不知兔首之炮燔，为甚薄也已。

✳ 有兔斯首，燔之炙之。君子有酒，酌言酢之。

解 如前讲。

✳ 有兔斯首，燔之炮之。君子有酒，酌言酬之。

解 夫不计物之厚薄，而欲燕礼之必行，则其殷勤无己之意，殆有溢于瓠叶兔首之外矣。古人之贵德，其实意有如此矣。

渐渐之石

三章，章六句。

zhān zhān zhī shí　　wéi qí gāo yǐ　　shān chuān yōu yuǎn　　wéi qí láo yǐ
渐渐之石，维其高矣。山川悠远，维其劳矣。

wǔ rén dōng zhēng　　bù huáng zhāo yǐ
武人东征，不皇朝矣。（一章）

zhān zhān zhī shí　　wéi qí zú yǐ　　shān chuān yōu yuǎn　　hé qí mò yǐ
渐渐之石，维其卒矣。山川悠远，曷其没矣。

wǔ rén dōng zhēng　　bù huáng chū yǐ
武人东征，不皇出矣。（二章）

yǒu shǐ bái dí　　zhēng shè bō yǐ　　yuè lí yú bì　　bǐ pāng tuó yǐ
有豕白蹢，烝涉波矣。月离于毕，俾滂沱矣。

wǔ rén dōng zhēng　　bù huáng tā yǐ
武人东征，不皇他矣。（三章）

【注】渐渐，同"崭崭"，高峻的样子。

皇，"遑"的省借，闲暇。朝，早上。

卒，"崒"的假借，高耸、险峻。

曷，何时。没，尽也。

出，出外。

蹢，蹄。烝，众也；一说发语词。涉波，涉水。

离，"罹"的假借，靠近。毕，毕星。滂沱，大雨的样子。

他，他事。

将帅出征，不堪劳苦，而作此诗。曰：御侮折冲，固吾人之职，而履危蹈险，亦人情不堪也，试以我之出征，所经历者言之。

（✳）渐渐之石，维其高矣。山川悠远，维其劳矣。

（解）渐渐之石，何高峻也。山川荡然，何悠远也。历此险远，盖不胜其劳矣。

（✳）武人东征，不遑朝矣。

（解）是以我武人之东征也，但见夙夜无已而已，奚有朝旦暇乎？

（✳）渐渐之石，维其卒矣。山川悠远，曷其没矣？

（解）渐渐之石，何崔嵬也。山川荡然，何悠远也。历此险远，盖无时可尽矣。

（✳）武人东征，不遑出矣。

（解）是以我武人之东征也，但知一意深入而已，奚暇于谋出乎？

（✳）有豕白蹢，烝涉波矣。

（解）然不惟有悠远之劳，而且有遇雨之患焉。彼豕喜雨也，今有豕白蹢，相与众涉水波矣。

（✳）月离于毕，俾滂沱矣。

（解）月，水精也，今月之所宿，乃在好雨之毕矣。俯察物情，仰观天象，无非雨征也，则必沛然下雨，而俾滂沱矣。

（✳）武人东征，不皇他矣。

（解）我武人之东征也，经历险远，而逢此大雨，则不堪其劳苦之甚，而岂暇及他事乎哉？由是观之，则将帅之疲于奔命固可见，而时王之穷兵黩武，亦可知矣，国欲无亡得乎。

苕之华

三章，章四句。

tiáo zhī huā　　yún qí huáng yǐ　　xīn zhī yōu yǐ　　wéi qí shāng yǐ

苕之华，芸其黄矣。心之忧矣，维其伤矣！（一章）

tiáo zhī huā　　qí yè qīng qīng　　zhī wǒ rú cǐ　　bù rú wú shēng

苕之华，其叶青青。知我如此，不如无生！（二章）

zāng yáng fén shǒu　　sān xīng zài liǔ　　rén kě yǐ shí　　xiǎn kě yǐ bǎo

牂羊坟首，三星在罶。人可以食，鲜可以饱。（三章）

【注】苕，凌霄花，也叫紫葳。 芸，黄盛的样子。

青青，同"菁菁"，茂盛的样子。

牂羊，母羊。 坟首，大头，羊瘦则头大。

三星，即二十八宿中的参星。 罶，捕鱼的竹笼。

鲜，少。

诗人身逢周室之衰，作以自伤。曰：王室之盛衰，乃民生安危所系也，今予之所遇，何不幸若是乎？

（＊）苕之华，芸其黄矣。

（解）彼苕之华，芸然而黄，今固盛矣。然附物而生，虽荣其能久乎？然则我之苟全性命于乱世，而不能以久存，何异是哉？

（＊）心之忧矣，维其伤矣。

（解）故此心之忧，至于伤悼之不已也。

（＊）苕之华，其叶青青。

（解）苕之华，其叶青青，今固盛矣。然附物而生，虽荣其能久乎？然则我之苟全性命于乱世，而不能以久存，何以异此哉？

（＊）知我如此，不如无生！

（解）夫人贵生于世者，以其能自存，不如此而已也。倘知其如此，则不若无生之为愈矣。

（＊）牂羊坟首，三星在罶。

（解）然我之不能久存者，何哉？亦以饥馑之余，百物凋耗，固难于自存焉耳。彼当国家全盛之时，羊则三百维群也。今则羊首首大，而有牂羊之坟首。当世道方降之日，潜则有多鱼也。今则鱼竭罶空，但见三星之在罶，夫百物凋耗，固于牂羊鱼罶，而有征也已。

（＊）人可以食，鲜可以饱。

（解）当此之时，苟且得食足矣，岂可复望其饱哉？夫以鲜可以饱之时，则亦待死而已，如之，何其能以久存哉？

何草不黄

四章，章四句。

何草不黄？何日不行？何人不将？经营四方。（一章）

何草不玄？何人不矜？哀我征夫，独为匪民。（二章）

匪兕匪虎，率彼旷野。哀我征夫，朝夕不暇。（三章）

有芃者狐，率彼幽草。有栈之车，行彼周道。（四章）

【注】行，为行役奔忙。将，行，出征。

玄，赤黑色。矜，鳏，也有病的意思；一说读 jīn，可怜之意。哀，可怜。匪
民，不是人。

匪，彼。

有芃，草茂盛的样子，形容狐毛甚丰。幽，深。

有栈，车高的样子，形容装载的东西多。车，役车。周道，大路。

周室将亡，征役不息，行者苦之，而作此。

✳ 何草不黄？何日不行？何人不将？经营四方。

㊙ 彼草衰则黄也，今何草而不黄乎？况此当征役不息之时，则何日而不行乎，何人而不行以经营于四方乎？盖无一时之得休，而一人之得逸也。

✳ 何草不玄，何人不矜？

㊙ 草黄则玄也，今何草而不玄乎？况从役过时，而不得归，则何人不矜，而失其室家之乐乎！

✳ 哀我征夫，独为匪民！

㊙ 夫有室家之乐，民生之常也。今哀我征夫，岂独为匪民也哉，而何使之至此耶？

✳ 匪兕匪虎，率彼旷野。

㊙ 彼兕之与虎，则宜其率彼旷野矣。今征夫乃民也，匪兕匪虎也，胡为使之循彼旷野乎？

✳ 哀我征夫，朝夕不暇！

㊙ 哀我征夫，奔走于旷野，而朝夕不得已闲暇，是不以民视民，而以兽视民矣，何其鄙夷之若是耶？

✳ 有芃者狐，率彼幽草。

㊙ 有芃者狐，则率彼幽草，而往来无所休矣。

✳ 有栈之车，行彼周道。

㊙ 况我驾彼有栈之役车，则日行彼周道而不得息矣。民何其不幸之若是哉！吁，昔周盛时，非无役也，而不见有劳苦之忧，乃渐渐何草，辄以怨咨为言，何哉？

盖先王役之有时，使之有道，故民虽劳不怨。周室将亡，日敝于兵，暴骨于莽，至以兽视民，而不知恤也，民将焉堪之？吾固诵《出车》《杕杜》之诗，而知周之所以兴也，诵"渐渐何草"之诗，而知周之所以亡也。

大雅

《大雅》，为雅诗的一部分，共三十一篇，大部分为西周前期的作品，一部分是西周后期的作品。其中《生民》《公刘》《绵》《皇矣》《文王》《大明》是周人自述开国历史的史诗，其余的则包括讽刺诗、祭祀诗和宴飨诗等。《诗序》说："雅者，正也，言王政之所由兴废也。政有小大，故有小雅焉，有大雅焉。"陆德明《释文》以为：自《文王》至《卷阿》十八篇为文王、武王、成王、周公之《正大雅》，据盛隆之时，而推序天命，上述祖考之美，皆国之大事，故为《正大雅》焉；而自《民劳》至《桑柔》是厉王之《变大雅》；《云汉》至《常武》是宣王之《变大雅》；《瞻卬》《召旻》二篇则是幽王之《变大雅》。后代学者则认为《大雅》是反映周王朝重大政治措施或事件的诗作。

文王之什

文王

七章，章八句。

wén wáng zài shàng　　wū zhāo yú tiān　　zhōu suī jiù bāng　　qí mìng wéi xīn
文王在上，　於昭于天。　周虽旧邦，　其命维新。

yǒu zhōu pī xiǎn　　dì mìng bù shí　　wén wáng zhì jiàng　　zài dì zuǒ yòu
有周不显，　帝命不时。　文王陟降，　在帝左右。（一章）

wěi wěi wén wáng　　lìng wén bù yǐ　　shēn cì zāi zhōu　　hóu wén wáng sūn zǐ
亹亹文王，　令闻不已。　陈锡哉周，　侯文王孙子。

wén wáng sūn zǐ　　běn zhī bǎi shì　　fán zhōu zhī shì　　pī xiǎn yì shì
文王孙子，　本支百世。　凡周之士，　不显亦世。（二章）

shì zhī pī xiǎn　　jué yóu yì yì　　sī huáng duō shì　　shēng cǐ wáng guó
世之不显，　厥犹翼翼。　思皇多士，　生此王国。

【注】文王，即周文王，姬姓，名昌，周王朝的缔造者。於，叹词。昭，显明。

旧邦，自太王以来立国于周，故曰旧邦。命，指天命。维，是。

不，两"不"字皆同"丕"，大的意思。显，显耀。时，是。

陟降，本义是升天降地，此处作往来之意。在帝左右，不离上帝左右。

亹亹，勤勉不倦貌。令闻，美好的名声。

陈，同"申"，重复、一再的意思。锡，同"赐"，赏赐。哉，在也。侯，语
词，乃。孙子，子孙。

本，本宗。支，支系、支庶。不，丕。亦世，即"奕世"，永世、累世。

厥，其。犹，同"猷"。

皇，即"煌"，美的样子盛。

wáng guó kè shēng　wéi zhōu zhī zhēn　jǐ jǐ duō shì　wén wáng yǐ níng

王国克生，维周之桢。济济多士，文王以宁。（三章）

mù mù wén wáng　wū jī xī jìng zhǐ　jiǎ zāi tiān mìng　yǒu shāng sūn zǐ

穆穆文王，於缉熙敬止。假哉天命，有商孙子。

shāng zhī sūn zǐ　qí lì bù yì　shàng dì jì mìng　hóu yú zhōu fú

商之孙子，其丽不亿。上帝既命，侯于周服。（四章）

hóu fú yú zhōu　tiān mìng mǐ cháng　yīn shì fū mǐn　guàn jiāng yú jīng

侯服于周，天命靡常。殷士肤敏，祼将于京。

jué zuò guàn jiāng　cháng fú fǔ xú　wáng zhī jìn chén　wú niàn ěr zǔ

厥作祼将，常服黼冔。王之荩臣，无念尔祖。（五章）

济济，众多的样子。

穆穆，庄重恭敬貌。於，叹词。缉熙，光明。止，语词，之也。

假，大。有，拥有。

丽，数。亿，十万为亿。不亿，不止于亿，极言其多。

周服，服于周。

靡常，无常。

殷士，归降的殷商贵族。肤，美也。敏，疾也。祼，古代一种祭礼，以鬯酒献尸
（神主），尸受酒灌于地以降神。作，行。将，进酒。

黼，黼裳。冔，殷冠。

荩臣，忠荩之臣。

wú niàn ěr xǔ　　yù xiū jué dé　　yǒng yán pèi mìng　　zì qiú duō fú

无念尔祖，聿修厥德。永言配命，自求多福。

yīn zhī wèi sàng shī　　kè pèi shàng dì　　yí jiàn yú yīn　　jùn mìng bù yì

殷之未丧师，克配上帝。宜鉴于殷，骏命不易。（六章）

mìng zhī bù yì　　wú è ěr gōng　　xuān zhāo yì wèn　　yǒu yú yīn zì tiān

命之不易，无遏尔躬。宣昭义问，有虞殷自天。

shàng tiān zhī zài　　wú shēng wú xiù　　yí xíng wén wáng　　wàn bāng zuò fú

上天之载，无声无臭。仪刑文王，万邦作孚。（七章）

永，久长。言，语助词。配命，与天命相称。

师，众。

宜鉴于殷，鉴，镜也；谓应以殷为镜。

骏，大。骏命，大命，即天命。不易，不易得来。

遏，止、绝。尔躬，你身。

宣昭，宣明传布。义，善。问，同"闻"，名声。有，同"又"。虞，审察、思度。

载，行事。臭，味道。刑，同"型"，模范、模式；仪刑，效法。孚，信服。

周公述文德以戒成王也。若曰：能开受命之基者，必有配天之德，而欲保先人之业也者，当有法祖之思，王今抚文祖之天下矣，亦知文德之当念乎。

❋ 文王在上，於昭于天。

解 惟我文王升遐久矣，而其神之在上者，昭明于天下，焕乎其不容掩也。

❋ 周虽旧邦，其命维新。

解 是以周自始封以来，其邦虽云旧矣，而其受命以代商者，则自今始也，其命不维新乎？

❋ 有周不显，帝命不时。

解 夫文王在上而昭于天，则是有周之德不随生而存，不随死而亡，盖阅万代而如见者矣，岂不显乎？周虽旧邦，其命则新，则是上天之命，眷顾方殷，保定孔固，正适其时而未艾矣，岂不时乎？

❋ 文王陟降，在帝左右。

解 然其命之时也，天非有私于周也，盖以文王之神，在天一升一降，无时不在上帝之左右，是以子孙蒙福泽而君有天下也。

❋ 亹亹文王，令闻不已。

解 文王以德受命之事何如？彼我文王之德，亹亹然强勉，盖纯亦而不已矣。故今既没，而其令闻之播，亦与亹亹者相不为已也。

❋ 陈锡哉周，侯文王孙子，文王孙子，本支百世。

解 文王之德如此，是以上帝敷锡于周，不徒尊荣其身已也。维文王孙子，其本宗则百世为天子，支庶则百世为诸侯，而与天无极焉。

❋ 凡周之士，不显亦世。

解 然不徒及其孙子已也，使凡周之士为天子之臣者，世修其德以辅天子。为诸侯之臣者，世修其德以辅诸侯，而与周匹休焉。凡若此者何？莫非文王之福哉。

❋ 世之不显，厥犹翼翼。

🔴解 然此周士，其传世岂不显著，果何所自哉？盖忠不足以济时者，则道不足以裕后，其传世之不显毋惑矣，惟此周士也，效其佳谋佳猷，而翌翌然勉敬，初无一毫之敢慢也已。

✳ 思皇多士，生此王国，王国克生，维周之桢。

🔴解 夫惟厥犹之翌翌如此，则美哉此众多之贤士，而生此文王之国。文王之国能生此众多贤士，则其所赖者岂其微哉？吾知国以人才为本者也，多士以其翌翌之猷，而输其屏翰之忠，则国之元气固，神气振，不为周之桢乎？

✳ 济济多士，文王以宁。

🔴解 君以安国为心者也，多士极其济济之众，既足以为周之桢，则臣效其忠，君享其逸，文王不以宁乎？夫多士有匡国安君之忠，如此则其传世之显也，宜矣。

✳ 穆穆文王，於缉熙敬止。

🔴解 夫上帝既有命周之福，则必有绝商之祸，而要皆本于文王之德也。穆穆哉深远，文王之德，渊乎其莫测也，洪乎其无涯也，然岂外于一敬哉？但见缉而续之，而无一息之间，熙而明之，而无一私之污，至敬之惺惺，盖合始终贯动静而□之

矣。文王之德于是为盛，而神之昭者，此敬以为之昭也。令闻不已者，此敬以为之不已也。

✳ 假哉天命，有商孙子。商之孙子，其丽不亿。

🔴解 是以上帝敷赐而大命于是乎集焉。夫果于何而征之哉？观之有商孙子可见矣。盖商之孙子，其数不止于亿。

✳ 上帝既命，侯于周服。

🔴解 然以上帝之命，集于文王，而今皆臣服于周，有所不能外者矣。

✳ 侯服于周，天命靡常。

🔴解 然不惟及孙子已也，而又及其孙子之臣庶焉。彼商之孙子，借侯服于周者，以天命无常，惟德是与故也。

✳ 殷士肤敏，祼将于京。

🔴解 故孙子既归周，而此殷士其容貌之肤美，趋事之敏达者，今皆执祼献之礼，而助王祭祀于周之京师矣。

✳ 厥作祼将，常服黼冔。

🔴解 且其所祼将之士，常服黼冔之服，盖仍先代之礼，物而不之变也。

✳ 王之荩臣，无念尔祖。

🔴解 然孙子之侯服，殷士之祼将，实本于尔祖文王之德所致也。凡尔忠荩无已而为王之荩臣者，得无念尔祖文王之德乎？尚其睹商之孙子臣

庶，而惕然兴思可也。

⁂ 无念尔祖，聿修厥德。

㊣ 然欲念尔祖，岂可以他求哉？盖尔固有之德，即尔祖之德，与天命相为合一者也，是必聿修厥德，使固有之理以全焉。

⁂ 永言配命，自求多福。

㊣ 若是，则与天命合矣，然一息有间德未修也，又必常自省察，使人欲不得以间之，而长言合乎天理焉。则我今日之德，无异尔祖缉照敬止之德矣，而今日之福，亦何异于上帝陈锡之福乎？吾见盛大之福自我致之，有不待外求而得矣。

⁂ 殷之未丧师，克配上帝。

㊣ 然尔固当以文王为法，亦当以殷事为鉴，彼殷未失天下之时，其德足以配上帝，亦如我周之今日也。今其子孙乃侯服于周如此者，惟其颠覆厥德故耳。

⁂ 宜鉴于殷，骏命不易。

㊣ 尔宜以殷为鉴，而自省焉，则知天命之予不常而又夺之，就不常而又去之，诚有不易保者矣。

⁂ 命之不易，无遏尔躬。宣昭义问，有虞殷自天。

㊣ 夫天命惟不易保，纣固以不德自绝于天矣。尔无若纣之秽德彰闻，

以自绝于天，尚当布明其善誉于天下可也。不特此也，又当度殷之所以废兴存亡者，而折之于天。其在始也，天何为而兴存之，其在今也，天何为而废亡之？庶乎有以得上天予夺之故，以为自省之机焉。

⁂ 上天之载，无声无臭。

㊣ 然上天之事，无声无臭，其予其夺，有不可得而测度者。

⁂ 仪刑文王，万邦作孚。

㊣ 今与其求在天之天，孰若求在人之天乎？盖文王之所以为文，即天之所以为天也，今诚能即文王之缉熙敬止者，仪而刑之，使其德与之洽美，则万邦之人心悦诚服，以昔日之孚文王者，而受于我矣。夫人心悦则天意得，而天意之不可度者，于此而可度之矣，又何保命之难哉？嗣王诚不可不师文王矣。

大明

八章，一三五七章六句，二四六八章八句。

míngmíng zài xià　　hè hè zài shàng　tiān nán chén sī　　bù yì wéi wáng
明明在下，赫赫在上。天难忱斯，不易维王。

tiān wèi yīn shì　　shǐ bù xié sì fāng
天位殷适，使不挟四方。（一章）

zhì zhòng shì rèn　　zì bǐ yīn shāng　lái jià yú zhōu　　yuē pín yú jīng
挚仲氏任，自彼殷商；来嫁于周，曰嫔于京。

nǎi jí wáng jì　　wéi dé zhī háng　tài rèn yǒu shēn　shēng cǐ wén wáng
乃及王季，维德之行。大任有身，生此文王。（二章）

wéi cǐ wén wáng　xiǎo xin yì yì　　zhāo shì shàng dì　　yù huái duō fú
维此文王，小心翼翼。昭事上帝，聿怀多福。

jué dé bù huí　　yǐ shòu fāng guó
厥德不回，以受方国。（三章）

【注】明明，光明昭显的样子。 在下，指在人间。 赫赫，显赫威严的样子。 在上，在天上。

忱，信赖。 不易维王，保住王业不容易。 适，同"敌"，古通用。 挟，挟有、拥有。

挚，殷的属国名。 仲氏任，任姓的第二个女儿，即下文的"大（太）任"，文王之母。

曰，发语词。 嫔，妇，作动词用，嫁而为妇。 京，周京。

王季，太王之子，文王之父。 之，是。 行，列，犹言齐等。

有身，怀孕。

昭，心地光明、诚心诚意。 怀，保持。

回，邪。

tiān jiān zài xià　　yǒu mìng jì jí　　wén wáng chū zài　　tiān zuò zhī hé

天监在下，有命既集。文王初载，天作之合。

zài hé zhī yáng　　zài wèi zhī sì　　wén wáng jiā zhǐ　　dà bāng yǒu zǐ

在洽之阳，在渭之涘。文王嘉止，大邦有子。（四章）

dà bāng yǒu zǐ　　qiàn tiān zhī mèi　　wén dìng jué xiáng　　qīn yíng yú wèi

大邦有子，俔天之妹。文定厥祥，亲迎于渭。

zào zhōu wèi liáng　　pī xiǎn qí guāng

造舟为梁，不显其光。（五章）

yǒu mìng zì tiān　　mìng cǐ wén wáng　　yú zhōu yú jīng　　zuǎn nǚ wéi shēn

有命自天，命此文王，于周于京。缵女维莘，

zhǎng zǐ wéi xíng　　dǔ shēng wǔ wáng　　bǎo yòu mìng ěr　　xí fá dà shāng

长子维行。笃生武王，保右命尔，燮伐大商。（六章）

监，明察。集，移、至、就。

初载，初始，指年轻时。作，成。合，婚配。

洽，水名，即合水，源出陕西省合阳县西北。

大邦，指莘国。子，未嫁的女子，此处指太姒。

俔，好比。天之妹，天上之少女。

文定，订婚。梁，桥，指连船为浮桥。不，同"丕"，大。

缵，同"纉"，美好。莘，国名，姒姓。长子，指文王。维行，指太姒之德与文王相当。

笃，指天降厚恩；一说为发语词。保右，即保佑。命，命令。尔，指武王姬发。燮，袭也，袭伐。

yīn shāng zhī lǚ　　qí huì rú lín　　shǐ yú mù yě　　wéi yǔ hóu xīng

殷商之旅，其会如林。矢于牧野："维予侯兴。

shàng dì lín rǔ　　wú èr ěr xīn

上帝临女，无贰尔心！"（七章）

mù yě yáng yáng　　tán chē huáng huáng　　sì yuán bāng bāng　　wéi shī shàng fù

牧野洋洋，檀车煌煌，驷骠彭彭。维师尚父，

shí wéi yīng yáng　　liàng bǐ wǔ wáng　　sì fá dà shāng　　huì zhāo qīng míng

时维鹰扬。凉彼武王，肆伐大商，会朝清明。（八章）

旅，众也。会，聚集。

矢，同"誓"，誓师。牧野，地名，在今河南淇县一带，距商都朝歌七十余里。侯，
乃、才。

临，照临、监视。女，你们。贰，变心、有二心的意思。

洋洋，广阔的样子。驷骠，四匹赤身黑尾白腹之马。彭彭，强壮有力的样子。

师，太师。尚父，即吕尚，其祖先封于吕，姓姜，人称姜太公，又叫太公望。时，
是。鹰扬，如雄鹰飞扬，言其勇猛。

凉，辅助。肆，迅疾。会，会战。朝，早晨。清明，谓天气晴朗。

此亦周王戒成王之诗。若曰：人君继天而为之子，所可畏者惟天也。人惟不观于天人之际，而始以天为不足畏矣，自我言之。

⊛ 明明在下，赫赫在上。

解 德修于人，而未始不动于天，命主于天，而未始不通于人。故在下者健刚中正，笃实光辉而有明明之德，斯在上者帝心简在，历数攸归而有赫赫之命。苟下无是德，则上亦无是命矣。

⊛ 天难忱斯，不易维王。

解 达于上下，去就无常，天命亦难信哉。盖有德则予，无德则夺矣，为君亦不易哉。盖命予之则为君，夺之则为独夫矣。

⊛ 天位殷适，使不挟四方。

解 不观之殷纣乎？彼位不尊者人得而废之，纣所居则天位，其势为至尊矣，统不正者人得而代之，纣则殷之嫡嗣，其统为至正矣。此宜可以抚有天下也，乃使之不得挟四方而有之者，何哉？盖以无明明之德，固无赫赫之命也，信乎天之难忱而命之不易矣。

⊛ 挚仲氏任，自彼殷商，来嫁于周，曰嫔于京。

解 夫有明德，斯有显命，如此然则文武之受命，孰有不本于德哉？彼我周之业基于文王，而文王之生，岂无所自乎？盖王季天下之贤王，难乎其为配也。惟挚国以其仲女氏任者，自彼殷商诸侯之国来嫁于周，而为京室之妇焉。

⊛ 乃及王季，维德之行。

解 但见在王季也，明类长君之德，真足以修男教。而在太任也，端庄诚一之德，亦足以彰妇顺。太任也乃及王季也，均之维德之行也。

⊛ 大任有身，生此文王。

解 夫惟一德咸有，则和气攸钟，太任于是有身，而生此文王焉。是文王之圣，盖自父母之贤而已然矣。

✳ 维此文王，小心翼翼。昭事上帝，聿怀多福。

解 夫文王之圣，既有所自，则其德之盛，果何如耶？维此文王也，缉熙敬止，小心翌翌然以昭事上帝，静与俱动与游而对越之匪懈焉。故虽无心于得天也，但见皇天无亲，惟敬是亲，盛大之福于是而毕集矣。

✳ 厥德不回，以受方国。

解 且是敬德也，妙于中正，无有回邪，静至正动，明达而非僻之不干焉。故虽无心于得人也，但见民罔常怀，怀于有德，四方来附之国，于是而咸受之矣。夫敬足以得天人如此，所谓有明明之德，则受赫赫之命，而我周一代之业，不自此基哉。

✳ 天监在下，有命既集。

解 我周之业，成于武王，而武王之生，岂无所自哉？彼天虽高高在上，而监临实在于下。以我周世德之盛，足以膺天与之眷也，而假载之命既集于我周矣。

✳ 文王初载，天作之合，在洽之阳，在渭之涘。

解 然不生圣子，命何由承？不生圣配，子何由生？故于文王初生之年，天已为之默定其配，在彼洽之阳也，在彼渭之涘也，实其为诞育窈窕之区矣。

✳ 文王嘉止，大邦有子。

解 是故当文王将婚之期，而大邦有子，可以为君子之好逑也。

✳ 大邦有子，伣天之妹。

解 大邦有子，其德则何如哉？但见天有刚健中正之德，彼亦有柔顺中正之德，辟则天为之兄，而彼为之妹也，盖天为文王而生之，故畀以如是之淑德耳。

✳ 文定厥祥，亲迎于渭。造舟为梁，不显其光。

解 文王于是卜得吉而以纳币之礼，定其祥所以成婚礼之始也。亲迎于渭而造舟以通其往来，所以成婚礼之终也。夫以圣人而得圣女以为之配，一德相成，真旷世之善匹也，岂不显其光乎？

✳ 有命自天，命此文王，于周于京。缵女维莘，长子维行。

解 夫文王既得圣配，宁不由是而生圣子乎？彼自有命自天，既命文王于周之京，而王业之兴勃焉其莫遏矣。而克缵太任之女事者，维此莘国以其长子来嫁于我，圣子之生，端于斯人有赖矣。

✳ 笃生武王，保右命尔，燮伐大商。

🔴 故天又笃厚我周，使斯人生武王之明圣，保之以安其身，右之以利其行，命之以隆其宠，使之顺天命以伐商。盖天命既归周，则不得不生武王而命以伐商之事也已。

✳ 殷商之旅，其会如林。矢于牧野："维予侯兴，上帝临女，无贰尔心。"

🔴 于是武王承上天之命，为伐商之举。当时殷商之旅，会集有如林之众，以拒我周，则与我周之师，皆陈于牧野之地。以众寡论之，势虽若在于纣矣，然纣众虽多，而皆离心离德，惟我之师，同心同德，为有兴起之势也。以此伐商，何有于不克乎？然众心犹恐武王以众寡之不敌而有所疑也，故勉之曰：事之不出于天者，或可以力胜，今商罪贯盈，周德方兴，上帝之所监临，实在于汝矣，汝当躬行天讨，以顺天命，不可以众寡之不敌而有所疑贰于心也。要之武王之心，非有所疑也。盖众人愤纣之虐，欲其速亡，故言此以赞其决耳。若是则武王之伐纣，乃顺天应人之举，岂得已哉？

✳ 牧野洋洋，檀车煌煌，驷騵彭彭。

🔴 以伐商之事言之。牧野之地洋洋而广大，盖截然为王师之所矣。以言其师众，则檀车煌煌而鲜明，驷騵彭彭而强盛，师众之盛何如耶！

✳ 维师尚父，时维鹰扬。

🔴 以言其将帅则官太师而号尚父者，奋神武之威，有如鹰之飞扬而将击，将帅之贤何如耶？

✳ 凉彼武王，肆伐大商，会朝清明。

🔴 以将帅之贤，统师众之盛，凉彼武王，肆伐大商，以除其秽浊，但见会战之旦而天下于是清明矣，我周王业于是而成矣。所谓有明明之德，斯有赫赫之命也，享成业者可不法文武以修其德哉？

棫

绵

九章，章六句。

mián mián guā dié　mín zhī chū shēng　zì tǔ jǔ qī　　gǔ gōng dǎn fù
绵绵瓜瓞。民之初生，自土沮漆。古公亶父，

táo fù táo xué　　wèi yǒu jiā shì
陶复陶穴，未有家室。（一章）

gǔ gōng dǎn fù　　lái zhāo zǒu mǎ　shuài xī shuǐ xǔ　zhì yú qí xià
古公亶父，来朝走马，率西水浒，至于岐下。

yuán jí jiāng nǚ　　yù lái xū yǔ
爰及姜女，聿来胥宇。（二章）

zhōu yuán wǔ wǔ　　jǐn tú rú yí　yuán shǐ yuán móu　yuán qì wǒ guī
周原膴膴，堇荼如饴。爰始爰谋，爰契我龟。

yuē zhǐ yuē shí　　zhù shì yú zī
曰止曰时，筑室于兹。（三章）

【注】瓞，小曰瓜，大曰瓞。

民，指周人。土，水名，即杜水。沮，水名。漆，水名。

古公亶父，古公是号，亶父是字，为文王之祖父，初居豳，为避狄人之侵略，迁至岐山之下，定国号曰周。后被武王追尊为太王。陶，挖掘。复，同"覆"，窑洞。

朝，早。走马，驰马而走，指避狄难。

岐下，岐山之下；岐山在今陕西省岐山县东北。

姜女，姜姓之女，指太王之妃太姜。胥宇，考察地势，选择建筑宫室之地。胥，相，视。

膴膴，肥沃的样子。堇，菜名，又名乌头，味苦。荼，苦菜。饴，糖浆。

契，锲，指刻龟甲占卜。

止，居住。时，适宜。

nǎi wèi nǎi zhǐ　　nǎi zuǒ nǎi yòu　　nǎi jiāng nǎi lǐ　　nǎi xuān nǎi mǔ

乃慰乃止，乃左乃右，乃疆乃理，乃宣乃亩。

zì xī cú dōng　　zhōu yuán zhí shi

自西徂东，周爰执事。（四章）

nǎi zhào sī kōng　　nǎi zhào sī tú　　bǐ lì shì jiā　　qí shéng zé zhí

乃召司空，乃召司徒，俾立室家。其绳则直，

suō bǎn yǐ zài　　zuò miào yì yì

缩版以载，作庙翼翼。（五章）

jiū zhī réng réng　　dù zhī hōng hōng　　zhù zhī dēng dēng　　xiāo lǚ píng píng

捄之陾陾，度之薨薨，筑之登登，削屡冯冯。

gāo dǔ jiē xīng　　gāo gǔ fú shèng

百堵皆兴，鼛鼓弗胜。（六章）

慰，安定。 疆，划分疆界。 理，分好土地。
宣，疏通沟渠。 亩，整治田垄。
周，遍。 执事，做事。
司空，掌管营建之官。 司徒，掌管徒役之官。
缩，捆绑。 版，筑墙的长板。 载，同"栽"，
树立。 翼翼，严正的样子。

捄，盛土于筐。 陾陾，铲土声。 度，填
土于筑板内。 薨薨，填土声。 筑，以杵
捣土使其坚实。 登登，捣土之声。 屡，
同"塿"，土墙隆起之处。 冯冯，削墙的
声音。
鼛，大鼓。 弗胜，指鼓声盖不过人声。

nǎi lì gāo mén　　gāo mén yǒu kàng　　nǎi lì yìng mén　　yìng mén qiāngqiāng

乃立皋门，皋门有伉。乃立应门，应门将将。

nǎi lì zhǒng tǔ　　róng chǒu yōu xíng

乃立冢土，戎丑攸行。（七章）

sì bù tiǎn jué yùn　　yì bù yǔn jué wèn　　zuò yù bá yǐ　　háng dào duì yǐ

肆不殄厥愠，亦不陨厥问。柞棫拔矣，行道兑矣。

kūn yí tuì yǐ　　wéi qí huì yǐ

混夷駾矣，维其喙矣。（八章）

yú ruì zhì jué chéng　　wén wáng guì jué shēng　　yú yuē yǒu shū fù　　yú yuē yǒu xiān hòu

虞芮质厥成，文王蹶厥生。予曰有疏附，予曰有先后，

yú yuē yǒu bēn zòu　　yú yuē yǒu yù wǔ

予曰有奔奏，予曰有御侮。（九章）

皋门，王都的城门。伉，同"亢"，高大貌。

应门，王宫大门。将将，庄严雄伟的样子。

冢土，大社，为祭祀土神之处。戎丑，戎狄丑虏，指混（ ）夷而言。

肆，发语词。殄，断绝。厥，其，指狄人。陨，堕，丧失。问，同"闻"，声誉。

兑，畅通。混夷，又作昆夷，西北之戎，即鬼方。駾，惊走奔突。喙，疲劳困倦。

虞，古国名，在今山西平陆。芮，古国名，在今陕西大荔；一说今山西芮城。质，评断。

成，平息争端。蹶厥，感动的样子。生，同"性"。

予，周人自称。曰，语词。疏附，疏远之人来归附。先后，君王前后辅佐之臣。奔奏，

奔走侍奉之臣。御侮，抵御外侮之武将。

此亦周公戒成王之诗。若曰：王业之成也，不成于成之日，其必有所由，成王知周家之王业所自始乎？

※ 绵绵瓜瓞，民之初生，自土沮漆。

解 彼瓜之为物，绵绵不绝，至末而成，则谓之瓜，而其始之，近本初生不过至小之瓞而已。瓜之先小后大如此，然则我周之业，其先小后大，不犹之瓜瓞乎？我以先小后大言之，盖我周自不口失其官守，至公刘立国于邠，而我周人之生于焉始振，是民之初生，盖自土沮漆之上矣。

※ 古公亶父，陶复陶穴，未有家室。

解 至于古公亶父之时，风俗犹陋，惟陶复以为居，陶穴以为处，而家室之制未有也，此其在邠之时亦甚微矣，然非终于此已也。

※ 古公亶父，来朝走马，率西水浒，至于岐下。

解 逮夫古公亶父之在邠也，狄人侵之，事之而不得免，于是来朝走马，率循水浒之西，至于岐山之下。

※ 爰及姜女，聿来胥宇。

解 斯时也，以一时迁都之举，乃万世子孙之业，不可以或苟也。于是遂及贤妃曰姜女者，聿来胥宇以居焉。盖不以播迁艰难之际，而为苟且目前之图矣。

※ 周原膴膴，堇荼如饴。

解 夫太王既胥宇以居矣，于是遂得周原土地之美，但见堇荼苦菜，且有如饴之甘，是盖土地之美有以变其质故也，则周原之可居，太王故已定之于心矣。

※ 爰始爰谋，爰契我龟。

解 但以己见不如人见之为详也，于是始与邠人之从己者谋居之，于以稽其众志之同何如也？又以人见不如神见之为审也，于是又契龟而卜之，于以观其征兆之吉何如也？

※ 曰止曰时，筑室于兹。

解 既得吉兆，则己之见与人之见决矣。乃告其民曰：迁都图存，得国为上。今周原之美既有以协之于人，又有以协之于神，如此则可以止于是而筑室矣，奚必于他往哉？

※ 乃慰乃止，乃左乃右。

解 夫国都既定，民事不可以缓也。彼方迁之始，民未有所居也。于是乃慰之使无怀土之思，乃止之使有托处之乐，或列之于左，而彼闾之相望，或列之于右，而族党之相

属，则夫去邠之民，咸受一廛之
安矣。

✳ 乃疆乃理，乃宣乃亩。

🔶 方迁之始，民未获所养也。于是
乃疆之而火界之必定，乃理之而条
理之分明，或宣焉而布散以居，使
治田之咸便，或亩焉而治其田畴，
使分受之各定，则夫裹粮之民咸受
百亩之田矣。

✳ 自西徂东，周爰执事。

🔶 是自水浒之西，以至岐山之东，凡
可以居民安民者，何有一事之不
为哉？

✳ 乃召司空，乃召司徒，俾立室家。

🔶 民事既尽，营建攸举。彼掌营国
邑司有空也，则乃召司空。掌徒
役之事有司徒也，则乃召司徒。
于以使之立我室家之制，以更其陶
复陶穴之陋矣。

✳ 其绳则直，缩版以载，作庙翼翼。

🔶 然君子将营宫室，宗庙为先，故正
之以绳，而位次之既定，然后束版
以筑，而上下之相承。但见其作
是宗庙也，前堂后寝，而制度之
整齐，左昭右穆，而规模之严正，
则所以妥先灵而崇爱敬者，不在
是乎？

✳ 捄之陾陾，度之薨薨，筑之登登，
削屡冯冯。

🔶 宗庙既成，宫室乃立。于是捄之
而盛土于器者，陾陾然其人之众
也。于是度之而投土于版者，薨
薨然其声之众也。土既投矣，从
而筑之，则杵声登登然其相应也。
墙既成矣，从而削之，则墙声冯冯
然而坚确也。

✳ 百堵皆兴，鼛鼓弗胜。

🔶 百堵之役，于是而皆兴矣。斯时
也，有鼛鼓以役事，所以戒民之勿
亟也。但见人心兢劝，乐事赴功，
虽鼛鼓频击以示戒，而在民心者，
则不劝而愈疾矣，鼓声安得而止
之哉？

✳ 乃立皋门，皋门有伉。

🔶 宫室既成，门社乃立。彼最远在
外者为皋门，乃立皋门则伉然而高
大，足以耸中外往来之观也。

✳ 乃立应门，应门将将。

🔶 居中应治者为应门，乃立应门，则
将将而严正，足以竣朝宁出入之
防也。

✳ 乃立冢土，戎丑攸行。

🔶 又于是乃立冢土焉，凡起大事动大
众，皆先祭于是，而后戎丑以行
也。是其一时之开国经纶，其规
模宏远如是，而周家之王业勃勃然
其开于此矣。

※ 肆不殄厥愠，亦不陨厥问。

解 夫太王迁都，安养兼全，而民事以周，营建备举，而己事以尽，则自修之道得矣。故虽不能殄绝昆夷之愠怒，亦不陨坠己之声闻。盖自修无缺而名誉自彰，虽有无妄之灾，不足为吾玷者矣。

※ 柞棫拔矣，行道兑矣。

解 方此之时，林木深阻，人物鲜少，及至其后，积累久而培植深，生齿渐以繁，归附日以众，由是柞棫拔矣，不如向之拳曲而蒙密也，行道兑矣，不如向之蔽緊而不可由也。

※ 混夷駾矣，维其喙矣。

解 由是昆夷见国势之日盛，不敢荐居于近地，畏之而奔突窜伏，惟张喙以舒其气之不暇而已，宁复有向之为我愠耶？要之，皆圣祖神孙世德相辉，有以服其心故耳，岂偶然而已？

※ 虞芮质厥成，文王蹶厥生。

解 夫昆夷既服，则众国之化自行。但见虞芮之君，相与争田，来质其讼之平于周，于是感逊顺之风，因各处于不争之地，而四方诸侯闻之而来归周者，盖四十余国矣。夫外而昆夷畏服，内而诸侯效顺，则国运改观，天命于是维新矣，不蹶

然动其兴起之势也乎。

※ 予曰有疏附，予曰有先后，予曰有奔奏，予曰有御侮。

解 夫文王受命固本于德，然所以致此，则犹有类于四臣之助焉。彼民心之亲附，非得人以启之不能也。以予言之，必有率下亲上之臣焉。君德之有成，非得人以辅之不能也。以予言之，必有相道先后之臣者焉。德之所施，以人而施也，以予言之，必有喻德宣誉之臣乎。威之所奋，以人而奋也，以予言之，必有折冲千里之臣乎。

夫有盛德以为受命之本，又得四臣以为受命之助，此一代王业之所由基也。要之不有太王迁岐以开之于前，则无以启文王受命之基，不有文王受命以大之于后，则无以扩太王开岐之业，是我周之业起自漆沮之微，及太王迁岐，至文王而始大，则信乎其犹之瓜瓞矣。抚成业者，尚其念祖宗创述之艰也哉。

棫朴

五章，章四句。

péng péng yù pǔ　　xīn zhī hù zhī　　　jǐ jǐ bì wáng　　zuǒ yòu qū zhī
芃芃棫朴，薪之槱之。济济辟王，左右趣之。　（一章）

jǐ jǐ bì wáng　　zuǒ yòu fèng zhāng　　fèng zhāng é é　　máo shì yōu yí
济济辟王，左右奉璋。奉璋峨峨，髦士攸宜。　（二章）

bì bǐ jīng zhōu　　zhēng tú jí zhī　　zhōu wáng yú mài　　liù shī jí zhī
淠彼泾舟，烝徒楫之。周王于迈，六师及之。　（三章）

zhuō bǐ yún hàn　　wèi zhāng yú tiān　　zhōu wáng shòu kǎo　　xiá bù zuò rén
倬彼云汉，为章于天。周王寿考，遐不作人。　（四章）

zhuī zhuó qí zhāng　　jīn yù qí xiàng　　miǎn miǎn wǒ wáng　　gāng jì sì fāng
追琢其章，金玉其相。勉勉我王，纲纪四方。　（五章）

【注】棫，有刺的丛生小树。朴，枣树的一种。槱，堆积木材焚烧以祭天神。

济济，恭敬的样子。辟，君。左右，指周王左右之臣。趣，同“趋”，疾行
以赴。

奉，同“捧”。璋，半珪，这里指璋瓒，是诸臣助祭用的酒器。

峨峨，盛壮的样子。髦士，俊士。

淠，舟行貌。烝，众。楫，划动。

于迈，正在出征。及，随同。

章，文彩。

寿考，长寿。遐，何；一说长远。作人，造就人才。长远；亦通。

追琢，追，雕；镂金曰雕，磨玉曰琢。其，指周王。章，文，指人的外表。

相，质，指人的内涵。

勉勉，勤勉不懈的样子。纲纪，网之大绳曰纲，抽丝曰纪，此处解释为治理。

此咏歌文王之德，若曰：王者有君师天下之责，而苟德有未至，欲使人心之乐从难也。若我辟王之盛德感人何如？

※ 芃芃棫朴，薪之槱之。

解 彼芃芃而盛之棫朴，则人必薪之槱之以为用矣。

※ 济济辟王，左右趣之。

解 况此济济之辟王，其盛德著于容貌，足为斯民之具瞻，故以言其左，则左之人趋之，以言其右，则右之人趋之，而归附之者无或殊矣。

※ 济济辟王，左右奉璋。

解 然所谓左右趋之者，果何以验之？试自其祭祀之时而言。但见济济辟王也，以圭瓒祼尸于前，左右则奉璋瓒以祼尸于后，皆将以亲辟王之左右为幸者矣。

※ 奉璋峨峨，髦士攸宜。

解 且其奉璋者，于威仪盛壮之髦士，而以之奉祭无不宜者也，文王得是人以之祭，莫极其趋附之诚，如此则所谓左右趋之者，不于髦士而可见乎。

※ 淠彼泾舟，烝徒楫之。

解 又自其行师之时而言。□□□□也，淠然而行，则舟中之人，无不楫之以共济，盖不待观而自举矣。

※ 周王于迈，六师及之。

解 况此周王事，于征伐而有所往也，则六师之众无不以从行为幸，追而及之，争先而恐后矣。夫行师之事，人之所畏惮也，而六师乐从之如此，则所谓左右趋之者，又不下于六师而可见乎。

※ 倬彼云汉，为章于天。

解 夫文王之德，为人所归如此者，要亦其德之盛，有以振作纲纪，

天下之人故耳。瞻彼云汉，惟其倬然而大，则其为章于天，自昭
然莫掩矣。

✱ **周王寿考，遐不作人。**

🈁 况我周王享年百岁，而获寿考之休，则德之所熏蒸者久，而人皆
曰迁善而不知谁为之者矣，是遐不作人乎。

✱ **追琢其章，金玉其相。**

🈁 今夫天下之物皆有文，而未必其文之至也，惟夫追之琢之，则文
之美者至矣。天下之物皆有质，而未必其质之至也，惟夫金之玉
之，则质之美者至矣。

✱ **勉勉我王，纲纪四方。**

🈁 况凡为治者，皆有纲纪也，而其心不纯者，未必其纲纪之至也。
惟勉勉我王也，至诚无息无纯亦不已，但见纲焉常张，有以范围
而不过，纪焉常理，有以曲成而不遗，其纲纪四方，不亦至乎。
夫文王之德，有以振作纲纪，天下之人如此，则夫髦士六
师，皆其振作纲纪中人耳，其趋向而追及之，不
亦宜乎？

日本 · 细井徇《诗经名物图解 · 枣图》

楛

旱麓

六章，章四句。

zhān bǐ hàn lù　zhēn kǔ jǐ jǐ　kǎi tì jūn zǐ　gān lù kǎi tì
瞻彼旱麓，榛楛济济。岂弟君子，干禄岂弟。　（一章）

sè bǐ yù zàn　huáng liú zài zhōng　kǎi tì jūn zǐ　fú lù yōu jiàng
瑟彼玉瓒，黄流在中。岂弟君子，福禄攸降。　（二章）

yuān fēi lì tiān　yú yuè yú yuān　kǎi tì jūn zǐ　xiá bù zuò rén
鸢飞戾天，鱼跃于渊。岂弟君子，遐不作人。　（三章）

qīng jiǔ jì zài　xīng mǔ jì bèi　yǐ xiǎng yǐ sì　yǐ gài jǐng fú
清酒既载，骍牡既备。以享以祀，以介景福。　（四章）

sè bǐ zuò yù　mín suǒ liáo yǐ　kǎi tì jūn zǐ　shén suǒ láo yǐ
瑟彼柞棫，民所燎矣。岂弟君子，神所劳矣。　（五章）

mò mò gě lěi　yì yú tiáo méi　kǎi tì jūn zǐ　qiú fú bù huí
莫莫葛藟，施于条枚。岂弟君子，求福不回。　（六章）

【注】旱，山名，在今陕西省南郑县。　麓，山脚。

岂弟，即恺悌，和乐平易的样子。　干，求。　禄，福。

瑟，洁鲜貌。　玉瓒，即圭瓒，天子祭神用的酒器，以圭为柄，黄金为勺。

黄流，流是流水之口，瓒之流以黄金为之，色黄，故名。

介，同"匄"，祈求。　劳，慰劳，保佑。

莫莫，茂盛的样子。

施，延伸。　条，枝。　枚，干。

回，邪。

此亦咏歌文王之德。若曰：圣人之生也，天与神之所助也，人极之所立也。而要之获助而感人者，以圣德之盛耳。今文王之德吾无从而名矣，试观于感应之际，不有足正乎？

(*) 瞻彼旱麓，榛楛济济。

(解) 瞻彼旱麓，而榛楛济济，地道美而物生自盛矣。

(*) 岂弟君子，干禄岂弟。

(解) 况我岂弟君子，易简得天下之理，和顺奋至德之光，虽非有心于干禄也，然德在而福自至，是干禄也以岂弟矣。夫岂于出幸致哉？

(*) 瑟彼玉瓒，黄流在中。

(解) 瑟然缜密之玉瓒，足以为黄流之地，则必有黄流在其中矣，宝器岂荐于亵昧乎？

(*) 岂弟君子，福禄攸降。

(解) 况我岂焉而乐弟焉，而易之君子，足以为福禄之基，则必有福禄下于其躬矣。盛德宁乎不享于禄寿乎？此固理之必然矣。

(*) 鸢飞戾天，鱼跃于渊。

(解) 鸢之飞也，则必戾于天矣，鱼之跃也，则必出于渊矣。

(*) 岂弟君子，遐不作人。

(解) 况我君子，以岂弟之德，妙感化之机，则成人有德，小子有造，固日迁善而不知为之者也，何有不作人乎？此亦理之必然矣。

(*) 清酒既载，骍牡既备。

(解) 祭必有酒也，清酒则既载而在樽矣，祭必有牡也，骍牡则既备而在俎矣。

(*) 以享以祀，以介景福。

(解) 以是而享祀于神明之前，则岂弟之德，感通有素，但见神之格之，而瑞庆为之大来矣，不有以介景福乎！

⊛ 瑟彼柞棫，民所燎矣。

㊐ 瑟彼柞棫，其生也密，则民取之以供燎爨之用矣。

⊛ 岂弟君子，神所劳矣。

㊐ 况我岂弟君子，则其德之所孚无幽不格，但见思也而神若启之，行也而神若翌之，岂不为神之所慰抚乎？

⊛ 莫莫葛藟，施于条枚。

㊐ 莫莫葛藟，其生也盛，则自施于条枚之上，而有相附之势矣。

⊛ 岂弟君子，求福不回。

㊐ 况我岂弟君子，盛德在躬而多福，自怀不待，以私意求之，则其求福何有于回邪乎？

吁，上之有以得乎天，下之有以得乎人，幽之又有以格乎神，文王之德真可谓盛矣，乌能已于咏歌也哉？

思齐

五章，一二章六句，三四五章四句。

思齐大任，文王之母。思媚周姜，京室之妇。
大姒嗣徽音，则百斯男。（一章）

惠于宗公，神罔时怨，神罔时恫。刑于寡妻，
至于兄弟，以御于家邦。（二章）

【注】思，发语词。齐，同"斋"，庄敬的意思。大任，太任。

媚，美好，贤淑。京室，王室。

大姒，太姒。徽，美。音，声誉。则，其、必。男，指子孙。

惠，顺从。宗公，先公、祖宗。罔，无。时，所。恫，伤痛。

刑，同"型"，模范。寡妻，嫡妻。御，治理。

yōng yōng zài gōng　　sù sù zài miào　　pī xiǎn yì lín　　wú yì yì bǎo

雍雍在宫，肃肃在庙。不显亦临，无射亦保。（三章）

sì róng jí pī tiǎn　　liè jiǎ bù xiá　　pī wén yì shì　　pī jiàn yì rù

肆戎疾不殄，烈假不瑕。不闻亦式，不谏亦入。（四章）

sì chéng rén yǒu dé　　xiǎo zǐ yǒu zào　　gǔ zhī rén wú yì　　yù máo sī shì

肆成人有德，小子有造。古之人无斁，誉髦斯士。（五章）

雍雍，和睦的样子。肃肃，恭敬的样子。

不，同"丕"，语词。射，同"斁"，厌倦。保，保民。

肆，发语词。戎，大。疾，病、灾难。不，"丕"，无义。殄，灭、绝。烈，业。

假，大也。瑕，过错。

不，同"丕"，语词。式，采用。入，接纳。

小子，童子。有造，有成就。

古之人，指文王。誉髦斯士，有名誉之俊士。

此诗亦歌文德也。若曰：惟我文王，其德之盛也，固莫有加。而其德之成也，实有所本。

（✳）思齐大任，文王之母，思媚周姜，京室之妇。

（解）盖上焉有庄敬之太任以为之母，实能媚爱周姜，而恭顺之，不失允称，其为周室之妇也，以此言之，则母之圣可见矣。

（✳）大姒嗣徽音，则百斯男。

（解）下焉有窈窕之太姒以为之妃，实能克尽妇道，而继太任美德之音，但见和气所钟，斯男则有百之多也。以此言之，则妃之贤可见矣。夫上有圣母，则所以胎教于未生之前，言教于既生之后者，莫非成德之地矣，成之不亦远乎。内有贤妃，则所以不溺于宴安之私，致戒于隐征之地者，莫非养心之助矣，助之不亦深乎，此文王之德所以盛也。

（✳）惠于宗公，神罔时怨，神罔时恫。

（解）夫文王之德既有所本，则其为德之盛何如哉？诚以莫难格者神也，文王则能继志述事，有以顺于宗公而不违，是以宗公之神，喜其统绪之有传，而无有怨也，无有恫也，其接神不亦得其道乎。

（✳）刑于寡妻，至于兄弟，以御于家邦。

（解）莫难化者人也，文王则仪法施于闺门，而寡妻以正也。至于兄弟，而兄弟以和也。御于家邦，而家邦以治也，其接人不亦得其道乎？其所施无一不宜如此，文王之德谓盛矣。

（✳）雍雍在宫，肃肃在庙。

（解）今夫闺门至中，以和为主，而文王至在宫也，则雍雍然而极其和之至矣。宗庙之中，以敬为主，而文王之在庙也，则肃肃然极其敬之至矣。

（✳）不显亦临，无射亦保。

（解）地至不显，人情所易忽也，文王则几愈隐而志愈严，虽处不显之地，亦常若有临之焉。德至无射，宜若不待保也。文王则德愈盛而心愈下，虽至无射之时，亦常若有所守焉，其纯亦不已有如此者，文王之德可谓盛矣。

❋ 肆戎疾不殄，烈假不瑕。

解 夫惟文王之德如此，故今大难虽不殄绝，然其德之文明者，不玷而愈光，德之广大者，不亏而愈弘也，何尝因大难之加而有损乎？

❋ 不闻亦式，不谏亦入。

解 至若事必前闻而后合于法也，文王虽事之无所前闻者，而亦无不合于法度。人必有谏而后入于善也，文王虽无谏诤之者，而亦未尝不入于善矣，何尝待外之资而后有益乎？

❋ 肆成人有德，小子有造。

解 夫惟文王之德，见于事者如此，故今一时之人才皆得有所成就。以言其成人则所知日高明矣，所行日光大矣，不有德乎？以言其小子，则求尊其所闻矣，求行其所知矣，不有造乎？

❋ 古之人无斁，誉髦斯士。

解 夫有德有造，则是早有誉于天下而为斯世之髦士矣，成人小子果何以得此哉？

盖由古之人其德纯亦不已，无有一时之或斁而其见干事如此也。是以至诚之所熏蒸透彻，而一时人才皆有所观感而兴起焉。大以成大，而成人以有德誉于天下，而成其俊义之美也。小以成小，而小子以有造誉于天下，而成其俊义之美也，夫岂偶然之故哉？夫文王有所本而臻其盛如此，诗人其能已于咏歌也哉？

皇矣

八章,章十二句。

huáng yǐ shàng dì　　lín xià yǒu hè　　jiān guān sì fāng　　qiú mín zhī mò

皇矣上帝,临下有赫;监观四方,求民之莫。

wéi cǐ èr guó　　qí zhèng bù huò　　wéi bǐ sì guó　　yuán jiū yuán dù

维此二国,其政不获;维彼四国,爰究爰度。

shàng dì qí zhī　　zēng qí shì kuò　　nǎi juàn xī gù　　cǐ wéi yǔ zhái

上帝耆之,憎其式廓。乃眷西顾,此维与宅。　（一章）

zé zhī bǐng zhī　　qí zāi qí yì　　xiū zhī píng zhī　　qí guàn qí liè

作之屏之,其菑其翳;修之平之,其灌其栵。

qǐ zhī pì zhī　　qí chēng qí jū　　rǎng zhī tī zhī　　qí yǎn qí zhè

启之辟之,其柽其椐;攘之剔之,其檿其柘。

dì qiān míng dé　　huàn yí zài lù　　tiān lì jué pèi　　shòumìng jì gù

帝迁明德,串夷载路。天立厥配,受命既固。　（二章）

【注】皇,伟大。有赫,赫然,威严的样子。莫,定也;一说作"瘼",疾苦、病痛。

二国,指夏、殷而言。获,善。究,寻求。度,谋虑。

耆,恶也。廓,空虚也。眷,回顾。此,指岐周。与宅,与周人共居。

作,"柞"之假借,拔除。屏,除。菑,立着的死树。翳,自倒在地的死树。

灌,丛生之木。栵,斩而复生之树。启、辟,开辟。柽,树名,其叶似松。椐

(jū)又名灵寿树,肿节可做手杖。檿,山桑,可做弓。柘,黄桑,叶可喂蚕。

明德,品德光明之人,这里指太王。串夷,即昆夷。路,逃跑;一说"露"的

假借,疲惫、失败。配,配偶,谓太姜。

帝省其山，柞棫斯拔，松柏斯兑。帝作邦作对，
自大伯王季。维此王季，因心则友。则友其兄，
则笃其庆，载锡之光。受禄无丧，奄有四方。（三章）

维此王季，帝度其心，貊其德音。其德克明，
克明克类，克长克君。王此大邦，克顺克比。
比于文王，其德靡悔。既受帝祉，施于孙子。（四章）

省，视察。山，指岐山。兑，直立。作，建立。

邦，指周国。对，配天的君主。大伯，也称泰伯，太王之长子，王季之兄。

王季，即季历，为太王少子，文王之父。因心，出于本心。友，友爱兄弟。庆，福。

奄，覆盖、包括。

貊，与"莫"通，大的意思。

类，善良。克顺克比，人民能顺从文王、亲附文王。

施，延续。

dì wèi wén wáng　　　 wú rán pàn yuán　　 wú rán xīn xiàn　　 dàn xiān dēng yú àn

帝谓文王："无然畔援，无然歆羡，诞先登于岸。"

mì rén bù gōng　　 gǎn jù dà bāng　　 qīn ruǎn cú gòng　　 wáng hè sī nù

密人不恭，敢距大邦，侵阮徂共。王赫斯怒，

yuán zhěng qí lǚ　　 yǐ àn cú lǚ　　 yǐ dǔ yú zhōu hù　　 yǐ duì yú tiān xià

爰整其旅，以按徂旅，以笃于周祜，以对于天下。（五章）

yǐ qí zài jīng　　 qīn zì ruǎn jiāng　　 zhì wǒ gāo gāng　　 wú shǐ wǒ líng

依其在京，侵自阮疆，陟我高冈。"无矢我陵，

wǒ líng wǒ ē　　 wú yǐn wǒ quán　　 wǒ quán wǒ chí　　 dù qí xiān yuán

我陵我阿；无饮我泉，我泉我池。"度其鲜原，

jū qí zhī yáng　　 zài wèi zhī jiāng　　 wàn bāng zhī fāng　　 xià mín zhī wáng

居岐之阳，在渭之将。万邦之方，下民之王。（六章）

畔援，跋扈。歆羡，贪而羡之。诞，发语词。登，成、平。岸，同"犴"，狱讼。
密，密须氏之国，在今甘肃灵台。距，抵抗。
阮、共，二小国名，在今甘肃泾川。
赫，盛怒的样子。按，遏止。徂旅，旅即莒，地名，密须氏前去侵略的地方。对，
显扬。
依，依据；一说为殷，兵力强大的样子。京，高丘。
矢，陈兵。阿，大陵。
度，越过。鲜原，近岐周的一个地方。将，侧。方，向。

帝谓文王：“予怀明德，不大声以色，不长夏以革，

不识不知，顺帝之则。”帝谓文王：“询尔仇方，

同尔兄弟。以尔钩援，与尔临冲，以伐崇墉。”（七章）

临冲闲闲，崇墉言言。执讯连连，攸馘安安。

是类是祃，是致是附，四方以无侮。临冲茀茀，

崇墉仡仡。是伐是肆，是绝是忽，四方以无拂。（八章）

怀，眷顾。以，与。色，指严厉的脸色。长，常。夏，夏楚，打人的棍子。革，鞭打。不识不知，不必多所谋虑。

询，谋。仇，匹也。仇方，邻国、同盟国。同，会同。兄弟，同姓诸侯国。钩援，钩梯，用以上城。临，临车，可居高临下观察敌情的车。冲，冲车，用以冲击城墙的战车。崇，国名，春秋时犹存。墉，城。

闲闲，强大的样子。言言，高大的样子。

执讯，见《小雅·出车》。馘，杀敌而割其左耳以计功。安安，从容不迫的样子。类，出征前祭天。祃，出征后在军中祭神。致，招致。附，亲附。

茀茀，强盛的样子。仡仡，高大的样子。肆，突击。忽，消灭。拂，违逆。

此诗叙太王、太伯、王季之德，以及文王伐密、伐崇之事。若曰：我周之德，世济其美之德也。我周之命，长发其祥之命也。是故如受命之君者，太王也，天之命之者何如哉？

✻ 皇矣上帝，临下有赫，监观四方，求民之莫。

🔴解 皇矣上帝，其临下甚威明也，而所以监观四方者，岂有他哉？惟以求民之遂生复性而底于安定而已矣。

✻ 维此二国，其政不获。维彼四国，爰究爰度。

🔴解 然安民在于立君，惟此夏商二国之政，已不得其道，则无以副求莫之意矣，故于维彼四国之中，寻究其人，而谋度其称。

✻ 上帝耆之，憎其式廓。

🔴解 苟有安民之君，为上帝之所欲致者，则为之增其疆境之规模，使其泽可远施而得以安民焉。

✻ 乃眷西顾，此维与宅。

🔴解 于是乃眷然顾视西土，惟我太王正安民之君，而为上帝之所欲致者也，遂以此歧周之地与之为居宅焉。

✻ 作之屏之，其菑其翳。

✻ 夫太王既承典宅之命矣，而其迁岐之事何如？彼有屏而拔去之者，惟立死之菑，自死之翳而已。

✻ 修之平之，其灌其栵。

🔴解 至于剪其滋蔓，理其拳曲而修之平之，非其灌其栵之可用者乎？

✻ 启之辟之，其柽其椐。

🔴解 有启辟而芟除之者，则惟河柳之柽，肿节之椐而已。

✻ 攘之剔之，其檿其柘。

🔴解 至于去其繁冗，使之成长而攘之剔之者，非其檿其柘之美材者乎？

✻ 帝迁明德，串夷载路。

🔴解 其土地开辟如此，岂人之所能为哉？乃上帝迁此明德之君，使居其地，于是昆夷畏其德，载路而远遁矣。

✻ 天立厥配，受命既固。

🔴解 天又立媛淑之妃，使为之配，于是迁徙，共协其谋，聿来而胥宇矣。夫惟迁岐，一本于天如此，是以人物渐盛，土地开辟，典宅之命坚固不摇，而卒成王业也与。

✻ 帝省其山，柞棫斯拔，松柏斯兑。

🔴解 天命太王如此，天命王季何如？惟彼上帝，省视岐山，见其柞棫之木，拔然而上，松柏之道，兑然而通，则知民归之者益众矣。

✻ 帝作邦作对，自大伯王季。

解 然帝既以是岐山而作之邦矣，又择其可当此国者以君之，使有以嗣其业焉。斯意也岂待太伯之让，王季之受而后定哉？盖自初生太伯王季之时，而天之意已笃于王季矣。其后太伯让国，王季嗣位，不过承此天意耳。

※ 维此王季，因心则友，则友其兄。

解 夫以太伯而让王季，则王季疑于不友矣。殊不知王季之所以友爱其兄者，受让由是也，未受让由是也，皆出于因心自然而无待勉强也。

※ 则笃其庆，载锡之光。

解 及其既受太伯之让，则益修其德，以厚周家之福，而与其兄以让德之光，有以彰其知人之明，而不为徒让矣。

※ 受禄无丧，奄有四方。

解 夫以王季之德如此，是以膺作之眷，受天禄而不失，至于文武而奄有四方也，显承之漠烈，孰非其贻谋之遗休哉。

※ 维此王季，帝度其心。

解 且此王季之德，足以嗣王业如此，何莫而不本于天哉？盖人心不度，则无以制义，帝以王季之心，万几所由以裁成也，则为之度之，使权衡素定于中，而能度物制义焉。

※ 貊其德音，其德克明，克明克类。

解 德音不貊，则非间易生，帝以王季之德音，臣民所由以观望也，则为之貊之，使声名洋溢于外，而人无所用其非间焉。夫天厚王季如此，是以王季之德，无所不备，事有是非也，则能察是非于不紊而克明焉。人有善恶也，则能分善恶于不淆而克类焉。

※ 克长克君，王此大邦，克顺克比。

解 教诲之勤，无有怠倦，不尽师道而克长乎？赏罚之公无有僭滥，不尽君道而克君乎？而其王此大邦也，克顺焉慈和一施，而人心遍服也。克比焉上亲乎下，而下亲其上也，王季之德有此六者，何莫非帝度帝貊之所为哉！

※ 比于文王，其德靡悔。

解 且其德不特光于一时已也，至于文王虽云再世矣，但见弥久而弥光，初无一毫之遗恨焉。

※ 既受帝祉，施于孙子。

解 夫是以既受帝祉，而膺作对之命，施于孙子而成一统之业也，岂偶然哉？

※ 帝谓文王，无然畔援，无然歆羡，诞先登于岸。

解 天命王季如此，而天命文王以伐密，果何如哉？帝谓文王，人心有所恶于此而舍之，有所欲于彼而取之，此畔与援也。人心有所欲而动于中，有所慕而循于外，此歆与羡也，是二者皆人欲之流，而欲先登道岸也难矣。尔必以道御情，无然舍此取彼，而有所畔援也。以理制欲，无然肆情徇物而有所歆羡也。如是则不溺于人欲之流，而能以自济自然、先知先觉以造道之极致矣。

※ **密人不恭，敢距大邦，侵阮徂共。王赫斯怒，爰整其旅，以按徂旅。**

解 夫文王之德，为天所命如此，则其所为何莫而非天耶？是故密人不恭，敢距大邦事大恤小之命，擅兴师旅，侵阮以至于共之地，是故天理之当怒震怒，而天讨之所必加者也。于是文王赫然震怒，爰整我周之旅，以遏彼往共之众。

※ **以笃于周祜，以对于天下。**

解 所以然者，盖以文王为方伯，而邻国相侵，非周之福也，其伐密也，所以夷靖我邦而厚周家之福也。文王为方伯，而治乱除危，斯民之望也，其伐密也，所以除暴安民而答天下之望也。夫伐密之师，上以安国家，下以慰民望，是皆因其可怒而怒之，夫岂有所畔援歆羡哉？

※ **依其在京，侵自阮疆。**

解 夫密人遏，则阮人安矣，然吊民之心，奚忍一方之未至乎？是故文王不事临阵观兵，惟依然在周之京，而所整之兵既遏密人，则从阮疆出以侵密。

※ **陟我高冈，无矢我陵，我陵我阿。**

解 但见王师所至，其势莫敌，而陟之冈即为我冈矣。高冈之上有陵也，冈为我有，则密人不敢陈兵于陵以拒我，我陵即我之阿矣。

※ **无饮我泉，我泉我池。**

解 高冈之下有泉也，冈为我有，则密人不敢饮水于泉以拒我，我泉即我之池矣。

※ **度其鲜原，居岐之阳，在渭之将。**

解 夫密人既服，归附益众，新都不作，民何以容乎？于是度其高平之原，而作程邑焉。彼地以阻山为固也，而是鲜原，则在岐山之阳矣。地以临水为险也，而是鲜原则在渭之将矣。

※ **万邦之方，下民之王。**

解 形势得而新都建，是以万邦诸侯本有来方之望也。兹则仰新都而兴拱极之思，玉帛车书于此而攸同也，不为万邦之方乎？天下万民本有归往之心也，兹则仰新都而切，孔迩之怀，讼狱讴歌于此，迩咸归也，不为下民之王乎？夫伐暴以安民，作邑而得众如此，何莫而非天命之所在耶？

（✷）帝谓文王，予怀明德。

（解）天命文王伐密如此，而天命文王以伐崇果何如哉？帝谓文王，予实怀尔之明德焉。

（✷）不大声以色，不长夏以革。

（解）彼形迹暴者，非明德也，尔则不言而信，不见而章，而声色之不大也。德盛而心愈下，无为而不纷更，而夏革之不长也，此其德之渊微无迹何如耶？

（✷）不识不知，顺帝之则。

（解）知识未忘，非明德也，尔则不用巧识而浑然两忘，惟顺帝则以周旋也。不用私智而泯然浑化，惟顺帝则以时措也，此其德之纯粹无私何如耶？若此者皆尔之明德，而予之所眷怀者也。

（✷）帝谓文王，询尔仇方。

（解）夫天既怀文王之德矣，而不可以奉天讨乎哉？于是帝谓文王曰：崇侯倡乱，逆天害民，乃尔之仇国也，尔可奉行天讨，以兴问罪之师焉。

（✷）同尔兄弟，以尔钩援，与尔临冲，以伐崇墉。

（解）然伐国必得人以共济也，则必同尔兄弟和好之国。攻城必有其具也，则必以尔钩援临冲之具。于以声罪致讨，而崇墉是伐焉。

（✷）临冲闲闲，崇墉言言。

（解）夫天既命文王以伐崇矣，文王遂从而伐之焉。但见以临冲之闲闲，而攻彼崇墉之言言。

（✷）执讯连连，攸馘安安。

（解）执讯者，循其次连连而相属也。攸馘者守其纪，安安而不轻暴也。

（✷）是类是祃，是致是附，四方以无侮。

（解）是类焉，而祭上帝于出师之日，是祃焉，而祭先戎于所征之地。其缓攻徐战如此者，盖欲致其自至，使之来附而全之耳。将见四方之人，皆曰圣人之致附不杀者，非力不足非示之弱也，乃仁之至者也，谁敢有侮之者乎？

（✷）临冲茀茀，崇墉仡仡。

（解）及其终不服也，以临冲之茀茀而攻彼崇墉之仡仡。及其终不服也，以临冲之茀茀而攻彼崇墉之仡仡。

（✷）是伐是肆，是绝是忽，四方以无拂。

（解）由是声其不赦之罪，而陈兵以伐之，奋其赫怒之威，而纵兵以肆之。是绝焉，使不得以世其统也。是忽焉，使不得以有其国也。其终不服而灭之，如此者盖天诛不可以复留，而罪人不可以不得故也。将见四方之人，皆曰圣人之

伐，绝不贷者，非贪其土地，非利其人民也，乃义之尽者也，谁敢有拂之者乎？夫以仁绥天下，而天下畏其威而不敢侮，以义制天下而天下怀其德而不敢拂，此所以为圣人之师也。然非文王德与天合，其孰能之哉？

夫一岐之周也，太王迁之以肇其基，王季守之以保其业，文王则伐密伐崇扩之以大其谟，祖孙父子相为终始，而岐山之地卒成王业，岂曰偶然而已哉？要皆一德足以安民故焉耳。

灵台

四章，一二章六句，三四章四句。

jīng shǐ líng tái　　jīng zhī yíng zhī　　shù mín gōng zhī　　bù rì chéng zhī
经始灵台，经之营之。庶民攻之，不日成之。

jīng shǐ wù jí　　shù mín zǐ lái
经始勿亟，庶民子来。（一章）

wáng zài líng yòu　　yōu lù yōu fú　　yōu lù zhuó zhuó　　bái niǎo hè hè
王在灵囿，麀鹿攸伏。麀鹿濯濯，白鸟翯翯。

wáng zài líng zhǎo　　wū rèn yú yuè
王在灵沼，於牣鱼跃。（二章）

【注】经始，"始经"之倒文；经，度量，指度量地基。灵，同"令"，善、美之意。灵台，古台名，故址在今陕西西安。营，建作。

攻，建造。

亟，同"急"。子来，像儿子为父亲做事般一起赶来。

灵囿，美丽的园林，或谓灵台之下的园囿，借以指代古代帝王畜养禽兽以供游玩的园林。麀鹿，母鹿。

濯濯，肥壮貌。翯翯，洁白貌。

灵沼，池沼名。於，叹词，下同。牣，满。

jù yè wéi cōng　　fén gǔ wéi yōng　　wū lùn gǔ zhōng　　yú yuè bì yōng

虡业维枞，贲鼓维镛。於论鼓钟，於乐辟雍。（三章）

wū lùn gǔ zhōng　　yú lè bì yōng　　tuó gǔ péng péng　　méng sǒu zòu gōng

於论鼓钟，於乐辟雍。鼍鼓逢逢，蒙瞍奏公。（四章）

虡，钟磬架的立木。 业，装在虡上的横板。 枞，崇牙，即虡上的载钉，用以悬钟。

贲，大。 镛，大钟。 论，同"伦"，有条不紊。

辟雍，天子为贵族子弟所设之学校；一说离宫名。

鼍，即扬子鳄，其皮制鼓甚佳。 逢逢，鼓声。 蒙，有眸子而不能视物。 瞍，无眸子。

蒙瞍，古代对盲人的两种称呼，乐官乐工常由盲人担任。 公，读为"颂"，歌；一说功也。

此述民乐之词也，言能先天下之忧而忧者，斯能后天下之乐而乐，我文王之所以忧民者至矣，而民乐文王之乐果何如哉？

✳ 经始灵台，经之营之。

🈯 今夫国之有台，所以望氛祲而察灾祥，时游观而节劳逸者也。吾王之作灵台也，方其兴事之始，经之以度其位次，营之以正其方面。

✳ 庶民攻之，不日成之。

🈯 庶民已来攻之，而不日之间灵台于是遂成焉。

✳ 经始勿亟，庶民子来。

🈯 然岂迫于不得已之命，而若是成功之速哉？盖当经始之际，王心常恐烦民，戒令勿亟，而民之乐于趋劝，有如子之趋父事，不召而自来焉，则台之成于不日固其所哉？

✳ 王在灵囿，麀鹿攸伏，麀鹿濯濯，白鸟翯翯。

🈯 台之下有囿也，王当万几之暇，时在灵囿以自适也。但见麀鹿安其所而濯濯之肥泽，白鸟适其性而翯翯之洁白，鸟兽之咸若何者，而不足以供吾王之游玩耶？

✳ 王在灵沼，於牣鱼跃。

🈯 囿之中有沼也，王当庶政之余，时在灵沼以自休也。嗟乎，鱼之多也，牣然而充满，鱼之跃也，悠然而自得，鱼鳖之咸若何者，而不足以供吾王之快睹耶？是民乐文王台池鸟兽之乐者如此。

✳ 虡业维枞，贲鼓维镛。

🈯 然吾王不特有台池鸟兽之乐已也，又何幸吾王之有钟鼓之乐乎？彼乐不可以无悬也，则植虡于栒端，设业于栒上，而崇牙之饰枞，枞然所以悬钟磬者，有其具矣。乐不可以无统也，则贲鼓列于东序，大镛列于西序，而乐之纲纪以备，所以统众音者有其具矣。

✳ 於论鼓钟，於乐辟雍。

解 由是以其鼓钟而奏之也，但见钟以宣之，而八音之克谐，鼓以动之，而六律之不乱，於乎此鼓钟也，何如其有伦乎？于辟雍而奏此鼓钟也，但见大射行礼之区，莫非清音之动荡，讲学明伦之地，莫非懂忻之交通，禁於乎此辟雍也，何如其可乐乎？

※ 於论鼓钟，於乐辟雍。

解 於乎此鼓钟也，信乎其有伦矣。於乎此辟雍钟也，信乎其可乐矣。

※ 鼍鼓逢逢，矇瞍奏公。

解 然使鼓钟之乐将已，则吾王之乐亦已矣，何以罄吾人之情耶？今也闻鼍鼓之声逢逢然其和，则知矇瞍之工，方奏其事，而乐音之奏于辟雍者，其乐盖悠乎而未有文矣，则吾王之乐将与之俱未艾也。宁非吾人之所深幸耶？

是民乐文王钟鼓之乐者又如此，然文王果何以得此于民哉？盖文王能与民偕乐，使之各得其所，是以其民欢乐之如此也。

下武

六章，章四句。

xià wǔ wéi zhōu　shì yǒu zhé wáng　sān hòu zài tiān　wáng pèi yú jīng
下武维周，世有哲王。三后在天，王配于京。（一章）

wáng pèi yú jīng　shì dé zuò qiú　yǒng yán pèi mìng　chéngwáng zhī fú
王配于京，世德作求。永言配命，成王之孚。（二章）

chéngwáng zhī fú　xià tǔ zhī shì　yǒng yán xiào sī　xiào sī wéi zé
成王之孚，下土之式。永言孝思，孝思维则。（三章）

mèi zī yī rén　yìng hóu shùn dé　yǒng yán xiào sī　zhāo zāi sì fú
媚兹一人，应侯顺德。永言孝思，昭哉嗣服。（四章）

zhāo zī lái xǔ　shéng qí zǔ wǔ　wū wàn sī nián　shòu tiān zhī hù
昭兹来许，绳其祖武。於万斯年，受天之祜。（五章）

shòu tiān zhī hù　sì fāng lái hè　wū wàn sī nián　bù xiá yǒu zuǒ
受天之祜，四方来贺。於万斯年，不遐有佐。（六章）

【注】下，后。武，继承。哲王，明智之王。

后，君。三后，指太王、王季、文王。王，指武王。京，镐京。

世德，世代积德。作，则。求，读为"逑"，匹配。

式，法式、模范。

媚，爱。兹，此。一人，指武王。

顺德，慎德，慎重修德。

昭，光明。嗣，继承。服，事。

来，后世。许，所。绳，继承。武，足迹。

於，叹词。佐，辅助；一说差错；一说同"左"，疏外。

此诗美武王也。 若曰：大哉，孝之为道乎，上之可以扩先人之绪，下之可以垂万世之休者也。 吾观武王而知其孝道之克尽矣。

❇ 下武维周，世有哲王。

解 彼我周之业，大于文王，成于武王，是文王、武王实造周也。 然非始于文武也，推而上之，则有勤家之王季，肇基之太王，盖世世有哲王矣。

❇ 三后在天，王配于京。

解 今三后虽没，其神常在于天，惟武王则能缵三后之绪而成一统之业，有以对之于镐京之中而无忝焉。

❇ 王配于京，世德作求。 永言配命，成王之孚。

解 然武王所以能配于京者，何哉？ 诚以肇基勤家、修和辑宁，三后世有令德，而与天命相为吻合者也，武王则继志述事作而求之，而动必与理俱，静必与理游，盖长言而合乎天命者矣。 武王求德之纯如此，是以天下之人皆悦服，武王之为孝子，不有以成王者之信乎？ 若暂合而遽离，暂得而遽失，岂足以成其信哉？

❇ 成王之孚，下土之式。

解 夫武王既有以成王者之孚矣，吾知孚之既深，则法之自广，而有以为下土之式矣。

❇ 永言孝思，孝思维则。

解 然所以能式下土，由是者岂有他哉？ 盖以武王求世德配天命，其孝长存于心而不忘，是以下土之人皆则其孝耳，使其孝有时而忘，则亦伪耳，何足法哉？

❇ 媚兹一人，应侯顺德。

解 夫武王之孝，足以式孚于人如此，由是天下之人皆爱戴之以为天子，而无一人之不应矣。 然岂武王有以强之哉？ 盖以孝者天下之顺德，而民心之同然也，武王之孝，有以触其同然，是以天下之人，媚而应之者，亦应以武王之顺德耳。

✳ 永言孝思，昭哉嗣服。

🅴 夫即其应之速，可以知其感之神，是武王真能长言孝思而不忘，是以天下归之，而三后之业因之益光大而不可掩矣，岂不昭哉？其嗣先王之事乎，以此而配之于天，诚无忝矣。

✳ 昭兹来许，绳其祖武。

🅴 夫武王继先之孝，其道之昭明固如此矣。苟后世能绳其所行之迹，以其求德者，求德以其配命者，配命而其道一如武王焉。

✳ 于万斯年，受天之祜。

🅴 吾知武王之孝，上孚于天者也，孝不违于亲者，则仁不违于帝，天眷帝德之维肖，岂不于万斯年而受天之祜乎？盖贵为天子，富有四海者，万年如一日矣，是武王之孝，有以贻后世得天之休如此者。

✳ 受天之祜，四方来贺。

🅴 武王之孝，下孚于人者也，能绳其武者，既有以受天之祜矣，则天之所与者，人之所归，由是四方诸侯皆来贺。

✳ 于万斯年，不遐有佐。

🅴 岂不于万斯年而赖其佐助之功乎？盖贺之者无穷，斯佐之者无穷，而万年如一时矣。是武王之孝，有以贻后世得人之休如此者，夫武王继先之孝，而有以垂裕后之休焉，信乎，武王之为至孝矣。

文王有声

八章，章五句。

文王有声，遹骏有声，遹求厥宁，遹观厥成。文王烝哉！（一章）

文王受命，有此武功，既伐于崇，作邑于丰。文王烝哉！（二章）

筑城伊淢，作丰伊匹。匪棘其欲，遹追来孝。王后烝哉！（三章）

王公伊濯，维丰之垣。四方攸同，王后维翰。王后烝哉！（四章）

【注】声，名声，声誉。遹，语词。骏，大。厥，其。烝，美。

崇，殷时诸侯国，末代国君是崇侯虎。丰，原为崇地，文王伐崇后建城于此。

淢，沟渠，护城河。匪，非。棘，急。欲，欲望。追，追思。来，语助词。王后，君王，指武王。

公，同"功"。濯，大。维丰之垣，筑起丰都城墙。同，会同，诸侯宾服来朝。翰，桢干，骨干。

fēng shuǐ dōng zhù　　wéi yǔ zhī jì　　sì fāng yōu tóng　　huángwáng wéi bì　　huángwángzhēng zāi

丰水东注，维禹之绩。四方攸同，皇王维辟。皇王烝哉！（五章）

hào jīng bì yōng　　zì xī zì dōng　　zì nán zì běi　　wú sī bù fú　　huángwángzhēng zāi

镐京辟雍，自西自东，自南自北，无思不服。皇王烝哉！（六章）

kǎo bǔ wéi wáng　　zhái shì hào jīng　　wéi guī zhèng zhī　　wǔ wángchéng zhī　　wǔ wángzhēng zāi

考卜维王，宅是镐京。维龟正之，武王成之。武王烝哉！（七章）

fēng shuǐ yǒu qǐ　　wǔ wáng qǐ bù shì　　yí jué sūn móu　　yǐ yàn yì zǐ　　wǔ wángzhēng zāi

丰水有芑，武王岂不仕？诒厥孙谋，以燕翼子。武王烝哉！（八章）

绩，功。辟，法度。

考，稽、察。考卜，稽之于龟卜。宅，建宅定居。是，此。

龟，龟兆。正，定。成之：指完成迁镐之事。

芑，水芹。仕，同"事"。不仕，无所事事。

诒，遗留。厥，其。孙，子孙。燕，安。翼，庇护。

此言文王迁丰，武王迁镐之事。若曰：吾观古之圣王，所以安天下之心，何不置哉？即其宅都建邑，亦莫非以为民也，吾于周二后见之。

✳ 文王有声，遹骏有声。

㊢ 彼人以有声为贵，声以宏大为难，惟我文王，令闻宣诏，信乎其有声也，且无远弗届，甚大乎其有声也。

✳ 遹求厥宁，遹观厥成。

㊢ 所以然者，盖以文王之心，欲以求夫民之安宁，而遂观其成功，此其爱民之切如此，则声之聿骏有以也。

✳ 文王烝哉！

㊢ 夫君德莫大于安民也，文王安民之心，必至于成功而后已，文王其尽君道也哉！

✳ 文王受命，有此武功。

㊢ 夫文王既以安民为心，则作丰以安民，乌容已哉？彼询尔仇方，上帝有是命也，文王受天之明命，遂著伐崇之武功焉。

✳ 既伐于崇，作邑于丰。

㊢ 既伐于崇，而人归者众，由是作邑于丰，以抚归附之人，而使民得赖以为安也。

✳ 文王烝哉！

㊢ 是文王之作丰，乃所以奉天而安民也，文王其尽君道也哉！

✳ 筑城伊淢，作丰伊匹。

㊢ 且其作丰也，其筑城则因旧沟为限，而不过其制也，其作邑居则与城相称，而不侈其规也。丰邑之制，有如此。

✳ 匪棘其欲，遹追来孝。

㊢ 然当甫定之秋，即为土木之举，文王岂以急成己之欲哉？特以先人皆有安民之志，而阻于机会之未集，故今急于作丰者，盖追先人安民之志，而来致其继述之孝焉耳。

✳ 王后烝哉！

解 是文王之作丰，乃所以继先而安民也，王后其尽君道也哉！

✳ 王公伊濯，维丰之垣。

解 夫文王常以安民为心，但见其伊昭布于天下，人皆仰之，可谓濯濯著明者矣。所以然者，以其能筑此丰之垣，立归往之地，有以安民故也。

✳ 四方攸同，王后维翰。

解 由是四方之人，莫不来同，于是皆以文王为模干，而赖之以安耳，则观成之功于是而始就，而求宁之心于是而始遂矣！

✳ 王后烝哉！

解 文王文安民成功如此，王后其尽君道也哉！

✳ 丰水东注，维禹之绩。

解 文王之迁丰如此，武王之迁镐何如？彼丰水之东注也，实维禹治水有以顺其就下之性，而成其永赖之功耳。

✳ 四方攸同，皇王维辟。

解 是以四方之人，得以遵丰水以来同，而戴武王以为君焉，而媚兹之风尽天下矣。

✳ 皇王烝哉！

解 夫君道以得人心为至，武王居丰而能安民，以大得人心如此，皇王其尽君道也哉！

✳ 镐京辟雍，自西自东，自南自北，无思不服。

解 夫武王居丰，而得民归，则镐京之迁，乌容已哉？于是审镐京之地为新都之建，于以莅四海而制六合者在是矣。然立国居民，建学为先也，于是乃作辟雍以为行礼之地。但见教化大行，人心悦服，自镐京以至四方，盖有无思而不服者矣。

✳ 皇王烝哉！

解 夫君道以教化为先务，武王迁镐建学，而悦服于天下如是，皇王其尽君道也哉！

✱ 考卜维王，宅是镐京。

㉘ 然是镐京之迁也，夫岂徇一己之见者哉？但见武王当相土之初，遂稽之于卜，以宅是镐京之何如？盖将审之于神，而不敢以自是己见也。

✱ 维龟正之，武王成之。

㉘ 及夫维龟正之，而决其疑矣。于是武王乃从而成之，而邑居以定焉，其慎于谋始如此者。

✱ 武王烝哉！

㉘ 盖以始之不慎，后必有重迁之扰，非所以安民也，此其为天下虑也深矣，武王尽其君道也哉！

✱ 丰水有芑，武王岂不仕？

㉘ 然是都邑之作也，又岂为一时计者哉？彼丰水之旁，犹有芑生焉，岂以武王身创业之责而无所事乎？

✱ 诒厥孙谋，以燕翼子。

㉘ 盖其镐京之建，固可以创业垂统，而贻其孙以居重驭轻之谋，则此能敬之子，不过安享其成而无俟于缔造之艰，可以无为而治矣，不有以燕翌子乎？

✱ 武王烝哉！

㉘ 夫其为谋之远者如此，盖以谋之不远，则必无长治之休，亦非所以安民也，此其为后世虑也周矣，武王其尽君道也哉！

噫，有文王之迁丰，而一代之王业肇，有武王之迁镐。而一代之王业成。总之为生民计也，抚成业者尚其体文武之心哉。

生民之什

生民

八章，一三五七章十句，二四六八章八句。

<small>jué chū shēng mín　　shí wéi jiāng yuán　　shēng mín rú hé　　kè yīn kè sì</small>

厥初生民，时维姜嫄。生民如何？克禋克祀，

<small>yǐ fú wú zǐ　　lǚ dì wǔ mǐn xīn　　yōu jiè yōu zhǐ　　zài shēn zài sù</small>

以弗无子。履帝武敏歆，攸介攸止。载震载夙，

<small>zài shēng zài yù　　shí wéi hòu jì</small>

载生载育，时维后稷。（一章）

<small>dàn mí jué yuè　　xiān shēng rú dá　　bù chè bù pì　　wú zāi wú hài</small>

诞弥厥月，先生如达。不坼不副，无菑无害。

<small>yǐ hè jué líng　　shàng dì pī níng　　bù kāng yīn sì　　jū rán shēng zǐ</small>

以赫厥灵，上帝不宁。不康禋祀，居然生子。（二章）

【注】厥初生民，其始生人也。时，是。姜嫄，传说中有邰氏之女，姜姓，名嫄，炎帝之后，为周始祖后稷之母。

禋，敬也；一说禋祀是洁敬之祭祀，或是用火烧牲，使烟气上冲于天的一种祭祀。弗，同"祓"，祭祀以祓除不祥的意思；一说为去，"弗无子"谓去无子。

履，践、踩。帝，上帝。武，足迹。敏，"拇"的假借，足大趾。歆，欣然，心有所动的样子。介、止，皆止息之意。

震，同"娠"，怀孕。夙，肃敬。后稷，名弃，相传是尧舜时候的稷官，为周之始祖。

诞，句首词，无实义。弥，满。厥月，其月，指妊娠之月数，即十个月。先生，第一胎所生。达，同"羍"，出生的小羊，比喻后稷诞生之顺利。

dàn zhì zhī ài xiàng　niú yáng féi zì zhī　dàn zhì zhī píng lín　huì fá píng lín

诞置之隘巷，牛羊腓字之。诞置之平林，会伐平林。

dàn zhì zhī hán bīng　niǎo fù yì zhī　niǎo nǎi qù yǐ　hòu jì gū yǐ

诞置之寒冰，鸟覆翼之。鸟乃去矣，后稷呱矣。

shí tán shí xū　jué shēng zài lù

实覃实吁，厥声载路。（三章）

dàn shí pú fú　kè qí kè nì　yǐ jiù kǒu shí　yì zhī rěn shū

诞实匍匐，克岐克嶷，以就口食。蓻之荏菽，

rěn shū pèi pèi　hé yì suì suì　má mài méngméng　guā dié běngběng

荏菽旆旆，禾役穟穟，麻麦幪幪，瓜瓞唪唪。（四章）

坼、副，皆破裂、裂开之意。菑，同"灾"。

赫，显示。不，同"丕"，下文同。不宁，丕宁，大宁。

寘，即置。腓，回避，庇护。字，哺育。

会，恰好，正值。

呱，小儿啼哭声。

实，是。覃，长。吁，大。载，充满，形容哭声之大。

匍匐，手足着地爬行。岐，开始懂事，能分辨事物。嶷，年幼聪慧，能识别事物。

荏菽，大豆。旆旆，茂盛，生机勃勃的样子。

役，列也。穟穟，禾苗美好的样子。

幪幪，茂盛的样子。

瓞，小瓜。唪唪，同"菶"，果实累累的样子。

有相之道，有相地之宜的方法。

诞后稷之穑，有相之道。茀厥丰草，种之黄茂。

实方实苞，实种实褎，实发实秀，实坚实好，

实颖实栗，即有邰家室。（五章）

诞降嘉种，维秬维秠，维穈维芑。恒之秬秠，

是获是亩；恒之穈芑，是任是负，以归肇祀。（六章）

茀，同"拂"，拔除。 黄茂，嘉谷，指优良品种。

方，开始，指苗开始吐芽。 苞，包，指谷始生时，苗包而未舒。

种，谷生出短苗。 褎，苗逐渐长高。

发，禾茎舒发长高。 秀，成穗。

坚、好，指谷粒坚实美好。 颖，本指禾穗，此处指禾穗下垂。 栗，收获众多。

邰，后稷所封国，在今陕西武功。 家室，居住。

秬，黑黍。 秠，黍的一种，其一谷中含有两粒米。

穈，赤苗，红米。 芑，白苗，白米。

恒，遍地。 之，是。 亩，堆在田里。 任，挑起。

诞我祀如何？或舂或揄，或簸或蹂；释之叟叟，
烝之浮浮。载谋载惟，取萧祭脂，取羝以軷。
载燔载烈，以兴嗣岁。（七章）

卬盛于豆，于豆于登。其香始升，上帝居歆，
胡臭亶时。后稷肇祀，庶无罪悔，以迄于今。（八章）

舂，用杵在臼里捣米。揄，取出臼中已捣好的米。簸，以箕扬弃糠皮。蹂，以
手揉搓米粒以去糠皮。

释，淘米。叟叟，淘米的声音。烝，同"蒸"。浮浮，蒸饭时热气上腾的样子。

惟，考虑。萧，香蒿。脂，牛油。軷，祭祀路神，祭后以车轮碾过牲体，以示
行道顺遂。

嗣岁，来年。

卬，我；一说举也。登，瓦制的盛肉汁的祭器。

居，语词。歆，欣喜；一说享受祭祀。臭，香气。

亶，确实。时，善，好。

周公制礼尊后稷以配天，故
作此诗。 曰：有天下之大功
者，斯可享天下之大祭，今
日南郊之祭配天以稷矣，抑
知稷之德真足配天者乎？

⊛ 厥初生民，时维姜嫄。

🅟 粤稽生民之伊始，实维有邰之
姜嫄。

⊛ 生民如何？克禋克祀，以弗无子。

🅟 生民如何？彼姜嫄当玄鸟始至之
日，精意以祀郊禖，所以弗无子而
求有子也。

⊛ 履帝武敏歆，攸介攸止，载震载
夙，载生载育，时维后稷。

🅟 但见上帝监一念之诚，使之具大人
之迹而履其拇，遂欣欣然如有人
道之成。 于是即其所大所止之处，
而震动有娠矣，及月辰而肃居侧
室，其所生而育者，实维后稷焉。
所谓厥初生民者在是人也，其受孕
之祥有如是者。

⊛ 诞弥厥月，先生如达，不坼不副，
无菑无害。

🅟 夫后稷既生矣，而其降生之异者何
如？但见居乎侧室，既终十月之
期。 而首生乎后稷，其易有如达，
初不坼副，而无灾害之苦焉。

⊛ 以赫厥灵，上帝不宁。 不康禋祀，

居然生子。

🅟 若此者是天欲以显其灵异于天下，
使其生有不同于凡人也。 以此观
之何也？禋祀之祭，但知有子之
求，而未之上帝之宁我康我，否也
尽也，既肇履拇之祥，又得降生之
异，则上帝岂不无怨无恫，而宁我
之禋祀乎，岂不来格赖享而康我之
禋祀乎？惟其宁我康我，是以使我
无人道而居然生是子，且显其异如
此也，是其降生之异有如此者。

⊛ 诞置之隘巷，牛羊腓字之。

🅟 夫无人道而生子，固天意之有在
也，但人之闻见不习，而不祥之疑
难，其母未能释然者，于是举而弃
之焉。 其始也，则置之隘巷，以
为不免于牛羊之践矣，而牛羊乃
腓字之，若有以动其感者，是固
异也。

⊛ 诞置之平林，会伐平林。

🅟 尤以为出于偶也，其继也则置之平
林，以为不免于荒芜之中矣，乃会
人伐木而收之，若有以速其会者，
是又异也。

⊛ 诞置之寒冰，鸟覆翼之。

🅟 尤以为值其适也，其终也乃置之寒
冰，以为冱寒迫体将万无生理矣，
鸟乃以一翼覆之，以一翼藉之，若
有使之然者，是不为大异乎？

❋ 鸟乃去矣，后稷呱矣，实覃实吁，
厥声载路。

㊟ 既而鸟乃去矣，后稷呱矣，覃然
而长吁，然而大厥声充满于道路
之间，而闻之者皆知其非凡儿矣。
夫以摧折困踣之余而其声且如是
焉，其异又何如耶？于是姜嫄始收
而养之，其见弃之祥又如此者。

―――

❋ 诞实匍匐，克岐克嶷。

㊟ 夫后稷之生，既本于天，故其所事
自异乎人。方其匍匐之时，克岐
克嶷，状貌何茂异也！

❋ 以就口食，蓻之荏菽，荏菽旆旆，
禾役穟穟，麻麦幪幪，瓜瓞唪唪。

㊟ 及其能就口食之日，遂有种植之志
焉，但见其游戏之间，或艺之荏
菽也，荏菽则枝旆旆然而扬起。
艺之禾也，禾则成列穟穟然而美
好。艺之麻麦也，麻麦则幪幪然
而茂密。艺之瓜瓞也，瓜瓞则唪
唪然而多实。随其所艺，无不咸
若者，盖上天默相其能，故虽游戏
之种植，遂有以得造化之神妙者
矣，是其幼志之异有如此者。

―――

❋ 诞后稷之穑，有相之道。

㊟ 夫幼既有志于种植，长遂为农师以
教民。诞惟后稷之穑也，必尽人
官之能，以助天地之所不及焉。

❋ 茀厥丰草，种之黄茂。

㊟ 谓丰草异类也，黄茂嘉谷也，丰草
不除，则黄茂无自而生矣，于是茀
厥丰草而种之黄茂焉。

❋ 实方实苞，实种实褎，实发实
秀，实坚实好，实颖实栗，即有邰
家室。

㊟ 然种之而岂徒哉？其渍种也方焉而
成房，而生意已涵于桴甲之中矣，
苞焉而未坼，而生意将露于桴甲之
外矣，是其渍种之时则然也。既
而甲坼可为种矣，且皆褎然而渐
长，既而受气之已足而尽发矣，且
皆秀然而始穟，是其苗而秀也，后
稷尽有相之道，于其始也。既而
保合太合而实坚矣，抑且形味之既
好，既而繁硕垂未而实颖矣。抑
且不秕而实栗，是其秀而实也，后
稷尽有相之道于其终也。故尧以
其有功于民，于是即有邰之地而为
后稷之家室焉，周之有国，实自此
始矣。

―――

❋ 诞降嘉种，维秬维秠，维穈维芑。

㊟ 夫稷既受有邰之封，而遂创有国之
祀。但见其降是嘉种于民也，不
惟有黑黍之秬，而且有一桴二米之
秠焉，不惟有赤粱粟之穈，而且有
白粱粟之芑焉。

❋ 恒之秬秠，是获是亩；恒之穈芑，

是任是负，以归肇祀。

解 遍种是秬秠也，既成则获而栖之于亩焉。遍种是穈芑也，既成则任而负之以归焉。若此者岂特可以育民人而已哉？而亦可以供祭祀焉。酒醴取之秬秠，粢盛取之穈芑，于以祭夫内外之神，而肇有国之祀，胥此矣。

❋ 诞我祀如何？

解 夫后稷既肇有国之祀矣，诞我之祀则如何哉？

❋ 或舂或揄，或簸或蹂。

解 祭必有粢盛也，则或舂焉而致其精，凿或揄焉而取来出臼。或簸焉而扬其糠粃，或蹂焉而取谷以继。

❋ 释之叟叟，烝之浮浮。

解 由是释之于水，则燥湿相投，而声之叟叟矣。由是烝之浮浮，则水火既济而气之浮浮矣。粢盛何其备耶？

❋ 载谋载惟，取萧祭脂，取羝以軷。

解 祭必吉蠲也，则载谋焉，卜日择士之皆善，载惟焉而斋戒具修之皆洁，吉蠲何其谨耶？祭始于求神也，则取萧与脂而爇之以祭宗庙之神，取羊之羝而用之以祭行道之神，而求神之义无不周矣。

❋ 载燔载烈，以兴嗣岁。

解 祭重于献尸也，则载燔焉以备庶羞，载烈焉以实俎豆，而献尸之物预矣。所以然者，诚以今岁之举来岁之倡也。兹一肇祀而四者之无不处者，正欲以兴来岁而嗣我往岁之兴于不穷，使宗庙有常享斯已矣。

❋ 卬盛于豆，于豆于登。

解 夫后稷受命于天，有功于民，而封国肇祀之远如此，则与天合德矣。今日南郊之祭，舍稷其谁配哉？盖南郊之祭，必有菹醢也，则盛之于豆矣，必有太羹也，则盛之于登也。

❋ 其香始升，上帝居歆，胡臭亶时。

解 但见豆登之香始升，而上帝之神已居然而享之矣。此何但芳臭之荐，信得其时而已哉？是必有感乎素溢于豆登之外者。

❋ 后稷肇祀，庶无罪悔，以迄于今。

解 盖自后稷立国肇始之日，诞降加种粒，我烝民有以承上帝率育之命，而成万世永赖之功，其庶无罪悔于天地也，盖已迄于今如一日矣。

夫惟其功足以配天而无愧如此，是以南郊之际而居歆之速者，盖监稷之德也，而岂我之芳臭云乎哉？吁，周公尊稷配天而以是为言，其知所本者矣。

行苇

八章，章四句。

tuán bǐ háng wěi　niú yáng wù jiàn lǚ　fāng bāo fāng tǐ　wéi yè ní ní
敦彼行苇，牛羊勿践履。方苞方体，维叶泥泥。　（一章）

qī qī xiōng dì　mò yuǎn jù ěr　huò sì zhī yán　huò shòu zhī jī
戚戚兄弟，莫远具尔。或肆之筵，或授之几。　（二章）

sì yán shè xí　shòu jī yǒu jī yù　huò xiàn huò zuò　xǐ jué diàn jiǎ
肆筵设席，授几有缉御。或献或酢，洗爵奠斝。　（三章）

tǎn hǎi yǐ jiàn　huò fán huò zhì　jiā xiáo pí jué　huò gē huò è
醓醢以荐，或燔或炙。嘉殽脾臄，或歌或咢。　（四章）

【注】敦彼，丛生貌。行，道路。

方，开始。苞，指枝叶尚包裹未分之时。体，成形。泥泥，茂盛的样子。

戚戚，亲密的样子。具，俱。尔，同"迩"。

肆，陈设。几，矮脚小木桌，一般是老人才用。

缉，相继、不断，形容其多。御，侍者。

献，主人对客敬酒。酢，客人拿酒回敬。洗爵，指主人再度向客人敬酒之前的清洗酒
杯；客人回敬主人，也是如此操作。爵，古酒器，青铜制，前有流，即倾酒的流槽，后
有尖锐状尾，中为杯，一侧有鋬（pàn），下有三足，流与杯口之际有柱。奠，置。斝，
古酒器，青铜制，圆口，有鋬和三足。奠斝，主人敬的酒客人饮毕，则置杯于几上；客
人亦如此。

醓，拌和着盐、酒等汁水的肉酱。醢，肉酱。荐，进献。

脾，同"膍"，牛肚。臄，牛舌。咢，只击鼓而不歌唱。

diāo gōng jì jiān　　 sì hóu jì jūn　　 shě shǐ jì jūn　　 xù bīn yǐ xián

敦弓既坚，四锹既钧；舍矢既均，序宾以贤。（五章）

diāo gōng jì gòu　　 jì xié sì hóu　　 sì hóu rú shù　　 xù bīn yǐ bù wǔ

敦弓既句，既挟四锹；四锹如树，序宾以不侮。（六章）

zēng sūn wéi zhǔ　　 jiǔ lǐ wéi rú　　 zhuó yǐ dà dǒu　　 yǐ qí huáng gǒu

曾孙维主，酒醴维醽。酌以大斗，以祈黄耇。（七章）

huáng gǒu tái bèi　　 yǐ yǐn yǐ yì　　 shòu kǎo wéi qí　　 yǐ jiè jǐng fú

黄耇台背，以引以翼。寿考维祺，以介景福。（八章）

敦，同"雕"；敦弓，即雕弓，弓干上画以五彩之弓，为天子所用。 锹，箭的一种，金属箭头，箭羽剪齐。

钧，合乎标准。 均，射中。 序，排列次第。 以贤，以其射技之才能。

句，"彀"之假借，张弓引满。

树，立，指箭射在靶子上像立着一样。 侮，怠慢。

曾孙，主祭者之称。 主，主人。 醽，酒味醇厚。

斗，古酒器，斗柄长三尺。 黄耇，年高长寿。

台，同"鲐"，鱼名，背有黑色花纹。 台背，背有老斑如鲐鱼，指老态龙钟的样子。 引，在前引导。 翼，在旁扶持。 祺，吉祥。

此祭毕而燕父兄耆老之诗。若曰：国以宗姓为重，以燕好为情，情洽而后宗姓无失其亲也。今祭祀毕矣，宾客归矣。嗟，我兄弟何无燕矣，笃亲亲乎？

✽ 敦彼行苇，牛羊勿践履。方苞方体，维叶泥泥。

🔴解 彼敦然勾萌之行苇，其生意之毕达而未成也，惟牛羊勿践履之，则方苞方体甲而未坼者，渐以成形，维叶泥泥而柔泽矣。

✽ 戚戚兄弟，莫远具尔。或肆之筵，或授之几。

🔴解 况此戚戚然至亲之兄弟，其分义本相属而不睽也。惟今之莫远而具迩，则我或肆之筵，或授之几，以笃亲亲之情，而燕礼在所必行矣，不然虽有筵几当复，为何人而设之哉？

✽ 肆筵设席，授几有缉御。

🔴解 夫是燕也，岂有一之不用其情乎？彼侍御不足，非所以优宾也，则既肆之筵、设之席、授之几矣，而又有相续代而侍者使令于前也，侍御何如其盛耶！

✽ 或献或酢，洗爵奠斝。

🔴解 献酬不举非所以尽情也，则主人酌酒而献宾，则从而酢之，主人洗爵而酬宾，则从而奠之而交错以遍也，献酬何如其盛耶！

✽ 醓醢以荐，或燔或炙。嘉殽脾臄，或歌或咢。

🔴解 自其饮食言之，则醓醢荐而燔炙之，并陈嘉殽具而脾臄之盛，有肥甘无不足于口矣，饮食其有不盛乎？自其歌乐言之，则或比于琴瑟而为之歌，或徒击乎鼓而为之咢，声音无不足于耳矣。歌乐其有不盛乎？燕饮之间随事而周，其礼有如此矣。

✽ 敦弓既坚，四鍭既钧。舍矢既均，序宾以贤。

🔴解 然犹未也，而又有行射以为乐焉。敦弓则既坚而强劲矣，四鍭既钧而参亭矣，斯时也比耦齐发，舍矢既均，而皆有所中矣。然中不能无多寡之殊也，于是序宾而以中多者为贤焉，而寡者则取觯立饮，是非以能愧不能也，藉是以饮酒，庶有以尽相乐之情乎？

✽ 敦弓既句，既挟四鍭。四鍭如树，序宾以不侮。

🔴解 敦弓则既句而引满矣，四鍭则既挟

而遍什矣，斯时也贯革坚正，有如手就而树之于的矣。然心不能无敬肆之异也，于是序宾而以不侮者为德焉，而侮者则取觯立饮，是非以德病不德也，藉是以劝酬，庶有以馨相乐之情乎？一饮燕之间而行射以为乐，又如此矣。

(✳) 曾孙维主，酒醴维醹。

(解) 然尤未也，而又举酒以相祝焉。今日之燕享者父兄耆老也，而主之者实维曾孙焉。燕必有酒也，酒醴则维醹矣。

(✳) 酌以大斗，以祈黄耇。

(解) 酌以有器也，酌则以大斗矣。酌之者何？盖欲父兄耆老也。

(✳) 黄耇台背，以引以翼。

(解) 饮此旨酒，颐养天和，以期黄耇台背之庆耳。然得寿固难，而善以享受尤难，又安得我父兄耆老也，相与引于善焉，使不昧于所趋，相与翌于善焉，使不怠于所行。

(✳) 寿考维祺，以介景福。

(解) 则寿不徒寿而有德以享之，为国之元老，为乡之达尊，而可以表世范俗矣，此其寿考也。盖寿考之美也，景福之介，孰有过于此哉？一燕饮之间，而奉酒以祝颂又如此矣。

吁，周王于祭毕之燕，而恳勤笃厚如此，亲亲之至何如哉？此周道多以独隆而非后世所能及也与。

● 日本·细井徇《诗经名物图解·鲌鱼图》

既醉

八章，章四句。

jì zuì yǐ jiǔ　　jì bǎo yǐ dé　　jūn zǐ wàn nián　　gài ěr jǐng fú
既醉以酒，既饱以德。君子万年，介尔景福。（一章）

jì zuì yǐ jiǔ　　ěr xiáo jì jiāng　　jūn zǐ wàn nián　　gài ěr zhāo míng
既醉以酒，尔殽既将。君子万年，介尔昭明。（二章）

zhāo míng yǒu róng　　gāo lǎng lìng zhōng　　lìng zhōng yǒu chù　　gōng shī jiā gào
昭明有融，高朗令终。令终有俶，公尸嘉告。（三章）

qí gào wéi hé　　biān dòu jìng jiā　　péng yǒu yōu shè　　shè yǐ wēi yí
其告维何？笾豆静嘉。朋友攸摄，摄以威仪。（四章）

【注】德，恩惠。

将，进奉。

有融，即融融，连绵不绝的样子。高朗，高明，指美好的名声。令终，好结果。

有，又。俶，始。公尸，君尸也，祭祀时以人装扮成祖先接受祭祀，祖先为君主诸侯，故名。嘉告，以善言告之，指祭祀时祝官代表尸为主祭者致嘏辞（赐福之辞）。

静，善。朋友，指助祭的群臣。攸，语词。摄，辅助。

孔时，很好，很宜。匮，竭尽、亏缺。

wēi yí kǒng shí   jūn zǐ yǒu xiào zǐ   xiào zǐ bù kuì   yǒng cì ěr lèi

威仪孔时，君子有孝子。孝子不匮，永锡尔类。（五章）

qí lèi wéi hé   shì jiā zhī kǔn   jūn zǐ wàn nián   yǒng cì zuò yìn

其类维何？室家之壸。君子万年，永锡祚胤。（六章）

qí yìn wéi hé   tiān bèi ěr lù   jūn zǐ wàn nián   jǐng mìng yǒu pú

其胤维何？天被尔禄。君子万年，景命有仆。（七章）

qí pú wéi hé   lài ěr nǚ shì   lài ěr nǚ shì   cóng yǐ sūn zǐ

其仆维何？釐尔女士。釐尔女士，从以孙子。（八章）

锡，同"赐"。类，善。

壸，宫中之道，引申为广大、长远；一说整齐，有亲睦与齐治之义。

祚，福禄。胤，子孙。

被，覆盖。

景命，大命，指天命。仆，附属。

釐，同"赉"，赐予。女士，女子，指妃而言。

此父兄所以答"行苇"也。若曰：人君以一身敛天下之福，非始之难而终之难，吾人受君之恩渥矣，宁无所愿乎？

✳ 既醉以酒，既饱以德。

🔴 彼向者之燕，或献或酬，既醉我以酒矣，行射祝寿既饱我以德矣。

✳ 君子万年，介尔景福。

🔴 吾人于此将何以图报耶？惟愿君子历万年之久，富贵无疆，震祥日衍，所以介景福者，悠乎未有艾焉，而后心始慰矣乎？

✳ 既醉以酒，尔殽既将。

🔴 不特此耳。向者之燕，洗爵奠斝，既醉我以酒矣，燔炙脾臄尔殽则既将矣。

✳ 君子万年，介尔昭明。

🔴 吾人于此将何以图报耶？惟愿君子历万年之久，纯嘏缉熙，离明继照，而所以介尔昭明者，悠乎未有穷焉，而后心始释矣乎。

✳ 昭明有融，高朗令终。

🔴 然是昭明之介也，非明而未盛也，吾见显于四方，而日新月盛何有融耶？亦非明而未虚也。吾见被于四表，一庇不累何高朗耶？然是有

融高朗，又非止于一时者，盖君子历万年之久，则有融者日亦有融，高朗者日以高朗，将延之于无极矣，其有不令终乎？

✳ 令终有俶，公尸嘉告。

🔴 然善终为后日之事，而善始即善终之征，今虽未终矣，然有融高朗君子，今日身履其盛，而既有其始矣，则其令终之庆，不过自此而衍之于有永焉耳。然此非我之私媚也，盖向者之祭，公尸传神意既以此令终之福告于尔矣，则吾人今日之所愿者，孰非神贶之已验哉？

✳ 其告维何？笾豆静嘉。

🔴 其告果维何乎？诚以尔之祭祀也，笾豆之荐既清洁而美矣。

✳ 朋友攸摄，摄以威仪。

🔴 而朋友之助祭者，又皆有威仪以当神意也。一祭也外尽其物，而且助祭之得人，是君臣之间无不敬矣。

✳ 威仪孔时，君子有孝子。孝子不匮，永赐尔类。

🔴 尔之主祭也，威仪之著既尽善而得宜矣。而君子有孝子以举奠者，又因心致敬而孝诚之不竭也。一祭也，内心尽其诚，而且举奠之有人，是父子间无不敬矣。合君臣

父子而各尽其敬如此，是以神之格思而永赐以善也。

🔴 然所赐之善维何？彼室家之壶甚深远而严肃也。 君子之居处固在
于是，而神明之敷锡亦在于是。

✱ 君子万年，永锡祚胤。

🔴 以善莫大于有祚也，则君子历万年之久，而永锡以祚焉，而福禄
之无疆也。 以善莫大于有胤也，则君子历万年之久，而永锡以胤
焉，而子孙之繁衍也，锡之以善，孰有过于是也哉？

✱ 其胤维何？天被尔禄。

🔴 夫既永锡以胤矣，而其胤维何哉？盖胤而不先之以祚，则胤无所
于承矣，故必使尔有子孙者，先被之以天禄，而富贵之咸备。

✱ 君子万年，景命有仆。

🔴 然不特一时已也，而天禄指所在，即景命之所在也，又必使君子
历万年之久，而长为景命所附焉。 若然则天命不替而君子无不祚
之胤矣，锡之胤也，而岂徒哉？

✱ 其仆维何？厘尔女士。

🔴 夫既景命有仆矣，而其仆维何哉？盖祚而不随之以胤，则祚无所
于托矣，故必厘以女之有士行者，使为之配。

✱ 厘尔女士，从以孙子。

🔴 然士女不徒厘也，而淑媛之作合，乃圣神之所由生也。 既厘之以
女士，而遂从之以生孙子焉。 若然则本支百世，而君子无不胤之
祚矣，锡之祚也而岂徒然哉？祚之与胤，永为相成，诚莫大之善，
而为公尸之嘉告也，然则吾人今人之所颂祷者，其意实本于此矣，
岂为私媚乎哉？

凫鹥

五章，章六句。

凫鹥在泾，公尸来燕来宁。尔酒既清，尔殽既馨。
公尸燕饮，福禄来成。（一章）

凫鹥在沙，公尸来燕来宜。尔酒既多，尔殽既嘉。
公尸燕饮，福禄来为。（二章）

凫鹥在渚，公尸来燕来处。尔酒既湑，尔殽伊脯。
公尸燕饮，福禄来下。（三章）

【注】凫，野鸭。鹥，沙鸥。尸，神主。来，是。燕，燕飨。宁，安乐。

成，成就，成全。

宜，顺适。

为，帮助。

处，停留。脯，干肉。

fú yì zài cóng　　gōng shī lái yàn lái zōng　　jì yàn yú zōng　　fú lù yōu jiàng

凫鹥在潀，公尸来燕来宗。既燕于宗，福禄攸降。

gōng shī yàn yǐn　　fú lù lái chóng

公尸燕饮，福禄来崇。（四章）

fú yì zài mén　　gōng shī lái zhǐ xūn xūn　　zhǐ jiǔ xīn xīn　　fán zhì fēn fēn

凫鹥在亹，公尸来止熏熏。旨酒欣欣，燔炙芬芬。

gōng shī yàn yǐn　　wú yǒu hòu jiān

公尸燕饮，无有后艰。（五章）

潀（又读 zhōng），水流会合的地方。宗，尊敬，尊崇。

于宗，于宗庙。

崇，积累。

亹，峡中两岸对峙如门的地方；一说同"湄"，水涯、水边。

熏熏，香味四传；一说和悦的样子。

欣欣，香气浓盛的样子。芬芬，肉味香浓貌。

艰，灾难，不幸。

此祭之明日，绎而宾尸之乐。若曰：人君假庙有象神之尸焉，当对越之顷，则固有妥侑之敬，举饮燕之礼，则又有欢洽之情，我今日之宾尸何如哉？

✳ 凫鹥在泾，公尸来燕来宁。

🔶 彼凫鹥则在泾，而安然自适矣。我公尸之来燕也，忘君臣之分，则通以宾主之情，不其安然而来宁乎？

✳ 尔酒既清，尔殽既馨。

🔶 酒与肴所以成燕者也，尔酒则既清，尔肴则既馨矣。

✳ 公尸燕饮，福禄来成。

🔶 公尸燕饮于此，则荷宠之隆而福禄为之毕集，不成就于其身乎？

✳ 凫鹥在沙，公尸来燕来宜。

🔶 凫鹥在沙矣，公尸来燕则泰然于樽俎之间，而惬其心之所欲，不来宜乎？

✳ 尔酒既多，尔殽既嘉。

🔶 尔酒既多，尔肴既嘉，燕礼行矣。

✳ 公尸燕饮，福禄来为。

🔶 而公尸之燕饮，则沐恩光之后，而福禄为之默佑，不来为乎？

✳ 凫鹥在渚，公尸来燕来处。

✳ 凫鹥则在渚矣，公尸来燕，则怡然于几席之上，而适其体之所安，不来处乎？

✳ 尔酒既湑，尔殽伊脯。

🔶 尔酒既湑，尔肴伊脯，燕礼行矣。

✳ 公尸燕饮，福禄来下。

🔶 而公尸之燕饮，则蒙宠泽之及，而福禄为之下逮，不来下乎？

✳ 凫鹥在潀，公尸来燕来宗。

🔶 凫鹥则在潀矣，公尸来燕，而优以为宾之礼，则来宗矣。

✳ 既燕于宗，福禄攸降。

🔶 何也？宗庙之祭有妥侑以致孝，有九献以致敬，福禄固攸降矣。

✳ 公尸燕饮，福禄来崇。

🔶 今公尸之燕饮也，则思眷之蒙无有穷已，福禄不积而高大乎。

✳ 凫鹥在亹，公尸来止熏熏。

🔶 凫鹥则在亹矣，公尸来燕，而畅其和悦之情，则熏熏矣。

✳ 旨酒欣欣，燔炙芬芬。

🔶 酒以合欢而欣欣也，燔炙以备物而芬芬也，固无一而不备矣。

✳ 公尸燕饮，无有后艰。

🔶 而公尸之燕饮也，则平康之庆，延之终身，又何有于后艰耶？夫燕饮之间而极道其福禄之盛，周人之于公尸，可谓爱之深而敬之至矣。

假乐

四章，章六句。

<ruby>假<rt>jiā</rt></ruby> <ruby>乐<rt>lè</rt></ruby> <ruby>君<rt>jūn</rt></ruby> <ruby>子<rt>zǐ</rt></ruby>，<ruby>显<rt>xiǎn</rt></ruby> <ruby>显<rt>xiǎn</rt></ruby> <ruby>令<rt>lìng</rt></ruby> <ruby>德<rt>dé</rt></ruby>。<ruby>宜<rt>yí</rt></ruby> <ruby>民<rt>mín</rt></ruby> <ruby>宜<rt>yí</rt></ruby> <ruby>人<rt>rén</rt></ruby>，<ruby>受<rt>shòu</rt></ruby> <ruby>禄<rt>lù</rt></ruby> <ruby>于<rt>yú</rt></ruby> <ruby>天<rt>tiān</rt></ruby>。

假乐君子，显显令德。宜民宜人，受禄于天。

bǎo yòu mìng zhī　zì tiān shēn zhī

保右命之，自天申之。（一章）

gān lù bǎi fú　zǐ sūn qiān yì　mù mù huáng huáng　yí jūn yí wáng

干禄百福，子孙千亿。穆穆皇皇，宜君宜王。

bù qiān bù wàng　shuài yóu jiù zhāng

不愆不忘，率由旧章。（二章）

【注】假，同"嘉"，美好。乐，音乐。君子，指周王。显显，光耀的样子。

令德，美德。

宜，适合。民，庶民。人，百官。

保右，保佑。申，重复。

穆穆，肃敬的样子。皇皇，光明的样子。

忘，过失。率，率，遵循。由，从。旧章，先王之典章。

威仪抑抑，德音秩秩。无怨无恶，率由群匹。

受福无疆，四方之纲。（三章）

之纲之纪，燕及朋友。百辟卿士，媚于天子。

不解于位，民之攸塈。（四章）

抑抑，"懿懿"，美好的样子。 秩秩，有条不紊的样子。

群匹，众臣之贤者。

纲，纲纪，准绳。

燕，安康。 朋友，群臣。

百辟，众诸侯。 媚，爱。

解，同"懈"，怠慢。 塈，安宁。

此公尸所以答"凫鹥"也，言人君为天之宗子，必有格天之德，然后可以得天之眷，若无显德，未足以望厚福也。

❋ 假乐君子，显显令德，宜民宜人，受禄于天。

㉈ 惟我可嘉可乐之君子，私欲不累天理，昭融有显显光明之令德，下足以宜民而民安其治也，上足以宜人而人习其政也。是以惟德动天，惟天眷德，而有以受天之禄焉。

❋ 保右命之，自天申之。

㉈ 然天之于王，犹反复眷顾之未厌也，既保之右之命之，而绥将宠锡之特隆，又自天申之，而保佑眷命之愈至矣，所以受天禄者，岂一时而已哉？

❋ 干禄百福，子孙千亿。

㉈ 然吾王以德获福，不但此也。今夫吾王有显德，固无心于福之干也。然德之所在，禄即从之，是王者以德干禄而得百福矣。百福维何？彼福莫大于子孙之多也，则子孙千亿而所以衍本支之传者盛矣。

❋ 穆穆皇皇。宜君宜王，不愆不忘，率由旧章。

㉈ （阙）

❋ 威仪抑抑，德音秩秩。无怨无恶，率由群匹。受禄无疆，四方之纲。

之纲之纪，燕及朋友。百辟卿士，媚于天子。不解于位，民之攸墍。

㉈ （阙）

公刘

六章，章十句。

公劉

dǔ gōng liú　　fěi jū fěi kāng　　nǎi yì nǎi jiāng　　nǎi jī nǎi cāng　　nǎi guǒ hóu liáng
笃公刘，匪居匪康，乃埸乃疆，乃积乃仓。乃裹糇粮，

yú tuó yú náng　　sī jí yòngguāng　　gōng shǐ sī zhāng　　gān gē qī yáng　　yuán fāng qǐ háng
于橐于囊，思辑用光。弓矢斯张，干戈戚扬，爰方启行。（一章）

dǔ gōng liú　　yú xū sī yuán　　jì shù jì fán　　jì shùn nǎi xuān　　ér wú yǒng tàn
笃公刘，于胥斯原，既庶既繁；既顺乃宣，而无永叹。

zhì zé zài yǎn　　fù jiàng zài yuán　　hé yǐ zhōu zhī　　wéi yù jí yáo　　bǐng bǐng róng dāo
陟则在巘，复降在原。何以舟之？维玉及瑶，鞞琫容刀。（二章）

dǔ gōng liú　　shì bǐ bǎi quán　　zhān bǐ pǔ yuán　　nǎi zhì nán gāng　　nǎi gòu yú jīng
笃公刘，逝彼百泉，瞻彼溥原。乃陟南冈，乃觏于京。

jīng shī zhī yě　　yú shí chǔ chǔ　　yú shí lú lǚ　　yú shí yán yán　　yú shí yǔ yǔ
京师之野，于时处处，于时庐旅，于时言言，于时语语。（三章）

【注】笃，忠厚笃实，一说发语词。 公刘，后稷之裔孙，夏朝人。 匪居匪康，不贪图居处的安宁。 积，露天堆粮之处。

橐、囊，有底曰囊，无底曰橐。 思，发语词。 辑，集聚。 用，以。 光，广。

干，盾。 戈，横刃长柄，《说文》释为平头戟。 戚，斧。 扬，钺。

胥，视察。 斯原，此原，指豳地之原。 庶、繁，人口众多。 顺，民心归顺。 宣，舒畅。

巘，小山。 舟，佩带。 鞞，刀鞘。 琫，刀鞘口上的玉饰。 容刀，佩刀。

溥，广大。 觏，察看。 京，高丘；一说豳之地名。

京师，高山而众居也，后世因称都城为京师。 于时，于是。 时，同“是”。 处处，居住，定居。

庐、旅，皆寄居之意。

dǔ gōng liú　　yú jīng sī yī　qiāngqiāng qí qí　　bǐ yán bǐ jǐ　　jì dēng nǎi yī

笃公刘，于京斯依。跄跄济济，俾筵俾几。既登乃依，

nǎi zào qí cáo　　zhí shǐ yú láo　　zhuó zhī yòng páo　　sì zhī yǐn zhī　　jūn zhī zōng zhī

乃造其曹。执豕于牢，酌之用匏。食之饮之，君之宗之。（四章）

dǔ gōng liú　　jì pǔ jì cháng　　jì jǐng nǎi gāng　xiàng qí yīn yáng　guān qí liú quán

笃公刘，既溥既长，既景乃冈，相其阴阳，观其流泉。

qí jūn sān shàn　　dù qí xí yuán　chè tián wèi liáng　　dù qí xī yáng　bīn jū yǔn huāng

其军三单。度其隰原，彻田为粮。度其夕阳，豳居允荒。（五章）

dǔ gōng liú　　yú bīn sī guǎn　shè wèi wéi luàn　　qǔ lì qǔ duàn　　zhǐ jī nǎi lǐ

笃公刘，于豳斯馆。涉渭为乱，取厉取锻。止基乃理，

yuán zhòng yuán yǒu　jiā qí huáng jiàn　sù qí guō jiàn　zhǐ lǚ nǎi mì　ruì jū zhī jí

爰众爰有。夹其皇涧，遡其过涧，止旅乃密，芮鞫之即。（六章）

依，凭依。 造，前往。 跄跄济济：指祭祀时的仪容。 曹，猪群；一说同"褿"，祭祀猪神。 牢，猪圈。 匏，葫芦，指剖成的瓢，古称匏爵。 君之，当君主。 宗之，当族主。

景，以日影测度方向。 冈，登高以望。 相，视察。 阴，山北。 阳，山南。 单，"禅"的假借，轮流替代。 度，测量。 彻田，周人管理田亩的制度。 夕阳，山的西面。 豳居，犹言豳地。 允荒，确实广大。 馆，建筑馆舍。 乱，横流而渡。 厉，同"砺"，用以磨利之石。 锻，本作"段"，用以搥打之石。 止，"之"的讹字，此也。 基，基地。 理，治理。 众、有，皆为多，谓人多且富有。 皇涧，豳地水名。 夹其皇涧，夹着皇涧两旁盖屋。 遡，向、面对。 过涧，涧名；"过"读平声。 旅，民众。 密，稠密。 芮，汭之假借，水湾之内。 鞫，水湾之外。 即，就、往。

召康公述公刘之事，以戒成王。曰：国以民为本，治国以安民为先，今王抚有一统矣，其未知尔公刘之厚民乎。

※ 笃公刘，匪居匪康，乃场乃疆，乃积乃仓。

解 厚哉公刘之于民也，其在西我，念民生之未安，慨国势之不振，而夙兴夜寐，不敢宁居焉。以农者国之本，食者民之天也，乃场乃疆，以治其田畴，乃积乃仓，以实其仓廪。

※ 乃裹糇粮，于橐于囊，思辑用光。

解 既富且强矣，以于是裹其糇粮，于彼橐囊之中，而将为迁都之举焉。盖以人民不和，则国势不大，与戎狄杂处，非所以和民而光国也，其欲迁都也，思以辑和其民人而光显其国家耳。

※ 弓矢斯张，干戈戚扬，爰方启行。

解 故当糇粮之既备，乃张弓矢，备干戈、载戚扬，爰始启行而迁都于豳，与是公刘之迁都莫非为思辑用光计也，何其厚于民哉？

※ 笃公刘，于胥斯原，既庶既繁，既顺乃宣，而无永叹。

解 厚哉公刘之于民也，当自戎至豳之日，为相土以居之举，但见其胥斯原也，适睹从迁之众，既庶既繁，既顺乃宣，皆有乐土之安，而无思旧之叹矣。

※ 陟则在巘，复降在原。

解 公刘于是陟则在巘，于以察其势之所自，复降在原，于以审其势之所止，而豳原之形势可以为定都立国之所者，已领略其大概也已。

※ 何以舟之，维玉及瑶，鞞琫容刀。

解 当时上下山原之间，必有所佩之饰，而果何以舟之乎？见其有维玉及瑶以比德也。有鞞琫容刀以周防也，即一时所佩而立国之文德武功亦略睹于此矣。夫以如是之佩服而亲如是之劳苦，无非为思辑用光计耳，何其厚于民哉？

※ 笃公刘，逝彼百泉，瞻彼溥原。

解 相土既定，营建斯举。厚哉，公刘之于民也，以为都邑之大势虽云既定，□邑居之形胜不可不详也，故广原在百泉之□也，则逝百泉以望广原，而在下之形胜得矣。

※ 乃陟南冈，乃觏于京。

解 在南冈之下也，则陟南冈以观高丘，而在上之形胜得矣。

※ 京师之野，于时处处，于时庐旅。

解 但见此京师之野，实为都会之区。于是营夫处处之宅，以为宴息之地。于是营夫庐旅之宅，以为送迎之地。

※ 于时言言，于时语语。

解 于是营夫言言之宅，以为焕发之地。于是营夫语语之宅，以为论难之地，而建国之规模，盖已极综理之周矣。夫以公刘之营建如此，莫非为思辑用光计耳，何其厚于民哉？

※ 笃公刘，于京斯依。

解 营建既周，落成斯举。厚哉公刘之为民也，向当相土菅度既任其劳矣，今则宫室既成耳，安然在京焉。

※ 跄跄济济，俾筵俾几，既登乃依。

解 但见燕饮以落成，而群臣之来与燕者跄跄济济，然动皆有仪。使人设筵，则既登乃筵矣，使人授几，则乃依斯几矣。

※ 乃造其曹，执豕于牢。

解 燕必有肴也，乃造于曹而执豕于牢，无有珍羞何其俭耶？

※ 酌之用匏，食之饮之，君之宗之。

解 酌必有器也，酌之所资以匏为之，无有异器，何其质耶？于焉食之饮之，而上下之情意洽矣。然恩洽者易至于无别，则以统异姓而为之君焉，以统同姓而为之宗焉。情之所在，又有分以维之，是以一落

成之燕，而恩义为之兼尽也，思辑用光之计，至是亦渐有成绪矣，何其厚于民哉？

※ 笃公刘，既溥既长，既景乃冈，相其阴阳，观其流泉。

解 邑居既定，疆理斯行。厚哉公刘，之于民也，当芟夷垦辟之余，土地则既溥而且长矣。由是考日景以正田之四方，复登高以望田之形势。盖以物性有寒暑之异宜，故景之以相阴阳焉，使向背之不失也。水势有高下之异向，故冈之以观其流泉焉，使灌溉之有利也。

※ 其军三单，度其隰原，彻田为粮。

解 有田必有赋也，则寓兵于农，计井而出军，而三单之制立矣，何尝尽民以为兵耶？有田必有税也，则度其隰原，彻田为粮，而九一之制行矣，何尝竭民制财而取之耶？

※ 度其夕阳，幽居允荒。

解 然居民众多，其田不足以授之也，于是又度山西之田以广之，凡所以辨土宜定赋税者，无不为之计也。但见无一地而非民之所耕，则无一地而非民之所处，而邠人之居于是益大矣。夫公刘之辨土授民，事无不周如此，其思辑用光之心可谓勤矣，何其厚于民哉？

（✳）笃公刘，于豳斯馆。涉渭为乱，取厉取锻。

（解）吾又自其始终而概言之。厚哉公刘之于民也，当裹粮始至之时，客馆于豳之际，以材木所以造宫室也，则涉渭为乱以取之，砺锻所以成宫室也，则取厉取锻以成之。

（✳）止基乃理，爰众爰有。

（解）但见既顺乃宣也，于京斯依也，而止基之事以定矣。既景乃冈也，度其夕阳也，而疆理之务亦周矣。夫定民居于先，则所以安之者有其道，授民田于后，则所以富之者有其方，由是民之居者日益繁庶，视向之既庶既繁者，为有加矣。日益富足，视向之乃积乃仓者，为益盛矣。

（✳）夹其皇涧，溯其过涧。止旅乃密，芮鞫之即。

（解）民既富庶，非京师之野所能容也。固有夹其皇涧而相对以为居者，有遡其过涧而相连以为居者。然止居之众日以益密，而皇过之地又不足以容之也，乃复即汭水之外而居之，而邠地日以益广矣，民之富庶何其盛哉！至是则民人以辑，国家以显，而公刘之心遂矣。非厚于民何以能此乎？然则今日之民，固公刘所遗之民也，王当思所以厚之矣。

泂酌

三章，章五句。

jiǒng zhuó bǐ háng lǎo　　yì bǐ zhù zī　　kě yǐ fēn chì
泂酌彼行潦，挹彼注兹，可以饙饎。

kǎi tì jūn zǐ　　mín zhī fù mǔ
岂弟君子，民之父母。　（一章）

jiǒng zhuó bǐ háng lǎo　　yì bǐ zhù zī　　kě yǐ zhuó léi
泂酌彼行潦，挹彼注兹，可以濯罍。

kǎi tì jūn zǐ　　mín zhī yōu guī
岂弟君子，民之攸归。　（二章）

jiǒng zhuó bǐ háng lǎo　　yì bǐ zhù zī　　kě yǐ zhuó gài
泂酌彼行潦，挹彼注兹，可以濯溉。

kǎi tì jūn zǐ　　mín zhī yōu xì
岂弟君子，民之攸墍。　（三章）

【注】泂，远。酌，以勺舀取。行潦，路边沟溪之积水。挹，
舀取。彼，指行潦之水。注，灌入、泻入。兹，此，
指盛水的器皿。饙，蒸。饎，酒食。

罍，古酒器，似壶而大，刻有云雷花纹。

溉，洗；一说同"概"，酒樽。

此召康公戒成王作也。 若曰：天生民而立之君，使周恤保护之，无至失所，而苟仁德之不足，则非所以庇民而承天意也。 今王亦知修德以宜民乎。

❋ 泂酌彼行潦，挹彼注兹，可以餴饎。 岂弟君子，民之父母。

㊟ 彼行潦之水若无所用也，然远酌彼行潦挹之于彼而注于此，尚可以为餴饎之用矣。 夫无源之水，犹有口于用如此。 而况有德之君，岂无所益于民乎？ 吾知岂弟君子，体天地好生之德也，备乾坤易简之仁也，则有以为民之父母矣。 盖民莫不好善而恶恶，惟其岂也，必有以强教乎民，而遂其迁善去恶之性，民莫不好逸而恶劳，惟其弟也，必有以悦安乎民，而遂其好逸恶劳之情，则民皆有父之尊、母之亲矣，不然恶在其为民父母耶？

❋ 泂酌彼行潦，挹彼注兹，可以濯罍。

㊟ 远酌彼行潦，挹彼注兹，尚可以为濯罍之用矣。

❋ 岂弟君子，民之攸归。

㊟ 况我岂弟君子也，有以强教乎民，而民皆归以就其教也。 有以悦安乎民，而民皆归以就其养也，不为民之攸归乎？ 使无是岂弟之德，民何以归之哉？

❋ 泂酌彼行潦，挹彼注兹，可以濯溉。

㊟ 远酌彼行潦，挹彼注兹，尚可以为濯溉之用矣。

❋ 岂弟君子，民之攸墍。

㊟ 况我岂弟君子也，有以强教乎民，而民皆赖其教以为安也。 有以悦安乎民，而民皆赖其养以为安也，不为民之攸墍乎？ 使无是岂弟之德，民将何所墍乎？

卷阿

十章，前六章章五句，后四章六句。

梧桐

卷阿

yǒu quán zhě ē　　piāo fēng zì nán
有卷者阿，飘风自南。

kǎi tì jūn zǐ　　lái yóu lái gē　　yǐ shǐ qí yīn
岂弟君子，来游来歌，以矢其音。（一章）

pàn huàn ěr yóu yǐ　　yōu yóu ěr xiū yǐ
伴奂尔游矣，优游尔休矣。

kǎi tì jūn zǐ　　bǐ ěr mí ěr xìng　　sì xiān gōng qiú yǐ
岂弟君子，俾尔弥尔性，似先公酋矣。（二章）

ěr tǔ yǔ bǎn zhāng　　yì kǒng zhī hòu yǐ
尔土宇畈章，亦孔之厚矣。

kǎi tì jūn zǐ　　bǐ ěr mí ěr xìng　　bǎi shén ěr zhǔ yǐ
岂弟君子，俾尔弥尔性，百神尔主矣。（三章）

【注】有卷，卷然，蜿蜒曲折的样子。阿，大丘陵。飘风，旋风。

矢，陈，表达。音，声音，可以指诗，也可指心声。

伴奂，无拘无束之貌。优游，从容自得之貌。

弥，终，久。性，同"生"，生命。似，同"嗣"，继承。酋，同
"猷"，谋划。

土宇，可居之土，即国土、疆土。畈（bǎn）章，即版图，包括国土与
人口。厚，丰厚广大。

百神，泛指天地山川之众神。主，主祭（主祭百神者为天子）。

<ruby>尔<rt>ěr</rt></ruby> <ruby>受<rt>shòu</rt></ruby> <ruby>命<rt>mìng</rt></ruby> <ruby>长<rt>cháng</rt></ruby> <ruby>矣<rt>yǐ</rt></ruby>，<ruby>莆<rt>fú</rt></ruby> <ruby>禄<rt>lù</rt></ruby> <ruby>尔<rt>ěr</rt></ruby> <ruby>康<rt>kāng</rt></ruby> <ruby>矣<rt>yǐ</rt></ruby>。

尔受命长矣，莆禄尔康矣。

<ruby>岂<rt>kǎi</rt></ruby> <ruby>弟<rt>tì</rt></ruby> <ruby>君<rt>jūn</rt></ruby> <ruby>子<rt>zǐ</rt></ruby>，<ruby>俾<rt>bǐ</rt></ruby> <ruby>尔<rt>ěr</rt></ruby> <ruby>弥<rt>mí</rt></ruby> <ruby>尔<rt>ěr</rt></ruby> <ruby>性<rt>xìng</rt></ruby>，<ruby>纯<rt>chún</rt></ruby> <ruby>嘏<rt>gǔ</rt></ruby> <ruby>尔<rt>ěr</rt></ruby> <ruby>常<rt>cháng</rt></ruby> <ruby>矣<rt>yǐ</rt></ruby>。

岂弟君子，俾尔弥尔性，纯嘏尔常矣。 （四章）

<ruby>有<rt>yǒu</rt></ruby> <ruby>冯<rt>píng</rt></ruby> <ruby>有<rt>yǒu</rt></ruby> <ruby>翼<rt>yì</rt></ruby>，<ruby>有<rt>yǒu</rt></ruby> <ruby>孝<rt>xiào</rt></ruby> <ruby>有<rt>yǒu</rt></ruby> <ruby>德<rt>dé</rt></ruby>，<ruby>以<rt>yǐ</rt></ruby> <ruby>引<rt>yǐn</rt></ruby> <ruby>以<rt>yǐ</rt></ruby> <ruby>翼<rt>yì</rt></ruby>。<ruby>岂<rt>kǎi</rt></ruby> <ruby>弟<rt>tì</rt></ruby> <ruby>君<rt>jūn</rt></ruby> <ruby>子<rt>zǐ</rt></ruby>，<ruby>四<rt>sì</rt></ruby> <ruby>方<rt>fāng</rt></ruby> <ruby>为<rt>wèi</rt></ruby> <ruby>则<rt>zé</rt></ruby>。

有冯有翼，有孝有德，以引以翼。岂弟君子，四方为则。 （五章）

<ruby>颙<rt>yóng</rt></ruby> <ruby>颙<rt>yóng</rt></ruby> <ruby>卬<rt>áng</rt></ruby> <ruby>卬<rt>áng</rt></ruby>，<ruby>如<rt>rú</rt></ruby> <ruby>圭<rt>guī</rt></ruby> <ruby>如<rt>rú</rt></ruby> <ruby>璋<rt>zhāng</rt></ruby>，<ruby>令<rt>lìng</rt></ruby> <ruby>闻<rt>wén</rt></ruby> <ruby>令<rt>lìng</rt></ruby> <ruby>望<rt>wàng</rt></ruby>。<ruby>岂<rt>kǎi</rt></ruby> <ruby>弟<rt>tì</rt></ruby> <ruby>君<rt>jūn</rt></ruby> <ruby>子<rt>zǐ</rt></ruby>，<ruby>四<rt>sì</rt></ruby> <ruby>方<rt>fāng</rt></ruby> <ruby>为<rt>wèi</rt></ruby> <ruby>纲<rt>gāng</rt></ruby>。

颙颙卬卬，如圭如璋，令闻令望。岂弟君子，四方为纲。 （六章）

<ruby>凤<rt>fèng</rt></ruby> <ruby>皇<rt>huáng</rt></ruby> <ruby>于<rt>yú</rt></ruby> <ruby>飞<rt>fēi</rt></ruby>，<ruby>翙<rt>huì</rt></ruby> <ruby>翙<rt>huì</rt></ruby> <ruby>其<rt>qí</rt></ruby> <ruby>羽<rt>yǔ</rt></ruby>，<ruby>亦<rt>yì</rt></ruby> <ruby>集<rt>jí</rt></ruby> <ruby>爰<rt>yuán</rt></ruby> <ruby>止<rt>zhǐ</rt></ruby>。

凤皇于飞，翙翙其羽，亦集爰止。

<ruby>蔼<rt>ǎi</rt></ruby> <ruby>蔼<rt>ǎi</rt></ruby> <ruby>王<rt>wáng</rt></ruby> <ruby>多<rt>duō</rt></ruby> <ruby>吉<rt>jí</rt></ruby> <ruby>士<rt>shì</rt></ruby>，<ruby>维<rt>wéi</rt></ruby> <ruby>君<rt>jūn</rt></ruby> <ruby>子<rt>zǐ</rt></ruby> <ruby>使<rt>shǐ</rt></ruby>，<ruby>媚<rt>mèi</rt></ruby> <ruby>于<rt>yú</rt></ruby> <ruby>天<rt>tiān</rt></ruby> <ruby>子<rt>zǐ</rt></ruby>。

蔼蔼王多吉士，维君子使，媚于天子。 （七章）

莆，同"福"。

纯嘏，大福。

冯，同"凭"，依靠。 翼，辅佐、辅助。 引，牵挽。

颙颙，雍容庄重的样子。 卬卬，志气高朗的样子。

翙翙，鸟展翅振动之声。 蔼蔼，众多的样子。

凤皇于飞，翙翙其羽，亦傅于天。

蔼蔼王多吉人，维君子命，媚于庶人。（八章）

凤皇鸣矣，于彼高冈。梧桐生矣，于彼朝阳。

菶菶萋萋，雍雍喈喈。（九章）

君子之车，既庶且多；君子之马，既闲且驰。

矢诗不多，维以遂歌。（十章）

傅，至。

朝阳，指山的东面。

雍雍、喈喈，皆为形容凤凰鸣声的和谐，比喻群臣融洽。

闲，熟练、熟习。驰，谓能疾驰。矢，陈献。

此召康公从成王游于卷阿而作此。 曰：后乐必本于先忧，吾兹从游于王而不能无言矣。

（❋）有卷者阿，飘风自南。

（解）彼卷然而曲之阿，有以钟地道之胜，适飘风自南而来，则以斯地而际斯时，诚有可乐也。

（❋）岂弟君子，来游来歌，

（解）我岂弟君子，当万几之暇，来游于此，玩游之下而情以舒，于是咏歌作焉，其宛然喜起之遗音乎。

（❋）以矢其音。

（解）奭也以师保之任，叨辇毂之陪，君臣同游，千载一遇，而载歌不实非所以鸣其盛也，于是写欲言之意于声诗之间，而以□□矢其音焉，庶几为吾王保治之一助矣。

━━━━━

（❋）伴奂尔游矣，优游尔休矣。

（解）所矢之音何如？今日卷阿一临，是尔之游也，兹当太平无虞，此心旷然无所系累，盖泮涣尔之游矣。卷阿一塈，是尔之休也。 兹当四海无事，此心怡然得以从容，盖优游尔之休矣。

（❋）岂弟君子，俾尔弥尔性，似先公酋矣。

（解）是在今日亦既善其始矣。 然岂

但一时已哉，岂弟君子，必使尔终其寿命，似先公指善始善终焉，而所以泮涣优游者，诚未有艾矣。

━━━━━

（❋）尔土宇昄章，亦孔之厚矣。

（解）且尔之土宇也，一统之盛，尔无窃据之邦以紊其制，何昄章耶？四封之广而无机陧之患以启其衅，何孔厚耶？

（❋）岂弟君子，俾尔弥尔性，百神尔主矣。

（解）是在今日已为百神之主矣，然岂但一时已哉？岂弟君子必使尔终其寿命，常为天地山川鬼神之主焉，而所昄章孔厚者，诚未有穷矣。

━━━━━

（❋）尔受命长矣，茀禄尔康矣。

（解）且尔自幼冲践祚以来，亦为有日，其受命长矣。 业抚盈成而无缔造之劳，其茀禄康矣。

（❋）岂弟君子，俾尔弥尔性，纯嘏尔常矣。

（解）是在今日已有纯嘏之福矣，然岂但一时已哉？岂弟君子，必使尔终其性命常享纯嘏之休，而受命长者日益长，茀禄康者日益康矣。
夫有寿考以享福禄之盛，此固莫大之庆也，然所以致此，岂无其由哉？亦曰得贤以修德耳，而今则不患无可用之贤矣。

（※）有冯有翼，有孝有德，以引以翼。

（解）但见有托志忠荩足为心膂之寄而可为凭者，有忠谅不阿足为股肱之任而可为翼者。又有善事其亲而以孝称者，又有道得于己而以德称者。若此者无非可用之才也，王诚用之为引相导前后，使不迷于所适用之为，翼而赞襄左右，使不怠于所行，则其德日修矣。

（※）岂弟君子，四方为则。

（解）岂弟君子，德之所在既足以建天下之极，则近不厌远，有望而仪刑于一人者济如矣，岂不四方为则乎？

（※）颙颙卬卬，如圭如璋，令闻令望。

（解）夫惟用贤而德修也。但见形之为体貌，则极其尊严而颙颙卬卬也。蕴之为德性，则极其纯洁如圭如璋也。声名洋溢于中外，而令闻为之昭宣矣，威仪可法于臣民，而令望为之不肃矣。

（※）岂弟君子，四方为纲。

（解）夫君子德之克修，既足以系天下之心，则离者合、涣者萃，而维系于一人者翕如矣，岂不四方为纲乎？

（※）凤凰于飞，翙翙其羽，亦集爰止。

（解）夫得贤固有自辅之益，而贤才亦有效

用之忠，独不观之凤凰者乎？凤凰于飞，翙翙其羽，亦集于所止矣。

（※）蔼蔼王多吉士，维君子使，媚于天子。

（解）况此凭翼孝德，蔼蔼然众多者，皆王之吉士也，岂无所媚于上乎？特王未之使耳，一维王之所使以事君也，则媚爱于天子，俾有以成为纲为则之德，而上不负于天子矣。

（※）凤凰于飞，翙翙其羽，亦傅于天。

（解）凤凰于飞，翙翙其羽，而亦傅于天矣。

（※）蔼蔼王多吉人，维君子命，媚于庶人。

（解）况此凭翼孝德蔼蔼然众多者，皆王之吉人也，岂无所媚于下乎？特王未之命耳，一维王之所命以治民也，则媚爱于庶人，俾有被为纲为则之治，而下不负苍生矣。

（解）然贤才固忠于效用，而所以用之者，其机则在于上耳，又不观之凤凰与梧桐者乎？

（※）凤凰鸣矣，于彼高岗。

（解）彼凤凰鸣矣，于彼高岗，固将择梧桐以栖也。

（※）梧桐生矣，于彼朝阳。

（解）梧桐生矣，于彼朝阳亦将为凤凰所栖也，是一物者诚相须矣。

✳ 菶菶萋萋，雍雍喈喈。

🔴解 然要其所以招徕之机，则有在梧桐，而不在凤凰者，是必梧桐之生于朝阳者，极菶菶萋萋之盛，足以来凤凰之集矣，然后凤凰之鸣于朝阳者，极雍雍喈喈之和，有以显梧桐之盛焉。不然凤凰将终翔于高岗之上矣，何有于梧桐哉？然则治世之贤才思效用于君，治朝之贤君将委用乎？贤其相溺甚殷矣，然必贤君有待贤之礼，而后贤才乐为之用，其视凤凰与梧桐相须而相遇者，不同一机乎？

夫感召贤才之机在于上矣，然今岂惠于感召之无其具哉？今夫菶菶萋萋，则雍雍喈喈矣。彼绎络于卷阿之上者，君子之车也。君子之者则既庶而且多矣，自供乘舆之外，皆虚器也，驰骤于卷阿之上者，君子之马也。君子之马则既闲而且驰矣，自备法驾之外，皆留良也。则凡天下之事，有资于车马者，诚足以待用而有余矣。王能知所以用之，则菶菶萋萋者在朝廷，而雍雍喈喈不在国家乎？是我所矢之音者如此。

✳ 君子之车，既庶且多。君子之马，既闲且驰。矢诗不多，维以遂歌。

🔴解 夫以君臣同游之日，正言语得尽之时也，而我所矢之音，惟止于此，则矢诗盖不多矣，惟以王歌之于前，而我不可不实之于后，故继王之声而遂歌之，以聊寓吾忠爱之一二耳。若我一念无穷之意，则岂此歌之所能尽哉？王诚绎于此歌必知用贤以修德，而享寿考福禄之盛，不亦宜哉？

吁，召康公以此戒王，其惓惓忠爱之心，见于词矣。

民劳

五章，章十句。

民亦劳止，汔可小康。惠此中国，以绥四方。无纵诡随，
以谨无良。式遏寇虐，憯不畏明。柔远能迩，以定我王。（一章）

民亦劳止，汔可小休。惠此中国，以为民逑。无纵诡随，
以谨惛恢。式遏寇虐，无俾民忧。无弃尔劳，以为王休。（二章）

民亦劳止，汔可小息。惠此京师，以绥四国。无纵诡随，
以谨罔极。式遏寇虐，无俾作慝。敬慎威仪，以近有德。（三章）

【注】止，语气词。汔，庶几。康，安。惠，爱。中国，周王朝直接统治的地区，也就是"王畿"之
地。纵，放纵、纵容。诡随，诡诈欺骗之人。谨，小心提防。寇虐，寇虐，指掠夺暴虐的贪官
酷吏。憯，曾，乃。明，明白之刑罪，即法。柔，怀柔、安抚。能，亲善、安抚。
逑，聚合之地。惛恢，喧嚷争吵。尔，指在位者。劳，劳绩，功劳。休，美，指美业、美政。
罔极，没有法纪之人。慝，恶。

民亦劳止，汔可小愒。惠此中国，俾民忧泄。无纵诡随，

以谨丑厉。式遏寇虐，无俾正败。戎虽小子，而式弘大。（四章）

民亦劳止，汔可小安。惠此中国，国无有残。无纵诡随，

以谨缱绻。式遏寇虐，无俾正反。王欲玉女，是用大谏。（五章）

愒，休息。 丑厉，丑恶之人。 正，"政"的假借。 正败，政事败坏。 戎，你，指在位者。 小子，年轻
人。 式，作用。

残，害，指被害之人。 缱绻，反复无常之人；一说固结不解，指结党营私之人。 正反，政事颠覆。
玉，作动词，像爱玉那样的宝爱。 女，汝。 是用，因此。 大谏，深切劝谏。

此同列相戒之诗，言人君用贤以行保民之政，人臣事君，当尽保民之道，惟我僚友，尔固有保民之责也，而可不加之意乎？

✳ 民亦劳止，汔可小康。

🔵 方令中外之民，憔悴困苦劳亦甚矣，亦庶几小有以康之可也。

✳ 惠此中国，以绥四方。

🔵 是必惠此中国，先固其根本之区，以绥四方，使措诸咸宁之域，则民劳庶其小康矣。

✳ 无纵诡随，以谨无良。 式遏寇虐，憯不畏明。

🔵 然斯民之不安，以小人有以戕之也。 小人之得志，由我有以纵之也，故必无纵诡随之人，使无良者有所儆而自肃，寇虐无畏之人有所惩而自止。

✳ 柔远能迩，以定我王。

🔵 则民害既宁，而众民之泽可施，由是于四方之远者宽而抚之，使远者以安，于中国之迩者顺而习之，使迩者以宁。 吾知王者以天下为家，中外乂安，而王室不于此而定乎。

✳ 民亦劳止，汔可小休。 惠此中国，以为民逑。

🔵 民亦劳止．亦可以使之小休也。

是必惠此中国以为民逑，使内有奠安之庆，而外无涣散之虞，则民劳庶其小休矣。

✳ 无纵诡随，以谨惛怓。 式遏寇虐，无俾民忧。

🔵 然民害不除，民何以休？是必无纵诡随之人，使惛怓者知谨而不敢惑听，寇虐者知止而不敢肆威，以无俾斯民之忧可也。

✳ 无弃尔劳，以为王休。

🔵 去小人以安民，此尔今日之劳也，要当惟怀永图，始终不渝，以无弃尔之前功焉。 则安在天下，美归一人，不惟尔职克尽，而且以为王之休矣，可不务乎？

✳ 民亦劳止，汔可小息。 惠此京师，以绥四国。

🔵 民劳甚矣，亦可使之小息也，是必惠此京师，以绥四国，使内有被泽之悦，而外有辑宁之风，则民劳庶其小息矣。

✳ 无纵诡随，以谨罔极。 式遏寇虐，无俾作慝。

🔵 然民害不除，民何以息？故必无纵诡随之人，使罔极者知谨而不敢恣恶，寇虐者知止而不敢肆威，以无俾作慝于民可也。

✳ 敬慎威仪，以近有德。

🔵 然远小人，莫先于亲君子，而亲君

子则自谨仪始，要必谨慎尔之威仪，使无侮慢自贤之态，以近乎有德之人，则君子进而小人退，民于是安矣，可不务乎？

✳ 民亦劳止，汔可小愒。惠此中国，俾民忧泄。

解 民劳甚矣，亦可使之小愒也。是必惠之所施，先及中国之近，使四方之民亦得以去忧困之情焉。

✳ 无纵诡随，以谨丑厉。式遏寇虐，无俾正败。

解 然民之所以有忧者，以小人蠹政而为正道之败耳。故必无纵诡随以谨丑厉，式遏寇虐，使不得肆意妄行，以为正道之败，则民之忧于是可泄矣。

✳ 戎虽小子，而式弘大。

解 夫去小人以安民，正尔所任之职也。今汝年虽小子而其职则甚大也，知其职之大而可不思以尽其职乎？

✳ 民亦劳止，汔可小安。惠此中国，国无有残。

解 民劳甚矣，亦可使之小安也，是必惠之所加，先及中国之迩，使四方之国亦得以免伤残之害焉。

✳ 无纵诡随，以谨缱绻。式遏寇虐，无俾正反。

解 然民之所以有残者，以小人固宠以为正道之反耳。故必无纵诡随，以谨缱绻，式遏寇虐，使不得拂经乱常，以为正道之反，则国之残于是可去矣。

✳ 王欲玉女，是用大谏。

解 夫去小人以安民，亦王所托之意也，是王宝爱于汝者，诚不轻矣。故我用王之意作为民劳之章，以大谏正于汝，使汝知王爱之深也，而可不思以副其爱乎？

板

八章，章八句。

shàng dì bǎn bǎn　　xià mín cuì dàn　　chū huà bù rán　　wèi yóu bù yuǎn
上 帝 板板，下 民 卒 瘅。出 话 不 然，为 犹 不 远。

mǐ shèng guǎn guǎn　　bù shí yú dǎn　　yóu zhī wèi yuǎn　　shì yòng dà jiàn
靡 圣 管管，不 实 于 亶。犹 之 未 远，是 用 大 谏。　（一章）

tiān zhī fāng nán　　wú rán xiàn xiàn　　tiān zhī fāng jué　　wú rán yì yì
天 之 方 难，无 然 宪宪。天 之 方 蹶，无 然 泄泄。

cí zhī jí yǐ　　mín zhī qià yǐ　　cí zhī yì yǐ　　mín zhī mò yǐ
辞 之 辑 矣，民 之 洽 矣；辞 之 怿 矣，民 之 莫 矣。　（二章）

wǒ suī yì shì　　jí ěr tóng liáo　　wǒ jí ěr móu　　tīng wǒ áo áo
我 虽 异 事，及 尔 同 寮。我 即 尔 谋，听 我 嚣嚣。

wǒ yán wéi fú　　wù yǐ wéi xiào　　xiān mín yǒu yán　　xún yú chú ráo
我 言 维 服，勿 以 为 笑。先 民 有 言，询 于 刍 荛。　（三章）

【注】板板，乖戾反常的样子。 卒，同"瘁"，病。 瘅，劳累病苦。

不然，不对，不合理。 犹，同"猷"。

靡圣，无圣哲之人。 管管，无所依凭的样子。 实，忠实。 亶，诚信。

方难，正在降下灾难。 无然，不要如此。 宪宪，犹"欣欣"，欢欣喜悦的样子。

蹶，社会动乱。 泄泄，同"呭呭"，话多的样子，指妄发议论；一说法令急苛的样子。

辑，温和。 怿，败坏。 莫，同"瘼"，苦。

寮，同"僚"。 嚣嚣，同"警警"，傲慢而不接受意见的样子。 维，是。 服，用。

刍，割草之人。 荛，砍柴之人。

tiān zhī fāng nüè　　wú rán xuè xuè　　lǎo fū guàn guàn　　xiǎo zi jiāo jiāo

天之方虐，无然谑谑。老夫灌灌，小子蹻蹻。

fěi wǒ yán mào　　ěr yòng yōu xuè　　duō jiāng hè hè　　bù kě jiù yào

匪我言耄，尔用忧谑。多将熇熇，不可救药。（四章）

tiān zhī fāng jì　　wú wèi kuā pí　　wēi yí zú mí　　shàn rén zài shī

天之方㥄，无为夸毗。威仪卒迷，善人载尸。

mín zhī fāng diàn xǐ　　zé mò wǒ gǎn kuí　　sāng luàn miè zī　　céng mò huì wǒ shī

民之方殿屎，则莫我敢葵。丧乱蔑资，曾莫惠我师。（五章）

tiān zhī yòu mín　　rú xūn rú chí　　rú zhāng rú guī　　rú qǔ rú xié

天之牖民，如埙如篪，如璋如圭，如取如携，

xié wú yuē ài　　yòu mín kǒng pì　　mín zhī duō pì　　wú zì lì pì

携无曰益，牖民孔易，民之多辟，无自立辟。（六章）

谑谑，戏乐的样子。灌灌，犹"款款"，情意恳切的样子。蹻蹻，骄傲的样子。耄，八十为耄，此指昏乱。忧，"优"的假借，调笑的意思。

多，指进言之多。熇熇，火势炽烈的样子；一说严厉、发怒。

㥄，愤怒。夸毗，卑躬屈膝、谄媚曲从之意。卒，尽、全部。迷，混乱。

载，则。善人，贤人。尸，祭祀时由人扮成的神尸，终祭不言，此指贤人畏政，不再言语。

殿屎，痛苦呻吟；一说同"戚施"，唯唯诺诺，不分是非。葵，同"揆"。蔑，无。师，民众。

牖，同"诱"，诱导，下文同。埙、篪，两种乐器名，二者之声音可以调和相应，此处比喻引导民众和谐犹如埙篪合奏之美。如璋如圭，如圭、璋之配合得宜。益，同"隘"，阻碍。辟，同"僻"，邪僻。无自立辟，不要自做邪僻之事误导民众。

jiè rén wéi fān　　dà shī wéi yuán　　dà bāng wéi píng　　dà zōng wéi hàn

价人维藩，大师维垣，大邦维屏，大宗维翰。

huái dé wéi níng　zōng zǐ wéi chéng　wú bǐ chéng huài　wú dú sī wèi

怀德维宁，宗子维城。无俾城坏，无独斯畏。（七章）

jìng tiān zhī nù　　wú gǎn xì yù　　jìng tiān zhī yú　　wú gǎn chí qū

敬天之怒，无敢戏豫。敬天之渝，无敢驰驱。

hào tiān yuē míng　　jí ěr chū wǎng　　hào tiān yuē dàn　　jí ěr yóu yǎn

昊天曰明，及尔出王；昊天曰旦，及尔游衍。（八章）

价，同"介"，善。维，为，是。大师，大众，人民。大邦，诸侯中的大国。屏，屏障。大宗，大房，指王之同姓世嫡子而言。

翰，栋梁、骨干。宗子，王之嫡子。城，城墙。

无独，勿孤立。畏，指孤立无援的可怕。

戏豫，逸乐。渝，改变。驰驱，放纵自恣。曰，语词。及，与。王，"往"的假借。出王，犹出游。旦，明。游衍，游荡。

此亦同列相戒之诗。若曰：治道有二，敬天勤民而已。然勤民所以敬天也，敬天未始不勤民也。嗟，我诸友当艰难之际，其可忽焉而不图耶？

✳ 上帝板板，下民卒瘅。

🔶 彼求民之莫者，天道之常也，今上帝乃反其常道，而使下民皆至于尽病矣。

✳ 出话不然，为犹不远。

🔶 然病民固天之变而所以致之者，则由于人也。今尔出话不然，而皆背理之言，为犹不远，而皆目前之计。

✳ 靡圣管管，不实于亶。犹之未远，是用大谏。

🔶 若此者，盖其心以为当今无复有圣人，但恣己妄行而无所依据，又不诚之为贵，虚伪反复而不实于亶，其话之不然，犹之不远，正坐此故耳，岂其识见之未远乎？是以我也尽言相规，以大谏诤于汝，使汝改图，于言犹之间，以回板板之天，而靖卒瘅之民也。

✳ 天之方难，无然宪宪。

🔶 所以谏之者云何？今夫天方艰难，将有困穷之患，正人所当恐惧也，无得欣然自适而宪宪可乎？

✳ 天之方蹶，无然泄泄。

🔶 天之方蹶，动将有颠覆之虞，正人所当修饰也，无得怠缓不救而泄泄可乎？

✳ 辞之辑矣，民之洽矣。

🔶 然天变固有以病民，而安民亦有以回天，彼出话不然，既能使民卒瘅矣，故尔诚能言必先王之道，有以质之天理而顺，而辞之辑焉，则顺理之辞，自有以保乎民心，而涣者以萃，不于是而洽乎？

✳ 辞之怿矣，民之莫矣。

🔶 言必先王之道，有以协之人情而安，而辞之怿焉，则协情之词，自有以安乎民心，而争者以息，不于是而莫乎？夫辞辑与怿则合乎理而异于不然者矣，民洽与莫则所谓卒瘅者，庶乎有瘳矣。而天难天蹶之变，不可回哉？尔于出辞之际，诚不可不加之意也。

✳ 我虽异事，及尔同僚。

🔶 夫慎言固可以安民而回天变矣，何尔终不能舍己以从人耶？夫我之与尔职事虽不同也，然与尔同为王臣，则有同僚之好焉。

✳ 我即尔谋，听我嚣嚣。

🔶 既为同僚，则不可无尽言之美，故我即尔谋，而天难天蹶之变，民洽民莫之道，无不言之悉焉，故望尔之能听也，尔乃听我嚣嚣，自足而不肯受。

* **我言维服，勿以为笑。**

解 岂以我之言为迂而不可听乎？不知我之所言，正今日之急务而不可不听者也，尔勿以为笑可也。

* **先民有言，询于刍荛。**

解 况先民有言曰：询于刍荛。夫以刍荛之言，古人犹必询之者，以言无微而可忽也，况以僚友之言，而可不听哉？汝其勖之哉？

* **天之方虐，无然谑谑。**

解 使其言不听，则其祸终不可救矣。今夫上帝板板，方肆暴虐之威，人当恐惧修省，无然戏谑以处之，而重干天怒可也。

* **老夫灌灌，小子跻跻。**

解 故我老夫也知天变之可畏，灌灌然尽其款诚以告之矣，奈何小子也视天变为不足畏，乃以吾言不足信，跻跻自是而骄焉。

* **匪我言耄，尔用忧谑。**

解 是非我老耄而妄言，果不足信也，乃汝以忧为戏而不加之意焉耳。

* **多将熇熇，不可救药。**

解 夫忧未至而救之犹可为也，苟俟其忧之益多，将如火之炽盛，则虽有善者无如之何而不可救药矣，是岂可不虑哉？

* **天之方懠，无为夸毗。**

解 夫祸多既不可救矣，又况妨贤病民，国几何而不至于灭亡乎？今夫天至之示人其怒甚矣，而所赖以靖之者，犹有藉于善人也。尔无为大言以夸人，而肆为矜高之形乎？无为诀言以毗人而务为侧媚之态乎？

* **威仪卒迷，善人载尸。**

解 夫维言语夸毗，则将使威仪之迷乱，无复恭敬之节。彼善人者，皆敛手屏息，不得一有所为，而如尸之在位矣。

* **民之方殿屎，则莫我敢葵。**

解 夫善人既锢，民病日滋，方今之民，其愁苦呻吟，诚必有故也，而乃莫敢揆度其所以然，则岂有敢任其责而救之乎？

* **丧乱蔑资，曾莫惠我师。**

解 是以至于丧乱灭亡，咨嗟之声不已，卒无有能惠我之师也。夫妨贤病民而卒至于不可救，如此是岂可以不惧哉？

* **天之牖民，如埙如篪，如璋如圭，如取如携。携无曰益，牖民孔易。**

解 然欲惠民，莫先于谨道民之路。今天之于民也，与之以本然之理，以开其未觉之知，但见天授之民，即受之有如埙唱而篪和，如璋判而

圭合也，如取求于人携而得之而无
所费于己也，上天牖民之易，有如
此者。

✳ 民之多辟，无自立辟。

解 然则上之化下，其易不犹是耶？是
故上道之以善则善矣，道之以恶则
恶矣。方今之民愁苦呻吟，不聊
其生，已多邪僻矣，又岂可自立邪
僻以道之乎？一或导之则民之邪僻
将何时而已哉？

✳ 价人维藩，大师维垣，大邦维屏，
大宗维翰。

解 然导民不可不慎矣，而辅君以修
德，尤其所当先者。今夫大德之
人，足以弥患，则维藩矣。百姓
之众，足以守邦，则维垣矣。大
邦之强国，吾恃其捍外以无恐，屏
之谓也。大宗之强族，吾恃其居
中以为固翰之谓也。

✳ 怀德维宁，宗子维城。

解 人君怀德而自修，而宗社可以久
安，不维宁乎？宗子合族以联亲，
而根本日益固，不维城乎？

✳ 无俾城坏，无独斯畏。

解 此六者皆君之所恃而德其本也，有
德者则得是五者之助，不然则亲戚
叛之而城坏，城坏则藩垣屏翰皆
坏而独居，独居而所可畏者至矣。
是必辅君修德，使亲戚助之，无俾

城坏可矣。无俾城坏，则藩垣屏
翰皆不坏，而无独居可畏之祸矣。
若坐视君德之不修，则不免于可畏
而何以安民为哉？

✳ 敬天之怒，无敢戏豫。敬天之渝，
无敢驰驱。

解 然安民莫要于敬天，敬天斯可以
安民。诚以板板也，难也、蹶也、
虐也、怜也，其天之怒而变也甚
矣。是必敬天之怒，无敢戏豫可
也。敬天之渝，无敢驰驱可也。

✳ 昊天曰明，及尔出王。昊天曰旦，
及尔游衍。

解 所以然者，盖以天之于人也，有所
及有所不及，则人之于天也，可以
敬可以无敬。殊不知人之出往一跬
步之间而已，而昊天之临下，赫然
其甚明，凡尔之出往无不与之俱焉。
人之游衍一瞬息之间而已，而昊天
之鉴观，昭然其甚旦，凡尔之游衍
无不与同焉。苟有一念之不敬，固
不能逃夫日监之下矣，尚可以戏豫
驰驱为哉？夫苟知当敬而敬之，则
所以安民者，自不容已，而天之变
怒可回，卒瘅之民以瘳矣。尔同列
固有敬天安民之责者，可不知自修
省也哉？吁，作是诗者不惟忠于僚
友之谋，而亦有爱国之心已。

荡之什

荡

荡

八章，章八句。

dàng dàng shàng dì　　xià mín zhī bì　　jí wēi shàng dì　　qí mìng duō bì

荡荡上帝，下民之辟。疾威上帝，其命多辟。

tiān shēng zhēng mín　　qí mìng fěi chén　　mǐ bù yǒu chū　　xiǎn kè yǒu zhōng

天生烝民，其命匪谌。靡不有初，鲜克有终。（一章）

wén wáng yuē　　zī　　zī rǔ yīn shāng　　céng shì qiáng yù　　céng shì póu kè

文王曰：咨！咨女殷商。曾是强御，曾是掊克，

céng shì zài wèi　　céng shì zài fú　　tiān jiàng tāo dé　　rǔ xīng shì lì

曾是在位，曾是在服。天降滔德，女兴是力。（二章）

wén wáng yuē　　zī　　zī rǔ yīn shāng　　ér bǐng yì lèi　　qiáng yù duō duì

文王曰：咨！咨女殷商。而秉义类，强御多怼。

liú yán yǐ duì　　kòu rǎng shì nèi　　hóu zuò hóu zhù　　mǐ jiè mǐ jiū

流言以对，寇攘式内。侯作侯祝，靡届靡究。（三章）

【注】荡荡，流水放散的样子，引申为任意骄纵，不守法度。上帝，此处托指君王。辟，国君。疾威，贪婪暴虐。命，命令。辟，同"僻"。烝，众。谌，信赖。靡，无。鲜，少。克，能。"靡不有初，鲜克有终"，凡事没有好的开端，能善终的很少。

咨，嗟叹之词，犹"啊"，下同。女，汝。曾，竟然。是，如此。强御，强横。掊克，聚敛贪狠。在位，列于官位。在服，从事职务。滔，傲慢。滔德，傲慢不恭之品格。女兴是力，你就尽力作恶。

而，你。秉，任用。义类，善类，即好人。怼，怨恨。流言，谣言。对，对答。寇攘，盗窃之人。式，语词。内，入。作，同"诅"。祝，同"咒"。届、究，皆穷、尽之意。

wén wáng yuē　　zī　　zī rǔ yīn shāng　　nǚ páo xiāo yú zhōng guó　　liǎn yuàn yǐ wéi dé

文王曰：咨！咨女殷商。女烋然于中国，敛怨以为德。

bù míng ěr dé　　shí wú bèi wú cè　　ěr dé bù míng　　yǐ wú péi wú qīng

不明尔德，时无背无侧。尔德不明，以无陪无卿。（四章）

wén wáng yuē　　zī　　zī rǔ yīn shāng　　tiān bù miǎn ěr yǐ jiǔ　　bù yì cóng shì

文王曰：咨！咨女殷商。天不湎尔以酒，不义从式。

jì qiān ěr zhǐ　　mǐ míng mǐ huì　　shì hào shì hū　　bǐ zhòu zuò yè

既愆尔止，靡明靡晦。式号式呼，俾昼作夜。（五章）

wén wáng yuē　　zī　　zī rǔ yīn shāng　　rú tiáo rú táng　　rú fèi rú gēng

文王曰：咨！咨女殷商。如蜩如螗，如沸如羹。

xiǎo dà jìn sàng　　rén shàng hū yóu xíng　　nèi bì yú zhōng guó　　tán jí guǐ fāng

小大近丧，人尚乎由行。内奰于中国，覃及鬼方。（六章）

烋然，同"咆哮"，本义是猛兽怒吼，比喻人暴怒叫喊。中国，国中。敛怨以为德，聚敛怨恨以为自己的本事。

明，修明。时，是。无背无侧，背无臣，侧无人也。无陪无卿，无陪贰（指三公），无卿士（指六卿）。

义，宜。从，纵。式，用。止，容止、仪态行为。靡明靡晦，不分白昼与黑夜。式号式呼，号叫喧哗。俾昼作夜，使昼为夜，也是不分白昼与黑夜之意。

螗，大而黑的蝉。如蜩如螗，时人悲叹之声，如蜩螗之鸣。如沸如羹，时人忧乱之心，如沸羹之熟。小大，大小事情。近，几乎、将要。

人，指君王。由行，照旧而行。奰，怒。覃，延及。鬼方，远方异族。

wén wáng yuē　　zī　　zī rǔ yīn shāng　　fěi shàng dì bù shí　　yīn bù yòng jiù

文王曰：咨！咨女殷商。匪上帝不时，殷不用旧。

suī wú lǎo chéng rén　　shàng yǒu diǎn xíng　　céng shì mò tīng　　dà mìng yǐ qīng

虽无老成人，尚有典刑。曾是莫听，大命以倾。（七章）

wén wáng yuē　　zī　　zī rǔ yīn shāng　　rén yì yǒu yán　　diān pèi zhī jiē

文王曰：咨！咨女殷商。人亦有言，颠沛之揭，

zhī yè wèi yǒu hài　　běn shí xiān bō　　yīn jiàn bù yuǎn　　zài xià hòu zhī shì

枝叶未有害，本实先拨。殷鉴不远，在夏后之世。（八章）

时，是。旧，旧的典章法制。

老成人，旧臣。典刑，典型，指法则。

曾，竟然。大命，国运。倾，倾覆。

颠，仆。沛，拔。揭，树根翘起，指显露之意。本，根本。拨，毁坏。

鉴，镜，指借鉴，教训。夏后，指夏朝末代君主夏桀。

诗人以厉王之将亡而作此。

⊛ 荡荡上帝，下民之辟。

解 荡荡广大之上帝，其赋予无私，天下之民无不得其理以生者，乃下民之君也。

⊛ 疾威上帝，其命多辟。

解 今此上帝，肆其疾威之虐，其降丧之命，乃有不善而多僻焉，则恶在其为民之君哉？

⊛ 天生烝民，其命匪谌。

解 以此言之，天生众民，其命有不可信者，而难以皆善必之矣。

⊛ 靡不有初，鲜克有终。

解 然要之天之生人，皆与之以继善成性之理，其初无有不善者，惟形生神发之后，乃有安于暴弃而淫用匪彝，遂至失其本然之初，而鲜克有终焉耳。然则致此大乱，使天命亦罔克终，如疾威而多僻者，是人之所为也，而天之荡荡，固自若矣，岂可归咎于天哉？

⊛ 文王曰：咨！咨女殷商，曾是强御，曾是掊克，曾是在位，曾是在服。

解 夫厉王所为之不善，大抵与纣之所为无异者，故托为文王之咨，嗟殷纣者而言之。昔者殷纣不道，文王嗟叹而言曰：咨，女之殷商也，强御之臣，暴虐以戕民命，掊克之臣聚敛以伤民财，不可使之在位而用事也。今则命之以爵，而曾是在位焉，任之以事而曾使在服焉，则民之被其害有不可胜言者矣。

⊛ 天降慆德，女兴是力。

解 夫强御掊克，皆所谓慆德也。固天降之以害民，然非其能自为也，乃汝兴此人使之在位在服，而力为此强御掊克之恶耳，岂可以天降而遂咎之于天哉？

⊛ 文王曰：咨！咨女殷商，而秉义类。

解 文王嗟叹而言曰，咨汝之殷商也，善类有益于国家，汝当秉而用之可也。

✳ 强御多怼，流言以对，寇攘式内。

🅰 今乃任此强御多怼之臣，使之用流言以应对，不以为佞而以为忠，则是寇盗攘窃而反居内矣。

✳ 侯作侯祝，靡届靡究。

🅰 夫强御得志，则流毒天下，而怨归一人，吾知民不堪命，相与侯诅侯咒而无有穷极之期矣。是赏其纳忠而不知其大不忠也，嘉其任怨而不知其怨从于上也，则亦何利之有哉？

✳ 文王曰：咨！咨女殷商，女炰烋于中国，敛怨以为德。

🅰 文王嗟叹而言曰，咨女之殷商也，女用此强御之臣，盛其暴虐之威，以炰烋于中国，多为可怨之事，而反自以为德，何乖谬若是耶？

✳ 不明尔德，时无背无侧。

🅰 然此岂无故而然哉？盖为政在人，取人以身也。今尔不明其德，故用舍失宜，前后左右皆非正人，以无背无侧矣。

✳ 尔德不明，以无陪无卿。

🅰 尔德不明，故举措失宜，公卿大臣皆不称官，以无陪无卿矣。然则强御之炰烋，中国岂非尔殷商任用之失当耶？

✳ 文王曰：咨！咨女殷商，天不湎尔以酒，不义从式。

🅰 文王嗟叹而言曰，咨女之殷商也，天之立君，望其修德而用善也，岂使尔沉湎于酒，而惟不义之事是从而用之哉？

✳ 既愆尔止，靡明靡晦。

🅰 但见以言其威仪，则以酒迷乱而既愆焉，靡明靡晦，穷明晦以为乐也。

✳ 式号式呼，俾昼作夜。

🅰 以言其言语，则以酒谨呶而呼焉，俾昼作夜以为乐也，其沉湎之非如此，是岂天立君之意哉？

✳ 文王曰：咨！咨女殷商，如蜩如螗，如沸如羹，小大近丧。

🅰 文王嗟叹而言曰：咨女之殷商也，今天下将危，人皆愁苦呻吟嗷嗷然有怨谤之声，扰攘骚动，汹汹然有反侧之状，有如蜩螗之噪乱也，有如羹沸之腾湧也，而小大之国皆已近于丧亡矣。

✳ 人尚乎由行，内奰于中国，覃及鬼方。

🅰 而宜恐惧修省，急于改图可也，尚且由此而行，安危利灾而不知变。是以内自中国之近，外延鬼方之远，皆之悔祸之无期，而怨怒之不释也，夫至内外怨怒，国欲不亡其可得乎？

✳ **文王曰：咨！咨女殷商，匪上帝不时，殷不用旧。**

🅑 文王嗟叹而言曰，咨女之殷商也，当今天下怨乱，大小近丧，时之不善固如此也，然岂上帝为此不善之时哉？乃尔不用先王之旧，致此祸耳。

✳ **虽无老成人，尚有典刑。**

🅑 彼老成人者，先王之旧臣。典刑者先王之旧法，此二者所恃以为治者也。今尔不秉义类，而惟慆德之是任意以当，今无复有老成人矣，然纵使耆旧凋谢，虽无老成人之可用，尚有先王之典刑在焉，独不可以为扶持凭藉之资乎？

✳ **曾是莫听，大命以倾。**

🅑 惟其并人与法皆莫之听用，是以大命卒至于倾覆而不可救也，而可诿于上帝之不时哉？

✳ **文王曰：咨！咨女殷商，人亦有言，颠沛之揭，枝叶未有害，本实先拨。**

🅑 文王嗟叹而言曰，咨女之殷商也，人亦有言，大本之颠沛，揭然将蹶，其枝叶茂盛未有所伤也，惟其本根之实已先绝，然后此木乃相随

而颠拨耳。今殷商之衰，典刑未废，诸侯未叛，四夷未起，枝叶固无害也，而为人君者乃先为不义而自弃于天，莫可救止，何异于本实之拨哉？

✳ **殷鉴不远，在夏后之世。**

🅑 昔于夏桀之失天下，亦由其本之先乱，故我殷先王之所由以革命也。往事覆辙，昭然可睹，然则尔之所当鉴者，夫岂远哉？亦近在夏桀之世而已。夫殷纣之当鉴者，既在于夏，然则厉王之当鉴者，宁不在于殷乎？吁，此诗人所以托意于文王，而假借于殷纣以重嗟叹也与。

抑

抑

十二章，前三章章八句，后九章章十句。

yì yì wēi yí　wéi dé zhī yú　rén yì yǒu yán　mǐ zhé bù yú
抑抑威仪，维德之隅。人亦有言，靡哲不愚。

shù rén zhī yú　yì zhí wéi jí　zhé rén zhī yú　yì wéi sī lì
庶人之愚，亦职维疾；哲人之愚，亦维斯戾。（一章）

wú jìng wéi rén　sì fāng qí xùn zhī　yǒu jué dé xing　sì guó shùn zhī
无竞维人，四方其训之。有觉德行，四国顺之。

xū mó dìng mìng　yuǎn yóu chén gào　jìng shèn wēi yí　wéi mín zhī zé
吁谟定命，远犹辰告。敬慎威仪，维民之则。（二章）

qí zài yú jīn　xīng mí luàn yú zhèng　diān fù jué dé　huāng dān yú jiǔ
其在于今，兴迷乱于政。颠覆厥德，荒湛于酒。

rǔ suī dān lè cóng　fú niàn qí shào　wǎng fū qiú xiān wáng　kè gòngmíng xíng
女虽湛乐从，弗念厥绍，罔敷求先王，克共明刑。（三章）

【注】抑抑，缜密的样子。隅，廉隅，方正；一说作"偶"，匹配之意。

靡哲不愚，哲人处于乱世，其行若愚。职，主要。戾，避罪；一说反常。

训，顺从。

觉，高大正值。

吁，大。谟，谋。定命，安定国运。犹，同"猷"。远犹，远大的决策。辰，适时。

湛，同"耽"。荒湛，沉迷。

女，汝。从，同"纵"，放纵。绍，继承。罔，不。敷，广泛。求先王，求先王治国
之道。克，能。共，同"拱"，执行。刑，法度。

肆皇天弗尚，如彼泉流，无沦胥以亡。夙兴夜寐，

洒埽庭内，维民之章。修尔车马，弓矢戎兵。

用戒戎作，用逷蛮方。（四章）

质尔人民，谨尔侯度，用戒不虞。慎尔出话，

敬尔威仪，无不柔嘉。白圭之玷，尚可磨也；

斯言之玷，不可为也。（五章）

肆，所以。尚，佑助。沦胥，相率。

章，模范，准则。

用，以。作，起。逷，整治，剪除；一说使之远去。蛮方，蛮夷之国。

质，安定。谨，谨守。侯，语助词。度，法度。不虞，不测。

柔嘉，妥善、美好。

玷，玉上的缺点、污点。为，挽回、补救。

无易由言，无曰苟矣，莫扪朕舌，言不可逝矣。

无言不雠，无德不报。惠于朋友，庶民小子。

子孙绳绳，万民靡不承。（六章）

视尔友君子，辑柔尔颜，不遐有愆。相在尔室，

尚不愧于屋漏。无曰不显，莫予云觏。神之格思，

不可度思，矧可射思。（七章）

辟尔为德，俾臧俾嘉。淑慎尔止，不愆于仪。

易，轻易。由，于。苟，随便。扪，执。朕，我，后为皇帝专用自称。逝，及。雠，起作用。

绳绳，小心谨慎的样子；一说不绝的样子。承，顺从。

辑、柔，皆和善之意。颜，颜色、脸色。友，指招待。遐，何。

相，察看。屋漏，屋之西北隅，为隐暗之处；全句指在暗室中独处，亦须恭谨，以求无愧。

"无曰不显，莫予云觏"，休说室内光线暗，没人能把我看见。

格，降临。度，猜度。矧，况且。射，通"斁"，厌倦。

辟，修明；一说效法。止，举止行为。

bù jiàn bù zéi　　xiān bù wèi zé　　　tóu wǒ yǐ táo　　bào zhī yǐ lǐ

不僭不贼，鲜不为则。投我以桃，报之以李。

bǐ tóng ér jiǎo　　shí hòng xiǎo zǐ

彼童而角，实虹小子。（八章）

rěn rǎn róu mù　　yán mín zhī sī　　wēn wēn gōng rén　　wéi dé zhī jī

荏染柔木，言缗之丝。温温恭人，维德之基。

qí wéi zhé rén　　gào zhī huà yán　　shùn dé zhī xíng　　qí wéi yú rén

其维哲人，告之话言，顺德之行。其维愚人，

fù wèi wǒ jiàn　　mín gè yǒu xīn

覆谓我僭，民各有心。（九章）

wū hū xiǎo zǐ　　wèi zhī zāng pǐ　　fěi shǒu xié zhī　　yán shì zhī shì

於乎小子，未知臧否。匪手携之，言示之事。

fěi miàn mìng zhī　　yán tí qí ěr　　jiè yuē wèi zhī　　yì jì bào zǐ

匪面命之，言提其耳。借曰未知，亦既抱子。

僭，差错。贼，伤害。鲜，很少。则，榜样。童，秃，指没角的小羊羔。虹，同"讧"，溃乱。小子，指年轻的周王。

荏染，坚韧。言，语助词。缗，安上。丝，琴瑟等的弦。话言，善言；一说作"诂言"，故言。覆，反而。僭，虚假，不诚实。

於乎，即"呜呼"，叹词。臧否，好恶。面命，当面开导。"匪面命之，言提其耳"，成语"耳提面命"之由来，二句意即不仅当面教导你，还拉着你的耳朵要你注意听。

借，假如。既，已经。抱子，指为人父。

mín zhī mǐ yíng　　shuí sù zhī ér mù chéng
民之靡盈，谁夙知而莫成？ （十章）

hào tiān kǒng zhāo　　wǒ shēng mǐ lè　　shì ěr méng méng　　wǒ xīn cǎn cǎn
昊天孔昭，我生靡乐。视尔梦梦，我心惨惨。

huì ěr zhūn zhūn　　tīng wǒ miǎo miǎo　　fěi yòng wèi jiào　　fù yòng wèi xuè
诲尔谆谆，听我藐藐。匪用为教，覆用为虐。

jiè yuē wèi zhī　　yì yù jì mào
借曰未知，亦聿既耄。 （十一章）

wū hū xiǎo zǐ　　gào ěr jiù zhǐ　　tīng yòng wǒ móu　　shù wú dà huǐ
於乎小子，告尔旧止。听用我谋，庶无大悔。

tiān fāng jiān nán　　yuē sàng jué guó　　qǔ pì bù yuǎn　　hào tiān bù tè
天方艰难，曰丧厥国。取譬不远，昊天不忒。

huí yù qí dé　　bǐ mín dà jí
回遹其德，俾民大棘。 （十二章）

莫，同"暮"。 夙知而莫成，早晨受教而晚上就有成就。

梦梦，迷迷糊糊，昏乱不明的样子。 惨惨，忧闷不乐的样子。

谆谆，恳切劝告的样子。 藐藐，轻视忽略的样子。

虐，同"谑"，戏谑。

旧，旧的典章制度。 止，语词。 庶，庶几。 曰，语助词。

取譬，打比方。 忒，偏差。

回遹，邪僻。 棘，同"急"，困急，灾殃。

武公作此诗，使人日诵于其侧以自儆。曰：人君以身位臣民之上，凡修己治人之事，孰非所当尽哉？倘忽焉而不加意，甚非所以，则斯民而当天心也。吾试以德之当修为尔陈之。

✳ 抑抑威仪，维德之隅。

㊢ 彼人之威仪，抑抑然缜密，而合显微于无间者，非其作意而为之也，乃人人有严正之德蕴于中，而其廉隅见于外耳。

✳ 人亦有言，靡哲不愚。

㊢ 夫德仪之相符如此，则有哲人之德者，固必有哲人之威矣。今之所谓哲者，乃未尝有其威仪，则有靡哲而不愚矣。

✳ 庶人之愚，亦职维疾。

㊢ 夫众人之愚，盖其禀赋之偏，宜有是疾，不足为怪也。

✳ 哲人之愚，亦维斯戾。

㊢ 若夫哲人则禀赋得其全，而今亦愚焉，则反戾其常矣，岂不深可怪哉？知戾常之可怪，则当修德以为威仪之本矣。

✳ 无竞维人，四方其训之。

㊢ 然德之所以常修者何哉？亦以修德之自有其应耳。今夫莫强者人道

也，四方之所共由也，人能尽其人道，使之竞然而莫强焉，则四方以之为训者矣。

✳ 有觉德行，四国顺之。

㊢ 直大者人之德，而四方之所同得也，人能全其德行，使之觉然而直大焉，则四方皆顺从之矣。

✳ 吁谟定命，远犹辰告。

㊢ 夫以道德之应如此，而人可不知所以修其道德哉？彼政令之间道德所寓也，是必吁其谟焉，不为一身之计而有天下之虑，至于号令则一定而不朝更以夕改，远其猷焉。不为一时之计而有长久之规，至于播告则以时而不慢令以致期，则道德修于政令之间矣。

✳ 敬慎威仪，维民之则。

㊢ 威仪之间，道德所寓也，是必敬慎其威仪焉，暴慢之必远，使其仰之而可畏也，怠易之不形，使其则之而可象也，则道德修于威仪之间矣。如是则所谓无竞有觉者在我矣，而不为民之则乎？吾知一政令之发而民皆信从，一威仪之形，民皆效法，所谓四方训、四国顺，不在是哉，是可见人君之当修德矣。

✳ 其在于今，兴迷乱于政。

㊢ 夫德之当修如是，奈何尔今日所为之不善耶？不知政为辅治之具也，

而尚迷乱于政焉。

❋ 颠覆厥德，荒湛于酒。

解 不知德为出治之本也，而尚颠覆其德焉。惟荒湛于酒，日事沉湎之为而已。

❋ 女虽湛乐从，弗念厥绍。

解 然汝虽荒湛之是从，独不念尔所承之绪，乃受之天子，传之先君，其任为甚重而不可以如是者哉！

❋ 罔敷求先王，克共明刑。

解 彼先王已行之道，固国家昭明之法，皆可以为维持厥口之具者，今尔顾不广求先王之道，而共执其明刑焉，其何以承厥绍乎？所为之颠覆迷乱固如是矣。

❋ 肆皇天弗尚，如彼泉流，无沦胥以亡。

解 夫尔惟所为之不善如此，故今皇天弗尚而有厌弃之心。则国势日就倾败，不将如流泉之易相与沦陷，以至于亡也乎。

❋ 夙兴夜寐，洒扫廷内，维民之章。

解 为今之计而欲挽回天道之变，则必以寝兴洒扫之常，虽细故也，而下民之观法系焉。于是夙夜之间，寝兴之有节，廷除之内，而洒扫之必饰，使细行以矜，大德不累，而有以为民之章焉。

❋ 修尔车马，弓矢戎兵，用戒戎作，用逷蛮方。

解 以车马戎兵之变，国大务也，而夷狄之向背关焉。于是修尔车马，而求其壮健，及尔弓矢戎兵，而求其精好，庶乎先事有备，有备无患，而可以戒戎兵之作，用逷蛮方之寇焉，虑无不周，备无不饰，则政令之修在是矣，尚何皇天之弗，尚而有沦胥之患哉？

❋ 质尔人民，谨尔侯度，用戒不虞。

解 犹未也。人民所以守邦不质之则，有涣散之虞矣，侯度所以治国不谨之则，有贬削之虞矣，故必质尔之人民焉，使其生养遂而伦理明也，狱讼平而争夺息也。又必谨尔之侯度焉，使其王章恪守而不悖也，成宪率由而不愆也，庶乎邦本以固，国法以立，而有以防乎意外之患矣。

❋ 慎尔出话，敬尔威仪，无不柔嘉。

解 然既修为治之道，又当严自治之功，慎尔出话，凡有言也，必求其合诸道，敬尔威仪，凡有动也，必求其中乎礼而无不柔嘉可也。

❋ 白圭之玷，尚可磨也，斯言之玷，不可为也。

解 然出话之所以当慎者何哉？盖以白圭之玷，尚可磨鑢使平，而人犹得施其巧也，若斯言之玷一出于口，则监史书之，国人传之，其失遂昭著于人之耳目，不可得而救矣，出话乌得而不慎乎？

✳ **无易由言，无曰苟矣。**

🔴 夫言之不可不慎如此，故尔不可轻易其言，无曰欲之即言而可以苟为也。

✳ **莫扪朕舌，言不可逝矣。**

🔴 当知无人为我执持其舌，言语由己，易致差失，尚当执持而不可放去也。

✳ **无言不仇，无德不报。**

🔴 且天下之理，无有言之善而不售者，无有德之施而不报者。

✳ **惠于朋友，庶民小子。**

🔴 尔诚谨于出话，使其在朝者有以惠于朋友，而卿大夫莫得矫其非，在野者有以惠于庶民小子，而士庶人莫得矫其非，如是则言善而有德矣。

✳ **子孙绳绳，万民靡不承。**

🔴 岂无所售而报之乎？吾知以此为垂裕之谟，则子孙皆以为立言之法而继绳于无穷矣。以此为人民之训，则万民皆以为定保之征，而奉承于不悖矣，其售报之效为何如哉？所谓慎尔出话，尔无不柔嘉者在是矣。

✳ **视尔友君子，辑柔尔颜，不遐有愆。**

🔴 又以谨仪之事言之。视尔接君子之时，和柔尔之颜色，固无有所愆矣，然其戒惧之意，常若自省曰：岂不至于有过乎？其修于显者如此，人情大抵然也。

✳ **相在尔室，尚不愧于屋漏。**

🔴 然使修之于显，而不修之于隐，则所以为德之累者多矣。又视尔独居于室之时，必戒谨不睹，恐惧不闻，使反之此心，泰然自足，虽质之屋漏而无愧焉可也。

✳ **无曰不显，莫予云觏。**

🔴 尔无曰屋漏为不显之地，而人莫之见也。

✳ **神之格思，不可度思，矧可射思。**

🔴 当知鬼神之妙，无物不体，其至于是也，或临之在上，或质之在旁，有不可得而测度者，此虽不显亦临，犹惧有失，况可厌射而不敬乎。一或不敬，则有愧于屋漏，而辑柔之颜亦色庄之伪矣。尔惟能敬于隐者，无间于显焉，则所谓敬慎威仪，无不柔加者在是矣。

✳ **辟尔为德，俾臧俾嘉。**

🔴 夫尔之修德，能至于屋漏无愧，则

凡所谓修己治人之道，无一不纯而德成矣，如是而岂无其应乎？辟尔之为德也，诚能纯然尽善而俾臧焉，粹然尽美而俾嘉焉。

⊛ 淑慎尔止，不愆于仪。

㉑ 其形之于容止之间者，一皆淑慎之休而不愆于仪焉。

⊛ 不愆不贼，鲜不为则。

㉑ 如是则德之在我者，适顺其自然之性，而不失之愆矣，不亏其本体之全，而不失之贼矣。由是表极建于一身，而仪刑遍于四国，民岂不以为则也乎？

⊛ 投我以桃，报之以李。

㉑ 此感彼应，理不容诬。辟如人投我以桃，而我报之以李之必然者也。

⊛ 彼童而角，实虹小子。

㉑ 彼谓不必修德而可以服人者，犹牛羊之童而求其角，亦徒溃乱小子之听而已，岂可得哉？

────────

⊛ 荏染柔木，言缗之丝。

㉑ 夫修德之事，吾固尽言之矣，而听言尤修德之资也。今夫荏染之柔木也，则可被之纶以为良弓之材矣。

⊛ 温温恭人，维德之基。

㉑ 此温温和厚之恭人也，则其质之谦，有可以为进德之基矣。

⊛ 其维哲人，告之话言，顺德之行。

㉑ 是何也？故切者多不能容，拒谏者乃所以伐德也，惟此温温恭人，心虚而明，是即所谓哲人也，其惟哲人，告之以修己治人之善言，则一惟顺德之行，而不见其相逆矣，岂非进德之基者乎？

⊛ 其维愚人，覆谓我僭，民各有心。

㉑ 若彼愚人，告之善言，则语之而不达，拒之而不受，反以我为不信矣，其何以进德哉？夫人心不同，愚智相越之远，固如此乎。

────────

⊛ 於乎小子，未知臧否。

㉑ 夫进德基于听言如此，於呼小子，知识未通，而导之或臧或否，皆未之能辨焉。

⊛ 匪手携之，言示之事。

㉑ 故我不但手以携之，指其向往之途而已，而又示之以事，何者为臧，何者为否，一一有成迹之可据也。

⊛ 匪面命之，言提其耳。

㉑ 不但面以命之，泛论其启迪之方而已，而又言提其耳，使从于臧，使戒于否，倦倦乎警觉之有加也。

⊛ 借曰未知，亦既抱子。

㉑ 夫所以喻之者，既详且切，则尔宜知臧否矣。借曰我之不知臧否，由于未有知识，而然则在童稚之年犹可诿也，今汝亦既长大而抱子

矣，则宜有知识矣，而可不明至是耶？

(*) 民之靡盈，谁夙知而莫成。

(解) 所以然者，自满累之也，人若不自满假，听受教戒，则若臧否知之必早，不至于既抱子之后，而犹无知矣。知之既早，则成之亦早，岂有早知而反晚成者乎？

(*) 昊天孔昭，我生靡乐。

(解) 然是言之听不听，而祸福攸系，尔可不知所警乎？瞻彼昊天，福善祸福之理，昭然其甚明，我生斯世，而忧心为之靡乐焉。

(*) 视尔梦梦，我心惨惨。

(解) 何也？盖人知为善以去恶，然后可以获福而免祸，今视尔梦梦而未知臧否，则天之祸尔必矣，此我所以惨惨而靡乐也。

(*) 诲尔谆谆，听我藐藐。匪用为教，覆用为虐。

(解) 然尔之梦梦者，岂我诲尔之未详与？然我手携而示事，面命而提耳，所以诲之者谆谆然其详尽也。特尔之听我藐藐而忽略，非惟不以我为教，反以我为暴虐，则尔之梦梦有由然矣。

(*) 借曰未知，尔聿既耄。

(解) 借曰尔之梦梦，由于未有知识，而然则尔亦聿既耄，历练世故，不为

不多矣，岂宜若此梦梦哉？惟其轻忽人言，故至此耳。

(*) 於乎小子，告尔旧止，听用我谋，庶无大悔。

(解) 夫尔不能受言，此独不知天道之可惧也乎？於乎小子，我之所以告尔者皆先王旧章之所在，而可为扶持凭藉之资者，尔必听用我谋，庶可以无大悔矣。

(*) 天方艰难，日丧厥国。

(解) 盖天运方此艰难，将丧厥国，是所谓大悔也。

(*) 取譬不远，昊天不忒。

(解) 我取此大悔以命子者，岂远而难知哉？亦视诸福善祸淫之不差忒，则不善者必降之以祸，而大悔可知矣。

(*) 回遹其德，俾民大棘。

(解) 今尔乃回遹其德，执迷不返，俾民至于困急，则无以当天心而其丧厥国也必矣，何以能免此大悔哉？诚不可不听用我谋矣。

噫，武公使人命己之词如此，其自儆之意良切矣，此所以歌睿圣也欤？

桑柔

十六章，前八章章八句，后八章章六句。

菀彼桑柔，其下侯旬，捋采其刘，瘼此下民。
不殄心忧，仓兄填兮。倬彼昊天，宁不我矜。（一章）

四牡骙骙，旟旐有翩。乱生不夷，靡国不泯。
民靡有黎，具祸以烬。於乎有哀，国步斯频。（二章）

国步蔑资，天不我将。靡所止疑，云徂何往？
君子实维，秉心无竞。谁生厉阶？至今为梗。（三章）

【注】菀彼，茂盛的样子。桑柔，嫩桑。侯，维，是。旬，树阴均布。刘，桑叶剥落而稀疏。
下民，在桑树下休息的人。

殄，断绝。仓兄，同"怆怳"，怅恨不适意的样子。填，久也。倬，明亮的样子。

泯，乱或灭。

黎，众、多。具，俱。烬，灰烬。国步，国运。频，危急。

蔑资，无财。将，扶助。疑，安定。君子，指当政的贵族们。维，"惟"的假借，
思考。

秉心，存心，操心。

厉，恶，祸患。厉阶，祸端。梗，害。

yōu xīn yīn yīn　　niàn wǒ tǔ yǔ　　wǒ shēng bù chén　　féng tiān dàn nù

忧心殷殷，念我土宇。我生不辰，逢天僤怒。

zì xī cú dōng　　mǐ suǒ dìng chù　　duō wǒ gòu hūn　　kǒng jí wǒ yǔ

自西徂东，靡所定处。多我觏痻，孔棘我圉。（四章）

wéi móu wéi bì　　luàn kuàng sī xiāo　　gào ěr yōu xù　　huì ěr xù jué

为谋为毖，乱况斯削。告尔忧恤，诲尔序爵。

shuí néng zhí rè　　shì bù yǐ zhuó　　qí hé néng shū　　zài xū jí nì

谁能执热，逝不以濯？其何能淑，载胥及溺。（五章）

rú bǐ sù fēng　　yì kǒng zhī ài　　mín yǒu sù xīn　　pīng yún bù dǎi

如彼遡风，亦孔之僾。民有肃心，荓云不逮。

hào shì jià sè　　lì mín dài shí　　jià sè wéi bǎo　　dài shí wéi hǎo

好是稼穑，力民代食。稼穑维宝，代食维好。（六章）

殷殷，忧伤的样子。土宇，疆土。

僤怒，盛怒、大怒。

痻（又读），病苦、灾难。棘，同"急"。圉，边陲。

为，如果。毖，谨慎。斯，则。削，减。

执热，解治炎热。逝，发语词，无义。濯，沐浴。

淑，善，好。载，则。胥，皆，相继。执热，解治炎热。溺，溺于水，比喻丧亡。

遡，同"溯"，逆。遡风，迎面吹来的风。僾，窒息，呼吸不畅。

肃心，上进求善之心。荓，使。云，语词。不逮，不及。

稼穑，农事。力民，使民出力劳动。代食，代替食禄。

天降丧乱，灭我立王。降此蟊贼，稼穑卒痒。

哀恫中国，具赘卒荒。靡有旅力，以念穹苍。（七章）

维此惠君，民人所瞻。秉心宣犹，考慎其相。

维彼不顺，自独俾臧，自有肺肠，俾民卒狂。（八章）

瞻彼中林，牲牲其鹿。朋友已谮，不胥以穀。

人亦有言，进退维谷。（九章）

蟊贼，吃庄稼根、节的两种害虫。卒，尽。痒，病。

恫，痛。具，同“俱”。赘，连续。荒，荒灾。

旅，同“膂”，膂力，体力。穹苍，昊天。惠，顺。惠君，顺道之君。

宣，遍。犹，同“猷”，谋。考，明辨。慎，谨慎。相，辅佐之人。自独，自我独断独行。

肺肠，心思。狂，迷惑狂乱。

牲牲，众多的样子。

谮，同“僭”，互相欺诈而不信任。胥，相与。穀，善。

进退维谷，进退皆是山谷，没有出路，陷于绝境。

wéi cǐ shèng rén　zhān yán bǎi lǐ　wéi bǐ yú rén　fù kuáng yǐ xǐ

维此圣人，瞻言百里。维彼愚人，覆狂以喜。

fěi yán bù néng　hú sī wèi jì

匪言不能，胡斯畏忌？（十章）

wéi cǐ liáng rén　fú qiú fú dí　wéi bǐ rěn xīn　shì gù shì fù

维此良人，弗求弗迪。维彼忍心，是顾是复。

mín zhī tān luàn　nìng wéi tú dú

民之贪乱，宁为荼毒。（十一章）

dà fēng yǒu suì　yǒu kòng dà gǔ　wéi cǐ liáng rén　zuò wéi shì gǔ

大风有隧，有空大谷。维此良人，作为式穀。

wéi bǐ bù shùn　zhēng yǐ zhōng gòu

维彼不顺，征以中垢。（十二章）

dà fēng yǒu suì　tān rén bài lèi　tīng yán zé duì　sòng yán rú zuì

大风有隧，贪人败类，听言则对，诵言如醉。

瞻言百里，眼光远大。

覆狂以喜，反而狂妄自喜。 胡斯畏忌，究竟畏忌什么而不言？

迪，钻营。 顾、复，眷顾留恋。

有隧，即"隧然"，大风迅疾而至的样子。 有空大谷，来自深山空谷之中。

作为式穀，式，语词，句谓其所作为皆善。

征，行。 垢，污垢。 中垢，垢中。

败，危害。 类，善人。 听言，顺从之言。 诵言，讽谏之言。 如醉，昏然如醉酒而不省。

fěi yòng qí liáng　　fù bǐ wǒ bèi

匪用其良，覆俾我悖。（十三章）

jiē ěr péng you　　yú qǐ bù zhī ér zuò　　rú bǐ fēi chóng　　shí yì yì huò

嗟尔朋友，予岂不知而作。如彼飞虫，时亦弋获。

jì zhī yīn rǔ　　fǎn yú lái hè

既之阴女，反予来赫。（十四章）

mín zhī wǎng jí　　zhí liáng shàn bèi　　wéi mín bù lì　　rú yún bù kè

民之罔极，职凉善背。为民不利，如云不克。

mín zhī huí yù　　zhí jìng yòng lì

民之回遹，职竞用力。（十五章）

mín zhī wèi lì　　zhí dào wèi kòu　　liáng yuē bù kě　　fù bèi shàn lì

民之未戾，职盗为寇。凉曰不可，覆背善詈。

suī yuē fěi yǔ　　jì zuò ěr gē

虽曰匪予，既作尔歌。（十六章）

阴，窥知内情。女，汝。赫，盛怒的样子。

罔极，无良，指作恶、作乱。职，专主。

凉，刻薄。善背，善于反复。覆背，悖理行事。詈，骂。

此芮伯刺厉王作也。若曰：王业之衰不自衰也，由于民病之，曰滋而民受之，病不自病也，由于用舍之失当，吾今目击时事，而深有可忧者矣。

※ 菀彼桑柔，其下侯旬，捋采其刘，瘼此下民。

解 彼菀然茂盛之桑柔，方其未采也，其荫无所不遍，民得以休息而蒙其庇矣。及其采之也，一朝而尽，无黄落之渐，民不得以休息而反受其病矣。然其我周盛时而仁恩伏于天下，今日凋瘵而膏泽不下于民，何以异是哉？

※ 不殄心忧，仓兄填兮。

解 我生斯世，伤祸乱之无穷，慨至治之不复，忧戚之深，不绝于心，悲悯之甚，以至于病矣。

※ 倬彼昊天，宁不我矜？

解 倬彼昊天，世之治乱，人之安危，无所不察者也，胡不易乱为治，转危为安，而加矜恤于我，使不至于睹民瘼而甚病乎？

解 夫民之病果何以见之？观于征役之怨词，则可知矣。

※ 四牡骙骙，旟旐有翩。

解 盖人君岂能无所役？但出于不得已，而役之有节则民犹可以自慰也。今则四牡之驾则骙骙矣，旟旐之建则翩翩矣，以此车马旌旆而日用之于征役，使民不得安息，亦独何哉？

※ 乱生不夷，靡国不泯。

解 斯时也大乱日生，而平定无期。自国言之，丧乱之祸，非独一国为然也，盖无国而不沦胥以灭矣。

※ 民靡有黎，具祸以烬。

解 自民言之，死亡之祸非独一民为然也，盖无黎而不惧祸以烬矣。

※ 於乎有哀，国步斯频。

解 夫国危而民病如此，则大运将倾矣。於乎哀哉，国步不于是而日蹙乎？

※ 国步蔑资，天不我将。

解 夫国将危亡，而天不我养。

※ 靡所止疑，云徂何往？

解 故我欲有所居以图安，与则居无所定，不能一日安其身也。欲有往以避乱，与则往无所适无所逃于天地之间也。

※ 君子实维，秉心无竞。

解 是祸也，岂君子为之哉？盖君子之心，欲安静和平以养天下之福，不欲纷争多事以生天下之变，今所以使我无所定无所往者，实非君子之有争心也。

※ 谁生厉阶，至今为梗。

解 然事必有端，祸必有源，不知谁生厉阶，使之至今为梗乎，任事不得辞其责者矣。

※ 忧心殷殷，念我土宇。

解 夫民生得以安其土宇者，治世之常也，我也遭此乱离之时，忧心殷殷，念我土宇怀归之思，盖与日而俱积也。

※ 我生不辰，逢天僤怒。自西徂东，靡所定处。

解 要其所以然者，乃我生之不时，而逢上天之僤怒，是以自西徂东，无有定处，虽欲一日居我土宇，而不可得也。

※ 多我觏痻，孔棘我圉。

解 夫惟不得归也，但见蹙足行伍之间，而饥渴疲劳之并臻多矣，我之见病也。寄身锋镝之中，而死亡危急之不免急矣。我之在边也，何其不幸而至于此极哉？观征役者之怨词如此，而当时之民病可知矣。

※ 为谋为毖，乱况斯削。

解 夫当时之民病如此，然所以靖之者，岂无其道乎哉？盖王之为国，非不谋且慎也，但不得其道，则不惟无以拨乱为治，适所以长乱而自

削耳。

※ 告尔忧恤，诲尔序爵。

解 兹欲谋而慎之，其惟用贤乎。故我告尔以所当忧之事，惟在班别贤否之道，使贤者皆在乎位，而不贤者不得以厕乎其间焉。

※ 谁能执热，逝不以濯。

解 盖贤者之能已乱，犹濯者之能解热也。谁能执热而不以濯乎，谁能已乱而不以贤乎？

※ 其何能淑，载胥及溺。

解 苟于贤者之不用，则已乱之无人，果何自而能善哉？但相引以陷于死亡而已，然则当忧之事，信无过于用贤者矣。

※ 如彼溯风，亦孔之僾。

解 夫以贤者之能已乱如此，奈何王不能然也。是以君子慨民生之无聊，伤国步之日蹙，忧时感事，闷然如溯风之人，唈而不能息焉。

※ 民有肃心，荓云不逮。

解 当是时虽忧切于救乱，而欲进以任其责者，皆使之日世乱矣，非吾所能及也。

※ 好是稼穑，力民代食。

解 于是退而稼穑，尽其筋力与民同事，以代禄食而已。

※ 稼穑维宝，代食维好。

解 夫稼穑不如仕进之为宝久矣，然以

今观之，则爵位之贵，贵而危者也，稼穑之贱，贱而安者也，稼穑不维宝乎？代食不如禄食之为好久矣，然以今观之，则禄食之荣，荣而有悔者也。代食之劳，劳而无患者也，代食不维好乎？夫朝廷本赖君子以济时，而君子方以田野为安焉，其何以为国哉？

✳ 天降丧乱，灭我立王。降此蟊贼，稼穑卒痒。

🔶 夫稼穑代食，贤者之计得矣，孰知天变之极，虽此亦无以自存乎？彼天降丧乱，固已灭我所立之王矣，又降此蟊贼使我之稼穑尽病，虽欲代食而不可得焉。

✳ 哀恫中国，具赘卒荒。

🔶 哀恫此中国也，加以丧乱皆危，而无可安之所，因以饥馑尽荒而无可食之资。

✳ 靡有旅力，以念穹苍。

🔶 是以危困之极，至于无力以念天祸，独听天之所毙耳。夫使君子乐处于田野，已非家国之福矣，况至于田野，又无以自存，则世道之变，不逾甚哉！

✳ 维此惠君，民人所瞻。秉心宣犹，考慎其相。

🔶 夫王不能用贤，而使贤者至无以自

存，则何以系斯民之心哉？今夫维此顺理之君，所以为民所尊仰者，以其秉至公之心，周遍谋度，而考慎其相，所用者必众人之所谓贤者也，所舍者必众人之所谓不肖者也，好恶合民心之公，用舍得当然之理，而民之瞻仰不在兹乎？

✳ 维彼不顺，自独俾臧，自有肺肠，俾民卒狂。

🔶 若彼不顺理之君，则自以为善而不考众谋，自有私见而不通众志，所以使民眩惑而至于狂乱也。

✳ 瞻彼中林，牲牲其鹿。

🔶 夫上无明君，固有以致乱矣，使下有美俗亦可以相安也。今瞻彼中林之鹿，牲牲然众多类聚而相亲，并行而相友矣，物善其群有如此。

✳ 朋友已谮，不胥以谷。

🔶 况朋友之间乃嫉妒而相谮毁，不能以善道相与，是鹿之不如也。

✳ 人亦有言，进退维谷。

🔶 君子生今之世，而适遭所穷，岂非人亦有言，而进退维谷者乎？盖上无明君则直道难容，虽忠而不见售，下有恶俗，则独行无朋，虽贤而不见与，又安得不穷哉？

✳ 维此圣人，瞻言百里。

🔶 夫世道乖乱至于如此，则丧亡之祸

亦近而易见矣。然惟此圣人，炳于几先，其所视而言者，虽在百里之远，犹在目前之近，盖无远而不察矣。

✳ 维彼愚人，覆狂以喜。

🔶 彼愚人者，冥然不知祸之将至，安危利灾，而反狂以喜，今日之用事者，盖如此。

✳ 匪言不能，胡斯畏忌。

🔶 我非不能言之于王，使之改易于用舍之间也，但言出祸随，如此畏忌何哉？今王之用不贤而拒谏饰非如此，何怪其丧亡之日近也哉？

———————————

✳ 维此良人，弗求弗迪。维彼忍心，是顾是复。

🔶 不特此也。今夫良人，国之宝也，则弗求弗迪而弃之如遗，忍心国之贼也，则是顾是复而念之不已，用命之间，倒置甚矣。

✳ 民之贪乱，宁为荼毒。

🔶 夫王惟弃良人而用忍心，是以恶政日加，民不堪命，惟贪乱之是行，而安为荼毒以害人也。使忍心之不用，而民穷之未滋，则荼毒何自而生哉？

———————————

✳ 大风有隧，有空大谷。

🔶 夫王用舍命之乖如此，孰知君子小人其所行之道不同乎？彼大风之行，必有隧也，而有空大谷之中，乃其所行之隧矣。

✳ 维此良人，作为式穀。

🔶 况维此良人，则作为式穀而光明高洁，维善道之是用矣。

✳ 维彼不顺，征以中垢。

🔶 彼不顺者，则征以中垢而幽暗秽浊，几何而不为下流之归哉？夫君子小人其道不同如此，而王之所顾念重复者，乃于彼而不于此何也？

———————————

✳ 大风有隧，贪人败类。

🔶 夫小人不同于君子如此，则用之必有其害矣。彼大风之行也，必有隧，而王使贪人为政，则嗜利害民必败类矣，王用人之非如此。

✳ 听言则对，诵言如醉。

🔶 故我之有所对于王也，亦能听信吾言而动其悔悟之机，则对之耳。然其蔽锢已深，而知其终不能听也，故诵吾言之下知不见用，而忧愤昏迷之极，中心有如醉者焉。

✳ 匪用其良，覆俾我悖。

🔶 是非我之自悖眊也，由王不用善人而用贪人，大难将至而不知备，是以反使我至此悖眊也，吾王何为不悟而不听吾言哉？

———————————

✳ 嗟尔朋友，予岂不知而作？

解 然吾之言非维吾君当听，而僚友亦所当听也。嗟尔朋友，吾为是言以告子者，岂不知其理而妄发哉？

✳ 如彼飞虫，时亦弋获。

解 盖千虑之下，或有一得之见，如彼飞虫而亦有弋获之时也，吾言岂无益于听乎？

✳ 既之阴女，反予来赫。

解 夫我以一得之见而发为忠告之词，所以来告乎尔者，乃示之以自新之道，启之以免患之方，正所以阴覆乎尔也，□汝非惟不以为厚，反来加赫然之怒于我也，何其谬哉？

✳ 民之罔极，职凉善背。为民不利，如云不克。

解 夫尔既不听吾言，则民之乱盖有由矣。彼民之所以贪乱而不知止者专由此人，名为直谅而实与善相反，为民所不利之事，惟恐不克，是贪乱者民而所以致之者此人也，岂得归咎于民哉？

✳ 民之回遹，职竞用力。

解 民之所以邪僻而不知反经者，亦由此人，从于匪彝，以倡率之，即于韬淫以开导之，是回遹者民而所以使之者此人也，又岂得归咎于民哉？

✳ 民之未戾，职盗为寇。

解 不特此也。民之所以乱离罔极，未有安定者，由此盗民以夺民之财者为之寇也。

✳ 凉曰不可，覆背善詈。

解 斯人也，其为言也亦以小人为不可为，及其背也，而反工为恶言以詈君子，是其色厉内荏，真可谓穿窬之盗者矣。

✳ 虽曰匪予，既作尔歌。

解 且又自文饰以为此非我言也，则我既作尔歌，其情甚真，其事甚明，虽欲掩伏，岂可得哉？夫小人情状反复，生事致乱如此，则所以至今为梗者，厉阶有自来矣，王乃安然信之，惑其利而不究，其害亦独何哉？

云汉

八章，章十句。

倬彼云汉，昭回于天。王曰於乎！何辜今之人！天降丧乱，
饥馑荐臻。靡神不举，靡爱斯牲。圭璧既卒，宁莫我听！（一章）

旱既大甚，蕴隆虫虫。不殄禋祀，自郊徂宫，上下奠瘗，
靡神不宗。后稷不克，上帝不临。耗斁下土，宁丁我躬！（二章）

旱既大甚，则不可推。兢兢业业，如霆如雷。周余黎民，
靡有孑遗。昊天上帝，则不我遗。胡不相畏？先祖于摧。（三章）

【注】倬，广大，光明。云汉，银河。昭，明。回，旋转。荐，重复、一再。举，指祭祀。爱，吝惜，舍不得。牲，祭祀用的牛羊猪等。圭、璧，两种玉器名，周人朝聘、祭祀所用，祭天神则焚玉，祭山神则埋玉，祭水神则沉玉，祭人鬼则藏玉。卒，尽。

大，同"太"。甚，厉害。蕴隆，暑气熏蒸隆盛。虫虫，同"爞爞"，热气熏蒸的样子。宫，祭天之坛。

上，指祭天。下，指祭地。奠，陈列祭品。瘗，埋，指将祭品埋入地中。宗，尊敬。耗，消耗。斁，败坏。宁，乃。丁，逢、遇。

推，去、除。兢兢业业，恐慌危惧的样子。黎，百姓。孑遗，遗留，剩余。摧，断绝。先祖于摧，先祖的祭祀即将断绝。

旱既大甚，则不可沮。赫赫炎炎，云我无所。大命近止，
靡瞻靡顾。群公先正，则不我助。父母先祖，胡宁忍予！（四章）

旱既大甚，涤涤山川。旱魃为虐，如惔如焚。我心惮暑，
忧心如熏。群公先正，则不我闻。昊天上帝，宁俾我遁！（五章）

旱既大甚，黾勉畏去。胡宁瘨我以旱？憯不知其故。祈年孔夙，
方社不莫。昊天上帝，则不我虞。敬恭明神，宜无悔怒。（六章）

沮，止。 赫赫，干旱燥热的样子。炎炎，暑气逼人的样子。 云，发语词。 无所，无所逃避。 大命，
人民之寿命，或谓国运。 止，终止。群公，周之诸先公。 先正，先公之诸臣。
涤涤，光秃无草木的样子。旱魃，古代传说中的旱神、旱魔。 惔，火烧。 闻，同"问"，恤问。
畏去，畏旱而逃去。瘨，加害。 憯，曾。
祈年，祭上帝以求丰年之祭，孟春祈谷于上帝，孟冬祈来年于天宗。孔夙，甚早。 方、社，皆祭名，
见《小雅·甫田》。莫，同"暮"。 虞，帮助。悔，恨。

旱既大甚，散无友纪。鞫哉庶正，疚哉冢宰。趣马师氏，
膳夫左右。靡人不周，无不能止。瞻卬昊天，云如何里！（七章）

瞻卬昊天，有嘒其星。大夫君子，昭假无赢。大命近止，
无弃尔成。何求为我，以戾庶正。瞻卬昊天，曷惠其宁！（八章）

散，乱。友，同"有"。

鞫，穷困。庶正，众官之长。疚，忧苦。冢宰，百官之长。

周，接济，救济。

卬，同"仰"。里，同"悝"，忧愁。

有嘒，微小而众多的样子。

假，同"格"，至、到。昭假，神降临或祭祀以祈神降临。赢，差错。

戾，安定。

惠，顺。

(✱) 倬彼云汉，昭回于天。

(解) 今夫倬彼云汉，昭回于天，则旱而不雨，民受其殃矣。

(✱) 王曰於乎，何辜今之人，天降丧乱，饥馑荐臻。

(解) 吾王畏天变而重民命，于是仰天而诉之曰：於乎，今之人奚辜哉？天乃降之丧乱而饥馑之荐臻如此也。

(✱) 靡神不举，靡爱斯牲。

(解) 我遇此旱灾，咒神类皆索而祭之，凡可以祈祷者，则虽祀典之所不载，而亦不废祀焉。牲者礼神之物也，则用之而不爱。

(✱) 圭璧既卒，宁莫我听。

(解) 圭璧，礼神之玉也，则用之而既尽。事神之敬如此，宜乎神之有以恤我也，何为其不我听而旱之，卒不见弭也哉？

(✱) 旱既大甚，蕴隆虫虫。

(解) 夫天久不雨，旱既甚，太甚其阳气蓄积之盛，虫虫然燔炙之可畏者矣。

(✱) 不殄禋祀，自郊徂宫。上下奠瘗，靡神不宗。

(解) 我也为民之忧而求神之助，凡可以禋祀者，未尝绝也。或郊焉而祭天地，或宫焉而祭宗庙也，上祭天下祭地，奠其礼，瘗其物，盖无神而不尊之矣。

(✱) 后稷不克，上帝不临。

(解) 若此者，固将以救旱之责望之也。夫何宫之神？莫亲于后稷，固未尝不吾享也，而力不足以胜灾。郊之神莫尊于上帝，力固足以胜灾也，而又不吾享，蕴隆之旱，何时而可弭也？

(✱) 耗斁下土，宁丁我躬。

(解) 夫大旱为灾而下土为之耗斁，必我有以致之耳，不然何以当吾之身而有是灾哉？

(✱) 旱既大甚，则不可推。

(解) 夫天久不雨，旱既太甚，则不可以人力推而去之矣。

(✱) 兢兢业业，如霆如雷。

(解) 我也遇此之灾，兢兢而恐，业业而危，有如霆如雷之震，而极其畏惧之甚者。

(✱) 周余黎民，靡有孑遗。

(解) 盖以我周大乱之后，人民则耗，已无半身之有遗矣。

(✱) 昊天上帝，则不我遗。胡不相畏？先祖于摧。

解 而昊天上帝，又降此旱灾，使我身亦不见遗，则胡可不相畏哉？盖我不见遗，则先祖之祀将自此而灭矣，是我身之存亡，系宗社之绝续，虽欲无畏，其容已也乎？

※ 旱既大甚，则不可沮。

解 夫天久不雨，旱既太甚，则不可以力沮而止之矣。

※ 赫赫炎炎，云我无所。

解 但见赫赫，无非旱气，炎炎无非热气，将向所容于其身乎？

※ 大命近止，靡瞻靡顾。

解 大命垂绝已在是夕之近，瞻顾四方，莫为依赖之所。

※ 群公先正，则不我助。

解 彼群公先正，昔尝有功于民者，意者可望其为助，今则坐视吾之危迫而不之助矣。

※ 父母先祖，胡宁忍予。

解 然群公先正，犹与我相疏不敢深望之也，至于父母先祖，我身所自出者也，亦胡忍视我适此祸变，而漠然莫为之所乎？则是与我相亲者亦忘情矣，其将如之何哉？

※ 旱既大甚，涤涤山川。旱魃为虐，如惔如焚。

解 夫天久不雨，旱既太甚，则在山者涤涤然而无木，在川者涤涤然而无

水，是旱魃为虐，有如惔如焚之甚炽矣。

※ 我心惮暑，忧心如熏。

解 当此之时，我心惮暑，其忧惧之至，诚有如火燔灼而不得以自宁也。

※ 群公先正，则不我闻。

解 彼群公先正，吾尝有以告之，固欲其我闻也，今则未告犹是既告，亦犹是而曾不我闻焉。

※ 昊天上帝，宁俾我遁！

解 昊天上帝，则又司主宰之柄，擅趋避之权者也，亦何为使我不得逃遁而去坐受此患也哉？

※ 旱既大甚，黾勉畏去。

解 夫天久不雨，旱既太甚，使我黾勉畏去，而无所之也。

※ 胡宁瘨我以旱，憯不知其故。

解 然变不虚生，必有其故，今反而思之，天胡为病我以旱乎？欲求其故，曾有所不知焉。

※ 祈年孔夙，方社不莫。

解 若以我祭祀不时，失礼于神而致然欤？则孟春祈谷于上帝，孟冬祈来年于天宗，祈年之礼既孔夙矣，祭四方以报其成物之功，祭后土以报其生物之功，方社之礼亦不莫矣。夫我之自反，初无致灾之由如此。

※ 昊天上帝，则不我虞。敬恭明神，

宜无悔怒。

解 今昊天上帝，曾不度我之心，如我
之敬恭明神，宜可以无悔怒者也。
顾乃瘅我以旱而悔怒之不免，亦独
何哉？诚不知其故矣。

✳ 旱既大甚，散无友纪。

解 夫天既不雨，旱既太甚，则朝廷之
上，以忧旱而废事，皆散无纲纪矣。

✳ 鞫哉庶正，疚哉冢宰。

解 但见众官之长有庶正也，今则奔走
于蕴隆之候，而精力为既竭矣，鞫
哉我庶正乎！众长之长有冢宰也，
今则劬劳于云汉之瞻，而精力为甚
病矣，疚哉我冢宰乎！

✳ 趣马师氏，膳夫左右。

解 掌王马之政为趣马，掌王门之守为
师氏，或废而不秩，或弛而不陈，
不能安其职矣。掌王之膳羞为膳
夫，供王之侍御为左右，或彻而不
举，或布而不修，不能率其常矣。

✳ 靡人不周，无不能止。

解 自庶正而下，以至左右而下，莫不
尽心竭力以周救百姓，宁有一人以
不能自诿而遂止不为者乎。若是
则不惟我忧旱之甚，而在廷之臣，
亦均受其病者矣。

✳ 瞻卬昊天，云如何里。

解 瞻仰昊天，旱虐而不见悯，竭诚而
不见恤，使我无所聊赖如此，如之

何而不忧也哉？

✳ 瞻卬昊天，有嘒其星。

解 旱既太甚，而仰天望雨，则有嘒然
之明星，未有雨征也。

✳ 大夫君子，昭假无赢。

解 大夫君子竭其精诚助我以昭格于天
者，已不遗余力矣。

✳ 大命近止，无弃尔成。

解 然谓之无余力则可，若以无余力而
自怠则非也。故今死亡虽近，而
亦不可弃其前功，当益求助以昭格
者而修之，庶乎精诚之极，而天意
可回也。

✳ 何求为我，以戾庶正。

解 然此非但求为我之一身而已，盖旱
既太甚，俾民不宁，则庶正亦因以
不安矣。今日格天弭变，固所以
求惠斯民而定尔庶正也，诸臣可不
勉图成功哉。

✳ 瞻卬昊天，曷惠其宁。

解 瞻仰昊天，以莫民为心者也，不知
果何时惠我以安宁，而使我臣民之
各得其所乎。

吁，即宣王之忧旱可以见其事天之
敬焉，有恤民之仁焉，惟其敬天
而仁民，是以卒能消灾而弭变也。
中兴之功，盖亦有所本矣，仍叔作
诗以美之宜哉。

崧高

崧高

八章，章八句。

sōng gāo wéi yuè　　jùn jí yú tiān　　wéi yuè jiàng shén　　shēng fǔ jí shēn
崧高维岳，骏极于天。维岳降神，生甫及申。
wéi shēn jí fǔ　　wéi zhōu zhī hàn　　sì guó yú fān　　sì fāng yú xuān
维申及甫，维周之翰。四国于蕃，四方于宣。（一章）

wěi wěi shēn bó　　wáng zuǎn zhī shì　　yú yì yú xiè　　nán guó shì shì
亹亹申伯，王缵之事。于邑于谢，南国是式。
wáng mìng zhào bó　　dìng shēn bó zhī zhái　　dēng shì nán bāng　　shì zhí qí gōng
王命召伯，定申伯之宅。登是南邦，世执其功。（二章）

wáng mìng shēn bó　　chì shì nán bāng　　yīn shì xiè rén　　yǐ zuò ěr yōng
王命申伯，式是南邦，因是谢人，以作尔庸。
wáng mìng shào bó　　chè shēn bó tǔ tián　　wáng mìng fù yù　　qiān qí sī rén
王命召伯，彻申伯土田。王命傅御，迁其私人。（三章）

【注】崧，同"嵩"，山高而大。崧高，崇高。岳，高大的山，指我国四岳（东岳泰山，西岳花山，南岳衡山，北岳恒山）或五岳；一说指吴岳，即吴山；一说太岳，即霍山。骏，"峻"之假借，高大的样子。极，至。甫、申，二国名，皆姜姓之后，此处分别仲山甫、申伯。于，为。蕃，同"藩"，屏藩。宣，"垣"之假借，围墙。
亹亹，勤勉貌。申伯，即申侯，宣王之元舅。缵，继承。于，前为动词，建、作，后为介词，在。谢，邑名，在今河南省。式，法则、规范。召伯，即召穆公虎，周宣王大臣。定，选定。登，建成。执，守持。功，基业。
因，依靠。庸，事功；一说同"墉"，城墙。彻，治理，此处指划定地界。傅御，官名，诸侯之臣，此处申伯家臣之长。私人，申伯的家臣与家人。

shēn bó zhī gōng　　shào bó shì yíng　　yǒu chù qí chéng　　qǐn miào jì chéng

申伯之功，召伯是营。有俶其城，寝庙既成，

jì chéng miǎo miǎo　　wáng cì shēn bó　　sì mǔ qiāo qiāo　　gōu yīng zhuó zhuó

既成藐藐。王锡申伯，四牡跷跷，钩膺濯濯。（四章）

wáng qiǎn shēn bó　　lù chē shèng mǎ　　wǒ tú ěr jū　　mò rú nán tǔ

王遣申伯，路车乘马。我图尔居，莫如南土。

cì ěr jiè guī　　yǐ zuò ěr bǎo　　wǎng jìn wáng jiù　　nán tǔ shì bǎo

锡尔介圭，以作尔宝。往近王舅，南土是保。（五章）

shēn bó xìn mài　　wáng jiàn yú méi　　shēn bó huán nán　　xiè yú chéng guī

申伯信迈，王饯于郿。申伯还南，谢于诚归。

wáng mìng shào bó　　chè shēn bó tǔ jiāng　　yǐ zhì qí zhāng　　shì chuán qí xíng

王命召伯，彻申伯土疆，以峙其粻，式遄其行。（六章）

俶，建造。寝庙，宗庙建筑分寝和庙两部分，前为庙，神所处；后为寝，人所居。藐藐，华美的样子。

钩，青铜所做的钩子。膺，马胸前的皮带。濯濯，光泽鲜明的样子。

遣，赠送。乘马，四马一车为乘。

图，图谋。

介圭，大圭。诸侯持此以朝见天子。

近，语助词。王舅，申伯为宣王之舅，故云。

信，确实。郿，地名，在今陕西眉县一带。诚，诚心。谢于诚归，即"诚归于谢"。峙，同"庤"，储备。粻，米粮。式，发语词，用、以。遄，疾速。

shēn bó bō bō　　jì rù yú xiè　　tú yù chǎn chǎn　　zhōu bāng xián xǐ

申伯番番，既入于谢。徒御啴啴，周邦咸喜。

róng yǒu liáng hàn　　pī xiǎn shēn bó　　wáng zhī yuán jiù　　wén wǔ shì xiàn

戎有良翰，不显申伯，王之元舅，文武是宪。（七章）

shēn bó zhī dé　　róu huì qiě zhí　　róu cǐ wàn bāng　　wén yú sì guó

申伯之德，柔惠且直。揉此万邦，闻于四国。

jí fǔ zuò sòng　　qí shī kǒng shuò　　qí fēng sì hǎo　　yǐ zèng shēn bó

吉甫作诵，其诗孔硕，其风肆好，以赠申伯。（八章）

番番，勇武的样子。 徒，徒行之士兵。 御，御车之士兵。

啴啴，形容阵容声势浩荡。 周，遍、全。

戎，你。 翰，桢干。 不显，即丕显，伟大而显赫。 元舅，大舅。 宪，法式，模范。

柔惠，温顺恭谨。 直，正直。

揉，安抚。

吉甫，即尹吉甫。 诵，可唱的诗。 孔硕，诗意甚美；一说篇幅很长。 风，声调、曲调。

肆，极。

宣王封申伯于谢，而尹吉甫作诗以送之，则国家分封之典固所以隆懿亲也，而实所以彰贤德也，人知申伯以亲故而受封矣，抑知其生有所自而出有所为乎。

(*) 崧高维岳，骏极于天。

(解) 彼崧然高大之岳，山有以骏极于天焉。

(*) 维岳降神，生甫及申。

(解) 夫山之高者，则其神必灵，故此岳山者尝降其神灵，以生甫侯于前，今又降其神灵以生申伯于后。

(*) 维申及甫，维周之翰。四国于蕃，四方于宣。

(解) 夫申伯之生，即不异于甫侯，则其功业之隆，宁不与甫侯而前后相望哉？但见惟申及甫，其居中而夹辅王室也，则能尊朝廷固国本，而为周之桢干矣。其在外而总领诸侯也，则能杜外患御外侮而为四国之屏蔽矣。其奉行德意以宣于民也，则自近及远，恩惠浃洽而四方皆赖之以休息矣。夫以申伯之功足以继乎甫侯如此，则王朝分封之典，其乌容以不举乎？

(*) 亹亹申伯，王缵之事。

(解) 以王分封之典言之。亹亹然忠勤之申伯，本其先世尝为方岳之长，而总领诸侯也，则王命之继其先世之事。

(*) 于邑于谢，南国是式。

(解) 邑之于谢，使南国诸侯皆得有所矜式焉。

(*) 王命召伯，定申伯之宅。

(解) 既邑于谢，居宅所当定也。王乃命召伯课督经营，以定申伯之居宅。

(*) 登是南邦，世执其功。

(解) 其意盖欲南邦居宅成功之后，而申伯之封传之无穷，凡为子孙者得以世守其功于不坠也。王于申伯委之重而期之远，有如此。

(*) 王命申伯，式是南邦，因是谢人，以作尔庸。

解 夫此申伯也，王既命之，式是南邦之诸侯，遂因谢人之所聚而作之城，使其定都于此矣。

❋ 王命召伯，彻申伯土田。

解 然土田不彻，何以为食禄之资？王命召伯彻申伯土地，而什一之制定矣。

❋ 王命傅御，迁其私人。

解 私人不迁，何以遂燕居之乐？王命傅御，迁其私人而亲亲之情遂矣，王于申伯委之重而待之周有如此。

───────────

❋ 申伯之功，召伯是营。

解 夫申伯定宅之事，王尝命召伯矣，但见王命之召伯任之，则凡此申伯之邑功，孰非召伯之所营乎？

❋ 有俶其城，寝庙既成，既成藐藐。

解 彼城郭，君子之所以守邦也，今谢邑之城，则始作矣。寝庙，君子所以祀先也，今寝庙之成则藐藐矣。

❋ 王锡申伯，四牡蹻蹻，钩膺濯濯。

解 召伯之营谢有成，则申伯之往谢有日，于是王锡申伯以就国之仪焉，其锡之以驾车者，则四牡之蹻蹻也，锡之以饰马者，则钩膺之濯濯也，等威辨而物采昭，一时之锡予不有以极宠遇之隆乎。

───────────

❋ 王遣申伯，路车乘马。

解 夫既锡之矣，王遂遣申伯以行，但见有路车焉，有乘马焉，而就国之仪备矣。

❋ 我图尔居，莫如南土。

解 王乃以分封于谢之意而告之曰：方今一统，皆我周之天下，非无可为，舅封而必于南土也，但我图尔居，莫如南土之美，地辟而民聚也。

❋ 锡尔介圭，以作尔宝。

解 故我分封兹土，锡尔以介圭，使尔执之为传国之宝，而永世于无穷焉。

❋ 往近王舅，南土是保。

解 然王者分封以守邦为要，臣子受封以保国为忠，元舅此往，其必树一方之保障，而南土之是保，以无负吾分封之意可也。

───────────

❋ 申伯信迈，王饯于郿。

解 夫申伯既承王命之遣，遂为信迈之行，王乃笃亲亲之恩而饯之于郿。

❋ 申伯还南，谢于诚归。

解 既饯之，于是申伯指南国以言，旋诚望谢邑以于归，非若向之数留欲行而屡不果者矣。

❋ 王命召伯，彻申伯土疆，以峙其粮，式遄其行。

解 然使委积之不豫而道路之无备，亦何以速其行哉？殊不知王于召伯营谢之时，已命之彻申伯土疆敛其赋税，以积其粮粮，而庐市皆有止宿之委积，是以申伯无留行也。此可见王于申伯之封，不惟其饯之厚，而且待之豫矣。

✳ 申伯番番，既入于谢，徒御啴啴。

🔶 维此申伯番番而武勇，既入于谢，徒御啴啴而众盛。

✳ 周邦咸喜，戎有良翰。

🔶 周邦咸喜而相谓曰：惟兹谢邑，南方之重镇，京师之屏蔽也。今也得人如申伯以封于谢，必能树一方之桢干，而为京师之所恃以安矣，汝今不亦有良翰乎？

✳ 不显申伯，王之元舅，文武是宪。

🔶 且不显申伯之元舅，其文德足以附众而人莫不法其文，武德足以威敌而人莫不法其武，则王命申伯式是南邦者，吾知其不虚矣，申伯之贤何如哉？

✳ 申伯之德，柔惠且直。

🔶 申伯之贤，不止足以法人也。惟我申伯之德，刚柔不偏，不惟柔惠而和顺之可挹，又且正直而严敬之可畏，德何全也？

✳ 揉此万邦，闻于四国。

🔶 以是全德而建之为事业也，则仁以育民，义以正民，有以统治万邦而

范围之无外矣，树之为风声也，则仁声洋溢，义问宣昭，有以闻于四国，而无远之弗届矣，申伯德望之隆如此，则王命申伯南土是保者，今固有可期也已。

✳ 吉甫作诵，其诗孔硕，其风肆好，以赠申伯。

🔶 然则就封之际，我吉甫其容以无言哉？于是岳高之诵以作焉。诵之词为诗也，则降生之异，德业之隆，眷顾之厚，无不备载于其中，其诗何孔硕耶？诵之声焉风也，则降生之异，德业之隆，眷顾之厚，吟咏间真有脍炙人口者，其风不肆好耶？以是诗也风也，以赠申伯，盖亦彰其贤以为美盛之观，表其素以为荣行之助，夫岂张大而溢美也哉？

烝民

八章，章八句。

tiān shēng zhēng mín　yǒu wù yǒu zé　mín zhī bǐng yí　hào shì yì dé
天生烝民，有物有则。民之秉彝，好是懿德。

tiān jiān yǒu zhōu　zhāo gé yú xià　bǎo zī tiān zǐ　shēng zhòng shān fǔ
天监有周，昭假于下，保兹天子，生仲山甫。（一章）

zhòng shān fǔ zhī dé　róu jiā wéi zé　lìng yí lìng sè　xiǎo xīn yì yì
仲山甫之德，柔嘉维则。令仪令色，小心翼翼。

gǔ xùn shì shì　wēi yí shì lì　tiān zǐ shì ruò　míng mìng shǐ fù
古训是式，威仪是力。天子是若，明命使赋。（二章）

wáng mìng zhòng shān fǔ　shì shì bǎi bì　zuǎn róng zǔ kǎo　wáng gōng shì bǎo
王命仲山甫，式是百辟。缵戎祖考，王躬是保。

chū nà wáng mìng　wáng zhī hóu shé　fù zhèng yú wài　sì fāng yuán fā
出纳王命，王之喉舌。赋政于外，四方爰发。（三章）

【注】烝民，众民，泛指百姓。物，事。则，法。

秉，持。彝，常理，常道。好，喜欢。懿，美。

仲山甫，人名，宣王时大臣，封于樊，为樊侯，《国语》称为樊仲山甫、樊穆仲或樊仲。

式，效法。若，选择。赋，颁布。

式，法则、榜样。百辟，诸侯。

缵，继承。戎，你。王躬，指周王。

出，宣布王之政令。纳，接纳各处意见，向周王反映。喉舌，代言人。

发，执行。

肃肃王命，仲山甫将之。邦国若否，仲山甫明之。

既明且哲，以保其身。夙夜匪解，以事一人。 （四章）

人亦有言，柔则茹之，刚则吐之。维仲山甫，

柔亦不茹，刚亦不吐。不侮矜寡，不畏强御。 （五章）

人亦有言，德辅如毛，民鲜克举之。我仪图之，

维仲山甫举之，爱莫助之。衮职有阙，维仲山甫补之。 （六章）

将，奉行。若否，好坏。

哲，智。解，同"懈"。一人，指周天子。

茹，吃。

矜寡，即鳏寡，泛指孤苦的人。强御，强横之人。

辅，轻。

仪、图，皆揣度之意。爱莫助之，仲山甫为盛德之人，虽爱之，但自己比不上他，哪有能力增长其德呢？

衮，天子所穿的绣有龙纹的衮衣。衮职，天子之职事。阙，缺失。补，补救。

zhòng shān fǔ chū zǔ　　sì mǔ yè yè　　zhēng fū jié jié　　měi huái mǐ jí

仲山甫出祖，四牡业业，征夫捷捷，每怀靡及。

sì mǔ bāng bāng　　bā luán qiāng qiāng　　wáng mìng zhòng shān fǔ　　chéng bǐ dōng fāng

四牡彭彭，八鸾锵锵。王命仲山甫，城彼东方。　（七章）

sì mǔ kuí kuí　　bā luán jiē jiē　　zhòng shān fǔ cú qí　　shì chuán qí guī

四牡骙骙，八鸾喈喈。仲山甫徂齐，式遄其归。

jí fǔ zuò sòng　　mù rú qīng fēng　　zhòng shān fǔ yǒng huái　　yǐ wèi qí xīn

吉甫作诵，穆如清风。仲山甫永怀，以慰其心。　（八章）

出祖，出行而祭道路之神。

每怀靡及，每个人都怕落后。

捷捷，马行迅疾的样子。

穆，和美。

永怀，长思。

宣王命樊侯仲山甫筑城于齐，而尹吉甫作诗以送之，曰：贤才之生不偶然也，以禀赋则无不全，以事业则无不尽，吾尝求瑞于天，而知山甫之有异于人矣。

———

※ 天生烝民，有物有则。

解 彼天之生众民也，气以成形，理亦付焉。故有是物，必有是物之则，有如耳目，则有聪明之德，有父子则有慈爱之德之类，是其则也。

※ 民之秉彝，好是懿德。

解 是物则也，乃一定不易之理，而纯粹至善之精，是乃所谓彝而为天下之懿德者也。故人之生，莫不禀此一定不易之理，而为秉执之常性，其性不亦善乎。性善则情亦善，是以发之为情无不好，此懿德而于纯粹至善之精有同然焉，是天之生物，而厚于人如此。

※ 天监有周，昭假于下，保兹天子，生仲山甫。

解 然则天之生人，不尤厚于圣贤哉？盖天监视有周，能以昭明之德感格于下，故保兹天子，以为中兴之主，而遂为之生贤侯曰仲山甫焉。凡其辅天子之德而佐天子之业者，皆于斯人有托矣。是仲山甫之生，天为天子而生也，则所以

钟其秀气而全其美德者，岂特如此凡民已哉？

———

※ 仲山甫之德，柔嘉维则。

解 夫仲山甫之生既出于天矣，则其德之全为何如哉？但见仲山甫之德，妙柔嘉则之休，而无过则之衍，盖沉潜刚克，不偏于柔，故不过则如是也。使过则焉得谓之柔嘉乎？

※ 令仪令色，小心翼翼。

解 以言其动容，则仪色之皆善，以言其存心，则恭敬之不忘表里，盖交修也。

※ 古训是式，威仪是力。

解 以言其学问则取法于古训，而无自足之心，以其进修则致力于威仪，而有践履之实，知行盖并进也。

※ 天子是若，明命使赋。

解 且其发挥于事业也，则猷为协九重之心，而天子之是若经营，宣德意之美而明命之是赋，体用盖兼全也，仲山甫之德曷有一之不备哉？

———

※ 王命仲山甫，式是百辟。

解 仲山甫之德既无不备，岂不足以膺全职也乎？使之居冢宰之位，而式是百辟，外有以总领诸侯矣。

※ 缵戎祖考，王躬是保。

解 缵戎祖考之职，而王躬是保，内有以辅养君德矣。

❋ 出纳王命，王之喉舌。

解 王之明命赖之以出纳，而为王之喉舌，非入则典司政本者乎。

❋ 赋政于外，四方爰发。

解 王之德政赖之以敷布，而使四方之丕应，非出则经营四方乎？仲山甫之职曷有一之不全哉？

――――――――

❋ 肃肃王命，仲山甫将之。

解 以仲山甫之尽职者言之。彼肃肃王命，未易将也，惟仲山甫则奉行惟谨，悉副乎九重之托，为能将之焉。

❋ 邦国若否，仲山甫明之。

解 邦国若否，未易明也，惟仲山甫则旌别不忒，莫逃洞监之精，为能明之焉。

❋ 既明且哲，以保其身。

解 人臣之身，天子是毗，不保之，非智也。彼则明于理焉，察于事焉，顺事理以惟行，自足以保身而不陷于凶咎矣，何待趋利避害以全躯也？

❋ 夙夜匪解，以事一人。

解 人君之身，人臣是辅，不事之，非忠也。彼则夙而兴焉，夜而寐焉，效处恭于匪懈，于以事一人而不私于其躬矣，何尝怠惰荒宁以废职也？仲山甫之职业，宁有一之不尽哉？

故尝合而观之，而知仲山甫柔加之德，与夫举德尽职者，果有以异于常人者矣。

――――――――

❋ 人亦有言，柔则茹之，刚则吐之。维仲山甫，柔亦不茹，刚亦不吐。

解 人亦有言，柔者易制，人则茹之，刚者难御，人则吐之，此常情之偏也。惟仲山甫，柔亦不茹，刚亦不吐。

❋ 不侮矜寡，不畏强御。

解 惟不茹柔，故柔莫柔于矜寡也，则仁以抚之，而皆在保恤之中，何尝陵而侮之乎？惟不吐刚，故刚莫刚于强御也，则刚柔合德，中正不偏，则仲山甫之柔嘉维则者，于此可见，其保身亦何尝枉道以徇人也哉？

――――――――

❋ 人亦有言，德輶如毛，民鲜克举之。

解 人又有言曰：德輶如毛，夫其德之甚轻如此，若易举也。然凡民不免溺于拘蔽而鲜有能举之。

❋ 我仪图之，维仲山甫举之，爱莫助之。

解 我仪图其能举之人，则惟仲山甫独得乎天性之厚，而不亏其物则之良，所以举之者全尽而无遗焉。盖其内外交修，知行并进者，实所以全其美德也。故我也心诚爱之，虽欲助之而不能者矣。何也？彼故能举之也，而我奚所庸其助，是其举德不亦异于人乎？

✳ *衮职有阙，维仲山甫补之。*

🔴**解** 人君一身万机系焉，不能以无缺失也。常人既不能举其德矣，又孰能补王之缺乎？仲山甫既能举德，则以己之善格君心之非，至诚以感动之，尽力以扶持之，为能补衮职之阙，悉复于无阙之地焉，是其举职不亦异于人乎？即人言观之，信乎天生人而厚于圣贤，果非如凡民已也。

✳ *仲山甫出祖，四牡业业，征夫捷捷。*

🔴**解** 夫仲山甫能举德尽职如此，则城齐不易易哉？惟兹仲山甫当出行之时，举祖道之祭，四牡则业业而健矣，征夫则捷捷而疾矣。

✳ *每怀靡及，四牡彭彭，八鸾锵锵，王命仲山甫，城彼东方。*

🔴**解** 斯时也，仲山甫念才力之弗堪，思职之难称，每怀靡及之心，而不能自已焉。所以然者，盖以驾四牡之彭彭，鸣八鸾之锵锵，是行也，王命之以城东方，域民国在此一举，其职盖甚重矣，乌得无靡及之怀哉？

✳ *四牡骙骙，八鸾喈喈。仲山甫徂齐，式遄其归。*

🔴**解** 虽然此亦仲山甫敬谨之心，自不容己耳，以我观之。四牡骙骙而强盛，八鸾喈喈而和鸣，仲山甫乘之以徂齐也，吾知举德如斯人，尽职如斯人，则一指顾之下可以集事，不旋踵之间可以言归，而仲山甫之心于保王躬补王阙者得以自尽矣，夫岂久于齐哉？

✳ *吉甫作诵，穆如清风。*

🔴**解** 然此惟我能谅之，而心怀靡及者不自知也。故我吉甫作为烝民之诵，原其降生之异，道其德职之全，其意味之深长足以动人，殆如清微之风，有足以动物者乎。

✳ *仲山甫永怀，以慰其心。*

🔴**解** 此其意非有他也，盖以仲山甫远行，有所怀思，故作此诵以送之，使彼闻言之下，知城齐之事乃其才之所优为，而无不及者，于以慰其永怀之心耳。是则非仲山甫不能承王命之重，非尸吉甫不能慰仲山甫之心，君臣之间，僚友之情，两得之矣，其一时相与之盛何如哉？

韩奕

六章，章十二句。

貔　筍　韩奕

奕奕梁山，维禹甸之，有倬其道。韩侯受命，
王亲命之，缵戎祖考，无废朕命。夙夜匪解，
虔共尔位。朕命不易，干不庭方，以佐戎辟。（一章）

四牡奕奕，孔修且张。韩侯入觐，以其介圭，
入觐于王。王锡韩侯，淑旂绥章，簟茀错衡，
玄衮赤舄，钩膺镂锡，鞹鞃浅幭，鞗革金厄。（二章）

【注】奕奕，高大的样子。梁山，在今北京通州西，河北固安东北。甸，治。倬，倬，广大、
宽阔。韩侯，姬姓，周王近宗贵族，诸侯国韩国国君，韩国为西周封建始封，国君为周
武王之子，公元前757年为晋国所灭。受命，接受册命。朕，周宣王自称。虔，敬。
共，同"恭"。易，改易；一说轻易。干，正、治。庭，同"廷"，朝贡。方，方国。
不庭方，不来朝之国。戎，你。辟，君。

张，大。入觐，入朝朝见天子。介圭，天子圭一尺二寸，诸侯圭九寸以下，作为诸侯国
镇国宝器，入觐时须手执作觐礼之贽信。绥章，旌旗的一种，旗竿饰以鸟羽或旄牛尾，
以别贵贱。锡，马额刻金饰物。鞹，去毛之兽皮。鞃，束以皮革的车轼把手。浅，浅
毛之虎皮。幭，覆盖车轼的虎皮。厄，同"轭"，套在马头上用以牵挽的器具。

貔

韩侯出祖，出宿于屠。显父饯之，清酒百壶。
hán hóu chū zǔ　chū sù yú tú　xiǎn fù jiàn zhī　qīng jiǔ bǎi hú

其殽维何？炰鳖鲜鱼。其蔌维何？维笋及蒲。
qí yáo wéi hé　páo biē xiān yú　qí sù wéi hé　wéi sǔn jí pú

其赠维何？乘马路车。笾豆有且，侯氏燕胥。（三章）
qí zèng wéi hé　shèng mǎ lù chē　biān dòu yǒu jū　hóu shì yàn xū

韩侯取妻，汾王之甥，蹶父之子。韩侯迎止，
hán hóu qǔ qī　fén wáng zhī shēng　guì fù zhī zǐ　hán hóu yíng zhǐ

于蹶之里。百两彭彭，八鸾锵锵，不显其光。
yú guì zhī lǐ　bǎi liǎng bāng bāng　bā luán qiāngqiāng　bù xiǎn qí guāng

诸娣从之，祁祁如云。韩侯顾之，烂其盈门。（四章）
zhū dì cóng zhī　qí qí rú yún　hán hóu gù zhī　làn qí yíng mén

屠，地名，即杜陵，在岐山东北。父，是对男子的美称。显父，周宣王的卿士。

炰，烹煮。蔌，蔬菜。有且，即且然，盛多的样子。燕胥，燕乐。

取，同“娶”。汾王，指周厉王，厉王为国人所逐，流于彘，彘在汾水之上，故时人因以号之。甥，外甥女。蹶父，周之卿士，姓姞。子，女儿。

迎，迎娶。止，语词。

百两，百辆车。不显，即丕显，非常显耀。

娣，妹，古代诸侯娶妻，妻之妹及侄女随嫁为妾媵。祁祁，盛多貌。顾，曲顾之礼，古代贵族男子到女家亲迎，有三次回顾之礼。

烂其，即烂然，灿烂的样子。

蹶父孔武，靡国不到，为韩姞相攸，莫如韩乐。

孔乐韩土，川泽吁吁，魴鱮甫甫，麀鹿噳噳。

有熊有罴，有猫有虎。庆既令居，韩姞燕誉。（五章）

溥彼韩城，燕师所完。以先祖受命，因时百蛮。

王锡韩侯，其追其貊。奄受北国，因以其伯。

实墉实壑，实亩实藉，献其貔皮，赤豹黄罴。（六章）

韩姞，即蹶父之女，嫁韩侯为妻，故称韩姞。 相攸，视其所居。 吁吁，广大的样子。
甫甫，肥大的样子。 噳噳，群聚的样子。 猫，山猫。 庆，庆幸。 令居，美好居所。
燕誉，安乐。

燕，燕国。 师，民众。 燕师所完，因韩近燕，故韩都以燕国民众筑造完成。 以，因
为。 先祖，韩国先祖。 受命，分封为诸侯。 因，依靠、凭借。 时，这些。 百蛮，指
北方的一些蛮夷之国。 追、貊，皆戎狄之国。

奄，覆盖。 伯，一方诸侯之长。 墉，筑造城墙。 壑，挖掘护城河。 皆作动词。 亩，
开垦田地。 籍，制定税法。 貔，一种猛兽，外形似虎，毛灰白色，又名白罴、白狐、
执夷。

韩侯初立来朝，始受王命而归，诗人作此以送之，曰：诸侯不得专有其国，故继世必请命于天子而后臣职明，我韩侯知是道矣，而其受命以归，其事岂可无可言者乎？

————

⊛ 奕奕梁山，维禹甸之，有倬其道。

🔴解 彼奕奕梁山，昔禹荒度土功，甸而治之，遂成倬然之道路。

⊛ 韩侯受命，王亲命之，缵戎祖考，无废朕命。夙夜匪解，虔共尔位，朕命不易。干不庭方，以佐戎辟。

🔴解 故今韩侯初立，由此道以受命于王，盖以国虽传于先君，实出于天子而不敢不禀命之礼也。于是王亲命之，以为尔之祖考，尝为诸侯者也，则命尔缵祖考之旧服而为一国之诸侯。汝当无废朕命而夙夜匪懈，以虔共尔位，则朕之命于汝者，山河带砺而终不改易矣。然不来庭之国，正尔职之所当榦者也，是必布德宣威以正彼不来庭之国，使九重无北顾之忧，于以弼佐戎辟中兴之治可也，如是则职业已修，而缵戎之命可无负矣，汝往钦哉。

————

⊛ 四牡奕奕，孔修且张。韩侯入觐，以其介圭，入觐于王。

🔴解 来朝受命如此，王之锡予何如？韩侯之初来朝也，驾四牡之奕奕，孔修而且张，以士服入见天子，执其介圭以合瑞于王焉。

⊛ 王锡韩侯，淑旂绥章，簟茀错衡，玄衮赤舄，钩膺镂锡，鞹鞃浅幭，鞗革金厄。

🔴解 斯时也，诸侯之命既于是而授，则诸侯之仪卫亦于是而锡矣。所锡维何？有交龙之淑旂，有注旄之绥章，所以表其仪者至矣。而饰之于车者，则方文之竹簟以为蔽，错文之车衡以为凭，车之饰何美耶！有衮龙之玄衣，有金缕之赤舄，所以华其躬者备矣。而饰之于马者，则颔下有钩，而膺有樊缨之饰，眉上有锡，而锡有镂金之文，马之饰抑何美耶！然车之饰不惟有簟茀错衡已也，又有去毛之革以持式中，有浅毛之皮以覆式上，车之饰无一不弗备矣。马之饰不惟有钩膺镂锡也，又以鞗为辔有余而垂，以金为环缠扼辔首，马之饰无一不全矣。韩侯乘此以返国，不有以昭宠锡之隆耶？

————

⊛ 韩侯出祖，出宿于屠。

🔴解 韩侯既受命予之隆，遂为返国之举。但见韩侯之出也，行祖道之祭而出于屠。

* 显父饯之，清酒百壶，其殽维
何？炰鳖鲜鱼。其蔌维何？维笋
及蒲。其赠维何？乘马路车。

解 显父于是承王命而饯之，以酒言之
则清酒百壶，以殽言之则炰鳖鲜
鱼，以蔌言之则维笋及蒲，以赠言
之，则乘马路车。

* 笾豆有且，侯氏燕胥。

解 斯时也，供帐侈都门之外，笾豆列
有楚之多，但见侯氏与显父献酬交
错，于以尽相乐之情焉，返国而膺
饯赠之隆，有如此者。

────────

* 韩侯取妻，汾王之甥，蹶父之子。

解 韩侯当返国之余，遂为娶妻之举。
以妻子之族类言之，则为汾王之
甥，而母族贵矣，蹶父之子而父族
贵矣。

* 韩侯迎止，于蹶之里，百两彭彭，
八鸾锵锵，不显其光。

解 韩侯亲迎于彼蹶里之中，百两彭
彭，八鸾锵锵，以物采则彰也，以
声名则扬也，允乎邦君之仪卫矣，
岂不显其光乎？

* 诸娣从之，祁祁如云。韩侯顾之，
烂其盈门。

解 当时一娶九女，诸娣从之，祁祁而
徐观，靓如云而众多，韩侯一顾之
下，盖烂然其盈门矣，不有以遂其

婚姻之乐乎。

────────

* 蹶父孔武，靡国不到。为韩姞相
攸，莫如韩乐。

解 夫韩侯亲迎之乐如此，而韩姞于归
之情何如？彼蹶父以孔武之资，膺
出使之命，盖靡国而不到矣，乃因
为韩姞择可嫁之所，而莫如韩土之
可乐者焉。

* 孔乐韩土，川泽吁吁，鲂鱮甫甫，
麀鹿噳噳，有熊有罴，有猫有虎。

解 以孔乐之韩土言之，南襟大河，流
而为川，川则吁吁而大也，北控追
貊潴而为泽，泽则吁吁而大也，地
势何其广耶？既有鲂鱮之甫甫，又
有麀鹿之噳噳也，或熊或罴固无不
有，或猫或虎亦无不有也，物产何
其多也耶？信乎莫如韩土之乐矣。

* 庆既令居，韩姞燕誉。

解 蹶父于相攸之下，既庆韩姞之有令
居，则韩姞于归之后，岂不遂其安
乐之情乎？

────────

* 溥彼韩城，燕师所完。

解 夫韩侯既受王命而归，而遂室家之
乐如此，则所以钦王命者岂可苟
哉？溥彼韩城，实召公率燕师之所
完也，其立国有自来矣。

* 以先祖受命，因时百蛮。王锡韩
侯，其追其貊，奄受北国，因以

其伯。

〔解〕今王之封韩侯，盖以韩之先祖尝受命于先王而为百蛮之长，则夫守藩服而因统蛮方者，乃韩之旧职也，故王锡韩侯以追貊之比国，使之奄而受之而因为之君，所以缵乎先世之绪也。

〔＊〕实墉实壑，实亩实藉，献其貔皮，赤豹黄罴。

〔解〕然使职业之不修，何以继此世业乎？彼为国之道，安养为先，是必修城池，治田亩也，正税法也，于以尽安养之道焉。事君之礼，贡献为先，是必献貔皮也，与赤豹也，及黄罴也，于以修贡献之礼焉。韩侯返国而能此，则王所谓缵戎祖考者可以无负，而朕命不易者可以永膺矣，韩侯其勉哉？

吁，诗人既述王命而复申告之以此，则丁宁劝戒之意切矣，所谓不以颂而以规也欤？

日本·细井徇《诗经名物图解·笋图》

江汉

六章，章八句。

jiāng hàn fú fú wǔ fū tāo tāo fěi ān fěi yóu huái yí lái qiú
江汉浮浮，武夫滔滔。匪安匪游，淮夷来求。

jì chū wǒ chē jì shè wǒ yú fěi ān fěi shū huái yí lái pū
既出我车，既设我旟。匪安匪舒，淮夷来铺。（一章）

jiāng hàn shāng shāng wǔ fū guāng guāng jīng yíng sì fāng gào chéng yú wáng
江汉汤汤，武夫洸洸。经营四方，告成于王。

sì fāng jì píng wáng guó shù dìng shí mǐ yǒu zhēng wáng xīn zài níng
四方既平，王国庶定。时靡有争，王心载宁。（二章）

jiāng hàn zhī xǔ wáng mìng shào hǔ chì bì sì fāng chè wǒ jiāng tǔ
江汉之浒，王命召虎，式辟四方，彻我疆土。

fěi jiù fěi jí wáng guó lái jí yú jiāng yú lǐ zhì yú nán hǎi
匪疚匪棘，王国来极。于疆于理，至于南海。（三章）

【注】浮浮，威武强盛的样子。 武夫，出征淮夷的将士。 滔滔，大水弥漫汹涌的样子。

淮夷，淮河流域之夷人。 来，语词。 求，诛求、讨伐。

铺，陈列，驻扎。

汤汤，水势大的样子。 洸洸，勇武的样子。

庶定，庶几安定。 载，则。

召虎，召穆公虎。 式，发语词。 辟，开辟。 彻，治。

匪，非。 疚，病。 棘，困急。

来，是。 极，正。 于，语助词。 疆，划定疆界。 理，治理土地。

王命召虎，来旬来宣，文武受命，召公维翰。

无曰予小子，召公是似。肇敏戎公，用锡尔祉。（四章）

釐尔圭瓒，秬鬯一卣。告于文人，锡山土田。

于周受命，自召祖命。虎拜稽首，天子万年！（五章）

虎拜稽首，对扬王休，作召公考。天子万寿！

明明天子，令闻不已。矢其文德，洽此四国。（六章）

旬，同"徇"，巡视，巡行。 文武，文王、武王。 召公，召康公奭。 予小子，宣王自称。 似，同"嗣"，继承。 敏，图谋。 戎，大。 公，同"功"，事。

釐，同"赉"，赏赐。 圭瓒，用玉作柄的酒勺。 秬鬯，古代用郁金草和黑黍酿成的酒，供祭祀用。 卣，盛放祭祀用香酒的器皿，一般为椭圆口，圈足，有盖和提梁。 文人，有文德之人。 周，岐周，周人发祥地。 召祖，召氏之祖，指召康公。

稽，留。 稽首，头至地稽留多时不即起，为至敬之礼。 对，报答。 扬，称扬。 休，美，指王之美命。 考，孝也。 作召公考，"作考召公"之倒文，追孝召公。 明明，贤明。

对，报答。 扬，颂扬。 休，美，此处指美好的赏赐册命。 令闻，美好的声誉。 矢，"施"的假借，施布。 文德，文治之德。

宣王命召公平淮南之夷，诗人美之，曰：戡乱者，人臣之弘功，报功者，人君之大典，我召虎今日之成功而获报，果何如哉？

⊛ 江汉浮浮，武夫滔滔。

🈯 方召虎承王命之重而为平淮之行，其所涉之江汉则浮浮而水盛矣，所率之武夫则滔滔而顺流矣。

⊛ 匪安匪游，淮夷来求。

🈯 是行也，六师之众者，皆怀敬戒之心，不敢安游，而曰：淮夷倡乱，天讨所当加，我之来也，将以求正淮夷之罪焉耳。

⊛ 既出我车，既设我旟。

🈯 非车无以制敌，我车则既出矣，非旟无以统众，我旟则既设矣。

⊛ 匪安匪舒，淮夷来铺。

🈯 是行也，三军之士皆恃戒惧之心，不敢安舒，而曰淮夷肆侮，王法所当诛。我之来也，将陈师以伐淮夷耳，使淮夷无可伐之罪，则王朝岂为无名之师哉？

⊛ 江汉汤汤，武夫洸洸。

🈯 夫淮夷当行则天讨斯行。但见遵江汉以有行，则汤汤而水盛矣，率武夫以从事，则洸洸而武勇矣。

⊛ 经营四方，告成于王。

🈯 于以经营淮夷之四方，凡发谋出虑以为荡平之策者，罔不尽也，但见一指顾而淮夷屈服，则南征之功有成，遂持檄以告于王矣。

⊛ 四方既平，王国庶定。时靡有争，王心载宁。

🈯 夫王国以四方为安危者也，四方既平，则国家不摇而王国庶定矣，人心视四方为向背者也，四方既平，则人心知戴而时靡有争矣。若然则土宇如故，人心攸同而天子南顾之忧以释矣，王心不因之而载宁乎？

⊛ 江汉之浒，王命召虎：式辟四方，彻我疆土。

解 夫经营既成，则疆理斯举。故即此江汉之浒，王命召虎以四方为淮夷所侵扰，而疆土因之以紊也，于是命之以式辟四方之侵地，而以彻法正疆界焉。

✳ 匪疚匪棘，

解 夫经营而疆理无有宁日，非不恤困苦而以病民也，经营而即疆理曾不后时，非更张无渐而以急欲也。

✳ 王国来极。

解 盖以彻法乃王国中正之法，其辟而彻之者，惟欲四方皆来取正于王国而无有贪暴兼并之患，斯已矣。

✳ 于疆于理，至于南海。

解 召虎乃承王命，往而疆之，而画其大界，往而理之而别其条理，直至于南海而止焉。盖无一处之疆土而不彻者矣。

✳ 王命召虎，来旬来宣，文武受命，召公维翰。

解 夫经营疆理告成，召虎之功懋矣，王岂无所以报其功乎？盖昔淮夷倡乱之时，王命召虎来此江汉之浒，经营疆理，而遍治其事以布王命焉。因勉之曰：昔我文武受命，尔祖召公循行南国，辟国百里，实为周之桢干，今其事犹可稽也。

✳ 无曰予小子，召公是似。

解 尔今淮南之行，毋曰为予小子之故也，继尔召公之事是似耳，盖忠以为国，即孝以承家也。

✳ 肇敏戎公，用锡尔祉。

解 尔诚肇敏戎公，无愧于召公之翰文武，则我当用锡尔祉，无异于文武之报召公矣，是其当临遣之时，期以立功，而欲厚报之如此。

✳ 厘尔圭瓒，秬鬯一卣。

解 乃今功既成矣，而王锡祉以报之，何如哉？但见圭瓒秬鬯已得而专也，则厘尔圭瓒秬鬯一卣，使之以祀其先祖焉。

✳ 告于文人，锡山土田。

解 山川土田已不得而专也，则告于文人锡山土田，使之得广其封邑焉。

✳ 于周受命，自召祖命。虎拜稽首，天子万年。

🔶 然此策命之词，不徒使之受命于朝廷之上而已也，盖以岐周之地，乃文王命召公而召公受命之所也，王又使之往受命于岐周，从其祖受命于文王之所焉，一以昭我周之有世臣，一以昭康公之有贤胤，其所以宠异之者，不亦至乎。天王策命之隆如此，召虎受之将何以服谢哉？于是致拜乎稽首之恭而惟祝天子以万年。欲其永为天地臣民之主也已。

✳ 虎拜稽首，对扬王休。

🔶 夫召虎既拜赐于周矣，及其归而献之于庙也，复拜于稽首，以答天子之美命，昭君赐也。

✳ 作召公考，天子万寿。

🔶 乃作召公之庙器，以勒王策名之词，而纪其成功。且其所勒之词，祝天子以万寿，盖欲使君寿考与庙器相为悠久矣。

✳ 明明天子，令闻不已。

🔶 然不特此也，明明天子，今日经营疆理，卓有成功，令闻固洋溢矣，又必始如是终亦如是，而令闻为之不已焉。

✳ 矢其文德，洽此四国。

🔶 今日淮夷之服，四方之平，武功既不振矣，又必矢其教化之文德，自朝廷而江汉，以洽于四国之远焉，则至治垂于无疆，而令闻延于有永矣。不然武以戡乱，虽足以成一时之闻，而文德不敷，治日以替，令闻如何能不已哉？此故虎之深愿，而报谢之意至此其少罄矣乎。

吁，宣王之报功臣也，必致其宠锡之隆，召虎之答君恩也，必极其报称之意，君臣之间可谓两无负矣。

常武

六章，章八句。

赫赫明明，王命卿士，南仲大祖，大师皇父。
整我六师，以修我戎。既敬既戒，惠此南国。（一章）

王谓尹氏，命程伯休父，左右陈行，戒我师旅。
率彼淮浦，省此徐土。不留不处，三事就绪。（二章）

赫赫业业，有严天子。王舒保作，匪绍匪游。
徐方绎骚，震惊徐方。如雷如霆，徐方震惊。（三章）

【注】赫赫，威严的样子。明明，明智的样子。卿士，执政大臣。南仲，人名，见《小雅·出车》。大祖，太祖庙。大师，太师，职掌军政的大臣。皇父，人名，见《小雅·十月之交》。整，治。

尹氏，官名，掌卿士之官，与太师同乘国政。程伯休父，程伯，封在程地的伯爵；休父，程伯之名；为宣王时大司马。陈行，列队。浦，水涯、水边。省，察视。徐土，指徐方，即徐国，故址在今江苏泗洪。三事就绪，三事，三卿（南仲、皇父、休父）；备战之事，三卿已筹备就绪。

有严，即严严，神圣的样子。舒，徐缓。保，安稳。作，行进。绍，急也。游，缓也。徐方，淮夷之一，在淮水之北。绎骚，惊扰骚动。

wáng fèn jué wǔ　　rú zhèn rú nù　　jìn jué hǔ chén　　hǎn rú xiāo hǔ

王奋厥武，如震如怒。进厥虎臣，阚如虓虎。

pū tún huái fén　　réng zhí chǒu lǔ　　jié bǐ huái pǔ　　wáng shī zhī suǒ

铺敦淮濆，仍执丑虏。截彼淮浦，王师之所。（四章）

wáng lǚ tān tān　　rú fēi rú hàn　　rú jiāng rú hàn　　rú shān zhī bāo

王旅啴啴，如飞如翰，如江如汉，如山之苞，

rú chuān zhī liú　　mián mián yì yì　　bù cè bù kè　　zhuó zhēng xú guó

如川之流，绵绵翼翼，不测不克，濯征徐国。（五章）

wáng yóu yǔn sāi　　xú fāng jì lái　　xú fāng jì tóng　　tiān zǐ zhī gōng

王犹允塞，徐方既来。徐方既同，天子之功。

sì fāng jì píng　　xú fāng lái tíng　　xú fāng bù huí　　wáng yuē xuán guī

四方既平，徐方来庭。徐方不回，王曰还归。（六章）

虎臣，猛如虎的武士，形容将帅之勇猛。

阚如，即阚然，虎怒的样子。虓，虎啸。

铺，驻扎。敦，屯聚。濆，高岸。仍，频、屡。丑虏，对敌军的蔑称。

王旅，王师。啴啴，人多势众的样子，形容军容之盛。翰，羽，作动词用，高飞。苞，指根基。翼翼，整齐的样子。不测，不可测度，指用兵之法。不克，不可战胜，指作战之勇。

濯，大。

犹，同"猷"，谋略。允，诚然。塞，实，指谋略不落空。来，归顺。同，会同来朝。

来庭，朝觐。

回，违抗。还归，凯旋而归。

宣王自将以伐淮北之夷，诗人作此以美之，曰：人君之御夷有大法焉，有大本焉，法在取乱而侮亡，本在耀德不观兵，今我天子之北伐成功，深有德于此矣。

✱ 赫赫明明，王命卿士，南仲太祖，太师皇父。

解 吾王愤淮夷之乱，为自将之举，其当时所命以董师者果谁人乎？但见纶音涣发，赫赫明明，王所命之卿士，乃谓南仲为太祖，官太师而字皇父者焉，盖以世臣之家，文事武备皆其素谙，太师之位尊官重望，足以服人耳。

✱ 整我六师，以修我戎，既敬既戒，惠此南国。

解 命之云何？以太师所以从行也，则整之使士卒之辨，治以戎事，所以制敌也。则修之使器械之精好，而其具已预矣。又必既敬焉，无有怠慢之心，既戒焉，无有轻忽之念，而其本以得矣。所以然者，盖以淮夷倡乱，而南国为之不宁，故今之治军戎而敬戒者，正欲除淮夷之乱以惠此南方之国耳。钦哉，皇父无废朕命，是其亲命皇父以董其师者如此。

✱ 王谓尹氏，命程伯休父，左右陈行，戒我师旅。

解 然军事既有皇父以统之，不可无司马以副之也，于是王谓掌策命之官尹氏者，使之命程伯休父为司马焉。盖必彼此协谋斯能万全以取胜，左右赞襄斯能克敌以成功焉耳。命之云何？以师旅不戒，恐其失律，而于纪也，则左右陈其行列而警戒之，俾我师我旅不愆于步伐之法也。

✱ 率彼淮浦，省此徐土。

解 以徐土不省，恐其滥及于无辜也，则使之率彼淮浦之地而省徐土焉，惟渠魁者歼之，而协从者则赦之不治。

✱ 不留不处，三事就绪。

解 然师之所处荆棘生焉，又必罪人既得，即班师而归无久留，而处于彼使三农之事，得以就绪可也。钦哉，休父无废朕命，是其策命休父以副其师者如此。

✻ 赫赫业业，有严天子。

解 军士既备，王遂将之以行。但见威灵之振，赫赫其甚显，气势之张，业业其甚大，而若是可畏者，盖以天子自将，故其威之可畏，有如是耳。

✻ 王舒保作，匪绍匪游。

解 斯时也，王师始出，舒徐安行，固不失之纠紧也，亦不失之遨游也，惟率其常度而已。

✻ 徐方绎骚，震惊徐方，如雷如霆，徐方震惊。

舒 然而先声所在，徐方之人已连络而骚动，震叠而惊惧，有如雷如霆之作于其上，而徐方之震惊如是也，是王师未至而畏之可畏如此。

✻ 王奋厥武，如震如怒。

解 及其既至乎徐也，王之威武奋扬，有如雷霆之震怒。夫固足以发舒华夏之气而寒淮夷之胆矣，岂特如闻风之绎骚震惊而已哉？

✻ 进厥虎臣，阚如虓虎。

解 于是进厥虎臣以布列也，则忠愤激烈，阚然如虓虎之雄，是将帅以天子之怒为怒者也。

✻ 铺敦淮濆，仍执丑虏。

解 陈其师旅于淮浦也，则厚集其阵而有仍执丑虏之势，是士卒以天子之怒为怒也。

✻ 截彼淮浦，王师之所。

解 斯时□□□淮浦之地，实惟王师所陈之所矣。凝复有恃强而负固者哉？是王师既至而势之难犯如此。

✻ 王旅啴啴，如飞如翰，如江如汉，如山之苞，如川之流，绵绵翼翼，不测不克，濯征徐国。

解 以王师之无敌言之。但见大权统于天子，而六师为之张皇，以师旅则啴啴而众盛焉。自其应变之速，从事之敏也，则如飞如翰，何其疾耶！自其步卒之众，骑士之多也，则如江如汉，何其盛耶！其敛而静之也，如山之苞，其静不可扰也。其进而动之也，则如川之流，其动不可御也。其部伍联属绵绵而不绝焉，行列整肃翌翌而不可乱焉。攻则敌不知守，守则敌不知攻，而其极之密也，不可测也。以攻则无不胜，以守则无不固，而其锋之锐也不可克也。以此万全之师，濯征徐方之国，有不战，战必胜矣。

※ 王犹允塞，徐方既来，徐方既同。

解 然王之服远，岂特恃兵威之胜己哉？良由王道之大，正身以率物，肫肫乎实德之孚，由中以达外，鉴鉴乎实事之布。是以至诚所感，徐方则既来日切，服从之愿，徐方则既同众致归附之诚。

※ 天子之功，四方既平，徐方来庭，徐方不回，王曰还归。

解 若此者以为资六师之勇，则非勇之所能怒，以为资士卒之力，则非力之所能致，其既来而既同者，皆由于王犹之允塞，实惟天子之功也。且天子之所以有此行者，正为淮夷之乱四方故耳，以今四方则既平，而叛涣者息矣，徐方则来庭而稽首称藩矣，徐方则不回而倾心向化矣。吾王于此乃曰：吾之自将，正欲省徐土以惠南国也，今来同则徐土靖而南国惠矣，岂可久处以妨农事哉？于是班师而旋归，庶乎武不黩矣。夫诗人于宣王之伐淮北也，始著其兵威之盛，终归其王道之大，其亦美不忘归之意也与。

瞻卬

七章，一二七章章十句，三四五六章八句。

zhān áng hào tiān   zé bù wǒ huì   kǒng tián bù níng   jiàng cǐ dà lì
瞻卬昊天，则不我惠。孔填不宁，降此大厉。

bāng mǐ yǒu dìng   shì mín qí zhài   máo zéi máo jí   mǐ yǒu yí jiè
邦靡有定，士民其瘵。蟊贼蟊疾，靡有夷届。

zuì gǔ bù shōu   mǐ yǒu yí chōu
罪罟不收，靡有夷瘳。 （一章）

rén yǒu tǔ tián   rǔ fǎn yǒu zhī   rén yǒu mín rén   rǔ fù duó zhī
人有土田，女反有之。人有民人，女覆夺之。

cǐ yí wú zuì   rǔ fǎn shōu zhī   bǐ yí yǒu zuì   rǔ fù tuō zhī
此宜无罪，女反收之。彼宜有罪，女覆说之。

zhé fū chéng chéng   zhé fù qīng chéng
哲夫成城，哲妇倾城。 （二章）

【注】卬，同"仰"。惠，爱。填，长久。厉，祸患。

士民，士人与平民。瘵，病。

蟊，伤害禾稼的虫子。贼、疾，皆为害之意。夷，语词，下同。届，终止。罪罟，法
网。瘳，病愈。

女，汝。有，取。覆，反而。说，同"脱"。

哲，多谋虑。城，也。哲妇，指褒姒。

_{yì jué zhé fù　　wèi xiāo wèi chī　　fù yǒu cháng shé　　wéi lì zhī jiē}

懿厥哲妇，为枭为鸱。妇有长舌，维厉之阶。

_{luàn fěi jiàng zì tiān　shēng zì fù rén　　fěi jiào fěi huì　shí wéi fù sì}

乱匪降自天，生自妇人。匪教匪诲，时维妇寺。（三章）

_{jū rén zhì tè　　zèn shǐ jìng bèi　　qǐ yuē bù jí　　yī hú wèi tè}

鞫人忮忒，谮始竟背。岂曰不极，伊胡为慝？

_{rú gǔ sān bèi　　jūn zǐ shì shí　　fù wú gōng shì　　xiū qí cán zhī}

如贾三倍，君子是识。妇无公事，休其蚕织。（四章）

_{tiān hé yǐ cì　　hé shén bù fù　　shě ěr jiè dí　　wéi yǔ xū jì}

天何以刺？何神不富？舍尔介狄，维予胥忌。

_{bù diào bù xiáng　　wēi yí bù lèi　　rén zhī yún wáng　　bāng guó tiǎn cuì}

不吊不祥，威仪不类。人之云亡，邦国殄瘁。（五章）

懿，同"噫"，叹词。枭、鸱，两种凶恶之鸟。阶，根源。

枭，传说长大后食母的恶鸟。鸱，恶声之鸟，即猫头鹰。寺，昵近。妇寺，宠昵之妇人。

鞫人，穷究人之过失。忮，狠。忒，恶。谮，进谗言。竟，终。背，违背，自相矛盾。

极，正当。伊，语助词。慝，恶、错。

贾，商人。三倍，指得到三倍的利润。君子，指有官爵的人。识，明白。

公事，功事。休，停止。

刺，责罚。富，同"福"，赐福。

介，大。狄，夷狄之患。介狄，大患。胥忌，互相忌恨。

吊，悲悯、慰问。不祥，灾难。类，善。云，语助词。殄，绝。瘁，病也。

tiān zhī jiàngwǎng　　wéi qí yōu yǐ　　rén zhī yún wáng　　xīn zhī yōu yǐ

天之降罔，维其优矣。人之云亡，心之忧矣。

tiān zhī jiàngwǎng　　wéi qí jǐ yǐ　　rén zhī yún wáng　　xīn zhī bēi yǐ

天之降罔，维其几矣。人之云亡，心之悲矣。（六章）

bì fèi làn quán　　wéi qí shēn yǐ　　xīn zhī yōu yǐ　　níng zì jīn yǐ

觱沸槛泉，维其深矣。心之忧矣，宁自今矣。

bù zì wǒ xiān　　bù zì wǒ hòu　　miǎo miǎo hào tiān　　wú bù kè gǒng

不自我先，不自我后。藐藐昊天，无不克巩。

wú tiǎn huáng zǔ　　chì jiù ěr hòu

无忝皇祖，式救尔后。（七章）

罔，同"网"，罪网。优，宽大。几，近；一说危也。

觱沸，泉水涌出的样子。

槛，"滥"之假借；槛泉，水由下往上涌出之泉。

宁，难道。

藐藐，高远貌。巩，固。

忝，辱没。后，后代子孙。

此刺幽王嬖褒姒、任奄人，以致乱之诗，若曰：天下无不败国之妇寺，所贵乎人君者，惟其心之不惑，则能修身以用贤，而乱亡无自至矣，吾于今有惑焉。

⊛ 瞻卬昊天，则不我惠？孔填不宁，降此大厉。邦靡有定，士民其瘵。

解 彼昊天以惠民为心，而民之所恃以安者也。今也瞻仰昊天，则不我惠，使我甚久不宁而降此大厉之乱焉。所以邦国扤陧靡定，而士民皆为之受其病也。

⊛ 蟊贼蟊疾，靡有夷届。

解 夫小人虐民而戕之，民之蟊贼也，今蟊贼之为害，靡有平止之期。

⊛ 罪罟不收，靡有夷瘳。

解 淫刑而陷民于死，民之罪罟也，今也罪罟之不收，靡有平愈之日，则士民之受其瘵将何时已哉？

⊛ 人有土田，女反有之。人有民人，女覆夺之。

解 何以见蟊贼罪罟之为民病也？夫蟊贼之小人，王任之也，未有任蟊贼而民不为蟊贼者。故土田民人，官之事守存焉，王之予夺贵当也，今人有土田，女反奄而有之，人有民人，汝反谋而夺之，是其侵牟攘取于人者若此，其无常予夺何不当也，是王之自为蟊贼蟊疾矣。

⊛ 此宜无罪，女反收之。彼宜有罪，女覆说之。

解 罪兴之罔民，王揉之也。未有罪罟虐民而刑罚能中者，故五刑五用，民之命脉系焉。王之刑罚贵中也，今此宜无罪者，汝反从而收之，彼宜有罪者，女反从而脱之，此其拘系纵实于人者若此，其失实刑罚何不中也。是王之罪罟信不收矣，此王政之所以为昏乱也，而士民其瘵奚惑哉。

⊛ 哲夫成城，哲妇倾城。

解 然其所以至此，岂无由哉？诚以男子为国家之主，故有智则能立国，妇人以无非无仪为善，无所事哲，哲则是以覆国而已。

✳ 懿厥哲妇，为枭为鸱。妇有长舌，维厉之阶。

解 故此懿美之哲妇，人反目之为枭鸱之恶者，盖以妇有长舌，能变乱是非而为祸乱之阶梯，以倾人之国焉耳。

✳ 乱匪降自天，生自妇人。

解 如此则大乱之作，岂真自天降哉？特由于妇人而已。

✳ 匪教匪诲，时维妇寺。

解 今夫人之言，非养德则规过，是皆有教诲之益也。若夫徒事言而无教诲之益，则惟妇人与寺人耳，岂可近哉？近之适以阶乱而已。

✳ 鞫人忮忒，谮始竟背，岂曰不极，伊胡为慝。

解 且夫妇寺之恶，可胜道哉？盖妇寺能以知变而穷人之言，其心忮害而变诈无常。其或倡为谮妄而偶有所验，因欣然以取幸于君矣。纵使为谮于始而终或不验于后，此可谓不极而甚慝矣，则亦不复自谓其言之放恣无所极，已而反曰是何足为慝乎？夫始则纵其罔极之奸，而终略无忌惮之意，若而人也，岂可使之为国家哉？

✳ 如贾三倍，君子是识，妇无公事，休其蚕织。

✳ 且朝廷之事，非妇人之所宜预，辟之商贾之利，非君子之所宜识，则今如贾有三倍之利，君子识其所以然，是喻于义者反喻于利也，固为莫大之耻矣。妇人无朝廷之事，舍其蚕织以图之，是位乎内而反以谋乎外也，岂不为莫大之慝哉？

✳ 天何以刺？何神不富？

解 夫致乱者妇寺，而任乎妇寺者王也。彼王为天之子，其见爱于天者宜也，今天何用责王而有祸乱之降？为神之王其见佑于神者宜也，今神何用不富王而有饥馑之生？凡以王信用妇人之故，此所以天变而不之爱，神怒而不富之也。

✳ 舍尔介狄，维予胥忌。

解 吾见内乱既深，外变将作，所可忌者夷狄之大祸也，今王乃舍此夷狄之大祸而不之忌，反以我之正言不讳为忌何哉？

✳ 不吊不祥，威仪不类。

解 夫天之降不祥，所以儆戒人君，庶几王惧而自修，今王乃降灾而不之恤。身为邦国之本也，则不能谨其威仪以修身，而恣其荒淫之行。

✳ 人之云亡，邦国殄瘁。

解 才为邦国之辅也，则不能用贤以

共事，而致其人才之亡。如是则
上无以保恤乎国家，下无以共安乎
生民，邦国不自此而殄瘁乎。

🟠 天之降罔，维其优矣。

🔴 夫亡国之机如此，有人心者宁能以
恝然矣乎？彼天厌周德而降其祸
乱，殆无宁日，维其优矣。

🟠 人之云亡，心之忧矣。

🔴 使有贤人犹可维其乱也，而且人之
云亡，谁与共理，则天变终不可
弭，而邦国之瘁也必矣，我心安得
而不忧哉？

🟠 天之降罔，维其几矣。

🔴 天厌周德而降其祸乱，已为穷促，
维其几矣。

🟠 人之云亡，心之悲矣。

🔴 使有贤人犹可持其危也，而且人之
云亡，谁与共理，则天变日以益
迫，而邦国之瘁也必矣，我心安得
而不悲哉！盖以文武之基，创成康
之培植，历数百年全盛之业，而一
旦为之倾覆，诚不能不令人为之咨
嗟而叹息矣。

🟠 瀵沸槛泉，维其深矣。心之忧矣，
宁自今矣。

🔴 夫祸之已成，故可为悲。然天心
仁爱，人君宁终有不可弭之祸乎。
彼泉水瀵涌上出，其源深矣，我心

之忧，非适今日而然也，其所从来
亦已久矣。

🟠 不自我先，不自我后。

🔴 盖以祸乱之极，不自我先，不自我
后，固已无可为者，此其忧之不容
已耳。

🟠 藐藐昊天，无不克巩。

🔴 然改过自新，宁非君之所当勉哉？
彼维天高远，虽若无意于物，而其
功用神明不测，虽危乱之极，亦无
不能巩固之者，盖下有遇灾而惧之
君，则天有反灾为祥之应，理固
然也。

🟠 无忝皇祖，式救尔后。

🔴 今王诚能改过自新，亲其所当亲，
而不溺于闺门之爱，任其所当任，
而不狎于奄竖之私，于身而修之，
于人而用之，视之皇祖者无所愧
焉，则天意可回，来者犹必可救，
而子孙亦蒙其福矣。所谓无不克
巩者如此，不然吾不知其所终矣。

吁，使深刺王之惑于妇寺而终冀
其改过，以回天变，非有君爱国之
心者，其能然哉？

召旻

七章，前四章五句，后三张七句。

召旻

mín tiān jí wēi　tiān dǔ jiàng sàng　diān wǒ jī jǐn　mín zú liú wáng　wǒ jū yǔ zú huāng
旻天疾威，天笃降丧。瘨我饥馑，民卒流亡。我居圉卒荒。（一章）

tiān jiàng zuì gǔ　máo zéi nèi hòng　hūn zhuó mǐ gòng　kuì kuì huí yù　shí jìng yí wǒ bāng
天降罪罟，蟊贼内讧。昏椓靡共，溃溃回遹，实靖夷我邦。（二章）

gāo gāo zǐ zǐ　céng bù zhī qí diàn　jīng jīng yè yè　kǒng chén bù níng　wǒ wèi kǒng biǎn
皋皋訿訿，曾不知其玷。兢兢业业，孔填不宁，我位孔贬。（三章）

rú bǐ suì hàn　cǎo bù kuì mào　rú bǐ qī chá　wǒ xiàng cǐ bāng　wú bù kuì zhǐ
如彼岁旱，草不溃茂，如彼栖苴。我相此邦，无不溃止。（四章）

【注】疾威，暴虐。

居，国中；一说居住。圉，边境。

昏，乱。椓，同"诼"，谗毁。共，同"供"。靡共，不供职。

溃溃，昏乱的样子。回遹，邪僻。靖，图谋。夷，消灭。

皋皋，欺诳。訿訿，毁谤。曾，乃。玷，污点、缺失。

填，长久。贬，职位低。

溃溃，茂盛的样子。苴，枯草或水中浮草。

溃，乱。止，语词。

时，此，指今时。疾，病。兹，此。

维昔之富不如时，维今之疚不如兹。彼疏斯粺，胡不自替？

职兄斯引。（五章）

池之竭矣，不云自频？泉之竭矣，不云自中？

溥斯害矣，职兄斯弘，不灾我躬。（六章）

昔先王受命，有如召公。日辟国百里，今也日蹙国百里。

於乎哀哉！维今之人，不尚有旧。（七章）

彼，指小人。疏，粗米。粺，精米。替，废。

职，主。职，专主。兄，同"况"，兹也。引，延长。

竭，干涸。频，"滨"之假借，水边。

溥，同"普"，普遍。我躬，我身。

先王，指武王、成王。召公，召康公奭。

蹙，收缩。

於乎，同"呜呼"。尚，尊任；一说同"上"。有旧，有旧德之贤臣。

此刺幽王任用小人，以致饥馑侵削之诗。

※ 昊天疾威，天笃降丧，瘨我饥馑。

解 彼昊天本仁覆悯下者也，今乃肆其疾威，厚降以丧乱之灾，而病我以饥馑之祸焉。

※ 民卒流亡，我居圉卒荒。

解 是以斯民失所，尽以流亡，内自中国，外及边圉，皆荒虚而无人矣，天之虐人何其惨哉！

※ 天降罪罟，蟊贼内讧，昏椓靡共。

解 然所以致此者，以王所任之非人耳。彼天降罪罟而使民卒流亡者，岂真自天为之哉？良由蟊贼之人内溃其心志，民椓之人靡共其职事也。

※ 溃溃回遹，实靖夷我邦。

解 若此者，是溃溃邪僻之人，不可使之为国家者也，王乃使之司均平之责，宰政令之权，以靖夷我邦焉。则小人得志，恶政日加，是以上干天怒，而致此罪罟之降也，岂可以归咎于天哉？

※ 皋皋訿訿，曾不知其玷。

解 然小人之用，由王之取舍不明故也。彼昧道废职，皋皋然肆其顽慢，巧言如流，訿訿然务为谤毁，

此其素履玷缺者，王宜有以灼其奸矣，顾乃为其所迷而不知其玷焉。

※ 兢兢业业，孔填不宁，我位孔贬。

解 至于夙夜匪懈，兢兢而戒谨，朝夕惕若，业业而恐惧，如是而甚久不宁者，王宜有以悯其情矣。顾乃更见贬黜而不得以安其位焉。夫以王之取舍颠倒如此，小人之用有由然矣。

※ 如彼岁旱，草不溃茂，如彼栖苴。

解 夫惟任用小人，是以国脉已促，民生就竭，流离饥困之余，无复人世之望，如彼草遇岁旱而不遂其茂，其生意已绝矣，如草栖木上，而不泽其枯槁已甚矣。

※ 我相此邦，无不溃止。

解 夫民，国之本也，民生如此，吾想此邦，终于溃乱而已矣，其将何以为国哉？

※ 维昔之富，不如时。维今之疚，不如兹。

解 夫国至于溃乱，则吾之忧其能以自已耶。仰为先王之世，民生乐利，未有若是之疚也，据今之疚，饥馑切身，又未有若此之甚也。

※ 彼疏斯粺，胡不自替？

解 然今日之病皆小人为之耳，夫小人之与君子，其善恶邪正不相为谋，

如疏与桦其分审矣。为小人者宜自退逊使君子得行其志可也，故乃妨贤病国不自替以避君子，则斯民之病，当何时而已耶？

✳ 职兄斯引。

解 是以我心专为此，故至于怆悦引长而不能自已也。

✳ 池之竭矣，不云自频。泉之竭矣，不云自中。

解 夫小人妨贤以致祸乱，则祸乱之起有自来矣，犹池之竭自外之不入也，泉之竭自内之不出也。今之论者不究其所自来，而曰池之竭矣，不云自频，泉之竭矣，不云自中。是以祸乱为适然之数，而不为小人致之也。

✳ 溥斯害矣，职兄斯弘，不灾我躬？

解 则小人益无所忌，日恣其乱而其为害也益广矣。是以我心专为此故，至于怆悦日益弘大而忧之曰，岂不灾及我躬也乎？吾知其无以自免矣。

✳ 昔先王受命，有如召公，日辟国百里。

解 夫祸乱至于如此，吾心宁无思于古哉？昔我文武受命之时，其大臣有如召公者，敷政南国，而《江汉》服从焉，《汝坟》遵化焉，卒至虞

芮质成，四十国来归焉，盖日辟国百里也。

✳ 今也日蹙国百里。

解 今也犬戎内侵，诸侯外叛，乃日促国百里，何其异于昔也。亦曰蟊贼昏椓夷靖我邦，而所用之非其人耳。

✳ 於乎哀哉，维今之人，不尚有旧？

解 然王之不用贤，非曰今世无人也，於乎哀哉，今世虽乱，岂不犹有旧德可用之人乎？盖有之而不能用耳。有臣而不用，则何怪其国之日促哉？吁，亲贤臣远小人，此盛周之所以兴隆也，亲小人远贤臣，此所以衰周之倾颓也，用人得失兴亡遂判，宜诗人叹息致恨于幽王欤？

国学
修身课

诗经直解

上

风

（明）

张居正

- 编著 -

龙建春

- 校注 -

人民东方出版传媒
People's Oriental Publishing & Media
东方出版社
The Oriental Press

图书在版编目（CIP）数据

诗经直解：上中下册 /（明）张居正编著；龙建春校注 . —北京：东方出版社，2023.6
ISBN 978-7-5207-2970-3

Ⅰ.①诗… Ⅱ.①张… ②龙… Ⅲ.①《诗经》–注
释 Ⅳ.① I222.2

中国版本图书馆 CIP 数据核字（2022）第 161718 号

诗经直解：上中下册
（ SHIJING ZHIJIE：SHANGZHONGXIA CE ）

编　　著：（明）张居正
校　　注：龙建春
责任编辑：邢　远
特约策划：慧新时间
特约编辑：龙若飞
出　　版：东方出版社
发　　行：人民东方出版传媒有限公司
地　　址：北京市东城区朝阳门内大街 166 号
邮　　编：100010
印　　刷：北京文昌阁彩色印刷有限责任公司
版　　次：2023 年 6 月第 1 版
印　　次：2023 年 6 月第 1 次印刷
开　　本：710 毫米 ×1000 毫米　1/16
印　　张：69
字　　数：1100 千字
书　　号：ISBN 978-7-5207-2970-3
定　　价：268.00 元
发行电话：（010）85924663　85924644　85924641

凡例

一、《明史》记载："凡亲王出阁读书，内阁官提调检讨等官讲读，拟定经书起止，所习仿字，每日送看。"明隆庆六年（1572），年仅十岁的皇太子朱翊钧即位，也到了出阁读书的年龄，太傅张居正与翰林院讲官开始为小皇帝讲解《四书》《五经》等。本书是张居正为小皇帝准备的《诗经》讲本，让其从《诗经》中了解人情物理，近可以修身齐家，远可以治国平天下，于君德治道处获益。

二、本书以藏于北京师范大学图书馆的《新镌张阁老进呈经筵诗经直解》为底本，逐一点校，因底本缘故，个别正文存在阙失，以"□□"表示。为让读者更好地阅读《诗经》，对原诗全部标注了汉语拼音（主要依据《汉语大字典》，崇文书局、四川辞书出版社，1999年袖珍本第二版），便于读者对《诗经》的原始读音有初步的了解，减少阅读障碍；个别字注音、繁简字使用与通行本有分歧者，以《汉语大字典》为准。另，本书结合历代注疏，添加了新的注释，以便读者加深理解。

三、本书配图分为三部分：一是清代高俦鹤所著《诗经图谱慧解》（有部分图片采用了现代水彩重新着色）；二是南宋马和之所绘的《诗经图》；三是《毛诗品物图考》的插图和日本细井徇《诗经名物图解》部分图片。有些画所展示的历史时期场景及人物着装、发饰等细节存在一些出入，但因其场景参考了历代经典记载，具有文献参考价值，因此我们基本保留了原貌。

四、本书有阙漏、讹误者，尚祈方家惠予指正，并俟来日补苴罅漏。

推荐序

孔子兴学以养成士君子，士君子有治国平天下之志，经数百年尝试，汉武帝立五经博士，兴办学校，建立察举制，士君子进入政府的渠道得以制度化，形成"士大夫群体"，形成士大夫与皇权共治天下的政治格局。张居正正是士大夫，活动于如许政治格局中，且为两千年最为成功者。

张居正生而颖敏绝伦，读书如有神助，十五岁为诸生，二十二岁高中进士。

张居正少年得志，仕途顺利，入仕之后仅历二十年即入内阁为次辅，相当于今日副总理，年仅四十二岁。

因为学问卓越，张居正两为帝王之师：先于嘉靖时在裕王府中为侍读，裕王继位为隆庆帝，又受命为太子少傅、太师；隆庆帝崩，万历帝年幼，张居正仍担负教导之职，养其为天子。

张居正连续执掌两朝之大政，先于隆庆帝时为次辅；万历初年，更以帝师身份担任首辅，独揽大权，乃有机会全面实施自己的治国纲领：行"一条鞭法"，整顿财税；整饬武备，任用名将李成梁、戚继光等，安定边塞；严考绩之法，整肃吏治。已经衰败的大明政治，于此竟然焕发出一些活力。而张居正改革之全面与力度之大，于宋、元、明、清四代中，唯王安石可比拟之。

所谓士大夫者，"学而优则仕"，仕而优则学；故张居正毕生为政，而不妨其勤学，惟其宗旨，则在治世，故其所谓者士大夫之学也，而非学士书斋之学，其大略可见于《张太岳文集》，其中对于政治之见识，远非一般书斋学者、亦非一般官僚所可比拟。

又，张居正教养天子，发展了帝王养成之学，此即本系列所收之诸经"直

解"。自孔子删述六经，尤其是汉武帝立五经博士以来，历代为经书作传、注、疏者，层出不穷。然其书多出于学士，旨在养成平民子弟为士君子；张居正之"直解"则不然，系为教养天子而作，故以养成天子之德为宗旨。读其书，可见古帝王之学之风采。

今日已无皇帝矣，然德行本无分乎身份之尊卑，以庶人之身而可以成就天子之德，亦是今人之幸。

本书诸经直解，语虽寥寥，而其用心之勤苦已然深蕴于其中。张居正独特的诠释方式，非搜求于各家注疏、牙签满屋，而悟之于山川云物、鸢飞鱼跃于当下生命，而遇之于道阻水长。足见其独与天地精神相往来之独立人格的文字见证。

又，张居正接中国之文脉，正与其自身及其时代风格精神相接。因此，本书诸经解读，所呈现出来的基本面貌，无论其思想意趣、解释路向，极富历史气象。然因时代不同，阅读习惯有异，今人读来，或颇见扦格。为使之合于今人阅读，以领会其思想，在语言形式上予以"现代转换"，并配之以情景相合之图，实为必要之方便门。

随着本诸经直解的出版，则张居正将为更多人所熟知，其独特的经典解读，加之今人别具创意之配图，将在现代语境之下为读者带来新的生命启迪，而为今日涵养士君子之功，是则可跂而望者也。

蒲城姚中秋　庚子初秋

目 录

以《麟趾》为《关雎》之应者，言文王能正心修身以齐其家，是以化及于江汉《汝坟》而《麟趾》之祥应焉；以《驺虞》为《鹊巢》之应者，言诸经能正心修身以齐其家，是以仁恩及于草木禽兽而《驺虞》之效应焉；要之诸侯王道之盛，实本于文王王道之成。

《周南》凡十一篇。朱子曰：『诗言文王之德者，系之周公，以周公主内治故也。』

周南

关雎

三章，一章四句，二三章八句。

荇

雎鸠

關雎

guān guān jū jiū zài hé zhī zhōu yǎo tiǎo shū nǚ jūn zǐ hǎo qiú
关关雎鸠，在河之洲。窈窕淑女，君子好逑。（一章）

cēn cī xìng cài zuǒ yòu liú zhī yǎo tiǎo shū nǚ wù mèi qiú zhī
参差荇菜，左右流之。窈窕淑女，寤寐求之。

qiú zhī bù dé wù mèi sī fú yōu zāi yōu zāi zhǎn zhuǎn fǎn cè
求之不得，寤寐思服。悠哉悠哉，辗转反侧。（二章）

cēn cī xìng cài zuǒ yòu cǎi zhī yǎo tiǎo shū nǚ qín sè yǒu zhī
参差荇菜，左右采之。窈窕淑女，琴瑟友之。

cēn cī xìng cài zuǒ yòu mào zhī yǎo tiǎo shū nǚ zhōng gǔ lè zhī
参差荇菜，左右芼之。窈窕淑女，钟鼓乐之。（三章）

【注】关，雌雄水鸟相互应和的叫声。雎鸠，水鸟名，有固定的伴侣；一说是鱼鹰。

河，指黄河。洲，水中可居之地。

窈窕，容貌美好；窈，喻美心；窕，喻美状。淑，善。君子，含义有两种，一是妻子对丈夫的尊称，一是指有官爵的人。好逑，嘉偶，理想的配偶。

参差，长短不齐的样子。荇菜，多年生水草，夏天开黄花，嫩叶可食。左右，时而向左，时而向右。流，求也，指摘取。之，荇菜。

寤，睡醒。寐，睡着。思，语气助词。服，思念。

悠哉悠哉，形容思念深长。辗转反侧，翻覆不能入眠。

琴瑟，皆为弦乐器，琴五或七弦，瑟二十五或五十弦。友，亲近之意。

芼，择取，采摘。

乐，使……快乐。

此宫人为得圣配作也。

✳ **关关雎鸠，在河之洲。**

🅢 鸠，水鸟。洲，水中可居之地。相彼雎鸠，关关然相与和鸣于河洲之上，情挚有别，鸟中之善匹也。

✳ **窈窕淑女，君子好逑。**

🅢 女，是未嫁之称。况此淑女窈窕然，幽深而不浅露，闲静而不轻浮，是天下之圣女也。以是而配君子，必相与和乐而恭敬，可以奉神灵之统，可以理万物之宜，正位于中宫，视诸正位于外者，允无愧矣，不为君子之善匹乎。盖虽始至而一见之闻，固可以逆睹也已。夫淑女惟为君子好逑也，则向当未见之时。我何如其为忧哉！

✳ **参差荇菜，左右流之。**

🅢 彼长短不齐之荇菜柔顺芳洁，欲得之以为神明之羞者，则当左右以流之，无处而不用其力矣。

✳ **窈窕淑女，寤寐求之。**

🅢 寝而醒曰寤，熟睡曰寐。况窈窕淑女幽闲而贞静。欲得之以为内治之助者，则当寤寐以求之。

✳ **求之不得，寤寐思服。**

🅢 求而不得，则寤寐之间思怀之切。

✳ **悠哉悠哉，辗转反侧。**

🅢 悠悠而不能忘，以至于辗转反侧而不能以安席，无时而不能用其情矣。盖为君子图好逑，固宜其忧思而不能已哉！

✳ **参差荇菜，左右采之。**

🅢 夫向者未得而忧如此，则今日既得，我何如其为乐哉？彼参差荇菜既得之，则当采而择之，以为精洁之用。

✳ **窈窕淑女，琴瑟友之。**

🅢 之，指淑女。况窈窕淑女既得之，而有以为君子之好逑矣，吾人亲爱之意勃然而兴，则当比之琴瑟。以写吾亲爱淑女之意焉。

✳ **参差荇菜，左右芼之。**

🅢 参差荇菜既采之，则当熟而荐之，以为神明之善矣。

✳ **窈窕淑女，钟鼓乐之。**

🅢 之，指淑女。况窈窕淑女既得之，而有以为君子之善匹，吾人娱乐之心油然而动，则当考之钟鼓，以宣吾娱乐淑女之心焉，善为君子幸好逑，固宜其尊奉而不能已哉。

夫诗人于淑女忧也以德，乐也以德，此所以不伤不淫，而得其性情之正也欤！

葛覃

三章，章六句。

gě zhī tán xī   yì yú zhōng gǔ   wéi yè qī qī
葛之覃兮，施于中谷，维叶萋萋。

huáng niǎo yú fēi   jí yú guàn mù   qí míng jiē jiē
黄鸟于飞，集于灌木，其鸣喈喈。（一章）

gě zhī tán xī   yì yú zhōng gǔ   wéi yè mò mò
葛之覃兮，施于中谷，维叶莫莫。

shì yì shì huò   wèi chī wèi xì   fú zhī wú yì
是刈是濩，为絺为绤，服之无斁。（二章）

yán gào shī shì   yán gào yán guī   bó wū wǒ sī   bó huàn wǒ yī
言告师氏，言告言归。薄污我私，薄澣我衣。

hé huàn hài fǒu   guī níng fù mǔ
害澣害否？归宁父母。（三章）

【注】葛，多年生草本植物，茎细长，纤维可织葛布。覃，延长，此处指蔓生之藤。施，蔓
延。中谷，谷中。维，句首语气词，无实义。萋萋，茂盛貌，下文"莫莫"义同。
黄鸟，一说黄鹂，一说黄雀。于，助词。于飞，在飞。喈喈，鸟鸣声。
刈，割。濩，煮，此指将葛放在水中煮。絺，精细的葛布。绤，粗糙的葛布。斁，
厌弃。
言，语气助词。师氏，女师也，古代有教女之师，类似于后世的保姆。归，回娘家。
薄，语首助词。污，洗衣时揉搓去除污垢。私，内衣。澣，同"浣"，洗也。衣，上曰
衣，下曰裳，此指礼服。
害，通"曷"，何也。否，不。归宁，古代出嫁的女子回娘家看望父母；宁，安。

此后妃既成绤絺作也，言享其成者，当勤其功，而乐其成者，亦思其始。方今绤絺成矣，宁不有所始乎！

✳ 葛之覃兮，施于中谷，维叶萋萋。

🔶 覃，是蔓延。向当初夏之时，葛之生也，延蔓不绝，施于山谷之中。其叶萋萋，然遂其向荣之势。

✳ 黄鸟于飞，集于灌木，其鸣喈喈。

🔶 灌木，丛生之木。斯时也，景物所及睹者，黄鸟鼓亲上之性，振羽仪以于飞，启知止之明，集灌木以爱止。自得之余，其鸣喈喈然，而和声为之远闻矣，景与物咸熙见与闻，适会追而想之，初夏景象宛然在目，斯时葛虽未成也，而不有可治之渐乎！

✳ 葛之覃兮，施于中谷，维叶莫莫。

🔶 迨盛夏之时，葛之延施于中谷也，维叶莫莫而茂密，则葛已成，而织纤之功可施矣。

✳ 是刈是濩，为绤为絺，服之无斁。

🔶 濩，煮。为，是织纤。于是刈之以斧斤，濩之以釜鬵，而治之有序也。因其精者为絺，因其粗者为绤，而理之有等也。绤絺既成，则一经一纬之绪，莫非手泽之存，由是而服之也，心诚爱之，虽极垢

弊而不忍厌弃，此时葛幸有成矣，而吾从事不既遂乎？

✳ 言告师氏，言告言归。

🔶 师，是女师。绤絺之功既成，闺门之修少暇，而吾归宁之念动矣。然外行不专，固不可以径行乎！归宁内言不出，又不可自告于君子。于是以其意告于师氏，使师氏告君子，以我将归宁之意焉。

✳ 薄污我私，薄澣我衣。

🔶 然归宁之礼不可苟，必有当洁之服也，则薄污我之私服，薄澣我之礼服。

✳ 害澣害否？归宁父母。

🔶 否，不当澣。归宁，父母在，归而问其安否。何者在所当澣，而何者在所未澣乎？在所未澣者，固不必澣；而所当澣者，则必澣之以致其洁焉。庶可服之以归，而问父母之安否，一念孝思之心，藉是少申矣。是绤絺既成，而我之所用情有如是者。

吁！后妃一绤絺之成，而勤俭孝敬之德备焉，固可谓贤矣，然而文王修身之效，亦讵可诬哉！

卷耳

四章，章四句。

cǎi cǎi juǎn ěr　　 bù yíng qǐng kuāng　　 jiē wǒ huái rén　　 zhì bǐ zhōu háng
采采卷耳，不盈顷筐。嗟我怀人，寘彼周行。（一章）

zhì bǐ cuī wéi　　 wǒ mǎ huī tuí　　 wǒ gū zhuó bǐ jīn léi　　 wéi yǐ bù yǒng huái
陟彼崔嵬，我马虺隤。我姑酌彼金罍，维以不永怀！（二章）

zhì bǐ gāo gāng　　 wǒ mǎ xuán huáng　　 wǒ gū zhuó bǐ sì gōng　　 wéi yǐ bù yǒng shāng
陟彼高冈，我马玄黄。我姑酌彼兕觥，维以不永伤！（三章）

zhì bǐ jū yǐ　　 wǒ mǎ tú yǐ　　 wǒ pú pū yǐ　　 yún hé xū yǐ
陟彼砠矣，我马瘏矣，我仆痡矣，云何吁矣！（四章）

【注】采采，采了又采。 卷耳，即苍耳，一年生草本植物，嫩叶可食，子可入药。 盈，满。 顷筐，后高前低的筐子。

嗟，叹词。 怀，念也。 寘，同"置"，搁置、安放。 周行，周王朝的国道，引申为大道。

陟，登。 崔嵬，山巅。 虺隤，疲极而病。

姑，姑且。 罍，刻有云雷花纹的酒器；金罍，一般为青铜制。 维，语气词，无实义。 永怀，长久思念，下文"永伤"同。

玄黄，本是黑马，病久而出现黄色的毛，此处指马病貌。

兕觥，犀牛角做的酒杯。

砠，有土的石山。 瘏，疲劳致病，指马。 痡，疲劳致病，指人。 云，语气助词，无实义。 云何，奈何、如何。 吁，忧愁。

卷耳圖

此后妃为思君子不在而作。言居而相离，则思人之情也，今我于君子不在，果何如其为情耶？

✳ 采采卷耳，不盈顷筐。

㉁ 卷耳，菜名。盈，是欹。筐，竹器。我以君子不在，而有事于卷耳之采，犹未满于顷筐。

✳ 嗟我怀人，寘彼周行。

㉁ 人，指文王。寘，弃之不来。行，大路也。斯时适念其君子，于是事为情夺，手为心制，不能复采，而卷耳之生于周行者，寘之周行而已，怀人在念，虽欲终其事，而不能顷筐，不盈奚计哉！

✳ 陟彼崔嵬，我马虺隤。

㉁ 陟，升也。不特此也。我以君子不在，欲陟崔嵬之山，以望我所怀之人而往从之，此我之心也。然登高必资于马，今我马则虺隤，而不能以升高，往从之计不遂矣。

✳ 我姑酌彼金罍，维以不永怀。

㉁ 永，长也。怀，思也。则我之怀不能自已，而将何以宽之哉？我姑酌彼金罍之酒，使不至于长以为念，而稍宽其一二之思焉耳，要之夫妇之情，乌能以终忘耶？

✳ 陟彼高冈，我马玄黄。

㉁ 玄黄，病极变色。我以君子不在，欲陟高冈之山，以望我所怀之人，而往从之，我之意也。然登高必资于马，今我马则玄黄而不能历险，欲从之计不谐矣。

✳ 我姑酌彼兕觥，维以不永伤！

㉁ 兕是犀牛，觥是酒爵，以兕角为之。则我之伤，不能自已，将何以解之哉？我姑酌彼兕觥之酒，使不至长以为伤，而稍解其一二之忧焉耳，要之夫妇之情，乌能以顿忘耶！

✳ 陟彼砠矣，我马瘏矣，我仆痡矣，云何吁矣！

㉁ 砠，石山戴土者。瘏，马病。仆，御车之人。痡，人病也。我以君子不在，欲陟彼石山戴土之砠，以望我所怀之人而从之。然登高必资于马，今我马则瘏病而不能进。御马必资于仆，我仆则痡而不能行，欲从之计亦已矣。夫君子之归既不可得，欲从之计，又不可遂，使我如何其忧叹也！盖其愤郁之深，有非言语所能形容者矣。

吁！后妃于君子不在而思念之。卷耳之寘，登高之降，金罍、兕觥之酌，无非甚其思念之情也，非贞静专一之至德，其能然哉！

樛木

三章，章四句。

蘽

南有樛木，葛蘽累之。乐只君子，福履绥之。（一章）

nán yǒu jiū mù　　 gě lěi lěi zhī　　 lè zhǐ jūn zǐ　　 fú lǚ suí zhī

南有樛木，葛蘽荒之。乐只君子，福履将之。（二章）

nán yǒu jiū mù　　 gě lěi huāng zhī　　 lè zhǐ jūn zǐ　　 fú lǚ jiāng zhī

南有樛木，葛蘽萦之。乐只君子，福履成之。（三章）

nán yǒu jiū mù　　 gě lěi yíng zhī　　 lè zhǐ jūn zǐ　　 fú lǚ chéng zhī

【注】樛，下曲而高的树。 葛蘽，多年生草本植物，似葛；一说是野葡萄之类。 累，
缠绕。

只，语气助词，下同。 履，禄。 绥，安也。

荒，覆盖。

将，扶助。

萦，缠绕。

成，就也，来到的意思。

椆木圖
唐賢寫

后妃能逮下而无嫉妒之心，众妾乐其德而称颂之。曰："天人妙相与之机，德福有相因之理，吾尝征之物，而知君子之得天有道矣。"

❋ 南有樛木，葛藟累之。

解 彼南山之木，樛然其下垂。则葛藟维系于其上，是葛之上系因樛木有以引之，在物且有然者。

❋ 乐只君子，福履绥之。

解 况我君子恩意溢于闺门，而嫌隙尽泯，慈爱通于群下，而忌刻不生，其德诚可乐也。是不为福履之所绥乎，盖德之所在，天必予之。以安贞之吉，富贵福泽，以绥其生也；《麟趾》《螽斯》以绥其后也，殆无所不至矣。有是德，则有是绥，非感应必然哉。

❋ 南有樛木，葛藟荒之。

解 南有下垂之樛木，则葛藟得以荒奄于其上矣。

❋ 乐只君子，福履将之。

解 况我君子，深仁逮下，而无嫉妒之心，其德何可乐也。殆必天相之以福，其思也若启其行也，若翌凡所以左右扶助者，自不容已矣。而其为福履之所将也，孰非将之以君子之德哉！

❋ 南有樛木，葛藟萦之。

解 南有下垂之樛木，则葛藟得以萦旋于其上矣。

❋ 乐只君子，福履成之。

解 况我君子深思，逮下而无猜忌之心，其德何可乐也。殆必天祐以福，其来也如几，其多也如式，凡所以左右成就之者，自不容已矣！而其为福履之所成也，孰非成之以君子之德哉！此固吾人之所深愿者，若然则吾人所以被其乐只之德者，盖未有艾矣。

夫后妃溥逮下之德，而众妾至称颂之词，闺门之修于此可见，而文王刑于之化可征矣。

螽斯

三章，章四句。

螽斯

螽斯

zhōng sī yǔ　shēn shēn xī　　yí ěr zǐ sūn zhēn zhēn xī
螽斯羽，诜诜兮，宜尔子孙振振兮！　（一章）

zhōng sī yǔ　hōng hōng xī　　yí ěr zǐ sūn mǐn mǐn xī
螽斯羽，薨薨兮，宜尔子孙绳绳兮！　（二章）

zhōng sī yǔ　yī yī xī　　yí ěr zǐ sūn zhí zhí xī
螽斯羽，揖揖兮，宜尔子孙蛰蛰兮！　（三章）

【注】螽斯，即蝗虫，生子众多，喜欢群飞；一说"斯"为语词。 诜诜，
同"莘莘"，众多貌，下文"薨薨""揖揖"义同。 振振，众盛的
样子。
绳绳，连续不绝的样子。
蛰蛰，聚集、众多的样子。

螽斯圖

后妃不妒忌，而子孙众多，故众妾以螽斯比之。曰：盛德者必获福，至仁者必昌后。吾尝远取诸物，而知其理之不诬矣。

✳ 螽斯羽，诜诜兮，宜尔子孙振振兮。

🔴 彼群则必争，物之情也，惟夫螽斯之羽虫也，诜诜然群处和集，而不相害焉，固自得其滋生之理矣。是以和气所感天地之和应焉，其子孙之振振然众盛者，尔之所宜也，非倖也。

✳ 螽斯羽，薨薨兮，宜尔子孙绳绳兮。

🔴 是螽斯羽也，不惟诜诜和集已也，但见飞则群飞，其声薨薨焉，何其和也。固宜尔之子孙绳绳然，其不绝矣。

✳ 螽斯羽，揖揖兮，宜尔子孙蛰蛰兮。

🔴 是螽斯羽也，不惟薨薨群飞已也，但见聚则会聚其群，揖揖焉，何其和也。固宜尔子孙，蛰蛰然其众多矣，然则我后妃之不妒忌也，是即螽斯之诜诜、薨薨、揖揖也，而有以为昌后之本。

我后妃子孙之众多也，是即螽斯子孙之振振、绳绳、蛰蛰也，而有以为盛德之征，有是德则有是福，其相因之理固如此者，而岂出于私媚哉！

桃夭

三章，章四句。

táo zhī yāo yāo　　zhuó zhuó qí huā　　zhī zǐ yú guī　　yí qí shì jiā
桃之夭夭，灼灼其华。之子于归，宜其室家。（一章）

táo zhī yāo yāo　　yǒu fén qí shí　　zhī zǐ yú guī　　yí qí jiā shì
桃之夭夭，有蕡其实。之子于归，宜其家室。（二章）

táo zhī yāo yāo　　qí yè zhēn zhēn　　zhī zǐ yú guī　　yí qí jiā rén
桃之夭夭，其叶蓁蓁。之子于归，宜其家人。（三章）

【注】夭夭，花朵怒放，茂盛而艳丽的样子。灼灼，鲜艳明亮的样子。华，古
"花"字。

之子，这位姑娘。于归，出嫁，古代把夫家看作女子之归宿，故称"归"。宜，
善。室家，下文"家室"义同，古代男子有妻曰"有室"，女子有夫曰"有家"，
故以家室指夫妇。

蕡，大也，指桃子肥厚肥大。

蓁蓁，草木繁密的样子，形容桃叶茂盛。

桃夭咏女子之贤也，盖守正之节，君子犹难拒意，于今女子见之。

⊛ 桃之夭夭，灼灼其华。

解 彼桃之夭夭，其木少矣。木少则华盛，是以灼灼其华也。

⊛ 之子于归，宜其室家。

解 之子，指嫁者。于归，归于夫家。况之子当此时以于归，而守正俟时，其人之贤何如也。既归之后，不有以宜其室家乎？盖其处室也，必能克敬克戒而和顺于室。其处家也，必能事上接下而和顺于家，诚于今日之行，而预卜之矣。

⊛ 桃之夭夭，有蕡其实。

解 桃之夭夭，则其实之所成也，有蕡其盛矣。

⊛ 之子于归，宜其家室。

解 况之子于归也，守正俟时，其贤如此。则其归而处家室之间也，必能道不衰于尊毕，敬无违于夫子，有以宜其家室也，兹固可以逆睹也已。

⊛ 桃之夭夭，其叶蓁蓁。

解 桃之夭夭，则其叶之所生也，蓁蓁其盛矣。

⊛ 之子于归，宜其家人。

解 况我之子于归也，守正俟时，其贤如此。则其归而处家人之间也，必能乖戾之不生，而和顺之愈笃，有以宜其家人也，兹固可前知也已，是于其室家之宜也。

见女子之贤焉；于其女子之贤也，见圣化之盛焉。文王家齐国治之效于斯验矣。诗人因所见而叹羡之，其咏女子耶，其亦咏文王耶！

诗人美圣世多贤也，若曰：人才难得，自古为然。国家多贤，于今始见，试以在野言之。

❋ 肃肃兔罝，椓之丁丁。

解 罝，兽网。彼设兔罝以待兔，肃肃然其整饬矣。椓杙以张罝，丁丁然其有声矣。

❋ 赳赳武夫，公侯干城。

解 赳赳，武勇貌。干，是盾。城，是垣。况此赳赳武夫也，言乎其迹过武勇，以从事于田猎之务耳。然其才则不囿于迹也，使其脱山林而为公侯用。吾知御武有素，獗外而无恐，恃之抚绥有定；策内而多安，赖之不为公侯之干城乎？

❋ 肃肃兔罝，施于中逵。

解 中逵，道之中央也。然干城不足以尽也。肃肃兔罝，则施于中逵之冲矣。

❋ 赳赳武夫，公侯好仇。

解 况此赳赳然掩兔之武夫。时而见用，必能展安内攘外之略，与公侯相为匹休，此能是，彼能是，而君臣其合德矣，不为公侯好逑乎？

❋ 肃肃兔罝，施于中林。

解 然好仇又不足以尽之也。肃肃兔罝，则施于中林之会矣。

❋ 赳赳武夫，公侯腹心。

解 况此赳赳然掩兔之武夫。时乎见用，必能据安内攘外之谟，与公侯相为默契，此欲是，彼亦欲是，而君臣其一心矣，不为公侯腹心乎？

吁，人有一才已为国家幸，矧干城、好仇、腹心咸备于一人，师师在朝，已为多士庆，矧干城、好仇、腹心不乏于草莽在野，如此在朝可知。武夫如此，百官可知，然非文王作人之化，何以致之？

芣苢

三章，章四句。

芣苢

cǎi cǎi fú yǐ bó yán cǎi zhī cǎi cǎi fú yǐ bó yán yǒu zhī
采采芣苢，薄言采之；采采芣苢，薄言有之。（一章）

cǎi cǎi fú yǐ bó yán duō zhī cǎi cǎi fú yǐ bó yán luō zhī
采采芣苢，薄言掇之；采采芣苢，薄言捋之。（二章）

cǎi cǎi fú yǐ bó yán jié zhī cǎi cǎi fú yǐ bó yán xié zhī
采采芣苢，薄言袺之；采采芣苢，薄言襭之。（三章）

【注】芣苢，即车前，二年生或多年生草本，又名车前草，种子叫车前子，全草和种子
皆可入药。薄言，发语词，无实义。

有，取也；一说收藏。

掇，拾取。

捋，以手掌握物而脱取。

袺，以手提着衣襟兜物。

襭，把衣襟扎在腰带间，再往里塞裹以承物。

时家室和平，妇人采苤苢而赋以相乐。曰：天下有可乐之事，而恒患无可乐之时，今吾与汝幸际和平之会，值无事之时，相从于苤苢之采，何如哉！

✳ 采采苤苢，薄言采之；

🔶 苤苢，车前草。采，始去求。其始也，不有以求之，孰从而得之，则采采苤苢，薄言采之焉，于彼于此而将求之无方矣。

✳ 采采苤苢，薄言有之。

🔶 其既也不有以得之？适虚其求也，则采采苤苢，薄言有之焉，于彼于此而物显于有象矣。

✳ 采采苤苢，薄言掇之；

🔶 既有夫掇之之功可施也，则采采苤苢，薄言掇之，以拾其穗焉，兼取并蓄，弗使穗之弃于地矣。

✳ 采采苤苢，薄言捋之。

🔶 既掇矣，捋之之功可施也，则采采苤苢，薄言捋之，以取其子焉，衰多益寡，弗使子之遗于穗矣。

✳ 采采苤苢，薄言袺之；

🔶 捋之既多，手不能掬也，则采采苤苢，薄言袺之，以衣贮之，而执其衽，藏蓄之计，取诸身而袺也。

✳ 采采苤苢，薄言襭之。

🔶 袺之既久，手不能执也，则采采苤苢，薄言襭之，以衣贮之而扱其衽于带间，佚游之道，不下世而存也，率境外以攸往，采苤苢以适情，惟吾与女油然有余休矣，外此复何求哉！

要之苤苢微物也，相与采之而所以得采苤苢者，妇人不知也，采物细事也，相赖赋之而所以得赋其事者，妇人不知也，殆所谓王氏皞皞而忘所为者欤？

汉广

三章，章八句。

nán yǒu qiáo mù　　bù kě xiū sī　　hàn yǒu yóu nǚ　　bù kě qiú sī
南有乔木，不可休思。汉有游女，不可求思。

hàn zhī guǎng yǐ　　bù kě yǒng sī　　jiāng zhī yǒng yǐ　　bù kě fāng sī
汉之广矣，不可泳思。江之永矣，不可方思。（一章）

qiáo qiáo cuò xīn　　yán yì qí chǔ　　zhī zǐ yú guī　　yán mò qí mǎ
翘翘错薪，言刈其楚。之子于归，言秣其马。

hàn zhī guǎng yǐ　　bù kě yǒng sī　　jiāng zhī yǒng yǐ　　bù kě fāng sī
汉之广矣，不可泳思。江之永矣，不可方思。（二章）

qiáo qiáo cuò xīn　　yán yì qí lóu　　zhī zǐ yú guī　　yán mò qí jū
翘翘错薪，言刈其蒌。之子于归，言秣其驹。

hàn zhī guǎng yǐ　　bù kě yǒng sī　　jiāng zhī yǒng yǐ　　bù kě fāng sī
汉之广矣，不可泳思。江之永矣，不可方思。（三章）

【注】休，止息。 思，语气助词。 不可休思，因树木高，不能荫下，故不可休息。

汉，指汉水。 游女，出游的女子。

江，指长江。 永，水流长。 方，渡河的木筏、小舟，这里用作动词，指乘筏或乘舟渡河。

翘翘，众也，比喻杂草丛生。 错薪，杂乱的柴草。 楚，一种灌木，即牡荆。

秣，喂马。

蒌，草名，即蒌蒿，嫩时可食，老则为薪。

清·高侪鹤《诗经图谱慧解·汉南游女图》

漢南游女圖

此文王化及江汉，有以变其淫乱之俗，故出游之女，人望见之而知其端庄静一，乃作此诗以羡之。曰：天下之风俗，系人君之转移，而圣人在上，则其感化之机尤速也，吾有征于江汉之游女焉。

※ 南有乔木，不可休思。

解 彼凡木之可息者，皆其茂盛而下垂者也，若南山之乔木，上疏无枝，则不可以休息矣。

※ 汉有游女，不可求思。

解 凡女之可求者，皆其越礼而逾闲者也，此江汉之游女，端庄静一，则不可得妄求矣。

※ 汉之广矣，不可泳思。

解 然是游女之不可求也，吾何以拟诸形容哉。今夫水之狭者，或得而泳之，曾谓汉之广矣，可得而泳乎？

※ 江之永矣，不可方思！

解 水之短者，人或得而方之，曾谓江之水矣，可得而方乎，游女与汉水比洁，则其不可求犹汉广也，与江水同清，则其不可求犹江水也，吾一望见之余而有以窥其素矣！

※ 翘翘错薪，言刈其楚。

解 翘翘，秀起貌。夫以游女之贤如此，而吾人好德之念将何以致其情哉！秀起之错薪，有楚生焉，则言刈其楚。

※ 之子于归，言秣其马。

解 之子，指游女。秣，是饲马。况我之子苟乘桃夭以于归，我则愿为之秣其马焉。夫秣马，贱役也，然苟可以致吾亲炙之诚，虽贱有弗恤矣。

※ 汉之广矣，不可泳思。江之永矣，不可方思。

解 今夫汉之广矣，不可得而泳，江之永矣，不可得而方，游女之不可求犹是焉，则其德之启人敬何如也，而乌容已于秣马之仰者哉！

※ 翘翘错薪，言刈其蒌。

解 翘翘错薪有蒌生焉，则言刈其蒌矣。

※ 之子于归，言秣其驹。

解 况我之子，际仲春以于归，我则愿为之秣其驹焉。夫秣驹，辱行也，然苟可以致其景仰之怀，虽辱行亦有弗辞矣。

※ 汉之广矣，不可泳思。江之永矣，不可方思。

解 今夫汉之广矣，不可得而泳，江之永矣，不可方思。今夫汉之广矣，不可得而方，游女之不可求犹是焉，则其贤之启人慕何如也，而乌容己于秣驹之仰者哉！

夫此一游女也，荡于昔而变于今，如此可见朝廷有教化，则天下有风俗矣，文王之化远矣哉。

汝坟

三章，章四句。

遵彼汝坟，伐其条枚。未见君子，惄如调饥。（一章）
zūn bǐ rǔ fén　fá qí tiáo méi　wèi jiàn jūn zǐ　nì rú zhōu jī

遵彼汝坟，伐其条肄。既见君子，不我遐弃。（二章）
zūn bǐ rǔ fén　fá qí tiáo yì　jì jiàn jūn zǐ　bù wǒ xiá qì

鲂鱼赪尾，王室如燬；虽则如燬，父母孔迩。（三章）
fáng yú chēng wěi　wáng shì rú huǐ　suī zé rú huǐ　fù mǔ kǒng ěr

【注】遵，循着，沿着。汝，汝水，源出河南天息山，东入淮河。坟，水涯、河堤。

条枚，树枝曰条，树干曰枚。

惄，忧愁。调，又作"輖""朝"，早晨。

肄，树枝砍后再生的小枝。

遐弃，疏远遗弃；一说"遐"为语词，无实义；另，"不我遐弃"为倒装句，即不遐弃我。

鲂鱼，赤尾鱼；一说鳊鱼。赪，红色。王室，指周王室。燬，火，齐人谓火为毁，形容如火焚一样。

孔，甚，很。迩，近。

遂彼汝墳圖
庚寅政本

此被化妇人喜君子行役而归作也。若曰：论夫妇则有不忍忘之情，论君臣则有不容辞之义，吾今幸君子之归矣，追昔未见而其情何如哉？

❋ 遵彼汝坟，伐其条枚。

解 汝坟之上有条枚生焉，我则循汝坟而伐其条枚矣。

❋ 未见君子，惄如调饥。

解 君子，指其夫也。斯时也君子未归，而未得以见之。不胜其睽违之感而思之切，有如饥之重而不能堪焉，此昔日未见而忧思之情如此矣。

❋ 遵彼汝坟，伐其条肄。

解 遵，循行也。坟，堤防可行之处。乃今既得见止，而其情何如哉？汝坟之上有条肄生，我则遵彼汝坟而伐其条肄矣。

❋ 既见君子，不我遐弃。

解 遐，远也。斯时也，君子来归，而得以见之。适慰其契阔之思，何幸君子不忘偕老之约，而不远弃我也，此今日既见而喜乐之情如此矣。

❋ 鲂鱼赪尾，王室如毁。

解 毁，火焚。夫今昔殊遭而忧喜，殊情在吾夫妇之情，大抵然也。然有君臣之义，则君子当不以行役为劳矣。彼鱼劳则尾赤，鲂尾本白而今赤，则其劳甚矣，我君子之从役劳瘁何异是哉。然女之劳既如此，而王室酷烈之政，如火方焚，则征役不息，而君子从役之劳犹未艾也。

❋ 虽则如毁，父母孔迩。

解 然王室虽如毁，岂无可以自慰者乎？彼西伯保民之仁，体恤周至，不啻如父母然，今德泽在南国，即父母之爱在南国，而吾民莫不有瞻，有依望之盖甚近也。今尔既以父母之命，供王室之役，则当为父母而忘其劳矣。

夫妇人于君子既极忧喜之情，又致悯劳之意，其于夫妇之恩，君臣之义胥得之矣，非其德泽之深，风化之美能有是哉？

麟

麟之趾

三章，章四句。

lín zhī zhǐ　　zhēn zhēn gōng zǐ　　　xū jiē lín xī
麟之趾，振振公子，于嗟麟兮！（一章）

lín zhī dìng　　zhēn zhēn gōng xìng　　xū jiē lín xī
麟之定，振振公姓，于嗟麟兮！（二章）

lín zhī jiǎo　　zhēn zhēn gōng zú　　　xū jiē lín xī
麟之角，振振公族，于嗟麟兮！（三章）

【注】麟，麒麟，中国传统瑞兽。 趾，足，指麒麟的蹄。 振，
诚实仁厚的样子。 公子，诸侯之子。 于，同"吁"。
定，同"颏"，额。
公姓，诸侯之子为公子，公子之孙为公姓。
公族，与公姓义同。

麟趾圖

此诗歌圣瑞也。若曰：征圣人之化者，莫先于家，稽圣王之瑞者，莫大于德。吾兹有感于子孙宗族而知周之德欤，周之所以王也。

✳ 麟之趾，振振公子，于嗟麟兮！

🟠解 嗟，叹词。彼麟之为物，其性仁厚者也，故其趾不践生草不履，生虫亦仁厚之至也。况我公子渐被于家庭仁厚之化远矣，故有以培养其德性之良，慈祥而能爱也，敦厚而不刻也，亦振振其仁厚焉。夫麟之出，所以兆太平也，今公子有仁厚之德，则上可以凝天命，下可以结人心，亦有开天下之太平，而其瑞莫大此矣。吁嗟公子是即麟也，而何形之拘哉？

✳ 麟之定，振振公姓，于嗟麟兮！

🟠解 然不特公子之振振已也。麟性仁厚，故其定亦仁厚，而不以抵乎物。况我公姓渊源于家庭之仁厚，而莫不有慈祥敦厚之德，亦振振以仁厚称矣。夫麟固治世之征也，而公姓仁厚，则嗣续有人而天命人心赖以永延，所以开周家有道之长者在此矣。吁嗟公姓其即麟也，而形奚论哉？

✳ 麟之角，振振公族，于嗟麟兮！

🟠解 然不特公姓之振振已也。麟性仁厚，故其角亦仁厚，而不以触乎物。况我公族渐染于家庭之仁厚，而莫不有慈祥敦厚之德，亦振振以仁厚称矣。夫麟固治世之祥也，而公族仁厚，则藩翰有托，而天命人心赖以夹辅，所以扩周家无外之治者在此矣。吁嗟公姓其即麟也，而形奚计哉？

吁，吾于是而知文王有可王之德，周家有兴王之势，果而集一统之业，而四海永清，所谓麟者是耶？非耶？

清·高侪鹤《诗经图谱慧解·麟趾图》

《召南》凡十四篇。诗言诸侯之国，被文王之化以成德者，系之召公，以召公长诸侯故也。

召南

鹊巢

鹊巢

三章，章四句。

wéi què yǒu cháo　　wéi jiū jū zhī　　zhī zǐ yú guī　　bǎi liǎng yà zhī
维鹊有巢，维鸠居之。之子于归，百两御之。（一章）

wéi què yǒu cháo　　wéi jiū fāng zhī　　zhī zǐ yú guī　　bǎi liǎng jiāng zhī
维鹊有巢，维鸠方之。之子于归，百两将之。（二章）

wéi què yǒu cháo　　wéi jiū yíng zhī　　zhī zǐ yú guī　　bǎi liǎng chéng zhī
维鹊有巢，维鸠盈之。之子于归，百两成之。（三章）

【注】维，发语词。鸠，鸲鹆（即八哥），自己不筑巢，鹊每年十月迁巢，鸠则居其空

巢。居，侵占。

百，虚数，指数量多。两，同"辆"。御，同"迓"，迎娶。

方，依也，此指占居。

将，送也，护卫的意思。

盈，满，此指陪嫁的人很多。

成，结婚礼成。

清·高侪鹤《诗经图谱慧解·百两将迎图》

此家人羡被化之女子作也。若曰：国家大婚之礼，仪卫匪贵，惟德为称，何幸于我之子见之。

（＊）维鹊有巢，维鸠居之。

（解）鸠之为物，不善为巢者也，故鹊有完固之巢，则鸠尝来居之，性拙者固宜享其逸矣。

（＊）之子于归，百两御之。

（解）况我之子，具专静纯一之德，其乘桃夭以于归也。则百两以迎之，轮毂辉煌，侈拜君之仪卫，固其德之克称而无忝者矣。

（＊）维鹊有巢，维鸠方之。

（解）鸠之为物不能为巢也，故鹊有巢，则鸠奄而有之，性拙者固宜享其安矣。

（＊）之子于归，百两将之。

（解）况我之子，具专静纯一之德，其际仲春以于归也，则百两以送之，翟茀连络，□夫人之等戚，固其德之克称而无愧者矣。

（＊）维鹊有巢，维鸠盈之。

（解）维鹊有巢而完固之可居，则维鸠盈之而类聚之甚众也，是至拙之物，固宜享其巢之利者矣。

（＊）之子于归，百两成之。

（解）况我之子，德备于纯一，而乘时以于归也，则宜迎以百两，以重其来，送以百两，惟重其往，所以成是婚礼者无有于旷仪焉。

是盛德之人，固宜享成礼之备矣，是知非女子之贤，固无以藉仪卫之盛，非教化之洽，亦无以致女子之贤，诗人美之，其得于观盛者深矣。

蘩

采蘩

三章，章四句。

yú yǐ cǎi fán　　yú zhǎo yú zhǐ　　yú yǐ yòng zhī　　gōng hóu zhī shì
于以采蘩？于沼于沚。于以用之？公侯之事。 （一章）

yú yǐ cǎi fán　　yú jiàn zhī zhōng　　yú yǐ yòng zhī　　gōng hóu zhī gōng
于以采蘩？于涧之中。于以用之？公侯之宫。 （二章）

bì zhī zhuàng zhuàng　　sù yè zài gōng　　bì zhī qí qí　　bó yán huán guī
被之僮僮，夙夜在公。被之祁祁，薄言还归。 （三章）

【注】于以，问词，在哪儿；一说为语词。 蘩，即白蒿，叶似嫩艾，根茎可食，古代
常用来祭祀。 沚，小渚曰沚，水中的小块陆地。
事，祭祀之事；古代称祭祀之事为"有事"。
宫，宗庙。
被，同"髪"，首饰，取他人之发编结披戴的发饰，即假发。 僮僮，发饰高耸
貌。 夙夜，早晚，从早到晚。 公，宗庙。
祁祁，众多貌。 薄言，语助词。

采蘩采蘋圖
王翚

此被化夫人能尽诚敬以奉祭祀，故家人美之曰，理天下之幽在祭，通神明之感在敬。故未事贵，预执事贵，恪去事贵，徐我夫人之奉祭何如哉？

✳ 于以采蘩？于沼于沚。

🔴 沚，是渚。彼蘩生于沼沚也，则于以采蘩于沼沚之中，而不辞躬亲之劳。

✳ 于以用之？公侯之事。

🔴 是将何所用哉？诚以公侯举祭祀之事，而夫人有荐豆之礼，是蘩之采也，将以为菹以助公侯祭祀之事耳，祀事虽未举，而一念精白之忱，不已寓于沼沚之行乎！

✳ 于以采蘩？于涧之中。

🔴 彼蘩生于涧，则于以采蘩于涧之中，而不惮夫往来之烦。

✳ 于以用之？公侯之宫。

🔴 公侯，指南国诸侯。是将何所用哉？诚以公侯举都宫之祭，而夫人有东房之立，是蘩之采也，将实之豆，以修公侯都宫之祭耳。宫虽未启，而一念明信之愧，不已形于涧中之往乎，是其采蘩之敬有如此。

✳ 被之僮僮，夙夜在公。

🔴 由是其方祭也，蘩于是乎荐矣。则诚敬之存于心者，不可得而见其形之于被者，僮僮然其竦敬焉，步虽移而被不动。夙夜在公，以行荐豆之礼，殆有侯宗公于如见者矣，是其荐蘩之敬，有如此者。

✳ 被之祁祁，薄言旋归。

🔴 由是其既祭也蘩，于是乎彻矣，则余敬之蕴于中者，不可得而见，但见其形之于被者，祁祁然其舒迟焉，去如慕而行若疑。以薄言旋归，虽毕都宫之祭，殆有侯神明于不忘者矣，是其彻蘩之敬有如此者，事有始终，敬无间断，可谓贤矣，然非被文王之化，其能然哉！

草虫

三章，章七句。

yāo yāo cǎo chóng　tì tì fù zhōng　wèi jiàn jūn zǐ　yōu xīn chōngchōng
喓喓草虫，趯趯阜螽。未见君子，忧心忡忡；

yì jì jiàn zhǐ　　yì jì gòu zhǐ　wǒ xīn zé jiàng
亦既见止，亦既觏止，我心则降。（一章）

zhì bǐ nán shān　yán cǎi qí jué　wèi jiàn jūn zǐ　yōu xīn chuò chuò
陟彼南山，言采其蕨。未见君子，忧心惙惙；

yì jì jiàn zhǐ　　yì jì gòu zhǐ　wǒ xīn zé yuè
亦既见止，亦既觏止，我心则说。（二章）

zhì bǐ nán shān　yán cǎi qí wēi　wèi jiàn jūn zǐ　wǒ xīn shāng bēi
陟彼南山，言采其薇。未见君子，我心伤悲；

yì jì jiàn zhǐ　　yì jì gòu zhǐ　wǒ xīn zé yí
亦既见止，亦既觏止，我心则夷。（三章）

【注】喓喓，虫鸣声。草虫，蝗属，俗名蝈蝈儿，又说是纺织娘。趯趯，跳
跃之状。阜螽，即蚱蜢；一说幼蝗尚未生翅者。
忡忡，心神不安的样子。
亦，如，若。既，已经。止，语助词，下同。觏，遇见。降，放下。
蕨，羊齿类食物，嫩叶可食。
惙惙，忧愁不安的样子。
说，同"悦"。
薇，野菜名，又名荁菜、大巢菜或野豌豆。
夷，平，心平则喜。

此被化之大夫妻，思其君子而作。曰：因时而变化者物，触物而兴思者人，我今于君子不在，安能忘情于时物之变哉。

✳ 喓喓草虫，趯趯阜螽。

解 彼草虫向未闻其有声也，今则喓喓然而鸣，昔所未闻，而今闻之矣。阜螽向未见其成形也，今则趯趯然而跃，昔所未见，而今见之矣。

✳ 未见君子，忧心忡忡。

解 物类变化，今昔不同，而君子行役，于今未见，则离别之感动于见闻之余，而忧心盖忡忡而靡定矣。

✳ 亦既见止，亦既觏止，我心则降。

解 然是忧也，果向时而可降哉？是必既见既觏，有以睹其仪容，聆其德音焉。然后怵离之感以慰，而忡忡忧心庶乎其下矣，不然心之忧乌能已耶？

✳ 陟彼南山，言采其蕨。

解 然时物之变，不特草虫、阜螽已也。我也陟南山以望君子之归，而蕨生可食，则言采其蕨，是时物之变，于蕨亦有征矣。

✳ 未见君子，忧心惙惙。

解 我也感时物之非旧，思会晤之难期，忧心盖惙惙而不能置焉。

✳ 亦既见止，亦既觏止，我心则说。

解 必也亦既见止，亦既觏止，然后此心庶乎其悦怿耳，否则惙惙之忧，其能忘哉？

✳ 陟彼南山，言采其薇。

解 然时物之感，又不特蕨为然也。陟彼南山，以望君子之归，而薇生可食，则言采其薇，时物之变，于薇亦有征矣。

✳ 未见君子，我心伤悲。

解 我也睹时物之更新，嗟怀人之不归，忧思至伤悲而不解焉。

✳ 亦既见止，亦既觏止，我心则夷。

解 必也亦既见止，亦既觏止，然后此心庶乎其夷平耳，否则伤悲之心其能自付哉？

采蘋

三章，章四句。

藻　蘋

采蘋

yú yǐ cǎi pín　nán jiàn zhī bīn　yú yǐ cǎi zǎo　yú bǐ háng lǎo
于以采蘋？南涧之滨。于以采藻？于彼行潦。（一章）

yú yǐ chéng zhī　wéi kuāng jí jǔ　yú yǐ xiāng zhī　wéi qí jí fǔ
于以盛之？维筐及筥。于以湘之？维锜及釜。（二章）

yú yǐ diàn zhī　zōng shì yǒu xià　shuí qí shī zhī　yǒu zhāi jì nǚ
于以奠之？宗室牖下。谁其尸之？有齐季女。（三章）

【注】蘋，水萍的一种，《本草》称水萍大者曰蘋，中者曰荇菜，小者曰浮萍。

藻，为多年生水草，好聚生，可食。行潦，水沟；一说路上的积水。

筥，竹器，方的称筐，圆的称筥。

湘，烹煮。锜，三足之锅。釜，无足之锅。

奠，放置，指蘋藻之羹言。宗室，宗庙。牖，窗户。

尸，主持，古人祭祀用人充当神，称尸。有，语助词。齐，"斋"之省借，美好
而恭敬。季女，少女。

此美大夫妻能奉祭祀作也。曰：宗庙载启，举明禋之典者，我大夫尽助奠之诚者，我主妇试言之。

✳ 于以采蘋，南涧之滨。

㊙ 彼蘋之为物可以羞神明，而南涧蘋所生也，则采蘋于南涧之滨，而躬亲之劳有不辞矣。

✳ 于以采藻，于彼行潦。

㊙ 藻之为物可以荐宗庙，而行潦藻所生也，则采藻于行潦之地，而往来之烦，有不恤矣。

✳ 于以盛之，维筐及筥。

㊙ 既采之矣，由是而盛之，则维方之筐也及员之筥也。盖蘋藻异品，盛之各异其器者，正使之无或混也。

✳ 于以湘之，维锜及釜。

㊙ 既盛之矣，由是而湘之，则维有足之锜也，及无足之釜也。盖蘋藻异味，湘之各一具者，正使之无或亵也。

✳ 于以奠之，宗室牖下。

㊙ 既湘之矣，由是奠之宗室牖下焉，盖宗室乃大夫奉祭之所，而牖下乃神明所栖之地，神明于此而栖，则蘋藻亦于此而奠矣。

✳ 谁其尸之？有齐季女。

㊙ 然所以主蘋藻者，果谁其人乎？则有庄敬之少女而已。盖本其寅畏之衷，以虔夫荐豆之礼，凡其采而盛，盛而湘，湘而奠，何莫非一敬之攸游乎？夫祭而能敬固难，少而能敬尤难，而我主妇优为之，真可谓能奉祭祀哉。此固大夫妻生质之贤，而化之所从来远矣。

甘棠

三章，章三句。

甘棠

bì fèi gān táng   wù jiǎn wù fá   shào bó suǒ bá
蔽芾甘棠，勿翦勿伐，召伯所茇。（一章）

bì fèi gān táng   wù jiǎn wù bài   shào bó suǒ qì
蔽芾甘棠，勿翦勿败，召伯所憩。（二章）

bì fèi gān táng   wù jiǎn wù bá   shào bó suǒ shuì
蔽芾甘棠，勿翦勿拜，召伯所说。（三章）

【注】蔽芾，树木高大茂密的样子。甘棠，棠梨，果实圆而小，味涩
可食。翦，同"剪"，指剪其枝叶。伐，指伐其条干。
召伯，即召公，姬姓，封于燕。茇，草舍，此处为动词，即在
草间住。败，毁坏。
拜，拔也。说，同"税"，指停车解马而息。

此思召伯作也。 言天下之物，每有所因，而志爱仁人之泽，恒以所见而不忘吾于召伯，其能已于情耶？

✳ 蔽芾甘棠，勿翦勿伐，召伯所茇。

解 彼南国之有甘棠也，枝叶条干蔽芾而茂盛。 凡我南国之人尚勿翦其枝叶乎，勿伐其条干乎。 若此者非爱一甘棠也，盖以召伯循行布政之时，尝舍此甘棠之下以舒其劳，今我南人受召伯之荫至矣，而甘棠即所以荫召伯也。 召伯既去，不可复睹，甘棠实系吾人去后之思也，伐甘棠即所以伐召伯之德矣，伐之又奚忍哉！

✳ 蔽芾甘棠，勿翦勿败，召伯所憩。

解 是蔽芾甘棠也，不特勿伐之已也，苟少败而挫折之，亦其心之所不忍也，其勿翦勿败乎！所以然者，盖以召伯循行，尝憩此甘棠之下，今其人不可见矣，得见甘棠即见召伯也，不忍忘伯之德，即不忍残所憩之甘棠矣，又奚忍于败之耶？

✳ 蔽芾甘棠，勿翦勿拜，召伯所说。

解 是蔽芾甘棠也，不特勿败之已也，苟少拜而屈抑之，亦其心之所不忍也，其勿翦勿拜乎！所以然者，盖

以召伯循行，尝说此甘棠之下，今其人不可见矣，得见甘棠即见召伯也，不忍忘伯之德，即不忍伤所说之甘棠矣，又奚忍拜之耶？

噫！甘棠且见爱矣，召伯当何如耶？召伯且见思矣，文王当何如耶？于此固可以见召伯得民之深，亦可以见文王德化之盛矣。

行露

三章，一章三句，二三章章六句。

鼠

行露

yā yì háng lù   qǐ bù sù yè   wèi háng duō lù
厌浥行露，岂不夙夜？谓行多露。（一章）

shuí wèi què wú jiǎo   hé yǐ chuān wǒ wū   shuí wèi rǔ wú jiā
谁谓雀无角？何以穿我屋。谁谓女无家？

hé yǐ sù wǒ yù   suī sù wǒ yù   shì jiā bù zú
何以速我狱。虽速我狱，室家不足。（二章）

shuí wèi shǔ wú yá   hé yǐ chuān wǒ yōng   shuí wèi rǔ wú jiā
谁谓鼠无牙？何以穿我墉。谁谓女无家？

hé yǐ sù wǒ sòng   suī sù wǒ sòng   yì bù rǔ cóng
何以速我讼。虽速我讼，亦不女从。（三章）

【注】厌浥，沾湿。 行，道路。

谓，"畏"之假借，指害怕行道多露；一说奈何。

角，鸟喙。

女，同"汝"，你。 家，以媒聘求为家室之礼；一说婆家。

速，促使。 狱，案件，官司。

室家不足，指求为室家之礼不备。

墉，墙。

女从，从汝。

此被化之女子自守作也。若曰：天下恒有外至之辱，而能不为所污者，惟有自守耳。

※ 厌浥行露，岂不夙夜？谓行多露。

解 今道间之露厌浥而方湿，其势甚可畏也。我也当此旦夜之际，岂不欲有所行也乎？但以行道之间多露，畏其沾濡不敢耳。使不顾此耳，冒行宁免沾濡之患乎。

※ 谁谓雀无角，何以穿我屋？

解 夫我之自守如此，然或有强暴不情之讼，则我之自诉乌能已哉？彼雀之穿屋，人皆谓其有角也，谁谓雀无角乎？若无角何以能穿我之屋耶？

※ 谁谓女无家？何以速我狱？

解 女之致我于狱，人皆谓其有室家之礼也，谁谓女无家乎？若无家，何以能召致我于狱耶？

※ 虽速我狱，室家不足。

解 然女虽能速我于狱，而媒妁之言未通，六礼之仪未行，所以求为室家之礼，初未尝备，则速我于狱不过为无情之词焉耳，岂足以诬人哉？

※ 谁谓鼠无牙，何以穿我墉？

解 鼠之穿墉，人皆谓其有牙，谁谓鼠无牙乎？若无牙，何以能穿我之墉耶？

※ 谁谓女无家，何以速我讼？

解 女之致我于讼，人皆谓其有室家之礼也，谁谓女无家乎？若无家，何以能速我于讼耶？

※ 虽速我讼，亦不女从。

解 然女虽速于讼，而室家之礼不足，则自守之志不易，我决不女从矣，无情之讼何为哉？

吁，贞女之守礼如此，非文王、召伯之德化，孰风之。

羔羊

三章，章四句。

gāo yáng zhī pí　　sù sī wǔ tuó　　tuì shí zì gōng　　wēi yí wēi yí
羔羊之皮，素丝五纰。退食自公，委蛇委蛇。（一章）

gāo yáng zhī gé　　sù sī wǔ yù　　wēi yí wēi yí　　zì gōng tuì shí
羔羊之革，素丝五緎。委蛇委蛇，自公退食。（二章）

gāo yáng zhī péng　　sù sī wǔ zǒng　　wēi yí wēi yí　　tuì shí zì gōng
羔羊之缝，素丝五总。委蛇委蛇，退食自公。（三章）

【注】素丝，白丝。 五纰，衣襟一侧用丝带做的五个纽子，用来结衣，相当于现在的
纽扣。

退食自公，从公署退归而进食。 委蛇，行走舒缓从容的样子。

革，皮袄里子。 五緎，衣襟另一侧用丝带做的五个套儿，相当于现在的扣眼，
穿上衣后，把纰放入緎内。

缝，同"髼"，指皮袄；一说缝合之处。 总，纽结、丝结，即把纰放入緎内。

燕寢退食圖

此美大夫作也。曰：常人于公朝之服，或勉从乎常制，而私服则不免流于侈矣，于立朝之顷，或谨饰乎仪容，而燕居则不免流于肆矣，我大夫不然。

❋ 羔羊之皮，素丝五绒。

㉿ 以羔羊之皮，为燕居之裘，其加之以饰也，则惟素丝五绒而已，崇雅而黜华，不尚乎文绣之美，其衣服之有常如此，何其德之节俭耶？

❋ 退食自公，委蛇委蛇。

㉿ 当退食于家，而出自公朝之时，其形之动容，则见其委蛇自得而已，不拘而不肆，适著乎安舒之度，其动容之自得如此，何其德之正直耶？

❋ 羔羊之革，素丝五緎。

㉿ 以羔羊之革为裘，而以素丝五緎为饰。

❋ 委蛇委蛇，自公退食。

㉿ 且其委蛇自得之容，每形于自公退食之际，是其去奢敛朴，周旋中礼可见矣，其节俭正直也何如哉？

❋ 羔羊之缝，素丝五总。

㉿ 以羔羊之皮缝而为裘，以素丝五总为饰。

❋ 委蛇委蛇，退食自公。

㉿ 且其委蛇自得之容，著于退食自公之时，是其敛华而尚质，动容而有则可见矣，其节俭正直也何如哉！

要之衣服有常，文王卑服之化，风之也。动容自得，文王敬止之德，威之也。倘非被化之深，而在位焉能若是耶？

殷其雷

三章，章六句。

殷其雷，在南山之阳；何斯违斯，莫敢或遑？
yīn qí léi　zài nán shān zhī yáng　hé sī wéi sī　mò gǎn huò huáng

振振君子，归哉归哉！（一章）
zhēn zhēn jūn zǐ　guī zāi guī zāi

殷其雷，在南山之侧；何斯违斯，莫敢遑息？
yīn qí léi　zài nán shān zhī cè　hé sī wéi sī　mò gǎn huáng xī

振振君子，归哉归哉！（二章）
zhēn zhēn jūn zǐ　guī zāi guī zāi

殷其雷，在南山之下；何斯违斯，莫或遑处？
yīn qí léi　zài nán shān zhī xià　hé sī wéi sī　mò huò huáng chù

振振君子，归哉归哉！（三章）
zhēn zhēn jūn zǐ　guī zāi guī zāi

【注】殷，雷声。阳，山南曰阳，阳光常照之处。

违，去也。遑，闲暇。

振振，诚实仁厚的样子。

处，居也。

此思君子作也，意曰：君子驰驱王事，奚暇计及家哉？顾役则念其劳，离则期其合，在我有难为情者。

✳ 殷其雷，在南山之阳；

㉁ 彼殷然雷声，则在南山之阳，是无定者，固有定在矣。

✳ 何斯违斯，莫敢或遑。

㉁ 何此君子乃违此所，心从役于外，而莫敢少暇乎，是有定者，歹无定在矣。

✳ 振振君子，归哉归哉！

㉁ 夫以君子之莫敢或遑，则旋归之未有期，诚不能不系吾思者，吾想君子之为人也，振振然信实而无伪。忠厚而有余，其德之美如此。乃吾之所欲，相亲而无朝夕违者，尚其早毕事而来归哉，早毕事而来归哉。庶可以慰吾仰德之思矣，不则思念之情，曷维其已耶？

✳ 殷其雷，在南山之侧；

㉁ 殷然雷声，盖在南山之侧，而有定处矣。

✳ 何斯违斯，莫敢遑息。

㉁ 何此君子独去此，而莫敢遑息者乎？

✳ 振振君子，归哉归哉！

㉁ 想我君子忠信慈祥，振振有足

嘉者。

✳ 殷其雷，在南山之下；

㉁ 速一日之归，则速慰吾一日之思矣，尚其早毕事而来归哉。不然思念不能以自己也。殷然雷声，盖在南山之下而有定处矣。

✳ 何斯违斯，莫或遑处。

㉁ 何此君子独去此，而不敢遑处者乎。

✳ 振振君子，归哉归哉！

㉁ 想我君子笃实浑厚，振振有足美者。速一日之归，则速慰吾一日之念矣，尚其早毕事而来归哉，不然思念不能以自己也。

夫既念其役而悯其劳，复美其德，而望其归，妇人可谓专一之至矣，非被化而能若是乎。

摽有梅

三章，章四句。

biào yǒu méi　　qí shí qī xī　　qiú wǒ shù shì　　dài qí jí xī
摽有梅，其实七兮。求我庶士，迨其吉兮！（一章）

biào yǒu méi　　qí shí sān xī　　qiú wǒ shù shì　　dài qí jīn xī
摽有梅，其实三兮。求我庶士，迨其今兮！（二章）

biào yǒu méi　　qǐng kuāng jì zhī　　qiú wǒ shù shì　　dài qí wèi zhī
摽有梅，顷筐墍之。求我庶士，迨其谓之。（三章）

【注】摽，击也；一说坠落；一说掷、抛。有，语助词。七，非实数，古人以七到十表示多，三以下表示少，此处指树上未落的梅子还有七成。

庶，众多。士，未婚男子。迨，及，趁。吉，好日子。

今，现在。

墍，取；一说给。

谓，聚会；一说开口说话；一说嫁。

標梅待吉圖

此女子自守，惧其嫁不及时作也。若曰：婚姻有期，一过其期，将有后时之悔者，甚可惧也。

✳ 摽有梅，其实七兮。

🟠 向也梅之方实，乃桃夭之候，大昏之期也。今梅之实者已摽，其在树者仅十之七而已，则时过而太晚矣。

✳ 求我庶士，迨其吉兮。

🟠 当此之时，婚礼未定，吾宁以无惧乎？求我之庶士，其及此时日之吉，而遂行大昏之礼乎，庶乎吾身有主，而侵凌之患可免矣！

✳ 摽有梅，其实三兮。

🟠 然梅之摽也，特七已也。其实之在树者，仅十之三而已，时之过，益以晚矣。吾之惧益以切矣。

✳ 求我庶士，迨其今兮。

🟠 求我之庶士，今犹不至者，意必待吉也。然惟及今而来，以成大婚之礼，则有所恃以无恐矣，待其时之吉邪。

✳ 摽有梅，顷筐塈之。

🟠 然梅之落也，不特三已也，其落之尽者，顷筐以取之焉，时之过又益以晚矣，吾之惧又益以深矣。

✳ 求我庶士，迨其谓之。

🟠 求我之庶士，及今而来固也，然必求其礼之修，恐后时矣，惟以父母之命，通媒妁之言，以相谓则约可定，而我可悖以无恐矣，奚待其礼之备耶？夫当太过之时而虑强暴之辱，冀庶士之求，而定婚姻之礼，女子之贞信自守如此，非被化之深而能若是哉？

小星

二章，章五句。

小星

huì bǐ xiǎo xīng　　sān wǔ zài dōng
嘒彼小星，三五在东。

sù sù xiāo zhēng　　sù yè zài gōng　　shí mìng bù tóng
肃肃宵征，夙夜在公，实命不同。（一章）

huì bǐ xiǎo xīng　　wéi shēn yǔ mǎo
嘒彼小星，维参与昴。

sù sù xiāo zhēng　　bào qīn yǔ chóu　　shí mìng bù yóu
肃肃宵征，抱衾与裯，实命不犹。（二章）

【注】嘒，微光闪烁，光芒微弱的样子。 三五，即下文的参星和
昴星。

肃肃，疾行的样子。 宵征，夜行。 在公，为公家办事。
实，此。

参，星名，二十八宿之一，共七星，四角四星，中间横列三星，
故古人以横列的三星代表参星。 昴，星名，二十八宿之一，共
七星，古人又以为五星。

衾，被子。 裯，被单。 犹，若，如。

此被化夫人能不妒忌，以惠其下，故其众妾美之。

✳ 嘒彼小星，三五在东。

🟠 嘒然而明之小星，则三五在东矣。

✳ 肃肃宵征，夙夜在公，实命不同。

🟠 我也进御于君，肃肃然夜行于宫阃之中，则夙夜在公矣。夙焉在公，见星以往还也；夜焉在公，见星以往还也，其往来之勤有如此者。是非不欲自逸也。盖我所付之分不同，于夫人之贵者，则贵处其逸，而贱处其劳，固分耳。然使我得进御于君，则夫人之惠也，又安敢致怨于往来之动哉。

✳ 嘒彼小星，维参与昴。

🟠 嘒然而明之小星，则维参与昴矣。

✳ 肃肃宵征，抱衾与裯，实命不犹。

🟠 我也进御于君，肃肃然夜行于宫阃之中，则抱衾与裯矣。夙焉抱衾与裯，见星以往还也。夜焉抱衾与裯，见星以往还也，其往来之速有如此者。是非不能自安也，盖我所付之分，不犹于夫人之尊者，处其安而卑者，处其烦固分耳。然使我得进御于君，则夫人之惠也，又安敢致怨于往来之数哉？

● 明·程大约《程氏墨苑·参宿图》

江有汜

三章，章五句。

jiāng yǒu sì　　zhī zǐ guī　　bù wǒ yǐ　　　bù wǒ yǐ　　　qí hòu yě huǐ
江有汜，之子归，不我以；不我以，其后也悔。（一章）

jiāng yǒu zhǔ　　zhī zǐ guī　　bù wǒ yǔ　　　bù wǒ yǔ　　　qí hòu yě chǔ
江有渚，之子归，不我与；不我与，其后也处。（二章）

jiāng yǒu tuó　　zhī zǐ guī　　bù wǒ guò　　bù wǒ guò　　qí xiào yě gē
江有沱，之子归，不我过；不我过，其啸也歌。（三章）

【注】江，长江。汜，由主流分出而复汇合的河水。之子，这个人，指丈夫的新欢。

以，与，共。不我以，即"不以我"，不与我一起或不带我一起。

渚，水中小洲。与，偕也，与上文"不我以"之"以"义同。

处，共处。

沱，江水的支流；一说与"汜"同。过，到访；一说度。

啸，蹙口出声，以舒愤懑之气。其啸也歌，有狂歌当哭之意。

此媵妾美其嫡作也。 若曰：人不能无一时之失，而叹于悔悟之诚，我于夫人深喜其有不远之复矣。

✳ 江有汜，之子归，不我以。

🔴解 江水犹有决而复入之汜矣。 何向者之子于归，乃不挟我以行焉？

✳ 不我以，其后也悔。

🔴解 然虽不以，亦特一时之蔽耳。 迨其后也，则悔其既往之失，而迎我以归矣，岂终于不我以哉？

✳ 江有渚，之子归，不我与。

🔴解 江水犹有小洲之渚。 何向者之子于归，乃不与我偕行焉？

✳ 不我与，其后也处。

🔴解 然虽不与，亦特一时之衍耳，迨其后也，则迎我以归反之，无愧于心，而泰然得其所安矣。 岂终于不我与哉？

✳ 江有沱，之子归，不我过。

🔴解 江水犹有别出之沱，何向者之子于归，乃不过我以俱行焉。

✳ 不我过，其啸也歌。

🔴解 然虽不过，亦特一时之迷耳。 迨其后也，则创往事之失，而发咨叹之声，于是悔而迎，迎而得所处，油然乐以咏歌矣，岂终于不我过哉。

吁，吾于媵众不怨，见夫人之贤焉，吾又于夫人之贤而见后妃之化焉。

野有死麕

三章，一二章四句，三章三句。

yě yǒu sǐ jūn　　bái máo bāo zhī　　yǒu nǚ huái chūn　　jí shì yòu zhī

野有死麕，白茅包之。有女怀春，吉士诱之。（一章）

lín yǒu pǔ sù　　yě yǒu sǐ lù　　bái máo tún shù　　yǒu nǚ rú yù

林有朴樕，野有死鹿。白茅纯束，有女如玉。（二章）

shū ér tuì tuì xī　　wú hàn wǒ shuì xī　　wú shǐ máng yě fèi

舒而脱脱兮，无感我帨兮，无使尨也吠。（三章）

【注】麕，兽名，似鹿而小，无角，俗名獐子。白茅，一种草本植物，洁白柔滑，古
人常用来包裹肉类。

怀，思也。怀春，当春而有所怀思，指男女情欲萌动。吉士，男子的美称。

朴樕，小木。

纯束，捆扎。

舒，徐缓。脱脱，又轻又慢的样子。感，同"撼"，动也。帨，女子系在腹前
的佩巾，犹今之围裙。尨，长毛犬。

此美贞女之自守也。 若曰：情欲人所易徇，求其能以礼自防者，惟我贞女乎，何言之。

(✳) 野有死麕，白茅包之。

(解) 彼郊野之间有死麕，欲取之者，犹必以白茅包之，是一物之征，而取之有不苟矣。

(✳) 有女怀春，吉士诱之。

(解) 况此怀春之女，吉士当以礼娶之可也，顾欲以非礼诱之，不亦妄哉。

(✳) 林有朴樕，野有死鹿。 白茅纯束，有女如玉。

(解) 林有朴樕之，野有死鹿焉，欲取之者，犹必以白茅纯束之，是一物之征，而取之有不苟矣。 况此如玉之女，吉士当以礼聘之可也，顾欲以非礼诱之，不亦妄哉。

(✳) 舒而脱脱兮，无感我帨兮，无使尨也吠。

(解) 然吉士之求虽妄，而贞女之守则甚严。 观其拒之之词，曰达礼者固当以礼处已，亦当以礼处人，尔姑舒舒而来，毋得犯礼以相求也。 吾身所佩有帨也，感我帨则近我身尔，当无动我之帨焉。 吾家所畜有尨也，惊我尨则近我家尔，当无使尨也吠焉，贞女拒之之词如此。

夫帨犹不可动也，而况于身，犬犹不可惊也，而况于家，其自守之严，凛然不可犯，如吉士纵欲，以非礼诱之，乌得而诱之哉？ 吁，于此见文王之化矣。

● 日本·细井徇《诗经名物图解·麕图》

何彼襛矣

三章，章四句。

常棣

何 彼 襛 矣
hé bǐ nóng yǐ

何彼襛矣？唐棣之华。曷不肃雍！王姬之车。（一章）
hé bǐ nóng yǐ　táng dì zhī huā　hé bù sù yōng　wáng jī zhī chē

何彼襛矣？华如桃李。平王之孙，齐侯之子。（二章）
hé bǐ nóng yǐ　huā rú táo lǐ　píng wáng zhī sūn　qí hóu zhī zǐ

其钓维何？维丝伊缗。齐侯之子，平王之孙。（三章）
qí diào wéi hé　wéi sī yī mín　qí hóu zhī zǐ　píng wáng zhī sūn

【注】襛，一作"秾"，花木繁盛貌。唐棣，木名，似白杨，又作棠棣、常棣。华，花也。

曷，何。肃，敬也。雍，和也。王姬，周王姓姬，其女或孙女称王姬。

平王，指谁无定说，一说为周平王。孙，孙女。齐侯，齐国国君。

维、伊，皆语助词。缗，合股丝绳，这里以丝绳钓鱼喻齐侯之子娶平王之孙女。

"其钓维何，维丝伊缗"，比喻男女双方门当户对、婚姻美满。

此美下嫁之王姬作也。 若曰：以王姬而适藩国，荣宠极矣，而能忘其名分以联情好，则姬德之甚茂，不可诬也。

✳ 何彼秾矣？唐棣之华。

🔴 彼秾秾而盛者，果何华乎？乃唐棣之华也。

✳ 曷不肃雍？王姬之车。

🔴 此何不异日肃肃，而敬雍雍，而和以执妇道者。 果何人乎，乃王姬之车也。 盖王姬育德于思斋之范者，深观化于窈窕之风者，久自无挟贵之意，吾虽未尽窥其蕴也，然即车而想其人，则其能和敬不可以逆睹哉！

✳ 何彼秾矣，华如桃李。

🔴 夫以王姬有和敬之德如此，则其匹配之际，何者不见可美乎？自其男女之称言之。 彼秾然而盛，果何华也，实维桃与李也，二物盖烨然其并盛矣。

✳ 平王之孙，齐侯之子。

🔴 况下嫁者乃平王之孙，源出天潢之尊也。 上娶者乃齐侯之子，爵膺五等之贵也，下嫁不为屈，上娶不为僭，男女二人何有不称哉？

✳ 其钓维何？维丝伊缗。

🔴 自其男女之合言之。 彼其钓维何，实惟丝合之以为纶也，二物盖燦然其相比矣。

✳ 齐侯之子，平王之孙。

🔴 况此上娶者，乃齐侯之子，男得女以为室也。 下嫁者乃平王之孙女，得男以为家也。

以女为室者，资其内助之益，以男为家者，赖其刑于之化，男女二人何有不合乎！要之王姬惟有肃雍之德，故族类之相称，婚姻之相合，无一而不可美，如此也，文王太姒之教，乌可诬哉？

驺虞

二章，章三句。

驺虞

bǐ zhuó zhě jiā   yí fā wǔ bā   xū jiē hū zōu yú
彼茁者葭，壹发五犯，于嗟乎驺虞！（一章）

bǐ zhuó zhě péng   yí fā wǔ zōng   xū jiē hū zōu yú
彼茁者蓬，壹发五豵，于嗟乎驺虞！（二章）

【注】茁，草木初生貌。葭，初生的芦苇。发，射箭。壹发，射满
十二箭为一发。犯，母猪。壹发五犯，国君射猎时，由虞人驱
赶五只野猪，等待国君射猎，故称。于，同"吁"。于嗟乎，
感叹词，表示惊异、赞美。驺虞，掌鸟兽之官。这一章是赞美
其能驱赶野猪供国君射猎的本领。

蓬，草名，即蓬草，叶似柳，有锯齿，又称蓬蒿。豵，小猪，
猪生一岁曰豵。

清·高侪鹤《诗经图谱慧解·驺虞图》

餇虞圖
彼茁者葭
壹發五豝
康熙丙
戌初夏
寫甕莊

此美诸侯之仁德及物也。 意曰：万物以得所为贵，王道以因心为难，我侯仁民之余恩，固有以及于庶类矣，而其春田之际，草木之茂，禽兽之多，何如哉？

（＊）彼苴者葭，壹发五豝，於嗟呼驺虞！

（解）彼植者吾知其为葭，则苴然而茂盛。 走者吾知其为豝，则一发而中五，即一葭豝之盛，而凡类于葭豝者，可知我侯之仁恩，盖洋溢于宇宙矣。 然岂待于勉哉？彼驺虞之不食生物，其仁性之也，我侯之仁，及于庶类，亦皆出乎因心之自然，而无所勉也。 吁，嗟乎，是即驺虞矣，而何形体之构哉！

（＊）彼苴者蓬，壹发五豵，於嗟乎驺虞！

（解）植者吾知其为蓬，则苴者而壮盛。 走者吾知其为豵，则一发而中五，即一蓬豵之盛，而凡类于蓬豵者，可知我侯之仁恩，盖充周于覆载矣。 然岂待于勉哉！彼驺虞之不食生物，其仁性之也。 我侯之仁，及于庶类，亦皆由于根心之自然，而无所强也。 吁，嗟乎！是即驺虞矣，而何形体之限哉！

是则非及物，无以见诸侯，功用之全，非仁心无以见诸侯，用之本薰蒸透彻，上下周遍，文王王道之盛，盖至此而不可加矣。

日本·细井徇《诗经名物图解·豝图》

邶、鄘之诗多为卫载，以其地后入于卫也，犹系故国之名者，存先王之封建也。诗凡十四篇。

邶风

柏舟

五章，章六句。

柏
舟

fàn bǐ bǎi zhōu　　yì fàn qí liú　　gěnggěng bù mèi　　rú yǒu yǐn yōu
泛彼柏舟，亦泛其流。耿耿不寐，如有隐忧。

wēi wǒ wú jiǔ　　yǐ áo yǐ yóu
微我无酒，以敖以游。（一章）

wǒ xīn fěi jiàn　　bù kě yǐ rú　　yì yǒu xiōng dì　　bù kě yǐ jù
我心匪鉴，不可以茹；亦有兄弟，不可以据。

bó yán wǎng sù　　féng bǐ zhī nù
薄言往愬，逢彼之怒。（二章）

wǒ xīn fěi shí　　bù kě zhuàn yě　　wǒ xīn fěi xí　　bù kě juǎn yě
我心匪石，不可转也；我心匪席，不可卷也。

wēi yí dì dì　　bù kě xùn yě
威仪棣棣，不可选也。（三章）

【注】泛，漂浮、漂流。柏舟，用柏木造的舟，质地坚硬。亦，语助词。流，
中流。

耿耿，形容心中焦虑不安。如，连词，表示顺承，相当于"而"。隐，
深也，隐藏在内心；一说痛也。

微，非，不是。以，介词，有"凭借"的意思。敖，同"遨"，出游。

匪，同"非"。鉴，铜镜。茹，食也，引申为容纳。据，依靠。

薄言，语助词。愬，同"诉"，告诉。

威仪，态度容貌与言行举止，指尊严、面子。棣棣，雍容而娴雅的样
子；一说丰富盛多的样子。选，同"巽"，屈挠，退让。

忧心悄悄，愠于群小，觏闵既多，受侮不少。

静言思之，寤辟有摽。（四章）

日居月诸，胡迭而微？心之忧矣，如匪澣衣。

静言思之，不能奋飞。（五章）

悄悄，忧心的样子。 愠，恼怒、怨恨。 群小，众小人。 觏，遭逢、遇到。
闵，忧伤，伤痛。

静言，仔细地。 寤，交互。 辟，同"擗"，捶胸。 有，又。 摽，捶击。

居、诸，皆语词，无义。 胡，何。 迭，更迭。 微，隐微无光，指日食、月食
而言。

匪，彼。 澣，同"浣"。

此妇人不得于夫作也。 若曰：君子者终身之所仰望也，一为见弃则忧伤之情不可胜言者，若我是已。

及友不恤我遭变之可怜，而深责我见弃之自取，适以逢彼之怒而已，其不可据如此。 盖不得于夫，所遭无非逆境，何其不幸哉？

(✳) 泛彼柏舟，亦泛其流。

(解) 彼以柏为舟，紧致牢实，宜以之乘载也。 今乃不以乘载，无所依薄，但泛然于水中而已，我之不得于夫，失其所归，依归不犹是哉？

(✳) 耿耿不寐，如有隐忧。

(解) 是以耿耿于中，而不遑寐。 其隐忧之深，有如此者。

(✳) 微我无酒，以敖以游。

(解) 是非为无酒可以遨游而解之也，盖不得于夫，乃人伦大变，变之所关者大，则忧之所感者深，始非酒所能解耳，将禁之何哉？

(✳) 我心匪鉴，不可以茹；

(解) 我之不得于夫，是必有其故矣。 惟鉴可以度物也，我心则匪鉴之明，不可以度物而莫测其所以然之故者矣。

(✳) 亦有兄弟，不可以据。

(解) 夫我既无度物之智，使至亲有可恃焉，则亦聊可以自安也，奈何亦有兄弟，又不可以依以为重。

(✳) 薄言往诉，逢彼之怒。

(解) 我方以见弃之情往而诉之，乃兄弟

(✳) 我心匪石，不可转也；

(解) 夫不得于夫，我既不能度其故，则所以自反者，不容已矣。 意者立心，无常致之与，然语坚确者莫如石，犹可得而转也，而我心坚确之至，则匪石之可拟者，不可得而转矣。

(✳) 我心匪席，不可卷也。

(解) 语正直者莫如席，犹可得而卷也，而我心正直之至，则非席之可论者，不可得而卷矣，其立心何有常耶？

(✳) 威仪棣棣，不可选也。

(解) 意者动容未善致之与，然我之威仪周旋，进退无不中礼，棣棣然富而闲习也。 人虽欲有取舍于其间，夫固无一之不立于不善，不可得而选择之矣，其动容何尽善耶？夫反之于身，内外无缺如此，则固无不得，于夫之故矣，而乃遭此变焉，亦独何哉？

(✳) 忧心悄悄，愠于群小。

(解) 夫自反无缺，而乃不得于君子，忧心已悄悄矣。 何群小所以事我

者也，今亦以我不得于夫，有所观望，而厚薄其情，遂不免于见愠焉。

⊛ 觏闵既多，受侮不少。

🔵 谗谮以攻我，觏闵亦既多矣。傲慢以接我，受侮亦不少矣，其愠于群小为何如耶？

⊛ 静言思之，寤辟有摽。

🔵 夫不得于夫，至于小加大，贱妨贵如是，故我静言思之，深伤所遭之不幸，何尤于群小之交构，寤言不寐，但摽然拊心而已，其将何所控诉哉？

⊛ 日居月诸，胡迭而微？

🔵 夫见愠群小，则名分之乖甚矣。彼月宜有时而亏，日当常明不宜亏也，而今亦亏，是日之与月更迭而微矣，然则正嫡当尊，众妾当卑，今众妾反胜正嫡，而正嫡反卑，则与日月更迭而微何异哉！

⊛ 心之忧矣，如匪澣衣。

🔵 故我也伤嫡妾之易位，慨尊卑之失序，心之忧矣，烦冤聭眊如衣不澣之衣，而不能自胜。

⊛ 静言思之，不能奋飞。

🔵 静言思之，恨不能奋翼飞去，以解脱此忧耳，其将如之何哉。夫不得于夫，大变也，妇人惟知反躬自咎，而无怨怼之词，可谓贤矣。圣人系之变风之首，良有取尔。

绿衣

四章，章四句。

绿兮衣兮，绿衣黄里。心之忧矣，曷维其已？（一章）

绿兮衣兮，绿衣黄裳。心之忧矣，曷维其亡？（二章）

绿兮丝兮，女所治兮。我思古人，俾无讹兮。（三章）

绤兮绤兮，凄其以风。我思古人，实获我心。（四章）

【注】绿兮衣兮，犹言"绿衣兮绿衣兮"，下文"绿兮丝兮"同。兮，语词，相当于
"啊"。绿衣黄里，古人以绿为闲色（亦作"间色"），黄为正色。里，指穿在里
面的衣服。

曷，何时。维，助词，无义。已，止。

裳，上曰衣，下曰裳。

亡，同"忘"。

女，同"汝"。治，染治。

古人，故人，指亡妻。俾，使。讹，过错。

绤，粗葛布。绤，细葛布。凄其，即"凄凄"，指凉而有寒意。以，因。

获，揣度。

此庄姜失位而作也。

☀ 绿兮衣兮，绿衣黄里。

🅗 绿间色贱也，宜以为里，黄正色贵也，宜以为衣。今以绿为衣，以黄为里，是皆失其所矣。不犹贱妾当幽而反显，正嫡当显而反幽也乎？

☀ 心之忧矣，曷维其已。

🅗 夫嫡妾之间，人伦关焉，幽显失序，则人伦乖矣，我心之忧，曷能以自已耶？

☀ 绿兮衣兮，绿衣黄裳。

🅗 绿间色贱也，宜以为裳，黄正色贵也，宜以为衣。今以绿为衣，而黄者自里转而为裳，其失所益甚矣。不犹贱妾当微而反尊，正嫡当尊而反微也乎？

☀ 心之忧矣，曷维其亡！

🅗 夫嫡妾之间，名份存焉，尊卑易位，则名分乱矣，我心之忧，曷能以自忘哉！

☀ 绿兮丝兮，女所治兮。

🅗 彼绿方为丝，其色本可爱也，而女又治之，本以有用之物，而加之宠用之意，此绿之所以益美也。然则以少艾之妾，而蒙眷爱之隆，不犹是耶，则妾之尊显有由矣。

☀ 我思古人，俾无诋兮。

🅗 然固不可移矣，我将如之何哉？亦曰古人之事，今人之师也，我思古人有尝遭此而善处者，以自励焉，使不至陷于有过之地斯已矣，若夫绿丝之见爱，吾又何暇计哉？

☀ 绤兮绤兮，凄其以风。

🅗 彼绤兮绤兮，而凄其以风，虽为有用之物，而值无用之时，此绤绤之所以为取也，然则我以颜色之衰而遭过时之弃，不犹是耶？则我之幽微有所自矣。

☀ 我思古人，实获我心。

🅗 然固无可为矣，我将之如何哉？亦曰古人之心，今人之心也，我遭此变而求以善处，仰思古人果有善处者，真能先得我心之所求矣，若夫绤绤之见弃，我奚暇恤哉？吁！遇变而不失其常，处变而求法乎古，若庄姜者可为贤矣。

燕燕

四章，章六句。

yàn yàn yú fēi　cī chí qí yǔ　zhī zǐ yú guī　yuǎn sòng yú yě
燕燕于飞，差池其羽。之子于归，远送于野。

zhān wàng fú jí　qì tì rú yǔ
瞻望弗及，泣涕如雨。（一章）

yàn yàn yú fēi　xié zhī háng zhī　zhī zǐ yú guī　yuǎn yú jiāng zhī
燕燕于飞，颉之颃之。之子于归，远于将之。

zhān wàng fú jí　zhù lì yǐ qì
瞻望弗及，伫立以泣。（二章）

【注】燕燕，重叠用法，即燕子燕子。 差池，参差不齐貌。

瞻，往前看。 弗及，不能看见。

颉，上飞。 颃，下飞。

远于将之，"将之于远"之倒装；于，往；将，送。

伫立，久立。

yàn yàn yú fēi　　xià shàng qí yīn　　zhī zǐ yú guī　　yuǎn sòng yú nán

燕燕于飞，下上其音。之子于归，远送于南。

zhān wàng fú jí　　shí láo wǒ xīn

瞻望弗及，实劳我心。（三章）

zhòng shì rèn zhǐ　　qí xīn sài yuān　　zhōng wēn qiě huì　　shū shèn qí shēn

仲氏任只，其心塞渊。终温且惠，淑慎其身。

xiān jūn zhī sī　　yǐ xù guǎ rén

先君之思，以勖寡人。（四章）

于南，往南方去；一说"南"与"林"同，指郊外。

劳，伤。

仲，排行第二；仲氏即二妹。　任，信任。　只，语词。　塞（又读 sè），诚实。

渊，深远。

终……且……，既……又……。

温，和。　惠，顺。

淑慎其身，"其身淑慎"之倒装；淑，善良；慎，谨慎。

先君，已故的国君。

勖，勉励。　寡人，国君对自己的谦称。

此戴妫大归，而庄姜送之，
作此诗也。

※ 燕燕于飞，差池其羽。

解 彼燕燕于飞，其羽则差池而不
齐矣。

※ 之子于归，远送于野。

解 况之子遭大变而大归于陈，我则远
送于野矣。

※ 瞻望弗及，泣涕如雨！

解 斯时也存亡在念，而感慨弥深，离
别殊常，而忧伤独切。故奄忽之
间，瞻望之子而弗及，而泣涕如雨
有不能为，情之甚矣。

※ 燕燕于飞，颉之颃之。

解 燕燕于飞，则颉颃而上下矣。

※ 之子于归，远于将之。

解 况之子遭大变而大归于陈，我则远
以送矣。

※ 瞻望弗及，伫立以泣！

解 斯时感念大故，不胜无穷之恨，忧
伤远别，不胜无已之情。故瞻望
弗及之间，伫立以泣，有不能以自
已者矣。

※ 燕燕于飞，下上其音。

解 燕燕于飞，则下上其音矣。

※ 之子于归，远送于南。

解 况之子遭大变而大归于陈，我则远
送于南矣。

※ 瞻望弗及，实劳我心。

解 斯时也遭家不幸，已悲愤于吾心，
而后会无期，又重切于吾念，实有
劳我之心，而不能以自适矣。

※ 仲氏任只，其心塞渊。

解 夫我之不忍另于仲氏如此，亦以仲
氏之为人，有以系吾念耳。观其
处嫡妾之间，恩意独至，而相信之
殊深，虽我不得于先君，彼亦不因
之厚薄其情，而若群小之我惕者
也。以言其立心，则诚实而不虚
妄，深密而不浅露，其存心之善，
有如此者矣。

※ 终温且惠，淑慎其身。

解 以言其制行则待人终始以和，从君
终始，以顺其持身之淑慎，有如
此矣。

※ 先君之思，以勖寡人。

解 且其别也，又以先君之思勉我，盖
虽我心之思念无时不存，而彼之拳
拳，必欲我之常念而不失其守焉。
持大义以相勉，固不必古人之思，
而实有以获我心矣。

夫思其贤贤犹在望，思其言言犹在
耳，则今日于归能不远而送，送而
悲哉？

日月

四章，章六句。

rì jū yuè zhū　　zhào lín xià tǔ　　nǎi rú zhī rén xī　　shì bù gǔ chǔ
日居月诸，照临下土。乃如之人兮，逝不古处。
hú néng yǒu dìng　　nìng bù wǒ gù
胡能有定？宁不我顾？（一章）

rì jū yuè zhū　　xià tǔ shì mào　　nǎi rú zhī rén xī　　shì bù xiāng hǎo
日居月诸，下土是冒。乃如之人兮，逝不相好。
hú néng yǒu dìng　　nìng bù wǒ bào
胡能有定？宁不我报？（二章）

rì jū yuè zhū　　chū zì dōng fāng　　nǎi rú zhī rén xī　　dé yīn wú liáng
日居月诸，出自东方。乃如之人兮，德音无良。
hú néng yǒu dìng　　bǐ yě kě wàng
胡能有定？俾也可忘。（三章）

rì jū yuè zhū　　dōng fāng zì chū　　fù xī mǔ xī　　xù wǒ bù zú
日居月诸，东方自出。父兮母兮，畜我不卒。
hú néng yǒu dìng　　bào wǒ bù shù
胡能有定？报我不述。（四章）

【注】居、诸，皆语词。乃如，竟然。之人，此人。逝，发语词，无义。古处，和原
来一样相处。胡，何。定，止，指心定、心安。宁，乃。我顾，顾我。
是，无义。冒，覆盖，照临。
德音，好听的话。无良，没有好心肠。
畜，养。卒，终。不述，不循义理。

此庄姜不见答于庄公，呼日月而诉之。曰：夫妇莫贵于相与，而莫病于相暌，今予不幸而相暌，诚有难于为情者矣。

✳ 日居月诸，照临下土。

🔴 言日居月诸，照临下土久矣，自有夫妇之伦以来，未有不以古道相处者。

✳ 乃如之人兮，逝不古处。

🔴 今乃有如是之人，不以古人处夫妇之道而处矣。

✳ 胡能有定？宁不我顾？

🔴 夫不以古道相处，是即不我顾矣，是其心志之违惑，胡能有所安定哉？夫常相顾念者，夫妇之情也。今何为独不我顾，自绿衣见爱，而绤绤有塞风之弃，于情若是忍耶？

✳ 日居月诸，下土是冒。

🔴 日居月诸，丕冒下土久矣，自有夫妇之伦以来，未有不相好者。

✳ 乃如之人兮，逝不相好。

🔴 今乃有如是之人，于夫妇之间而不相好。

✳ 胡能有定？宁不我报？

🔴 夫不相好，即不相报矣，是其心志违惑，胡能有定哉？夫常相报答者，夫妇之情也，今何为独不我报，自黄裳失序，而终风无往来之亲，于情若是忍耶？

✳ 日居月诸，出自东方。

🔴 日居月诸，出自东方，其旁烛也久矣。

✳ 乃如之人兮，德音无良。

🔴 今乃有如是之人，失其古处相好之常，而德音无良。

✳ 今乃有如是之人，失其古处相好之常，而德音无良。

🔴 是心志违惑，胡能有定哉？夫夫妇之情可亲，而不可忘也，何独使我为可忘而弃之如遗耶？

✳ 日居月诸，东方自出。

🔴 日居月诸，出自东方，其垂照也久矣。

✳ 父兮母兮，畜我不卒。

🔴 今父兮母兮，乃养我不得以善终，使我有失所之忧。

✳ 胡能有定？报我不述。

🔴 然我之罹此忧是其心志之违惑也，亦胡能有定哉？夫夫妇之相唱随，义理之当然也。胡为见弃，所以报我者，曾不循义理耶？

终风

四章，章四句。

终

zhōng fēng qiě bào　　gù wǒ zé xiào　　xuè làng xiào áo　　zhōng xīn shì dào
终风且暴，顾我则笑。谑浪笑敖，中心是悼。（一章）

zhōng fēng qiě mái　　huì rán kěn lái　　mò wǎng mò lái　　yōu yōu wǒ sī
终风且霾，惠然肯来。莫往莫来，悠悠我思。（二章）

zhōng fēng qiě yì　　bù rì yǒu yì　　wù yán bù mèi　　yuàn yán zé tì
终风且曀，不日有曀。寤言不寐，愿言则嚏。（三章）

yì yì qí yīn　　huī huī qí léi　　wù yán bù mèi　　yuàn yán zé huái
曀曀其阴，虺虺其雷。寤言不寐，愿言则怀。（四章）

【注】终，既。暴，迅疾、狂暴。

谑，调戏。浪，放荡。敖，放纵。中心，心中。悼，伤心。

霾，尘土飞扬。惠然，和顺貌。

莫，不。

曀，阴而有风。不日，不满一天。有，同"又"。

言，皆语助词。愿，思念。

虺虺，雷始发之声。

怀，伤也。

庄姜为庄公之狂暴作也。

❋ 终风且暴，顾我则笑。

解 终日之风，狂荡而暴，盖言君子之狂暴亦犹是风也。虽其狂暴如此，然亦有顾我则笑之时焉。

❋ 谑浪笑敖，中心是悼。

解 但其顾我则笑也，不过谑浪笑敖耳，是皆出于戏慢之意，而无爱敬之诚。所以使我不敢以形诸言，而独中心是悼焉耳。盖彼虽有谑浪之愆，而我实有难于发言，则亦心知之，而心悼之而已矣。

❋ 终风且霾，惠然肯来？

解 终日之风雨土而蒙雾，盖言君子之狂惑亦犹是也。虽其狂惑如此，然亦有惠然肯来之时焉？

❋ 莫往莫来，悠悠我思。

解 但其来者特暂耳，则又有莫往莫来之时，而绝无君子之迹矣。其无常如此，故使我思其来，又莫测其所以不来之故，悠悠思之长而不能已矣。

❋ 终风且曀，不日有曀。

解 终风且曀，不旋日而又曀，晦而益晦矣，盖言君子之狂惑暂开而复蔽，固无以异是也。

❋ 寤言不寐，愿言则嚏。

❋ 我之处此，其忧思之深，当寐而不寐。虽至于感伤闭郁而成喷嚏之疾焉，亦其所甘心矣。

❋ 曀曀其阴，虺虺其雷。

解 阴之蔽也，曀曀而方，暗雷之发也，虺虺而未震，是未有开霁之期也。盖言君子之狂惑愈深而未已，无以异是也。

❋ 寤言不寐，愿言则怀。

解 我之处此，其忧思之深，常寤而不寐。深望其开悟之有期，至于缱绻反复而不忘永怀，亦其所甘心矣。

击鼓

五章，章四句。

撃鼓

jī gǔ qí tāng　yǒng yuè yòng bīng　tǔ guó chéng cáo　wǒ dú nán xíng
击鼓其镗，踊跃用兵。土国城漕，我独南行。（一章）

cóng sūn zǐ zhòng　píng chén yǔ sòng　bù wǒ yǐ guī　yōu xīn yǒu chōng
从孙子仲，平陈与宋。不我以归，忧心有忡。（二章）

yuán jū yuán chù　yuán sàng qí mǎ　yú yǐ qiú zhī　yú lín zhī xià
爰居爰处，爰丧其马。于以求之，于林之下。（三章）

sǐ shēng qiè kuò　yǔ zǐ chéng shuō　zhí zǐ zhī shǒu　yǔ zǐ xié lǎo
死生契阔，与子成说。执子之手，与子偕老。（四章）

xū jiē kuò xī　bù wǒ huó xī　xū jiē xún xī　bù wǒ xìn xī
于嗟阔兮，不我活兮！于嗟洵兮，不我信兮！（五章）

【注】镗，鼓声。踊跃，形容士兵迅速跳跃的动作。兵，武器，刀枪之类。

土、城，皆用作动词，修筑。国，都城。漕，卫邑，在今河南滑县东南。

孙子仲，公孙文仲，字子仲，邶国将领。平，平息。陈、宋，诸侯国名。

不我以归，即"不以我归"，不让我回家。有忡，即"忡忡"。

爰，于是。居，停留，下文"处"同义。

于以，于何。

契，合。阔，疏远。死生契阔，这里用作偏义复词，用"契"义，言不论生死
都要在一起。成说，定下誓约。

活，借为"佸"，相会。

洵，远。信，信守誓约。

此卫人从军作也。若曰：兵，凶器也。故先王不得已而后用，犹恐毒民于死，而况敢妄用之乎。自今言之。

✳ 击鼓其镗，踊跃用兵。

解 鼓所以进兵也，我之击鼓疾徐高下，则有镗然之声。兵所以攻敌也，我之用兵坐作击刺，则有踊跃之状，我之所为如此。

✳ 土国城漕，我独南行。

解 顾今卫民或役土功于国，或筑城于漕，固皆有危苦矣，然而死亡之患非所忧也。惟我独南行，而击鼓以用兵，将有锋镝死亡之忧危，苦不尤甚乎。

✳ 从孙子仲，平陈与宋。

解 然我之所以南行者，果何故哉？盖我卫于郑，曾有延廪之衅，今欲修怨于郑，恐独力不足以济也，故今日之行，盖从孙子仲，平陈与宋，以为伐郑之举耳。

✳ 不我以归，忧心有忡。

解 二国既合，而不我以归，则锋镝死亡，吾惧其叹兔，是以忧心为之忡忡而不宁矣。夫既有忧心，安有战斗之志乎？彼身军旅之事者，虽居处之不遑，司纪律之严者，当控御之有法也。

✳ 爰居爰处？爰丧其马，于以求之，于林之下。

解 今我则于是居焉，于是处焉，而敌忾之气靡然不振矣。于是丧其马焉，于以求之林下焉，而行伍之纪涣然不守矣，失伍离次如此，而斗志安在哉？

✳ 死生契阔，与子成说。

解 夫既无斗志，得不动室家之思者乎？追思始为室家之时，以为夫妇之情，固如此其厚矣，有时而忘之不可也，于是期以死生相念，虽至于隔远之甚，而亦不相忘弃焉。

✳ 执子之手，与子偕老。

解 既已成为誓言之言矣。 又且相与执手，以为一时之爱，固如此其亲矣，有时而负之不可也，于是期以百年相依偕生偕死，重致叮咛之意焉，言犹在耳，不知今竟当何如哉？

❋ 于嗟阔兮，不我活兮！

解 夫昔日契阔之约如此，固望其能活也，今吁嗟阔兮，以事势观之，死亡其难免矣，安得全躯以归，而使我活乎？则契阔之说终成空言矣。

❋ 于嗟洵兮，不我信兮。

解 昔者偕老之信如此，固望其能伸也，今吁嗟洵兮，以事势观之，死亡其难免矣，安得完师以归，而伸此信乎？则偕老之信终为空盟矣，不亦深可忧哉。

吁，伐郑之师五日而返，为时亦不久矣，而民乃怨之如此，盖州吁身犯大逆，众叛亲离莫肯为之用耳。

凯风

四章，章四句。

棘

凯風

kǎi fēng zì nán　　chuī bǐ jí xīn　　jí xīn yāo yāo　　mǔ shì qú láo

凯风自南，吹彼棘心。棘心夭夭，母氏劬劳。 （一章）

kǎi fēng zì nán　　chuī bǐ jí xīn　　mǔ shì shèng shàn　　wǒ wú lìng rén

凯风自南，吹彼棘薪。母氏圣善，我无令人。 （二章）

yuán yǒu hán quán　　zài xùn zhī xià　　yǒu zǐ qī rén　　mǔ shì láo kǔ

爰有寒泉，在浚之下。有子七人，母氏劳苦。 （三章）

xiàn huǎn huáng niǎo　　zài hào qí yīn　　yǒu zǐ qī rén　　mò wèi mǔ xīn

睍睆黄鸟，载好其音。有子七人，莫慰母心。 （四章）

【注】凯，和乐。 凯风，和风；一说南风，因南风长养万物，故万物喜乐。 棘，酸枣
树。 心，纤小的尖刺。

天天，树木嫩壮貌，比喻子女年幼正长身体。 母氏，母亲。 劬劳，劳苦、操劳。

棘薪，酸枣树长到可以当柴烧，比喻子女已长大。

圣善，明理而善良。 令，美、善。 无令人，说明子不成材。

浚，卫国地名。

睍睆，美丽的、美好的。 黄鸟，黄雀。 载，语词。

七子歌此以自责。曰：亲恩罔极，子职难尽，今我七子之于母，深有负愧者矣！

✲ 凯风自南，吹彼棘心。棘心夭夭，母氏劬劳。

解 彼棘本难长之物，而棘心尤其难长者也。今凯风自南，吹彼棘心，棘心夭夭，而少好则风之力为多矣。然则母生众子，幼而育之，令无失所，不尤是耶！嗟嗟，吾母其劬劳亦已甚矣。

✲ 凯风自南，吹彼棘薪。

解 夫以母养子之甚劳，则为子者，当如何以尽子道哉？奈何其不能也。夫凯风自南，吹彼棘薪固已成矣，但止于为薪，则非美材而有负于风之力矣。

✲ 母氏圣善，我无令人。

解 念我母氏，知识聪明，性天纯笃，其养育七子，亦已壮大矣。但我七子无一善人，虽壮大而不足恃，不有负于母之恩乎。

✲ 爰有寒泉，在浚之下。

解 夫我之无令人如此，感物不可以自伤哉。爰有寒泉，在彼浚邑之下，浚之人皆资其灌溉之利，是寒泉犹有滋益于浚矣。

✲ 有子七人，母氏劳苦。

解 今我有子七人，乃反不能左右就养，而使母氏至于劳苦，不亦寒泉之不如耶？

✲ 睍睆黄鸟，载好其音。

解 瞻彼黄鸟，布其清和圆转之音，闻之者莫不欢欣喜悦，是黄鸟尚能好其音以悦人矣！

✲ 有子七人，莫慰母心。

解 今我有子七人，乃反不能承欢膝下，以慰悦其母心，不亦黄鸟之不如耶？夫本其母鞠育之劳，而归咎于子职之未尽婉词，见谏不显亲恶，若七子者，亦可谓孝矣。

雄雉

四章，章四句。

xióng zhì yú fēi　　yì yì qí yǔ　　wǒ zhī huái yǐ　　zì yí yī zǔ
雄雉于飞，泄泄其羽。我之怀矣，自诒伊阻。（一章）

xióng zhì yú fēi　　xià shàng qí yīn　　zhǎn yǐ jūn zǐ　　shí láo wǒ xīn
雄雉于飞，下上其音。展矣君子，实劳我心。（二章）

zhān bǐ rì yuè　　yōu yōu wǒ sī　　dào zhī yún yuǎn　　hé yún néng lái
瞻彼日月，悠悠我思。道之云远，曷云能来？（三章）

bǎi ěr jūn zǐ　　bù zhī dé xíng　　bù jì bù qiú　　hé yòng bù zāng
百尔君子，不知德行。不忮不求，何用不臧？（四章）

【注】雉，山鸡。泄泄，缓缓飞翔的样子。

怀，思念。自诒，自取、自寻。诒，同"遗"。伊，语助词。阻，忧愁、
苦恼。

展，诚然、确实。劳，挂念、忧愁。

云，皆为语气助词。曷，何时。

百，凡是，所有。百尔君子，你们这些当官的。德行，道德品行。

忮，忌害、嫉妒。求，贪求、贪心。臧，善。

雄雉之詩

妇人以君子从役在外，故作此诗。

✳ 雄雉于飞，泄泄其羽。

🔴解 雄雉之飞也，泄泄其羽，是固舒缓自得矣。

✳ 我之怀矣，自诒伊阻。

🔴解 嗟，我所思之人，乃自诒阻隔于外，而夙夜无遑时焉，是不得自适矣，不亦雄雉之不如耶？

✳ 雄雉于飞，上下其音。

🔴解 雄雉之飞也，上下其音，是固飞而自得矣！

✳ 展矣君子，实劳我心。

🔴解 展矣君子，乃从役于外，至勤吾之思念，而实劳我心焉，是不得自如矣，不亦雄雉之不若耶？

✳ 瞻彼日月，悠悠我思。

🔴解 瞻彼日月，日往则月来，月往则日来，是往来之感，非一朝一夕之故矣，而君子之出，不为不久矣。故我也以君子一日未归，则思之一日，一月未归，则思之一月，悠悠之怀与日月之往来而俱切矣。

✳ 道之云远，曷云能来？

🔴解 然使道之不远，则君子之来其期犹易待也，今乃周道倭迟，非朝夕所可致。不知果何时而能来，以慰我悠悠之思乎？日月之瞻，当无已时矣。

✳ 百尔君子，不知德行。

🔴解 夫君子之归不可必，但能善处以远害，斯可矣。彼德行者，保身之要道，吾身之固有也，凡尔君子，固见无不彻，岂不知德行乎？

✳ 不忮不求，何用不臧？

🔴解 彼见人之有，而忮心生，非德行也，是必仁以存心，不嫉人之有，而生一忮心焉。因己之无而求心生，非德行也。是必义以制事，不耻己之无，而生一求心焉。如是则德行全矣，由是顺德之行，自无不利，将何用而不臧？以之处常，则顺而适，以之处变，则利而通。虽身在军旅之中，亦足以自保矣。若然则今日固未得君子之归，而旋归不有期哉！此则吾之所望于君子者也。

吁，妇人于君子思之深而勉之至如此，其思念之情，盖可见矣！

匏有苦叶

四章,章四句。

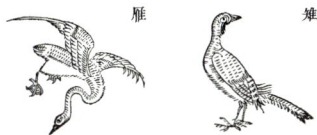

雁　　　雉

匏有苦叶

páo yǒu kǔ yè　　jì yǒu shēn shè　　shēn zé lì　　qiǎn zé qì
匏有苦叶,济有深涉。深则厉,浅则揭。（一章）

yǒu mí jì yíng　　yǒu yǎo zhì míng　　jì yíng bù rú guǐ　　zhì míng qiú qí mǔ
有弥济盈,有鹭雉鸣。济盈不濡轨,雉鸣求其牡。（二章）

yōng yōng míng yàn　　xù rì shǐ dàn　　shì rú guī qī　　dài bīng wèi pàn
雍雍鸣雁,旭日始旦。士如归妻,迨冰未泮。（三章）

zhāo zhāo zhōu zi　　rén shè yǎng fǒu　　rén shè áng fǒu　　áng xū wǒ yǒu
招招舟子,人涉卬否。人涉卬否,卬须我友。（四章）

【注】匏,葫芦。苦叶,枯叶。济,济水。涉,渡口。

厉,以衣涉水。揭,提起衣裳。

弥,水涨满的样子。鹭,山鸡鸣叫声。

濡,沾湿。轨,车轴头。牡,雄性动物,指雄山鸡。

雍雍,雁鸣相和之声。始旦,天开始明亮,太阳刚刚升起。

归妻,娶妻。迨,趁着。泮,同"判",消散。

招招,打手势呼人的样子。卬,我,女子自称。

须,等待。

此刺淫乱作也。若曰：男女之伦，不可乱也；礼义之闲，不可逾也；胡今之人不顾此而冒行之哉。

✳ 匏有苦叶，济有深涉。

🔴 彼匏可用以渡水也，今匏有苦叶尚未可用也，而济水深涉渡处又方深也。

✳ 深则厉，浅则揭。

🔴 行者于此，当何如耶？是必于水之深者度其深之宜也，衣而涉可也。于水之浅者，度其浅之宜，褰衣而涉可也。夫渡水者必度其浅深而后可渡，然则男女之际亦当量度礼义而后可行，不犹是耶。夫男女当量度礼义而后行，何今人之不然也？

✳ 有弥济盈，有鷕雉鸣。

🔴 彼济渡之处弥然而盈，雌雉之鸣，鷕然有声。

✳ 济盈不濡轨，雉鸣求其牡。

🔴 夫济之盈必濡其轨，今济盈而反不濡轨。雉之鸣当求其雄，今雉鸣而反求其牡，是何物理之失常哉？然则淫乱之人不度礼义而犯礼以相求，不犹是耶。

✳ 雍雍鸣雁，旭日始旦。

🔴 夫淫乱之悖如此者，亦未睹古人之婚姻者乎。其纳采则奠，雍雍之鸣，雁取其偶也。其请期则乘旭日之始，旦贵其始也。

✳ 士如归妻，迨冰未泮。

🔴 然斯礼之行也，又岂急遽而无渐哉？士如归妻于水泮之时，则迨水未泮，而行此纳采请期之礼矣。古人于婚姻其求之不暴，而节之以礼，如此何淫乱者不然耶？

✳ 招招舟子，人涉卬否。

🔴 抑未知男女之有定配乎？彼舟子招人以渡，皆从之以涉而我独否者。

✳ 人涉卬否，卬须我友。

🔴 盖以舟人非吾同类，吾必待我友而后从之也。然则男女之际，必待其配偶以相从，亦犹是也，何淫乱者不然耶？

夫以淫风大行之日，而其间犹有知礼义之人，何谓自好而不为习俗所移矣。

谷风

六章，章八句。

xí xí gǔ fēng　　yǐ yīn yǐ yǔ　　mǐn miǎn tóng xīn　　bù yí yǒu nù
习习谷风，以阴以雨。黾勉同心，不宜有怒。

cǎi fēng cǎi fěi　　wú yǐ xià tǐ　　dé yīn mò wéi　　jí ěr tóng sǐ
采葑采菲，无以下体。德音莫违，及尔同死。　　（一章）

xíng dào chí chí　　zhōng xīn yǒu wéi　　bù yuǎn yī ěr　　bó sòng wǒ jī
行道迟迟，中心有违。不远伊迩，薄送我畿。

shuí wèi tú kǔ　　qí gān rú jì　　yàn ěr xīn hūn　　rú xiōng rú dì
谁谓荼苦？其甘如荠。宴尔新昏，如兄如弟。　　（二章）

【注】习习，和舒貌。 谷风，东风，生长之风；一说暴风；一说山谷吹来的风。

　　黾勉，勤勉、努力。

　　葑，芜菁，今名大头菜。菲，萝卜。以，及。下体，根。

　　德音，言语，指丈夫曾对她说过的好话。违，忘记、抛弃。

　　迟迟，迟缓，徐行貌。违，怨也。

　　伊，发语词。薄，语词。畿，门限、门槛。

　　荼，苦菜。荠，荠菜，味甜。

　　宴，乐。昏，同"婚"。

菲　蕢

<small>jīng yǐ wèi zhuó　shí shí qí zhǐ　yàn ěr xīn hūn　bù wǒ xiè yǐ</small>

泾以渭浊，湜湜其沚。宴尔新昏，不我屑以。

<small>wú shì wǒ liáng　wú fā wǒ gǒu　wǒ gōng bù yuè　huáng xù wǒ hòu</small>

毋逝我梁，毋发我笱。我躬不阅，遑恤我后！（三章）

<small>jiù qí shēn yǐ　fāng zhī zhōu zhī　jiù qí qiǎn yǐ　yǒng zhī yóu zhī</small>

就其深矣，方之舟之；就其浅矣，泳之游之。

<small>hé yǒu hé wú　mǐn miǎn qiú zhī　fán mín yǒu sāng　pú fú jiù zhī</small>

何有何亡？黾勉求之。凡民有丧，匍匐救之。（四章）

泾、渭，皆水名，流经陕西，旧谓泾浊渭清。以，使也。湜湜，河水清澈的样子。沚，作"止"，静止、沉淀的意思。

屑，洁。以，与、共。不我屑以，不屑与我共处。

逝，往。梁，鱼梁，为捕鱼筑成的石堰，中有涵洞以流水通鱼。发，使用。笱，捕鱼的竹笼。

躬，自身。阅，容纳、接受。遑，无暇、来不及。恤，顾惜。后，走后的家事。

就，面对，当……时。方，筏，作动词用，即用筏渡水；"舟"字亦作动词用。

亡，同"无"。

民，邻人。丧，凶祸之事。匍匐，手足并用，伏地而行，形容尽力救邻人。

bù wǒ néng xù　　fǎn yǐ wǒ wéi chóu　　jì zǔ wǒ dé　　gǔ yòng bù shòu
不我能慉，反以我为雠。既阻我德，贾用不售。

xī yù kǒng yù jū　　jí ěr diān fù　　jì shēng jì yù　　bǐ yú yú dú
昔育恐育鞫，及尔颠覆。既生既育，比予于毒。（五章）

wǒ yǒu zhǐ xù　　yì yǐ yù dōng　　yàn ěr xīn hūn　　yǐ wǒ yù qióng
我有旨蓄，亦以御冬。宴尔新昏，以我御穷。

yǒu huàng yǒu kuì　　jì yí wǒ yì　　bù niàn xī zhě　　yī yú lái xì
有洸有溃，既诒我肄。不念昔者，伊余来塈。（六章）

慉，养也，一说爱好、喜好。雠，即仇。

既，完全。阻，拒绝。德，好意。贾，卖。用，器物、货物。不售，没人买。

育，谋生计。恐，恐慌鞫，穷困。颠覆，患难，形容生活艰难困苦。

旨，甘美。蓄，干菜、腌菜。御，抵挡、应付。

洸，武也。溃，怒也。有洸有溃，指又打又骂。诒，遗、留给。肄，劳苦之事。

伊，句首语气词，一说维。余，我。来，语词，是也。塈，"愍"之假借，古"爱"字；一说"忾"，愤怒之意；一说休息。

● 日本·细井徇《诗经名物图解·葑图》

此妇人为夫所弃而作。

✳ 习习谷风，以阴以雨。

🅐 彼习习然之谷风，阴阳和调，则以阴以雨，而天泽降矣。然则夫妇和，而后家道有成，不犹是哉？

✳ 黾勉同心，不宜有怒。

🅐 故为夫妇者，以和为贵，当黾勉以同心，而不至于有怒可也。

✳ 采葑采菲，无以下体。

🅐 又若彼葑菲，根茎皆可食，而其根则有时而美恶，故采葑菲者，无以下体之恶而并弃其茎之美，然则为夫妇者不可以颜色之衰而弃其德音之善，不犹是耶？

✳ 德音莫违，及尔同死。

🅐 故为夫妇者德音之善，终始而不违。则可以与尔同死，而不宜见弃矣。

✳ 行道迟迟，中心有违。

🅐 夫为夫妇者，贵和好，而重德音如此，奈何夫之于我，乃和好之不终，而德音之是弃者哉？故我之被弃也行于道路，而迟迟不能进。盖其足欲前而心不忍，与之而相背故也。

✳ 不远伊迩，薄送我畿。

🅐 然我之不忍如此，而故夫之送我则不远而甚迩，亦至其门内而止矣。曷尝少有不忍而留情于方去之际乎？

✳ 谁谓荼苦，其甘如荠。

🅐 今夫荼苦菜也，荠甘菜也，人皆谓荼之苦于荠矣，自今观之，谁谓荼苦乎？实其甘如荠矣。盖荼虽苦，然以吾之苦较之，尤有甚于荼焉，故视荼之苦仅甘如荠耳。

✳ 宴尔新婚，如兄如弟。

🅐 夫我之苦如此，而故夫方且燕乐，其新婚，有如兄如弟。既翕矣，曷尝知我之忧苦而少恤，于己去之后乎？

✳ 泾以渭浊，湜湜其沚。

🅐 今夫泾浊渭清也，然泾未属渭之时，虽浊而未甚见。由二水既合，而清浊益分，是泾之浊以渭形之，而益见其浊矣。然流或稍缓而别出之，沚犹湜湜其清之时，岂终于浊哉？然则我也颜色之衰，以新婚之形之益见憔悴，而其心之可取，不以老而或衰者，不亦犹是耶。

✳ 宴尔新婚，不我屑以。

🅐 但以夫之安于新婚，惟知有渭之清而不知有湜湜之沚，不以我为洁而与之焉耳。

✳ 毋逝我梁，毋发我笱。

🅐 然我之身虽见弃，而家之念犹未忘，故梁所以通鱼，而实我之梁

也，尔毋逝我之梁焉；笱所以取
鱼，而实我之笱也，尔毋发我之笱
焉。然则惟尔新婚，其毋居我之
处，而行我之事可也。

⊛ 我躬不阅，遑恤我后。

🅗 然逝梁发笱，此去后之事耳，今葑
菲遗于下体，泾浊形于渭清，我身
且不见容矣，奚暇恤我已去之后
哉？其逝其发吾皆不得而禁之矣。

⊛ 就其深矣，方之舟之。就其浅矣，
泳之游之。

🅗 夫故夫之弃我如此，岂知我之德
音不可弃者乎？以我之治家言之。
今夫渡水者，就其水深者则方之舟
之，就其水浅者则泳之游之，盖不
计浅深而期于必济矣。

⊛ 何有何亡，黾勉求之。

🅗 况我之治家也，何论家之有，而黾
勉以求之，惟恐其或至于无，亦何
论家之无，而黾勉以求之，惟欲其
或至于有，盖不计有无，而期于家
道之必成矣。

⊛ 凡民有丧，匍匐救之。

🅗 至于凡民有丧，则匍匐以救之，补
其不足，而助其不给。是我之周
睦邻里乡党，又尽其道如此矣。

⊛ 不我能慉，反以我为仇？

🅗 夫我于女家勤劳如此，则德音诚莫

违，而可与尔同死矣。今女既不
我能养，而反以我为仇？

⊛ 既阻我德，贾用不售。

🅗 所以然者，盖凡人爱憎皆本于心，
惟其心既拒却我之善，故虽勤劳
而不见取，如贾之不见售者耳。

⊛ 昔育恐育鞫，及尔颠覆。

🅗 夫尔待我至于如此，则今日之情
绝矣，独不念我昔时与尔为生，
惟恐其生理穷尽，而及尔皆至于
颠覆，此所以何有何亡而黾勉求
之也。

⊛ 既生既育，比予于毒。

🅗 今也生理既遂，固宜德我以终身
矣！乃反比予于毒而弃之乎？夫
以将恐将惧，则维予并汝将安将
乐，而女转弃予，有人心者顾如
是哉？

⊛ 我有旨蓄，亦以御冬。

🅗 且我之所以蓄聚美菜者，盖以御
冬月乏无之时，至于春夏则不
食之。

⊛ 宴尔新婚，以我御穷。

🅗 今君子宴乐其新婚，而厌弃于我，
是但使我御其穷苦之时，至于安
乐则弃之也，同困苦而不共安乐，
亦独何心哉？

⊛ 有洸有溃，既诒我肄。

🅗 夫今之弃我，其薄可见矣。且于

未弃之先，义虽云夫妇也，当待我以
洸然之武，加我以溃然之怒，凡其家
勤劳之事一遗于我，而不少怜恤焉，
是其待我之薄，在未弃我之时而已
然矣。

❋ 不念昔者，伊余来塈。

🅢 然女曾不念我，昔时之来息时也，恩
意之厚，亦尝如兄如弟乎，夫何一旦
至此之薄哉？厚于昔而薄于今，乌能
使人悘然于怀，而不为之慨恨也耶？

日本·细井徇《诗经名物图解·荼图》

式微

二章，章四句。

shì wēi shì wēi   hú bù guī   wēi jūn zhī gù   hú wèi hū zhōng lù

式微式微！胡不归？微君之故，胡为乎中露？（一章）

shì wēi shì wēi   hú bù guī   wēi jūn zhī gōng   hú wèi hū ní zhōng

式微式微！胡不归？微君之躬，胡为乎泥中？（二章）

【注】式，作语助词。 微，通"徽"，指天黑；一说日光衰微。

胡，何。

微，要不是。 君，国君。 故，缘故。

中露，露中。

躬，身体。

此黎臣以恢复劝其君也。

✳ *式微，式微！胡不归?*

🅂 我黎失守寄旅他邦，宗庙、社稷、丘墟衰微甚矣。君胡不归? 以图兴复之策乎?

✳ *微君之故，胡为乎中露?*

🅂 且我之所以久居于此，而有中露之辱者，为君之故耳。若微君之故，胡为有是中露之辱，而无所庇覆哉? 夫主忧臣辱，义固在所不辞，然光复旧物实为人子孙者之责，君亦当自奋矣，胡可坐视式微而不归哉?

✳ *式微式微！胡不归?*

🅂 我黎失据，寄寓他国，宗庙、社稷沦没，衰微甚矣，衰微甚矣。君胡不归以图中兴之业乎?

✳ *微君之躬，胡为乎泥中。*

🅂 且我之所以久寓于此，而有是泥中之辱者，为君之躬耳。若微君之躬，胡为有泥中之辱，而不见拯救哉? 夫主辱臣死，义固在所不顾，然恢复故疆，实为人后者之责，君亦当自振矣，胡为坐视式微而不归哉?

夫当式微之日，而劝其君亦自强，斯人可谓贤矣，使黎侯而能如商高宗也，则黎岂终于不祀已哉!

旄丘

四章，章四句。

máo qiū zhī gě xī　　hé dàn zhī jié xī　　shū xī bó xī　　hé duō rì yě
旄丘之葛兮，何诞之节兮！叔兮伯兮，何多日也！（一章）

hé qí chǔ yě　　bì yǒu yǔ yě　　hé qí jiǔ yě　　bì yǒu yǐ yě
何其处也？必有与也。何其久也？必有以也。（二章）

hú qiú méng róng　　fěi chē bù dōng　　shū xī bó xī　　mǐ suǒ yǔ tóng
狐裘蒙戎，匪车不东。叔兮伯兮，靡所与同。（三章）

suǒ xī wěi xī　　liú lí zhī zǐ　　shū xī bó xī　　yòu rú chōng ěr
琐兮尾兮，流离之子。叔兮伯兮，褎如充耳。（四章）

【注】旄丘，前高后低的土山。 诞，延伸。 节，葛藤的枝节。

叔、伯，本为兄弟间的排行，此处称呼卫国的臣子。 多日，拖延时日。

何其，为什么那样。 处，安处，指按兵不动。 与，同伴或盟国。

以，原因、缘故。

蒙戎，毛蓬松的样子。 匪，彼。

靡，没有。 所与，与自己在一起同处的人。 同，同心。

琐，细小。 尾，同"微"，微贱。 流离，飘散流亡；一说为枭或黄鹂

褎，服饰华美的样子。 充耳，一种下垂耳际的冠饰，这里指塞耳，充耳不闻之意。

此黎臣为卫之不救作也。若曰：当今强凌弱，众暴寡，天时不能正矣。所赖以相救援者，惟有邻邦在耳，奈何卫之不然也。

※ 旄丘之葛兮，何诞之节兮！

解 我之始至于卫也，葛之始生，其节犹蹙而密也，今旄丘之葛，何其节之阔乎？

※ 叔兮伯兮，何多日也！

解 夫时物既变，则在卫已久，而望救之情亦亟矣。叔兮伯兮，何其多日而不见救乎？我盖不得而测其故矣。

※ 何其处也？必有与也。

解 夫叔伯多日不救，是其安处甚矣，不知何其处而不来乎？意者兵力不支，将与他国相俟而俱来耳，不然邻国有急，宜其不遑安也，而奚可若是之处哉？

※ 何其久也？必有以也！

解 叔伯多日不救，是其迟久亦甚矣，不知何其久而不来乎？意者时事相仍，或有他故而不得来耳，不然四邻有难，宜其不容缓也，而奚可若是之久哉？

※ 狐裘蒙戎，匪车不东。

解 我之在卫已久，狐裘则蒙戎而敝矣。而卫之救不至，岂我之车不东告于女乎？

※ 叔兮伯兮，靡所与同。

解 盖居处宁者，心无所激而常缓；处患难者，心无所聊而常切。叔兮伯兮，实与我不同心，是以告急之师虽屡至，而彼之久处亦如故，岂诚为有与而有以哉？

※ 琐兮尾兮，流离之子。

解 我黎臣子威灵气焰荡然无存，其琐尾如此者。是乃失国羁旅之余，而为流离之子，其情状何大可怜耶。

※ 叔兮伯兮，褎如充耳。

解 有人心者，宜为之动念矣。乃叔兮伯兮，不告之犹是，告之亦犹是，褎然而塞耳而无闻，何哉？坐视邻国之覆，而不为之所干，自安可也，其于救灾恤邻之义安在耶？亦太忍矣！

夫以流离患难之余，而其言有序不迫，其人亦可知矣。吁，于此可见卫为狄所灭之因焉。

简兮

四章，一二三章四句，四章六句。

jiǎn xī jiǎn xī　fāng jiāng wàn wǔ　　rì zhī fāng zhōng　zài qián shàng chù
简兮简兮，方将万舞。日之方中，在前上处。(一章)

shuò rén yǔ yǔ　gōng tíng wàn wǔ　yǒu lì rú hǔ　zhí pèi rú zǔ
硕人俣俣，公庭万舞。有力如虎，执辔如组。(二章)

zuǒ shǒu zhí yuè　yòu shǒu bǐng dí　hè rú wò zhě　gōng yán cì jué
左手执籥，右手秉翟。赫如渥赭，公言锡爵。(三章)

shān yǒu zhēn　xí yǒu líng　yún shuí zhī sī　xī fāng měi rén
山有榛，隰有苓。云谁之思？西方美人。

bǐ měi rén xī　xī fāng zhī rén xī
彼美人兮，西方之人兮！(四章)

【注】简，鼓声，如《商颂·那》"奏鼓简简"，与此义同；一说规模盛大。 方将，且
将、即将。 万舞，舞名，有文、武两种。
硕，大。硕人，身躯高大的人。 俣俣，魁梧的样子。
辔，马缰绳。 组，丝织带子。
籥，古乐器名。 翟，野鸡尾羽。
赫，火红的样子。 渥，厚。 赭，赤褐色。 公，指卫君。 锡，同"赐"。 爵，酒
器，此处指一壶酒。
榛，榛树。 隰，低湿之地。 苓，甘草；一说地黄、黄药。
云，发语词。 西方，指周室，周在卫国西边。 美人，指舞师。

此贤者不得志作也。

※ 简兮简兮，方将万舞。

解 我也仕于伶官，无言职官守之拘，简易而自得。方将万舞，文用羽籥，武用干戚，以事其所事也。

※ 日之方中，在前上处。

解 然舞果何在乎？乃当日之方中在前上处，即有屈伸缀兆之能，是固众人之所共见者矣，不有以显吾之才乎。

※ 硕人俣俣，公庭万舞。

解 然吾之才，岂一事所能尽哉？惟此硕人，俣俣然其大。处公庭之上而事万舞之舞，文武惟其所用矣。

※ 有力如虎，执辔如组。

解 然而不止此也，且膂力方刚有如虎之猛。但见御能使马辔控无不顺意，执辔有如组之柔焉，其御又何有不善耶？能舞而又能御我，固天下之兼才也，实有足夸者矣。

※ 左手执籥，右手秉翟。

解 夫我之才既无不备，岂不可以蒙上赏乎？当公朝设燕之时而有事于文舞之舞，左手则执籥矣，右手则秉翟矣，屈伸缀兆皆适协于度。

※ 赫如渥赭，公言锡爵。

解 但见愧怍不行，颜色充盛，赫然有

如厚渍之赤者焉。斯时也，公嘉其能，锡我以爵，一时赉予之亲洽如此，何其荣耶？

※ 山有榛，隰有苓。

解 然我之所事固在于此，而其心之所思则有不在于是者。今夫山则有榛，隰则有苓矣。

※ 云谁之思？西方美人。

解 我也果何所思，则西方美人矣，道德威仪，光明俊伟，诚有以快夫人之睹者。

※ 彼美人兮，西方之人兮。

解 然使其相去不远，则可得而见以慰吾思也。夫何彼美人兮，乃西方之人兮，彼此异地欲观无由，则我之思将何以自慰耶？

吁，此处衰世之下国，而思盛世之显王，其意亦远矣。故虽经世肆志或近于不恭，而犹不失为贤人欤。

泉水

四章，章六句。

<ruby>毖<rt>bì</rt></ruby> <ruby>彼<rt>bǐ</rt></ruby> <ruby>泉水<rt>quán shuǐ</rt></ruby>，<ruby>亦<rt>yì</rt></ruby> <ruby>流<rt>liú</rt></ruby> <ruby>于<rt>yú</rt></ruby> <ruby>淇<rt>qí</rt></ruby>。<ruby>有<rt>yǒu</rt></ruby> <ruby>怀<rt>huái</rt></ruby> <ruby>于<rt>yú</rt></ruby> <ruby>卫<rt>wèi</rt></ruby>，<ruby>靡<rt>mǐ</rt></ruby> <ruby>日<rt>rì</rt></ruby> <ruby>不<rt>bù</rt></ruby> <ruby>思<rt>sī</rt></ruby>。

<ruby>娈<rt>luán</rt></ruby> <ruby>彼<rt>bǐ</rt></ruby> <ruby>诸<rt>zhū</rt></ruby> <ruby>姬<rt>jī</rt></ruby>，<ruby>聊<rt>liáo</rt></ruby> <ruby>与<rt>yǔ</rt></ruby> <ruby>之<rt>zhī</rt></ruby> <ruby>谋<rt>móu</rt></ruby>。（一章）

<ruby>出<rt>chū</rt></ruby> <ruby>宿<rt>sù</rt></ruby> <ruby>于<rt>yú</rt></ruby> <ruby>沛<rt>jǐ</rt></ruby>，<ruby>饮<rt>yǐn</rt></ruby> <ruby>饯<rt>jiàn</rt></ruby> <ruby>于<rt>yú</rt></ruby> <ruby>祢<rt>nǐ</rt></ruby>。<ruby>女<rt>nǚ</rt></ruby> <ruby>子<rt>zǐ</rt></ruby> <ruby>有<rt>yǒu</rt></ruby> <ruby>行<rt>xíng</rt></ruby>，<ruby>远<rt>yuǎn</rt></ruby> <ruby>父<rt>fù</rt></ruby> <ruby>母<rt>mǔ</rt></ruby> <ruby>兄<rt>xiōng</rt></ruby> <ruby>弟<rt>dì</rt></ruby>。

<ruby>问<rt>wèn</rt></ruby> <ruby>我<rt>wǒ</rt></ruby> <ruby>诸<rt>zhū</rt></ruby> <ruby>姑<rt>gū</rt></ruby>，<ruby>遂<rt>suì</rt></ruby> <ruby>及<rt>jí</rt></ruby> <ruby>伯<rt>bó</rt></ruby> <ruby>姊<rt>zǐ</rt></ruby>。（二章）

【注】毖，同"泌"，水流急的样子。 淇，卫国水名。

有，语助词。 怀于卫，怀念卫国故土。

娈，美好的样子。 诸姬，几位姓姬的女子；卫君姓姬，卫女嫁于诸侯，
一些同姓的女子陪嫁。 聊，姑且。 谋，商量。

沛，水名。 饯，送行饮酒。 祢，水名。

行，嫁。 女子有行，指女子出嫁。

问，问候。 伯姊，大姐。

^{chū sù yú gān} ^{yǐn jiàn yú yán} ^{zài zhǐ zài xiá} ^{xuán chē yán mài}
出宿于干，饮饯于言。载脂载辖，还车言迈。

^{chuán zhēn yú wèi} ^{bù xiá yǒu hài}
遄臻于卫，不瑕有害。（三章）

^{wǒ sī féi quán} ^{zī zhǐ yǒng tàn} ^{sī xū yǔ cáo} ^{wǒ xīn yōu yōu}
我思肥泉，兹之永叹。思须与漕，我心悠悠。

^{jià yán chū yóu} ^{yǐ xiè wǒ yōu}
驾言出游，以写我忧。（四章）

干、言，皆地名。

载，则、又。脂，作动词，上油。辖，车轴两头的金属键，此处作动词，加
辖于轴，使其牢固。还，回旋。言，而。迈，行。

遄，疾速。臻，到达。瑕，同"暇"。不瑕，不会。

肥泉，卫国境内泉水名。兹，同"滋"，更加。

须、漕，皆卫国邑名。

驾，驾车。言，而。写，同"泻"，宣泄、抒发。

此卫女为不得归宁作也。若曰：人情无所不至，先王制之礼义，约其情，使合于中，故有时义有所制，情亦无如之何矣。

（米）毖彼泉水，亦流于淇。

（解）彼毖然之泉水，亦流入于淇，为卫之水者，则固流于卫之地矣。

（米）有怀于卫，靡日不思。

（解）况我也有怀于卫，无日而不思，为卫之人者亦思于卫之国矣。

（米）娈彼诸姬，聊与之谋。

（解）夫我之怀也，固欲归于卫也，然我之归也，犹不可以径情也，是以即彼娈然之诸姬，而与之谋为归卫之计焉，义或可或否，固将顾之以一决矣。

（米）出宿于沸，饮饯于祢。

（解）谋之云何？我始之自卫而来也，出宿则于沸矣，饯饯则于祢矣。

（米）女子有行，远父母兄弟。

（解）斯时也女子有行，远其父母兄弟，盖义已属于夫家，而情已违于膝下矣。

（米）问我诸姑，遂及伯姊。

（解）况今父母既终，而妇可归于乎哉？是问我诸姑，遂及伯姊，如其果不可归焉，则亦不得任情以悖

义者矣！

（米）出宿于干，饮饯于言。

（解）使今得以望卫而归也，出宿则于干矣，饮饯则于言矣。

（米）载脂载辖，还车言迈。

（解）彼嫁来有车，而车有辖也，于是载脂其辖而旋，车以言迈。

（米）遄臻于卫，不瑕有害。

（解）则其至卫疾矣。然父母终无归宁之义，岂不有害于义乎？夫苟有害于义，则不可任之一己之情，以悖先王之制，此予之所自拟者如此，惟我诸姑伯姊其为我谋之可也。

（米）我思肥泉，兹之永叹。

（解）夫义固不可归，而思终不能忘。彼肥泉卫水也，我思肥泉之长叹息矣。

（米）思须与漕，我心悠悠。

（解）须、漕，卫邑也，我思须、漕，而悠悠以长矣。

（米）驾言出游，以写我忧。

（解）然思之虽切，终不可归，顾安得思之所至，义无所制，驾言出游于肥泉、须、漕之地，以写我之忧哉。吁！发乎情而思乎义而止，卫女其贤乎，然而先王之教远矣。

北门

三章，章六句。

chū zì běi mén　　yōu xīn yīn yīn　　zhōng jù qiě pín　　mò zhī wǒ jiān
出自北门，忧心殷殷。终窭且贫，莫知我艰。

yǐ yān zāi　　tiān shí wéi zhī　　wèi zhī hé zāi
已焉哉！天实为之，谓之何哉！（一章）

wáng shì zhì wǒ　　zhèng shì yī pí yì wǒ　　wǒ rù zì wài　　shì rén jiāo biàn zhé wǒ
王事适我，政事一埤益我。我入自外，室人交遍谪我。

yǐ yān zāi　　tiān shí wéi zhī　　wèi zhī hé zāi
已焉哉！天实为之，谓之何哉！（二章）

wáng shì dūn wǒ　　zhèng shì yī pí yí wǒ　　wǒ rù zì wài　　shì rén jiāo biàn cuī wǒ
王事敦我，政事一埤遗我。我入自外，室人交遍摧我。

yǐ yān zāi　　tiān shí wéi zhī　　wèi zhī hé zāi
已焉哉！天实为之，谓之何哉！（三章）

【注】殷殷，忧愁深重的样子。

终，既。窭，困窘。

已焉哉，算了吧。

谓之何哉，奈之何哉。

王事，周王的事。适，"擿"之省借，即掷。适我，扔给我。一，完全。埤，增、厚。益，加。

室人，家人。交，轮流。谪，指责、责难。

敦，逼迫、敦促。摧，讥笑。

此卫之贤者，自伤不得志作也。

✳ 出自北门，忧心殷殷。

🔴 南为阳明之区，而北为幽阴之地，今我也出自北门，则皆阳明而向幽阴矣。我之所遇如此，何能为情耶？是以慨遭逢之不遇，伤吾道之终穷，忧心盖殷殷然矣。

✳ 终窭且贫，莫知我艰。

🔴 且窭焉无以为礼，贫焉无以自给，我之艰难如此，而人又莫之知焉。

✳ 已焉哉！天实为之，谓之何哉！

🔴 夫事出于人者，犹可以力为，而事出于天者，不可以幸免。今我之值昏乱而处困穷，乃莫之为而为者，天也，已焉哉！天实为之，谓之何哉！则亦安之已矣。

✳ 王事适我，政事一埤益我。

🔴 然吾之穷困不止此已也。王命使为之事，既适于我。而国之政事，又一切埤益我，其困于外极矣。

✳ 我入自外，室人交遍谪我。

🔴 然使室人而无以相谪，犹可慰也。今贫窭又甚，我入自外，室人至无以自安，而交遍谪我，其困于内极矣。

✳ 已焉哉！天实为之，谓之何哉？

🔴 此莫非天也已焉哉？天实为之，谓之何哉？夫惟德天所命已矣。

✳ 王事敦我，政事一埤遗我。

🔴 王命使为之事，既敦于我，而国之政事，又一切以埤遗我，其困于外极矣。

✳ 我入自外，室人交遍摧我。

🔴 然使室人而无以相摧，犹可慰也，今贫窭又甚，我入自外，室人至无以自安，而交遍摧我，其困于内极矣。

✳ 已焉哉！天实为之，谓之何哉！

🔴 然此莫非天也，已焉哉！天实为之，谓之何哉！夫惟听天所命而已矣。夫处困穷之极而无怨尤之心，若北门大夫，诚可谓之忠臣矣。

北风

三章，章六句。

běi fēng qí liáng　　yù xuě qí páng　　huì ér hào wǒ　　xié shǒu tóng xíng
北风其凉，雨雪其雱。惠而好我，携手同行。

qí xū qí xú　　jì jí zhǐ jū
其虚其邪？既亟只且。（一章）

běi fēng qí jiē　　yù xuě qí fēi　　huì ér hào wǒ　　xié shǒu tóng guī
北风其喈，雨雪其霏。惠而好我，携手同归。

qí xū qí xú　　jì jí zhǐ jū
其虚其邪？既亟只且。（二章）

mò chì fěi hú　　mò hēi fěi wū　　huì ér hào wǒ　　xié shǒu tóng chē
莫赤匪狐，莫黑匪乌。惠而好我，携手同车。

qí xū qí xú　　jì jí zhǐ jū
其虚其邪？既亟只且。（三章）

【注】其凉，即凉凉；《诗经》中凡形容词或副词之上冠以"其"字或"有"字，等于其后加个"然"字，或等同于叠字。

雨雪，下雪；雨，作动词。其雱，即"雱雱"，雪大貌。

惠而，即"惠然"，顺从、赞成。

其，同"岂"，语气词。虚、邪，皆为徐缓貌；邪，同"徐"。既，已经。亟，急。只且，语词。

喈，疾貌；一说寒冷。霏，雨雪纷飞。

同归，一起到较好的他国去。

匪，同"非"。莫赤匪狐，没有不红的狐狸。莫黑匪乌，乌鸦没有不是黑色的。

此贤者去乱之诗也，言国家将亡，必有妖孽见机而作，居身所珍，顾今何时可以仕，而不知避耶？

✳ 北风其凉，雨雪其雱。

解 彼北风其凉，而有凛冽之威，雨雪其雱，而有纷纭之盛，殊非太和之景矣。今国之将亡，而气象愁惨，不犹是哉。

✳ 惠而好我，携手同行。

解 此固可以去之时也，固我也欲与惠而好我之人，携手同行，去而避之焉。

✳ 其虚其邪，既亟只且。

解 然是去也，尚可以宽徐乎哉？盖其祸乱之迫已甚，失今不去，则有欲去而不可得者，其去诚不可以不速者矣。

✳ 北风其喈，雨雪其霏。

解 北风其喈，而有急疾之声，雨雪其霏，而有分散之状，殊非太和之气候矣，国家将亡，而气象愁惨，何异是哉！

✳ 惠而好我，携手同归。

解 此固可以去之时也，故我也欲与惠而好我之人，携手同归，去而避之焉。

✳ 其虚其邪？既亟只且。

解 然是去也，尚可以宽徐乎哉？盖其祸乱之迫已甚，失今不去，则有欲去而不可得者，其去诚不可不速矣。

✳ 莫赤匪狐，莫黑非乌。

解 今夫狐不祥之物也，人所见者，则莫赤非狐矣。乌亦不祥之物也，人所见者则莫黑非乌矣。然则国之将亡而所见无非不祥之物，不犹之狐与乌者哉。

✳ 惠而好我，携手同车。

解 此固可以去之时也，故我也欲与惠而好我之人，携手同车，去而避之焉。

✳ 其虚其邪，既亟只且。

解 然是去也，尚可以宽徐乎哉？盖其祸乱之迫已甚，失今不去，则有欲去而不可得者，其去诚不可以不速矣。

吁，人之云亡，邦国殄瘁，卫之贤者相率避乱，则康叔之祀，自此而衰矣。

日本·细井徇《诗经名物图解·狐图》

静女

三章，章四句。

jìng nǚ qí shū　sì wǒ yú chéng yú　ài ér bù jiàn　sāo shǒu chí chú
静女其姝，俟我于城隅。爱而不见，搔首踟蹰。（一章）

jìng nǚ qí luán　yí wǒ tóng guǎn　tóng guǎn yǒu wěi　yuè yì rǔ měi
静女其娈，贻我彤管。彤管有炜，说怿女美。（二章）

zì mù guī tí　xún měi qiě yì　fěi rǔ zhī wèi měi　měi rén zhī yí
自牧归荑，洵美且异。匪女之为美，美人之贻。（三章）

【注】静女，贞静娴雅之女。 姝，美好。 俟，等候。 城隅，城角隐蔽处；一说城上角楼。
爱，"薆"之假借字，隐蔽、躲藏的意思。 踟蹰，徘徊、彷徨。
其娈，即"娈然"或"娈娈"，美丽的样子。 彤，赤色。 彤管，红管的笔；一说状
似管而色微赤的荑；也可能是红颜色的管状乐器。
有炜，即炜然，鲜艳貌。 说怿，喜悦。 女，同"汝"，指彤管。
牧，野外。 归，借作"馈"，赠。 荑，白茅之始生也，即初生的柔嫩的茅芽。
洵，实在，诚然。 异，特殊。
匪，非。 女，同"汝"，指荑草。

此淫奔期会而作也。

※ 静女其姝，俟我于城隅。

解 闲雅之女，姝然其美，固将俟我于城隅也。

※ 爱而不见，搔首踟蹰。

解 方其未至，我也爱之而不见，为之搔首踟蹰焉，盖其心迟疑于不见之故，而行步为之不进矣。

※ 静女其娈，贻我彤管。彤管有炜，说怿女美。

解 及其既至也，但见闲雅之女，娈然其好，而遗我彤管，彤管则有炜然其赤。我也幸其人之得见，而悦怿此女之美，亲爱之情，盖有出于彤管之外者矣。

※ 自牧归荑，洵美且异。

解 且不特有彤管之贻已也。又自牧而归我以荑，以结殷勤之好。但见是荑也，信美矣而且异焉。

※ 匪女之为美，美人之贻。

解 是非汝之为美也，特以美人之所赠，故其物亦因之而美耳。

新台

三章，章四句。

<small>xīn tái yǒu cǐ　　hé shuǐ mí mí　　yàn wǎn zhī qiú　　qú chú bù xiān</small>
新台有泚，河水弥弥。燕婉之求，籧篨不鲜。（一章）

<small>xīn tái yǒu cuǐ　　hé shuǐ měi měi　　yàn wǎn zhī qiú　　qú chú bù tiǎn</small>
新台有洒，河水浼浼。燕婉之求，籧篨不殄。（二章）

<small>yú wǎng zhī shè　　hóng zé lí zhī　　yàn wǎn zhī qiú　　dé cǐ qī yì</small>
鱼网之设，鸿则离之。燕婉之求，得此戚施。（三章）

【注】新台，台名，卫宣公为纳宣姜所筑，故址在今山东省鄄城县北。有泚，鲜明的样子。弥弥，大水深满的样子。

燕，安。婉，顺。燕婉，年少貌美。籧篨，不能俯者；本指竹子或苇子编成的粗席，古人用以为粮仓，形状粗蠢，此处讥讽卫宣公身形臃肿不能俯身。鲜，善。

有洒，高峻的样子。浼浼，水盛大的样子。

殄，同"腆"，善，美好。

鸿，蛤蟆；一说大雁。离，附着、遭遇，这里指落网。

戚施，不能仰头，本指蟾蜍四足据地，不能仰视，此处喻貌丑驼背之人。

此卫人丑宣公作也。

❋ 新台有泚，河水弥弥。

🅷 新台则有泚而鲜明，河水则弥弥而甚盛。其作此新台于河上，固将以要齐女也，然其渎乱彝伦，人道斁丧，其行抑何丑哉？

❋ 燕婉之求，蘧篨不鲜。

🅷 夫齐女求与伋为燕婉之好，今反得此蘧篨不鲜之人，非其配矣，不亦甚可恶乎。

❋ 新台有洒，河水浼浼。

🅷 新台有洒而高峻，河水浼浼平满于河上，而作此台固将以要齐女也，然而败坏礼法，人心牿亡，其行抑何丑哉。

❋ 燕婉之求，蘧篨不殄。

🅷 夫齐女本求与伋为燕婉之好，今反得此蘧篨不殄之人，非其匹矣，不亦甚可恶耶？

❋ 鱼网之设，鸿则离之。

🅷 今夫鱼网之设，本以取鱼也，而鸿反离于其中矣。

❋ 燕婉之求，得此戚施！

🅷 况此齐女本求与伋为燕婉之好也，而反得此戚施之人，所得非其所求，不犹之网鱼而得鸿耶？事出人情未有之外，诚为古今大丑之行，不亦甚可恶哉？

二子乘舟

二章，章四句。

ér zǐ chéng zhōu   fàn fàn qí jǐng   yuàn yán sī zǐ   zhōng xīn yǎng yǎng
二子乘舟，泛泛其景。愿言思子，中心养养。（一章）

ér zǐ chéng zhōu   fàn fàn qí shì   yuàn yán sī zǐ   bù xiá yǒu hài
二子乘舟，泛泛其逝。愿言思子，不瑕有害。（二章）

【注】二子，二人；一说卫宣公的两个异母子。

泛泛，漂浮的样子。

景，同"憬"，远行的样子；一说为古"影"字，水中的倒影。

愿，思念。 言，语助词。

养养，忧虑不安的样子。

不瑕，不会。

国人伤伋、寿见杀作也。

※ 二子乘舟，泛泛其景。

解 此二子也，一则尊父，一则重天伦。其乘舟以如齐也，见其景泛泛然而去矣。

※ 愿言思子，中心养养。

解 然是行也，死生存亡之冲，则有不可测者，我也愿言，思之中心，为之养养而忧之不定矣。盖以二子之孝友，而或祸起不测，诚有令人闵者，其思之乌容自已哉。

※ 二子乘舟，泛泛其逝。

解 此二子也，一则尊父，一则重天伦。其乘舟以如齐也，见其泛泛然而逝矣。

※ 愿言思子，不瑕有害？

解 然是行也，死生存亡之际，则有甚可疑者，我也愿言思之意者，变生齐境而不瑕有害乎？不然反卫之期指日可待，何其父而不归也。

夫以二子之孝友而苟或有害，诚有令人伤矣，其思之乌容已哉。

廊
风

柏舟

二章，章七句。

fàn bǐ bǎi zhōu zài bǐ zhōng hé dàn bǐ liǎng máo shí wéi wǒ yí
泛彼柏舟，在彼中河。髧彼两髦，实维我仪。

zhī sǐ shǐ mǐ tā mǔ yě tiān zhī bù liàng rén zhī
之死矢靡它。母也天只，不谅人只！（一章）

fàn bǐ bǎi zhōu zài bǐ hé cè dàn bǐ liǎng máo shí wéi wǒ tè
泛彼柏舟，在彼河侧。髧彼两髦，实维我特。

zhī sǐ shǐ mǐ tè mǔ yě tiān zhī bù liàng rén zhī
之死矢靡慝。母也天只，不谅人只！（二章）

【注】中河，河中。

髧，头发下垂状。两髦，齐眉的刘海和前额的头发，分向两边，扎成两绺，古代男子未成年时的发型。维，为、是。仪，配偶。

之，到。矢，发誓。靡它，无他心。

只，语助词。

特，配偶。

慝，同“忒”，变动，此处指变心。

共姜柏舟

卫共姜作此以自誓，曰：妇人从一而终，故不幸而遭变，终不可以存亡而易其心，盖从一之义当如是也。

❋ 泛彼柏舟，在彼中河。

解 彼泛然而流之柏舟，则在彼中河，夫固有定所矣。

❋ 髧彼两髦，实维我仪。

解 况此髧然而垂之两髦，则实我之仪，是亦有定配也。

❋ 之死矢靡他。

解 夫既为我之定配，则偕老之约终始不渝，虽至于死誓无他适之心者矣。

❋ 母也天只，不谅人只！

解 是心也非不欲母之见谅，而坚我之守也。顾母之于我，覆育之恩虽大，而如天罔极，然欲使我有他焉，何其不谅我之心如是乎，故我之于母感恩则有之，谓之知我则未也。

❋ 泛彼柏舟，在彼河侧。

解 泛然而流之柏舟，则在彼河侧，夫固有定处矣。

❋ 髧彼两髦，实维我特。

解 况此髧然而垂之两髦，则实我之特，是亦有定匹也。

❋ 之死矢靡慝。

❋ 夫既为我之定匹，则一与之醮，终身不改，虽至于死，誓无邪慝之心矣。

❋ 母也天只，不谅人只！

解 是心也非不欲母之见谅，而成我之志也，顾母之于我，覆育之恩虽广，而如天无穷，然使我有慝焉，何其不谅，我之心如是乎。故我之于母感恩则有之，谓之知我则未也。

夫共姜守养之心而不以夫死或移，不以母爱或夺其节，可谓坚矣，非贤而能之乎。

墙有茨

三章，章六句。

墙有茨

qiáng yǒu cí   bù kě sǎo yě   zhōng gòu zhī yán   bù kě dào yě
墙有茨，不可埽也。中冓之言，不可道也。

suǒ kě dào yě   yán zhī chǒu yě
所可道也，言之丑也。（一章）

qiáng yǒu cí   bù kě xiāng yě   zhōng gòu zhī yán   bù kě xiáng yě
墙有茨，不可襄也。中冓之言，不可详也。

suǒ kě xiáng yě   yán zhī cháng yě
所可详也，言之长也。（二章）

qiáng yǒu cí   bù kě shù yě   zhōng gòu zhī yán   bù kě dú yě
墙有茨，不可束也。中冓之言，不可读也。

suǒ kě dú yě   yán zhī rǔ yě
所可读也，言之辱也。（三章）

【注】茨，植物名，蒺藜，有刺，古人以之覆于墙上，可以护墙，可以防盗。 埽，同"扫"。

中冓，内室，此处指宫廷内部。 所，若。

襄，除去，扫除。 详，详言、细说。

束，捆束。 读，宣扬。

刺顽作也。 此章不惟淫乱丑恶，不必讲，且词意浅淡明白，不费词说矣，故略之。

君子偕老

三章，一章七句，二章九句，三章八句。

君子偕老，副笄六珈。委委佗佗，如山如河，象服是宜。

子之不淑，云如之何！ （一章）

玼兮玼兮，其之翟也。鬒发如云，不屑髢也。玉之瑱也，

【注】君子，指卫宣公。 副，假髻，古代贵族妇女用的首饰。 笄，簪子。 六珈，加于副笄上
的玉制饰物。

委委佗佗，形容宣姜行步仪容之美。 如山如河，形容神态凝重沉稳。 象服，即袆（huī）
衣，为古代王后及诸侯夫人之服，以绘画为饰。

玼，玉色鲜艳亮丽。 翟，王后六服中的揄翟和阙翟，画羽为饰。

鬒，头发乌黑浓密。 髢，假发。

瑱，古人用以塞耳的玉饰。

象之揥也，扬且之晳也。胡然而天也？胡然而帝也？（二章）

瑳兮瑳兮，其之展也。蒙彼绉絺，是绁袢也。

子之清扬，扬且之颜也。展如之人兮，邦之媛也。（三章）

象，象牙。揥，搔头的簪子。

扬，额头宽阔美丽。且，助词，无实义。晳，皮肤白嫩。

胡，何，怎么。然，这样。而，如、似。天，天仙。帝，帝女。

瑳，玉色鲜明洁白。展，王后六服中的展衣。

绁袢，亵衣、内衣。

展，诚然，的确。媛，美女。

此刺宣姜作也，若曰：服容匪贵，惟德为贵，乃今之所见，则有大不然者。

✳ 君子偕老，副笄六珈。

🔴 女子之生，以身从人，故夫人为君子之配，则当与君子偕老，虽或不幸而没，身心不贰，其分当然也。为君之夫人，则有夫人之服饰，但见首饰之副也，编发以为之，当耳之笄也，叶六珈饰之，其服之盛又如此矣。

✳ 委委佗佗，如山如河，象服是宜。

🔴 然夫人及有偕老之德，则于是服岂有不称哉！吾知有偕老之德，则心无愧怍，而其见之动容之间，雍容自得，委委而佗佗也，安重宽广，如山而如河也，则其于副笄六珈之象服，不有以称之而无忝乎？

✳ 子之不淑，云如之何？

🔴 今子无偕老之德，其不淑如此，则必无委蛇山河之容，虽有是法服，亦不称矣，其将如之何哉？

✳ 玼兮玼兮，其之翟也。鬒发如云，不屑髢也。

🔴 若然则子之不能足者，岂徒在服饰容貌之间哉？自子之服言之，玼然鲜明者其祭服之翟衣也。自子之容言之，鬒发如云者，不屑于髢之益也。

✳ 玉之瑱也，象之揥也，扬且之皙也。

🔴 然服不特有是，翟衣已也，又见以玉为瑱，以象为揥服，何有一之不盛耶？容不但有是鬒发已也，又见眉上之广皙，然而白容又何有一之不美耶？

✳ 胡然而天也，胡然而帝也。

🔴 夫以如是之服饰，以如是之容貌，固人间之未尝见也，乃于今忽然见之，意者其天之神乎？意者其帝之灵乎？而何其服饰容貌之弗类，有如是也哉。

✳ 瑳兮瑳兮，其之展也。蒙彼绉絺，是绁袢也。

🔴 然其服饰容貌又岂止此哉？自子之服言之，瑳然鲜盛而有展衣，所以见君宾也。蒙彼绉絺而为之绁袢，所以自敛饰也，服又何如其盛耶？

✳ 子之清扬，扬且之颜也。展如之人兮，邦之媛也！

🔴 自子之容，言之额其目则极其清明，语其眉则极其宽广，语其额角则极其丰满，容又何如其美耶？

夫以如是之服饰，以如是之容貌，皆非国人所有者也，乃如之人兮，岂不色倾一邦，而为一邦之媛乎？然服则盛矣，容则美矣，惜乎无偕老之德以为之称，亦将如之何哉？

桑中

三章，章七句。

yuán cǎi táng yǐ　　mèi zhī xiāng yǐ　　yún shuí zhī sī　　měi mèng jiāng yǐ
爰采唐矣？沫之乡矣。云谁之思？美孟姜矣。

qī wǒ hū sāng zhōng　　yāo wǒ hū shàng gōng　　sòng wǒ hū qí zhī shàng yǐ
期我乎桑中，要我乎上宫，送我乎淇之上矣。（一章）

yuán cǎi mài yǐ　　mèi zhī běi yǐ　　yún shuí zhī sī　　měi mèng yì yǐ
爰采麦矣？沫之北矣。云谁之思？美孟弋矣。

qī wǒ hū sāng zhōng　　yāo wǒ hū shàng gōng　　sòng wǒ hū qí zhī shàng yǐ
期我乎桑中，要我乎上宫，送我乎淇之上矣。（二章）

yuán cǎi fēng yǐ　　mèi zhī dōng yǐ　　yún shuí zhī sī　　měi mèng yōng yǐ
爰采葑矣？沫之东矣。云谁之思？美孟庸矣。

qī wǒ hū sāng zhōng　　yāo wǒ hū shàng gōng　　sòng wǒ hū qí zhī shàng yǐ
期我乎桑中，要我乎上宫，送我乎淇之上矣。（三章）

【注】爰，在哪里。唐，一种蔓生植物，即女萝，也叫松萝。

沫，春秋时期卫国邑名，即牧野，在今河南淇县南。乡，郊外。

云，语助词。孟，排行居长。孟姜，姜姓长女，与下文的"孟弋""孟庸"一样，皆非真人。

期，约会。桑中，桑树林中。

要，同"邀"，邀约。上宫，楼名。

孟弋，弋姓长女。

孟庸，庸姓长女。

淫奔者歌此。

* 爰采唐矣？沫之乡矣。

解 沫之乡有唐生焉，我也爱采唐矣，于彼沫之乡矣。

* 云谁之思？美孟姜矣。

解 是行也，其云谁之思乎？乃彼美色之孟姜也。

* 期我乎桑中，要我乎上宫，送我乎淇之上矣。

解 盖斯人也，期我于沫之桑中，故我托为采唐之行，以往会之耳。
沫之地有上宫也，但见始则迎我乎上宫，而不胜其相见之喜者矣。
沫之地有淇上也，即则送我乎淇之上，而不胜缱绻之情矣，如是
则我之所思，于是乎慰，而今日采唐之行，夫岂徒哉？

* 爰采麦矣？沫之北矣。云谁之思？美孟弋矣。期我乎桑中，要我
乎上宫，送我乎淇之上矣。
爰采葑矣？沫之东矣。云谁之思？美孟庸矣。期我乎桑中，要我
乎上宫，送我乎淇之上矣。

解 吁，卫之淫乱至此，所谓其政散，其民
流，诬上行私而不可止者也，要皆宣
公，宣姜诲淫于上，则其俗之不美
有自来矣。

鹑之奔奔

二章，章四句。

鹑

chún zhī bēn bēn　　què zhī qiángqiáng　　rén zhī wú liáng　　wǒ yǐ wéi xiōng

鹑之奔奔，鹊之强强。人之无良，我以为兄。（一章）

què zhī qiángqiáng　　chún zhī bēn bēn　　rén zhī wú liáng　　wǒ yǐ wéi jūn

鹊之强强，鹑之奔奔。人之无良，我以为君。（二章）

【注】鹑，鹌鹑。鹊，喜鹊。奔奔、强强，都是形容鹑或鹊成双成对相随飞翔的样子。

人，指下文的兄或君。无良，无善行。

我，"何"之借字，古音我、何相通；一说为人称代词。

君，国君；一说国小君，国君夫人称小君，此指宣姜。

此刺宣姜与顽作也。

✽ 鹑之奔奔，鹊之强强。

🔴解 鹑之奔奔，鹊之强强，居有常匹，飞则相随，在物尚各从其偶矣。

✽ 人之无良，我以为兄。

🔴解 况此人也，渎配偶之伦，虽至于上烝，而不忌其无良甚矣，曾鹑鹊之不若矣，而我反以为兄何哉？

✽ 鹊之强强，鹑之奔奔。人之无良，我以为君。

🔴解 讲同上。

定之方中

三章，章七句。

dìng zhī fāng zhōng　　zuò yú chǔ gōng　　kuí zhī yǐ rì　　zuò yú chǔ shì
定之方中，作于楚宫。揆之以日，作于楚室。

shù zhī zhēn lì　　yǐ tóng zǐ qī　　yuán fá qín sè
树之榛栗，椅桐梓漆，爰伐琴瑟。　（一章）

shēng bǐ xū yǐ　　yǐ wàng chǔ yǐ　　wàng chǔ yǔ táng　　jǐng shān yǔ jīng
升彼虚矣，以望楚矣。望楚与堂，景山与京。

jiàng guān yú sāng　　bǔ yún qí jí　　zhōng rán yǔn zāng
降观于桑，卜云其吉，终然允臧。　（二章）

líng yǔ jì líng　　mìng bǐ guān rén　　xīng yán sù jià　　shuì yú sāng tián
灵雨既零，命彼倌人。星言夙驾，说于桑田。

fěi zhí yě rén　　bǐng xīn sāi yuān　　lái pìn sān qiān
匪直也人，秉心塞渊，骒牝三千。　（三章）

【注】定，星宿名，二十八宿之一，又名营室。古人以为定星方中时，可以营建宫室。作，
建造。于，为。楚，楚丘。宫，宗庙。揆，测度。日，日影。树，种植。榛、栗，
树名，其果实可供祭祀。椅、桐、梓、漆，皆树名，可做琴瑟。

虚，同"墟"，故城废墟，指漕邑旧城。堂，楚丘旁邑。景山，大山。京，高丘。
卜，烧灼龟甲，周人用以预测吉凶的方法。云，语词，无义。其，乃。允，诚然、
确实。臧，善、美好。

灵雨，好雨。零，落。倌，驾车小臣。星言，晴焉。说，同"税"，休息。匪，彼。
直，正值。秉心，用心、存心。塞，诚实。渊，深远。骒，七尺以上的马。

卫人美文公也，言我公营建，所以振中兴之业者也，而其始经之事，果何如哉？

✳ 定之方中，作于楚宫。

解 公以营建当顺天时，则仰观于天，而见定星之方中，民力为可用也，于是率渡河之民而作于楚宫焉。

✳ 揆之以日，作于楚室。

解 以营建当审地势也，则树之以臬，而验东西南北之影方面为既正也，于是兴版筑之役而作于楚室焉。

✳ 树之榛栗，椅桐梓漆，爰伐琴瑟。

解 宫室既作，又以礼乐者，为国之首务，不可缓也，则他务未遑而先树之榛栗焉，与夫椅桐梓漆焉。夫榛栗之树，固以为异日簋实之供，而礼可备也，而是椅桐梓漆也，实将以时代之，而为琴瑟之用焉，而乐亦可兴矣，此不惟宫室之建立可大之基，且礼乐之豫，垂可久之计矣，我公之营建，何其不苟而极综理之周哉。

✳ 升彼虚矣，以望楚矣。望楚与堂，景山与京。

解 夫我公徙居楚丘，其营立之事故如此矣，然其方迁之始，夫岂不慎于为谋哉？但见升彼故城之虚，以望楚丘之形势，而与夫旁邑之堂焉。测日出入之景，以正楚山之方面，而与高丘之京焉。

✳ 降观于桑，卜云其吉，终然允臧。

解 以土地之美，但验于物产，则降观于桑，以察其土宜之何如也。以犹豫之决，必赖于鬼神测卜，云其吉以稽其朕兆之何如也。夫始之望景观卜，固欲其臧矣，既而果得形势之胜而方面之尊也，土宜之美而休征之吉也，所以立国居民而光前裕后者在是矣，终焉不允臧乎。

✳ 灵雨既零，命彼倌人。星言夙驾，说于桑田。

解 夫我公方迁之始，为谋之慎，固如此矣。然则既迁之后，所以勤心为国者，果何如哉？但见当献岁发春之时，灵雨则既零，而农

桑田
鄭雲

桑之物作矣。然用力虽在于民，而劝相则在于君，故我公不敢以自安，命倌人晨起驾车，遂呕乘之以税于桑焉，劳一国之桑者而劝之，使力于桑也，以税于田焉，劳一国之田者而劝之使力于田也。

✳ 匪直也人，秉心塞渊，骙牝三千。

🅰 此其实心为民谋衣食，而不为粉饰之文也，秉心可谓塞矣。然非直于民而有是塞也，深思为民图久远，而不为浅近之计，秉心可谓渊矣，然非直于民而有是渊也。以此心而为民，亦以此心而为物，民于是乎安，物亦于是乎阜。故观其所畜之马，其骙而牝者，亦已至于三千之众矣，则其非骙而牝者可知矣。此皆秉心塞渊之所致，岂特心见于为民而民之得所已哉，则其能复中兴之业宜矣。

● 日本·细井徇《诗经名物图解·椅木图》

蝃蝀

三章，章四句。

蝃蝀

dì dōng zài dōng　　mò zhī gǎn zhǐ　　nǚ zǐ yǒu xíng　　yuǎn fù mǔ xiōng di

蝃蝀在东，莫之敢指。女子有行，远父母兄弟。（一章）

zhāo jī yú xī　　chóng zhāo qí yǔ　　nǚ zǐ yǒu xíng　　yuǎn xiōng di fù mǔ

朝隮于西，崇朝其雨。女子有行，远兄弟父母。（二章）

nǎi rú zhī rén yě　　huài hūn yīn yě　　tài wú xìn yě　　bù zhī mìng yě

乃如之人也，怀昏姻也。大无信也，不知命也。（三章）

【注】蝃蝀，彩虹。 莫之敢指，古之人以为用手指着彩虹是不敬的。

有行，指出嫁。

隮，虹。

崇朝，整个早晨。

乃如，竟然。 之人，这样的人。

怀，与"坏"通用，败坏，破坏。 昏姻，婚姻。

大，太。 信，贞信，贞节。 命，父母之命。

此刺淫奔作也。

✳ 蝃蝀在东，莫之敢指。

解 是蝃蝀也，暮而见于东方，此阴阳之气不当交而交，天地之淫气也，则人不敢指矣。然则淫奔之恶人不敢道，岂异是哉？

✳ 女子有行，远父母兄弟。

解 况女子有行，又当秉命于父母兄弟，而后远乃为礼之正也，岂可不顾此而冒行乎？

✳ 朝隮于西，崇朝其雨。

解 是蝃蝀也，朝而忽升于西，此天地淫慝之气，有害于阴阳之和者，则其雨终朝而止矣，然则淫奔之恶，有害于人道之正，岂异是哉？

✳ 女子有行，远父母兄弟。

解 况女子有行，又当面告于兄弟父母而后远，庶不昧所适也，岂可不顾此而冒行乎？

✳ 乃如之人也，怀婚姻也。

解 夫男女之欲虽人之私情，而贞信之节，则天之正理，人要当以理御情，而不为情动可也。斯人也，但知怀男女之欲，而为苟合之行。

✳ 大无信也，不知命也。

解 是不能自守其贞信之节，而不知有天命之正理矣。使知有命，则必以信自守，而何有是哉？夫以卫俗淫靡，乃有如此。

诗刺淫之灾，亦可见羞恶之在人心，未尝忘也，抑亦惩创往事者与。

相鼠

三章，章四句。

xiàng shǔ yǒu pí   rén ér wú yí   rén ér wú yí   bù sǐ hé wèi
相鼠有皮，人而无仪。人而无仪，不死何为？（一章）

xiàng shǔ yǒu chǐ   rén ér wú zhǐ   rén ér wú zhǐ   bù sǐ hé sì
相鼠有齿，人而无止。人而无止，不死何俟？（二章）

xiàng shǔ yǒu tǐ   rén ér wú lǐ   rén ér wú lǐ   hú bù chuán sǐ
相鼠有体，人而无礼。人而无礼，胡不遄死？（三章）

【注】相，视也。 仪，威仪，礼仪。

止，假借为"耻"；一说容止。

俟，等待。

礼，教养。

遄，快速。

此恶人之无理作也。

※ 相鼠有皮，人而无仪。

解 鼠为物之最贱者也，今相鼠犹有皮矣。况人为物之最灵者也，何以人而无可象之仪乎，则亦鼠之不若矣。

※ 人而无仪，不死何为？

解 夫以人而无仪，而又生于世，则徒足以败常乱俗，是人间之一大蠹也，不死亦何为哉？盖人生而有益于世者，正以其威仪足以表俗，故一日而在，即一日之望也，不然斯人亦何益于世，亦何赖有斯人哉？

※ 相鼠有齿，人而无止。人而无止，不死何俟？
相鼠有体，人而无礼。人而无礼，胡不遄死？

解 讲同上。

干旄

三章，章六句。

_{jié jié gān máo   zài xùn zhī jiāo   sù sī pí zhī   liáng mǎ sì zhī}
孑孑干旄，在浚之郊。素丝纰之，良马四之。

_{bǐ shū zhě zi   hé yǐ bì zhī}
彼姝者子，何以畀之？（一章）

_{jié jié gān yú   zài xùn zhī dū   sù sī zǔ zhī   liáng mǎ wǔ zhī}
孑孑干旟，在浚之都。素丝组之，良马五之。

_{bǐ shū zhě zi   hé yǐ yǔ zhī}
彼姝者子，何以予之？（二章）

_{jié jié gān jīng   zài xùn zhī chéng   sù sī zhù zhī   liáng mǎ liù zhī}
孑孑干旌，在浚之城。素丝祝之，良马六之。

_{bǐ shū zhě zi   hé yǐ gào zhī}
彼姝者子，何以告之？（三章）

【注】孑孑，独出耸立的样子。干，旗竿。旄，一种旗竿顶端用牦牛尾为饰的旌旗。郊，上古国都城外百里以内称郊，泛指郊外。

纰，连缀、缝合，束丝之法，这里指用白丝线缝旗，作为装饰；下文"组"义同。良马四之，指四匹马为聘礼；下文"五之""六之"同。

畀，给，予。

旟，画有鸟隼纹饰的旗帜。都，下邑曰都；下邑，近城。

旌，旗的一种，挂牦牛尾于竿头，下有五彩鸟羽。

祝，同"织"，编连；一说同"属（zhǔ）"，连缀。告，赠言。

诗美大夫见贤也。若曰：贤才曷尝乏忠告之猷哉？顾延揽之怀未切，欲冀士之乐告无繇矣，今何幸我大夫之能下贤乎？

✳ 孑孑干旄，在浚之郊。

㉄ 我大夫之出而见贤也，见彼特出之干旄，在乎浚邑之郊野矣。

✳ 素丝纰之，良马四之。

㉄ 其维乎旄也，则以素丝之洁。其载乎旄也，则以四马之良，忘大夫之贵以下贤，此其礼意之勤，固已溢于车马旄旗之表矣。

✳ 彼姝者子，何以畀之？

㉄ 彼姝者子，抱奇于己，固将待人而后畀也，今己屈己若大夫，其咨询之下，必有畀之而匡其不逮矣，但英贤之谋略，有出于寻常测度之外，不如果可以畀之，而答其礼意之勤乎。

✳ 孑孑干旟，在浚之都。

㉄ 建孑孑之干旟，在浚之都，将以见贤也。

✳ 素丝组之，良马五之。

㉄ 维之则以素丝为组，载之则以良马之五，我大夫屈己下贤如此，其礼意可谓勤矣。

✳ 彼姝者子，何以予之？

㉄ 彼姝者子，将何以予之，而答其礼意乎？吾知姝子必有所予焉，以不虚大夫之盛意也，我特不得而测之耳。

✳ 孑孑干旌，在浚之城。

㉄ 建孑孑之干旌，在浚邑之城，将以见贤也。

✳ 素丝祝之，良马六之。

㉄ 维之则以素丝之祝，载之则以良马之士，我大夫屈己见贤如此，其礼意可谓勤矣。

✳ 彼姝者子，何以告之？

㉄ 彼姝者子，不知将何以告之，而答此礼意乎？吾知姝子必有所告焉，以不负大夫之盛心也，我特不得而知之耳。夫大夫举盛典于久旷之余，兴善端于破灭之后，宜国人创见而深嘉乐道之钦？

載馳

载驰

五章，一章六句，二三章四句，四章六句，五章八句。

zài chí zài qū　　guī yàn wèi hóu　　qū mǎ yōu yōu　　yán zhì yú cáo

载驰载驱，归唁卫侯。驱马悠悠，言至于漕。

dài fū bá shè　　wǒ xīn zé yōu

大夫跋涉，我心则忧。（一章）

jì bù wǒ jiā　　bù néng xuán fǎn　　shì ěr bù zāng　　wǒ sī bù yuǎn

既不我嘉，不能旋反。视尔不臧，我思不远。（二章）

jì bù wǒ jiā　　bù néng xuán jì　　shì ěr bù zāng　　wǒ sī bù bì

既不我嘉，不能旋济。视尔不臧，我思不闷。（三章）

【注】驰，放马飞跑。驱，赶马。唁，对亡国者或遭不幸的人表示慰问。卫侯，卫文公。

悠悠，道路遥远的样子。

跋涉，草行曰跋，水行曰涉。大夫跋涉，指许国大夫长途跋涉来阻拦她。

既，都，尽。嘉，善，赞同。旋，回转。反，同"返"。

闷，闭塞不通。

zhì bǐ ē qiū yán cǎi qí méng nǚ zǐ shàn huái yì gè yǒu xíng

陟彼阿丘，言采其蝱。女子善怀，亦各有行。

xǔ rén yóu zhī zhòng zhì qiě kuáng

许人尤之，众稚且狂。（四章）

wǒ xíng qí yě péng péng qí mài kòng yú dà bāng shuí yīn shuí jí

我行其野，芃芃其麦。控于大邦，谁因谁极？

dà fū jūn zǐ wú wǒ yǒu yóu bǎi ěr suǒ sī bù rú wǒ suǒ zhī

大夫君子，无我有尤。百尔所思，不如我所之。（五章）

阿丘，山丘。 蝱，贝母草，采蝱治病，喻设法救国。

善怀，多愁善感。 行，道理。

许人，指许国大夫。 尤，指责、归罪。

芃芃，茂盛的样子。

控，走告，赴告。 因，依靠。 极，至。

百尔，凡尔、各位。

许穆夫人为归唁不果作也。
若曰：宗国破灭，乃时事之
大变，我为卫之女子，不能
以恝然者矣。

✳ 载驰载驱，归唁卫侯。

🔴 是故载驰载驱，欲以吊卫侯亡国之
惨，庶可以达吾不容已之情耳。

✳ 驱马悠悠，言至于漕。大夫跋涉，
我心则忧。

🔴 奈何当其驱马而行，在彼悠远之
道，将以言至于漕，而时固未至
也，许之大夫已有奔走跋涉而来
者，吾知其来非无故也，必将以
不可归之义来告矣。夫义既不可
归，则漕邑必不可至，而吾归唁之
情终不得已自遂矣，我心其能以无
忧哉。

✳ 既不我嘉，不能旋反。

🔴 及大夫既至，果以我之归也有犯先
王之制，而不以为善焉，则情为义
夺，而我亦不能旋反以至于卫矣。

✳ 视尔不臧，我思不远。

🔴 然宗社丘墟乃人心大愤，故虽视尔
不以我归为善，而我归唁之思，终
不能忘也。

✳ 既不我嘉，不能旋济。

🔴 大夫既至，果以我之归也有违先

王之礼，而不以为善焉，则私为公
制，而我亦不能旋济以至于卫矣。

✳ 视尔不臧，我思不閟。

🔴 然故都沦没，乃人情之不堪，故虽
视尔不以我归为善，而我归唁之
思，终不能止也。

✳ 陟彼阿丘，言采其蝱。

🔴 夫我既不适卫，而思终不止，则忧
想之情切，而郁结之疾成矣。故
其在途也，陟彼阿丘，以舒忧想之
情，言采其蝱，以疗郁结之疾。

✳ 女子善怀，亦各有行。

🔴 此其所怀亦诚切矣，然非徒为无益
之思也，亦以宗国被祸，乃天理之
所难忘，人情之所不忍，殆各有其
道焉，而不容于自己者矣。

✳ 许人尤之，众稚且狂。

🔴 彼许国之众，人乃不我嘉而以为过
者，则亦少不更事而狂妄之人耳，
使非稚且狂也，何不谅我心之若
是乎？

✳ 我行其野，芃芃其麦。

🔴 我也归途在野，而涉芃芃之麦。

✳ 控于大邦，谁因谁极！

🔴 斯时也自伤许国之小而力不能救，
于是思欲为之控告于大邦，藉其
土地甲兵之力，以图兴复之举焉。
然控于大邦，必有所因之人，而其

人必仗义执言者也，今不知其何所因乎，必有所至之国，而其国必力大兵强者也，今不知其何所至乎，则欲控诉无由矣。

✳ **大夫君子，无我有尤。**

🅢 夫许之力既不能救，欲资于人又无其机，则可自尽者唯唁一事耳，今尔跋涉之大夫与在国之君子，无以我归为有过。

✳ **百尔所思，不如我所之！**

🅢 虽尔所以处此百方，欲我置身于无过之地，其意非不善也，但我之心不能自遂，终不如使我得以归唁，而自尽其心之为愈也。盖守礼固足无过，而善怀亦各有道，何为徒轨彼以议此耶？

吁，宗国之亡其事诚大矣，以不可归之义律之，其事尤有大者，此所以卒不果归而作此诗，以道己情之切至如此也，切于情而止于义，夫人亦贤矣哉。

《卫风》凡十篇。卫姓，侯爵康叔之后。

卫风

淇奥

三章，章九句。

zhān bǐ qí yù　　lǜ zhú yī yī　　yǒu fěi jūn zǐ　　rú qiē rú cuō　　rú zhuó rú mó
瞻彼淇奥，绿竹猗猗。有匪君子，如切如磋，如琢如磨。

sè xī xiàn xī　　hè xī xuān xī　　yǒu fěi jūn zǐ　　zhōng bù kě xuān xī
瑟兮僩兮，赫兮咺兮。有匪君子，终不可谖兮。　（一章）

zhān bǐ qí yù　　lǜ zhú jīng jīng　　yǒu fěi jūn zǐ　　chōng ěr xiù yíng　　huì biàn rú xīng
瞻彼淇奥，绿竹青青。有匪君子，充耳琇莹，会弁如星。

sè xī xiàn xī　　hè xī xuān xī　　yǒu fěi jūn zǐ　　zhōng bù kě xuān xī
瑟兮僩兮，赫兮咺兮。有匪君子，终不可谖兮。　（二章）

zhān bǐ qí yù　　lǜ zhú rú zé　　yǒu fěi jūn zǐ　　rú jīn rú xī　　rú guī rú bì
瞻彼淇奥，绿竹如箦。有匪君子，如金如锡，如圭如璧。

kuān xī chuò xī　　yǐ zhòng jiào xī　　shàn xì xuè xī　　bù wèi nüè xī
宽兮绰兮，猗重较兮。善戏谑兮，不为虐兮。　（三章）

【注】奥，河岸的内侧，水边弯曲的地方。猗猗，长而美的样子。有匪，斐然，有文采貌；匪，同"斐"。"如切如磋，如琢如磨"，治骨曰切，治象牙曰磋，治玉曰琢，治石曰磨，均指文采好，有修养；切磋，本指加工玉石骨器，引申为讨论研究；琢磨，本指玉石骨器的精细加工，引申为钻研深究。瑟，仪容庄重。僩，神态威严。赫、咺，皆为昭明显著之意。谖，忘。

青青，同"菁菁"，茂盛的样子。充耳，古人冠冕垂于两侧以塞耳的玉，亦名瑱。琇莹，美玉。会，皮帽两缝相合的地方。弁，皮帽。

箦，竹席。如箦，形容绿竹之密。圭、璧，皆为是高贵的玉器。宽、绰，皆为恢宏宽大之意。猗，"倚"的假借字，依凭、倚靠。较，车厢两旁的立板，板高两层称重较。

淇泉簌竹

卫人美武公作也。

✳ 瞻彼淇奥，绿竹猗猗。

解 瞻彼淇奥，绿竹猗猗，然柔弱而美盛者矣。

✳ 有斐君子，如切如磋，如琢如磨。

解 况此有斐君子，其德之进修何如哉？但见以言其学问也，讲习讨论已精，益求其精，有如治骨角者，既切而复磋之，而同其精之至者矣。 以言其自修也，省察克治已密，亦求其密，有如治玉石者，既琢而复磨之，而同其密之至矣，是其德之修饰有进而无已如此。

✳ 瑟兮僴兮，赫兮咺兮。

解 是以征之为德容也，矜庄不肆，威严不亵，而瑟兮僴兮矣。 盛大无拘，宣著莫掩，而赫兮咺兮矣。

✳ 有斐君子，终不可谖兮。

解 有斐君子，德容之盛如此，则人之得于观感者，莫不起其爱敬之心，而终身不能忘矣。 盖君子先得其同然之心，则人之不能忘，固非有所强也已。

✳ 瞻彼淇奥，绿竹青青。

解 瞻彼淇奥，绿竹青青，然坚刚而茂盛矣。

✳ 有斐君子，充耳琇莹，会弁如星。

解 况我有匪君子，其德之称服何如哉？但见以言其充耳也，尚之以石，则有琇莹之美，而有以肃千乘之具瞻矣。 以言其会弁也，饰之以玉，则有如星之明，而有以起万民之敬仰矣，盖惟其德之称服，故其尊严如是也。

✳ 瑟兮僴兮，赫兮咺兮。

解 是以征之为德容也，矜庄不肆，威严不亵而瑟兮僴兮矣。 盛大无拘，宣著莫掩而赫兮咺兮。

✳ 有斐君子，终不可谖兮。

解 有匪君子德容之盛如此，则人之得于景仰者，莫不切其爱敬之情，

而终身不能忘矣。盖君子适触其懿德之好，则人之不能忘，固非有所思也已。

✳ 瞻彼淇奥，绿竹如箦。

🅙 瞻彼淇奥，绿竹如箦，则密比而盛之至矣。

✳ 有斐君子，如金如锡，如圭如璧。

🅙 况我有斐君子，其德之成就何如哉？但见以言其德之精纯也，则万里莹净一疵不存，有如金如锡，而锻炼之精纯者矣。以言其德之温润也，则天理浑全，圭角不露有如圭如璧，而生质之温润者矣。

✳ 宽兮绰兮，猗重较兮。

🅙 夫以其德之成就如此，则其动容周旋，安生而不中礼哉。彼宽绰无束之意，而能自如者鲜矣，彼则从容之中，自有成法。宽兮绰兮，猗然有如重较之上，固不失之肆也，亦不失之拘也，何其宽广而自如也乎？

✳ 善戏谑兮，不为虐兮。

🅙 戏谑非庄厉之时，而能中节者鲜矣，彼则与人之际和而不流，善戏谑兮而不为淫虐之衍，不以言语凌物也，不以意气加人也，何其和易而中节也乎？夫宽绰而犹可观，则敛束之时可知矣，戏谑而犹中节，则庄厉之时可知矣，若此者何莫而非盛德之至哉。吁，武公之德之美如此，固宜诗人屡咏歌而叹美之也。

考槃

三章，章四句。

考槃（書法）

kǎo pán zài jiàn　shuò rén zhī kuān　dú mèi wù yán　yǒng shì fú xuān
考槃在涧，硕人之宽。独寐寤言，永矢弗谖。（一章）

kǎo pán zài ē　shuò rén zhī kē　dú mèi wù gē　yǒng shì fú guò
考槃在阿，硕人之薖。独寐寤歌，永矢弗过。（二章）

kǎo pán zài lù　shuò rén zhī zhóu　dú mèi wù sù　yǒng shì fú gào
考槃在陆，硕人之轴。独寐寤宿，永矢弗告。（三章）

【注】考，敲打。 槃，器皿之名。 考槃，指扣盘而歌。

硕人，大人，贤人。 宽，心宽。

独寤寐言，独睡，独醒，独自言语，指不与人交往。 矢，同"誓"。

阿，山陵，山坡。 薖，宽大的样子。

过，过从，过往。

陆，高平之地。 轴，本义为车轴，此处指说盘桓不行的样子。

此美贤者隐处作也，言心之外慕者，恒择地以为安，而乐之在中者，则无入而不得，吾兹有取于硕人矣。

⊛ 考槃在涧，硕人之宽。

解 但见成其隐处之室，在彼涧谷之间，萧然一环堵之居也。宜若无可乐矣，而硕人之处此也，浩然独乐心，超于贫贱之外，初不见其有戚戚者，何宽广乎？

⊛ 独寐寤言，永矢弗谖。

解 然乐之不真者，或能勉强于人知之地而已，所独知则不堪之情，不觉因之而毕露矣，彼其独寐而寤，独寤而言之时，犹自誓其终身不忘此乐焉，盖不以人所不知，略有一毫忧戚之意，而视涧谷之中，皆其乐境矣，而其勉强于一时者，可同日语哉？

⊛ 考槃在阿，硕人之薖。

解 成其隐居之室，在彼曲凌之阿，何荒凉也？维此硕人，居此胸次，悠然外物，不能为之累，吾见其宽大而自得矣。

⊛ 独寐寤歌，永矢弗过。

解 其乐如此，夫岂有可尚者哉？虽独寐寤歌之，时在外慕者故易以动情之地也，犹自誓其终身所乐，

不喻于此焉。盖乐自得之即自保之，不知天壤之间，有何乐可以代此矣。

⊛ 考槃在陆，硕人之轴。

解 成其隐处之室，在彼高乎之陆，何寂寞也？为此硕人处，此居贞自守，轩冕不能为之移，吾见其盘桓而不行矣。

⊛ 独寐寤宿，永矢弗告。

解 其乐如此，夫岂求人知者哉？虽独寐寤之时，在炫名者，固易有求知之心也。独自誓其终身，不以此乐告人焉。盖乐自得之即自知之不以真乐之味而轻泄于言语之间矣。夫居人所不堪之地，而适己所独乐之情，非贤者见大心泰而能若是乎？

硕人

四章，章七句。

瓠　蟒

shuò rén qí qí　　yì jǐn jiǒng yī　　qí hóu zhī zǐ　　wèi hóu zhī qī　　dōng gōng zhī mèi
硕人其颀，衣锦褧衣。齐侯之子，卫侯之妻，东宫之妹，

xíng hóu zhī yí　　tán gōng wéi sī
邢侯之姨，谭公维私。　（一章）

shǒu rú róu tí　　fū rú níng zhī　　lǐng rú qiú qí　　chǐ rú hù xī　　qín shǒu é méi
手如柔荑，肤如凝脂，领如蝤蛴，齿如瓠犀，螓首蛾眉。

qiǎo xiào qiàn xī　　měi mù pàn xī
巧笑倩兮，美目盼兮。　（二章）

【注】硕人，美人。 颀，修长。 衣锦，穿着锦衣。 褧衣，披风。

齐侯之子，庄姜是齐庄公的女儿。 卫侯，卫庄公。 东宫，齐庄公的太子得臣。

邢，国名。 姨，妻之姐妹叫姨。 谭，国名。 维，是。 私，姐妹之夫叫私。

荑，柔嫩的白茅芽。 领，颈。 蝤蛴，天牛的幼虫，色白身长。 瓠犀，白而整齐的瓠瓜之

籽。 螓，似蝉而小；螓首，形容前额丰满开阔。 蛾眉，蚕蛾触角，形容眉毛细长弯曲。

倩，嘴角间酒窝好看的样子。 盼，眼睛黑白分明的样子。

shuò rén áo áo　shuì yú nóng jiāo　sì mǔ yǒu jiāo　zhū fén biāo biāo　dí fú yǐ cháo

硕人敖敖，说于农郊。四牡有骄，朱帻镳镳，翟茀以朝。

dà fū sù tuì　wú shǐ jūn láo

大夫夙退，无使君劳。（三章）

hé shuǐ yáng yáng　běi liú guō guō　shī gū huò huò　zhān wěi pō pō　jiā tiǎn jiē jiē

河水洋洋，北流活活。施罛濊濊，鱣鲔发发，葭菼揭揭。

shù jiāng niè niè　shù shì yǒu qiè

庶姜孽孽，庶士有朅。（四章）

敖敖，身材修长高大的样子。 说，同"税"，停车休息。

牡，雄马。 有骄，即骄骄，强壮的样子。 朱帻，用红绸布缠饰的马嚼子。 镳镳，盛美、壮观的意思。 翟茀，马车前后以雉羽为饰的围子。

洋洋，水势浩荡的样子。 活活，水流声。

罛，大鱼网。 濊濊，鱼网入水声。 鱣，大鲤鱼，或鳇鱼。 鲔，鲟鱼。 发发，鱼入网后甩尾之声。 葭，芦苇。 菼，荻草。 揭揭，修长的样子。

庶姜，指随嫁的姜姓众女。 孽孽，华贵的样子。 庶士，护送庄姜到卫的齐人。 有朅，即朅朅，强健勇武的样子。

卫人为庄姜不见答作也，言夫妇之间最宜亲厚，而有不见亲厚者，此其事有出于常情测度之外矣，吾于硕人之不见答，深为之思其故焉。

✳ 硕人其颀，衣锦褧衣，齐侯之子，卫侯之妻。

🔴 此硕人颀然其长。衣锦于中而加褧衣于外，恐其文之著也。是硕人也，不见亲厚于君，岂其族类之不贵耶？吾以族类言之，以齐侯之子而为卫侯之妻，其父贵矣。

✳ 东宫之妹，邢侯之姨，谭公维私。

🔴 以东宫之兄而彼乃为之妹，其母贵矣。邢侯则彼为之姨，谭公则为彼之私，盖亲属无一而不贵者矣，夫以族类之贵如此，是宜君之亲厚之也，而反不见亲厚亦独何也哉？

✳ 手如柔荑，肤如凝脂。

🔴 夫族类贵矣而犹不见亲厚，岂其容貌之有不美耶？吾以容貌言之。手之柔而白也，如荑之生。肤之白而润也，如脂之凝其手与肤美矣。

✳ 领如蝤蛴，齿如瓠犀。

🔴 领白而长也，有如蝤蛴。齿正白而齐也，有如瓠犀，其领与齿美矣。

✳ 蝼首蛾眉，巧笑倩兮，美目盼兮。

🔴 额角方正，为蝼之首，眉细长曲，为蛾之眉。其笑也则巧笑，倩然而口辅之甚美。其目也则美目盼然，而黑白之分明，盖身容无一而不美矣。夫以容貌之美如此，是宜君之亲厚之也，而反不见亲厚亦独也哉？

✳ 硕人敖敖，说于农郊。

🔴 夫容貌美矣，而独不见亲厚，岂其始时来嫁而已然耶？吾自来嫁之始言之。硕人敖敖，来自齐国舍止近郊。

✳ 四牡有骄，朱帻镳镳，翟茀以朝。

解 驾车有马也，则四牡有骄，而朱幩之饰镳镳然其盛也。 载行有车
也，则前后设蔽而翟羽之饰，粲然其可观也。 乘是车马以入君之
朝，吾君乐得有佳配者矣。

✳ 大夫夙退，无使君劳。

解 但见吾君平日亲厚夫人之心，国人之所知也，故国人谓大夫朝于
君者宜早退，毋使君劳于政事而不得与夫人相亲也。 此其在昔，
故未尝不亲厚矣，而今反不见亲厚，亦独何也哉？夫亲厚于昔，
而今不然，岂其来嫁礼仪不备，而今追咎之耶？吾又以礼仪之备
言之。

✳ 河水洋洋，北流活活，施罛濊濊，鳣鲔发发。

解 但见齐居大河之滨，河水洋洋然盛大而莫御。 北流活活然，望海
以为归，是其地势广矣。 施罛濊濊以取鱼，则有鳣鲔之发发。

✳ 葭菼揭揭，庶姜孽孽，庶士有朅。

解 百卉之生于其地，则有葭菼之揭揭，是其物产饶矣。 齐地广饶如
此，则其来嫁礼仪岂有不备哉？故从行之姪娣有庶姜焉，则孽然
其盛饰而烂盈门之顾也。 从行之媵臣有庶士焉，则朅然其武勇而
侈，载道之光也，其士女姣好如此，则礼仪无有不备，而无可追
咎者矣。 而今不见亲厚，亦独何也哉？重见庄公之昏惑也已。

噫，卫人为之赋硕人，故深悲硕人之不幸。 若硕人之德，其宜为
正嫡，小君犹有不系于此者，庄公何为而弃之乎？

氓

六章，章十句。

氓之蚩蚩，抱布贸丝。匪来贸丝，来即我谋。
送子涉淇，至于顿丘。匪我愆期，子无良媒。
将子无怒，秋以为期。（一章）

乘彼垝垣，以望复关。不见复关，泣涕涟涟；
既见复关，载笑载言。尔卜尔筮，体无咎言。
以尔车来，以我贿迁。（二章）

桑之未落，其叶沃若。于嗟鸠兮，无食桑葚。
于嗟女兮，无与士耽。士之耽兮，犹可说也；
女之耽兮，不可说也。（三章）

【注】氓，《说文》称"民也"，男子之代称。蚩蚩，通"嗤嗤"，笑嘻嘻的样子；一说憨厚、老实的样子。

将，愿，请。无，通"毋"，不要。

乘，登上。垝垣，倒塌的墙壁。复关，卫国地名，"氓"所居之地。

涟涟，涕泪下流貌。

卜、筮，烧灼龟甲的裂纹以判吉凶曰卜，用蓍草排比占卦曰筮。体，卜筮的结果。

咎，不吉利，灾祸。

贿，财物，指嫁妆。

沃若，润泽柔嫩的样子。

耽，迷恋，沉溺。

说，通"脱"，解脱。

陨，落。徂尔，嫁到你家。
食贫，过贫穷的生活。

汤汤，水势浩大的样子。
渐，沾湿。帷裳，车上的
布幔。

爽，差错。贰，两样、改
变。罔，无，没有。极，标
准，准则。二三其德，三心
二意的意思。

靡室劳矣，不以室家之务为
辛劳。靡有朝矣，没有一天
不是如此。

言，语助词，无义。既遂，
商谈已定。咥，笑的样子。
躬，独自。悼，伤心。

总角，古代男未冠、女未笄
时，束发以为两角，指少年
时代。宴，快乐。晏晏，欢
乐和悦的样子。

旦旦，诚恳的样子。反，即
"返"，从前恩爱的时候。

反是不思，从前的一切都不
去想。已，了结，终止。焉
哉，表示感叹，即算了罢。

sāng zhī luò yǐ　　qí huáng ér yǔn　　zì wǒ cú ěr　　sān suì shí pín
桑之落矣，其黄而陨。自我徂尔，三岁食贫。

qí shuǐ shāngshāng　　jiàn chē wéi cháng　　nǚ yě bù shuǎng　　shì èr qí xíng
淇水汤汤，渐车帷裳。女也不爽，士贰其行。

shì yě wǎng jí　　èr sān qí dé
士也罔极，二三其德。（四章）

sān suì wèi fù　　mǐ shì láo yǐ　　sù xīng yè mèi　　mǐ yǒu zhāo yǐ
三岁为妇，靡室劳矣。夙兴夜寐，靡有朝矣。

yán jì suì yǐ　　zhì yú bào yǐ　　xiōng di bù zhī　　xì qí xiào yǐ
言既遂矣，至于暴矣。兄弟不知，咥其笑矣。

jìng yán sī zhī　　gōng zì dào yǐ
静言思之，躬自悼矣。（五章）

jí ěr xié lǎo　　lǎo shǐ wǒ yuàn　　qí zé yǒu àn　　xí zé yǒu pàn
及尔偕老，老使我怨。淇则有岸，隰则有泮。

zǒng jiǎo zhī yàn　　yán xiào yàn yàn　　xìn shì dàn dàn　　bù sī qí fǎn
总角之宴，言笑晏晏。信誓旦旦，不思其反。

fǎn shì bù sī　　yì yǐ yān zāi
反是不思，亦已焉哉。（六章）

此淫妇为人所弃作也，言天下之事不谨于始，未有不悔于终，我也惩创往事，有不胜其悔者矣。

※ 氓之蚩蚩，抱布贸丝。

解 昔也有蚩蚩无知之民，抱其已成之布，贸我未成之丝。

※ 匪来贸丝，来即我谋。

解 然其实非来贸丝也。

※ 送子涉淇，至于顿丘。

解 □谋为私奔之事，而托之贸丝以行耳。□□□之谋矣，而不与之俱往，于是送子涉淇至于顿丘之地。

※ 匪我愆期，子无良媒。

解 而语之曰：我不遂与子而偕往者，非我之愆期也，乃子无良媒而约有未定耳。

※ 将子无怒，秋以为期。

解 愿子无以期愆为怒，惟秋以为期，则与子偕往，而可以无若今日之未决者矣。

※ 乘彼垝垣，以望复关。

解 夫既与之期矣，于是及期则乘垝垣以望复关。

※ 不见复关，泣涕涟涟。

解 当夫未见复关，则虑其约之不遂，而泣涕涟涟，不胜其为悲也。

※ 既见复关，载笑载言。

解 及夫既见复关，则幸其约之得伸，而载笑载言，不胜其为喜也。

※ 尔卜尔筮，体无咎言。

解 遂从而问之曰：秋以为期，人谋固如此矣。然人谋不如神谋之为臧也，尔必灼龟以卜揲蓍以筮。果其所得卦兆之体，若无凶咎之言，则质诸神而无疑者，固可以保诸百年而不惑者矣。

※ 以尔车来，以我贿迁。

解 则女当以车来迎，而我当以贿往迁也，岂复如昔之愆期哉？

※ 桑之未落，其叶沃若。

解 夫我始之从人如此，惟其颜色之光丽耳，自今思之，而岂可以或恃乎哉？今夫桑之未落，则其叶沃若而润泽矣，然则我之颜色光丽不犹是哉？

※ 于嗟鸠兮，无食桑葚。

解 然不可恃此而纵欲忘返也，彼鸠食葚，多则致醉。吁嗟鸠兮，其无食桑葚焉。

※ 于嗟女兮，无与士耽。

解 女与士耽则丧节，吁嗟女兮，其无与士耽焉。

※ 士之耽兮，犹可说也。

解 所以然者何哉？盖士有百行，功过可以相掩，故士耽兮者，而苟能改行从善，则足以自赎可说也。

❋ 女之耽兮，不可说也。

解 若妇人无外事，惟以贞信为节，一失其身，则余无足观，故女之耽兮不可说也，惟其不可说则岂可与士耽哉？

❋ 桑之落矣，其黄而陨。

解 夫始惟恃其颜色光丽，而轻与士耽，则今日颜色凋谢，其能免于见弃乎。今夫桑之落矣，则其叶黄而损矣，然则我之容色凋谢，不犹是哉？

❋ 自我徂尔，三岁食贫。

解 夫惟色不足恃，固宜见弃有所不免矣，然尔独不念我贿迁而往，盖值尔之贫，而三岁食贫，亦云穷苦矣。

❋ 淇水汤汤，渐车帷裳。

解 今乃弃我，使我涉淇而来者，亦涉淇而往，而淇水之汤汤，渐乎车之帷裳，盖永无室家之好矣。

❋ 女也不爽，士贰其行。

解 然此岂我之过哉？但见女也，为也甚坚，而始终不爽。惟士也持约不固，而异贰其行焉。

❋ 士也罔极，二三其德。

解 何也人之行皆本于心，心之有恒者德乃不贰。今士之心反复变诈，无所止极，故二三其德，以至此耳。然则我今日之见弃，其过不

有所归耶？

❋ 三岁为妇，靡室劳矣。

解 夫我之被弃，其过固在于士，然反而思之，我亦安能以无悔乎？我也三岁为妇，而值尔之贫，尽心竭力，不以室家之务为劳。

❋ 夙兴夜寐，靡有朝矣。

解 夙兴夜寐，靡有朝旦之暇，我之勤劳亦云至矣。

❋ 夙与夜寐，靡有朝旦之暇，我之勤劳亦云至矣。

解 夫何与尔始相谋约之言既遂，而家道方成。尔遽以暴戾之事相加，而弃我以归，何其忍哉？

❋ 兄弟不知，咥其笑矣。

解 使归而兄弟相恤，犹可以少慰也，夫何兄弟又不知我见弃之故，以为士之贰行，乃鄙吾之素行，有以自致之，但咥然其笑而已，曾有恤之意乎。

❋ 静言思之，躬自悼矣。

解 然此亦何所咎哉？我也静言思之，亦惟失身于为谋之始，丧节于贿迁之时，夫之见弃也，兄弟之不恤也，是皆我之自取，特躬身悼而已。

❋ 及尔偕老，老使我怨。

解 然今虽悔亦何所及乎？我始也与尔

本期为偕老。今不知老而见弃如此，则语及偕老之约，适增深长
之恨，而徒使我怨也。

🏵 淇则有岸，隰则有泮。

🔴 若此者亦我不思之过也。彼淇则有岸矣，隰则有泮矣，在淇隰之
远，犹有底止之地也。

🏵 总角之宴，言笑晏晏。

🔴 今我总角之时，与尔宴乐言笑，晏晏然其和柔。

🏵 信誓旦旦，不思其反。

🔴 成此信誓，旦旦然其明白。将以为可恃之永久，曾不思其终之反
复，以至此而有今日之见弃，不亦淇隰之不如乎？

🏵 反是不思，亦已焉哉！

🔴 夫既不思其反复以至此，则已往之失已不可追，而今日之悔将无
所及，则亦如之何哉？亦已而已矣。

吁，淫妇失身于始，而独不虑及于终，及夫见弃于终而后追悔于
始，不亦晚乎？是足以为淫奔者之永鉴矣。

竹竿

四章，章四句。

dí dí zhú gān　　yǐ diào yú qí　　qǐ bù ěr sī　　yuǎn mò zhì zhī
籊籊竹竿，以钓于淇。岂不尔思？远莫致之。（一章）

quán yuán zài zuǒ　　qí shuǐ zài yòu　　nǚ zǐ yǒu xíng　　yuǎn xiōng di fù mǔ
泉源在左，淇水在右。女子有行，远兄弟父母。（二章）

qí shuǐ zài yòu　　quán yuán zài zuǒ　　qiǎo xiào zhī cuō　　pèi yù zhī nuó
淇水在右，泉源在左。巧笑之瑳，佩玉之傩。（三章）

qí shuǐ yōu yōu　　huì jí sōng zhōu　　jià yán chū yóu　　yǐ xiè wǒ yōu
淇水滺滺，桧楫松舟。驾言出游，以写我忧。（四章）

【注】籊籊，细长的样子。

泉源，水名，在卫都朝哥西北。

有行，出嫁。

瑳，本指玉色鲜白，此处指指开口笑时露出的洁白牙齿。　傩，行动有节奏，婀娜多姿。

滺滺，河水荡漾的样子。　桧楫，桧木所做的桨。　松舟，松木所造的船。

驾，本为驾车，此处之为驾船。　写，同"泻"，排解。

卫女思归宁而不得，故言
曰：人子之情莫切于归宁，
归而不得，则不能不睹物而
兴思矣。

✳ 籊籊竹竿，以钓于淇。

解 卫地也，我卫之女子也，以籊籊
之竹竿而钓于淇水，于以慰吾宗
国之想，是固其本心也，岂不尔
思哉？

✳ 岂不尔思，远莫致之。

解 特以道之云远，不可以遽至，而心
之所思，不能不为地阻矣。

✳ 泉源在左，淇水在右。

解 夫远莫致之，我将何如以为情者
哉！今夫泉源自西北而东南流入
于淇，在卫之左矣。淇水自西南
而东流与泉源合，则在卫之右矣，
是为卫之水者，皆得潆回于卫之
地也。

✳ 女子有行，远兄弟父母。

解 顾我女子有行远，其父母兄弟虽欲
一日在卫之左右，而不可得矣，不
亦泉源，淇水之不如耶？

✳ 淇水在右，泉源在左。

解 淇水在卫之右矣，泉源则在卫之左
矣，为卫之水者，皆得潆旋于卫之
地也。

✳ 巧笑之瑳，佩玉之傩。

解 顾我也为地所阻，安得巧笑之瑳，
佩玉之傩，以笑语游戏于其间哉。

✳ 淇水滺滺，桧楫松舟。

解 夫我思卫之情如此，然乌得以舒其
情乎？今夫淇水滺滺而流，其中有
桧楫焉，有松舟焉，固可以为出游
之具者也。

✳ 驾言出游，以写我忧。

解 顾道远而莫能致，安得驾言出游于
淇水之上，以写我深长之思哉。

吁，卫女思归而不得，归非以地之
远而不可至也，以义之制而不可逾
也，夫能以义制情而不以情掩义，
此卫女之所以为贤也欤？

芄兰

二章，章六句。

芄蘭

wán lán zhī zhī　　tóng zǐ pèi xī　　suī zé pèi xī　　néng bù wǒ zhī
芄兰之支，童子佩觿。虽则佩觿，能不我知！

róng xī suì xī　　chuí dài jì xī
容兮遂兮，垂带悸兮。（一章）

wán lán zhī yè　　tóng zǐ pèi shè　　suī zé pèi shè　　néng bù wǒ jiǎ
芄兰之叶，童子佩韘。虽则佩韘，能不我甲！

róng xī suì xī　　chuí dài jì xī
容兮遂兮，垂带悸兮。（二章）

【注】芄兰，蔓生植物，一名萝摩。支，同"枝"。

觿，象骨制的锥子，用以解衣带的结，本为成人佩饰，童子佩戴，变成了成人的象征。

能，而，乃。

容、燧，舒缓悠闲之貌；一说容为佩刀，遂为瑞玉，均为成人所佩。悸，心动，此处指带下垂的样子。

韘，即扳指，用象骨或玉制成，射箭时用它来钩弦，可免指痛；佩韘，在古代是成年的表征。

甲，同"狎"，亲近。

此疑刺童子蹑等作也。

❋ 芄兰之支，童子佩觿。

解 芄兰弱草，则有支矣。童子幼艾，则佩觿矣。

❋ 虽则佩觿，能不我知。

解 夫觿者成人之饰，贵有才能与之称也，今观童子，虽则佩觿而才
能碌碌无闻，曾不足以见知与我。

❋ 容兮遂兮，垂带悸兮。

解 但见威仪之间，舒缓放肆，悸然其带之下垂而已，其视佩觿焉能
称哉？

❋ 芄兰之叶，童子佩韘。虽则佩韘，能不我甲。容兮遂兮，垂带
悸兮。

解 才能碌碌，庸下曾不足以长我。

河广

二章，章四句。

shuí wèi hé guǎng　　yī wěi háng zhī　　shuí wèi sòng yuǎn　　qǐ yú wàng zhī
谁谓河广？一苇杭之。谁谓宋远？跂予望之。（一章）

shuí wèi hé guǎng　　zēng bù róng dāo　　shuí wèi sòng yuǎn　　zēng bù chóng zhāo
谁谓河广？曾不容刀。谁谓宋远？曾不崇朝。（二章）

【注】苇，用芦苇编的筏子。杭，同"航"。

跂，踮起脚尖。予，而；一说我。

曾，乃，竟。刀，通"舠"，小船。

崇朝，终朝，形容时间之短。

宋桓夫人思其子而作。

* 谁谓河广，一苇杭之。

解 我在河北，子在河南，我之不渡河也，皆曰河之广也，然谁谓河广乎？但以一苇加之，则可以渡矣，夫何广之有？

* 谁谓宋远，跂予望之。

解 我在于卫，子在于宋，我之不适宋也，人皆曰宋之远也。然谓宋远乎，但一跂足望之则可以见矣，夫何远之有？

---

* 谁谓河广，曾不容刀。

解 我之不渡河也，谁谓河广乎？其中曾不容一刀之小，奚其广也。

* 谁谓宋远？曾不崇朝。

解 我之不适宋也，谁谓宋远乎？其行之曾不终朝而至，奚其远也？夫河不广也而不渡，宋不远也而不至，夫人何为然哉？

盖嗣君承父之重，母出与庙，绝不可以私往，而义有所制耳。夫人虽思其子，卒能以义自裁，而不敢往，其亦贤矣哉。

伯兮

四章，章四句。

bó xī qiè xī bāng zhī jié xī bó yě zhí shū wèi wáng qián qū
伯兮朅兮，邦之桀兮。伯也执殳，为王前驱。（一章）

zì bó zhī dōng shǒu rú fēi péng qǐ wú gāo mù shuí shì wèi róng
自伯之东，首如飞蓬。岂无膏沐？谁适为容。（二章）

qí yǔ qí yǔ gǎo gǎo chū rì yuàn yán sī bó gān xīn shǒu jí
其雨其雨？杲杲出日。愿言思伯，甘心首疾。（三章）

yān dé xuān cǎo yán shù zhī bèi yuàn yán sī bó shǐ wǒ xīn mèi
焉得谖草？言树之背。愿言思伯，使我心痗。（四章）

【注】伯，伯、仲、叔、季本长幼之称，此处系妇人称呼其丈夫。 朅，威武的样子。

桀，同"杰"。

殳，古兵器名，长丈二无刃。 前驱，先锋。

首如飞蓬，头发像飘飞的蓬草。

膏沐，妇女用来润肤、润发的面膏、发油。 适，悦；"谁适为容"，有谁悦己容的意思。

杲杲，明亮的样子。

甘心，忧心、劳心。 首疾，头痛

焉，何处。 谖草，即萱草，能令人忘忧。

言，语词。 树，种植。 背，屋子北面，古代房屋坐北朝南，北面也就是屋后。

痗，忧思成病。

北堂蕙草圖

妇人以夫久从征役而作此。

⊛ 伯兮朅兮，邦之桀兮。

解 我伯也具武勇之才，有以拔出侪人之中，乃一邦之杰也。

⊛ 伯也执殳，为王前驱。

解 而今果何所事哉？方且执殳为王之前驱，身服警跸之役，而与君相周旋，盖自贻伊，阻而旋归之，未有期者矣。

⊛ 自伯之东，首如飞蓬。

解 夫伯也为王前驱，于公义得矣，其如我之私情何哉？自我伯之执殳而东也，无心于为容，而其首有如飞蓬之乱焉。

⊛ 岂无膏沐，谁适为容？

解 是岂无膏可以泽发，无沐可以涤首而然耶？盖妇人以夫为主，即以夫之故而为容也，今伯既之东，则我将何所主而为容乎？故虽有膏沐，亦无所施而首如飞蓬之不免焉耳。

⊛ 其雨其雨，杲杲出日。

解 夫我以伯不在，至于首蓬如此，则岂不望其归哉？然而其归不可必也。彼旱既太甚，而冀其将雨，乃杲杲出日而未有雨征矣。然则我望其君子之归而不归，不亦犹是耶？

⊛ 愿言思伯，甘心首疾。

解 夫期望之切而卒不至，是以我也愿言思伯，极其忧思之苦，至于首疾亦其所甘心焉，而首如飞蓬，又安足计也哉？

⊛ 焉得谖草，言树之背。

解 夫我不堪忧思之苦，岂不欲以忘其忧哉？然而于心有不忍也。彼谖草可以忘忧者也，今安得谖草，树之北堂以忘吾之忧乎？

⊛ 愿言思伯，使我心痗。

解 然伯者我之所赖，以终身何忍以或忘耶，是以或忘耶，是以宁不求此草，而但愿言思伯，虽至于心痗，亦有所不辞焉，而惟首疾又奚足言哉？吁，妇人以夫不在而极其忧思之至，亦可谓有得其性情之正矣。

有狐

三章，章四句。

yǒu hú suí suí　　 zài bǐ qí liáng　 xīn zhī yōu yǐ　　 zhī zǐ wú cháng
有狐绥绥，在彼淇梁。心之忧矣，之子无裳。（一章）

yǒu hú suí suí　　 zài bǐ qí lì　　 xīn zhī yōu yǐ　　 zhī zǐ wú dài
有狐绥绥，在彼淇厉。心之忧矣，之子无带。（二章）

yǒu hú suí suí　　 zài bǐ qí cè　　 xīn zhī yōu yǐ　　 zhī zǐ wú fú
有狐绥绥，在彼淇侧。心之忧矣，之子无服。（三章）

【注】狐，狐狸；一说狐喻男性。 绥绥，行路迟缓貌。

　　梁，河梁，河中垒石而成的拦河坝。

　　之子，那个人。

　　裳，下身的衣服，指御寒的衣服，下文"带""服"同。

　　厉，水深及腰，可以涉过之处；一说"濑"的假借字，指水边有沙石的浅滩。

此寡妇欲嫁鳏夫，故托为之喻。

❋ 有狐绥绥，在彼淇梁。

解 有狐绥绥独行而求匹，在彼淇水之上矣。

❋ 心之忧矣，之子无裳。

解 夫在梁则无衣袽之患，而不以裳矣，奈子之无裳，何是以我也，深忧子之无裳而一感触之下，盖不能想于为情矣。

❋ 有狐绥绥，在彼淇厉。心之忧矣，之子无带。
  有狐绥绥，在彼淇侧。心之忧矣，之子无服。

解 讲俱同上。

夫寡妇非言，狐之求匹也，为鳏夫之求匹也，非忧狐之无裳也，为鳏夫之无裳也，见鳏夫而忧其无裳，则其情可知矣。然先王之世，内无怨女，外无旷夫，安有如此诗之所言乎？何以观世矣。

木瓜

三章，章四句。

tóu wǒ yǐ mù guā　bào zhī yǐ qióng jū　fěi bào yě　yǒng yǐ wéi hǎo yě
投我以木瓜，报之以琼琚。匪报也，永以为好也。（一章）

tóu wǒ yǐ mù táo　bào zhī yǐ qióng yáo　fěi bào yě　yǒng yǐ wéi hǎo yě
投我以木桃，报之以琼瑶。匪报也，永以为好也。（二章）

tóu wǒ yǐ mù lǐ　bào zhī yǐ qióng jiǔ　fěi bào yě　yǒng yǐ wéi hǎo yě
投我以木李，报之以琼玖。匪报也，永以为好也。（三章）

【注】投，赠送。 木瓜，楸木的果实，形状似小瓜，可食，与今天的番木瓜非一物。

琼，玉之美者；琚，佩玉名。 琼琚，美玉；下文"琼瑶""琼玖"同。

匪，非。

疑亦男女相赠答之词，言人交际之礼，施而不报，则情中辍，报而不厚则情不坚。

❋ 投我以木瓜，报之以琼琚。

❷ 故人之好我者，或投我以木瓜，其物至微也，我必报之以琼琚，即重宝有所不计焉。

❋ 匪报也，永以为好也。

❷ 夫彼以微来，我以厚往，若足以言报矣，然此犹未足以尽吾心，匪以为报也。特欲假此以达夫缱绻之怀，庶几彼见其物，犹见其人，而和好之请求因而不忘耳，岂为报哉？

❋ 投我以木桃，报之以琼瑶。匪报也，永以为好也。
   投我以木李，报之以琼玖。匪报也，永以为好也。

❷ 讲同上。

是人之交际如此，故能相与有终也，然则男女之际，其物之厚往薄来者岂有他哉？亦欲其情好之有来耳。

不称周而称王，所以存王号也。

王风

黍离

三章，章十句。

彼黍离离，彼稷之苗。行迈靡靡，中心摇摇。知我者，
谓我心忧；不知我者，谓我何求。悠悠苍天，此何人哉！（一章）

彼黍离离，彼稷之穗。行迈靡靡，中心如醉。知我者，
谓我心忧；不知我者，谓我何求。悠悠苍天，此何人哉！（二章）

彼黍离离，彼稷之实。行迈靡靡，中心如噎。知我者，
谓我心忧；不知我者，谓我何求。悠悠苍天，此何人哉！（三章）

【注】黍，谷物名，今称小米。 离离，下垂的样子，一说是茂盛的样子、排列整齐的样子。 稷，高粱。
行迈，行路。 靡靡，行路迟缓的样子。 中心，心中。 摇摇，恍惚不定。
悠悠，高远的样子。 此，指西周王朝灭亡这件事。 此何人哉，这是谁的过错？
噎，食物堵住喉咙，指忧闷到气塞，无法喘息。

故宮禾黍圖

此大夫悯周室作也。若曰：周盛时建宗庙以妥先灵，万国之骏奔在是焉，营宫室以奉至尊，万国之供极在是焉，乃今则又不胜其异感之悲矣。

⊛ 彼黍离离，彼稷之苗。

解 但见宗社丘墟，而黍之生于其中者，离离然而垂矣。稷之生于其中者，恢恢然其苗矣，此其时事之变何如耶？

⊛ 行迈靡靡，中心摇摇。

解 夫彼黍则离离矣，彼稷则为苗矣，况我睹此大变，则行迈靡靡而不进矣，中心摇摇而不定矣。盖悯周室之沦没，而其情致不能自已如此也。

⊛ 知我者，谓我心忧；不知我者，谓我何求。

解 然此时之知我者，不过谓我心有忧而已，忧周一念固不知也。不知我者则又谓我有所求而然，忧周一念愈不知也，然则靡靡摇摇之忧，我自知之耳。

⊛ 悠悠苍天，此何人哉！

解 夫事必有始，悠悠苍天是周家也，创之者吾知其为文武矣，守之者吾知其为成康矣。今所以致此，宗庙宫室尽变为禾黍之区者，果何人哉？举累世之成业而败坏之一旦，是必有任其咎者矣。

⊛ 彼黍离离，彼稷之穗。

解 观此宗庙宫室之中，彼黍则离离矣，彼稷则成穗矣。

⊛ 行迈靡靡，中心如醉。

解 我也愤周室之颠覆，则行迈靡靡，而中心之如醉矣。

⊛ 知我者，谓我心忧；不知我者，谓我何求。

解 此时之知我者，不过谓我心忧而已，不知我者则又谓我何所求而然，是我有周之心其谁知之耶？

⊛ 悠悠苍天，此何人哉！

解 夫祸必有始，悠悠苍天，所以致此宗国之地鞠为禾黍者果何人哉？诚有令人痛恨者矣。

⊛ 彼黍离离，彼稷之实。行迈靡靡，中心如噎。知我者，谓我心忧；不知我者，谓我何求。悠悠苍天，此何人哉！

解 讲同上。

吁，行役大夫可谓有忠君爱国之心。

君子于役

羊  雞

二章，章八句。

jūn zǐ yú yì　bù zhī qí qī　hé zhì zāi　jī qī yú shí
君子于役，不知其期。曷至哉？鸡栖于埘。

rì zhī xī yǐ　yáng niú xià lái　jūn zǐ yú yì　rú zhī hé wù sī
日之夕矣，羊牛下来。君子于役，如之何勿思？ （一章）

jūn zǐ yú yì　bù rì bù yuè　hé qí yǒu huó　jī qī yú jié
君子于役，不日不月。曷其有佸？鸡栖于桀。

rì zhī xī yǐ　yáng niú xià kuò　jūn zǐ yú yì　gǒu wú jī kě
日之夕矣，羊牛下括。君子于役，苟无饥渴。 （二章）

【注】君子，这里是妇人对丈夫的称呼。 期，指服役的期限。

曷，何时。 埘，墙壁上挖洞做成的鸡舍。

不日不月，没日没月。

佸，聚。 桀，木橛，木桩，用于栖鸡。

括，到，来。下括，下来。

苟，但愿。

羊牛下來圖

大夫久役于外，其室家思之。曰：乐相保而恶相离，人情也，乃今君子不在，我将何如以为情哉？

✳ 君子于役，不知其期。

🔴 我君子以王事而从役于外，吾不知其返还之期矣。

✳ 曷至哉？鸡栖于埘。日之夕矣，羊牛下来。

🔴 且今亦何所至哉？而其所履之地，吾亦不得而知也。夫既莫卜其至家之期，又莫得其攸阻之地，则君子果有一日之休息乎？夫鸡栖于埘，则日夕矣，则羊牛下来矣，是畜牲出入尚有旦暮之节。

✳ 君子于役，如之何勿思！

🔴 君子于役，如之何勿思！

✳ 君子于役，不日不月。

🔴 君子之于役也，盖不可计以日月矣。

✳ 曷其有佸？鸡栖于桀。日之夕矣，羊牛下括。

🔴 今不知其果，何时可以来会哉？夫更阅岁月之多，又莫必其会晤之日，则君子果有一日之休息乎？夫鸡栖于桀，则日夕矣，日夕则牛羊下括矣，是畜出入尚有旦暮之节。

✳ 君子于役，苟无饥渴？

🔴 而君子行役乃无休息之期，则今之归，何可必哉？惟庶几饮食以充，苟无饥渴之患，诚为吾之所深幸矣。不然君子之归既不可必，而饥渴之患又所不免，则我之情又当何如耶？是则望其来归者忧思之情也，冀其免于饥渴者忧思之切也，若室家者可谓专一之至矣。

君子阳阳

二章，章四句。

陽　君
子
陽

jūn zǐ yáng yáng　　zuǒ zhí huáng　　yòu zhāo wǒ yóu fáng　　qí lè zhǐ jū

君子阳阳，左执簧，右招我由房。其乐只且。（一章）

jūn zǐ táo táo　　zuǒ zhí dào　　yòu zhāo wǒ yóu áo　　qí lè zhǐ jū

君子陶陶，左执翿，右招我由敖。其乐只且。（二章）

【注】阳阳，得意、快乐的样子。

　　簧，古乐器名，样子像笙，比笙大。

　　由，用。房，房中之乐。

　　只、且，皆语气助词，无实义。

　　陶陶，快乐的样子，同"阳阳"。

　　翿，即纛，羽毛做成的舞具。

　　敖，同"邀"。由敖，游遨。

此疑亦前篇妇人所作，言人情劳于久役者，易致独贤之叹，而困于贫贱者，每兴终窭之嗟，求其能乐者鲜矣。

(✳) 君子阳阳，左执簧，右招我由房。

(解) 惟我君子归自行役，而所遭贫贱，虽恒情所难堪也，彼则胸次悠然，物感无累劳苦之顿计也，贫贱之不知也，此心之中真有造物与游，而阳阳其自得者矣。但见乐起有簧，而乐之位有房也，左手则执簧，右手则招我以由房焉。

(✳) 其乐只且。

(解) 适情于声音之间，盖不知此外更有何物，足以累其心，惟觉其阳阳而已，其乐为何如哉？

(✳) 君子陶陶，左执翿，右招我由敖。

(解) 惟我君子归自行役，而所值困穷，虽恒情所易戚也，彼则志意舒展，世态无拘，劳苦而能安也，贫贱而能忘也，此心之中真有俯仰之皆适，而陶陶其安乐矣。但见乐舞有翿，而舞之位有敖也，左手则执翿，右手则招我由敖焉。

(✳) 其乐只且。

(解) 优游缀兆之间，盖不知此外更有何物，足以介其怀，惟觉其陶陶而已，其乐为何如哉？

吁，大夫能乐其乐，室家能知其乐，均可谓贤矣，抑岂非先王之泽哉？

扬之水

三章，章六句。

蒲

揚之水

yáng zhī shuǐ　　bù liú shù xīn　　bǐ jì zhī zǐ　　bù yǔ wǒ shù shēn

扬之水，不流束薪。彼其之子，不与我戍申。

huái zāi huái zāi　　hé yuè yú huán guī zāi

怀哉怀哉！曷月予还归哉！（一章）

yáng zhī shuǐ　　bù liú shù chǔ　　bǐ jì zhī zǐ　　bù yǔ wǒ shù fǔ

扬之水，不流束楚。彼其之子，不与我戍甫。

huái zāi huái zāi　　hé yuè yú huán guī zāi

怀哉怀哉！曷月予还归哉！（二章）

yáng zhī shuǐ　　bù liú shù pú　　bǐ jì zhī zǐ　　bù yǔ wǒ shù xǔ

扬之水，不流束蒲。彼其之子，不与我戍许。

huái zāi huái zāi　　hé yuè yú huán guī zāi

怀哉怀哉！曷月予还归哉！（三章）

【注】扬，悠扬，缓慢无力的样子；一说激扬。不流，流不动，指平缓流动的水冲不走重物。

束薪，成捆的柴薪。

彼其之子，远方的那个人，指妻子。戍，驻守。申，申地，古国名，下文"甫""许"

均为古国名。

楚，荆条。

蒲，蒲柳。

此戍申者怨思。

✳ 扬之水，不流束薪。

🔴解 悠扬之水，其势微缓，则不流束薪矣。

✳ 彼其之子，不与我戍申。

🔴解 彼其之子，天各一方，则不与我同戍申矣。

✳ 怀哉怀哉，曷月予还归哉？

🔴解 斯时也室家在念，契阔莫伸，怀哉怀哉。其情有不能以自已矣。今不知王家戍事何月可毕，得以言旋言归，而慰我室家之怀乎？

✳ 扬之水，不流束楚。彼其之子，不与我戍甫。怀哉怀哉，曷月予还归哉？

🔴解 讲同上。

✳ 扬之水，不流束蒲。彼其之子，不与我戍许。怀哉怀哉，曷月予还归哉？

🔴解 讲同上。

吁，观戍人之怨思，而时王之不道甚矣，人民之离散极矣，周辙之终于东宜哉。

中谷有蓷

三章，章六句。

中谷有蓷，暵其干矣。有女仳离，嘅其叹矣。

嘅其叹矣，遇人之艰难矣。（一章）

中谷有蓷，暵其脩矣。有女仳离，条其啸矣。

条其啸矣，遇人之不淑矣。（二章）

中谷有蓷，暵其湿矣。有女仳离，啜其泣矣。

啜其泣矣，何嗟及矣。（三章）

【注】蓷，草名，即益母草。暵，晒干。暵其，即"暵暵"，干燥的样子。

仳离，别离，这里指妇女被夫家抛弃。嘅，同"慨"，叹息。嘅其，即

"嘅嘅"，叹息貌。

脩，原指干肉，此处形容草干枯。

条，长。

啜，哭泣哽咽的样子。

何嗟及矣，即"嗟何及矣"。嗟，悲叹声。何及，言无济于事。及，与。

被弃妇人自述其悲叹之词。

✳ 中谷有蓷，暵其干矣。

🔵 中谷有蓷，旱既太甚，则暵然而干矣！

✳ 有女仳离，嘅其叹矣。

🔵 况我有女仳离室家之情皆于一旦，则于忧愤之怀不能自已，慨然而叹息矣。

✳ 嘅其叹矣，遇人之艰难矣。

🔵 夫我之慨然而叹也，固为深伤其仳离，然岂斯人情义之薄哉。盖饥馑荐臻，周身不给，而遇斯人之艰难也，是彼且不能自为谋，而能为我谋哉？仳离之变，盖不得已而然焉耳。

✳ 中谷有蓷，暵其修矣。

🔵 中谷有蓷，旱既太甚，则修然而长者今亦暵矣。

✳ 有女仳离，条其歗矣。

🔵 况我有女仳离，室家之好弃于一朝，则忧伤之情不能自遏，于是条然蹙口出声，以舒愤闷之气矣。

✳ 条其啸矣，遇人之不淑矣。

🔵 夫其条然而啸也，固为深悲其仳离，然岂君子恩意之薄哉？盖饥馑荐臻，变生意外，而遇斯人之不淑矣，彼且不能自全而能为我全哉？仳离之事，盖不获已而然

焉耳。

✳ 中谷有蓷，暵其湿矣。

🔵 中谷有蓷，旱既太甚，泽生于湿者，今亦暵矣。

✳ 有女仳离，啜其泣矣。

🔵 况此有女仳离，偕老之约遽尔睽违，则悲怨之极，不能自禁，而至于潜焉出涕，啜然而泣矣。

✳ 啜其泣矣，何嗟及矣！

🔵 夫啜然其泣也，虽为仳离之故，然艰难之遇，非人力之所能为，不淑之遭，非人力之知所能挽，事已至此，虽嗟叹以泣而无及矣，吾惟安之而已，其将奈之何哉？

夫以饥馑而遽相弃背，盖衰薄之甚也，而妇人乃无怨怼过甚之词，可谓厚矣，然为人上者而使民至此，则王政之恶不一可知哉。

兔爰

三章，章七句。

yǒu tù huǎn huǎn zhì lí yú luó wǒ shēng zhī chū shàng wú wèi
有兔爰爰，雉离于罗。我生之初，尚无为；

wǒ shēng zhī hòu féng cǐ bǎi lí shàng mèi wú é
我生之后，逢此百罹。尚寐无吪！（一章）

yǒu tù huǎn huǎn zhì lí yú fú wǒ shēng zhī chū shàng wú zào
有兔爰爰，雉离于罦。我生之初，尚无造；

wǒ shēng zhī hòu féng cǐ bǎi yōu shàng mèi wú jué
我生之后，逢此百忧。尚寐无觉！（二章）

yǒu tù huǎn huǎn zhì lí yú chōng wǒ shēng zhī chū shàng wú yōng
有兔爰爰，雉离于罿。我生之初，尚无庸；

wǒ shēng zhī hòu féng cǐ bǎi xiōng shàng mèi wú cōng
我生之后，逢此百凶。尚寐无聪！（三章）

【注】爰爰，即"缓缓"，放纵逍遥的样子。离，同"罹"，遭遇。

罗，罗网。

为，指服劳役，下文"造""庸"同。

罹，忧。

无吪，不惊动；一说"吪"音 huā，不说话。

罦，一种装有机关的网，能自动掩捕鸟兽，又名"覆车"。

罿，捕鸟兽的网。

聪，闻也；无聪，无闻，听不见。

君子不乐其生作也。

🌸 **有兔爰爰，雉离于罗。**

解 张罗本以取兔也，今兔性阴狡，其行爰爰而反得脱，雉以耿介则反罹于罗焉，然则小人致乱而以巧计幸免，君子无辜而以忠直受祸，岂异是哉？

🌸 **我生之初，尚无为。**

解 若然则乱于是乎日甚矣，忆昔我生之初，文武成康之盛，虽不及见也，然直道未泯，赏罚犹明，君子小人，不至于紊乱，尚无事之可为也。

🌸 **我生之后，逢此百罹。**

解 夫何我生之后，刑加于君子，福及于小人，赏罚既紊，祸乱日滋，乃逢百罹之如是也。

🌸 **尚寐无吪！**

解 然则将如之何哉？则庶几寐而不动以死耳，不然祸生不测，动辄得咎安能以自免也！

🌸 **有兔爰爰，雉离于罦。**

解 夫罦本以取兔也，今有兔爰爰而得脱，雉以耿介反罹于罦焉，然则小人致乱而以巧计幸免，君子无辜而以忠直受祸，何异是哉？

🌸 **我生之初，尚无造。**

解 若然则世之可忧甚矣，追我生之初刑罚不僭，世道清明，天下尚无造也。

🌸 **我生之后，逢此百忧。**

解 岂知我生之后邪正混淆，善者不能自必，恶者得以肆志，祸乱日增而逢百忧之苦是也。

🌸 **尚寐无觉。**

解 然则我将如之何哉？则但庶几寐而无觉以死耳，不然祸患之及不能自免，有觉不益深其忧耶。

🌸 **有兔爰爰，雉离于罿。**

解 夫罿本以取兔也，今有兔爰爰而得脱，雉以耿介反罹于罿焉，然则小人致乱而得以巧计幸免，君子无辜而以忠直受祸，何异是哉？

🌸 **我生之初，尚无庸。**

解 若然则世之凶甚矣，追我生之初，刑罚适中民生优游，天下尚无庸也。

🌸 **我生之后，逢此百凶。**

解 岂知我生之后，忠佞不分，善者日以丧气，恶者日以恣横，祸乱益进而逢百凶之始是也。

🌸 **尚寐无聪。**

解 然则我将如之何哉？则但庶几寐而无闻以死耳，不然祸变之来，不能自全，有聪不益重其惧耶？夫使君子至于不乐其生，则世道从可知矣。

葛藟

三章，章六句。

mián mián gě lěi　　zài hé zhī hǔ　　zhōng yuàn xiōng di　　wèi tā rén fù
绵绵葛藟，在河之浒。终远兄弟，谓他人父；

wèi tā rén fù　　yì mò wǒ gù
谓他人父，亦莫我顾。　（一章）

mián mián gě lěi　　zài hé zhī sì　　zhōng yuàn xiōng di　　wèi tā rén mǔ
绵绵葛藟，在河之涘。终远兄弟，谓他人母；

wèi tā rén mǔ　　yì mò wǒ yǒu
谓他人母，亦莫我有。　（二章）

mián mián gě lěi　　zài hé zhī chún　　zhōng yuàn xiōng di　　wèi tā rén kūn
绵绵葛藟，在河之漘。终远兄弟，谓他人昆；

wèi tā rén kūn　　yì mò wǒ wèn
谓他人昆，亦莫我闻。　（三章）

【注】绵绵，长而不绝之貌。 葛藟，葛藤，蔓生植物。 浒，水边。

终，既。远，远离。谓，称、呼。顾，顾念、体恤。

涘，水边、涯岸。

有，同"友"，友爱、相亲；一说借为"佑"，助也。

漘，河岸。

昆，兄；古称兄弟为昆仲。

闻，同"问"，恤问、存问。

葛藟

流离之民作此以自叹。

⊛ 绵绵葛藟，在河之浒。

㉠ 绵绵葛藟，则在河之浒，物故有所
托矣。

⊛ 终远兄弟，谓他人父。

㉠ 况我也去其乡里家族，而终远兄
弟，至谓他人为己父。

⊛ 谓他人父，亦莫我顾。

㉠ 此固欲望其我顾也，然我虽谓彼为
父，彼乃视我流离，恬不动念而曾
莫我顾焉。夫以他人之疏至称之
以父之尊，乃亦不足为吾怙卑而竟
失所焉，是葛藟之不如矣，其穷不
益甚乎。

⊛ 绵绵葛藟，在河之涘。

㉠ 绵绵葛藟，则在河之涘，物故有所
托者矣。

⊛ 终远兄弟，谓他人母。

㉠ 况我也去其乡里家族，而终远兄
弟，至谓他人为己母。

⊛ 谓他人母，亦莫我有。

㉠ 此固欲望其我有也，然我虽以彼为
母，彼乃视我困苦，漠然若无而莫
我有矣，夫以他人之疏，至呼之以
母之亲，乃亦不足为吾恃，而竟失
所托焉，是葛藟之不如矣，其穷不
益甚乎？

⊛ 绵绵葛藟，在河之漘。

㉠ 绵绵葛藟，则在河之漘，物故有所
托者矣。

⊛ 终远兄弟，谓他人昆。

㉠ 况我也去其乡里家族，而终远兄
弟，至谓他人为己兄。

⊛ 谓他人昆，亦莫我闻。

㉠ 此固欲望其我闻也，然我虽以彼为
兄，彼乃视我忧戚，裒如充耳而曾
莫我闻矣。

夫以他人之疏，至视之以兄弟之
爱，乃亦不足以相须而竟失所托
焉，是葛藟之不如矣，其穷不益
甚乎。噫，君民者睹此可以惕然
省矣。

采葛

三章，章三句。

bǐ cǎi gě xī　　yí rì bù jiàn　　rú sān yuè xī
彼采葛兮，一日不见，如三月兮！（一章）

bǐ cǎi xiāo xī　　yí rì bù jiàn　　rú sān qiū xī
彼采萧兮，一日不见，如三秋兮！（二章）

bǐ cǎi ài xī　　yí rì bù jiàn　　rú sān suì xī
彼采艾兮，一日不见，如三岁兮！（三章）

【注】萧，植物名，蒿的一种，有香气，古时用于祭祀。

三秋，三个秋季，比三年短。

艾，多年生草本植物，又名艾蒿，全草可供药用，其叶可制艾

绒灸病。

三岁，犹三年。

淫奔者歌此。

✻ 彼采葛兮，一日不见，如三月兮！

解 彼之有事于采葛也，非重一葛也，盖托之以行而欲与我一会晤耳。斯人也，我所欲常常见之而日相亲者也，故一日不见，则思念之切犹如三月之久矣。夫以一日之近而视之以三月之久，则我之于尔岂忍一日相违也乎？

✻ 彼采萧兮，一日不见，如三秋兮。

解 讲同上，只换字面耳。

✻ 彼采艾兮，一日不见，如三岁兮。

解 讲同上，只换字面耳。

日本·细井徇《诗经名物图解·艾图》

大车

三章，章四句。

葵

dà chē kǎn kǎn　　cuì yī rú tǎn　　qǐ bù ěr sī　　wèi zi bù gǎn

大车槛槛，毳衣如菼。岂不尔思？畏子不敢。（一章）

dà chē tūn tūn　　cuì yī rú mén　　qǐ bù ěr sī　　wèi zi bù bēn

大车哼哼，毳衣如璊。岂不尔思？畏子不奔。（二章）

gǔ zé yì shì　　sǐ zé tóng xué　　wèi yú bù xìn　　yǒu rú jiǎo rì

穀则异室，死则同穴。谓予不信，有如皦日。（三章）

【注】大车，牛车。槛槛，车行声。毳衣，兽毛布衣，为大夫巡行邦国、用以避风雨
的衣服。毳，兽之细毛。菼，初生的芦荻。

尔思，即"思尔"，思你。

不敢，不敢与我结合。

哼哼，车行迟重声。璊，赤色的玉石。

奔，私奔。

穀，活着。异室，不得同居一室，意指不得结婚。穴，墓穴。

皦，同"皎"，明亮。有如皦日，指白日可以为证。

大夫有以刑政治其私邑，淫奔者畏而歌之。

＊ 大车槛槛，毳衣如菼。

解 大车槛槛，毳衣如菼。

＊ 岂不尔思？畏子不敢。

解 我也闻其车声，睹其服色，真有凛然令人畏者，故我岂不尔思哉？特以畏子之政刑森不可犯，虽欲奔而有所不敢耳，伊人固可怀也，法度亦可畏也，焉得不顾而冒为之耶？

＊ 大车哼哼，毳衣如璊。

解 大声之行，哼哼而重迟矣。我也闻其车声，睹其服色，真有凛然令人恐者，故我岂不尔思哉？特以畏子之政刑严不可越，而有不敢以相奔耳。伊人固可念，法禁亦可惧也，焉得不顾而冒行之耶？

＊ 岂不尔思？畏子不奔。

解 然大夫之刑政岂特禁我于一时而已哉？

＊ 穀则异室，死则同穴。

解 吾知终身不如其志，不得相奔以同室矣。惟庶几死得合葬以同穴，于以遂生前未遂之志也。

＊ 谓予不信，有如皦日。

解 若谓予同穴之言为不信，则有如皎日在焉，足以鉴我之衷而永不逾盟者矣，徒为一时感激之言哉。

吁，观淫奔者畏大夫之刑政而不敢奔是特苟免刑罚耳，而相奔之心未尝忘也。其去二南之化远矣哉，是可以观世变矣。

丘中有麻

三章，章四句。

qiū zhōng yǒu má　　bǐ liú zǐ jiē　　bǐ liú zǐ jiē　　jiāng qí lái shī shī

丘 中 有 麻， 彼 留 子 嗟； 彼 留 子 嗟， 将 其 来 施 施。 （一章）

qiū zhōng yǒu mài　　bǐ liú zǐ guó　　bǐ liú zǐ guó　　jiāng qí lái shí

丘 中 有 麦， 彼 留 子 国； 彼 留 子 国， 将 其 来 食。 （二章）

qiū zhōng yǒu lǐ　　bǐ liú zhī zǐ　　bǐ liú zhī zǐ　　yí wǒ pèi jiǔ

丘 中 有 李， 彼 留 之 子； 彼 留 之 子， 贻 我 佩 玖。 （三章）

【注】丘，高坡之地。 麻，麻类植物统称，其纤维可以织布、编物。

留，姓，大夫氏。 子嗟，人名，下文"子国"均为名。 彼留子嗟，意即谁留下子嗟。

将，请、愿。 施施，男女欢合之意；一说高兴貌。

食，隐喻男女之大欲、男女合欢。

李，古男女聚会，有投果相赠之俗，例如《卫风·木瓜》："投我以木李，报之以琼玖。 匪报也，永以为好也。"

玖，黑色玉石。

妇人望所与私者而不来，故言。

❋ 丘中有麻，彼留子嗟。

解 彼子嗟也，我之所期而来今者也，今者不来意者，丘中有麻之处，复有与之私而留子嗟者乎？

❋ 彼留子嗟，将其来施。

解 顾安得所留之子嗟，将其施施而来以慰我之思耶？

❋ 丘中有麦，彼留子国。彼留子国，将其来食。

解 讲同上。

❋ 丘中有李，彼留之子。彼留之子，贻我佩玖。

解 讲同上。

日本·细井徇《诗经名物图解·麻图》

郑伯爵姬姓，周厉王之后，凡二十一篇。

郑风

缁衣

三章，章六句。

_{zī yī zhī yí xī}　　_{bì}　　_{yú yòu gǎi wéi xī}　　_{shì zi zhī guǎn xī}
缁衣之宜兮，敝，予又改为兮。适子之馆兮，

_{xuán}　　_{yú shòu zǐ zhī càn xī}
还，予授子之粲兮。（一章）

_{zī yī zhī hǎo xī}　　_{bì}　　_{yú yòu gǎi zào xī}　　_{shì zi zhī guǎn xī}
缁衣之好兮，敝，予又改造兮。适子之馆兮，

_{xuán}　　_{yú shòu zǐ zhī càn xī}
还，予授子之粲兮。（二章）

_{zī yī zhī xí xī}　　_{bì}　　_{yú yòu gǎi zuò xī}　　_{shì zi zhī guǎn xī}
缁衣之席兮，敝，予又改作兮。适子之馆兮，

_{xuán}　　_{yú shòu zǐ zhī càn xī}
还，予授子之粲兮。（三章）

【注】缁衣，古代卿大夫到官署办公时所穿的衣服。 宜，合身。 敝，破旧。 改为，重
新缝制；下文"改造""改作"同。
适，往、至。 馆，官署、官舍。 还，同"旋"，回来、归来。 粲，餐；一说新
衣亮丽的样子。
好，好看。
席，宽大，有气派。

緇衣過館圖
唐隂

此周人爱司徒作也，言人情之不能忘者德，而犹不能忘者继世之德，吾人被我公世德深矣，将何以为情哉？

✳ 缁衣之宜兮，敝，予又改为兮。

🔴解 彼卿大夫居私朝而服缁衣制也，但德有不称，而能宜之者鲜矣，惟之子也继先公而政敬，敷五教无忝前人，其服缁衣也甚宜，而无不衷之诮者矣。使其敝也，吾将为子改为之，是非子之不足于衣也，吾人欲报德无由，聊于改衣，以寄吾情耳。

✳ 适子之馆兮，还，予授子之粲兮。

🔴解 然改衣未足以尽吾情也，吾子有馆，且将适子之馆焉，虽吾侪小人，不可以履君子之堂，而欲亲其德，自不容于馆乎一适也已。然适馆犹未足以罄吾情之无已也，吾人有粲，既还，又将授子以粲焉，虽吾侪藿食不可以为君子之奉，而欲酬其德，自不容不于粲乎一授也已。

✳ 缁衣之好兮，敝，予又改造兮。

🔴解 子以盛德而服缁衣也，允协而无愧盖甚好矣。敝，则予将为子改造之，使其常新也。

✳ 适子之馆兮，还，予授子之粲兮。

🔴解 犹未已也，且将适子之馆焉，既还而又未授子以粲焉，盖庶几吾一念仰德之私，于改衣而一伸，又于适馆授粲而重伸其情耳。

✳ 缁衣之蓆兮，敝，予又改作兮。

🔴解 子以盛德而服缁衣，宽广而自如盖甚蓆矣。敝，则予将为子改作之，使其常美也。

✳ 适子之馆兮，还，予授子之粲兮。

🔴解 犹未已也，且将适子之馆焉，既还，又将授子以粲焉，盖庶几吾一念觌德之情，于改予而一致，又于适馆授粲，而重致其情耳。

夫周人于武公改衣也，而继以适馆，适馆也而继以授粲，可谓好之无已矣，使非善于其职而无忝，于先公之德，何以得此于民哉。

将仲子

三章，章八句。

qiāng zhòng zǐ xī　　wú yú wǒ lǐ　　wú zhé wǒ shù qǐ　　qǐ gǎn ài zhī

将 仲 子 兮，无 逾 我 里，无 折 我 树 杞。岂 敢 爱 之？

wèi wǒ fù mǔ　　zhòng kě huái yě　　fù mǔ zhī yán　　yì kě wèi yě

畏 我 父 母。仲 可 怀 也，父 母 之 言，亦 可 畏 也。（一章）

qiāng zhòng zǐ xī　　wú yú wǒ qiáng　　wú zhé wǒ shù sāng　　qǐ gǎn ài zhī

将 仲 子 兮，无 逾 我 墙，无 折 我 树 桑。岂 敢 爱 之？

wèi wǒ zhū xiōng　　zhòng kě huái yě　　zhū xiōng zhī yán　　yì kě wèi yě

畏 我 诸 兄。仲 可 怀 也，诸 兄 之 言，亦 可 畏 也。（二章）

qiāng zhòng zǐ xī　　wú yú wǒ yuán　　wú zhé wǒ shù tán　　qǐ gǎn ài zhī

将 仲 子 兮，无 逾 我 园，无 折 我 树 檀。岂 敢 爱 之？

wèi rén zhī duō yán　　zhòng kě huái yě　　rén zhī duō yán　　yì kě wèi yě

畏 人 之 多 言。仲 可 怀 也，人 之 多 言，亦 可 畏 也。（三章）

【注】将，语词，有请、愿之意。仲子，排行第二为仲。

逾，翻越。里，周朝二十五家为里，每里有墙。

树杞，"杞树"之倒文，下文"树桑""树檀"同；一说"树"为种植，即种植的

杞柳、桑树、檀树。

爱，吝惜。之，指杞树。

怀，思念。

此淫奔者有所畏而歌。

⊛ 将仲子兮，无逾我里，无折我树杞。

㊣ 将仲子兮，我里有树杞焉，夫固有内外之限矣，汝慎然无逾我之里，无折我树杞可也。

⊛ 岂敢爱之，畏我父母。

㊣ 然我岂敢爱一树杞而不结仲子之欢哉？特意畏我父母有所制而不敢焉耳。

⊛ 仲可怀也，父母之言，亦可畏也。

㊣ 盖仲子固可怀也，而父母之言亦可畏也，焉得肆然不顾而纵一己之私情乎。

⊛ 将仲子兮，无逾我墙，无折我树桑。岂敢爱之？畏我诸兄。仲可怀也，诸兄之言，亦可畏也。

将仲子兮，无逾我园，无折我树檀。岂敢爱之？畏人之多言。仲可怀也，人之多言，亦可畏也。

㊣ 讲同上。

● 日本·细井徇《诗经名物图解·杞木图》

叔于田

三章，章五句。

shū yú tián　　xiàng wú jū rén　　qǐ wú jū rén　　bù rú shū yě　　xún měi qiě rén

叔于田，巷无居人。岂无居人？不如叔也，洵美且仁。（一章）

shū yú shòu　　xiàng wú yǐn jiǔ　　qǐ wú yǐn jiǔ　　bù rú shū yě　　xún měi qiě hǎo

叔于狩，巷无饮酒。岂无饮酒？不如叔也，洵美且好。（二章）

shū shì yě　　xiàng wú fú mǎ　　qǐ wú fú mǎ　　bù rú shū yě　　xún měi qiě wǔ

叔适野，巷无服马。岂无服马？不如叔也，洵美且武。（三章）

【注】叔，古代年岁较小者统称为叔，此处指年轻的猎人。于，去，往。田，打猎。巷，居里中的
小路。

洵，确实，诚然。

狩，田猎。

好，指品质好，性格和善。

适，往。野，郊外。服马，骑马，或用马驾车。

武，英武。

国人爱段而作此。

❋ 叔于田，巷无居人。

🅙 我叔出而于田，则所居之巷若无居人矣。

❋ 岂无居人，不如叔也，洵美且仁。

🅙 然非实无居人也。但不如叔之多才多艺，信美矣，且与人之际又皆恩意之浃洽而仁焉，夫以所居之巷无一美且仁如我叔，则人虽多而若无耳，谓之无居人不亦可乎？

❋ 叔于狩，巷无饮酒。

🅙 我叔出而于狩，则所居之巷若无饮酒矣。

❋ 岂无饮酒，不如叔也，洵美且好。

🅙 然非实无饮酒也。但不如叔之多才多艺，信美矣，且饮酒之时，又能饮多而不乱，而好焉，夫以所居之巷无一美且好如我叔，则饮酒虽多而若无耳，谓之无饮酒不亦可乎。

❋ 叔适野，巷无服马。

🅙 我叔出而适野，所居之巷若无服马矣。

❋ 岂无服马，不如叔也，洵美且武。

🅙 然非实无服马也。但不如叔之多才多艺，信美矣，且御马之间，又能罄控之得宜而武焉。夫以所居之巷，无一美且武如我叔，则服马虽多亦若无耳，谓之无服马不亦可乎。

吁，观国人夸美之词，则知国人之爱段也，以非义段之得众也，以非义卒之于鄢之克，则夸之者乃以祸之也，虽有美仁武好，奚足贵哉？是可以观衰世之民情矣。

大叔于田

三章，章十句。

大叔于田，乘乘马，执辔如组，两骖如舞。

叔在薮，火烈具举。襢裼暴虎，献于公所。

将叔无狃，戒其伤女。（一章）

【注】乘乘，前一乘为动词，驾车、乘坐；后一乘为名词，古时一车四马为乘。辔，
驾驭牲口的嚼子和缰绳。组，织带平行排列的经线。两骖，驾车的四马中，旁
边的两马。

薮，湖泽边低地，因低湿多草，故禽兽喜欢聚居。火烈，放火烧草，阻断野兽
逃跑的路。具，同"俱"。

襢裼，即肉袒，裸露上身。暴，徒手搏击。公所，君王的宫室。

将，请，愿。狃，习惯，习以为常。女，即汝。

shū yú tián　　chéngshènghuáng　　liǎng fú shàngxiāng　　liǎng cān yàn xíng

叔于田，乘乘黄，两服上襄，两骖雁行。

shū zài sǒu　　huǒ liè jù yáng　　shū shàn shè jì　　yòu liáng yù jì

叔在薮，火烈具扬。叔善射忌，又良御忌，

yì qìng kòng jì　　yì zòng sòng jì

抑磬控忌，抑纵送忌。（二章）

shū yú tián　　chéngshèng bǎo　　liǎng fú qí shǒu　　liǎng cān rú shǒu

叔于田，乘乘鸨，两服齐首，两骖如手。

shū zài sǒu　　huǒ liè jù fù　　shū mǎ màn jì　　shū fā hǎn jì

叔在薮，火烈具阜。叔马慢忌，叔发罕忌，

yì shì bīng jì　　yì chànggōng jì

抑释掤忌，抑鬯弓忌。（三章）

黄，黄马。两服，驾车四马中间夹辕之两马。上襄，是前驾的意思，相对于两骖而言，两服的位置稍前。雁行，骖马比服马稍后，排列如雁飞行的队列。

忌，作语尾助词。良御，驾马很在行。抑，发语词。磬控，勒马使缓行或停步。纵送，放马奔跑。

鸨，黑白杂色的马，其色如鸨鸟，故名。齐首，齐头并进。如手，如两手左右自如。阜，旺盛。

释，打开。掤，箭筒盖。鬯，"韔"之假借，即弓囊，此处用作动词，把弓放进弓囊里。

加以大者，所以别首章也，非有大叔之号也。 此亦美
叔段作也，言夫人而挟一技者固难，有技而能兼备者
尤难，何幸于我叔见之乎？

❋ 叔于田，乘乘马。

㊐ 我叔出而于田，则驾田车而乘四马焉。

❋ 执辔如组，两骖如舞。

㊐ 以言其执辔也御能使马，而辔有如组之柔。 以言其两骖也谐和中
节，而马有如舞之善，是方往田之际而其善御足称矣。

❋ 叔在薮，火烈具举。

㊐ 迨叔在薮也，火焚而射，则火烈俱举，而田事以行焉。

❋ 袒裼暴虎，献于公所。

㊐ 斯时也我叔袒裼暴虎，以献于公所，何其勇耶？

❋ 将叔勿狃，戒其伤女。

㊐ 然以叔之勇，固无难于暴虎之事，而常习之下容或有不测之虞，
请叔无习此事，恐其有时或伤女矣，可不知戒哉？

❋ 叔于田，乘乘黄。

㊐ 我叔出而于田，则所乘之四马而皆色之黄矣。

❋ 两服上襄，两骖雁行。

㊐ 以言其中之两服也，则闲习调良而为上驾之选。 此言其外之两骖
也，则少次服后，有如鸿行之序，是方往田之际，而其驷马为甚
美矣。

❋ 叔在薮，火烈具扬。

㊐ 迨叔在薮也，火焚而射，则火烈俱扬，而田事以行焉。

❋ 叔善射忌，又良御忌，抑磬控忌，抑纵送忌。

㊐ 斯时也，我叔既善射忌，又良御忌何全材耶？夫御而不磬控非善
也，今叔之御骋马以行而曲折适宜，止马以射而节制不逸，能磬
而又能控是其御善何如耶？射而不能纵送非善也，今叔之射勇于
舍拔，而四矢急直，力于挽弰，而弓弰外反能纵而又能送，是其

射之善何如耶？叔之全才诚不多得矣。

⊛ 叔于田，乘乘鸨。

㉃ 我叔出而于田，则所乘之四马而皆色之鸨矣。

⊛ 两服齐首，两骖如手。

㉃ 以言其中之两服也，则并首在前而齐首。 以言其外之两骖也，则稍次服后而如手是方往田之际，而其四马为甚良矣。

⊛ 叔在薮，火烈具阜。

㉃ 迨叔在薮也，火焚而射，则火烈以久而甚盛，田事盖将终者矣。

⊛ 叔马慢忌，叔发罕忌，抑释掤忌，抑鬯弓忌。

㉃ 斯时也，马无事于磬控，叔马则慢忌。 矢无事于纵，送叔发则罕忌。 矢不复用则释掤以纳矢矣。 弓不复张，则以韔而韬弓矣。

是一田事之，终而从容整暇如此，伤女之虞可无虑矣，不亦深可喜哉。

清人

三章，章四句。

qīng rén zài péng sì jiè bēng bēng èr máo chóng yīng hé shàng hū áo xiáng

清人在彭，驷介旁旁。二矛重英，河上乎翱翔。（一章）

qīng rén zài xiāo sì jiè biāo biāo èr máo chóng jiāo hé shàng hū xiāo yáo

清人在消，驷介麃麃。二矛重乔，河上乎逍遥。（二章）

qīng rén zài zhóu sì jiè táo táo zuǒ xuán yòu chōu zhōng jūn zuò hǎo

清人在轴，驷介陶陶。左旋右抽，中军作好。（三章）

【注】清人，指郑国大臣高克带领的清邑的士兵。 彭，地名，在黄河边上，约在今河南省滑县
与延津二县境。 驷介，四匹披甲的马。 介，甲。 旁旁，强壮有力的样子。

矛，酋矛、夷矛，插在车子两边，长二丈。 重，重叠。 英，矛上的缨饰。

消，郑国地名，在黄河边上。 麃麃，威武的样子。

乔，借为"鹬"，长尾野鸡，此指矛上装饰的鹬羽毛。

轴，黄河边上的郑国地名。 陶陶，马疾驰的样子。

旋，转车。 抽，拔刀。 中军，即"军中"。 作好，游戏，与"翱翔""逍遥"一样。

此郑人恶文公之弃其师也，若曰：先王之世，有事则命将出征，屯兵守御，无事则将还于朝，卒休于国，乌有公而不招，坐视其离散如今日乎。

❋ 清人在彭，驷介旁旁。

㉿ 清邑之人承命出师，在彼河上之彭，固将以御狄矣。然其师在彭日久，但见四马被甲，旁旁然驰驱不息。

❋ 二矛重英，河上乎翱翔。

㉿ 二矛并建，其英重叠而见。惟在河上翱翔而已，果何为哉？马之旁旁者，非以攻敌矛之重英者，非以击刺，足以供三军游戏之资也，师久不召，怠玩人心如此，其势乌得而不溃散乎？

❋ 清人在消，驷介麃麃。

㉿ 清邑之人承命出师，在彼河上之消，固将以御敌矣。然其师在消日久，但见四马被甲麃麃，然有武健之才。

❋ 二矛重乔，河上乎逍遥。

㉿ 二矛之饰英，尽有重乔之象。惟在乎河上逍遥而已，是果何所为哉？马之麃麃者，不以御侮，矛之重乔者，不以攻取，只以为三军游乐之具也，师久不召，人心废弛如此，其势乌得而不溃散乎？

❋ 清人在轴，驷介陶陶。

㉿ 清人在轴，以御狄也。然师久屯于河上，实无所事于折冲之举，但见驷介陶陶，而有自适之乐矣。

❋ 左旋右抽，中军作好。

㉿ 其执辔在左者，则旋车以优游。执兵在右者则抽刃以为戏士卒，何有锋镝之忧乎？其任膺长子者，仅修饰于威仪礼隆，推毂者徒致美于容服，中军何有运筹之劳乎？

夫车马四卒之众，日为河上之游，师久不召，人有怠心，宁无必溃之势哉？要之当时清邑之兵已散而归矣，诗人不言已溃，而言将溃，其词深，其情危也，春秋书郑弃其师，固以深罪文公也欤？

羔裘

三章，章四句。

gāo qiú rú rú   xún zhí qiě hóu   bǐ jì zhī zǐ   shě mìng bù yú

羔裘如濡，洵直且侯。彼其之子，舍命不渝。（一章）

gāo qiú bào shì   kǒng wǔ yǒu lì   bǐ jì zhī zǐ   bāng zhī sī zhí

羔裘豹饰，孔武有力。彼其之子，邦之司直。（二章）

gāo qiú yàn xī   sān yīng càn xī   bǐ jì zhī zǐ   bāng zhī yàn xī

羔裘晏兮，三英粲兮。彼其之子，邦之彦兮。（三章）

【注】羔裘，羔羊皮袄，一说大夫的朝服。 濡，柔润有光泽。 洵，信。 侯，美。

渝，变。

豹饰，用豹皮做羔裘的边。 孔，甚，很。

司，主。 直，纠正他人的偏失。 司直，掌管劝谏君主过失的官员。

晏，鲜艳或鲜明的样子。 英，用白色丝线在皮衣上所做的装饰。 粲，灿烂。

彦，士的美称，即美士、俊杰。

此美大夫作也，言吾人之德，以循理则称顺，以忠直
则称刚，以华国则称文者备，然后于身服为无忝也，
我今于之子见之。

✳ 羔裘如濡，洵直且侯。

解 羔羊之裘，如濡而润泽，其毛信顺，而且美者矣。

✳ 彼其之子，舍命不渝。

解 然服此者岂无顺德以称之哉？但见彼其之子当死生之际，以身居
其所受之理而不逾，身可杀也而不求生以害仁。生可舍也，而不
避患以害义，有此顺德而服顺美之裘，夫安有不称者乎？

✳ 羔裘豹饰，孔武有力。

解 羔羊之裘，以豹皮为饰，毅然甚武勇而有力矣。

✳ 彼其之子，邦之司直。

解 然其服此者，岂无刚德以称之哉？但见彼其之子，在邦也任直道
之司，而不诡随以从人，有举世所不敢言者，彼独言之，有举世
所不敢为者，彼独为之，有此刚德而服孔武之裘，夫岂有不称
者乎？

✳ 羔裘晏兮，三英粲兮。

解 羔羊之裘，晏然其盛，以三英为饰，粲然其先明矣。

✳ 彼其之子，邦之彦兮。

解 然其服此者，岂无美德以称之哉？但见彼其之子在邦也，备盛德
于躬，莫非文明之显设在朝，则可黼黻乎皇猷，而邦家以光在位，
则可辉煌乎治道，而民俗以美，有此美德而服三英之裘，夫岂有
不称者乎？

遵大路

二章，章四句。

zūn dà lù xī　　shǎn zhí zǐ zhī qū xī　　wú wǒ wù xī　　bù jié gù yě
遵大路兮，掺执子之祛兮。无我恶兮，不寁故也。（一章）

zūn dà lù xī　　shǎn zhí zi zhī shǒu xī　　wú wǒ chǒu xī　　bù jié hǎo yě
遵大路兮，掺执子之手兮。无我魗兮，不寁好也。（二章）

【注】遵，循着、沿着。

掺，拉住，抓住。祛，袖口。

恶，嫌恶、厌恶。寁（又读 zǎn），速也，一说为接续；前者意为故旧不可以这么快就断绝，后者为不接续故旧之情。

魗，同"丑"，讨厌的意思。好，旧好。

被弃妇人作也。

（＊）遵大路兮，掺执子之袪兮。

（解）我也被弃遵大路以攸行。 然其情有难于去也，故掺执子之袪，望其能我留也。

（＊）无我恶兮，不寁故也！

（解）子幸其无恶我，而不留乎。 故旧之情不可以遽绝也。

（＊）遵大路兮，掺执子之手兮。 无我魗兮，不寁好也！

（解）好情好也。

女日鸡鸣

三章，章六句。

凫

难鸣女日

nǚ yuē jī míng shì yuē mèi dàn zǐ xīng shì yè míng xīng yǒu làn
女曰鸡鸣，士曰昧旦。子兴视夜，明星有烂。

jiāng áo jiāng xiáng yì fú yǔ yàn
将翱将翔，弋凫与雁。 （一章）

yì yán jiā zhī yǔ zǐ yí zhī yí yán yǐn jiǔ yǔ zǐ xié lǎo
弋言加之，与子宜之。宜言饮酒，与子偕老。

qín sè zài yù mò bù jìng hǎo
琴瑟在御，莫不静好。 （二章）

zhī zǐ zhī lái zhī zá pèi yǐ zèng zhī zhī zǐ zhī shùn zhī zá pèi yǐ wèn zhī
知子之来之，杂佩以赠之；知子之顺之，杂佩以问之；

zhī zǐ zhī hào zhī zá pèi yǐ bào zhī
知子之好之，杂佩以报之。 （三章）

【注】昧旦，天将亮而未亮之际。

兴，起。视夜，察看夜色。明星，启明星。有烂，即烂然，明亮的样子。

将，且。弋，用生丝做绳，系在箭上射鸟。凫，野鸭。

言，语助词，下同。加，射中。宜，做成菜肴。

御，用，弹奏。静，美好。

来，慰劳。杂佩，古代的饰物，珩、璜、琚、瑀、冲牙之类。顺，柔顺。问，
赠送。好，喜欢。

清·高俨鹤《诗经图谱慧解·鸡鸣昧旦图》

雞鳴昧旦圖

琴瑟静好图

癸寅冬補

清·高侨鹤《诗经图谱慧解·琴瑟静好图》

此诗人述贤夫妇相儆戒之词，言人情莫不耽于逸乐而忽于忧勤，惟我贤夫妇则不然。

✳ 女曰鸡鸣，士曰昧旦。

㉠ 吾观女语于夫曰：鸡鸣而起，人事之常，以吾所闻则鸡既鸣矣，尚可以安寝乎？男答于女曰：昧旦。载兴人道之常，以吾所见殆已，昧旦矣，岂止于鸡鸣而已乎？

✳ 子兴视夜，明星有烂。

㉠ 于是女又语其夫曰：既昧旦而不止于鸡鸣，则决非安寝时也，子可起而视夜之何如？意者启明之星已出而灿然乎。

✳ 将翱将翔，弋凫与雁。

㉠ 则当翱翔而往，弋取凫雁而归，以修其职业可也。若宴昵情胜而犹安寝焉，岂吾二人相与有成之道乎？

✳ 弋言加之，与子宜之。

㉠ 射者男子之事，而中馈乃妇人之职。子苟弋言加之，既得凫雁以归，则我当烹而调之，以和其滋味之所宜。盖子既服事乎外，而治内故吾职也，吾亦安敢以自殆乎？

✳ 宜言饮酒，与子偕老。

㉠ 由是以其所宜之凫雁，相与饮酒焉，而协酬之欢。以期偕老焉而结百年之爱。

✳ 琴瑟在御，莫不静好。

㉠ 若是则为夫妇唱随而不相忤，欢慕而不相乖，既安静而和好矣，吾见以和召和，而琴瑟之在御者，一搏一捬之间，自将节奏成文而不乱，声音和乐而不乖，亦莫不安静而和好矣。使子不服勤其业，则我虽欲与子宜言饮酒以相乐，不可得矣，又何琴瑟之静好哉？

✳ 知子之来之，杂佩以赠之；

㉠ 然不特勤其职业已也，而亲贤友善助成其德业，又我之所期于子

者。故有以风声感召而至者，子所来之友也，我苟知子之来之，则解此杂佩以赠之，使有以结来者之心而永为来也，吾何吝一佩耶。

✳ *知子之顺之，杂佩以问之；*

🔴 有意气相孚而无闻者，子所以顺之友也，我苟知子之顺之，则解此杂佩以问之，使有以固顺者之心，而永为顺焉，吾又何爱一佩耶。

✳ *知子之好之，杂佩以报之。*

🔴 有志意何慕而不已者，子所好之友也，我苟知子之好之，则解此杂佩以报之，使有以得好者之欢而来永为好焉，我又何靳一佩耶？盖丽泽之益成之于子，则衣被之光归之于我矣。既无杂佩奚损于章身之文乎？当此鸡鸣昧旦之际，尤其所倦倦者，岂特弋凫与雁为足以毕吾事哉？信当夙夜以兴而不可狃于宴安矣。吁，以郑风淫靡而有贤夫妇如此，可谓不溺于流俗者矣。

日本·细井徇《诗经名物图解·凫图》

有女同车

二章，章六句。

有女同车，颜如舜华。将翱将翔，佩玉琼琚。
<small>yǒu nǚ tóng chē　　yán rú shùn huā　　jiāng áo jiāngxiáng　　pèi yù qióng jū</small>

彼美孟姜，洵美且都。（一章）
<small>bǐ měi mèngjiāng　　xún měi qiě dū</small>

有女同行，颜如舜英。将翱将翔，佩玉将将。
<small>yǒu nǚ tóng xíng　　yán rú shùn yīng　　jiāng áo jiāngxiáng　　pèi yù qiāngqiāng</small>

彼美孟姜，德音不忘。（二章）
<small>bǐ měi mèngjiāng　　dé yīn bù wàng</small>

【注】舜，树名，即木槿，开淡紫色或红色的花。 华，同"花"。

翱、翔，形容女子步履轻盈。 琼琚，珍美的佩玉。

孟姜，姜姓之长女。 都，美丽闲雅。

英，花。

将将，即"锵锵"，走路时佩玉相击的声音。

德音，美好的品德和声誉。

疑亦淫奔之诗意。

✳ 有女同车，颜如舜华。

解 有女同车，其颜色之美有如舜华矣。

✳ 将翱将翔，佩玉琼琚。

解 且其翱翔之间而有佩玉琼琚之饰焉。

✳ 彼美孟姜，洵美且都。

解 夫以舜华之颜，加琼琚之佩，而其美如此，则此彼美色之孟姜，信美矣。且动容闲雅如是，其甚都焉，纾徐不迫之度，蔼然可挹，不益见其为美耶。

✳ 有女同行，颜如舜英。

解 有女同行，其颜色之美有如舜英矣。

✳ 将翱将翔，佩玉将将。

解 且其翱翔之间，而有佩玉将将之声音焉。

✳ 彼美孟姜，德音不忘。

解 夫以舜英之颜，加将将之佩，则此彼美色之孟姜，信美矣。且令闻之昭彰永久而不忘焉，贤淑素称于外，油然可慕，不益见其为美耶。

日本·细井徇《诗经图解·舜花图》

山有扶苏

二章，章四句。

荷

shān yǒu fú sū　　xí yǒu hè huā　　bù jiàn zǐ dū　　nǎi jiàn kuáng jū
山有扶苏，隰有荷华。不见子都，乃见狂且。（一章）

shān yǒu qiáo sōng　　xí yǒu yóu lóng　　bù jiàn zǐ chōng　　nǎi jiàn jiǎo tóng
山有桥松，隰有游龙。不见子充，乃见狡童。（二章）

【注】扶苏，枝叶茂盛之大树；一说桑树。 华，同"花"。

子都，古代著名的美男子，此处代称美男。

狂，狂傲的人。 且，语助词；一说同"徂"，笨拙之意；一说同"粗"，粗鄙丑
陋之意。

桥，通"乔"，高大。 游，枝叶放纵。 龙，水草名，即荭草、水荭、红蓼。

子充，古代良人名，此处作好人代称。 狡童，顽童。

淫女戏其所私者。

✳ 山有扶苏，隰有荷华。

㊣ 山则有扶苏矣，隰则有荷花矣。

✳ 不见子都，乃见狂且。

㊣ 我之所欲见者子都之美也，今乃不见子都，而见此狂人，何哉？
虽得以谐一时之情，而子何以适吾愿也？

✳ 山有乔松，隰有游龙。不见子充，乃见狡童。

㊣ 吁，观其戏玩之词，若有不足于彼，而其悦慕之意，则有难已于
心，所谓其词若憾，而实深喜之意也。

日本·细井徇《诗经名物图解·龙草图》

萚兮

二章，章四句。

tuò xī tuò xī　fēng qí chuī rǔ　shū xī bó xī　chàng yú hè rǔ

萚兮萚兮，风其吹女。叔兮伯兮，倡予和女。（一章）

tuò xī tuò xī　fēng qí piāo rǔ　shū xī bó xī　chàng yú yāo rǔ

萚兮萚兮，风其漂女。叔兮伯兮，倡予要女。（二章）

【注】萚，落叶。女，同"汝"，指萚。

叔、伯，女子对同辈男性的称呼，看似两人，实指一人。倡，领唱。和，应和。

漂，同"飘"。

要，和也；或成也，即接唱以终曲。

此淫女之词言。

* 萚兮萚兮，风其吹女。

解 萚兮萚兮，已有槁而将落之渐，则风其吹女而落之不难矣。

* 叔兮伯兮，倡予和女。

解 叔兮伯兮，汝有欢然相爱之情，而倡之于先，予将和汝而从之于后矣。盖男女之欲虽我心之所愿，然不有倡者，亦有难于言也，故息叔伯之有所倡，使我不难于和耳。

* 萚兮萚兮，风其漂女。叔兮伯兮，倡予要女。

解 讲同上。

狡童

二章，章四句。

彼狡童兮，不与我言兮。维子之故，使我不能餐兮。（一章）

彼狡童兮，不与我食兮。维子之故，使我不能息兮。（二章）

【注】狡童，美貌少年，即狡同"姣"；一说为狡猾少年，如戏谑之"滑头、小坏蛋"。

维，以，因。 不能餐，饭吃不香，吃不下。

食，一起吃饭。

息，安稳入睡。

见绝淫女而戏其人。

✳ 彼狡童兮，不与我言兮。

㊟ 彼狡童兮，昔者相亲之时尝与我言，而款款不置矣。今也情睽于一旦，乃不与我言，何其亲于昔而遽疏于今耶？

✳ 维子之故，使我不能餐兮。

㊟ 然子虽不与我言而悦我者众，与言者岂谓无人，维子之故，遂至使我不能餐乎？盖据子绝我之意，则以使我能餐者惟一子也，然以我见悦之众，则可与我言者不独一子也，子亦何必于绝我者哉？

✳ 彼狡童兮，不与我食兮。维子之故，使我不能息兮。

㊟ 讲同上。

褰裳

二章，章四句。

zǐ huì sī wǒ qiān cháng shè zhēn zǐ bù wǒ sī qǐ wú tā rén
子惠思我，褰裳涉溱。子不我思，岂无他人？

kuáng tóng zhī kuáng yě jū
狂童之狂也且！ （一章）

zǐ huì sī wǒ qiān cháng shè wěi zǐ bù wǒ sī qǐ wú tā shì
子惠思我，褰裳涉洧。子不我思，岂无他士？

kuáng tóng zhī kuáng yě jū
狂童之狂也且！ （二章）

【注】子，女子称呼男子。 惠，爱。 褰，撩起，提起。 裳，裤子，古制上为
衣，下为裳。 涉，水由膝以上为涉。 溱，古水名，源出今河南新密市。
不我思，不思我。
狂童，戏谑称呼，犹言傻小子。 且，语助词。
洧，水名，即今河南省双洎河。
他士，别的男子。

淫女语其所私者。

✳ 子惠思我，褰裳涉溱。

🔴 子惠然而思我，则我褰裳涉溱以从子矣。盖子既有意于我，我自不能忘情于子也。

✳ 子不我思，岂无他人？狂童之狂也且！

🔴 若子不我思，则岂无他人之可从，而必狂童之狂也哉？子其我思以无负我，涉溱之意可乎？

✳ 子惠思我，褰裳涉洧。子不我思，岂无他士？狂童之狂也且！

🔴 讲同上。

丰

四章，一二章三句，三四章四句。

<small>zǐ zhī fēng xī　　　sì wǒ hū xiàng xī　　　huǐ yú bù sòng xī</small>
子之丰兮，俟我乎巷兮，悔予不送兮。（一章）

<small>zǐ zhī chāng xī　　　sì wǒ hū táng xī　　　huǐ yú bù jiāng xī</small>
子之昌兮，俟我乎堂兮，悔予不将兮。（二章）

<small>yī jǐn jiǒng yī　　cháng jǐn jiǒng cháng　　shū xī bó xī　　　jià yú yǔ xíng</small>
衣锦褧衣，裳锦褧裳。叔兮伯兮，驾予与行。（三章）

<small>cháng jǐn jiǒng cháng　　　yī jǐn jiǒng yī　　　shū xī bó xī　　　jià yú yǔ guī</small>
裳锦褧裳，衣锦褧衣。叔兮伯兮，驾予与归。（四章）

【注】丰，容颜丰满美好貌。 送，从行，送女出嫁；致女曰送，亲迎曰逆。

昌，健壮俊美的样子。 将，同行，或曰出嫁时的迎送。

锦，锦衣。 褧，妇女出嫁时御风尘用的麻布罩衣，即披风。

叔、伯，男方来迎亲之人。 驾，古时有亲迎礼，即男子驾车至女家，亲迎女子
上车至夫家。

妇人绝所期之男子，既而悔之，故作此。

* 子之丰兮，俟我乎巷兮，悔予不送兮！

解 子之容貌丰满可观，尝俟我于门外小巷，故有心于予矣。何予乃有异志而不之送也？自今思之，欲亲子之丰而不可得矣，甚悔予昔之不送也。

* 子之昌兮，俟我乎堂兮，悔予不将兮！

解 盛壮也。然要之何必于悔哉。

* 衣锦褧衣，裳锦褧裳。

解 以予之衣锦而加之褧衣，裳锦而加之褧裳，其服饰盛备如此。

* 叔兮伯兮，驾予与行。

解 吾知叔兮伯兮，睹我之服饰，必有慕悦于我者，岂无驾车以迎我而偕行者乎？我虽失子之丰也，而未尝无丰者矣。

* 裳锦褧裳，衣锦褧衣。叔兮伯兮，驾予与归。

解 夫既悔其不送之人，又冀其驾予之人，若此妇人可谓淫纵无极矣，何无羞恶之心若是哉？

东门之墠

二章，章四句。

東
門
之
墠

dōng mén zhī shàn　　rú lú zài bǎn　　qí shì zé ěr　　qí rén shèn yuǎn
东门之墠，茹藘在阪。其室则迩，其人甚远。（一章）

dōng mén zhī lì　　yǒu jiàn jiā shì　　qǐ bù ěr sī　　zǐ bù wǒ jí
东门之栗，有践家室。岂不尔思？子不我即。（二章）

【注】墠，经过整治的平地，指整洁而平坦的广场。

茹藘，茜草，古人用来作为红色的染料。阪，土坡、小山坡。

室，指男人的家。迩，近。

栗，栗树。有践，即"践然"，排列整齐的样子。家室，住宅、房舍。

即，亲近、接近。

此淫奔者思其人。

✳ 东门之墠，茹藘在阪。

㉈ 东门之旁有墠，墠之外有坂，而茹藘草生于其上焉。

✳ 其室则迩，其人甚远。

㉈ 我所思之人其展固在于是也，则其室为甚迩者矣。但其人我思之而不得见，何其远哉？是其室之迩，若可幸也，其人之远，则深有动我之念也。

✳ 东门之栗，有践家室。

㉈ 东门之旁有栗，栗之下有成行之家室，而族党之众胥聚以居焉。

✳ 岂不尔思？子不我即？

㉈ 我所思之人，其居亦在于是也，则我岂不尔思，但我思之而子不我即，何可以得见哉？是其人之思固甚切也，而其人莫即，则深有劳我之心矣。

日本·细井徇《诗经名物图解·茹藘图》

风雨

风雨

fēng yǔ qī qī　　jī míng jiē jiē　　jì jiàn jūn zǐ　　yún hú bù yí

风雨凄凄，鸡鸣喈喈。既见君子，云胡不夷？ （一章）

fēng yǔ xiāo xiāo　　jī míng jiāo jiāo　　jì jiàn jūn zǐ　　yún hú bù chōu

风雨潇潇，鸡鸣胶胶。既见君子，云胡不瘳？ （二章）

fēng yǔ rú huì　　jī míng bù yǐ　　jì jiàn jūn zǐ　　yún hú bù xǐ

风雨如晦，鸡鸣不已。既见君子，云胡不喜？ （三章）

【注】凄凄，寒冷的样子。 喈喈，鸡鸣声。

云，语助词。 胡，何。 夷，喜悦，或指心中平静。

潇潇，风疾雨大的样子。 胶胶，即"嘐嘐"，鸡鸣声。

瘳，病愈，指忧愁的心绪消除。

晦，昏暗的天色。 已，停止。

此淫奔者见期之人而喜。

✳ 风雨凄凄，鸡鸣喈喈。

解 风雨凄凄而寒凉，鸡鸣喈喈而可闻，此非夜未央之时乎？

✳ 既见君子，云胡不夷。

解 斯时得以既见君子，而积忧之心于是乎平矣，云何而不夷哉。

✳ 风雨潇潇，鸡鸣胶胶。既见君子，云胡不瘳。

解 瘳者积忧之病，于是乎愈也。

✳ 风雨如晦，鸡鸣不已。既见君子，云胡不喜？

解 讲同上。

子衿

三章，章四句。

qīng qīng zǐ jīn　　yōu yōu wǒ xīn　　zòng wǒ bù wǎng　　zǐ nìng bù yí yīn
青青子衿，悠悠我心。纵我不往，子宁不嗣音？ （一章）

qīng qīng zǐ pèi　　yōu yōu wǒ sī　　zòng wǒ bù wǎng　　zǐ nìng bù lái
青青子佩，悠悠我思。纵我不往，子宁不来？ （二章）

tiāo xī tà xī　　zài chéng què xī　　yí rì bù jiàn　　rú sān yuè xī
挑兮达兮，在城阙兮。一日不见，如三月兮。 （三章）

【注】子，男子的美称。衿，衣领。悠悠，思念深长的样子。

宁，难道。嗣，同"贻"，给，寄；嗣音，寄传音讯。

佩，系佩玉的绶带。

挑兮达兮，往来踱步的样子；挑，也作"佻"。城阙，城门两边的观楼。

淫奔者歌此。

※ 青青子衿，悠悠我心。

解 我之子其服青青之衿，乃我所愿见之人也，故我心思之，悠悠其
长而不容自已矣。

※ 纵我不往，子宁不嗣音？

解 纵我或有故而不得往，子宁可不继续其声问，而信息之相通，于
以慰我悠悠之思耶？

※ 青青子佩，悠悠我思。

解 我之子其服青青之佩，乃我所愿见之人也，故我心思之悠悠其长，
而不容或忘矣。

※ 纵我不往，子宁不来？

解 纵我或有故而不往，子宁可不来会于我，而彼此之相亲于以宽我
悠悠之思耶？

※ 挑兮达兮，在城阙兮。

解 夫我青青之子衿也，跳跃之轻猥，举动之放恣，在彼城阙之间，
诚系吾之思者矣！

※ 一日不见，如三月兮。

解 故我也一日不见有如三月之久，而不能以为情昔矣，使其见不止
于一日也，又当何如哉，子之嗣音而来也，焉得不倦倦于望耶？

扬之水

二章，章六句。

yáng zhī shuǐ　　bù liú shù chǔ　zhōng xiǎn xiōng dì　　wéi yú yǔ rǔ
扬之水，不流束楚。终鲜兄弟，维予与女。

wú xìn rén zhī yán　　rén shí kuāng rǔ
无信人之言，人实迋女。（一章）

yáng zhī shuǐ　　bù liú shù xīn　zhōng xiǎn xiōng dì　　wéi yú èr rén
扬之水，不流束薪。终鲜兄弟，维予二人。

wú xìn rén zhī yán　　rén shí bù xìn
无信人之言，人实不信。（二章）

【注】扬之水，平缓流动的水。

鲜，缺少。女，同"汝"。

言，流言。迋，同"诓"，欺骗。

不信，不可靠。

淫者相谓。

❋ 扬之水，不流束楚。

解 扬之水，其势微缓，则不流束楚矣。

❋ 终鲜兄弟，维予与女。

解 况我终鲜兄弟，相亲者少，则维予与女者矣。

❋ 无信人之言，人实迋女。

解 如是而予女之情，其绸缪当何如者，岂可信他人离间之言而疑
之也哉？彼人之言实以诳女哉，我二人之好不终耳，信之夫何
为耶？

❋ 扬之水，不流束薪。终鲜兄弟，维予二人。无信人之言，人实
不信。

解 讲同上。

出其东门

二章，章六句。

出其东门 東其門

chū qí dōng mén　yǒu nǚ rú yún　suī zé rú yún　fěi wǒ sī cún
出其东门，有女如云。虽则如云，匪我思存。

gǎo yī qí jīn　liáo lè wǒ yún
缟衣綦巾，聊乐我员。　（一章）

chū qí yīn dū　yǒu nǚ rú tú　suī zé rú tú　fěi wǒ sī cú
出其闉闍，有女如荼。虽则如荼，匪我思且。

gǎo yī rú lú　liáo kě yǔ yú
缟衣茹藘，聊可与娱。　（二章）

【注】如云，形容众多的样子。

匪，非。思存，思之所在。匪我思存，即非我心目中的对象。

缟，素白色。綦，草绿色。聊，且，愿。员，同"云"，语助词。

闉闍，城门外增筑的半环形城墙，用以掩护城门，又名曲城、瓮城。如荼，形容众多的意思。荼，茅草的白花，盛开时浓茂丰美，引人注目。且，"徂"之假借，和"存"同义。

茹藘，茜草，此处代指红色的佩巾。娱，欢乐。

人见淫奔之女而作，言目之于色也，固有同美，而非礼之色，则不可慕者也。

✳ 出其东门，有女如云。

解 今夫东门者非男女聚会之所乎，我也出其东门，见其聚会之女，有如云焉，美而且众矣。

✳ 虽则如云，匪我思存。

解 然虽则如云，而非我思之所存也。

✳ 缟衣綦巾，聊乐我员。

解 若我之室家所服者乃缟衣綦巾，固云贫陋也。而亦聊可以自乐焉，盖既为我之定配，则闺门好合所乐，自在于是矣，如云之女我何思之哉？

✳ 出其闉阇，有女如荼。

解 今夫闉阇非男女聚会之处乎，我也出其闉阇，见其聚会之女有如荼焉，而轻白可爱矣。

✳ 虽则如荼，匪我思且。

解 然虽则如荼，而非我心之所思也。

✳ 缟衣茹藘，聊可与娱。

解 若我之室家所服者缟衣茹藘，固云贫陋也，而亦聊可以共乐焉，盖既为我之佳偶，则闺门唱随，吾之同乐自在于是矣，如荼之女我又何思哉？

夫是时淫风大行，而其间乃有如是之人，亦可谓自好而不为习俗所移矣。羞恶之心人皆有之，其不信哉？

野有蔓草

二章，章六句。

yě yǒu màn cǎo líng lù tuán xī yǒu měi yī rén qīng yáng wǎn xī
野有蔓草，零露漙兮。有美一人，清扬婉兮。

xiè hòu xiāng yù shì wǒ yuàn xī
邂逅相遇，适我愿兮。（一章）

yě yǒu màn cǎo líng lù ráng ráng yǒu měi yī rén wǎn rú qīng yáng
野有蔓草，零露瀼瀼。有美一人，婉如清扬。

xiè hòu xiāng yù yǔ zǐ xié zāng
邂逅相遇，与子偕臧。（二章）

【注】蔓草，蔓延之草。零，落下。漙，露多的样子；一说露滴圆圆的样子。

清扬，眉清目秀。婉，美好。

邂逅，不期而遇。适，合。

瀼瀼，露多的样子。

偕，都。臧，善、美。

男女相遇作。

✳ 野有蔓草，零露漙兮。

解 野有蔓草，则零露漙于其上矣。

✳ 有美一人，清扬婉兮。

解 况有美一人，则视之清眉之扬，而眉目之间皆婉然其美矣。

✳ 邂逅相遇，适我愿兮。

解 今乃邂逅相遇与斯焉，则会出不期，喜生望外而得以适我之愿矣。

✳ 野有蔓草，零露瀼瀼。有美一人，婉如清扬。邂逅相遇，与子偕臧。

解 讲同上。

溱洧

二章，章十二句。

溱与洧，方涣涣兮。士与女，方秉蕑兮。女曰：观乎？士曰：
既且。且往观乎。洧之外，洵讦且乐。维士与女，伊其相谑，
赠之以勺药。（一章）

溱与洧，浏其清矣。士与女，殷其盈矣。女曰：观乎？士曰：
既且。且往观乎。洧之外，洵讦且乐。维士与女，伊其将谑，
赠之以勺药。（二章）

【注】溱、洧，皆郑国的水名，在今河南省境内。方，正在。涣涣，水势盛大的样子。

士与女，泛指游客，与后面单独的"女""士"不同。蕑，兰草，又名大泽兰。秉蕑，手执兰草，
当时郑俗，青年男女秉蕑，可被除不祥。

既且，已经去过了；且，同"徂"，往也。

且，复，再。讦，宽敞。

伊，因也。相谑，互相调笑、戏谑。

浏，水流清澈的样子。

殷，人数众多的样子。盈，满。将，互相。

三月上巳，男女采兰水上，
相与赠戏。

✳ 溱与洧，方涣涣兮。

解 三月之际乃冰解、水散之时也，维
溱与洧则方涣涣兮而水之盛矣。

✳ 士与女，方秉简兮。

解 上巳之辰，正祓除游玩之日也，维
我士与女则方秉简兮，而薄采于
上矣。

✳ 女曰："观乎？"士曰："既且。"

解 值暮春之芳辰，适溱洧之可观，故
其女问于士曰："何往观之乎？"
士答之曰："吾既往矣。"

✳ "且往观乎！"洧之外，洵讦且乐。

解 女复要之曰："且往观乎。"盖洧水
之外，其地信宽大而可乐也，以如
是可乐之地，而又何吝于再往哉？

✳ 维士与女，伊其相谑，赠之以勺药。

解 于是士女相与戏谑于洧水之上，而
其情洽矣。且不欲其遽忘也，乃
以勺药为赠而结其恩情之厚焉，此
其采兰之行，而何幸其遂我两人之
愿也耶？

✳ 溱与洧，浏其清矣。

解 三月之际，正春水方盛之时也，溱
与洧则浏然其流之清矣。

✳ 士与女，殷其盈矣。

解 上巳之辰，正祓除游玩之日也，士

与女则殷然其人之盈矣。

✳ 女曰："观乎？"士曰："既且。"

解 值暮春之佳景，适溱洧之可观，故
其女问于士曰："盍往观之乎？"
士答之曰："吾既往矣。"

✳ "且往观乎！"洧之外，洵讦且乐。

解 女复要之曰："且往观乎？"盖洧
水之外，其地信宽大而可乐也，
以如是可乐之地，而又何吝于再
往哉？

✳ 维士与女，伊其将谑，赠之以勺药。

解 于是士女相与戏谑于洧水之上，而
其情亲矣。且不欲其鲜终也，乃
以勺药为赠而结其亲爱之厚焉，此
其一时游戏之雅，而何幸其谐我两
人之愿心耶？

姜姓侯爵，太公之后，凡十一篇。

齐风

鸡鸣

三章，章四句。

jī jì míng yǐ　　zhāo jì yíng yǐ　　fēi jī zé míng　　cāng yíng zhī shēng
鸡既鸣矣，朝既盈矣。匪鸡则鸣，苍蝇之声。（一章）

dōng fāng míng yǐ　　zhāo jì chāng yǐ　　fēi dōng fāng zé míng　　yuè chū zhī guāng
东方明矣，朝既昌矣。匪东方则明，月出之光。（二章）

chóng fēi hōng hōng　　gān yǔ zǐ tóng mèng　　huì qiě guī yǐ　　wú shù yǔ zǐ zēng
虫飞薨薨，甘与子同梦。会且归矣，无庶予子憎。（三章）

【注】朝，朝堂，君臣聚会的地方。 盈，满。

匪，同"非"。

昌，盛，指上朝的人众多。

薨薨，虫子群飞声。同梦，共寝。

会，朝会。且，即将。归，指散朝回家。庶，希望。无庶，即"庶无"。予，给。

子，你。

賢妃戒旦圖
戊寅

此诗述贤妃告君之事而美之也。言天下理乱之原，本于君心，而君心勤怠之原，关于内助耶。后妃之裨于君德大矣，吾于齐之贤妃深有取焉。

❋ 鸡既鸣矣，朝既盈矣。

㉿ 贤妃之进，御君所也，当将旦之时，初告于君曰：鸡鸣视朝，人君之度也。今也鸡既鸣矣，吾意会朝之臣，以俟君之出者，亦既盈矣，则载兴以慰朝者之望，此其时也，尚可以安于寝乎哉？

❋ 匪鸡则鸣，苍蝇之声。

㉿ 即妃之言，固可以为鸡果鸣矣。然其实则非鸡之鸣，乃苍蝇之声也。盖苍蝇之声，有似于鸡鸣，贤妃心常恐晚，故声感于耳，遂以为鸡之鸣，而不暇辨其声之非真矣，则夫朝之盈者亦惑于蝇声而广之耳。

❋ 东方明矣，朝既昌矣。

㉿ 既而再告于君曰：昧爽临朝，人君之常也，今也东方明矣，吾意会朝之臣以俟君之出者，亦既昌矣，则载起以答朝之望，此其候也，尚可以安于寝哉。

❋ 匪东方则明，月出之光。

㉿ 即妃之言，固以东方果明矣，然其实非东方之明，乃月出之光也。盖月出之光，有似于日明，贤妃心常恐晚故也，触于目遂以为东方之果明，而不暇辨其光之非真，则夫朝之昌者，亦眩于月光而度之耳。

❋ 虫飞薨薨，甘与子同梦。

㉿ 既而三告于君曰：夜将旦则百虫作，今也虫飞之声，吾已闻其薨矣。斯时也，吾岂不欲与子同梦哉？

❋ 会且归矣，无庶予子憎。

㉿ 但会朝之臣俟君不出，将散而归，则君为荒色殆政，而有憎于子矣，然实为予一人也，毋乃以予之故而并以子为憎乎，是同寝而梦，虽予之所欲，而殆君于憎，实予之所惧，君其思之，而毋安于寝可也。夫不溺于一梦之甘，而惓惓于三告之切，非心存敬畏而不恶于逸欲者，何以能此，若后妃者可谓贤矣，而齐之盛也，宁无赖于此乎？

狼 遷

还

三章，章四句。

zǐ zhī xuán xī　　zāo wǒ hū náo zhī jiān xī　　bìng qū cóng liǎng jiān xī
子之还兮，遭我乎猫之间兮。并驱从两肩兮，

yǐ wǒ wèi wǒ xuān xī
揖我谓我儇兮。（一章）

zǐ zhī mào xī　　zāo wǒ hū náo zhī dào xī　　bìng qū cóng liǎng mǔ xī
子之茂兮，遭我乎猫之道兮。并驱从两牡兮，

yǐ wǒ wèi wǒ hǎo xī
揖我谓我好兮。（二章）

zǐ zhī chāng xī　　zāo wǒ hū náo zhī yáng xī　　bìng qū cóng liǎng láng xī
子之昌兮，遭我乎猫之阳兮。并驱从两狼兮，

yǐ wǒ wèi wǒ zāng xī
揖我谓我臧兮。（三章）

【注】还，轻捷的样子；《韩诗》作"嫙"，好的样子。 遭，遇见。 猫，齐国
山名，在今山东淄博。

驱，两人一起驱马。 从，逐。 肩，借为"豜（jiān）"，大兽，兽三岁为
肩。 儇，轻快敏捷。

茂，美，指善猎。

牡，公兽。

昌，指强有力。

臧，善，好。

猎者相称誉。

❋ 子之还兮，遭我乎峱之间兮。 并驱从两肩兮，揖我谓我儇兮。

🔴解 子也发纵指示，历险从禽，盖极其便捷之能矣。 一旦遭我乎峱之
间，并驱以从两肩之兽。 夫此两肩之得，惟子之儇也，故乃不自
居其能，揖我谓我儇兮，而以轻利归之于我焉，岂非溢美乎？

❋ 子之茂兮，遭我乎峱之道兮。 并驱从两牡兮，揖我谓我好兮。
　子之昌兮，遭我乎峱之阳兮。 并驱从两狼兮，揖我谓我臧兮。

🔴解 讲同上。

清 · 高侪鹤《诗经图谱慧解 · 两肩重钧图》

著

三章，章三句。

sì wǒ yú zhù hū ér　　chōng ěr yǐ sù hū ér　　shàng zhī yǐ qióng huá hū ér
俟我于著乎而，充耳以素乎而，尚之以琼华乎而。（一章）

sì wǒ yú tíng hū ér　　chōng ěr yǐ qīng hū ér　　shàng zhī yǐ qióng yíng hū ér
俟我于庭乎而，充耳以青乎而，尚之以琼莹乎而。（二章）

sì wǒ yú táng hū ér　　chōng ěr yǐ huáng hū ér　　shàng zhī yǐ qióng yīng hū ér
俟我于堂乎而，充耳以黄乎而，尚之以琼英乎而。（三章）

【注】著，同"宁（zhù）"，大门与屏风之间的地方，古代婚娶在此处亲迎。乎而，语尾助词。
充耳，又叫"塞耳"，饰物，以玉塞耳谓之瑱，系上丝带称纨（dǎn），饰玉称瑱。素，
白色，这里指悬充耳的丝色，下文的"青""黄"均指各色丝线。
尚，加。琼花，用美玉雕刻的花，"华"与下文的"莹""英"均为花，形容玉瑱的光彩。
庭，中庭，在大门之内，寝门之外。

齐女见婿俟已作也，言礼莫重于大婚，敬莫严于揖入。

* 俟我于著乎而，充耳以素乎而，尚之以琼华乎而。

解 方我始至君子之门，则见其俟我于门屏之间，而揖入之礼于是乎举矣。斯时也但见其充耳之纩，则以素丝为之。充耳之瑱，则以琼华为之，是其俨然修饰之容，得于始见如此。

* 俟我于庭乎而，充耳以青乎而，尚之以琼莹乎而。

解 由是而进之，则有门内之庭，吾见其俟我于堂，而行揖入之礼焉。斯时也，见其充耳则以青丝也，其尚之则以琼莹也，是其至庭所睹，不宛然有雍容之风乎？

* 俟我于堂乎而，充耳以黄乎而，尚之以琼英乎而。

解 由是而进之，则有庭内之堂矣，吾见其俟我于堂而行揖入之礼焉。斯时也见其充耳，则以黄丝也，其尚之则以琼英也，是其升堂所接，不宛然有委蛇之度乎。

夫不行于亲迎之礼，而徒举乎揖入之仪，固可以见当时礼节之废，而俗之不美有自来矣。

东方之日

二章，章五句。

dōng fāng zhī rì xī　　bǐ shū zhě zǐ　　zài wǒ shì xī　　zài wǒ shì xī　　lǚ wǒ jí xī
东方之日兮，彼姝者子，在我室兮。在我室兮，履我即兮。（一章）

dōng fāng zhī yuè xī　　bǐ shū zhě zǐ　　zài wǒ tà xī　　zài wǒ tà xī　　lǚ wǒ fā xī
东方之月兮，彼姝者子，在我闼兮。在我闼兮，履我发兮。（二章）

【注】日，早晨的太阳，一说比喻女子貌美。

　　姝，貌美。

　　履，蹑，踩踏；一说"礼"；一说"幸"。即，就。

　　闼，内门；一说内室。

　　发，行去，指蹑步相随。

此亦淫奔之词。

✱ 东方之日兮，彼姝者子，在我室兮。

解 东方之日兮，则初旦之时矣。况夫彼姝者子，当此之旦，则在我所居之室矣。

✱ 在我室兮，履我即兮。

解 夫在我之室，则履我之迹而相就矣，有美一人，我之欲亲而不可得者，今一旦而我即也，不有以慰我之思耶。

✱ 东方之月兮，彼姝者子，在我闼兮。

解 东方之月兮，则初昏之时矣。况夫彼姝者子，当此之夜，则在我门内之闼矣。

✱ 在我闼兮，履我发兮。

解 在我之闼，则履我之迹而行去矣。有美一人，我之所欲亲而不忍违者，今方即而遽发也。不有以伤予之怀耶？

东方未明

三章，章四句。

东方未明

柳

dōng fāng wèi míng　diān dǎo yī cháng　diān zhī dǎo zhī　　zì gōng zhào zhī
东方未明，颠倒衣裳。颠之倒之，自公召之。（一章）

dōng fāng wèi xī　diān dǎo cháng yī　　dǎo zhī diān zhī　　zì gōng lìng zhī
东方未晞，颠倒裳衣。倒之颠之，自公令之。（二章）

zhé liǔ fán pǔ　kuáng fū jù jù　　bù néng chén yè　bù sù zé mò
折柳樊圃，狂夫瞿瞿。不能辰夜，不夙则莫。（三章）

【注】自，由于，因为。 公，公家。 召，召唤。

晞，破晓，日将出之时。

令，号令，命令。

樊，藩篱、篱笆，此处作动词用，即编制篱笆。 圃，菜园。 狂夫，指监工的人。

瞿瞿，惊慌四顾的样子。

辰夜，司夜，掌握时间；古有司夜之官。 不能辰夜，指人不能掌握时间。 夙，
早。 莫，同"暮"，晚。

此刺其君居无节，号令不时。

（✳）东方未明，颠倒衣裳。

（解）人臣会朝别色始入，今我也于东方未明之时，而颠倒其衣裳，固将以为入朝之举。

（✳）颠之倒之，自公召之。

（解）夫颠之倒之于东方之未明，则既早矣，而当此之时已有从公所而来召之者，盖犹以为晚也，吾将何所据哉？

（✳）东方未晞，颠倒裳衣。倒之颠之，自公令之。

（解）夫以无节之兴君，行不时之号令，岂以晨夜之限为难知乎？

（✳）折柳樊圃，狂夫瞿瞿。

（解）今夫折柳樊圃若无足恃也，然狂夫见之，犹瞿瞿然而不敢越焉者，以内外之限甚明，虽狂夫犹知之也，然则晨夜之限甚明，人所易知，岂异是哉？

（✳）不能辰夜，不夙则莫。

（解）今乃昧寝兴之节不失之早，则失之暮焉，反狂夫之不若矣。

夫兴居无节，则人无所遵从以为常，号令不时，则人无所据以为信，吾知国事将日非矣，诗人之言非深有所忧乎。

南山

四章，章六句。

nán shān cuī cuī　　xióng hú suí suí　　lǔ dào yǒu dàng　　qí zǐ yóu guī

南山崔崔，雄狐绥绥。鲁道有荡，齐子由归。

jì yuē guī zhǐ　　hé yòu huái zhǐ

既曰归止，曷又怀止！（一章）

gě jù wǔ liǎng　　guān ruí shuāng zhǐ　　lǔ dào yǒu dàng　　qí zǐ yōng zhǐ

葛屦五两，冠绥双止。鲁道有荡，齐子庸止。

jì yuē yōng zhǐ　　hé yòu cóng zhǐ

既曰庸止，曷又从止！（二章）

【注】南山，齐国山名，又名牛山。 崔崔，山势高峻状。 雄狐，古人以雄狐
为淫兽。 绥绥，缓缓行走的样子，一说求配偶之貌。

鲁道，往鲁国的道路。 有荡，即荡荡，平坦状。 齐子，指齐襄公的同
父异母妹文姜。 由归，从这儿出嫁去鲁国。

止，语词，无义。 怀，思念，指想她的哥哥齐襄公。

屦，麻、葛等制成的单底鞋。 五，同"伍"，并列；两，即"緉"的借
省，鞋一双；五两即成双的意思。 绥，帽带下垂的部分。

庸，用，指文姜嫁与鲁桓公。 从，相从。

蓺麻如之何？衡从其亩。取妻如之何？必告父母。

既曰告止，曷又鞠止！（三章）

析薪如之何？匪斧不克。取妻如之何？匪媒不得。

既曰得止，曷又极止！（四章）

蓺，种植。衡从，即横纵，东西曰横，南北曰纵。亩，田垄。取，同"娶"。

鞠，穷，放任无束。

析薪，砍柴，古人常以指婚姻。匪，非。克，能够。不得，不成。

极，穷也，指鲁桓公放纵文姜穷极其欲望。

此刺齐襄、鲁桓之诗，言天下之莫丑者渎伦之行，天下之莫鄙者失夫之纲，何意齐有如侯，而鲁有如公者耶？

✳ 南山崔崔，雄狐绥绥。

🔴解 彼崔崔高大之南山，雄狐在其上者，绥绥而求匹，妖媚之物，邪淫之性，盖若是矣。然则公居高位，而行邪行，是即南山之雄狐者也。

✳ 鲁道有荡，齐子由归。

🔴解 岂知鲁道有荡，齐子既由此以归于鲁，则非公之可求矣。

✳ 既由归止，曷又怀止？

🔴解 公何为而复思之，以纵其邪行乎？

✳ 葛屦五两，冠绥双止。

🔴解 以葛为屦则有五两，冠上之绥则必有双，物各有偶一定，不可乱，盖若是矣。然则男女只有定偶，是即葛屦、冠绥也。

✳ 鲁道有荡，齐子庸止。既曰庸止，曷又从止？

🔴解 今鲁道有荡，齐子既用此以归于鲁，则固有定偶矣，公曷又从之以乱其偶乎？

✳ 蓺麻如之何？衡从其亩。

🔴解 夫齐侯之行，无足道矣，然所以防闲之者，宁非鲁侯责哉？彼蓺麻如

之何？必也纵横耕治其田亩矣。

✳ 取妻如之何？必告父母。

🔴解 取妻如之何？必先告于父母以成其婚礼矣。

✳ 既曰告止，曷又鞠止？

🔴解 今公既告父母而以礼娶之矣，则制义夫之道也，公独不可以礼闲之，又曷为使之得穷其欲而至此哉？

✳ 析薪如之何？匪斧不克。

🔴解 析薪如之何？匪斧则薪不可得而析矣。

✳ 取妻如之何？匪媒不得。

🔴解 取妻如之何？匪媒则妻不可得而娶矣。

✳ 既曰得止，曷又极止。

🔴解 今公既有媒而得妻矣，则刑于夫之事也，公独不可以礼御之，又曷为使之得穷其欲而至此哉？

吁，在齐侯则渎男女之伦，在鲁侯则失夫纲之义，均难以在上矣。诗人两刺之，亦羞恶之心所不容已者欤？

甫田

三章，章四句。

wú tián fǔ tián　　wéi yǒu jiāo jiāo　　wú sī yuǎn rén　　láo xīn dāo dāo
无田甫田，维莠骄骄。无思远人，劳心忉忉。（一章）

wú tián fǔ tián　　wéi yǒu jié jié　　wú sī yuǎn rén　　láo xīn dá dá
无田甫田，维莠桀桀。无思远人，劳心怛怛。（二章）

wǎn xī luán xī　　zǒng jiǎo guàn xī　　wèi jǐ jiàn xī　　tū ér biàn xī
婉兮娈兮，总角丱兮。未几见兮，突而弁兮。（三章）

【注】无，勿，不要。田，作动词用，种田。甫，大。莠，一种杂草，俗名狗尾巴
草。骄骄，茂盛、丛生的样子。

忉忉，忧思劳心的样子。

桀桀，与"骄骄"同义，"揭揭"的假借，草高长的样子。

怛怛，忧伤不安的样子。

婉兮娈兮，男子年少俊美的样子。总角，结发成两髻，为古代男未冠、女未笄
时之发型。丱，总角竖起对称的样子。

未几，不久。突而，突然。弁，作动词，加冠的意思，男子二十岁加冠，为成
年标志。

此戒躐等作也，言天下之事，躐等者无功，惟循序者有成，吾尝譬之物而知其然矣。

（＊）无田甫田，维莠骄骄。

（解）彼田之大者则其力必多人，其无田甫田乎？田甫田而力不给，则维莠骄骄而张王矣，甫田其可田耶？

（＊）无思远人，劳心忉忉。

（解）人之远者则其至必难，人其无思远人乎？思远人而人不至，则劳心忉忉而徒劳矣，远人其可思耶？

（＊）无田甫田，维莠桀桀。

（解）甫田不可田也，田甫田而力不给，则莠之，桀桀所不免矣，何为不量力而欲田之乎？

（＊）无思远人，劳心怛怛。

（解）远人不可思也，思远人而人不至，则心之怛怛所不免矣，何为不度势而妄思之耶？然则人之于事厌小而务大，而大终不成，忽近而图远终不就，何以异是哉？

（＊）婉兮娈兮，总角丱兮。

（解）夫躐等固鲜益矣，而能循序，岂无有成哉？彼婉娈之童子，总角为饰，而有丱然之容，夫固为幼者之仪也。

（＊）未几见兮，突而弁兮。

（解）然我见之未几，则突然戴弁，而有高出之象矣。固已为成人之饰也，此岂躐等而强求之哉？

盖童子为成人之渐，而总角有戴弁之期，循其序而势有必至耳，然则天下之事小之可大也，迩之可远也，人能循其序而修之，可以忽然而至其极者，其理亦无异是矣，又何为躐等以取，欲速不达之敝哉？

卢令

三章，章二句。

卢

lú líng líng　qí rén měi qiě rén
卢令令，其人美且仁。（一章）

lú chóng huán　qí rén měi qiě quán
卢重环，其人美且鬈。（二章）

lú chóng méi　qí rén měi qiě sāi
卢重铸，其人美且偲。（三章）

【注】卢，黑色的猎犬。令令，即"铃铃"，猎犬颈环所发出的声响。其人，
指猎人。

重环，猎犬所佩的子母环（大环套小环）。鬈，勇壮的意思，一说发
好貌。

重铸，一个大环套两个小环。偲，多才。

此诗与"还"略同。

✳ 卢令令，其人美且仁。

🔴 田猎必资于犬，而田犬之卢有颔下之环，则其声令令而可闻者矣。
然发纵指示者人也，其人则何如哉？但见其便捷轻利，有以擅一
时之能，洵美矣。且其与人相亲，为能忘忌刻之念，又何其仁
耶？美而且仁，则一并驱之间，诚有令人慕者矣。

✳ 卢重环，其人美且鬈。

🔴 然卢不但有环也，又有子母之重环矣。其人之驱是犬者，则儇利
可称信美矣，且有须鬈之好而若是其鬈也，岂特美而仁已哉？

✳ 卢重鋂，其人美且偲。

🔴 然卢不但有重环也，又有一环贯二之鋂矣。而人之驱是犬者，则
儇利可钦信美矣，且著多须之容，而若是其偲也，岂惟美而鬈已
哉？夫猎者所称，不过轻利捷给而已，所贤者不过美鬈长大而已，
美非所美，此可见民信之衰，而其来亦有自矣，导民者可不审所
趋哉。

鯀

敝笱

三章，章四句。

bì gǒu zài liáng　qí yú fáng guān　qí zǐ guī zhǐ　qí cóng rú yún
敝笱在梁，其鱼鲂鳏。齐子归止，其从如云。（一章）

bì gǒu zài liáng　qí yú fáng xù　qí zǐ guī zhǐ　qí cóng rú yǔ
敝笱在梁，其鱼鲂鱮。齐子归止，其从如雨。（二章）

bì gǒu zài liáng　qí yú wéi wéi　qí zǐ guī zhǐ　qí cóng rú shuǐ
敝笱在梁，其鱼唯唯。齐子归止，其从如水。（三章）

【注】敝，破。笱，竹制的捕鱼器。梁，拦鱼的水坝，中留缺口，嵌入笱，使鱼能进
不能出。

鲂，鳊鱼，头小，体肥身阔。鳏，鳜鱼，体长大，性凶猛，好独行；一说为
鲲鱼。

齐子，指文姜。归，指回转齐国。如云，形容随从众多，下文"如雨""如水"
皆是。

鱮，鲢鱼。

唯唯，鱼儿出入自如的样子。

诗人刺庄公不能防闲其母，故作此诗。

❋ 敝笱在梁，其鱼鲂鳏。

🔴 笱所以取鱼也，今敝笱在梁，非制鱼之具矣，而其鱼乃鲂鳏之大，将何以制之也？然则鲁侯微弱，不能以礼防闲其母，夫岂异是乎？

❋ 齐子归止，其从如云。

🔴 是以齐子归止，其从有如云之众，而无所忌惮矣。使有以防闲之，则车马仆从莫不俟命，何其从之若是众哉？

❋ 敝笱在梁，其鱼鲂鲡。 齐子归止，其从如雨。

🔴 讲同上。

❋ 敝笱在梁，其鱼唯唯。

🔴 敝笱在梁，无以闲鱼之出入，故其鱼唯唯而出入之莫禁矣。

❋ 齐子归止，其从如水。

🔴 吁，哀痛思父，诚敬事母，以感动母心之道，庄公既有所不能矣，而又威令不行，无以御下，使归齐而从之者众。真可谓柔懦不振，而无以齐家矣，又何以治国乎哉？

載

驅

载驱

四章，章四句。

zài qū bó bó　diàn fú zhū kuò　　lǔ dào yǒu dàng　　qí zǐ fā xī

载驱薄薄，簟茀朱鞹。鲁道有荡，齐子发夕。　（一章）

sì lí jǐ jǐ　　chuí pèi nǐ nǐ　　lǔ dào yǒu dàng　　qí zǐ kǎi tì

四骊济济，垂辔沵沵。鲁道有荡，齐子岂弟。　（二章）

wèn shuǐ shāng shāng　xíng rén bāng bāng　lǔ dào yǒu dàng　qí zǐ áo xiáng

汶水汤汤，行人彭彭。鲁道有荡，齐子翱翔。　（三章）

wèn shuǐ tāo tāo　　xíng rén biāo biāo　lǔ dào yǒu dàng　qí zǐ yóu áo

汶水滔滔，行人儦儦。鲁道有荡，齐子游敖。　（四章）

【注】载，语助词，无义。 驱，车马疾走。 薄薄，车疾驰声。 簟茀，用竹席做的车
蔽。 鞹，去毛的兽皮。 朱鞹，以红色漆鞹。

齐子，指文姜。 发夕，早晨出发为发，晚上停宿为夕。

骊，黑色的马。 济济，美好的样子。 沵沵，柔软的样子。

岂弟，同"恺悌"，和乐平易的样子。

汶水，水名，流经齐鲁两国，在今山东省东南部。 汤汤，水大流急的样子。 彭
彭，众多的样子。

翱翔，遨游、逍遥。

滔滔，水流浩荡。 儦儦，众多的样子。

敖，通"遨"，逍遥。

此诗刺文姜也。

⊛ 载驱薄薄，簟茀朱鞹。

解 齐子乘车以行，将以会齐侯也，但见载驱之声薄薄，其急疾矣。簟茀朱鞹，仪卫其可观矣。

⊛ 鲁道有荡，齐子发夕。

解 鲁道有荡之上，齐子由之发夕而离其所宿之舍，夫何为哉？不过为淫纵之行耳。

⊛ 四骊济济，垂辔沵沵。

解 齐子驾马以行，将以会齐侯也。但见四骊之马济济然其美矣。下辔之垂，沵沵然其柔矣。

⊛ 鲁道有荡，齐子岂弟。

解 鲁道有荡之上，齐子岂弟以行而无忌惮，羞愧之意亦独何哉？盖不复知有人间可耻之事者矣。

⊛ 汶水汤汤，行人彭彭。

解 汶水汤汤而盛矣，行人彭彭而多矣。

⊛ 鲁道有荡，齐子翱翔。

解 鲁道有荡，固行人属目之地也，齐子乃翱翔于斯而来其焉，盖靦然无所用耻矣，宁知有行人之多之足畏哉？

⊛ 汶水滔滔，行人儦儦。

解 汶水滔滔而流矣，行人儦儦而众矣。

⊛ 鲁道有荡，齐子游敖。

解 鲁道有荡，固行人共由之地也，齐子游敖于斯而来齐焉，盖恬然不以为耻矣，宁知有行人之众之足惮哉？

猗嗟

三章，章六句。

yī jiē chāng xī　　qí ér cháng xī　　yì ruò yáng xī　　měi mù yáng xī
猗嗟昌兮，顾而长兮。抑若扬兮，美目扬兮。

qiǎo qū qiāng xī　　shè zé zāng xī
巧趋跄兮，射则臧兮！（一章）

yī jiē míng xī　　měi mù qīng xī　　yí jì chéng xī　　zhōng rì shè hóu
猗嗟名兮，美目清兮。仪既成兮，终日射侯。

bù chū zhèng xī　　zhǎn wǒ shēng xī
不出正兮，展我甥兮！（二章）

yī jiē luán xī　　qīng yáng wǎn xī　　wǔ zé xuǎn xī　　shè zé guàn xī
猗嗟娈兮，清扬婉兮。舞则选兮，射则贯兮。

sì shǐ fǎn xī　　yǐ yù luàn xī
四矢反兮，以御乱兮。（三章）

【注】猗嗟，叹词。 昌，英俊强壮的样子。 顾，身材高大。

抑，美貌。 扬兮，神气昂扬；一说古代称额角丰满为扬。

美目扬兮，扬，美丽的样子。

巧趋，指步伐轻巧迅捷。 跄，步有节奏，摇曳生姿。

名，同"明"，明亮。 清，明朗，形容目光敏锐。

仪，射箭的仪式。 成，完备。 侯，射箭的靶子。

正，靶子正中的圆心。 展，诚然，确实。

清扬，眉清目秀。 婉，美好。 选，指舞蹈动作合于乐曲节奏。 贯，中而穿透。

反，复，指箭皆射中原处。

此齐人刺庄公之意。

✳ 猗嗟昌兮！颀而长兮，抑若扬兮，美目扬兮。巧趋跄兮，射则臧兮！

解 猗嗟鲁公威仪技艺，盖无一不昌然而盛者也。自其威仪言之，体貌颀然而长矣，而容止之不可掩，虽抑之而若扬也。美目扬然而动矣，而趋走之极其善，跄跄然趋翌如也。自其技艺言之，特乎大射则中鹄，而大射臧也，时乎宾射则中正，而宾射臧也，然则公之威仪技艺信乎无一不昌矣，人孰得而议之哉！

✳ 猗嗟名兮！美目清兮，仪既成兮，终日射侯。不出正兮，展我甥兮！

解 猗嗟鲁公威仪技艺，盖无一而不可名也。自其威仪言之，美目则清明而不蔽也。仪容则终事而礼无失也。自其技艺言之，终日射侯，其为射非不久也，一皆不出于正，其为射则甚巧也，然则鲁公之威仪技艺，信乎无一之不可名矣。以如是之威仪技艺不惟有重于鲁国，而且有光于齐邦，不展为我齐之甥而无愧也哉。

✳ 猗嗟娈兮！清扬婉兮，舞则选兮，射则贯兮。四矢反兮，以御乱兮！

解 猗嗟鲁公，威仪技艺盖无一不然变而好也。自其威仪而言之，以目则清，而目婉然美也，以眉则扬，而眉婉然美也。自其技艺而言之，以舞则文用羽籥也，武用干戚也。其屈伸缀兆之间，皆拔出于众而若选焉。以射则力能中革也，四矢皆得其故处也。其射艺兼巧力之全，诚足以制人而御乱焉，然则鲁公之威仪技艺，信乎无一不变矣，人亦孰得而议之哉？要之人若于家庭伦理之际其大本也，威仪技艺之美其末节也。

诗威于庄公之威仪技艺，嗟叹再三，则其所大缺者可知矣。盖曰惜乎不能以礼防闲其母耳，家法不修，大本已失，虽有他美何足贵哉？

本舜禹故都，周初以封同姓，后为晋献公所灭，诗凡七篇。

魏

风

葛屦

二章，一章六句，二章五句。

纠纠葛屦，可以履霜。掺掺女手，可以缝裳。
要之襋之，好人服之。（一章）

好人提提，宛然左辟，佩其象揥。
维是褊心，是以为刺。（二章）

【注】纠纠，缠结的样子。 葛屦，葛草编成的鞋子。

掺掺，即"纤纤"，柔细貌。

要，衣的腰身，作动词，缝好腰身。 襋，衣领，作动词，缝好衣领。

好人，美人，贵人，有讽刺的意思。 服，穿。

提提，安舒貌。 宛然，温柔和顺的样子。 左辟，过于恭敬的意思，一
说"辟"即"避"，遇路人即谦让地向左闪开。 象揥，象牙做的发簪。

褊心，心地狭窄。

此诗疑即缝裳之女所作。

★ 纠纠葛屦，可以履霜？

解 纠纠葛屦，本不可以履霜也，今则可以履霜而用之非其时矣。

★ 掺掺女手，可以缝裳？

解 掺掺女手，本不可以缝衣裳也，今则可以缝裳，而使之非其礼矣。

★ 要之襋之，好人服之。

解 又不但缝裳已也，凡裳皆统于要也，又使之治其要，凡衣皆统于襋也，又使之治其襋焉。而要襋之方已，好人遂从而服之，若有不待其功之毕矣，何其褊急之若是耶？

★ 好人提提，宛然左辟，佩其象揥。

解 夫我之致刺于好人者，岂以其有歉于容服之美哉！但见是好人也，提提然安舒而进退之有度也。宛然而左辟蹊，退让之有节也。且佩其象揥而服饰之贵盛也。

★ 维是褊心，是以为刺。

解 以仪容如是，服饰如是，若无有可刺矣。惟是心之急褊焉，缝裳责于女子，要襋服于方成，殊无宽宏之度，是以为刺，而葛屦之咏作焉，不然吾何以刺之耶？

盖俭虽美德，然不中礼而至于褊急之甚，则亦为可鄙矣。魏俗之美，一至此哉。

汾沮洳

二章，一章六句，二章五句。

bǐ fén jù rù yán cǎi qí mù bǐ jì zhī zǐ měi wú dù
彼汾沮洳，言采其莫。彼其之子，美无度；

měi wú dù shū yì hū gōng lù
美无度，殊异乎公路。 （一章）

bǐ fén yī fāng yán cǎi qí sāng bǐ jì zhī zǐ měi rú yīng
彼汾一方，言采其桑。彼其之子，美如英；

měi rú yīng shū yì hū gōng háng
美如英，殊异乎公行。 （二章）

bǐ fén yī qū yán cǎi qí xù bǐ jì zhī zǐ měi rú yù
彼汾一曲，言采其荬。彼其之子，美如玉；

měi rú yù shū yì hū gōng zú
美如玉，殊异乎公族。 （三章）

【注】汾，汾水，在今山西省中部地区。 沮洳，低湿的地方。 言，乃。 莫，
草名，也叫酸迷、酸莫，俗名牛舌头，嫩叶茎可吃，有酸味。
度，衡量。 美无度，言其美不可衡量。 殊异，优异出众。 公路，官名，
掌管国君用车的官。
英，花。 公行，官名，掌管国君兵车的官。
曲，河道弯曲之处。 荬，药用植物，即泽泻，叶可作蔬菜。
公族，官名，管理宗族事务的官。

此亦刺俭不中礼之诗。

※ 彼汾沮洳，言采其莫。

解 汾水沮洳之地，有莫生焉，则言采其莫矣。

※ 彼其之子，美无度；

解 彼其之子，则仪容之修整，礼节之舒徐，其美不可以尺寸量矣。

※ 美无度，殊异乎公路。

解 然虽美无度，而其俭啬褊急之态，每计较于毫忽之间，殊异乎公路之所为也？盖贵人者，自当持乎大体，岂宜着是之琐琐哉？

※ 彼汾一方，言采其桑。

解 汾水一方之地，有桑生焉，则言采其桑矣。

※ 彼其之子，美如英；

解 彼其之子，自其威仪言之，则轻逸俊雅之可爱，美如英矣。

※ 美如英，殊异乎公行。

解 然虽美如英，而其俭啬色褊急之态，每计较于分毫之际，殊异乎公行之所为也，盖贵人者自当崇乎雅度，岂宜若是之屑屑哉？

※ 彼汾一曲，言采其藚。

解 彼汾一曲之地，有藚生焉，则言采其藚矣。

※ 彼其之子，美如玉；

解 彼其之子，自其威仪言之，则温润缜密之可贵，美如玉矣。

※ 美如玉，殊异乎公族。

解 虽其美如玉，而其俭啬色褊急之态，每计较于锱铢之间，殊异乎公族之所为也。盖贵人者自当恢乎雅量，岂宜若是之切切哉？

益俭可也，俭而不中礼则吝啬，迫隘之病其所必至者矣，此汾沮洳之所为刺也欤？

园有桃

二章，章十二句。

園有桃

yuán yǒu táo　　qí shí zhī yáo　　xīn zhī yōu yǐ　　wǒ gē qiě yáo　　bù zhī wǒ zhě　　wèi wǒ

园有桃，其实之殽。心之忧矣，我歌且谣。不知我者，谓我

shì yě jiāo　　bǐ rén shì zāi　　zǐ yuē hé qí　　xīn zhī yōu yǐ　　qí shuí zhī zhī　　qí shuí zhī

士也骄。彼人是哉！子曰何其？心之忧矣，其谁知之？其谁知

zhī　　hé yì wù sī

之？盖亦勿思！（一章）

yuán yǒu jí　　qí shí zhī shí　　xīn zhī yōu yǐ　　liáo yǐ xíng guó　　bù wǒ zhī zhě　　wèi wǒ shì

园有棘，其实之食。心之忧矣，聊以行国。不我知者，谓我士

yě wǎng jí　　bǐ rén shì zāi　　zǐ yuē hé qí　　xīn zhī yōu yǐ　　qí shuí zhī zhī　　qí shuí zhī

也罔极。彼人是哉！子曰何其？心之忧矣，其谁知之？其谁知

zhī　　hé yì wù sī

之？盖亦勿思！（二章）

【注】实，果实。殽，吃。其实之殽，即"肴其实"。

歌、谣，曲合乐曰歌，徒歌曰谣，此处皆作动词用。

彼人，那人。是，对，正确。子，你，即作者。何，什么。其，语助词。

盖，同"盍"，何，或谓何不。亦，语助词。

棘，酸枣树。聊，姑且。行国，周游国中。

罔极，无良。

诗人忧国小无政，故言曰：
事有忧之形者，众人方以为
忧，不知有其渐，而未及发
者乃为深可忧者也，吾有感
于魏矣。

❋ 园有桃，其实之殽。

解 今夫园而有桃，则其实可以为
殽矣。

❋ 心之忧矣，我歌且谣。

解 况我也慨国小无政，而纲纪废弛，
中心有忧，抑郁而不伸，则我歌且
谣以泄其忧矣。

❋ 不知我者，谓我士也骄。

解 然不知我之心者，见我之歌谣，而
反以为骄焉。

❋ 彼人是哉！子曰何其？

解 且曰纷更非小国之利，彼其不致详
于政事，正以戒纷更之弊，其所为
已是矣，而子之言独何为哉？

❋ 心之忧矣，其谁知之？其谁知
之？盖亦勿思！

解 是人情狃于故常而不能灼于未然，
则我之忧其谁知之乎，其谁知之
乎？然此之可忧，初不难知彼之非
我，盖亦未之思耳，一或思之，则
知纪纲不张，国乃灭亡，将自忧之
不暇矣，奚暇非我而以为骄也哉？

❋ 园有棘，其实之食。

解 园有棘，则其实可以为食者矣。

❋ 心之忧矣，聊以行国。

解 我也慨国小无政，而法度废坠，中
心有忧，歌谣之不足，则聊以行国
以洩其忧者矣。

❋ 不知我者，谓我士也罔极。

解 然不知我之心者，见我之行国，而
反以为纵恣罔极焉。

❋ 彼人是哉！子曰何其？

解 且曰安静为小国之福，彼其不致详
于政事，正以求安静之利，其所为
己是矣，而子之言独何为哉？

❋ 心之忧矣，其谁知之？其谁知之？
盖亦勿思！

解 是人情溺于故常，而不能察于隐
微，则我之忧者其谁知之乎，其谁
知之乎？然此之可忧，初不难知，
彼之非我，盖亦未之思耳，一或思
之，则知法度不立，国步斯频，将
自忧之不暇矣，奚暇非我而以为罔
极哉？

夫感国政之日非而忧之切，叹众人
之不察而启之思，若诗人者诚忧深
而思远矣。彼当时乃有狃积薪之
安，忘栋焚之祸而不知戒焉，亦独
何哉？此魏之所以不免于晋也。

陟岵

三章，章六句。

zhì bǐ hù xī　zhān wàng fù xī　fù yuē　jiē　yú zǐ xíng yì
陟彼岵兮，瞻望父兮。父曰：嗟，予子行役，

sù yè wú yǐ　shàng shèn zhān zāi　yóu lái wú zhǐ
夙夜无已，上慎旃哉！犹来无止。（一章）

zhì bǐ qǐ xī　zhān wàng mǔ xī　mǔ yuē　jiē　yú jì xíng yì
陟彼屺兮，瞻望母兮。母曰：嗟，予季行役，

sù yè wú mèi　shàng shèn zhān zāi　yóu lái wú qì
夙夜无寐，上慎旃哉！犹来无弃。（二章）

zhì bǐ gāng xī　zhān wàng xiōng xī　xiōng yuē　jiē　yú dì xíng yì
陟彼冈兮，瞻望兄兮。兄曰：嗟，予弟行役，

sù yè bì xié　shàng shèn zhān zāi　yóu lái wú sǐ
夙夜必偕，上慎旃哉！犹来无死。（三章）

【注】岵，有草木的山。 父曰，诗人想象他父亲说的话，下文"母曰""兄曰"
同。 予子，诗人想象其父对他的称呼。 行役，服役，古人于因公出差、
服劳役、出征等都叫行役。 上，同"尚"，希望。 旃，"之焉"的合声，
语助词。

止，留止于外。

屺，无草木的山。 季，兄弟中排行第四或最小。 无寐，没时间睡觉。
无弃，弃家不归，意指不要丢了性命。

偕，共同，在一起，指要集体行动。 无死，不要死在异乡。

陟岵陟屺圖
康熙庚寅
重筆

行役孝子思亲作也。

⊛ 陟彼岵兮，瞻望父兮。

解 我也行役在外，违亲一方，故睹吾父之颜而不可得者，故陟彼岵兮，以瞻望吾父之所在，聊以寄吾不忘父之心耳。

⊛ 父曰：嗟，予子行役，夙夜无已，上慎旃哉！犹来无止。

解 夫为父者，爱子之心无所不至，吾父宁不念我而祝之乎，吾想吾父必曰：嗟乎，我子行役，夙夜勤劳不得止息，良可深悯矣。然尽瘁于国，固尔之我而保身亦所当然，庶几其慎之哉，饮食起居必得其节，立身行己，必有其方。则善处得全，犹可以来归，无止于彼而不来矣。陟岵瞻望之余，想像吾父念我、祝我之言，意必出于此者，一思及此，盖有益动，吾靡瞻之情者，将何如以为心哉？

⊛ 陟彼屺兮，瞻望母兮。母曰：嗟，予季行役，夙夜无寐，上慎旃哉！犹来无弃。

陟彼冈兮，瞻望兄兮。兄曰：嗟，予弟行役，夙夜必偕，上慎旃哉！犹来无死。

解 夙夜之间与其侪同作同止而不得自如。吁，孝子既登高以望亲之所在，又想像以拟亲之念己，其不忘亲有如是者，则必能以亲之心为心，而善守其身，以无贻父母之忧矣。

十亩之间

二章，章三句。

shí mǔ zhī jiān xī   sāng zhě xián xián xī   xíng yǔ zǐ huán xī
十亩之间兮，桑者闲闲兮，行与子还兮。（一章）

shí mǔ zhī wài xī   sāng zhě yì yì xī   xíng yǔ zǐ shì xī
十亩之外兮，桑者泄泄兮，行与子逝兮。（二章）

【注】十亩，指桑园面积宽广，足有十亩。

桑者，采桑的人。闲闲，从容不迫、悠闲自得的样子。

行，将。

泄泄，多人的样子，一说和乐的样子。

逝，往、走。

贤者去国作也，言君子处世，乐则行之，忧则违之而已，今何时乎，而犹可以仕者乎？

✽ 十亩之间兮，桑者闲闲兮，行与子还兮。

🄐 十亩之间，郊外所受之圃者也。桑者往来于此，理乱不知祸福，无所关于其心，何其闲闲而自得如此也？今吾与子共仕于爵位之荣，视诸桑者，代食之贱固不侔矣，然与其荣于身，孰若无忧于心哉？我将行与子还兮，与桑者闲闲于十亩之间可也，不然见几不早，后悔无及，欲求一日之闲闲胡可得哉？

✽ 十亩之外兮，桑者泄泄兮，行与子逝兮。

🄐 邻圃所受之地。吁，魏之贤者兴言及此，则时事从可知矣。

伐檀

三章，章九句。

kǎn kǎn fá tán xī zhì zhī hé zhī gān xī hé shuǐ qīng qiě lián yī bù jià bù sè hú qǔ
坎坎伐檀兮，置之河之干兮，河水清且涟猗。不稼不穑，胡取

hé sān bǎi chán xī bù shòu bù liè hú zhān ěr tíng yǒu xuán huán xī bǐ jūn zǐ xī bù sù
禾三百廛兮？不狩不猎，胡瞻尔庭有县貆兮？彼君子兮，不素

cān xī
餐兮！ （一章）

kǎn kǎn fá fú xī zhì zhī hé zhī cè xī hé shuǐ qīng qiě zhí yī bù jià bù sè hú qǔ
坎坎伐辐兮，置之河之侧兮，河水清且直猗。不稼不穑，胡取

hé sān bǎi yì xī bù shòu bù liè hú zhān ěr tíng yǒu xuán tè xī bǐ jūn zǐ xī bù sù
禾三百亿兮？不狩不猎，胡瞻尔庭有县特兮？彼君子兮，不素

shí xī
食兮！ （二章）

【注】坎坎，伐木的声音。 干，岸。 涟，水面波纹。 猗，语气助词。

稼，耕种。 穑，收割。 胡，何也。 禾，泛指粮食作物。 三百，言其多，非实数，下文亦同。

廛，古代一个成年男子所耕种的一百亩田。

狩，冬天打猎曰狩。 瞻，望见。 县，同"悬"，挂。 貆，兽名，善于掘土，昼伏夜出，其脂肪炼的獾油可治疗烫伤，又叫狗獾。

素餐，白吃；下文"素食""素飧"义同。

辐，插入轮毂以支撑轮圈的细条。 伐辐，伐檀木来做辐条。 直，平直，平静。

亿，周代以十万为亿，这里是指禾秉（禾一把曰秉）的数目。

特，三岁之兽曰特，泛指大野兽；一说野猪。

^{kǎn kǎn fá lún xī} ^{zhì zhī hé zhī chún xī} ^{hé shuǐ qīng qiě lún yī} ^{bù jià bù sè} ^{hú qǔ}

坎坎伐轮兮，置之河之漘兮，河水清且沦猗。不稼不穑，胡取

^{hé sān bǎi qūn xī} ^{bù shòu bù liè} ^{hú zhān ěr tíng yǒu xuán chún xī} ^{bǐ jūn zǐ xī} ^{bù sù}

禾三百囷兮？不狩不猎，胡瞻尔庭有县鹑兮？彼君子兮，不素

^{sūn xī}

飧兮！ （三章）

轮，车轮。漘，河边。沦，有规律的小的波纹。

囷，圆形粮仓。

飧，熟食，指吃饭。

此诗美贤者励志作也，言恒人苟且之心，多起于困穷之日，而怨尤之念，易生于失望之余。惟魏之贤者，则不然矣。

✳ 坎坎伐檀兮，置之河之干兮，河水清且涟猗。

解 彼其坎坎然，用力伐檀，将以为车行陆，而食力于车也。今乃寘之河干，而河水清涟，则车无所用，其食力之志不遂矣。

✳ 不稼不穑，胡取禾三百廛兮？不狩不猎，胡瞻尔庭有县貆兮？

解 他人处此，鲜有不悔其伐檀之非计者，彼其志则以我之伐檀以为车，犹之稼穑以得禾，狩猎以得兽也。若不稼不穑，胡取禾有三百廛之多？不狩不猎，胡瞻尔庭有县貆之兽？是伐檀之事，在我所当为者如是耳，至于河干之置，则适然之遇，惟安之而已矣，我何悔其事之非计也耶？

✳ 彼君子兮，不素餐兮！

解 夫不以食力不遂者自悔，而益以事之当为者自励，则是君子之心，宁劳而无功，必不肯无功而食人之食，此先难后获之志，敬事后食之心也，彼君子者真能不素餐兮，夫岂有非分之求哉？

✳ 坎坎伐辐兮，置之河之侧兮，河水清且直猗。不稼不穑，胡取禾三百亿兮？不狩不猎，胡瞻尔庭有县特兮？彼君子兮，不素食兮！

解 讲同上。

✳ 坎坎伐轮兮，置之河之漘兮，河水清且沦猗。不稼不穑，胡取禾三百囷兮？不狩不猎，胡瞻尔庭有县鹑兮？彼君子兮，不素飧兮！

解 讲同上。

吁，以魏风颓靡之日，而有励志之贤者，可谓不溺于流俗矣。诗人述而美之，其亦秉彝好德之心也欤？

硕鼠

三章，章八句。

shuò shǔ shuò shǔ　　wú shí wǒ shǔ　　sān suì guàn rǔ　　mò wǒ kěn gù

硕鼠硕鼠，无食我黍！三岁贯女，莫我肯顾。

shì jiāng qù rǔ　　shì bǐ lè tǔ　　lè tǔ lè tǔ　　yuán dé wǒ suǒ

逝将去女，适彼乐土。乐土乐土，爰得我所。（一章）

shuò shǔ shuò shǔ　　wú shí wǒ mài　　sān suì guàn rǔ　　mò wǒ kěn dé

硕鼠硕鼠，无食我麦！三岁贯女，莫我肯德。

shì jiāng qù rǔ　　shì bǐ lè guó　　lè guó lè guó　　yuán dé wǒ zhí

逝将去女，适彼乐国。乐国乐国，爰得我直。（二章）

shuò shǔ shuò shǔ　　wú shí wǒ miáo　　sān suì guàn rǔ　　mò wǒ kěn láo

硕鼠硕鼠，无食我苗！三岁贯女，莫我肯劳。

shì jiāng qù rǔ　　shì bǐ lè jiāo　　lè jiāo lè jiāo　　shuí zhī yǒng háo

逝将去女，适彼乐郊。乐郊乐郊，谁之永号？（三章）

【注】硕，大。无，不要。黍，谷类，碾成的米为黄米。

三岁，多年。贯，服事，侍奉；一说同"惯"，惯养。女，同"汝"，下同。

顾，眷顾。

逝，同"誓"，决心。去，离开。乐土，没有剥削的幸福家园，下文"乐国""乐郊"同。

爰，乃。所，安身之所。

德，感恩。直，正道；一说"职"，处所。

劳，慰劳。

之，其，表示诘问语气。永，长。号，呼喊。谁之永号，谁还会长声呼号呢？

民困于贪残，故托言。

✳ 硕鼠硕鼠，无食我黍！

解 硕鼠硕鼠，黍者民之所资以为生者
也，汝毋食我之黍，以戕吾民之生
可也。

✳ 三岁贯女，莫我肯顾。

解 且汝之肆虐于我者，岂一朝夕之
故哉！盖以三岁贯习汝之苦。今
亦宜少动念而我顾也，而犹莫我
肯顾，肆虐之不已焉，我愈以不
堪矣。

✳ 逝将去女，适彼乐土。

解 乌能郁郁久居此乎，我也逝将去
汝，而适彼可乐之土焉。

✳ 乐土乐土，爰得我所。

解 盖乐土乐土，黍我得而享之无复
有争我之食者矣，岂不爰得我所
也哉？

✳ 硕鼠硕鼠，无食我麦！三岁贯女，
莫我肯德。逝将去女，适彼乐国。
乐国乐国，爰得我直。

解 讲同上。

✳ 硕鼠硕鼠，无食我苗！三岁贯女，
莫我肯劳。逝将去女，适彼乐郊。
乐郊乐郊，谁之永号？

解 讲同上。

诗人之意，盖欲在位者无贪残以竭
民之财，而伤民之命可也。且尔
之贪残已久，若今不知改焉，则我
将去之以望救于他人矣，其托言于
硕鼠者盖如此也。夫不直言其贪残
而托言于硕鼠，不忍于遽去而犹望
其改图，若然则民之去故乡而适异
国，岂其得已哉？毋亦在上之不仁
殴之耳，为人上者可以惕然思矣。

姬姓侯爵，周成王弟叔虞之后，其地本帝尧旧都。

唐风

蟋蟀

三章，章八句。

xī shuài zài táng suì yù qí mò jīn wǒ bù lè rì yuè qí chú
蟋蟀在堂，岁聿其莫。今我不乐，日月其除。

wú yǐ tài kāng zhí sī qí jū hǎo lè wú huāng liáng shì jù jù
无已大康，职思其居。好乐无荒，良士瞿瞿。　（一章）

xī shuài zài táng suì yù qí shì jīn wǒ bù lè rì yuè qí mài
蟋蟀在堂，岁聿其逝。今我不乐，日月其迈。

wú yǐ tài kāng zhí sī qí wài hǎo lè wú huāng liáng shì guì guì
无已大康，职思其外。好乐无荒，良士蹶蹶。　（二章）

xī shuài zài táng yì chē qí xiū jīn wǒ bù lè rì yuè qí tāo
蟋蟀在堂，役车其休。今我不乐，日月其慆。

wú yǐ tài kāng zhí sī qí yōu hǎo lè wú huāng liáng shì xiū xiū
无已大康，职思其忧。好乐无荒，良士休休。　（三章）

【注】在堂，在屋内。 聿，语词。 莫，同"暮"。

除，过去，下文"迈""慆"义同。

己，甚。 大康，"大"同"太"或"泰"，谓泰康、安乐之意。 职，还要。 居，
指所居地位或所处职位。

无荒，勿荒废正事。 瞿瞿，警惕惊顾貌。

外，本职之外的事。

蹶蹶，行动敏捷的样子，此处指勤快状。

役车，行役所用的车子。 其休，将要休息。 休休，安闲自得的样子。

清·高侪鹤《诗经图谱慧解·好乐无荒图》

好樂無荒圖
宋懷寅冬寫
夢莊

唐人乘岁晚以为乐，其言曰：民生劳而不休，则力难给，是故相乐不可无也，乐而不节，则忧随至，是故思虑不可疏也。今日吾人之相乐，当知所以戒矣。

✳ 蟋蟀在堂，岁聿其莫。

🔴 吾向者农事方殷，固不得以为乐矣。今也蟋蟀在堂，而岁忽已暮矣。是故务闲之际，可以乐之时也。

✳ 吾向者农事方殷，固不得以为乐矣。今也蟋蟀在堂，而岁忽已暮矣。是故务闲之际，可以乐之时也。

🔴 及今不乐，则此务闲之日月，将舍我而去，而农桑之务又作矣，虽欲为乐，岂可得哉？

✳ 无已太康，职思其居。

🔴 然乐可也，过于乐不可也，今日得无已过于乐也乎。夫人情过于乐，则不暇为思勤于事，则不废所事，此良士所以虽为乐，每长虑而却顾也。盍亦顾念其职之所居，如田里农桑之务，皆一一为之图维焉。

✳ 好乐无荒，良士瞿瞿。

🔴 使其虽好乐而无荒，若彼良士瞿瞿然长虑，而却顾斯亦可矣。不然所居，以太康而废，能免于危亡乎哉？

✳ 蟋蟀在堂，岁聿其逝。

🔴 不特此已也。蟋蟀在堂，岁聿其逝，是固可以为乐者也。

✳ 今我不乐，日月其迈。

🔴 及今不乐，则日月其迈，虽欲为乐，而不可得矣。

✳ 无已大康，职思其外。

🔴 然乐而不节，则得无已过于乐，而失之太康乎。夫太康则不知有思，能思则不至废事，此良士所以虽为乐，而亦动敏于事也。故不惟所治之事当思之，至于所治之外，出于平常思虑所不及者，亦当过而计之。

✳ 好乐无荒，良士蹶蹶。

🔴 使其虽好乐而无荒，若彼良士蹶蹶然而敏于事，斯可矣。不然即有意外之变，其何以防之耶？

✳ 蟋蟀在堂，役车其休。

🔴 又不特此已也。蟋蟀在堂，役车其休，是固可以乐者也。

✳ 今我不乐，日月其慆。

🔴 今若不乐，则日月其慆，虽欲为乐，不可得者矣。

✳ 无已太康，职思其忧。

🔴 然乐而不节，则得无已过于乐，而失之太康乎。夫太康则不知有思，

能思则不至废事，此良士所以乐不至于淫，而常得所安也。故不惟所职之外当思之久，其所职之忧，而为吾人终身之所困苦者，亦必预而防之。

※ 好乐无荒，良士休休。

解 使其虽好乐而无荒，若彼良士之休休然，安闲而无患斯已矣。不然即有终身之忧，其何以弥之耶？夫必岁晚而后取于为乐，方乐而遂切于相戒，此唐俗之所以为勤俭也。先圣遗风之远，不可见哉。

山有枢

三章，章八句。

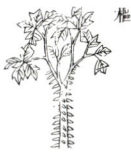

shān yǒu shū　　xí yǒu yú　　zǐ yǒu yī shang　　fú yè fú lóu
山有枢，隰有榆。子有衣裳，弗曳弗娄；

zi yǒu chē mǎ　　fú chí fú qū　　wǎn qí sǐ yǐ　　tā rén shì yú
子有车马，弗驰弗驱。宛其死矣，他人是愉。（一章）

shān yǒu kǎo　　xí yǒu niǔ　　zǐ yǒu tíng nèi　　fú sǎ fú sǎo
山有栲，隰有杻。子有廷内，弗洒弗埽；

zi yǒu zhōng gǔ　　fú gǔ fú kǎo　　wǎn qí sǐ yǐ　　tā rén shì bǎo
子有钟鼓，弗鼓弗考。宛其死矣，他人是保。（二章）

shān yǒu qī　　xí yǒu lì　　zǐ yǒu jiǔ shí　　hé bù rì gǔ sè
山有漆，隰有栗。子有酒食，何不日鼓瑟？

qiě yǐ xǐ yuè　　qiě yǐ yǒng rì　　wǎn qí sǐ yǐ　　tā rén rù shì
且以喜乐，且以永日。宛其死矣，他人入室。（三章）

【注】枢，树名，即刺榆。榆，树名，又名枌，落叶乔木。

曳、娄，都是穿着的意思。

宛，枯萎的样子。愉，享受。

栲，即山樗，臭椿树也。杻，树名，又名檍。

廷，中庭，庭院。内，堂室。埽，同"扫"。考，敲击。

保，占有。

漆，漆树。栗，板栗树。

且以，姑且用以。永日，终日。

此诗盖亦答前篇之意，而解其忧也。言子也，当岁晚务闲之际，方燕饮为乐，而遽切职思之忧也。岂知乐固不可纵，而忧亦不可过也乎？

❋ 山有枢，隰有榆。

🔴 彼山则有枢矣，隰有榆矣。

❋ 子有衣裳，弗曳弗娄。

🔴 况子有衣裳可服之，以为乐者也，而弗曳弗娄焉。

❋ 子有车马，弗驰弗驱。

🔴 子有车马可乘之，以为乐者也，而弗驰弗驱焉。

❋ 宛其死矣，他人是愉。

🔴 吾恐日月易除，一旦宛然以死，他人取之，以为己乐，而服子之衣裳，乘子之车马矣，是身后之物适为他人之乐耳。子不及时为乐，果何为哉？

❋ 山有栲，隰有杻。

🔴 山则有栲矣，隰则有杻矣。

❋ 子有廷内，弗洒弗埽。

🔴 子有廷内，可洁以为乐也，而弗洒弗扫焉。

❋ 子有钟鼓，弗鼓弗考。

🔴 子有钟鼓可鸣，以为乐也，而弗鼓弗考焉。

❋ 宛其死矣，他人是保。

吾恐日月易逝，一旦宛然以死，他人保之，以为己有，而洁子之廷内，鸣子之钟鼓矣。是身后之物，适为他人之有耳，子不及时为乐，又何为哉！

❋ 山有漆，隰有栗。

🔴 山则有漆矣，隰则有栗矣。

❋ 子有酒食，何不日鼓瑟？

🔴 子有酒食，可燕饮以为乐也，何不日鼓瑟，以共享此酒食？

❋ 且以喜乐，且以永日。

🔴 且以喜乐，而畅岁晚之欢。且以永日，而庆易尽之年也乎。

❋ 宛其死矣，他人入室。

🔴 使其不然，吾恐日月易慆，一旦宛然以死，他人入室，而鼓子之琴瑟，乐子之酒食矣。是物非吾有而乐属他人，子不及时为乐，不亦徒哉？然则乐方兴而忧，遂继者殆未思及相见之无几，而不可不乐者乎。

夫唐人之为是诗，本以解前篇之忧也，然方欲乐于生前，而即虑及于身后，则其忧愈深，而意亦蹙矣。

扬之水

三章，一二章六句，三章四句。

扬之水，白石凿凿。素衣朱襮，从子于沃。
既见君子，云何不乐？（一章）

扬之水，白石皓皓。素衣朱绣，从子于鹄。
既见君子，云何其忧？（二章）

扬之水，白石粼粼。我闻有命，不敢以告人。（三章）

【注】凿凿，鲜明貌。

襮，绣有黼文的衣领；朱襮，这样的衣领以红色为缘边，下文"朱绣"同。从子于沃，大家跟随你到曲沃（曲沃是桓叔的封地，在今山西省曲沃县）。

君子，指桓叔。云何，为何。

皓皓，洁白的样子。

鹄，曲沃旁的邑名；一说就是曲沃。

粼粼，水清石见，指清澈貌。

命，命令，指桓叔将发动政变之命令。

此晋衰沃盛，国人将叛而归之。故作此。

❋ 扬之水，白石凿凿。

解 扬之水，其势微缓，而其中白石凿凿，巉岩而可仰也。是水之势不胜于石，而石之势反胜于水矣。然则晋微弱，而沃盛强，不犹是耶！

❋ 素衣朱襮，从子于沃。

解 夫微弱者不足倚，而惟盛强者有足赖。故素衣朱襮，诸侯之服也，吾愿以是从子于沃，而戴子为一国之主矣。

❋ 既见君子，云何不乐？

解 今得以既见君子，则从沃之愿以慰，云何不乐哉？

❋ 扬之水，白石皓皓。

解 扬之水其势微缓，而其中白石皓皓，而高洁之可观也，是水之势不胜于石，而石之势反胜于水矣。然则沃本出于晋，今晋微弱，而沃盛强，不犹于是耶！

❋ 素衣朱绣，从子于鹄。

解 夫微弱者不足依，而惟盛强者有足恃。故素衣朱绣，诸侯之服也，吾愿以此从子于鹄，而尊之为一国之君矣。

❋ 既见君子，云何其忧？

解 今得以既见君子，则从鹄之愿以遂，云何其有忧哉？

❋ 扬之水，白石粼粼。

解 夫既欲遂其愿，则凡所以为沃谋者，有何可不密乎？扬之水，其势微缓，而其中之白石粼粼而著见，是水弱而石强矣。然则晋微弱而沃强盛，不犹是耶！

❋ 我闻有命，不敢以告人。

解 夫积强之沃，而乘积弱之晋，我叔倾晋之谋起矣，然谋不可以轻泄也。故我闻有是谋，不敢以告人焉。盖或一告人，则事不成，即欲以绣襮而相以于沃，其可得乎？

夫沃，晋之沃也，民，晋之民也，昭侯又非大无道之君也，特以微弱不振，不足恃赖，国人遂欲为沃之从。然则民心亦大可畏矣，然则为人君者，诚当有自强为治哉！

椒聊

二章，章六句。

jiāo liáo zhī shí　　fān yǎn yíng shēng　　bǐ jì zhī zǐ　　shuò dà wú péng
椒聊之实，蕃衍盈升。彼其之子，硕大无朋。

jiāo liáo jū　　yuǎn tiáo jū
椒聊且，远条且！（一章）

jiāo liáo zhī shí　　fān yǎn yíng jū　　bǐ jì zhī zǐ　　shuò dà qiě dǔ
椒聊之实，蕃衍盈匊。彼其之子，硕大且笃。

jiāo liáo jū　　yuǎn tiáo jū
椒聊且，远条且！（二章）

【注】椒，花椒，又称山椒，椒类多子，故古人常用来比喻女子。

聊，聚也，草木结子多成一串，古语叫聊，今语叫嘟噜；一说聊为助
词；一说杬之高者。蕃衍，繁盛，众多。升，容器名。

无朋，无比。

且，语助词。远条，指花椒的香气远扬。条，长也。

匊，“掬”的古字，两手合捧。

笃，忠厚诚恳。

此诗序亦以为沃也，言天下之势，始于大而极于盛，我观曲沃，其进宁可量乎？

❋ 椒聊之实，蕃衍盈升。

解 彼椒聊之实，其生也蕃衍，则采之盈升矣。

❋ 彼其之子，硕大无朋。

解 况彼其之子也，人心之归日众，而其威莫敌，土地之辟日广，而其势莫京，盖硕大而无朋者矣。

❋ 椒聊且，远条且。

解 然岂止如斯而已乎？椒聊且，今固蕃衍盈匊矣。然其枝益远，则其实益蕃，采之固不啻盈匊已也。然则之子之硕大无朋者，将日益昌大也，宁异是哉？

❋ 椒聊之实，蕃衍盈匊。

解 椒聊之实，其生也蕃衍，观采之盈匊。

❋ 彼其之子，硕大且笃。

解 况彼其之子也，人心日附，而有不摇之固，土地日辟，而有不拔之基，盖硕大而且笃者矣。

❋ 椒聊且，远条且。

解 然岂止如此而已乎？椒聊且，今固蕃衍盈匊矣。然其枝益远，则其实益蕃，采之固不啻盈匊已也。然则之子之硕大且笃者，将日益盛强也，不犹是哉？

噫，曲沃之势至此，将极重而不可及矣，君子宁不伤晋之失驭乎！

绸缪

三章，章六句。

chóu móu shù xīn　　sān xīng zài tiān　　jīn xī hé xī　　jiàn cǐ liáng rén　　zǐ xī zǐ xī
绸缪束薪，三星在天。今夕何夕？见此良人！子兮子兮！

rú　cǐ liáng rén　hé
如此良人何？ （一章）

chóu móu shù chú　　sān xīng zài yú　　jīn xī hé xī　　jiàn cǐ xiè hòu　　zǐ xī zǐ xī
绸缪束刍，三星在隅。今夕何夕？见此邂逅！子兮子兮！

rú　cǐ xiè hòu　hé
如此邂逅何！ （二章）

chóu móu shù chǔ　　sān xīng zài hù　　jīn xī hé xī　　jiàn cǐ càn zhě　　zǐ xī zǐ xī
绸缪束楚，三星在户。今夕何夕？见此粲者！子兮子兮！

rú　cǐ càn zhě　hé
如此粲者何！ （三章）

【注】绸缪，缠绕，捆束，犹缠绵也。 束薪，捆束柴草，与下文"束刍""束楚"皆比喻夫妇同
心，情意缠绵。 三星，即参星，由三颗星组成，参星黄昏时始出，古人行婚礼，亦在黄
昏时分。

良人，善人，古代妇女对丈夫的美称。

刍，喂牲口的青草。 隅，指东南角。

邂逅，解悦之貌，心解意悦也，译作心爱的人。

户，房门；"三星在天、在隅、在户"说明时间的移转，谓新婚夫妇通夜缠绵。

粲，漂亮的人，指新娘。

此诗述夫妇庆幸之词，曰：夫人而得遂其婚姻固可幸，以过时而得，遂尤可幸，若今日是已。

✳ 绸缪束薪，参星在天。

解 观其妇语夫之词，曰：方绸缪以束薪也，则仰见三星之在天矣。

✳ 今夕何夕，见此良人。

解 今夕不知其何夕也，则忽见良人之在此矣。夫向值贫乱，吾意良人之不得见也，岂意其得见于今夕耶？

✳ 子兮子兮，如此良人何？

解 子兮子兮，当过时之余，得望外之幸，有家之乐，殆非言语之所能尽者矣，其如此良人何哉？

✳ 绸缪束刍，参星在隅。

解 观其夫妇相语之词，曰：方绸缪以束刍也，则仰见三星之在隅矣。

✳ 今夕何夕？见此邂逅！

解 今久不知其何夕也，则忽见夫妇邂逅之在此矣。盖向值贫乱吾意邂逅之不得遂也。岂意其得遂于今夕耶？

✳ 子兮子兮，如此邂逅何？

解 子兮子兮，男得女以为室，固为意外之欢，女得男以为家，亦为意外之庆。此时此情，相亲相爱，殆非言语之所能尽者矣，其如此邂逅何哉？

✳ 绸缪束楚，参星在户。

解 观其夫语妇之词，曰：方绸缪以束楚也，则仰见参星之在户矣。

✳ 今夕何夕，见此粲者。

解 今夕不知其何夕也，则忽见粲者之在此矣。盖向遭贫乱，吾意粲者之不得见也，岂意其得见于今夕耶？

✳ 子兮子兮，如此粲者何？

解 子兮子兮，当过时之余，得望外之幸，有室之乐，殆非言语之所能尽者矣，其如此粲者何哉？是则婚姻一也及其时，则为常失其时，则为幸然，则为人上者，将使之常耶，将使之幸耶？

杕杜

二章，章九句。

杕
杜

^{yǒu dì zhī dù} ^{qí yè xǔ xǔ} ^{dú xíng jǔ jǔ} ^{qǐ wú tā rén} ^{bù rú wǒ tóng fù}
有杕之杜，其叶湑湑。独行踽踽，岂无他人？不如我同父。

^{jiē xíng zhī rén} ^{hú bù bǐ yān} ^{rén wú xiōng dì} ^{hú bù cì yān}
嗟行之人，胡不比焉？人无兄弟，胡不佽焉？（一章）

^{yǒu dì zhī dù} ^{qí yè jīng jīng} ^{dú xíng qióng qióng} ^{qǐ wú tā rén} ^{bù rú wǒ tóng xìng}
有杕之杜，其叶菁菁。独行睘睘，岂无他人？不如我同姓。

^{jiē xíng zhī rén} ^{hú bù bǐ yān} ^{rén wú xiōng dì} ^{hú bù cì yān}
嗟行之人，胡不比焉？人无兄弟，胡不佽焉？（二章）

【注】杕，树木孤立貌。有杕，即"杕杕"，孤立生长貌。杜，赤棠树。湑湑，草木茂盛的样子。

踽踽，孤独无依的样子。

同父，指兄弟。

行，道路。比，亲近。

佽，资助，帮助。

菁菁，树叶茂盛状。

睘睘，无所依靠的样子。

同姓，一母所生的兄弟，或说同祖的兄弟。

此求助于人也。

✳ 有杕之杜，其叶湑湑。

解 杕然特生之杜，本非有枝干相附也，然其叶犹湑湑然，而盛如
此矣。

✳ 独行踽踽，岂无他人？

解 何人无兄弟，乃不免独行踽踽，而无所亲乎，曾杕杜之不如矣。
夫岂无他人可与同行哉？

✳ 不如我同父。

解 特以不如我同父之兄弟，一气而分情相维系，而能相亲相助，是
以虽同行有人，而不免于踽踽耳。

✳ 嗟行之人，胡不比焉？

解 嗟哉，行道之人。胡不闵我之独行而见亲？

✳ 人无兄弟，胡不佽焉？

解 怜我之无兄弟而见助，视我不至有不如同父之叹也哉。

✳ 有杕之杜，其叶菁菁。独行睘睘，岂无他人？不如我同姓。嗟行
之人，胡不比焉？人无兄弟，胡不佽焉？

解 讲同上。

羔裘

二章，章四句。

gāo qiú bào qū　　zì wǒ rén jū jū　　qǐ wú tā rén　　wéi zǐ zhī gù
羔裘豹袪，自我人居居。岂无他人？维子之故。（一章）

gāo qiú bào xiù　　zì wǒ rén jiū jiū　　qǐ wú tā rén　　wéi zǐ zhī hǎo
羔裘豹褎，自我人究究。岂无他人？维子之好。（二章）

【注】袪，袖口。 豹袪，镶着豹皮的袖口。

自我人，对我们。 居居，心怀恶意的样子；一说即"倨倨"，傲慢无礼的样子。

维，只。 故，故旧之人。

褎，同"袖"。

究究，态度傲慢的样子。

好，相好。

此诗不知所谓，不敢妄为之说，恐主司故出此题以难人，则作美其大夫之词。

✳ 羔裘豹袪，自我人居居。

🔴 我人以羔皮为裘，以豹皮饰袪。我从我人居居所以亲炙其光辉也。

✳ 岂无他人？

🔴 是岂无他人之可与居哉？

✳ 维子之故。

🔴 诚以子之闻誉彰于人也，旧矣故从之居，居而不忍于相违也。

✳ 羔裘豹褎，自我人究究。

🔴 我人以羔皮为裘，以豹皮饰褎。从我我人究究，于以穷极其议论也。

✳ 岂无他人？

🔴 是岂无他人之可与究哉？

✳ 维子之好。

🔴 诚以子之才，猷备于己也，美矣故从之以究究，而不忍相疏也。

鸨羽

三章，章七句。

稻　　　　　　　鸨　　　　　　鸨羽

sù sù bǎo yǔ　　jí yú bāo xǔ　　wáng shì mǐ gǔ　　bù néng yì jì shǔ　　fù mǔ hé hù

肃肃鸨羽，集于苞栩。王事靡盬，不能蓺稷黍，父母何怙？

yōu yōu cāng tiān　　hé qí yǒu suǒ

悠悠苍天，曷其有所！（一章）

sù sù bǎo yì　　jí yú bāo jí　　wáng shì mǐ gǔ　　bù néng yì shǔ jì　　fù mǔ hé shí

肃肃鸨翼，集于苞棘。王事靡盬，不能蓺黍稷，父母何食？

yōu yōu cāng tiān　　hé qí yǒu jí

悠悠苍天，曷其有极！（二章）

sù sù bǎo háng　　jí yú bāo sāng　　wáng shì mǐ gǔ　　bù néng yì dào liáng　　fù mǔ hé cháng

肃肃鸨行，集于苞桑。王事靡盬，不能蓺稻粱，父母何尝？

yōu yōu cāng tiān　　hé qí yǒu cháng

悠悠苍天，曷其有常！（三章）

【注】肃肃，鸟振翅声。鸨，鸟名，似雁而大，群居水草地区，性不善栖木，通常栖息于湖边

或是平原上。

苞栩，丛密的柞树。苞，草木丛生。栩，栎树，一名柞树。

王事，征役之事。靡，无。盬，止息、休止。蓺，种植。怙，依靠、依赖。

行，鸟的翅膀。

常，正常的生活。

民从征役，而不得养父母，故歌此。

✳ 肃肃鸨羽，集于苞栩。

🔴解 鸨之性本不树止，今乃肃肃鸨羽，集于苞栩之上，则非其性矣。然则民之性，本不便于劳苦，而今乃久从征役，不犹鸨之树止也耶？

✳ 王事靡盬，不能蓺稷黍，父母何怙？

🔴解 夫我惟久从征役，故以王事不可以不坚固，日劳于外，不得蓺稷黍，以供子职焉，则父母其何怙以为命也乎？

✳ 悠悠苍天，曷其有所？

🔴解 若是我之失所甚矣，悠悠苍天，不知何时得以毕事，使我蓺稷黍，以为父母之怙，而得其所乎。

✳ 肃肃鸨翼，集于苞棘。

🔴解 鸨之性本不树止，今肃肃鸨翼，集于苞棘之上，则非其性矣。然则民之性，本不便于劳苦，而今乃久从征役，不犹鸨之树止也耶？

✳ 王事靡盬，不能蓺黍稷，父母何食？

🔴解 夫我惟久从征役，故以王事不可以不坚固，日劳于外，不得蓺稷黍，以供子职焉，则父母其何资以为食也乎？

✳ 悠悠苍天，曷其有极？

🔴解 若是我之从役，无穷极甚矣。悠悠苍天，不知何时得以早毕事，使我蓺黍食，以为父母之食，而有所极乎？

✳ 肃肃鸨行，集于苞桑。

🔴解 鸨之性本不树止，今肃肃鸨行，集于苞桑之上，则非其性矣。然则民之性，本不便于劳苦，而今乃久从征役，不犹鸨之树止也耶？

✳ 王事靡盬，不能蓺稻粱，父母何尝？

🔴解 夫我惟久从征役，故以王事不可以不坚固，日劳于外，不得蓺稻粱，以供子职焉，则父母何所出以为尝也乎？

✳ 悠悠苍天，曷其有常？

🔴解 若是我之失其常甚矣，您悠苍天，不知何时得以早毕事，使我蓺稻粱，以为父母之尝，而复其常乎。夫役民之义，有国者不废，至使民有劳苦失养之悲，而历诉之于天，则上之人必有烦役劳民，而无悯恤之意可知矣。故观王政者，观民风而已矣。

无衣

二章，章三句。

qǐ yuē wú yī　　qǐ xī　　bù rú zǐ zhī yī　　ān qiě jí xī
岂曰无衣？七兮。不如子之衣，安且吉兮！ （一章）

qǐ yuē wú yī　　liù xī　　bù rú zǐ zhī yī　　ān qiě yù xī
岂曰无衣？六兮。不如子之衣，安且燠兮！ （二章）

【注】七，七章之衣，诸侯的服饰，见《周礼·春官·典命》："侯伯七命，其
国家、宫室、车旗、衣服、礼仪皆以七为节。"
安，舒适。吉，美，善。
六，六章之衣，天子卿士的服饰，见《周礼·春官·典命》："王之三公
八命，其卿六命，其大夫四命，及其出封，皆加一等，其国家、宫室、
车旗、衣服、礼仪亦如之。"
燠，温暖。

此武公自述请命之意。

（★）岂曰无衣？七兮。

（解）我也据有晋国，则七章之衣，固吾力之能为矣，岂曰无衣？七兮，而必于请命哉。

（★）不如子之衣，安且吉兮！

（解）但以我自为之，而我自服之人，或有议吾后者，是不见有安吉之休也。不如子所命之衣而服之，则策词一颁，人皆帖服，无樫抗之危，有尊荣之美，安而且吉矣，此予所以请命于子也。

（★）岂曰无衣？六兮。不如子之衣，安且燠兮！

（解）燠乃服之久而无更易者也。

嗟乎！武公灭晋，犹必请命者，是畏名分所在，而虑征讨之及也。今釐王乃诛讨不加，贪其宝赂，而爵命行焉，失天讨矣，则虽有方伯仗义而起，欲正其罪，将以主命而不敢发矣。彼篡贼之徒，又何惮哉？吁，礼乐征伐，移于诸侯，移于大夫，又窃于陪臣，是皆周之自失其权也。其后六卿分晋，殆效尤于武公，而威烈之命，三晋其亦绍述于釐王也欤。

有杕之杜

二章，章六句。

yǒu duò zhī dù　shēng yú dào zuǒ　bǐ jūn zǐ xī　shì kěn shì wǒ
有杕之杜，生于道左。彼君子兮，噬肯适我？

zhōng xīn hào zhī　hé yǐn shí zhī
中心好之，曷饮食之？（一章）

yǒu duò zhī dù　shēng yú dào zhōu　bǐ jūn zǐ xī　shì kěn lái yóu
有杕之杜，生于道周。彼君子兮，噬肯来游？

zhōng xīn hào zhī　hé yǐn shí zhī
中心好之，曷饮食之？（二章）

【注】道左，道路的左边，古人以东为左。

噬，发语词；一说“何”。适，往、到。

好，喜好、爱好。

道周，道右。周，“右”的假借。

此人好贤，而恐不足以致之，故作此。 曰：贤者曷尝无用世之心哉！顾非值昌盛之势，则不就以不足展其大行之志也，今予何不幸而限于其势耶？

※ 有杕之杜，生于道左。

解 彼木之茂盛者，其荫可以休息也。 若比特生之杜，生之道左，无茂盛之枝叶，则其荫不足以休息矣。 然则我有寡弱之势，不足为贤者之恃赖，不犹是耶！

※ 彼君子兮，噬肯适我？

解 夫广土众民，君子欲之，以我之寡弱如是，彼君子兮，亦安肯顾而适我哉？

※ 中心好之，曷饮食之？

解 然君子固无意于我也，而我于君子实中心好之，一念尊德之诚，殆非出于声音之伪矣。 但势既不足以致之，则虽欲隆大烹之养，以饮食之，而无其由耳，中心之好，其将何以自达哉？

※ 有杕之杜，生于道周。 彼君子兮，噬肯来游？ 中心好之，曷饮食之？

解 讲同上。

吁，以诗人好贤之心如此，则贤者安有不至，而何寡弱之足患哉！

葛生

五章，一二三章五句，四五章四句。

gě shēngméng chǔ　liǎn wàn yú yě　yú měi wáng cǐ　shuí yǔ　dú chǔ
葛生蒙楚，蔹蔓于野。予美亡此，谁与？独处！（一章）

gě shēngméng jí　liǎn wàn yú yù　yú měi wáng cǐ　shuí yǔ　dú xī
葛生蒙棘，蔹蔓于域。予美亡此，谁与？独息！（二章）

jiǎo zhěn càn xī　jǐn qīn làn xī　yú měi wáng cǐ　shuí yǔ　dú dàn
角枕粲兮，锦衾烂兮。予美亡此，谁与？独旦！（三章）

xià zhī rì　dōng zhī yè　bǎi suì zhī hòu　guī yú qí jū
夏之日，冬之夜。百岁之后，归于其居。（四章）

dōng zhī yè　xià zhī rì　bǎi suì zhī hòu　guī yú qí shì
冬之夜，夏之日。百岁之后，归于其室。（五章）

【注】蒙，覆盖。楚，荆树。蔹，一种野生草本植物，蔓生。蔓，蔓延。
予美，我所爱的人。亡，离去。谁与，跟谁相伴、共处。
域，墓地。
角枕，以兽角骨作装饰的枕头，据《周礼·天官·玉府》注，角枕是用来枕尸首
的。粲，光明。衾，被子。烂，灿烂。
独旦，独处至天明。
百岁之后，死后。其居，指丈夫的坟墓。
室，墓室。

此妇人以夫久从征役而不归，故作此。曰：夫妇之间，甚乐乎相保，而甚无乐乎相离，倘不幸而相离，则吾人将何以为情也哉？

✳ 葛生蒙楚，蔹蔓于野。

🔶 彼葛生则蒙于楚，蔹生则蔓于野，是物固各有所依托矣。

✳ 予美亡此，谁与？独处。

🔶 况予之所美者，正予之所依托也。今乃久从征役，而独不在是焉。则谁与我处哉？惟睘然独处于此耳，不亦葛与蔹之不如乎。

✳ 葛生蒙棘，蔹蔓于域。予美亡此，谁与？独息。

🔶 讲同上。

✳ 角枕粲兮，锦衾烂兮。

🔶 以言乎角枕，则粲然而华美矣。以言乎锦衾，则烂然其鲜明矣。

✳ 予美亡此，谁与？独旦。

🔶 非不可与予之所美者，共此枕衾也。而今乃久从征役，而不在是焉。则谁与共旦哉？惟独处至旦而已。物迩而人远，我抚枕衾，宁不益增予之叹息也耶。

✳ 夏之日，冬之夜。

🔶 夫独居而忧思，吾已不胜睽违之感矣。况冬夏之时，而尤有难于为情者乎。盖我君子亡，此固靡日而不思矣。但四时之日，莫如夏日之永，则忧思之念，于是独至，殆有日不得夕焉。亦靡夜而不思矣，但四时之夜，莫如冬夜之永，则忧思之念，于是独甚，殆有夜不得旦焉。

✳ 百岁之后，归于其居。

🔶 然思之，虽切如君子之归无期，何吾意其终，不可得而见矣。使百岁之后，同归于其居焉，则虽不得见于生前，而犹得相从于死后也，此心亦庶几其少慰矣乎。

✳ 冬之夜，夏之日。百岁之后，归于其室。

🔶 讲同上。

吁，居而相离，则思者人情之常也。思之深而无异心者，唐风之厚也，先王风化之远，于此可见矣。

采苓

三章，章八句。

cǎi líng cǎi líng　　shǒu yáng zhī diān　　rén zhī wéi yán　　gǒu yì wú xìn
采苓采苓，首阳之巅。人之为言，苟亦无信。

shě zhān shě zhān　　gǒu yì wú rán　　rén zhī wéi yán　　hú dé yān
舍旃舍旃，苟亦无然。人之为言，胡得焉？（一章）

cǎi kǔ cǎi kǔ　　shǒu yáng zhī xià　　rén zhī wéi yán　　gǒu yì wú yǔ
采苦采苦，首阳之下。人之为言，苟亦无与。

shě zhān shě zhān　　gǒu yì wú rán　　rén zhī wéi yán　　hú dé yān
舍旃舍旃，苟亦无然。人之为言，胡得焉？（二章）

cǎi fèng cǎi fèng　　shǒu yáng zhī dōng　　rén zhī wéi yán　　gǒu yì wú cóng
采葑采葑，首阳之东。人之为言，苟亦无从。

shě zhān shě zhān　　gǒu yì wú rán　　rén zhī wéi yán　　hú dé yān
舍旃舍旃，苟亦无然。人之为言，胡得焉？（三章）

【注】苓，甘草，一说地黄、黄药。首阳，山名，即雷首山，在今山西省永济市南。

为，同"伪"。为言，伪言、谎言。苟，且。

旃，"之焉"的合声，语助词。无然，勿以为然。然，是。

得，得逞。

苦，即荼，苦菜。

无与，不要采信。

此刺听说之诗。 意曰：天下最不可信者，惟谗言，而人每为其所惑者，凡以听之轻耳。

❋ 采苓采苓，首阳之巅。

🅐 彼苓生于下隰，非首阳之巅所有也。 子欲采苓，采苓于首阳之巅乎？然则谗人之言，虚伪反复，非理之所有，亦犹首阳之无苓也，子欲听谗人之言也乎？

❋ 人之为言，苟亦无信。

🅐 故人之为是言，以告子者，未可遽以为信也。

❋ 舍旃舍旃，苟亦无然。

🅐 必姑舍置之，姑舍置之，而无遽以为然，徐察而审听之焉。

❋ 人之为言，胡得焉？

🅐 则说者之情伪，以见不得以行其计，而谗自止矣，胡得焉？ 子何为而遽信之，以长彼之奸也耶？

❋ 采苦采苦，首阳之下。 人之为言，苟亦无与。 舍旃舍旃，苟亦无然。 人之为言，胡得焉？

采葑采葑，首阳之东。 人之为言，苟亦无从。 舍旃舍旃，苟亦无然。 人之为言，胡得焉？

🅐 讲同上。

此可见轻信为召谗之门，详审乃绝讹之道。 彼造谗者，故小人之常态矣，而轻于听信，非子之过哉？

● 日本·细井徇《诗经名物图解·苓图》

嬴姓伯益之裔，后为犬戎所灭，周平王封襄公为诸侯，兼有岐丰之地。诗凡十篇。

秦风

車
鄰

楊

车邻

三章，一章四句，二三章六句。

yǒu chē lín lín　　yǒu mǎ bái diān　　wèi jiàn jūn zǐ　　sì rén zhī lìng

有车邻邻，有马白颠。未见君子，寺人之令。（一章）

bǎn yǒu qī　　xí yǒu lì　　jì jiàn jūn zǐ　　bìng zuò gǔ sè

阪有漆，隰有栗。既见君子，并坐鼓瑟。

jīn zhě bù lè　　shì zhě qí dié

今者不乐，逝者其耋。（二章）

bǎn yǒu sāng　　xí yǒu yáng　　jì jiàn jūn zǐ　　bìng zuò gǔ huáng

阪有桑，隰有杨。既见君子，并坐鼓簧。

jīn zhě bù lè　　shì zhě qí wáng

今者不乐，逝者其亡。（三章）

【注】有，助词。 邻邻，同"辚辚"，车行声。 颠，额头。 白颠，一种良马，马额正
中有块白毛。

君子，指秦君。 寺人，内小臣也，即宦者。 令，告，传令。

耋，或谓七十岁，或说八十岁，泛指年老。

簧，本指笙、竽等乐器中吹之可以发声的铜片，这里就是指笙。

亡，死亡。

是时秦君始有车马，及此寺人之官，国人创见而夸美之。曰：吾君著伐戎之绩，受岐、丰之封，则一时邦家之新造，而其礼仪盛备，岂无可言乎？

（米）有车邻邻，有马白颠。

（解）彼吾君向为大夫，虽不徒行，然其车马犹未备也。今也位列侯爵，享有千乘，故以言其车马，则数多而色备，车有辚辚之声，马有白颠之色矣。

（米）未见君子，寺人之令。

（解）吾君向为大夫，虽有使令，然而寺人则未设也。今也位列邦君，官备内臣，故方未见君子之时，则有寺人以使令，通欲入之意，传许见之命矣。是车马也，寺人也，均非昔所未有，而今有之乎，一创见之余，诚有可夸者矣。

夫以国家初兴，而礼仪始备，是固君民之深庆者也，可不及时以为乐哉。

（米）阪有漆，隰有栗。

（解）今夫阪则有漆矣，隰则有栗矣。

（米）既见君子，并坐鼓瑟。

（解）我也假寺人之通，而既见君子，则当并坐一堂之上，而相与鼓瑟，以庆一时之盛矣。

（米）今者不乐，逝者其耋。

（解）苟失今不乐，则逝者其耋矣，虽欲为乐不可得矣，乐其可后哉。

（米）阪有桑，隰有杨。既见君子，并坐鼓簧。今者不乐，逝者其亡。

（解）夫始夸车马寺人之盛，见欢欣鼓舞之情矣，观并坐鼓瑟之，习见简易相亲之意矣。观逝者其耋之言，见悲壮感慨之气矣。秦之强以此，而秦之止于秦亦以此。然则人君于立国之初，而道民之路，可不知所审哉！

驷驖

三章，章四句。

sì tiě kǒng fù　　liù pèi zài shǒu　　gōng zhī mèi zǐ　　cóng gōng yú shòu
驷驖孔阜，六辔在手。公之媚子，从公于狩。（一章）

fèng shí chén mǔ　　chén mǔ kǒng shuò　　gōng yuē zuǒ zhī　　shě bá zé huò
奉时辰牡，辰牡孔硕。公曰左之，舍拔则获。（二章）

yóu yú běi yuán　　sì mǎ jì xián　　yóu chē luán biāo　　zài xiǎn xiē jiāo
游于北园，四马既闲。辌车鸾镳，载猃歇骄。（三章）

【注】驖，驷驖，毛色似铁的马四匹铁青色的马。孔，甚，十分，非常。阜，肥大。

六辔，每马有二辔，四马应当有八辔，因两匹服马内侧的两条辔绳是系在御者前
面的车身上，所以在手中的只有六辔。

公，秦襄公。媚子，宠爱之人。

奉，敬献之意。时，是。辰牡，应时的雄兽；四季所需的兽不同，古制冬献狼，
夏献麋，春秋献鹿豕群兽，古时祭祀之牲不用牝，皆以牡为贵，故奉待射的时节
兽为牡。孔硕，十分肥大。

左之，指命令驾车的人将车子驶向兽的左侧，以便从兽的左边射箭。舍，放。
拔，箭的末端。

闲，动作熟练。

辌车，轻车。鸾，即銮铃，指马所佩戴的小铃铛。镳，马衔，俗称马嚼子。
猃，长嘴的猎犬。歇骄，短嘴的猎犬。

此亦夸美其君之词。意曰：吾君膺侯爵之封，而举蒐狩之典，吾人得于创见之下，宁能已于夸美之私乎？

（＊）驷驖孔阜，六辔在手。

（解）彼吾君之行狩也，驰驱必资于马，则驷驖孔阜而肥大。御马必资于辔，则六辔在手而可观。

（＊）公之媚子，从公于狩。

（解）斯时也，有公所亲爱之人，而从公于狩，以举夫田猎之典焉。是车马盛备，使令有人见于往狩之始，有如此者。

（＊）奉时辰牡，辰牡孔硕。

（解）及其方狩也，虞人则奉时辰牡，以待我公之狩。辰牡则孔硕而肥大，是供三杀之献。

（＊）公曰左之，舍拔则获。

（解）斯时也，公命御者，使左其车，以射兽之左焉。公舍拔则获，而遂收乎左膘之功矣。是礼仪之备，射御之精，其见于方狩之时，有如此者。

（＊）游于北园，四马既闲。

（解）迨夫毕狩也，吾君无事于舍拔矣，媚子无事于举柴矣，虞人亦无事于翼兽矣，于是相游北园之中，而优游以休焉。以言乎四马，则因其北园之游，而从禽非所事也，见其有调习之美者矣。

（＊）辆车鸾镳，载猃歇骄。

（解）以言乎辆车，则因其北园之游，而驱逐非所用也，闻其有鸾镳之声者矣。至于长喙之猃，与夫短喙之歇，驱亦不烦于追逐走兽，则皆载之于辆车之中，以休其足力矣。是其终事之从容整暇，见于毕狩之时，又如此者。

夫观吾君行狩终始之事，是皆昔所未有也，而今有之，则吾人何幸，而得以创见之耶，诚有不容于夸美者矣。

小戎

三章，章十句。

xiǎo róng jiàn shōu　　wǔ　mù liáng zhōu　　yóu huán xié qū　　yīn yǐn wù xù　　wén yīn chàng gǔ　　jià wǒ
小戎俴收，五楘梁辀，游环胁驱，阴靷鋈续，文茵畅毂，驾我

qí zhù　　yán niàn jūn zǐ　　wēn qí rú yù　　zài qí bǎn wū　　luàn wǒ xīn qǔ
骐馵。言念君子，温其如玉。在其板屋，乱我心曲。（一章）

sì mǔ kǒng fù　　liù pèi zài shǒu　　qí zhù shì zhōng　　guā lí shì cān　　lóng dùn zhī hé　　wù yǐ
四牡孔阜，六辔在手。骐駵是中，騧骊是骖。龙盾之合，鋈以

jué nà　　yán niàn jūn zǐ　　wēn qí zài yì　　fāng hé wéi qī　　hú rán wǒ niàn zhī
觼軜。言念君子，温其在邑。方何为期？胡然我念之？（二章）

【注】小戎，车厢较小的兵车。俴，浅。收，轸，车后端的横木及车四面的木头。

楘，环形的有花纹的皮条。梁辀，车辕。

游环，活动的环，设于辕马背上。胁驱，一种皮绳，上系于衡，后系于轸，限制骖马内入。

阴，车厢前端轼下的木板。靷，骖马拉着车前进的皮带。鋈，铜饰。鋈续，以白铜制的环。

文茵，虎皮坐垫。畅毂，长毂。毂，车轮中心包着车轴的圆木。

骐，青黑色花纹相间的马。馵，左后脚白色的马。

温其，温然，温柔的样子。

心曲，心灵深处。

駵，赤身黑鬣的马。騧，黑嘴的黄马。骊，黑色的马。

龙盾，画龙的盾牌。合，两盾合挂于车上。

觼，有舌的环。軜，骖马内侧的辔绳。

方，将。期，指归期。胡然，为什么。

俴驷孔群，厹矛鋈錞。蒙伐有苑，虎韔镂膺。交韔二弓，竹闭

jiàn sì kǒng qún　qiú máo wù duì　méng fá yǒu yuàn　hǔ chàng lòu yīng　jiāo chàng èr gōng　zhú bì

绲縢。言念君子，载寝载兴。厌厌良人，秩秩德音。（三章）

gǔn téng　yán niàn jūn zǐ　zài qǐn zài xīng　yàn yàn liáng rén　zhì zhì dé yīn

俴驷，披薄金甲的四马。孔群，很合群。

厹矛，上有三棱锋刃的长矛。錞，矛柄下端金属套。

蒙，画杂乱的羽纹。伐，盾。有苑，即"苑然"，花纹美丽的样子。虎韔，虎皮弓囊。镂膺，在弓囊
正面刻花纹。

交，互相交错。韔，动词，作安置讲。竹闭，竹制的弓檠（qíng）。绲，绳。縢，捆扎。

载寝载兴，又寝又兴，起卧不宁。

厌厌，安静柔和貌。秩秩，有礼节的样子。

板屋

尖戈兵車圖

後忠

襄公征西戎，其从役之家人作此诗。曰我公承天子之命，为复仇之举，此大义之不容已也，而军容之盛何如？

✳ 小戎俴收，五楘梁辀。

🔴 彼攻占必用小戎也，而小戎之收，所以收敛所载者，则杀大车以为度，而其制则甚浅矣。辀前之梁辀，所以钩衡驾马者，则用五皮以为束，而其文则历录矣。

✳ 游环胁驱，阴靷鋈续。

🔴 骖马身不夹辕，虑其出入之靡定也，则有游环以制之，使不得外出，胁驱以驱之，使不得内入，而出入之防周矣。骖马颈不当衡，虑其任载之偏重也，则有阴靷以系骖马之颈，白金以饰续靷之处，而任载之力齐矣。

✳ 文茵畅毂，驾我骐馵。

🔴 其车中所坐之褥，则以虎皮为之，其文炳也，有持辐受轴之毂，则视大车有加其制长也，此其车固为天下之完车矣。以是车而驾我青黑色之骐，左足白之馵，虽齐力而不齐色，而要皆极我泾渭之选也，马又岂有不良哉！

✳ 言念君子，温其如玉。

🔴 以是车甲而伐彼西戎，夫固人心之大愤，即我君子亦有不容辞者，其如我之私情，何故我也言念君子，其为人温然有如玉之美。

✳ 在其板屋，乱我心曲。

🔴 今乃在彼板屋之地，以伐西戎，虽欲相亲而无由也，不有乱我心曲也哉！

✳ 四牡孔阜，六辔在手。

🔴 然军容之盛，不特此已也。言其驾车之四牡，则孔阜而肥大矣。言其御车之六辔，则在手而操纵矣。

✳ 骐骝是中，騧骊是骖。

🔴 四牡有服马者，则青黑之骐，赤马黑鬣之骝，是其中之两服也。四牡有骖马者，则黄马黑喙之騧、黑色之骊，是其外之两骖也。

✳ 龙盾之合，鋈以觼軜。

🔴 车之中必有为之卫也，于是画龙之盾，载之以二，不患夫破毁之无备矣。骖内辔必有为之饰也，于是系軜之觼，沃以白金，不患夫文采之弗彰矣。

✳ 言念君子，温其在邑。

🔴 以此车甲，而伐彼西戎，夫固人心之大愤，即我君子亦有不可辞者，其如我之私情，何故我也言念君子。其为人温然有和厚之休，今方在彼西鄙之邑，以讨西戎。

✳ 方何为期？胡然我念之！

解 不知将以何时为归期乎？胡为乎使我思念之极耶！

✳ 俴驷孔群，厹矛鋈錞。

解 然军容之盛，又不特此也。言其驾车之四马，则以浅薄之金为甲，轻而易于旋习，吾见其群然而甚和矣。有厹矛焉，以备击刺也，则销白金，以沃矛之錞，浑然其制坚也。

✳ 蒙伐有苑，虎韔镂膺。

解 有中干焉．以捍矢石也，则尽杂羽，以为伐之色，苑然其文昭也。韔藏弓，而以虎皮为之，藏弓不既固乎。膺以饰焉，而以镂金饰之，物采不既章乎。

✳ 交韔二弓，竹闭绲縢。

解 弓不以二，则患取用之不周，于是交置二弓，于虎韔之中，所以备折坏也。弓不以檠，则虑弓体之或邪，于是以竹为闭，而以绳约之，所以正其体也。

✳ 言念君子，载寝载兴。

解 以此车甲，伐彼西戎，则君子之从役者，义也，而吾人之思念者，亦情也。故我也，言念君子，至于载寝载兴，而起居为之不宁焉。

✳ 厌厌良人，秩秩德音。

解 盖想及君子之为人，则厌厌然安舒之良人也。想及君子之德音，则秩秩然有序之德音也。其人如是，其德如是，而不得以遂其亲炙之心，则其思念之深，而寝兴之不宁也，乌容已哉。

夫襄公以义兴师，则虽从役之家人，亦知勇于义焉。故先夸车甲之盛，而有感激之心，后及私念之情，而无怨怼之意，则信乎义之足以使人矣。惜乎伐戎之举，不出于周，而出于秦，小戎之诗，不出于平王，而出于妇人，则秦安得而不强，周安得而不弱哉！

蒹葭

三章，章八句。

jiān jiā cāng cāng　　bái lù wéi shuāng　　suǒ wèi yī rén　　zài shuǐ yī fāng

蒹葭苍苍，白露为霜。所谓伊人，在水一方。

sù huí cóng zhī　　dào zǔ qiě cháng　　sù yóu cóng zhī　　wǎn zài shuǐ zhōng yāng

遡洄从之，道阻且长；遡游从之，宛在水中央。（一章）

jiān jiā qī qī　　bái lù wèi xī　　suǒ wèi yī rén　　zài shuǐ zhī méi

蒹葭凄凄，白露未晞。所谓伊人，在水之湄。

sù huí cóng zhī　　dào zǔ qiě jī　　sù yóu cóng zhī　　wǎn zài shuǐ zhōng chí

遡洄从之，道阻且跻；遡游从之，宛在水中坻。（二章）

jiān jiā cǎi cǎi　　bái lù wèi yǐ　　suǒ wèi yī rén　　zài shuǐ zhī sì

蒹葭采采，白露未已。所谓伊人，在水之涘。

sù huí cóng zhī　　dào zǔ qiě yòu　　sù yóu cóng zhī　　wǎn zài shuǐ zhōng zhǐ

遡洄从之，道阻且右；遡游从之，宛在水中沚。（三章）

【注】蒹，没长穗的芦苇。葭，初生的芦苇。苍苍，因茂盛而变成深青色的样子；下文"凄凄""采采"同。

所谓，所说的。伊人，那个人。一方，那一边。

遡洄，逆流而上；下文"遡游"指顺流而下。从，追寻。阻，险阻难走。宛，宛然，好像。

晞，干。

湄，水和草交接的地方，即岸边。

跻，上升，指上坡路。坻，水中的小沙洲。

涘，水边。

右，迂回曲折。沚，水中的小沙洲。

蒹葭秋水圖

此思人而不得见之诗。 若曰天下之人，有颓然于流俗之中，则见之恒易也，惟超然于尘寰之表者，则见之恒难也。

❋ 蒹葭苍苍，白露为霜。

解 彼蒹葭苍苍而未败，白露始凝而为霜。 吾值斯时，不能不动伊人之思矣。

❋ 所谓伊人，在水一方。

解 而所谓伊人者，乃逃世自洁，在彼水之一方焉。

❋ 溯洄从之，道阻且长。

解 使其求而得以见也，吾思犹可以自慰也，奈何意其求之于上，而可得欤。 固常溯流而上以从之，则道阻且长，可行而不可至矣。

❋ 溯游从之，宛在水中央。

解 又意其求之于下，而可得欤，固尝顺流而下以从之，则宛在水央，可望而不可亲矣。 夫以上下求之，而皆不可得，则感蒹葭之极，目睹白露之横秋，徒以重忧思之怀耳，其如此伊人何哉！

❋ 蒹葭萋萋，白露未晞。

解 蒹葭则萋萋而未败矣，白露则方湿而未晞矣。

❋ 所谓伊人，在水之湄。

❋ 斯时也，所谓伊人，而动我之思者，乃在水之湄焉。

❋ 溯洄从之，道阻且跻。

解 我也仰止伊人之居，固尝溯洄以从之，则道阻且跻，限于势之难至也。

❋ 溯游从之，宛在水中坻

解 又尝溯游以从之，则宛在水中坻，邈乎迹之难亲也，上下求之，而皆不可得，如此吾将何以为情哉！

❋ 蒹葭采采，白露未已。

解 蒹葭则方盛，而可采矣，白露则方零，而未已矣。

❋ 所谓伊人，在水之涘。

解 斯时也，所谓伊人，而动我之思者，在水之涘焉。

❋ 溯洄从之，道阻且右。

解 我也仰止伊人之居，固尝溯洄以从之，则道阻且右，而限于势之不相值也。

❋ 溯游从之，宛在水中沚。

解 又尝溯游以从之，则宛在水中沚，而孑然就之莫即也，上下求之，而皆不可得，如此吾又将何以为情哉？

夫伊人沾然，即水滨以长往，而不轻与人世为群，固可谓贤矣，而诗人思欲见之，深慨其不可得焉，其亦秉彝好德之心也与！

终南

二章，章六句。

zhōng nán hé yǒu　　yǒu tiáo yǒu méi　　jūn zǐ zhì zhǐ　　jǐn yī hú qiú

终 南 何 有？有 条 有 梅。君 子 至 止，锦 衣 狐 裘。

yán rú wò dān　　qí jūn yě zāi

颜 如 渥 丹，其 君 也 哉！（一章）

zhōng nán hé yǒu　　yǒu jì yǒu táng　　jūn zǐ zhì zhǐ　　fú yī xiù cháng

终 南 何 有？有 纪 有 堂。君 子 至 止，黻 衣 绣 裳。

pèi yù qiāngqiāng　　shòu kǎo bù wàng

佩 玉 将 将，寿 考 不 忘！（二章）

【注】终南，终南山，在今陕西西安南。

条，树名，即山楸。

君子，指其国君。止，语词。锦衣狐裘，狐裘之外加锦衣，当时诸侯
的礼服。

渥，涂。丹，赤石制的红色颜料，今名朱砂。

纪，"杞"的假借，杞柳。堂，"棠"的假借，赤棠。

黻衣，青黑色花纹相间的上衣。绣裳，绣有五彩花纹的下裳。

将将，同"锵锵"，象声词。考，老。忘，同"亡"，止，已。

此亦美其君之词，言人君肇有国之封者，则必有君国之气象，令吾君莅政新邦，其容貌佩服之明，岂无有可揄扬者乎？

✳ 终南何有？有条有梅。

🔶 彼终南之山，吾君所封之镇也，而果何所有乎？则有山楸之条与似杏之梅矣。

✳ 君子至止，锦衣狐裘。

🔶 况我君子新受岐、丰之命，而至止终南之下也，夫岂无可见乎？但见锦衣以褐，狐裘侈夫，七命之荣也。

✳ 颜如渥丹，其君也哉！

🔶 颜色有如渥丹，移于居养之异也。以此容服，而尊临于臣民之上，真无忝于邦君之度矣，不称其为君也哉！

✳ 终南何有？有纪有堂。

🔶 终南之山，吾君所封之岳也，而果何所有乎？则有廉角之纪，与夫宽平之堂矣。

✳ 君子至止，黻衣绣裳。

🔶 况我君子，新膺畿内之命，而至止终南之下也，夫岂无可见乎！但见黻绣衣裳有以为身之章也。

✳ 佩玉将将，寿考不忘！

🔶 玉佩于身，有以为德之比也。以此服饰，而尊居于南面之中，吾愿其不止一时已也，殆将享寿考之隆，而求保于不忘矣，非吾人之情也哉。

黄鸟

三章，章十二句。

交交黄鸟，止于棘。谁从穆公？子车奄息。维此奄息，百夫之特。临其穴，惴惴其栗。彼苍者天，歼我良人。如可赎兮，人百其身。（一章）

交交黄鸟，止于桑。谁从穆公？子车仲行。维此仲行，百夫之防。临其穴，惴惴其栗。彼苍者天，歼我良人。如可赎兮，

【注】交交，鸟鸣声；一说小的样子。

从，从死、殉葬。穆公，春秋时秦国国君（前659年—前621年在位），姓嬴，名任好。

子车，姓；奄息，名。子车奄息，为秦国有名的贤臣，子车氏"三"良之一，被誉为"百夫之特"。

特，杰出；一说匹敌。

穴，墓穴，指子车奄息的墓地。惴惴，恐惧不安的样子。栗，害怕。

彼苍者天，悲哀至极的呼号之语，犹今语"老天爷呀"。歼，灭，杀尽。良人，贤人。

人百其身，愿意死一百次来救他，一说愿以百人之身代之。

子车仲行，春秋时秦国大夫，善战，被誉为"百夫之防"，子车氏"三良"之一。

防，抵挡。

rén bǎi qí shēn

人百其身。 （二章）

jiāo jiāo huáng niǎo　zhǐ yú chǔ　shuí cóng mù gōng　zǐ jū qián hǔ　wéi cǐ qián hǔ　bǎi fū zhī

交交黄鸟，止于楚。谁从穆公？子车铖虎。维此铖虎，百夫之

yù　lín qí xué　zhuì zhuì qí lì　bǐ cāng zhě tiān　jiān wǒ liáng rén　rú kě shú xī　rén

御。临其穴，惴惴其栗。彼苍者天，歼我良人。如可赎兮，人

bǎi qí shēn

百其身。 （三章）

楚，荆条，灌木。

子车铖虎，秋时秦国大夫，善战，被誉为"百夫之御"，子车氏"三良"之一。

御，抵抗。

秦穆公卒，以子车氏之三子
为殉，国人哀之。

⊛ 交交黄鸟，止于棘。

解 交交然而飞之黄鸟，则止于棘矣。

⊛ 谁从穆公？子车奄息。

解 谁从穆公之死，则子车氏之奄
息矣。

⊛ 维此奄息，百夫之特。

解 维此奄息，才德超出于等夷，乃百
夫之特也。

⊛ 临其穴，惴惴其慄。

解 今顾从先君之遗命，迫而生纳之圹
中，但见临其穴，惴惴其栗而危
惧，诚有令人伤者矣。

⊛ 彼苍者天，歼我良人。

解 夫奄息乃国之良，天宜保全之，以
为国之辅可也，彼苍者天，胡乃歼
我良人之若是也哉？

⊛ 如可赎兮，人百其身。

解 使属圹之乱命，可以无从奄息之殉
葬，可以他人代。则人皆愿百其
可以易之矣，盖一奄息，足以为百
夫之特，则当我百人，不足以增重
乎？国而存一奄息，实足以有光于
秦，而百其身以易之者，吾人之愿
也，然如奄息之不可赎，何哉？

⊛ 交交黄鸟，止于桑。谁从穆公？
子车仲行。维此仲行，百夫之防。
临其穴，惴惴其慄。彼苍者天，
歼我良人。如何赎兮，人百其身。

解 讲同上。

⊛ 交交黄鸟，止于楚。谁从穆公？
子车针虎。维此针虎，百夫之御。
临其穴，惴惴其慄。彼苍者天，
歼我良人。如可赎兮，人百其身。

解 讲同上。

夫穆公以贤人从死，是乱命也。
康公从父之乱命，以杀三良，则
其罪不特在穆公矣。于三良则不
仁，于穆公则不孝，康公乌能逭其
罪乎！

晨风

三章，章六句。

yù bǐ chén fēng　　yù bǐ běi lín　　wèi jiàn jūn zǐ　　yōu xīn qīn qīn

鴥彼晨风，郁彼北林。未见君子，忧心钦钦。

rú hé rú hé　　wàng wǒ shí duō

如何如何？忘我实多！（一章）

shān yǒu bāo lì　　xí yǒu liù bó　　wèi jiàn jūn zǐ　　yōu xīn mǐ lè

山有苞栎，隰有六驳。未见君子，忧心靡乐。

rú hé rú hé　　wàng wǒ shí duō

如何如何？忘我实多！（二章）

shān yǒu bāo dì　　xí yǒu shù suì　　wèi jiàn jūn zǐ　　yōu xīn rú zuì

山有苞棣，隰有树檖。未见君子，忧心如醉。

rú hé rú hé　　wàng wǒ shí duō

如何如何？忘我实多！（三章）

【注】鴥，鸟疾飞的样子。晨风，鸟名，亦作鹯风，即鹯（zhān）鸟，鹰类猛
禽。郁，茂盛。

钦钦，忧思难忘的样子。

如何，为什么。

苞，茂盛的样子。六驳，木名，梓榆之属，因其树皮青白，形如驳马而
得名。

树，直立的样子。檖，树名，又叫山梨、赤罗。

妇人以夫不在而言。

㊗ 鴥彼晨风，郁彼北林。

㊐ 鴥然疾飞之晨风，则归于郁然茂盛之北林矣。

㊗ 未见君子，忧心钦钦。

㊐ 况我未见君子，不胜其睽违之感，则忧心钦钦，而不忘矣。

㊗ 如何如何，忘我实多。

㊐ 夫我不忘君子如此，亦宜君子之不忘我也。彼君子者，如何久而不归，而忘我之多如是乎。

㊗ 山有苞栎，隰有六驳。

㊐ 今夫山则有苞栎矣，隰则有六驳矣。

㊗ 未见君子，忧心靡乐。

㊐ 况我也，未见君子，则忧思之甚，而此心为之靡乐矣。

㊗ 如何如何，忘我实多。

㊐ 夫忧而至于靡乐，则我之不忘君子，可谓至矣。彼君子者如何如何，而忘我之多乎。

㊗ 山有苞棣，隰有树檖。未见君子，忧心如醉。如何如何，忘我实多。

㊐ 讲同上。

无衣

三章，章五句。

無衣

_{qǐ yuē wú yī} _{yǔ zǐ tóng páo} _{wáng yú xīng shī} _{xiū wǒ gē máo} _{yǔ zǐ tóng chóu}
岂曰无衣？与子同袍。王于兴师，修我戈矛，与子同仇。（一章）

_{qǐ yuē wú yī} _{yǔ zǐ tóng zé} _{wáng yú xīng shī} _{xiū wǒ máo jǐ} _{yǔ zǐ xié zuò}
岂曰无衣？与子同泽。王于兴师，修我矛戟，与子偕作。（二章）

_{qǐ yuē wú yī} _{yǔ zǐ tóng cháng} _{wáng yú xīng shī} _{xiū wǒ jiǎ bīng} _{yǔ zǐ xié xíng}
岂曰无衣？与子同裳。王于兴师，修我甲兵，与子偕行。（三章）

【注】袍，战袍。同袍，共享同样的战袍。

王，指秦君；一说指周天子。于，语助词。兴师，起兵。同仇，共同对敌。

泽，同"襗"，内衣。

偕作，共同行动。

裳，下衣，此指战裙。

甲兵，铠甲与兵器。

秦人平居而相谓，曰平民无敢勇之气，则不能以效死，平日无同心之爱，又不可以同事。

✳ 岂曰无衣？与子同袍。

🔴解 是故我以袍而同之子也，岂曰以子无衣之故，而与子同袍哉？

✳ 王于兴师，修我戈矛，与子同仇。

🔴解 盖恩不共结于平时，则义不共奋于一旦。故我以同袍相固结，倘使主国有难，我公以天子之命而兴师，则将修我之戈矛，而与子同仇，相率以敌王之忾矣，是我之同袍为是故耳，岂曰子之无衣然哉！

✳ 岂曰无衣？与子同泽。

🔴解 不特与子同袍已也，至于泽亦必同之矣，然岂曰无衣，而欲与子同泽哉。

✳ 王于兴师，修我矛戟，与子偕作。

🔴解 盖我公一旦承天子之命而兴师，则将修我矛戟，而与子偕作焉。我倡于先，子奋于后，相与共赴主国之难者，此今日同泽意也，非诚以无衣之故矣。不然彼此之情不相孚，安望其能偕作也耶！

✳ 岂曰无衣？与子同裳。

🔴解 又不特与子同泽已也，至于裳亦必同之矣。然岂曰无衣，而与子同裳哉？

✳ 王于兴师，修我甲兵，与子偕行。

🔴解 讲俱同上。夫秦本周地，故其民犹知尊王者，乃其周泽之未泯，而乐于战斗，则秦之强悍，有以驱而变之耳，使其导之以先王仁义之德，则其俗岂如是而已哉？噫，此秦之所以止于秦也。

渭阳

渭
陽

二章，章四句。

wǒ sòng jiù shì　　yuē zhì wèi yáng　　hé yǐ zèng zhī　　lù chē shènghuáng
我送舅氏，曰至渭阳。何以赠之？路车乘黄。（一章）

wǒ sòng jiù shì　　yōu yōu wǒ sī　　hé yǐ zèng zhī　　qióng guī yù pèi
我送舅氏，悠悠我思。何以赠之？琼瑰玉佩。（二章）

【注】我，应为当时秦国太子罃。舅氏，即舅父，这里当指晋文公重耳。

曰，语词，无实义。渭阳，渭水北边。

路车，诸侯所乘之车。乘黄，驾车的四匹黄马。

琼瑰，次于玉的美石。

此秦康公送其舅重耳作也。言人情之感，莫切于别离之际，而况于甥舅之情，无有不容已者乎。

✳ 我送舅氏，曰至渭阳。

🅰 诚以我舅在外十九年，而今始得以复国。顾晋之宗盟有赖，而秦之后会无期，故我送舅氏，曰至渭阳之地，盖有不忍以遽别者矣。

✳ 何以赠之？路车乘黄。

🅰 然行必以赆礼也，我果何以赠之乎？则赠之路车与乘马焉。盖舅氏返国，将继统而为诸侯也，以是赠之，庶有以光其行，而表吾甥舅之爱耳。

✳ 我送舅氏，悠悠我思。

🅰 我舅兄弟十九人，而彼独得以嗣立，顾废者可以复兴，而死者不可复存，故我送舅氏，悠悠我思，盖念吾母而不得见矣。

✳ 何以赠之？琼瑰玉佩。

🅰 然行必以赆礼也，我果何以赠之乎？则赠之以琼瑰之玉佩焉。盖舅氏返国，将缵绪而为诸侯也，以是赠之，庶有以备其饰而达吾甥舅之情耳。

夫康公送舅氏，而念母之不见，是故良心也，而卒连兵令孤，视甥舅不啻仇仇何哉，无乃怨欲不能制欤。噫，此康公之所以止于康公也。

权舆

二章，章五句。

權舆

wū wǒ hū　　xià wǔ qú qú　　jīn yě měi shí wú yú
於我乎！夏屋渠渠，今也每食无余。

xū jiē hū　　bù chéng quán yú
于嗟乎！不承权舆！ （一章）

wū wǒ hū　　měi shí sì guǐ　　jīn yě měi shí bù bǎo
於我乎！每食四簋，今也每食不饱。

xū jiē hū　　bù chéng quán yú
于嗟乎！不承权舆！ （二章）

【注】於，叹词。

夏屋，大俎，大的食器。 渠渠，丰盛的样子。

承，继承。 权舆，本指草木萌芽状态，引申为开始、起初。

簋，古代青铜或陶制圆形食器。

此人君待贤不继，故贤者作此。曰：人君养贤，固贵于礼意之殷勤，尤贵于终始之如一，自今言之。

❋ 於我乎！夏屋渠渠。

🅙 尹始于我也，处之以渠渠之夏屋，其于饮食之礼，无所不备，可谓能处其始矣。

❋ 今也每食无余。

🅙 今也乃每食而无余焉，其视夏屋之初为何如耶。

❋ 于嗟乎，不承权舆。

🅙 吁嗟乎，终不继于其始，是不承权舆矣，何其始勤终怠之，若是殊哉。

❋ 於我乎！每食四簋。

🅙 吾君始于我也，养之以每四簋之多，其于供意之仪，无以不至，可谓能厚于始矣。

❋ 今也每食不饱。

🅙 今也乃每食之不饱焉，其视四簋之多，为何如耶。

❋ 于嗟乎，不承权舆。

🅙 吁嗟乎，终不继于其始，是不承权舆矣。何其始厚终薄之，若是殊哉！要之权舆不承，是废礼也。废礼是忘道也，忘道之人，不可久处，君子可无见几之智乎？吁，此固贤者之意也欤。

帝舜之胄阏父为周陶正，武王以太姬妻其子满，而封于陈。诗凡十篇。

陈风

宛丘

三章，章四句。

zǐ zhī dàng xī　wǎn qiū zhī shàng xī　xún yǒu qíng xī　ér wú wàng xī
子之汤兮，宛丘之上兮。洵有情兮，而无望兮。（一章）

kǎn qí jī gǔ　wǎn qiū zhī xià　wú dōng wú xià　zhí qí lù yǔ
坎其击鼓，宛丘之下。无冬无夏，值其鹭羽。（二章）

kǎn qí jī fǒu　wǎn qiū zhī dào　wú dōng wú xià　zhí qí lù dào
坎其击缶，宛丘之道。无冬无夏，值其鹭翿。（三章）

【注】汤，"荡"之借字，形容舞姿摇摆的样子；一说游荡，放荡。宛丘，地名，在陈都城（今河南省周口市淮阳区）东南。

无望，无德望；一说不敢奢望。

坎其，即"坎坎"，击鼓声。

无，不管，不论。值，持或戴。鹭羽，用鹭鸶羽毛做成的扇形或伞形舞具；下文"鹭翿"同。

缶，瓦制的打击乐器，大腹小口。

国人见此人常游荡于宛丘之上，故刺之。

（＊）子之汤兮，宛丘之上兮。洵有情兮，而无望兮。

（解）子游荡于宛丘之上，快意适观，流连风景，信有情思而可乐矣。然放纵不检，秩于礼法之外，何有威仪可瞻望乎？

（＊）坎其击鼓，宛丘之下。

（解）然使其荡而有节，犹之可也。今子坎坎，其击鼓于宛丘之下，所以为乐也。

（＊）无冬无夏，值其鹭羽。

（解）然岂特一时为然哉？且无冬无夏而击鼓，于是值其鹭羽以为舞焉，何其荒淫无度之若是耶！

（＊）坎其击缶，宛丘之道。无冬无夏，值其鹭翿。

（解）讲同上。

吁，此人游荡，而诗人知刺之，亦可谓不移于流俗矣。

东门之枌

三章，章四句。

枌 莜

dōng mén zhī fén　　wǎn qiū zhī xǔ　　zǐ zhòng zhī zǐ　　pó suō qí xià
东门之枌，宛丘之栩。子仲之子，婆娑其下。（一章）

gǔ dàn yú chā　　nán fāng zhī yuán　　bù jì qí má　　shì yě pó suō
縠旦于差，南方之原。不绩其麻，市也婆娑。（二章）

gǔ dàn yú shì　　yuè yǐ zōng mài　　shì ěr rú qiáo　　yí wǒ wò jiāo
縠旦于逝，越以鬷迈。视尔如莜，贻我握椒。（三章）

【注】子仲，当时陈国的一个姓氏。子，女儿。婆娑，盘旋摇摆，指舞蹈的姿态。
縠，善。旦，日子。于，语词。差，选择。原，高而平坦之地。
绩，把麻搓成线。市，集市，此处作"在集市"。
逝，往，赶。越以，发语词。鬷，会聚，聚集；一说屡次。迈，往，去。
莜，锦葵，草本植物，花开紫色或白色。握，一把。椒，花椒，古时作为定情
信物。

此男女聚会歌舞而赋其事，以相乐。

❋ 东门之枌，宛丘之栩。

解 东门则有枌矣，宛丘则有栩矣，夫固为聚会歌舞之地也。

❋ 子仲之子，婆娑其下。

解 但见子仲氏之女，婆娑于其下，依蔽树之下荫，而快歌舞之情，诚有可乐者矣！

❋ 榖旦于差，南方之原。

解 是子仲氏之女也，差择善旦以会于南方之原，将以为歌舞之事也。

❋ 不绩其麻，市也婆娑。

解 于是不绩其麻，以会于市也，而婆娑以舞焉。盖苟得以遂歌舞之乐，则虽弃其业而不辞矣。

❋ 榖旦于逝，越以鬷迈。

解 是子仲之子也，以善旦而往，于是挟其众与偕行，所以为歌舞之事。

❋ 视尔如荍，贻我握椒。

解 斯时也，我视尔颜色之美，有如荍若之华。而尔复遗我以一握之椒，而交情好焉。盖彼此相爱之意，实有寓于物，而不尽于物者矣。意男女聚会，而赋其相乐之事如此，俗之不美见矣，夫岂无所自哉？

衡门

三章，章四句。

héng mén zhī xià　kě yǐ qī chí　bì zhī yáng yáng　kě yǐ lè jī
衡门之下，可以栖迟。泌之洋洋，可以乐饥。（一章）

qǐ qí shí yú　bì hé zhī fáng　qǐ qí qǔ qī　bì qí zhī jiāng
岂其食鱼，必河之鲂？岂其取妻，必齐之姜？（二章）

qǐ qí shí yú　bì hé zhī lǐ　qǐ qí qǔ qī　bì sòng zhī zǐ
岂其食鱼，必河之鲤？岂其取妻，必宋之子？（三章）

【注】衡，同"横"，衡门即横木为门，指房屋简陋。栖迟，栖息，此指幽会。

泌，本义为泉水疾流的样子，这里指泉水之名。乐饥，乐道忘饥；一说乐同
"疗"，乐饥指满足性的饥渴。

齐之姜，齐国的姜姓美女，姜姓在齐国为贵族。

宋之子，宋国的子姓女子，子姓在宋国为贵族。

· 清 · 高侪鹤《诗经图谱慧解 · 衡门泌水图》

衡門泛水圖

此隐居自乐而无求者之词。 言人当知有素位之乐，而不可有愿外之心。 盖愿外则随在皆难必也，素位则无往非可适也。

✳ 衡门之下，可以栖迟。

解 故我也，横木为门，虽云浅陋也，然居于斯，即乐于斯，固泰然其有余，适者不可以栖迟乎，而衡门之下皆乐地矣。

✳ 泌之洋洋，可以乐饥。

解 泌水洋洋，虽不可饱也，然寓于斯，即玩于斯，固悠然其有余趣者，不可忘饥乎，而泌水皆乐境矣。 夫如是而居，如是而玩吾心，盖无不自足也，而又何求于外哉。

✳ 岂其食鱼，必河之鲂？

解 是故河鲂、河鲤，鱼之美者也，然必得之，则食不得则已。 齐姜、宋女色之美者也，然必得之，则娶不得，则已而后于心无所累也。 今也岂其食鱼必河之鲂乎？ 盖食惟取适口足矣，苟非河鲂亦可也。

✳ 岂其取妻，必齐之姜？

解 岂其娶妻必齐之姜乎？ 盖妻惟取内助足矣，苟非齐姜亦可也。

✳ 岂其食鱼，必河之鲤？

解 岂其食鱼，必河之鲤乎？ 盖食惟取属厌已矣，苟非鲤亦可也。

✳ 岂取妻子，必宋之子？

解 岂其娶妻必宋之子乎？ 盖妻惟取代终已矣，苟非宋子，亦可也。

盖食色之性，虽人所有，而位分之素亦人当安，若必切切然求其尽美而后为快焉，几何而不驰心于外，而丧吾自得之真哉？ 夫以隐者之词如此，非有道之君子．其孰能之？

东门之池

三章，章四句。

東門之池

東門

之池

dōng mén zhī chí　　kě yǐ òu má　　bǐ měi shū jī　　kě yǔ wù gē
东门之池，可以沤麻。彼美淑姬，可与晤歌。（一章）

dōng mén zhī chí　　kě yǐ òu zhù　　bǐ měi shū jī　　kě yǔ wù yǔ
东门之池，可以沤纻。彼美淑姬，可与晤语。（二章）

dōng mén zhī chí　　kě yǐ òu jiān　　bǐ měi shū jī　　kě yǔ wù yán
东门之池，可以沤菅。彼美淑姬，可与晤言。（三章）

【注】池，护城河。沤，浸泡。

晤歌，用歌声互相唱和，即对歌。

纻，同"苎"，苎麻，多年生草本植物，茎皮含纤维质，可织布。

晤语，对话。

菅，菅草，其茎浸渍剥取后搓绳，可以编草鞋。

此亦男女会遇之词。

✳ 东门之池，可以沤麻。

㉿ 东门之池，所聚也则可以沤麻矣。

✳ 彼美淑姬，可与晤歌。

㉿ 维彼淑姬，其色至美者也。则可与晤歌矣，当会遇之顷，相与唱合以恰情，宁不适我愿乎？

✳ 东门之池，可以沤纻。

㉿ 东门之池，则可以沤纻矣。

✳ 彼美淑姬，可以晤语。

㉿ 彼美色之淑姬，于斯而一邂逅焉，岂不可与晤语乎？彼此答述之际，我其与子偕臧矣。

✳ 东门之池，可以沤菅。彼美淑姬，可与晤言。

㉿ 解同上。

东门之杨

二章，章四句。

dōng mén zhī yáng　　qí yè zāng zāng　　hūn yǐ wéi qī　　míng xīng huáng huáng
东门之杨，其叶牂牂。昏以为期，明星煌煌。（一章）

dōng mén zhī yáng　　qí yè pèi pèi　　hūn yǐ wéi qī　　míng xīng zhé zhé
东门之杨，其叶肺肺。昏以为期，明星晢晢。（二章）

【注】牂牂，风吹树叶的响声；一说茂盛的样子。

昏，黄昏。 期，约定的时间。 明星，启明星，晨见东方。 煌煌，明亮的样子。

肺肺，肺为"市"之假借，市今作芾，"肺肺"犹"芾芾"，茂盛的样子。

晢晢，明亮的样子。

此男女期会，而有负约不至者，故因所见以起兴。

✳ 东门之杨，其叶牂牂。

解 东门之杨，则其叶牂牂焉而甚盛矣。

✳ 昏以为期，明星煌煌。

解 子与我昏以为期，欲于此一相会也。今则见其启明之星，煌煌其
　大明矣。期于昏，而将旦之不见，我不知其何为负约至此也，宁
　不孤我之望乎哉。

✳ 东门之杨，其叶肺肺。昏以为期，明星晢晢。

解 讲同上。

墓门

二章，章六句。

鸮

墓門

mù mén yǒu jí　　fǔ yǐ sī zhī　　　fū yě bù liáng　　guó rén zhī zhī
墓门有棘，斧以斯之。夫也不良，国人知之。

zhī ér bù yǐ　　shuí xī rán yǐ
知而不已，谁昔然矣。（一章）

mù mén yǒu méi　　yǒu xiāo cuì zhī　　fū yě bù liáng　　gē yǐ xùn zhī
墓门有梅，有鸮萃止。夫也不良，歌以讯之。

xùn yú bù gù　　diān dǎo sī yú
讯予不顾，颠倒思予。（二章）

【注】墓门，墓道的门；一说陈国城门名。　斯，劈，砍。

夫，这个人，这里指的是陈国日后为国君的权臣陈佗。

不已，不止。谁昔，往昔，从前。

梅，酸梅树；一说棘，梅字古文作"楳"，与棘形近。　鸮，猫头鹰，古
人认为是不祥之鸟。　萃，聚集。

讯，斥责，告诫。

颠倒，国家颠覆、混乱；一说不分好歹。

此刺人为恶之诗，但不知其何所指也。

※ 墓门有棘，斧以斯之。

解 墓门有棘，不期于斧之斯也，而樵采者不废，则斧以斯之矣。

※ 夫也不良，国人知之。

解 夫也不良，不欲于人之知也，然恶积而不可掩，则国人皆有以知之昔矣。

※ 知而不已，谁昔然矣。

解 夫为恶于独，而至为国人所知，此其事迹亦暴著矣，使其能速改焉，犹可以自新也，夫何国人知之而犹不改。则自畴昔已然，非适今日而然也，何其肆恶之无忌惮如是哉！

※ 墓门有梅，有鸮萃止。

解 墓门有梅，不期于鸮之萃也。然招徕之有机，则必有鸮以萃之者矣。

※ 夫也不良，歌以讯之。

解 夫也不良，不欲于人之讯也，然劝善亦人心之公，则必有歌其恶以讯之者矣。

※ 讯予不顾，颠倒思予。

解 夫为恶不已，而至为予之讯，此其事势亦几殆矣，使其能予顾焉，则庶不至颠倒之患也。苟讯之而不予顾，至于颠倒而后思予，则岂有所及哉！

此可见闻善速改者，固自善之道，亦免祸之道也。诗人既惓惓然望其改，而又惕其不改之祸，此其意良切矣，何此人之不悟哉！

防有鹊巢

二章，章四句。

鹝　　荅

fáng yǒu què cháo　qióng yǒu zhǐ tiáo　shuí zhōu yú měi　xīn yān dāo dāo
防有鹊巢，邛有旨苕。谁侜予美？心焉忉忉。（一章）

zhōng táng yǒu pì　qióng yǒu zhǐ yì　shuí zhōu yú měi　xīn yān tì tì
中唐有甓，邛有旨鹝。谁侜予美？心焉惕惕。（二章）

【注】防，堤防。 邛，土丘，山丘。 旨，味美的，鲜嫩的。 苕，一种可食的蔓生植
物，生长在低湿地。 此二句都是反其意而言，即水坝怎会鹊筑巢，山上怎会
长苕。
侜，谎言欺骗。 予美，我的心上人。
忉忉，烦恼不安的样子。
中唐，中庭之道路。 甓，砖瓦。 鹝，"蘱"之假借，杂色小草，美如锦绶，又叫
绶草，一般长在阴湿处。
惕惕，提心吊胆、恐惧不安的样子。

此男女之有私而忧，或间之之词意。

✳ 防有鹊巢，邛有旨苕。

🅗 言防之上，则有鹊之巢，邛丘之中，则有旨之苕矣，物各有所止如此。

✳ 谁侜予美？心焉忉忉。

🅗 况此人也，乃予之所美者也，今何人驾为虚诞之词，以侜张予之所美乎。使我虑谗间之，或人恐情好之不终，而忧之至于忉忉矣。彼何人斯，慎毋使我心忉乎哉！

✳ 中唐有甓，邛有旨鹝。谁侜予美？心焉惕惕。

🅗 讲同上。

月出

三章，章四句。

月出

yuè chū jiǎo xī　　jiǎo rén liáo xī　　shū yǎo jiū xī　　láo xīn qiǎo xī

月出皎兮，佼人僚兮。舒窈纠兮，劳心悄兮。（一章）

yuè chū hào xī　　jiǎo rén liú xī　　shū yǒu shòu xī　　láo xīn cǎo xī

月出皓兮，佼人懰兮。舒懮受兮，劳心慅兮。（二章）

yuè chū zhào xī　　jiǎo rén liáo xī　　shū yǎo shào xī　　láo xīn cǎn xī

月出照兮，佼人燎兮。舒夭绍兮，劳心惨兮。（三章）

【注】皎，皎洁，洁白。 佼，同"姣"，美丽。 佼人，美人。 僚，娇美。

舒，舒缓，指从容娴雅。 窈纠，形容女子行走时体态苗条，姿态美好的样子；

下文"懮受""夭绍"同。 劳心，忧心。 悄，忧愁状。

懰，"嬼"之假借，妩媚，美艳。

慅，心神不安的样子。

燎，同"嫽"，娇美。

惨，当为"懆（cǎo）"，忧愁不安的样子。

此亦男女相悦而相念之词。

✳ 月出皎兮，佼人僚兮。

㉥ 月出则皎然而光矣。佼人则僚然而好矣。

✳ 舒窈纠兮，劳心悄兮！

㉥ 是佼人也，我欲见而不可得，则窈纠之情切矣。今安得施施而来见之，以舒其窈纠之情乎。愿见之心，日切于中，是以为之劳心，悄然有不堪其忧者矣。

✳ 月出皓兮，佼人懰兮。舒慢受兮，劳心慅兮！

㉥ 讲同上。

✳ 月出照兮，佼人燎兮。舒夭绍兮，劳心惨兮。

㉥ 讲同上。

株林

二章,章四句。

hú wèi hū zhū lín　　cóng xià nán　　fěi shì zhū lín　　cóng xià nán

胡为乎株林?从夏南。匪适株林,从夏南。(一章)

jià wǒ shèng mǎ　　shuì yú zhū yě　　chéng wǒ shèng jū　　zhāo shí yú zhū

驾我乘马,说于株野。乘我乘驹,朝食于株。(二章)

【注】胡为,为什么。 株,陈国邑名,在今河南柘城县。 林,郊外。

从,跟从。 夏南,夏姬之子夏徵舒,字子南,为陈卿。

匪,非。 适,往。

我,指陈灵公。 乘马,四匹马,一车四马为一乘。

说,同"税",停车解马止息。

乘我乘驹,前一"乘",动词,驾的意思;后一"乘"为一车四马;马高五尺以

上、六尺以下称驹。

朝食,吃早饭,隐喻男女情欲之事。

灵公淫于夏徵舒之母，朝夕而往夏氏之邑，故其民相
与语。

⊛ 胡为乎株林，从夏南兮？

🄰 君胡为乎？适株林乎？曰从夏南焉耳。

⊛ 匪适株林，从夏南兮！

🄰 然则君非适株林也，特以从夏南之故耳，使非为夏南之故，则一
株林之小，何足以烦吾君之至止耶！

⊛ 驾我乘马，说于株野。

🄰 夫君惟为从夏南也，是故驾我乘马，而说于株野焉，而岂为无故
之行乎！

⊛ 乘我乘驹，朝食于株。

🄰 驾我乘驹，而朝食于株焉，而岂为无故之往乎？盖既无心于夏南，
则其说食于株也，固不得不若是其数数矣。

夫灵公淫于夏姬，不可言也，故以从其子言之，诗人之忠厚如此。

泽陂

三章，章六句。

bǐ zé zhī bēi   yǒu pú yǔ hé   yǒu měi yī rén   shāng rú zhī hé
彼泽之陂，有蒲与荷。有美一人，伤如之何！

wù mèi wú wéi   tì sì pāng tuó
寤寐无为，涕泗滂沱。（一章）

bǐ zé zhī bēi   yǒu pú yǔ jiān   yǒu měi yī rén   shuò dà qiě quán
彼泽之陂，有蒲与蕳。有美一人，硕大且卷。

wù mèi wú wéi   zhōng xīn yuān yuān
寤寐无为，中心悁悁。（二章）

bǐ zé zhī bēi   yǒu pú hàn dàn   yǒu měi yī rén   shuò dà qiě yǎn
彼泽之陂，有蒲菡萏。有美一人，硕大且俨。

wù mèi wú wéi   zhǎn zhuǎn fú zhěn
寤寐无为，辗转伏枕。（三章）

【注】陂，水泽的堤岸。蒲，香蒲草。

伤，因思念而忧伤。

无为，没有办法。涕，眼泪。泗，鼻涕。滂沱，大雨的样子，此处比
喻眼泪流得很多。

蕳，莲蓬，荷花的果实。

卷，"婘"之省借，美好的样子。

悁悁，忧伤愁闷的样子。

菡萏，荷花。

俨，端庄矜持。

此亦男女相悦而相念之词。

❋ 彼泽之陂，有蒲与荷。

㊐ 彼泽之陂，则有蒲与荷矣。

❋ 有美一人，伤如之何。

㊐ 有美一人，我欲见之而不可得，则虽忧伤，而如之何哉？

❋ 寤寐无为，涕泗滂沱。

㊐ 则寤寐之际，无他所为，惟涕泗滂沱而已。 盖忧伤之情，既不得遂于一见，而涕泗之零，自不觉其潸然耳。

❋ 彼泽之陂，有蒲与蕑。

㊐ 彼泽之陂，有蒲与蕑矣。

❋ 有美一人，硕大且卷。

㊐ 有美一人，则体貌之硕大，而且鬓鬓之皆美矣。

❋ 寤寐无为，中心悁悁。

㊐ 我也念斯人之不见，而忧相亲之无由，则惟寤寐无为，中心悁悁然，而于悒之不胜矣，其如美人何哉！

❋ 彼泽之陂，有蒲菡萏。

㊐ 彼泽之陂，则有蒲菡萏矣。

❋ 有美一人，硕大且俨。

㊐ 有美一人，则形体之硕大，而且威仪之矜庄矣。

❋ 寤寐无为，辗转伏枕。

㊐ 我也思斯人之不见，而伤相从之无自，则惟寤寐无为，辗转伏枕而卧，不能寐耳，其如美人何哉！

妘姓之国，祝融之后也。诗凡四篇。

桧风

羔裘

三章，章四句。

羔裘

gāo qiú xiāo yáo　　hú qiú yǐ cháo　　qǐ bù ěr sī　　láo xīn dāo dāo
羔裘逍遥，狐裘以朝。岂不尔思？劳心忉忉！（一章）

gāo qiú áo xiáng　　hú qiú zài táng　　qǐ bù ěr sī　　wǒ xīn yōu shāng
羔裘翱翔，狐裘在堂。岂不尔思？我心忧伤！（二章）

gāo qiú rú gāo　　rì chū yǒu yào　　qǐ bù ěr sī　　zhōng xīn shì dào
羔裘如膏，日出有曜。岂不尔思？中心是悼！（三章）

【注】朝，上朝。

在堂，在朝堂上处理事务。

膏，油脂。如膏，形容羔裘的润泽光鲜。

曜，明亮、光亮。

悼，哀伤。

桧君好洁衣服，而不自强政治，故诗人忧之。曰：人君之治国也，功崇惟志而玩好不与焉。业崇惟德而文饰不与焉，何吾君之不知此耶？

※ 羔裘逍遥，狐裘以朝。

解 彼羔裘属私朝之服也，今则服之以逍遥而已。狐裘朝天子之服也，今则服之以临朝而已。

※ 岂不尔思？劳心忉忉。

解 致洁于服饰之间，至于政事，乃置之度外而不理焉，将无以为国矣，我岂不为尔思哉，思之之深，忧心盖为之忉忉也。

※ 羔裘翱翔，狐裘在堂。

解 羔裘则服之以翱翔矣。狐裘则服之以在堂矣，此其衣服非不美也。

※ 岂不尔思？我心忧伤。

解 然问其政事，则若罔闻，知焉如是，而我岂不为尔思哉？思之而至，于我心忧伤者，盖深虑纪纲之不立，而国家之日乱也已。

※ 羔裘如膏，日出有曜。

解 羔裘则如膏而润泽矣。日出则有曜而光明矣，此其衣服非不鲜也。

※ 岂不尔思？中心是悼。

解 然问其政事则若罔闻，知焉如是，而我岂不为尔思哉，思之而至于中心是悼者，盖深知其不可救，徒悲悯于己而已。

此可见国以政事为先，衣服乃其末节也。君以逸豫为戒，宴游所以致亡也，桧君不知其非，而国人为之忧如此，国欲不亡得乎？

素冠

三章，章三句。

shù jiàn sù guān xī　　jí rén luán luán xī　　láo xīn tuán tuán xī
庶见素冠兮，棘人栾栾兮，劳心慱慱兮。（一章）

shù jiàn sù yī xī　　wǒ xīn shāng bēi xī　　liáo yǔ zi tóng guī xī
庶见素衣兮，我心伤悲兮，聊与子同归兮。（二章）

shù jiàn sù bì xī　　wǒ xīn yùn jié xī　　liáo yǔ zi rú yī xī
庶见素韠兮，我心蕴结兮，聊与子如一兮。（三章）

【注】庶，幸，庶几。素冠，白帽。棘，瘦也。栾栾，瘦瘠貌。慱慱，忧愁的样子。
聊，愿，且。
韠，蔽膝，古代官服装饰，革制，上窄下款，形如围裙。蕴结，郁结，忧思不
解。如一，结为一体。

当时不能行三年之丧，贤者庶几见之，而作此诗。

✳ 庶见素冠兮，棘人栾栾兮，劳心传传兮。

㊫ 素冠者大祥之后，而禫服之冠也。今人不能行三年之丧，其不见此素冠也久矣，我当此希阔之时，安得见此服素冠之人。其哀遽之状，栾栾然有毁瘠之形乎。我也愿见之切，至于此心传传，而忧劳之甚焉。盖三年之丧，人道之纪，而当时不行，我固不能不为人道而深伤之焉耳。

✳ 庶见素衣兮，我心伤悲兮，聊与子同归兮。

㊫ 夫冠素则衣亦素矣，我也冀见素衣之人。其望之之切，我心至于伤悲，而愈甚矣。使其苟得见之，是固守礼之君子也，我也聊与子同归兮，而行事之间，必与子相似而不违也，不知今果得以见之否乎？

✳ 庶见素韠兮，我心蕴结兮，聊与子如一兮。

㊫ 夫衣素，则韠亦素矣，我也冀见素韠之人。其望之之切，我心至于蕴结，而不伸矣。使其苟得见之，是固秉礼之君子也。我也聊与子如一兮，而意气之间必与之相孚而罔间也。不知今果得见之否乎？

吁，歌是诗者，其欲复天下之大经乎，其欲挽世道之颓坏乎，思深哉，反古之志也。

隰有苌楚

三章，章四句。

苌楚

xí yǒu cháng chǔ　　ē nuó qí zhī　　yāo zhī wò wò　　lè zǐ zhī wú zhī
隰有苌楚，猗傩其枝。夭之沃沃，乐子之无知。（一章）

xí yǒu cháng chǔ　　ē nuó qí huā　　yāo zhī wò wò　　lè zǐ zhī wú jiā
隰有苌楚，猗傩其华。夭之沃沃，乐子之无家。（二章）

xí yǒu cháng chǔ　　ē nuó qí shí　　yāo zhī wò wò　　lè zǐ zhī wú shì
隰有苌楚，猗傩其实。夭之沃沃，乐子之无室。（三章）

【注】苌楚，植物名，今称羊桃，又叫猕猴桃。猗傩，同"婀娜"，茂盛而柔美的样子。

夭，少好貌，此指苌楚处于茁壮成长时期。沃沃，光泽漂亮的样子。乐，喜，羡慕。

子，你，指苌楚。

华，同"花"。

政烦赋重人不堪其苦，而作此诗。

⊛ 隰有苌楚，猗傩其枝。天之沃沃，乐子之无知。

㊣ 彼下隰之地，有苌楚生焉。但见其枝猗傩，而柔顺少好而光泽
矣。盖惟子之无知，故政烦不能为之扰，赋重不能为之困，而生
意向荣之如是耳。若我之有知，不免敝于政而困于赋，岂能如子
之无知而无忧乎，我其乐子之无知矣。

⊛ 隰有苌楚，猗傩其华。天之沃沃，乐子之无家。

㊣ 无家无父母兄弟妻子之累也。

⊛ 隰有苌楚，猗傩其实。天之沃沃，乐子之无室。

㊣ 讲同上。

夫吁天地之间，贵莫贵于人，贱莫贱于物，乃至以人之贵，叹不
如物之贱，则民之无聊甚矣。为人上者，何乃使之至此极哉！

匪风

三章，章四句。

fēi fēng fā xī　　fēi chē jié xī　　gù zhān zhōu dào　　zhōng xīn dá xī
匪风发兮，匪车偈兮。顾瞻周道，中心怛兮。（一章）

fēi fēng piāo xī　　fēi chē piāo xī　　gù zhān zhōu dào　　zhōng xīn diào xī
匪风飘兮，匪车嘌兮。顾瞻周道，中心吊兮。（二章）

shuí néng pēng yú　　gài zhī fǔ xín　　shuí jiāng xī guī　　huái zhī hǎo yīn
谁能亨鱼？溉之釜鬵。谁将西归？怀之好音。（三章）

【注】匪，代词，相当于"彼"。 发，疾速。 偈，车行快速的样子。

周道，大道。 怛，痛苦，悲伤。

飘，疾速，或谓旋风。 嘌，轻快的样子。

吊，悲伤。

亨，同"烹"，煮。

溉，洗涤。 釜，饭锅。 鬵，大型的釜。

怀，携带。 好音，平安的消息。

清 • 高侪鹤《诗经图谱慧解 • 西归图》

西歸圖

周室衰微，贤人忧叹而作此诗，曰：文武众建侯王，以蕃屏周，故王室衰微，惟诸伯叔父扶持而尊奖之，毋使失坠，斯无负水木本源之思也，吾今不能无慨矣。

※ 匪风发兮，匪车偈兮。

解 彼风发则有暴疾之象，车偈则有疾驰之声，皆足以搅乱我心者也。故常时风发而车偈，则中心怛然矣。今则匪风之发也，匪车之偈也。

※ 顾瞻周道，中心怛兮。

解 特以顾瞻周道，见其西归之无人，而思王室之陵夷，故中心为之怛然，有不胜其伤悲之感者矣，岂曰风发车偈而然哉？

※ 匪风飘兮，匪车嘌兮。顾瞻周道，中心吊兮。

解 讲同上。

夫我之怛然而吊者，惟以西归无人故也。苟有西归之人，则我之情，又岂但已哉？

※ 谁能亨鱼？溉之釜鬵。

解 彼鱼我所欲也，谁能烹鱼，以和其滋味之所宜乎，我愿为之溉其釜鬵焉，所以预其调饪之用，而为先事之助者，固吾心所乐为矣。

※ 谁将西归？怀之好音。

解 况归周我所欲也，谁将西归，以明君臣之义乎。我愿怀之以好音焉，所以扬其忠节之良，而为臣子之倡者，非吾心不容已哉，夫切伤周之念，而欲厚归周之人，若诗人可谓笃于君臣之义矣。

周武王以封其弟振铎。诗凡四篇。

曹风

蜉蝣

三章，章四句。

蜉蝣

蜉蝣

fú yóu zhī yǔ　　yī shang chǔ chǔ　　xīn zhī yōu yǐ　　wū wǒ guī chù
蜉蝣之羽，衣裳楚楚。心之忧矣，於我归处。（一章）

fú yóu zhī yì　　cǎi cǎi yī fu　　xīn zhī yōu yǐ　　wū wǒ guī xī
蜉蝣之翼，采采衣服。心之忧矣，於我归息。（二章）

fú yóu jué xué　　má yī rú xuě　　xīn zhī yōu yǐ　　wū wǒ guī shuì
蜉蝣掘阅，麻衣如雪。心之忧矣，於我归说。（三章）

【注】蜉蝣，一种生命仅数小时的昆虫，翅薄而透明。羽，翅膀。衣裳，指蜉蝣的翅
膀。楚楚，鲜明貌。

於，叹词。

采采，华美鲜艳的样子。

阅，同"穴"。麻衣，白麻之衣。

说，同"税"，止息。

时人有玩细娱而忘远虑者，故诗人作诗以刺之。曰：
人贵有长久之计，而勿偷旦夕之安。盖远虑无患，而
狃目前者近忧，可立睹也。

✳ 蜉蝣之羽，衣裳楚楚。

🅢 彼蜉蝣之为物，其羽翼鲜明，尤衣裳之楚楚可爱矣，但朝生暮死，
不能久存，则所谓楚楚者安在哉？然则人之玩细娱而忘远虑，将
有目前之近祸不尤是耶。

✳ 心之忧矣，于我归处。

🅢 我也虑子近祸之不免，是以心之忧矣。欲其于我归处焉，使我得
尽其规诲之益，而知细误不可玩，远虑不可忘，得庶几无危亡之
祸可矣。不然徒寄蜉蝣于天地，将何以自存而免吾忧耶？

✳ 蜉蝣之翼，采采衣服。心之忧矣，于我归息。

🅢 讲同上。

✳ 蜉蝣掘阅，麻衣如雪。心之忧矣，于我归说。

🅢 讲同上。

候人

四章，章四句。

鹈

候人

bǐ hòu rén xī　　hè gē yǔ duì　　bǐ jì zhī zǐ　　sān bǎi chì fú

彼候人兮，何戈与祋。彼其之子，三百赤芾。（一章）

wéi tí zài liáng　　bù rú qí yì　　bǐ jì zhī zǐ　　bù chèn qí fú

维鹈在梁，不濡其翼。彼其之子，不称其服。（二章）

wéi tí zài liáng　　bù rú qí zhòu　　bǐ jì zhī zǐ　　bù suì qí gòu

维鹈在梁，不濡其咮。彼其之子，不遂其媾。（三章）

huì xī wèi xī　　nán shān cháo jī　　wǎn xī luán xī　　jì nǚ sī jī

荟兮蔚兮，南山朝隮。婉兮娈兮，季女斯饥。（四章）

【注】候人，古代在道路上负责迎送宾客的小官。何，同"荷"，肩负。祋，武器，
殳的一种，一种古代兵器，竹制杖类，长一丈二尺。

芾，革制的蔽膝；赤芾是大夫以上官爵的待遇。

鹈，水禽名，即鹈鹕，嘴长，喙下有囊，捕鱼为生。

称，相称，相配。服，官服。

咮，鸟嘴。

遂，相称。媾，宠爱与恩泽。

荟、蔚，草木茂盛的样子。朝，早上。隮，云气升腾。

婉，年少。娈，貌美。季女，少女。

此刺其君远君子而近小人之词。言人君之用舍贵当，设一有不当，则君子小人必有不得其所者矣。

✳ 彼候人兮，何戈与祋。

解 彼候人者，王迎送宾客之官也。故何戈与祋，以执迎送之役宜矣。

✳ 彼其之子，三百赤芾。

解 彼其之子，其于日宣浚明之德何有也，乃三百之多，而皆服大夫赤芾之服，何哉？

夫不宜服而服之，则于君之冠服，岂其称哉？

✳ 维鹈在梁，不濡其翼。

解 彼鹈必在水，方濡其翼。今维鹈在梁，则不濡而翼矣。

✳ 彼其之子，不称其服。

解 夫人必有大夫之德者，方无愧于赤芾之服。今彼其之子，其德何如也，则岂称其服乎？夫以其服而使不称之人，得之于名器，不亦滥邪？

✳ 维鹈在梁，不濡其咮。

解 鹈必在水，方濡其咮。今维鹈在梁，则不濡其咮矣。

✳ 彼其之子，不遂其媾。

解 夫人必有大夫之德者，方无忝于赤芾之冠。今彼其之子，其德何如也？则岂遂其媾乎，夫以其媾而使不遂之人，得之于爵赏，不亦妄乎？

夫小人得志，则君子晦处。其低昂之势，可胜道哉。

✳ 荟兮蔚兮，南山朝隮。

解 彼南山之草木，荟蔚极其盛多，而朝旦之间，云气腾升于其上，益有以动人之观瞻矣。然则小人有三百之多，又极贵宠，而气焰盛不尤是乎！

✳ 婉兮娈兮，季女斯饥。

解 彼深闺之季女，婉娈极其少好，而自守之贞，不肯妄于从人，盖不免于饥饿之穷困矣。然则君子以道自守，反至贫贱，而晦处不耀，不尤是乎。

夫亲小人以盛其势，远君子以穷其身，而于举措之间倒置甚矣，其将何以为国哉！

鸤

鸤鸠

四章，章六句。

shī jiū zài sāng　　 qí zǐ qī xī　　 shū rén jūn zǐ　　 qí yí yī xī

鸤鸠在桑，其子七兮。淑人君子，其仪一兮；

qí yí yī xī　　 xīn rú jié xī

其仪一兮，心如结兮。（一章）

shī jiū zài sāng　　 qí zǐ zài méi　　 shū rén jūn zǐ　　 qí dài yī sī

鸤鸠在桑，其子在梅。淑人君子，其带伊丝；

qí dài yī sī　　 qí biàn yī qí

其带伊丝，其弁伊骐。（二章）

shī jiū zài sāng　　 qí zǐ zài jí　　 shū rén jūn zǐ　　 qí yí bù tè

鸤鸠在桑，其子在棘。淑人君子，其仪不忒；

qí yí bù tè　　 zhèng shì sì guó

其仪不忒，正是四国。（三章）

shī jiū zài sāng　　 qí zǐ zài zhēn　　 shū rén jūn zǐ　　 zhèng shì guó rén

鸤鸠在桑，其子在榛。淑人君子，正是国人；

zhèng shì guó rén　　 hú bù wàn nián

正是国人，胡不万年！（四章）

【注】鸤鸠，布谷鸟。仪，容颜仪态。一，专一，均平。心如结，比喻心意坚定。

伊，是。骐，本指青黑色的马，此处指皮帽上镶嵌的玉石。

忒，差错。正，准则、典范。四国，四方之国，犹言天下。

榛，丛生的树，树丛。胡不万年，祝其寿考之辞也，意即何不长寿万年！

• 清·高侪鹤《诗经图谱慧解·鸤鸠图》

鳴鳩

此诗君子之用心均平专一而作也。若曰：大哉有恒之心乎，是仪之不衍所由征也；服之有度，所由验也；天人之感化，宠绥所由致也。吾今于君子见之。

❋ 鸤鸠在桑，其子七兮。

解 鸤鸠在桑，其子七兮。子虽不一，而鸤鸠所以饲之者，则至一矣。

❋ 淑人君子，其仪一兮。

解 况我淑人君子，其见于威仪者，则合隐显久暂无役致，何其至一也。

❋ 其仪一兮，心如结兮。

解 其仪之一如此，而孰非心之如结者为之乎。盖虽其地有隐显也，而心无隐显之间，时有久暂也，而心无久暂之异。诚有如物之固结，而不可解者，是以见之，于仪若此，其至一耳，其用心何均平专一哉！

❋ 鸤鸠在桑，其子在梅。

解 然所谓仪之一者，于何而验之。彼鸤鸠在桑，其子在梅，子自飞去，而母常不移，何其性之一耶。

❋ 淑人君子，其带伊丝。

解 况我淑人君子，自其带言之，则为之以素丝，而有杂色之饰，惟其度也。

❋ 其带伊丝，其弁伊骐。

解 自其弁言之，则制之以皮，而有如骐之色，惟其称也。即其带弁之有常，而所谓仪之一者，故可以见其一端矣。然何莫而非心之均平专一为之哉。

❋ 鸤鸠在桑，其子在棘。

解 夫惟其仪之一，则岂不足以化人乎。彼鸤鸠在桑，其子在棘，母之性何不易耶。

✳ 淑人君子，其仪不忒。

🔴解 况我淑人君子其心一，而其度有常，威仪之形，各中其节，盖无有差忒矣。

✳ 其仪不忒，正是四国。

🔴解 夫惟其仪不忒，则民极自我而建，岂不足以正四国，而变其颇僻之习乎，是正国之化，亦莫非心一之征者矣。

✳ 鸤鸠在桑，其子在榛。

🔴解 夫惟仪足化人，则岂不足以得天乎。鸤鸠在桑，其子在榛，母之性何不易耶。

✳ 淑人君子，正是国人。

🔴解 况我淑人君子其仪一，而其化自神，四国之中，悉协于极，盖足以正是国人矣。

✳ 正是国人，胡不万年？

🔴解 夫能正国人，则天心监于有德，胡不于万斯年，常为吾民之则哉？是格天之应，亦莫非心一之符矣。

夫以君子用心之一，而其仪不忒，至于化人而得天焉，则其贤可知矣，宜诗人托兴而咏歌之也钦。

下泉

四章，章四句。

稂　　　蓍

下泉

<pre>
liè bǐ xià quán   jìn bǐ bāo láng   kài wǒ wù tàn   niàn bǐ zhōu jīng
</pre>
洌彼下泉，浸彼苞稂。忾我寤叹，念彼周京。　（一章）

<pre>
liè bǐ xià quán   jìn bǐ bāo xiāo   kài wǒ wù tàn   niàn bǐ jīng zhōu
</pre>
洌彼下泉，浸彼苞萧。忾我寤叹，念彼京周。　（二章）

<pre>
liè bǐ xià quán   jìn bǐ bāo shī   kài wǒ wù tàn   niàn bǐ jīng shī
</pre>
洌彼下泉，浸彼苞蓍。忾我寤叹，念彼京师。　（三章）

<pre>
péng péng shǔ miáo   yīn yǔ gāo zhī   sì guó yǒu wáng   xún bó láo zhī
</pre>
芃芃黍苗，阴雨膏之。四国有王，郇伯劳之。　（四章）

【注】洌，寒凉。下泉，自高处向下流的泉水。苞，茂盛。稂，一种像禾苗的野草；一说长穗而不饱实的禾。

忾，叹息声。寤，连续。周京，周朝的京城，下文"京周""京师"同。

萧，一种蒿类野生植物。

蓍，草名，古人以其茎为占筮之用。

芃芃，茂盛茁壮。膏，滋润，润泽。

四国，指四方诸侯。有王，按期朝见天子。郇伯，郇与"荀"通，荀伯即晋大夫荀跞，是他领兵平定祸乱，帮周敬王打败作乱的王子朝；一说，郇侯也，文王之子，为州伯，有治诸侯之功。劳，慰劳。

王室陵夷，而小国困敝，故诗人作此。曰：小国恒视王室以为安危，故王泽不流，则民生日蹙。君子目击时事，不能不为之感慨矣。

（＊）冽彼下泉，浸彼苞稂。

（解）彼泉水本以润物也，今以寒冽之下泉，而浸彼苞稂，则沍寒之气多，而苞稂为之见伤矣。然则王室，本以庇小国也，今也王室陵夷，则威令不行，而小国为之困敝，不尤是耶。

（＊）忾我寤叹，念彼周京。

（解）夫冽彼下泉，则浸彼苞稂矣，我当此陵夷之时，则忾然寤叹，以念彼周京矣。盖以周京之微弱，使小国无庇覆，而坐受其弊，感时触物之际，恶得不忾然以悲哉。

（＊）冽彼下泉，浸彼苞萧。忾我寤叹，念彼京周。

（解）讲同上。

（＊）冽彼下泉，浸彼苞蓍。忾我寤叹，念彼京师。

（解）讲同上。
夫今日之困，固有以重吾之忾叹矣，而追思昔日，则何如哉？

（＊）芃芃黍苗，阴雨膏之。

（解）彼黍苗芃芃然而美，非自美也，由有阴雨以膏之耳。然则小国怡怡然而安，不自安也，由有王室以庇之耳。

（＊）四国有王，郇伯劳之。

（解）夫芃芃黍苗既美矣，又有阴雨以膏之，不益美乎。况四国有王，以庇之既安矣，又有郇伯以劳之，宣其德泽，布其威令，使大有所畏，而小有所恃，不益安乎。若在于今，则日益困敝，欲求如昔日之安而不可得矣，悲伤忾叹之念，乌得不恻然于思古之下也耶。

公刘所居之国，程元曰：敢问豳风何风也？文中子曰：变风也。周公之际，亦有变风乎？曰：成王终疑，则风遂变矣。非周公之至诚，孰能卒之哉！曰：豳居变风之末，何也？曰：夷王以下，变风不复正矣！夫子盖伤之也，故终之以豳风言变之可正也。诗凡七篇。

豳风

七月

八章，章十一句。

蒿　　蠶　　七月

qī yuè liú huǒ　　jiǔ yuè shòu yī　　yī zhī rì bì fā　　èr zhī rì lì liè

七月流火，九月授衣。一之日觱发，二之日栗烈；

wú yī wú hè　　hé yǐ zú suì　　sān zhī rì yú sì　　sì zhī rì jǔ zhǐ

无衣无褐，何以卒岁？三之日于耜，四之日举趾。

tóng wǒ fù zǐ　　yè bǐ nán mǔ　　tián jùn zhì xǐ

同我妇子，馌彼南亩，田畯至喜。（一章）

qī yuè liú huǒ　　jiǔ yuè shòu yī　　chūn rì zài yáng　　yǒu míng cāng gēng

七月流火，九月授衣。春日载阳，有鸣仓庚。

nǚ zhí yì kuāng　　zūn bǐ wēi háng　　yuán qiú róu sāng　　chūn rì chí chí

女执懿筐，遵彼微行，爰求柔桑。春日迟迟，

【注】七月，此指夏历七月，周历则为九月。流，向下行。火，星名，又叫大火，即心宿。授衣，授
予冬衣。

一之日，夏历十一月，周历为正月，下文"二之日（夏历十二月）""三之日（夏历正月）""四之
日（夏历二月）"类推。觱发，大风呼啸声，寒风凛冽。栗烈，寒气刺骨。褐，毛布衣，贫贱者
之服。卒岁，过完这一年。

于，为，此处指修理。耜，古代翻地的一种农具，即犁头，其柄叫作耒。举趾，举足踏耜，以耕
土地。

馌，送饭给田间农人。田畯，督导耕种之官，即农大夫、农正。

载，则。阳，温暖。仓庚，鸟名，黄莺。

懿，深。遵，沿着。微行，小路。柔桑，嫩桑叶。

迟迟，舒缓的样子，形容春日渐长。

清·高侪鹤《诗经图谱慧解·七月流火图》

七月流火圖

八月雀葦圖

萎　　　　　　　　　　　　貉　　　鵙

cǎi fán qí qí　nǚ xīn shāng bēi　dài jí gōng zǐ tóng guī

采蘩祁祁。女心伤悲，殆及公子同归。（二章）

qī yuè liú huǒ　bā yuè huán wěi　cán yuè tiáo sāng　qǔ bǐ fǔ qiāng

七月流火，八月萑苇。蚕月条桑，取彼斧斨，

yǐ fá yuǎn yáng　jī bǐ nǚ sāng　qī yuè míng jú　bā yuè zài jì

以伐远扬，猗彼女桑。七月鸣鵙，八月载绩。

zài xuán zài huáng　wǒ zhū kǒng yáng　wèi gōng zǐ cháng

载玄载黄，我朱孔阳，为公子裳。（三章）

sì yuè xiù yāo　wǔ yuè míng tiáo　bā yuè qí huò　shí yuè yǔn tuò

四月秀葽，五月鸣蜩。八月其获，十月陨萚。

蘩，白蒿。祁祁，盛多的样子。殆，将。公子，指豳公之子。同归，被公子强行带走。

萑，荻草。

蚕月，养蚕之月，指夏历三月。条桑，采摘桑叶。斧斨，皆属斧，受柄之孔，椭曰斧，方曰斨。远扬，远伸而扬起的枝条。猗，"掎"之假借，拉着；一说美盛貌。女桑，桑树小而条长者。

鵙，鸟名，即伯劳。绩，纺织。玄、黄、朱，皆为染丝的颜色。我朱，我所染之红色。孔，甚。阳，鲜明。

秀，不开花而结实。葽，药草名，即远志。蜩，蝉。

陨，坠落。萚，落叶。

清·高俨鹤《诗经图谱慧解·萑苇图》

● 豳风　　413

莎鸡

熏鼠

yī zhī rì yú hé qǔ bǐ hú lí wèi gōng zǐ qiú èr zhī rì qí tóng
一之日于貉，取彼狐狸，为公子裘。二之日其同，

zài zuǎn wǔ gōng yán sī qí zōng xiàn jiān yú gōng
载缵武功，言私其豵，献豜于公。（四章）

wǔ yuè sī zhōng dòng gǔ liù yuè suō jī zhèn yǔ qī yuè zài yě bā yuè zài yǔ
五月斯螽动股，六月莎鸡振羽。七月在野，八月在宇，

jiǔ yuè zài hù shí yuè xī shuài rù wǒ chuáng xià qióng zhì xūn shǔ sāi xiàng jìn hù
九月在户，十月蟋蟀，入我床下。穹窒熏鼠，塞向墐户。

jiē wǒ fù zǐ yuē wèi gǎi suì rù cǐ shì chǔ
嗟我妇子，曰为改岁，入此室处。（五章）

于，往（猎）。貉，兽名，似狐而尾较短；又读 mà，通作"祃"，为猎祭名。于貉，打猎；一说行
貉祭。

同，会合。缵，继续。武功，田猎之事。

私，私有。豵，一岁的野猪，泛指小兽。豜，三岁的野猪，泛指大兽。

动股，以股擦翅作声。莎鸡，虫名，又叫纺织娘。振羽，振动翅膀发出声音。

宇，屋檐。

穹，空，扫除的意思。室，塞。塞，堵塞。向，北向的窗户。墐，用泥涂物。

曰，发语词。为，将。改岁，除岁，指过年。

清·高侨鹤《诗经图谱慧解·斯螽图》

斯螽圖

郁 瓜 薁 壶

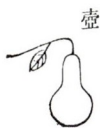

liù yuè shí yù jí yù　　qī yuè pēng kuí jí shū　　bā yuè bō zǎo　　shí yuè huò dào

六月食郁及薁，七月亨葵及菽，八月剥枣，十月获稻。

wèi cǐ chūn jiǔ　　yǐ jiè méi shòu　　qī yuè shí guā　　bā yuè duàn hú　　jiǔ yuè shū jū

为此春酒，以介眉寿。七月食瓜，八月断壶，九月叔苴。

cǎi tú xīn chū　　sì wǒ nóng fū

采荼薪樗，食我农夫。（六章）

jiǔ yuè zhù chǎng pǔ　　shí yuè nà hé jià　　shǔ jì chóng lù　　hé má shū mài

九月筑场圃，十月纳禾稼。黍稷重穋，禾麻菽麦。

jiē wǒ nóng fū　　wǒ jià jì tóng　　shàng rù zhí gōng gōng　　zhòu ěr yú máo

嗟我农夫！我稼既同，上入执宫功。昼尔于茅，

郁，果名，李的一种。薁，野葡萄。菽，豆。剥，"扑"之假借，击也。

春酒，冬日酿酒，新春饮之，故称春酒。介，祈求。眉寿，长寿者每有豪眉，故以之称长寿。

断，摘下。壶，"瓠"之假借，即葫芦。叔，拾取。苴，麻子。

荼，苦菜。薪，砍柴。食，吃。

场圃，园地叫圃，春夏时用为种菜，秋冬时筑平作场以打谷，故称场圃。纳，收入。禾稼，谷物之通称。

重穋，晚熟的谷类叫重，早熟的叫穋。

同，收齐。上，同"尚"，还得。执，做。宫功，修缮建筑宫室。

尔，语词。于茅，治理茅草，准备修房子。

葵 菽

李　樱

xiāo ěr suǒ táo   jí qí chéng wū   qí shǐ bō bǎi gǔ
宵尔索绹，亟其乘屋，其始播百谷。　(七章)

èr zhī rì záo bīng chōng chōng   sān zhī rì nà yú líng yīn   sì zhī rì qí zǎo   xiàn gāo jì jiǔ
二之日凿冰冲冲，三之日纳于凌阴，四之日其蚤，献羔祭韭。

jiǔ yuè sù shuāng   shí yuè dí chǎng   péng jiǔ sī xiǎng   yuē shā gāo yáng   jī bǐ gōng táng
九月肃霜，十月涤场。朋酒斯飨，曰杀羔羊。跻彼公堂，

chēng bǐ sì gōng   wàn shòu wú jiāng
称彼兕觥，万寿无疆！　(八章)

索，搓制。绹，绳子。亟，急、赶快。乘屋，以茅草覆屋。其，将要。

冲冲，凿冰之声。凌阴，冰室、冰窖。蚤，同"早"。献羔祭韭，献上羔羊和韭菜以祭祖，古代开窖
取冰前的仪式。

肃霜，犹"肃爽"，形容天高气爽。涤场，清扫场地。

朋酒，两樽酒。斯，是。飨，以酒食待客。曰，发语词。

跻，登。公堂，公共场所，指乡民聚会的场所。称，举起。兕觥，一种饮酒器，形似伏着的兕牛。

万寿，万岁。无疆，无穷尽。

築場納稼圖

躋堂稱祝圖
庚寅仲夏寫
儕鶴

此周公陈稼穑之艰难，以告嗣王也。若曰：衣食者民生之原也，忠爱所由兴也，故所以使之遂其民生，而鼓其忠爱者，则君上之化也，王欲知先公之风，盖观之豳俗乎。

⬡ 七月流火，九月授衣。

🔴 彼御寒必资于衣，豳人岂寒至而后索哉！自其为衣言之，七月大火西流则暑退而将寒矣。九月霜降始寒，则授衣以御之焉。

⬡ 一之日觱发，二之日栗烈。

🔴 盖以一阳之月，觱发而风寒。二阳之月，栗烈而气寒。

⬡ 无衣无褐，何以卒岁？

🔴 使无衣无褐以御之，将何以卒岁，此衣所以必授于九月也，其为衣之豫有如此。

⬡ 三之日于耜，四之日举趾。

🔴 养生必资于食，豳人岂饥至而后索哉，自其为食，言之三阳之约，东作方兴，则往修其田器矣。四阳之月，土膏已动，则举趾而耕焉。

⬡ 同我妇子，馌彼南亩，田畯至喜。

🔴 壮者既皆出而在田，老者则同妇子以来馌。治田早而用力齐，田畯不至而喜之乎，盖喜其食有所出也，其为食之预有如此。

⬡ 七月流火，九月授衣。

🔴 自其为衣之，预而详言之。七月流火暑退而将寒矣，至九月则授衣以御之焉。

⬡ 春日载阳，有鸣仓庚。女执懿筐，遵彼微行，爰求柔桑。

🔴 然衣虽授于九月，而计实始于方春。故当春日载阳，有鸣仓庚之时，而蚕生已齐者，可饲以桑也。于是豳民之女，执深美之筐，遵微小之径，爰求柔桑，以饲始生之蚕焉。

⬡ 春日迟迟，采蘩祁祁。

🔴 当春日迟迟，阳和暄长之候，蚕生未齐者，宜饲之以蘩也。于是，豳民之女，合贵贱以偕行，而极祁祁之众，于以采蘩，以饲未齐之蚕焉。夫惟及时，而力于蚕桑之务如此，则衣有所出，而九月可以授之矣。

⬡ 女心伤悲，殆及公子同归。

🔴 且此治蚕之女，其连姻公室者，皆感时而伤悲。盖以春日之时，正婚姻之候，将及公子同归，而不免远其父母，故深以为忧耳。是豳人乘时治蚕，而有爱亲之孝如此。

⬡ 七月流火，八月萑苇。

🔴 然为衣之预，又不止此也。今夫

七月流火，暑退将寒，而是岁御冬之备，亦庶几其成矣。然来岁治蚕之用，又不可以不备，故当八月萑苇既成，于是收而蓄之，将以为曲薄，而使来岁之治蚕有资也。

✳ 蚕月条桑，取彼斧斨，以伐远扬，猗彼女桑。

解 及至治蚕之月，大桑可以条取也，则执彼斧斨以伐远扬之枝。小桑不可条取也，则但取其叶，而存其猗猗之条，大小毕取，尤可以见蚕生之盛，而力之齐者乎。

✳ 七月鸣鵙，八月载绩。

解 蚕室既备矣，又终于七月鵙鸣之后。八月麻熟，而可绩之时，则绩其麻以为布焉。

✳ 载玄载黄，我朱孔阳，为公子裳。

解 凡此蚕织之所成者，从而染之，或玄或黄，而我朱之色尤为鲜明。然岂敢以自私哉？皆以献之而为公子裳焉。盖吾人所以得安于蚕绩之务者，实我公帡幪之赐，而以是奉之，庶有以效其丝缕之忱耳。是豳人备衣御寒，而奉上之忠如此。

***

✳ 四月秀葽，五月鸣蜩。

解 然岂特为衣之预，而有奉上之忠哉。当夫四月，阳极阴生，葽感之而先秀。迨至五月，一阴成象，

蜩感之而始鸣。

✳ 八月其获，十月陨蘀。

解 自一阴以至四阴，则八月而早禾可获矣。自四阴以至纯阴，则十月而草木陨落矣，如是而大寒之候，不将至乎。

✳ 一之日于貉，取彼狐狸，为公子裘。

解 斯时也，虽蚕绩之功，无所不备，然犹恐其不足以御寒也，故于一阳之月，为于貉之举，而取彼狐狸之皮，以为公子之裘焉。

✳ 二之日其同，载缵武功。言私其豵，献豜于公。

解 又于二阳之月，竭作以狩，而载缵于貉之武功。言私其豵之小，而豜之大者，则献至于公焉。是豳人备竭御寒，而奉上之忠又如此。

***

✳ 五月斯螽动股，六月莎鸡振羽。

解 然豳人御寒之周，岂特见于蚕绩狩猎之预已哉？但见天时以渐，而推移物类，因时而变化。时维五月，斯螽始跃，而以股鸣。时维六月，莎鸡能飞而以翅鸣。

✳ 七月在野，八月在宇，九月在户，十月蟋蟀入我床下。

解 七月阴犹未盛，野尚可安也，则在野矣。自七月而八月，则自野而入宇焉。九月阴气愈肃，户方

可居也，则在户矣。自九月而十月，则化为蟋蟀，而入我床下焉。夫观蟋蟀之依人，而大寒之将至，不可知乎。

✳ 穹窒熏鼠，塞向墐户。

🔴 斯时也，衣褐虽备，然犹恐不足以御之也，而治室之功，不可缓矣。于是以穹所以生风也，则室而塞之，鼠所以生穹也，则熏而去之。有向焉塞之，以当北风，有户焉墐之，以御寒气。

✳ 嗟我妇子，曰为改岁，入此室处。

🔴 室既治矣，于是老者嗟其妇子，而谓之曰：十月届期，则年岁将改矣，天时既寒，人事亦已，可以舍田庐，而入此室处矣。见治室御寒，而老者之爱又如此。

✳ 六月食郁及薁，七月烹葵及菽。

🔴 自其为食之，预而详言之。时乎六月，郁薁熟矣，则食郁及薁。时乎七月，葵菽成矣，则烹葵及菽。

✳ 八月剥枣，十月获稻，为此春酒，以介眉寿。

🔴 枣熟于八月，则剥之以供笾实。稻熟于十月，则获之以酿春酒。凡此皆物之美者也，岂以之而自养哉？惟以供老疾奉宾祭，而颐养天和，以介眉寿而已，其丰于待老也如此。

✳ 七月食瓜，八月断壶，九月叔苴。

🔴 至若瓜成，于七月则食瓜。壶成于八月则断壶。麻子成于九月，则拾彼麻子。

✳ 采茶薪樗，食我农夫。

🔴 茶苦菜也，则采之以为菹。樗恶木也，则采之以为薪。凡此皆物之薄者也，岂以之而养老哉？盖自养不可过侈，顾惟淡薄自甘，以为农夫之食，而己其俭于自奉也如此。

✳ 九月筑场圃，十月纳禾稼。

🔴 然岂特饮食适丰俭之宜哉？至于农事，又始终极其忧勤之意焉。时乎九月，稼人成功之际也，则筑圃为场，以为敛稼之地。时乎十月，百谷用登之时也，则禾稼既获，悉纳场圃之中。

✳ 黍稷重穋，禾麻菽麦。

🔴 其所纳之稼，若黍稷重穋，若禾麻菽麦，盖无一而不咸登者矣。

✳ 嗟我农夫，我稼既同，上入执宫功。

🔴 然农事虽终，而尤不敢忘其始也，于是咨嗟而相谓曰：凡我农夫，我稼悉纳于场，幸既同矣，而宫功之在邑者，可不上入以治之乎。

✳ 昼尔于茅，宵尔索绹，亟其乘屋，

其始播百谷。

(解) 必昼往取茅，为覆盖之资。夜焉
绞索以为束茉之具。于以亟升其
屋而治之者。非好劳也，盖今岁
既来，岁之推播谷与治屋相庚，则
来春将复始播百谷。即于耜举趾
之不暇矣，而何暇为治屋之事乎。
是以念及于播谷，则宫功之执，诚
不容缓矣。既周于农事之终，而
又预念乎农事之始，豳民之谋食，
又何始其忧勤耶？

(※) 二之日凿冰冲冲，三之日纳于
凌阴。

(解) 然岂特己之农圃，饮食极其勤俭
已哉？至于为君之事，尤致其忠
爱焉。时乎二之日，则涸阴沍寒，
而冲冲然凿冰于山。及夫三之日，
则风未触冻，相与纳于凌阴。

(※) 四之日其蚤，献羔祭韭。

(解) 所以然者，盖启冰庙荐，乃吾君调
燮之一事也。至于四之日，其蚤
将献羔取韭，以祭司寒之神，开泉
颁赐以节阳气之盛者，在此举矣，
则其趋于冰役，奚容以不速哉？是
忠君之心，见于劝趋冰役者如此。

(※) 九月肃霜，十月涤场。

(解) 时乎九月肃霜，而天时之已寒。
迨夫十月，则速毕场功，而人事之
不敢缓。

(※) 朋酒斯飨，曰杀羔羊。跻彼公堂，
称彼兕觥，万寿无疆！

(解) 所以然者，盖举酒祝寿，乃吾民
报德之一端也。即将朋酒以享上，
而羔羊之是杀，于以跻彼公堂，称
彼兕觥，而祝君以万寿无疆者，
在此举矣。则其毕场功，又乌得
而不急哉？是爱君之心，见于登
堂称觥者如此。是一祭祀燕享之
间，豳人为君，而极其忠爱，又何
如耶？

夫豳民于衣食之事，其所自奉者，
见勤俭之节焉，其所奉上者，见忠
爱之诚焉，而莫不以预得之，此皆
先公风化之所及也。吾王有天下
之责，则所以为民衣食之计者，其
可不绎思哉。

鸱鸮

四章，章五句。

鸱鸮

chī xiāo chī xiāo　　jì qǔ wǒ zǐ　　wú huǐ wǒ shì　　ēn sī qín sī　　yù zǐ zhī mǐn sī

鸱鸮鸱鸮！既取我子，无毁我室！恩斯勤斯，鬻子之闵斯！（一章）

dài tiān zhī wèi yīn yǔ　　chè bǐ sāng dù　　chóu móu yǒu hù　　jīn rǔ xià mín　　huò gǎn wǔ yú

迨天之未阴雨，彻彼桑土，绸缪牖户。今女下民，或敢侮予！（二章）

yú shǒu jié jū　　yú suǒ lǚ tú　　yú suǒ xù zū　　yú kǒu zú tú　　yuē yú wèi yǒu shì jiā

予手拮据，予所捋荼，予所蓄租，予口卒瘏，曰予未有室家。（三章）

yú yǔ qiáo qiáo　　yú wěi xiāo xiāo　　yú shì qiáo qiáo　　fēng yǔ suǒ piāo yáo　　yú wéi yīn xiāo xiāo

予羽谯谯，予尾翛翛，予室翘翘，风雨所漂摇，予维音哓哓！（四章）

【注】子，指幼鸟。 室，鸟窝。 恩斯勤斯，犹殷勤；斯，语助词。 鬻，育。 闵，病。
彻，取。 桑土，即"桑杜"，桑根。 绸缪，密密缠绕。 下民，鸟巢下面的人。 或，谁。
拮据，两手因过度操劳而使得手指僵硬。 捋，成把地摘取。 荼，茅草穗。 蓄，积蓄。 租，通
"菹"，草席。 卒瘏，患病，卒通"悴"。
谯谯，羽毛疏落貌。 翛翛，鸟羽干枯受损。 翘翘，高耸危险的样子。 哓哓，惊恐的叫声。

周公东征，而虑成王之不察其心也，故托为鸟之言。

＊ 鸱鸮鸱鸮，既取我子，无毁我室。

解 子者吾之所育，室者吾之所作，皆吾之所钟爱者也，使吾子之不
取，而与之，相安于无事之天，以共蒙乎有室之处，固甚幸矣。
今鸱鸮鸱鸮，尔既取我之子矣，不可更毁我之室也。

＊ 恩斯勤斯，鬻子之闵斯。

解 盖以我情爱之深，笃厚之意，育养此子，诚可怜悯，今既取之，
其毒已甚矣，况又毁我之室，而益重其毒乎。

＊ 迨天之未阴雨，彻彼桑土，绸缪牖户。

解 且尔亦知我所以爱室之心乎。盖我之爱室也，以天之阴雨不常，
而我之为计当预故，迨天未阴雨之时。往取桑根之皮，以缠绵其
巢之牖户，使之坚固，有以备阴雨之患焉。

＊ 今女下民，或敢侮予？

解 诚如是，则今下土之民，谁敢有乘其隙而侮予者乎。盖下民能侮
我于牖户未固之先，而不能侮我于牖户既固之后也，有备可以无
患，理或然也，然则我之为室，其计不至预乎？

＊ 予手拮据，予所捋荼，予所蓄租，予口卒瘏，曰予未有室家。

解 夫我之治室，固如此其预矣，而其劳则何如哉？念我作巢之始，
不特撤彼桑土也，手口并作，于以捋荼以为藉巢之资，从而蓄聚，
以为后来之计。多方经营，不少休废，而手口至于尽病焉。若此
者，以予未有室家也，则托身之无所，虽欲不如是之劳苦，不可
得矣。然我之劳苦，岂持手口卒瘏哉？

＊ 予羽谯谯，予尾翛翛，予室翘翘，风雨所漂摇，予维音哓哓。

解 盖我之作巢，绸缪捋取，一身为之效劳，以予羽言之，则谯匕而
杀矣，以予尾言之，则翛然而敝矣。此固予之所拟，以备阴雨之
患者，固如此其尽瘁也。然予之室，虽幸得于垂成，而犹翘然而

未定。 斯时所患者惟风与雨耳，孰知风雨又从而飘摇之。 是绸缪捋取之功，几于尽弃吾身，安居之谋，不得以自遂矣。 予之哀鸣，安得不哓哓而急哉？

周公托讽之意，盖以武庚既败，管叔不可更毁我王室也，若己之深爱王室，则为计也，预勤劳王室，则为力也竭，惟以王室之新造，而未安故耳。 岂意又有武庚流言煽乱，而多难乘之，则平日勤劳之功，几废于一旦，而平生忠爱之心，亦几于不白矣。 则其作诗以贻王，以乌得不汲汲哉。 惜乎成王悟之不早，而疑虑之心，犹有待于风雷之变，而后释也。

日本·细井徇《诗经名物图解·鸱鸮图》

东山

四章，章十二句。

wǒ cú dōng shān　tāo tāo bù guī　wǒ lái zì dōng　líng yǔ qí méng
我徂东山，慆慆不归。我来自东，零雨其蒙。

wǒ dōng yuē guī　wǒ xīn xī bēi　zhì bǐ shang yī　wù shì xíng méi
我东曰归，我心西悲。制彼裳衣，勿士行枚。

yuān yuān zhě zhú　zhēng zài sāng yě　tuán bǐ dú sù　yì zài chē xià
蜎蜎者蠋，烝在桑野。敦彼独宿，亦在车下。 （一章）

wǒ cú dōng shān　tāo tāo bù guī　wǒ lái zì dōng　líng yǔ qí méng
我徂东山，慆慆不归。我来自东，零雨其蒙。

guǒ luǒ zhī shí　yì yì yú yǔ　yī wēi zài shì　xiāo shāo zài hù
果赢之实，亦施于宇。伊威在室，蟏蛸在户。

tǐng tuǎn lù cháng　yì yào xiāo xíng　bù kě wèi yě　yī kě huái yě
町疃鹿场，熠耀宵行。不可畏也，伊可怀也。 （二章）

【注】徂，往。东山，东方山区，在今山东境内。慆慆，久久的意思。

零雨，细雨。蒙，微雨貌。

士，同"事"，从事。行，行军，打仗。枚，行军时为防出声，士兵及马口中所衔木片。

蜎蜎，蜷曲蠕动的样子。蠋，一种野蚕。烝，久；一说众也。

敦，团状，指身体畏寒而蜷缩成团的样子。

果赢，葫芦科植物，一名栝楼、瓜蒌。施，蔓延。

伊威，室内阴湿处常见的土鳖虫。蟏蛸，一种长脚的小蜘蛛。

町疃，田舍旁空地，禽兽践踏之地。鹿场，鹿群栖息之场地。熠耀，光明的样子。宵行，萤火虫。伊，指这样的地方、这样的夜景。怀，思念。

鹳，鸟名，似鹤而顶不红。垤，蚁冢，土堆。

清·高侪鹤《诗经图谱慧解·东山零雨图》

東山雲雨圖

来归图二
鹤唳 妇嘆

蠨蛸　　伊威　　蠋　　蛾

wǒ cú dōng shān　　tāo tāo bù guī　　wǒ lái zì dōng　　líng yǔ qí méng

我徂东山，慆慆不归，我来自东，零雨其蒙。

guàn míng yú dié　　fù tàn yú shì　　sǎ sǎo qióng zhì　　wǒ zhēng yù zhì

鹳鸣于垤，妇叹于室；洒埽穹窒，我征聿至。

yǒu tuán guā kǔ　　zhēng zài lì xīn　　zì wǒ bù jiàn　　yú jīn sān nián

有敦瓜苦，烝在栗薪。自我不见，于今三年。（三章）

wǒ cú dōng shān　　tāo tāo bù guī　　wǒ lái zì dōng　　líng yǔ qí méng

我徂东山，慆慆不归。我来自东，零雨其蒙。

cāng gēng yú fēi　　yì yào qí yǔ　　zhī zǐ yú guī　　huáng bó qí mǎ

仓庚于飞，熠耀其羽。之子于归，皇驳其马。

qīn jié qí lí　　jiǔ shí qí yí　　qí xīn kǒng jiā　　qí jiù rú zhī hé

亲结其缡，九十其仪。其新孔嘉，其旧如之何？（四章）

穹室，除去室中窒塞之物，即清除废物。 聿，将要。

有敦，即团团。 瓜苦，苦瓜，苦味的瓜。 栗薪，堆积的木柴。

皇，毛色黄白相杂的马。 驳，毛色红白相杂的马。

亲，指女方的母亲。 缡，即帨，女子的佩巾。 结缡，将佩巾结在带子上，为古俗，一般是母亲为女结之。 九十，形容礼仪繁多。

清·高侪鹤《诗经图谱慧解·东归图》

周人劳东征之归士，为之述其意而言。

※ 我徂东山，慆慆不归。

解 昔以三监启衅，而我徂东山也，慆慆三年不归，在外亦已久矣。

※ 我来自东，零雨其濛。

解 今以罪人既得，而我来自东也，适遇零雨之濛。归途亦甚劳矣。

※ 我东曰归，我心西悲。

解 夫以我东曰归之时，虽云可乐，然此心已西，何而悲焉？盖思我室家，犹在西十之远，感触之间，宁不惕然动念乎哉！

※ 制彼裳衣，勿士行枚。

解 于是制彼裳衣，以为平居之服。盖大难既夷，自今可以勿士行枚之事矣，在东言归之情如此。

※ 蜎蜎者蠋，烝在桑野。

解 及今而在途也，睹彼蜎蜎者蠋，则烝在桑野，而得动息之宜矣。

※ 敦彼独宿，亦在车下。

解 况此敦然而独宿者，则亦在此车下，而有生全之庆矣，不亦深可幸哉！

※ 我徂东山，慆慆不归。

解 我徂东山，不归在外亦久矣。

※ 我来自东，零雨其濛。

解 我来自东，零雨之濛，归途又甚劳矣。

※ 果臝之实，亦施于宇。

解 夫惟其在外之久，则吾室庐之荒废，当何如哉？吾想果臝之实，亦施于庭宇之下矣。

※ 伊威在室，蟏蛸在户。

解 室焉洒扫无人，则伊威在室矣。户焉出入无人，则蟏蛸在户矣。

※ 町疃鹿场，熠耀宵行。

解 町疃隙地也，则鹿以之为场，而熠耀亦且宵行于其中矣。

※ 不可畏也，伊可怀也。

解 室庐荒废，如如在途，一想象之亦可畏矣，然岂可畏而不归哉！盖室庐吾之室庐也，虽荒废如斯，而吾人之居处，在于是诚有系吾之念者，亦可怀思而已矣，安得恐然而忘情耶！

※ 我徂东山，慆慆不归。

解 我徂东山，慆慆不归，在外亦已久矣。

※ 我来自东，零雨其濛。

解 我来自东，零雨其濛，归途又甚劳矣。

※ 鹳鸣于垤，妇叹于室。

解 夫雨之将零，则穴处者先知，亦惟行者为甚苦也。故蚁出而鹳就食之，因鸣于其上，妇有所感，而思行者有遇雨之劳，遂叹于室焉。

✽ 洒埽穹室，我征聿至。

解 然妇亦知我之归期甚迩也，于是洒扫穹室，以待我之归，而我征聿至，适有以慰彼之望矣。

✽ 有敦瓜苦，烝在栗薪。

解 斯时也，不惟喜室家之攸聚，而凡一触物之际，何者而不足以志吾喜耶，但见敦然苦瓜系于栗薪之上，二者虽皆至微之物，实惟周土之所有也。

✽ 自我不见，于今三年。

解 惟我自徂东不归，而此物之不见，已有三年之久矣，其开落荣瘁，吾不知其几，然以三年之不见者，而今见之，宁不喜溢于望外也乎。

✽ 我徂东山，慆慆不归。

解 我徂东山，慆慆不归，在外亦已久矣。

✽ 我来自东，零雨其濛。

解 我来自东，零雨其濛，归途又甚劳矣。

✽ 仓庚于飞，熠耀其羽。

解 然当我征事至之日，正男女婚姻之期也，故观仓庚于飞，则熠耀其羽而鲜明矣。

✽ 之子于归，皇驳其马。

解 况我之子于归，则皇驳其马而异色矣。

✽ 亲结其缡，九十其仪。

解 亲结其缡，而申敬戒之命焉。九十其仪而盛，送往之礼焉，室家顾于是乎遂矣。

✽ 其新孔嘉，其旧如之何？

解 夫以东征方归之日，其未有室家者，及时而婚姻，新固甚美矣。其旧有室家者，得伸契阔之约，相见而喜，当何如耶。

盖归者既离，而复合与新者，无室而有室，诚同一庆幸之至者矣，然此非归士之言也，周公代为之言也。述其在外劳苦之情，伤其在内室庐之废，体其夫妇感慨之怀，慰其男女聚会之乐，此所以击通天下之志，而破斧缺戕之士，皆忘劳也欤！

破斧

破斧

三章，章六句。

jì pò wǒ fǔ　　　　yòu quē wǒ qiāng　　zhōu gōng dōng zhēng　　sì guó shì huáng
既破我斧，又缺我斨。周公东征，四国是皇。

āi wǒ rén sī　　　yì kǒng zhī jiāng
哀我人斯，亦孔之将。（一章）

jì pò wǒ fǔ　　　　yòu quē wǒ qí　　　zhōu gōng dōng zhēng　　sì guó shì é
既破我斧，又缺我锜。周公东征，四国是吪。

āi wǒ rén sī　　　yì kǒng zhī jiā
哀我人斯，亦孔之嘉。（二章）

jì pò wǒ fǔ　　　　yòu quē wǒ qiú　　　zhōu gōng dōng zhēng　　sì guó shì qiú
既破我斧，又缺我銶。周公东征，四国是遒。

āi wǒ rén sī　　　yì kǒng zhī xiū
哀我人斯，亦孔之休。（三章）

【注】四国，指殷、东、徐、奄，即周公东征平定的四国；一说四方之国。

皇，匡正。

哀，哀怜、可怜。 我人，我们，这是士兵们的自称。 斯，语尾助词。

孔，甚。 将，大。

锜，凿子，一种兵器。

吪，感化，教化。

銶，木柄的锹。

遒，安和；一说臣服。

休，美好。

军士歌此以答周公。曰：人知圣人之用武也，劳天下而不怨，而不知圣人之用心也，公天下而不私，吾人从公三年，而知公之心矣。

❋ 既破我斧，又缺我斨。

🔴解 彼东征之役，既破我斧，又缺我斨，慆慆然三年于外，此其劳亦云甚矣。

❋ 周公东征，四国是皇。

🔴解 然我公之为此举，岂出于一己之私哉？盖以三监启衅，四国有反侧之心，吾知其渐流于不正矣。故周公仗大义以东征，所以使四方之人，由是知反侧之非，而莫敢不一于正焉。

❋ 哀我人斯，亦孔之将。

🔴解 夫悯其随于邪，而欲挽之于正，此其哀我人耶。直将囿之于平康之域，而油然天地之为量矣，不亦孔之将哉。夫东征之师，既为哀我人而举，虽有破斧缺斨之劳，亦吾人之自为身计耳，于养义奚辞乎。

❋ 既破我斧，又缺我锜。

🔴解 然是役也，不惟缺戕已也，但见既破我斧，又缺我锜，劳云甚矣。

❋ 周公东征，四国是吪。

🔴解 然周公岂固为，是以病我哉，特以流言鼓祸，四国之人，或因之而邪僻矣。今也东征以致讨，盖将潜消

其悖逆之心，而使之化于正己耳。

❋ 哀我人斯，亦孔之嘉。

🔴解 此其哀我之人也，一念恳恻之意，直欲其同归于善，不亦孔之嘉也哉！故虽有破斧缺锜之劳，亦其不得已者矣。

❋ 既破我斧，又缺我锞。

🔴解 然是役也，不惟破锜已也，但见既破我斧，又缺我锞，劳云甚矣。

❋ 周公东征，四国是道。

🔴解 然周公岂固为是以苦我哉？特以流言倡乱，四国人心或因之而涣散矣。今也东征以正罪，盖将收敛其携二之心，使之坚固不摇己耳。

❋ 哀我人斯，亦孔之休。

🔴解 此其哀我人也，一念笃厚之意，直欲其同入于善，不亦孔之休也哉？虽有破斧缺锞之劳，亦其不容辞者矣。夫管叔、蔡叔流言以谤周公，而公以六军之众往而征之，使其心一有出于自私，而不在于天下，则托之虽勤劳之难至，而从征之士乌出不怨哉？

今观此诗，固足以见周公之心，大公至正，天下信其无有一毫自爱之私，抑又以见当是之时，虽披坚执锐之人，亦皆以周公之心为心，而不自为一身一家之计者矣。

伐柯

二章，章四句。

<ruby>伐<rt>fá</rt></ruby> <ruby>柯<rt>kē</rt></ruby> <ruby>如<rt>rú</rt></ruby> <ruby>何<rt>hé</rt></ruby> <ruby>匪<rt>fěi</rt></ruby> <ruby>斧<rt>fǔ</rt></ruby> <ruby>不<rt>bù</rt></ruby> <ruby>克<rt>kè</rt></ruby> <ruby>取<rt>qǔ</rt></ruby> <ruby>妻<rt>qī</rt></ruby> <ruby>如<rt>rú</rt></ruby> <ruby>何<rt>hé</rt></ruby> <ruby>匪<rt>fěi</rt></ruby> <ruby>媒<rt>méi</rt></ruby> <ruby>不<rt>bù</rt></ruby> <ruby>得<rt>dé</rt></ruby>

伐柯如何？匪斧不克。取妻如何？匪媒不得。（一章）

<ruby>伐<rt>fá</rt></ruby> <ruby>柯<rt>kē</rt></ruby> <ruby>伐<rt>fá</rt></ruby> <ruby>柯<rt>kē</rt></ruby> <ruby>其<rt>qí</rt></ruby> <ruby>则<rt>zé</rt></ruby> <ruby>不<rt>bù</rt></ruby> <ruby>远<rt>yuǎn</rt></ruby> <ruby>我<rt>wǒ</rt></ruby> <ruby>觏<rt>gòu</rt></ruby> <ruby>之<rt>zhī</rt></ruby> <ruby>边<rt>biān</rt></ruby> <ruby>笾<rt>biān</rt></ruby> <ruby>豆<rt>dòu</rt></ruby> <ruby>有<rt>yǒu</rt></ruby> <ruby>践<rt>jiàn</rt></ruby>

伐柯伐柯，其则不远。我觏之子，笾豆有践。（二章）

【注】柯，斧柄。伐柯，砍伐树木以做斧柄。匪，同"非"。克，能。

取，同"娶"。

则，法则、标准。其则不远，指手执斧柄伐木，斧柄的样子就在手中，不必
远求。

觏，遇见。

笾，盛干肉、果实的竹制食器。豆，盛肉酱的木制或陶、金属制器物。有践，
即践然，排列整齐的样子。

周公居东之时，东人喜得见之，故托喻而言。

※ 伐柯如何？匪斧不克。

解 伐柯如何？必有资于斧也。匪斧则无以为取，则之具柯不可得而伐之矣。

※ 取妻如何？匪媒不得。

解 娶妻如何？必有资于媒也，匪媒则无以通二姓之好，妻不可得而取之矣。然则我公向也秉钧天朝，吾人欲见之无由，不犹伐柯之无斧，娶妻之无媒乎？以今思昔，其始时得见之难，如此。

※ 伐柯伐柯，其则不远。

解 然在昔如此，而今不然矣。彼伐柯而有斧也，则不过即此旧斧之柯，而得新柯之法，其则固伊迩而不远矣。

※ 我觏之子，笾豆有践。

解 娶妻而有媒也，则不过即此见之，而成其同牢之礼，笾豆有践而陈列矣。然则我公今日莅止东土，而吾人幸得于亲炙，不犹伐柯之有斧，娶妻之有媒乎？

以昔观今，其得见之易妒此要之，不有昔日之难，不见今日之易为可喜，不有今日之易，不终阻于昔日之难，而其情莫慰哉。吁，若东人者，可谓爱公之至者矣。

九罭

四章，一章四句，二三四章三句。

鳟

jiǔ yù zhī yú　　zūn fáng　　wǒ gòu zhī zǐ　　gǔn yī xiù cháng
九罭之鱼，鳟鲂。我觏之子，衮衣绣裳。（一章）

hóng fēi zūn zhǔ　　gōng guī wú suǒ　　wū nǚ xìn chǔ
鸿飞遵渚。公归无所，於女信处。（二章）

hóng fēi zūn lù　　gōng guī bù fù　　wū nǚ xìn xiǔ
鸿飞遵陆。公归不复，於女信宿。（三章）

shì yǐ yǒu gǔn yī xī　　wú yǐ wǒ gōng guī xī　　wú shǐ wǒ xīn bēi xī
是以有衮衣兮，无以我公归兮，无使我心悲兮。（四章）

【注】九罭，网眼很细密的渔网。九，虚数，表示网眼密。鳟鲂，两种大鱼名。

衮衣，绣龙的上衣。绣裳，施彩绘的下衣，即裳、裙之类。

遵渚，沿着沙洲。

於，叹词。女，汝，指周公。信处，再住两夜，下文"信宿"同。

是，此，指此地，即东方。衮衣，代称周公。

无以，不要让。

此亦东人喜见周公之诗。言曰：夫人有顾见之心者，则必深以得见为幸，有得见之喜者，又必以将去为悲，若今日之于公是已。

✳ 九罭之鱼，鳟鲂。

🔴 彼九罭之网，用之以取鱼，而丽于其中者，果何有乎？则有鳟鲂之鱼者矣。

✳ 我觏之子，衮衣绣裳。

🔴 况我觏之子，以天朝之重臣，而苾止于东者，果何有乎？则有衮衣绣裳之服者矣。自山龙以至黼黻，而上下之辉映，以圣人之德，服上公之服，而我东人一旦得以快睹之，不亦深可幸耶。

✳ 鸿飞遵渚。公归无所，於女信处。

🔴 夫公之来也，吾人固甚喜矣，其如公之不可以久当何哉。彼鸿之飞，则遵渚矣。况我公之归也，盖将持衡政府，出入庙堂之上，岂无所乎？今计其在东之日，不过于女信处而已，信处之外，虽爱公之至者，亦不可得而当矣。

✳ 鸿飞遵陆。

🔴 彼鸿之飞，则遵陆矣。

✳ 公归不复，於女信宿。

🔴 况我公之归也，盖将当相王室，永居家宰之任，岂复来乎？今计其在东之期，不过于女信宿而已。信宿之外，虽爱公之深者，亦不可得而挽矣。

✳ 是以有衮衣兮，无以我公归兮，无使我心悲兮。

🔴 夫惟我公，信处信宿于此，是以东方有此服衮衣之人，以为吾人之瞻依者矣。然公之留也，吾人以之为喜，公之去也，吾人以之为悲。吾顾其留于此，无遽迎公以归，无使我喜幸之心，转而为伤悲之念也。

夫喜幸于始见之时，致留于将归之际，东人惓惓于公，可谓爱慕之至矣，然非周公之忠诚感人而有是哉。

狼跋

二章，章四句。

狼跋

láng bá qí hú   zài zhì qí wěi   gōng sūn shuò fū   chì xì jǐ jǐ

狼跋其胡，载疐其尾。公孙硕肤，赤舄几几。 （一章）

láng zhì qí wěi   zài bá qí hú   gōng sūn shuò fū   dé yīn bù xiá

狼疐其尾，载跋其胡。公孙硕肤，德音不瑕。 （二章）

【注】跋，践，踩。 胡，老狼颔下之悬肉。

疐，同"踬"，碍也，有绊倒的意思。

公孙，指周公。 硕肤，心广体胖之象。 赤舄，赤色鞋子。 几几，安详稳重的

样子。

德音，美好的名声。 不瑕，不停，不止；一说无瑕疵。

诗美周公作也。 若曰：安常履顺，常人或能勉之，至
于事变之遭，苟非有大圣人之德，未有不失其常度者，
予今观德于公，而知其善处变矣。

❋ 狼跋其胡，载疐其尾。

🔴解 彼狼之为物也，进而踏其胡，则退而跆其尾，进退不得以自如矣。

❋ 公孙硕肤，赤舄几几。

🔴解 我公岂其然乎，彼勤劳王室，忠贞贯乎日月，其美大矣，公则自
处以谦逊之不居，而居于危疑之地。 此因事变之冲，若易以失其
常度也。 然中心无愧，而著于动履之际者，惟见赤舄几几然，安
重之自若也，何致失其常哉！

❋ 狼疐其尾，载跋其胡。

🔴解 狼之为物也，退而跆其尾，则进而踏其胡，进退不得以自适矣。

❋ 公孙硕肤，德音不瑕。

🔴解 我公岂其然乎？彼笃棐王家，精诚动乎天地，其美大矣，公则自
处以让逊之不居，而居于猜嫌之地。 此固变故之会，若易以玷其
令名也。 然素行无歉而发之为威德之音者，但见其中外交孚，无
有于瑕疵也，何至失其常乎？盖公道隆德盛，所以虽遭大变，内
不失其常度，外不失其令名也。 夫公之被毁，以管蔡之流言也，
而诗人以为此，非四国之所为，乃公自让其大美而不居耳。 盖不
使谗邪之口得以加乎公之忠圣，此可见爱公之深，敬公之至，而
其立言亦有法矣。